तर्कशास्त्र परिचय

[AN INTRODUCTION TO LOGIC]

केदारनाथ तिवारी

पूर्व प्राचार्य एवं अध्यक्ष, दर्शनशास्त्र विभाग
ति॰ माँ॰ भागलपुर विश्वविद्यालय, भागलपुर

मोतीलाल बनारसीदास

दिल्ली, मुम्बई, चेन्नई, कोलकाता,
बंगलूरू, वाराणसी, पटना

द्वितीय पुनर्मुद्रण: दिल्ली, 2018
प्रथम संस्करण: 2005

ISBN: 978-81-208-3015-8 (सजिल्द)
ISBN: 978-81-208-3016-8 (अजिल्द)

मोतीलाल बनारसीदास

41 यू.ए. बंग्लो रोड, जवाहर नगर, दिल्ली 110 007
236, नाइंथ मेन, III ब्लॉक, जयनगर, बंगलूरू 560 011
1-बी, ज्योति स्टुडियो कम्पाउन्ड, केन्नेडी ब्रिज, नाना चौक, मुम्बई 400 007
203 रायपेट्टा हाई रोड, मैलापुर, चेन्नई 600 004
8 कैमेक स्ट्रीट, कोलकाता 700 017
अशोक राजपथ, पटना 800 004
चौक, वाराणसी 221 001

आर.पी. जैन के द्वारा एन ए बी प्रिंटिंग यूनिट,
ए-44, नारायणा, फेज़-1, नई दिल्ली 110 028 में मुद्रित
एवं जे.पी. जैन द्वारा मोतीलाल बनारसीदास
41 यू.ए., बंगलो रोड, जवाहर नगर, दिल्ली-110 007 के लिए प्रकाशित

प्राक्कथन

पुस्तक का लक्ष्य तर्कशास्त्र का एक सामान्य स्वरूप तथा उसके विषय-क्षेत्र की एक रूपरेखा प्रस्तुत करना है। दोनों ही प्रकार के तर्कशास्त्रों—निगमन तथा आगमन—के मुख्य पहलुओं का विवेचन इसमें है। पर तर्कशास्त्र के मूल विषय अनुमान पर आने के पहले उससे संबंधित या उसके अन्दर प्रत्यक्ष या अप्रत्यक्ष भूमिका निभाने वाले कुछ अन्य विषयों की भी चर्चा आवश्यक हो जाती है। उदाहरण के लिए, अनुमान की क्रिया में भाषा की प्रमुख भूमिका होती है, पर भाषा के भी अनेकों पहलू हैं तथा उसके अनेकों प्रकार के कार्य हैं। इन सबों की एक संक्षिप्त चर्चा करके यह समझना कि तर्कशास्त्र में जिस प्रकार की भाषा का प्रमुख रूप से प्रयोग होता है उसका स्वरूप क्या है, हमारे लिए तर्कशास्त्र के मूल विषय अनुमान के स्वरूपादि को समझने में काफी सहायक सिद्ध हो सकता है। इसी दृष्टि से पुस्तक के प्रथम भाग में भाषा तथा तर्कशास्त्र के संबंध का विवेचन किया गया है। फिर भाषा को समझने तथा उसके स्वरूप को निश्चित करने में परिभाषा का बहुत महत्त्वपूर्ण हाथ है। इसलिए उसका भी विवेचन प्रथम भाग में है।

प्रथम भाग का एक बड़ा अंश अनाकारिक तर्कदोषों के विवरण-विवेचन में लगाया गया है। ये वैसे दोष हैं जो निगमन या आकारिक तर्कशास्त्र में अध्ययन किये जाने वाले आकारिक तर्कदोषों के अन्तर्गत नहीं आते। आकारिक तर्कशास्त्र में हम अपनी साधारण भाषा के अन्तर्गत कुछ निश्चित आकार ढूँढ निकालते हैं और यह निर्धारित करने की चेष्टा करते हैं कि किन आकारों में तर्क करना वैध है और किनमें अवैध। पर साधारण भाषा का स्वरूप इतना जटिल तथा टेढ़ा-मेढ़ा होता है कि उसके माध्यम से किये जाने वाले अनेकों तर्कों को कुछ निश्चित मानक आकारों में ढालना हमेशा संभव नहीं होता। इसका परिणाम यह होता है कि हमारे अनेकों दोषपूर्ण तर्क आकारिक तर्कशास्त्र में निश्चित किये गये तर्कदोषों की परिधि के बाहर रह जाते हैं। पर इन्हें भी यथासंभव पकड़ में लाने की कोशिश करना और उनके स्वरूप को निर्धारित करना तर्कशास्त्र का ही कार्य होना चाहिए। यही कार्य 'अनाकारिक तर्कदोष' शीर्षक के अन्तर्गत करने की चेष्टा की गई है।

पुस्तक का दूसरा भाग निगमन या आकारिक तर्कशास्त्र से संबंधित है। इस तर्कशास्त्र के नियमों, सिद्धान्तों, तकनीकों आदि से संबंधित चिंतन में क्रमिक विकास की दृष्टि से एक व्यापक रूप में इसके दो स्तरों की बात की जा सकती है—एक पारंपरिक तथा दूसरा आधुनिक। दोनों सिद्धान्ततः एक-दूसरे से भिन्न नहीं हैं, पर आधुनिक तार्किक चिंतन के आलोक में पारंपरिक तर्कशास्त्र को एक नये सिरे से देखने की जरूरत है। इसीलिए पुस्तक में पारंपरिक तर्कशास्त्र को आधुनिक परिप्रेक्ष्य में समझने की चेष्टा की गई है तथा आधुनिक तर्कशास्त्र के कुछ प्रमुख तकनीकों तथा सिद्धान्तों को भी प्रस्तुत करने की चेष्ट की गई है।

पुस्तक का तीसरा भाग आगमन तर्कशास्त्र से संबंधित है। आगमन के सभी पहलुओं को तो पुस्तक में सम्मिलित नहीं किया जा सका है, पर वैज्ञानिक पद्धति की दृष्टि से जो प्रमुख विषय हैं उनका विवेचन है और वह भी आधुनिक वैज्ञानिक दृष्टि से।

बहुत-से विश्वविद्यालयों, विशेषकर उत्तर प्रदेश, मध्य प्रदेश, राजस्थान आदि जैसे हिन्दी भाषी

क्षेत्रों के विश्वविद्यालयों के स्नातक तथा स्नातकोत्तर स्तर के तर्कशास्त्र विषय के पाठ्यक्रम आई० एम० कोपी (I. M. Copi) की पुस्तक *An Introduction to Logic* पर आधारित हैं। पर पुस्तक के अंग्रेजी भाषा में होने के कारण इन क्षेत्रों के तर्कशास्त्र के विद्यार्थी विषय को ठीक से समझने में कठिनाई महसूस करते रहे हैं। ऐसे ही विद्यार्थियों की कठिनाई को ध्यान में रखकर यह पुस्तक लिखी गई है। यू० जी० सी० द्वारा निर्धारित नवीन पाठ्यक्रम का भी ध्यान रखा गया है। आशा है विद्यार्थीगण पुस्तक से लाभान्वित होंगे। एक सामान्य ढंग का जिज्ञासु पाठक भी जो तर्कशास्त्र विषय का एक परिचय प्राप्त करना चाहता है इस पुस्तक से लाभान्वित हो सकता है।

पुस्तक प्रथम संस्करण में है। इसलिए कमियाँ अनिवार्य हैं। आशा है पाठक इनकी ओर इशारा करेंगे। यों भी पुस्तक की उपयोगिता के संबंध में मैं बहुत अधिक दावा नहीं करना चाहता। पाठकगण ही इसकी उपयोगिता के संबंध में सही राय प्रस्तुत कर सकते हैं।

पुस्तक के लेखन की प्रेरणा मुझे मोतीलाल बनारसीदास की पटना शाखा के प्रबंधक श्री कमला शंकर सिंह जी से मिली। उन्होंने ही मुझे बिहार तथा बिहार के बाहर के हिन्दी-क्षेत्रों के विद्यार्थियों की उपर्युक्त प्रकार की कठिनाइयों से अवगत कराया और मुझे इस बात के लिए प्रेरित किया कि प्रस्तुत पुस्तक की तरह की एक पुस्तक मैं हिन्दी में लिखूँ। इस तरह पुस्तक उन्हीं की प्रेरणा का फल है। मैं उन्हें हृदय से धन्यवाद देता हूँ। मैं अपनी पत्नी श्रीमती शान्ति तिवारी को भी धन्यवाद देना नहीं भूल सकता जिन्होंने अपने ढंग से पुस्तक के लेखन में मेरा काफी सहयोग किया।

—केदारनाथ तिवारी

शान्ति सदन
बूढ़ानाथ रोड
भागलपुर-812 001

विषय-सूची

(CONTENTS)

अध्याय **पृ० सं०**

भाग I (PART I)

तर्कशास्त्र एवं भाषा (LOGIC AND LANGUAGE)

1. **तर्कशास्त्र : विषय-प्रवेश** **3-12**
(LOGIC : INTRODUCTION)

1. तर्कशास्त्र का स्वरूप 3
(Nature of Logic)
2. युक्ति, आधारवाक्य तथा निष्कर्ष 5
(Argument, Premise and Conclusion)
3. निगमन तथा आगमन 8
(Deduction and Induction)
4. सत्यता तथा वैधता
(Truth and Validity) 11

2. **भाषा एवं उसके कार्य** **13-18**
(LANGUAGE AND ITS USES)

1. भाषा के विभिन्न कार्य 13
(Different use or Function of Language)
2. भाषा के आकार तथा इनके कार्य 16
(Forms of Language and their Functions)
3. तर्कशास्त्र एवं भाषा 17
(Logic and Language)

3. **अनाकारिक तर्कदोष** **19-36**
(INFORMAL FALLACIES)

1. तर्कदोष 19
(Fallacies)
2. प्रासंगिकता संबंधी तर्कदोष 20
(Fallacies of Relevance)
   (i) पराज्ञानमूलक युक्ति-दोष 21
   (Argumentum ad Ignorantium)

अध्याय	पृ० सं०

(ii) श्रद्धामूलक (आप्त) युक्ति-दोष 22
(Argumentum ad Verecundiam)

(iii) लोकोत्तेजक युक्ति-दोष 22
(Argumentum ad Populum)

(iv) मुष्टि युक्ति-दोष 23
(Argumentum ad Baculum)

(v) व्यक्त्योन्मुख युक्ति-दोष 23
(Argumentum ad Hominem)

(vi) दयामूलक युक्ति-दोष 25
(Argumentum ad Misericordiam)

(vii) प्रतिज्ञान्तर-सिद्धि-दोष 26
(Ignoratio Elenchi)

(viii) नानुमिति-दोष 26
(Non-Sequitur)

(ix) प्रश्न छल-दोष 27
(Fallacy of Complex Question or Many Questions)

(x) मिथ्याकारण-दोष 28
(Fallacy of False Cause)

(xi) आत्माश्रय-दोष 28
(Fallacy of Petitio Principii)

(xii) उपाधि-दोष-साक्षात एवं विपरीत 30
(Fallacy of Accident–Direct and Converse)

3. द्वयार्थकता-अनेकार्थकता संबंधी-तर्कदोष 31
(Fallacies of Ambiguity)

(i) वाक्यछल-दोष 31
(Fallacy of Amphiboly)

(ii) पदाघात दोष 32
(Fallacy of Accent)

(iii) अनेकार्थकता दोष 33
(Fallacy of Equivocation)

(iv) विग्रह दोष 33
(Fallacy of Division)

(v) संग्रह दोष 34
(Fallacy of Composition)

(vi) रूपार्थ साम्य दोष 36
(Fallacy of Figure of Speech)

अध्याय		पृ० सं०
4.	**परिभाषा** *(DEFINITION)*	**37-56**
	1. परिभाषा क्या है? *(What is Definition)*	37
	2. परिभाषा का उद्देश्य *(Purpose of Definition)*	38
	3. परिभाषाओं के प्रकार *(Types of Definitions)*	41
	4. परिभाषा देने के विभिन्न तरीके *(Various ways of Defining)*	45
	5. परिभाषा संबंधी नियम *(Rules of Definition)*	53

भाग II (PART II)

निगमन (DEDUCTION)

[क] पारंपरिक तर्कशास्त्र

[TRADITIONAL LOGIC]

5.	**निरपेक्ष (निरूपाधिक) प्रतिज्ञप्तियाँ** *(CATEGORICAL PROPOSITIONS)*	**61-80**
	1. विषय-प्रवेश *(Introduction)*	61
	2. निरपेक्ष प्रतिज्ञप्तियों के चार मानक आकार *(Four Standard From of Categorical Proposition)*	62
	3. निरपेक्ष प्रतिज्ञप्तियों के परिमाण तथा गुण *(Quantity and Quality of Categorical Proposition)*	63
	4. पदों की व्याप्ति *(Distribution of Terms)*	64
	5. चार निरपेक्ष प्रतिज्ञप्तियों के परस्पर संबंध *(Relation between Four Categorical Propositions)*	67
	6. साक्षात अनुमान *(Immediate Infrence)*	70
	(i) परिवर्तन *(Conversion)*	
	(ii) प्रतिवर्तन *(Obversion)*	

अध्याय		पृ० सं०
	7. मानक आकार को निरपेक्ष प्रतिज्ञप्तियों की चित्रों के रूप में अभिव्यक्ति *(Digrammatic & Representation of Standard Form of Categorical Propositions)*	73
	8. बूल द्वारा निरूपाधिक प्रतिज्ञप्तियों का अर्थ-विंश्लेषण *(Boolean Interpretation of Categorical Propositions)*	75
	9. बूल के अर्थ-विश्लेषण के आलोक में निरपेक्ष प्रतिज्ञप्तियों की चित्रों में अभिव्यक्ति	77
6.	**निरपेक्ष न्याय** ***(CATEGORICAL SYLLOGISMS)***	**81-110**
	1. निरपेक्ष न्याय तथा इसके घटक *(Constituents)*	81
	2. न्याय की आकृति तथा विन्यास *(Figures and Mood or a Syllogism)*	82
	3. निरपेक्ष न्याय से संबंधित नियम तथा दोष *(Rules and Fallacies Relationg to Categorical Syllogism)*	84
	4. व्हेन चित्रों द्वारा निरपेक्ष न्याय की वैधता-अवैधता की जाँच *(Test of the Validity-Invalidity of Categorical Syllogism by Venn Diagrams)*	92
	5. साधारण भाषा में न्यायिक युक्तियाँ *(Syllogistic Arguments in Ordinary Language)*	99
	[ख] प्रतीकात्मक तर्कशास्त्र **(Symbolic Logic)**	
7.	**सत्यता-फलन** ***(TRUTH-FUNCTION)***	**113-129**
	1. प्रतीकात्मक तर्कशास्त्र : स्वरूप एवं विषय-क्षेत्र *(Symbolic Logic : Nature and Scope)*	113
	2. सत्यता-फलित कथन तथा उनके सत्यता-मूल्य *(Truth-functional Statements and their Truth Values)*	116
	3. कोष्ठकों का प्रयोग *(Use of Brackets)*	127
	4. जटिल सत्यता-फलित कथनों के सत्यता-मूल्य का निर्धारण *(Determination of the Truth-Value of Complex Truth Functional Statement)*	127

अध्याय		पृ० सं०
8.	**सत्यता-फलनक संबंधकों की परस्पर परिभाषेयता एवं 'स्ट्रॉक' तथा 'डैगर' फलन** *(INTERDEFINABILITY OF TRUTH-FUNCTIONAL CONNECTIVES AND STROKE AND DAGGER FUNCTION)*	**130-136**
	1. परस्पर परिभाषेयता	130
	2. स्ट्रॉक तथा डैगर फलन	134
9.	**युक्ति, कथन तथा सत्यता-सारणी** *(ARGUMENTS, STATEMENTS AND TRUTH-TABLES)*	**137-156**
	1. युक्ति तथा युक्ति-आकार	137
	2. युक्तियों या युक्ति-आकारों की वैधता-अवैधता निर्धारित करने की सत्यता-सारणी विधि *(Truth-Table Method of Determining the Validity–Invalidty of Arguments & Argument Forms)*	139
	3. सत्यता-सारणी तथा कथनों के पुनरुक्त्यात्मक रूप का निर्धारण *(Truth Table and Determination of Tautological Nature of Statements)*	147
	4. कथन तथा कथन-आकार *(Statement Statement and Form)*	149
	5. सत्यता-सारणियों द्वारा कथनों या फलन-आकारों के पुनरुक्त्यात्मक आदि स्वरूप का निर्धारण *(Determination of Tautological, Self-contradictory, etc. Nature of Statements or Statement forms by means of Truth-table)*	150
	6. संक्षिप्त सत्यता-सारणी का निर्माण *(Construction of Short Truth-Table)*	152
	7. तार्किक आपादन तथा तार्किक तुल्यता *(Logical Implication and Logical Equivalence)*	154
	8. पुनरुक्तियाँ तथा युक्तियों या युक्ति-आकारों की वैधता-अवैधता का निर्धारण *(Tautologies and Ditermination of Validity–Invalidity of Arguments & Argument Forms)*	155
10.	**युक्ति, कथन एवं व्युत्पत्ति विधि** *(ARGUMENTS STATEMENTS AND DERIVATION METHOD)*	**157-171**
	1. परिचयात्मक *(Introduction)*	157

अध्याय		पृ० सं०
	2. व्युत्पत्ति के कुछ आधारभूत नियम *(Some Fundamental Rules of Derivation)*	158
	(a) अनुमान के नियम *(Rules of Inference)*	
	(b) प्रतिस्थापन के नियम *(Rules of Substitution)*	
	3. (a) आकारिक प्रमाण विधि *(Method of Formal Proof)*	161
	(b) सोपाधिक प्रमाण विधि *(Method of Conditional Proof)*	164
	(c) अप्रत्यक्ष प्रमाण विधि *(Method Indirect Proof)*	167
	4. व्युत्पत्ति विधियाँ तथा कथनों की पुनरुक्त्यात्मकता *(Derivation Methods and the Tautological Nature of Statements)*	169
	(a) सोपाधिक प्रमाण विधि तथा पुनरुक्ति	
	(b) अप्रत्यक्ष प्रमाण विधि तथा पुनरुक्ति	
11.	**प्रतिज्ञप्ति-फलन तथा परिमाणक** ***(PROPOSITIONAL FUNCTIONS AND QUANTIFIERS)***	**172-186**
	1. प्रतिज्ञप्तियों का प्रतीकीकरण	173
	2. युक्तियों की वैधता का निर्धारण	179
	(a) पूर्णव्यापी दृष्टान्तीकरण *(Universal Instantiation)*	
	(b) अस्तित्वपरक दृष्टान्तीकरण *(Existential Instantiation)*	
	(c) पूर्णव्यापी सामान्यीकरण *(Universal Generalisation)*	
	(d) अस्तित्वपरक सामान्यीकरण *(Existential Generalisation)*	
12.	**युक्तियों की अवैधता सिद्ध करना** ***(PROVING INVALIDITY OF ARGUMENTS)***	**187-191**
	1. सत्यता-फलित कथनों वाली युक्तियों की अवैधता प्रमाणित करना	187
	2. प्रतिज्ञप्ति-फलन तथा परिमाणकों से संबंधित युक्तियों की अवैधता प्रमाणित करना	189

अध्याय | पृ० सं०

भाग III [PART III]

आगमन
[INDUCTION]

13. **सादृश्यानुमान** **195-203**
(ANALOGICAL INFERENCE OR INFERENCE BY ANALOGY)

1. सादृश्यानुमान का स्वरूप 195
(Nature of Analogical Inference)
2. सादृश्यानुमान के निष्कर्ष की सत्यता की अधिक संभावना की शर्तें 197
(Conditions for Higher Probality of the Truth of the Conclusion of Analogical Inference)
3. सादृश्यानुमान तथा केवलगणनाश्रित आगमन 201
(Analogical Inference and Induction by Simple Enumeration)

14. **प्राक्कल्पना** **204-220**
(HYPOTHESIS)

1. वैज्ञानिक पद्धति एवं प्राक्कल्पना 204
(Scientific Method and Hypothesis)
2. वैज्ञानिक प्राक्कल्पना की शर्तें 207
(Conditions of Scientific Hypothesis)
3. प्राक्कल्पना का निगमनात्मक विकास तथा उसका सत्यापन 211
(Deductive Development of Hypothesis and its Verification)
4. प्राक्कल्पना की और अधिक संपुष्टि के लिए कुछ अन्य शर्तें 214
(Some Other Conditions for Better Confirmation of a Hypothesis)
5. निर्णायक प्रयोग तथा तदर्थ प्राक्कल्पना 216
(Crucial Experiements and Adhoc Hypotheses)

15. **मिल की प्रायोगिक विधियाँ** **221-240**
(MILL'S EXPERIMENTAL METHODS)

1. अन्वय विधि 223
(Method of Agreement)

2. व्यतिरेक विधि 226
(*Method of Difference*)

3. अन्वय-व्यतिरेक विधि 230
(*The Joint Method of Agreement and Difference*)

4. अवशिष्ट विधि 233
(*Method of Residues*)

5. सहचारी परिवर्तन विधि 235
(*Method of Concomitant Variation*)

6. प्रायोगिक विधियों की सामान्य समीक्षा 238

16. संभाव्यता 241-253
(*PROBABILITY*)

1. परिचयात्मक 241
(*Introduction*)

2. संभाव्यता-कलन 242
(*Probability Calculus*)

3. संभाव्यता की वैकल्पिक अवधारणाएँ 249
(*Alternative Conception of Probability*)

अभ्यासार्थ प्रश्न (वस्तुनिष्ठ प्रश्नों तथा अनेकों प्रश्नों के उत्तर सहित) 257-314

❑

भाग 1 (Part I)

तर्कशास्त्र एवं भाषा
(Logic & Language)

अध्याय 1

तर्कशास्त्र : विषय-प्रवेश

(LOGIC : INTRODUCTION)

1. तर्कशास्त्र का स्वरूप (*Nature of Logic*)

जैसा नाम से संकेत मिलता है, तर्कशास्त्र वह अध्ययन-क्षेत्र है जिसमें तर्क करने संबंधी बातों का विवेचन होता है। पर ऐसा कहने से एक धारणा बन सकती है कि तर्कशास्त्र वैसा अध्ययन-क्षेत्र है जिसमें तर्क करने की विधियाँ बतलायी जाती है, ताकि उसके अध्ययन के द्वारा लोग तर्क करना सीख लें। पर ऐसी धारणा सही नहीं है। तर्कशास्त्र तर्क करना नहीं सिखलाता, बल्कि सही (correct) तर्क करना सिखलाता है। दूसरे शब्दों में, यह वैध तर्क के कुछ ऐसे नियमों को हमारे सामने रखता है, जिनके आधार पर सही और गलत, वैध तथा अवैध, तर्क में हम भेद कर सकें और ऐसा करते हुए वैध रूप में तर्क करना सीखें। इसीलिए कहा जाता है कि तर्कशास्त्र का कार्य सृजनात्मक नहीं, बल्कि शुद्धात्मक है (The function of logic is corrective, not creative)। तात्पर्य यह है कि तर्कशास्त्र हमें तर्क करना नहीं लिख लाता, बल्कि यह सिखलाता है कि अशुद्ध या गलत तर्क को त्याग कर हम शुद्ध या सही रूप में कैसे तर्क कर सकते हैं।

वस्तुतः तर्क करना तो मनुष्य की जन्मजात या आन्तरिक क्षमता है, भले ही दो व्यक्तियों के बीच इस क्षमता की मात्रा तथा गुणवत्ता में भेद हो सकता है। तर्कशास्त्र की पुस्तक पढ़ने से किसी के अन्दर तर्क करने की क्षमता उत्पन्न नहीं होती, ठीक वैसे ही जैसे साइकिल चलाने संबंधी किसी पुस्तक को पढ़कर कोई साइकिल चलाना नहीं सीख सकता। बिना तर्कशास्त्र पढ़े भी कोई व्यक्ति अपने साधारण ज्ञान तथा सामान्य अनुभव के आधार पर उस व्यक्ति की तुलना में अच्छा तर्क कर ले सकता है, जिसने तर्कशासत्र की पुस्तक पढ़ी हो। तर्कशास्त्र पढ़ने का लाभ सिर्फ इतना है कि हम सही तथा गलत तर्क में भेद कर सकते हैं तथा उस भेद के आधार पर गलत तर्क का बहिष्कार कर तर्क करने का सही अथवा वैध तरीका अपना सकते हैं। संक्षेप में, तर्कशास्त्र एक ऐसा शास्त्र या अध्ययन क्षेत्र है जो हमें वैध तथा अवैध तर्क में भेद करना सिखलाता है। ऐसा वह तर्क के कुछ ऐसे नियमों तथा सिद्धान्तों को हमारे समक्ष रखते हुए करता है कि यदि उचित समझदारी के साथ अपने व्यावहारिक जीवन में हम उनका सहारा लें, तो अपने या किसी दूसरे के तर्क में प्रविष्ट दोष को हम आसानी से पकड़ सकते हैं और फिर उसके आलोक में अपने तर्क में शुद्धता ला सकते हैं। यदि दो व्यक्ति समान बौद्धिक क्षमता के हों और उनमें से एक ने ईमानदारी से तर्कशास्त्र के नियमों तथा सिद्धान्तों को पढ़ा तथा समझा हो, जब कि दूसरे ने ऐसा नहीं किया हो, तो निश्चित ही पहला व्यक्ति अधिक शुद्ध रूप में तर्क कर सकेगा ताकि उसके निष्कर्षों में वैधता हो, जब कि दूसरा व्यक्ति ऐसा करने में अक्षम रह जायेगा। यह दूसरा व्यक्ति आसानी से समझ भी नहीं पायेगा कि उसके या किसी अन्य के किसी तर्क में क्या दोष है और उसे कैसे सुधारा जा सकता है।

तर्कशास्त्र के स्वरूप में निहित कुछ अन्य विशिष्ट पहलुओं को समझने के लिए हमें कुछ ऐसी परिभाषाओं पर ध्यान देना होगा जो तर्कशास्त्र को परिभाषित करने के सिलसिले में दी गई हैं। यों तो तर्कशास्त्र की कई परिभाषाएँ दी गई हैं, पर हम यहाँ कुछ ऐसी ही परिभाषाओं को उपस्थित करेंगे जो तर्कशास्त्र के वास्तविक स्वरूप के बहुत निकट जाती है, पर कुछ कारणवश फिर भी तर्कशास्त्र की उचित परिभाषा प्रस्तुत करने में सक्षम नहीं हो पातीं। जैसे, एक परिभाषा तर्कशास्त्र को "विचार का विज्ञान (Science of thought)" बतलाती है। यह परिभाषा इस अर्थ में तर्कशास्त्र के स्वरूप के निकट पहुँचती है कि तर्क की हमारी प्रक्रिया, जिससे तर्कशास्त्र का मतलब है, हमारे विचार की ही प्रक्रिया है। पर 'विचार' (Thought) एक बहुत ही व्यापक शब्द है, जिसके अन्दर तर्क (reasoning) के अलावा अन्य भी कई प्रकार की प्रक्रियाएँ (जैसे, स्मरण करना, कल्पना करना आदि) सम्मिलित हैं। तर्कशास्त्र को तो विचार के इन पहलुओं से कोई मतलब नहीं होता। उसका संबंध तो सिर्फ उस प्रक्रिया से है, जिसे तर्क (reasoning) की संज्ञा दी जाती है। इसलिए वस्तुतः कुछ लोगों ने तर्कशास्त्र की परिभाषा यह कहकर भी दी है कि तर्कशास्त्र "तर्क का विज्ञान (Science of reasoning)" है। पर यह परिभाषा भी सापेक्षतः सत्यता के अधिक निकट होते हुए भी अस्पष्ट (vague) तथा अनिश्चित है, चूँकि तर्कशास्त्र के वास्तविक स्वरूप पर इससे शायद ही कोई प्रकाश पड़ता है। 'तर्क करने का विज्ञान' कहने का आखिर ठीक-ठीक तात्पर्य क्या है? तर्क कई प्रकार से किये जा सकते हैं, पर तर्कशास्त्र में जो तर्क का विशेष माध्यम है, उसे अनुमान (Inference) की संज्ञा दी जाती है। किसी भी अनुमान में कुछ आधार होता है जिसके बल पर कुछ निष्कर्ष निकाला जाता है। अनुमान की इसी विशेष प्रक्रिया को तर्क की संज्ञा दी जाती है। पर यहाँ भी एक बहुत ही महत्त्वपूर्ण बात ध्यान देने योग्य यह है कि तर्कशास्त्र को तर्क या अनुमान की पूरी प्रक्रिया से, जो मानसिक होती है, संबंध नहीं होता। इसे तो, एक प्रकार से कहा जाय तो यह कहा जायगा कि, सिर्फ अनुमान की अन्तिम उपज (product) से संबंध होता है। इसका तात्पर्य यह है कि तर्कशास्त्र को इस बात से मतलब नहीं होता कि अनुमान की प्रक्रिया कैसे सम्पन्न की जाती है। यह तो मनोविज्ञान का विषय है। तर्कशास्त्र का विषय तो अनुमान के सम्पन्न हो जाने पर सिर्फ यह देखना है कि उसके आधार तथा निष्कर्ष में कुछ इस प्रकार का संबंध है या नहीं कि यदि आधार को सत्य माना जांय तो उससे निष्कर्ष की सत्यता की भी गांरटी मिलती है। दूसरे शब्दों में, तर्कशास्त्र का कार्य अनुमान की क्रिया सम्पन्न हो जाने पर सिर्फ यह देखना होता है कि अनुमान सही या शुद्ध या वैध है कि नहीं। यदि आधार सचमुच निष्कर्ष के लिए एक यथेष्ठ या विश्वसनीय आधार प्रस्तुत करता है, तब तो अनुमान को सही, अन्यथा उसे गलत या अशुद्ध माना जाता है? अनुमान करने की जटिल मानसिक क्रिया से तर्कशास्त्र को कोई मतलब नहीं होता। उसका मतलब सिर्फ आधार तथा निष्कर्ष के उस विशिष्ट संबंध से होता है, जिसके चलते आधार निष्कर्ष के लिए सचमुच आधार का काम करता है।

फिर शायद यह भी कहना पूर्ण सत्य नहीं प्रतीत होता कि तर्कशास्त्र **तर्क का विज्ञान** है। ऐसा तब कहा जा सकता था जब तर्कशास्त्र एक व्यवस्थित रूप में शुद्ध अनुमान संबंधी नियमों तथा सिद्धान्तों का सिर्फ एक सैद्धान्तिक ज्ञान हमें देता, पर वह तो ऐसे ज्ञान के साथ-साथ हमें ऐसे तकनीक (techniques) या ऐसी पद्धतियाँ (methods) भी बतलाता है जिन्हें व्यावहारिक स्तर पर लागू कर हम शुद्ध और अशुद्ध, सही और गलत

तर्क का भेद कर सकते हैं, तथा सही तर्क करने में सक्षम हो सकते हैं। इसलिए यह उपर्युक्त अर्थ में तर्क या अनुमान करने का विज्ञान तथा कला दोनों हैं।

इस प्रकार निष्कर्ष रूप में कह सकते हैं कि तर्कशास्त्र सही (correct) तथा गलत (incorrect) तर्क में भेद करने तथा सही ढंग से तर्क करने संबंधी नियम, सिद्धान्त, तरीके एवं पद्धतियाँ बतलाने वाला शास्त्र है जिसे विज्ञान एवं कला दोनों की संज्ञा दी जा सकती है।

2. युक्ति, आधारवाक्य तथा निष्कर्ष (*Argument, Premise and Conclusion*)

अनुमान एक मानसिक क्रिया है। युक्ति (Argument) अनुमान की अभिव्यक्ति का माध्यम है। यानी, तर्कशास्त्र में अनुमान के उदाहरण युक्तियों के माध्यम से व्यक्त किये जाते हैं। युक्तियों का निर्माण प्रतिज्ञप्तियों (propositions) या कथनों (statements) के द्वारा होता है।[1] ये प्रतिज्ञप्तियाँ वाक्यों से भिन्न होती है, इसलिए युक्तियों के संबंध में और आगे कुछ कहने के पूर्व कुछ हद तक हमें वाक्यों तथा प्रतिज्ञप्तियों के भेद को देख लेना चाहिए।

वाक्य कई प्रकार के होते हैं—जैसे, सूचनात्मक, (Assertory), प्रश्नवाचक (Interrogative), आज्ञादि सूचक (Optative), विस्मयादिबोधक (Exclamatory)। इनमें से सिर्फ सूचनात्मक वाक्य ही प्रतिज्ञप्ति व्यक्त करते हैं, अन्य नहीं। 'वह राम है', 'राम एक अच्छा लड़का है', 'मेज गोल है', आदि वाक्य सूचनात्मक हैं और ये ही प्रतिज्ञप्ति व्यक्त करते है, चूँकि प्रतिज्ञप्तियों का एक मुख्य लक्षण है कि वे सत्य या असत्य होती हैं, या यों कहें कि, उनमें सत्य या असत्य होने की क्षमता होती हैं, सूचनात्मक वाक्यों के द्वारा जो अर्थ व्यक्त होते हैं उन्हें ही प्रतिज्ञप्ति कहते हैं। अन्य प्रकार के वाक्यों के द्वारा जो अर्थ व्यक्त होते हैं, उनपके सत्य या असत्य कहे जाने का कोई अर्थ नहीं होता, यानी यों कहें कि, उनमें सत्य या असत्य कहे जाने की क्षमता नहीं होती। जैसे प्रश्नसूचक वाक्य—'क्या राम आया है?' के द्वारा व्यक्त अर्थ के सत्य-असत्य होने का कोई अर्थ नहीं है। वैसे ही आज्ञासूचक वाक्य 'खिड़की बन्द करो' के सत्य-असत्य होने का कोई अर्थ ही नहीं है। इस प्रकार वाक्यों तथा प्रतिज्ञप्तियों का एक भेद तो इस रूप में सामने आता है कि सभी प्रकार के वाक्य प्रतिज्ञप्ति व्यक्त नहीं किरते, बल्कि सिर्फ सूचनात्मक वाक्य ही ऐसा कर सकते हैं। इसी क्रम में हमने यह भी देखा है कि प्रतिज्ञप्तियों का प्रमुख लक्षण है कि वे सत्य-असत्य होती हैं। वाक्यों में यह गुण नहीं होता, अर्थात् वाक्य सत्य-असत्य नहीं होते, वे तो व्याकरण की दृष्टि से सिर्फ शुद्ध (correct) या अशुद्ध (incorrect) होते हैं या फिर सार्थक अथवा निरर्थक होते हैं।

वाक्यों तथा प्रतिज्ञप्तियों के भेद को इस रूप में भी देखा जा सकता है कि एक ही वाक्य कई प्रतिज्ञप्तियाँ व्यक्त कर सकता है या फिर कई वाक्यों के द्वारा एक ही प्रतिज्ञप्ति व्यक्त होती है। उदाहरण के लिए, 'सैन्धव तेज है' वाक्य में 'सैन्धव' शब्द के दो अर्थ हैं—घोड़ा तथा नमक। अब यदि उस शब्द को हम पहले अर्थ में लें तो वाक्य से यह प्रतिज्ञप्ति व्यक्त होती है कि 'घोड़ा स्फूर्तिमय तथा तेज चलने वाला है', पर यदि उसे दूसरे अर्थ में लें तो यह प्रतिज्ञप्ति व्यक्त होती है कि 'किसी खाद्य पदार्थ में नमक अधिक पड़ गया है।' उसी प्रकार यदि हम यह वाक्य कहें कि 'भारत के वर्तमान राष्ट्रपति सेना के भी सर्वोच्च

1. 'प्रतिज्ञप्ति' तथा 'कथन' दोनों बिल्कुल एक ही नहीं हैं, पर प्रायः तर्कशास्त्री दोनों का प्रयोग एक ही अर्थ में करते हैं। हम भी यहाँ यही करेंगे। ये दोनों ही 'वाक्य' से भिन्न होते हैं।

कमान्डर हैं' तो यह वाक्य जिस समय में बोला या लिखा जायगा, उस समय के राष्ट्रपति के संबंध में यह प्रतिज्ञप्ति व्यक्त करेगा और इस प्रकार एक ही वाक्य कई प्रतिज्ञप्तियाँ व्यक्त करेगा। उसी प्रकार कई वाक्य एक ही प्रतिज्ञप्ति व्यक्त कर सकते हैं। जैसे, यदि कहा जाय—'राम आम खाता है' और 'राम के द्वारा आम खाया जाता है', तो ये दोनों निश्चित रूप से दो अलग-अलग वाक्य हैं, पर दोनों के द्वारा एक ही अर्थ या एक ही प्रतिज्ञप्ति की अभिव्यक्ति होती है। उसी प्रकार यदि हम निम्नलिखित तीन वाक्य बोलें :—

राम सत्य बोलता है
रामः सत्यम् बदति
Ram speaks the truth

तो वाक्य रूप में ये तीनों निश्चित रूप से अलग-अलग हैं, पर चूँकि तीनों के द्वारा एक ही अर्थ व्यक्त होता है, इसलिए तीनों एक ही प्रतिज्ञप्ति अभिव्यक्त करते हैं।

यहाँ एक बात बतला देना अप्रासंगिक या व्यर्थ नहीं होगा कि एक तकनीकी स्तर पर वाक्यों तथा प्रतिज्ञप्तियों के बीच उपर्युक्त प्रकार के भेद को समझना आवश्यक है, पर व्यावहारिक स्तर पर सूचनात्मक वाक्यों तथा प्रतिज्ञप्तियों अथवा कथनों को प्रायः एक ही मानकर चला जाता है और ऐसा करनें में आम तौर पर किसी बड़ी तार्किक भूल की सम्भावना भी नहीं है। *इसीलिए रसेल (**Russell**) ने तो कम-से-कम अपने तार्किक अणुवादी दर्शन की अवधि में स्पष्ट रूप से कहा कि सूचनात्मक वाक्य ही कथन (**statement**) हैं।*

अब हम ऊपर छोड़ी अपनी युक्ति संबंधी बातों को आगे बढ़ायें। हमने कहा है कि युक्तियों का निर्माण प्रतिज्ञप्तियों या कथनों के द्वारा होता हैं। इनमें से एक या अधिक कथन आधार का काम करते हैं तथा एक निष्कर्ष का। आधार स्वरूप या आधार का काम करने वाले वे कथन होते हैं जिनके बल पर या जिनकी सत्यता के आधार पर किसी अन्य कथन की सत्यता को स्वीकार किया जाता है जिसे निष्कर्ष कहते हैं। इस प्रकार युक्तियों में आधार कथन (Premise) तथा निष्कर्ष (Conclusion) होते हैं। आधारकथन एक भी हो सकता है या एक से अधिक भी पर निष्कर्ष किसी भी युक्ति में एक ही होता है। इस प्रकार निष्कर्ष किसी भी युक्ति का वह कथन है जिसकी सत्यता को युक्ति में प्रस्तुत अन्य कथन या कथनों के आधार पर स्वीकार किया जाता है और फिर जिस अन्य कथन या जिन अन्य कथनों को आधार मानकर निष्कर्ष की सत्यता स्वीकार की जाती है, उसे या उन्हें आधारकथन की संज्ञा दी जाती है। जैसे :—

'सभी मनुष्य पशु हैं
इसलिए, कुछ पशु मनुष्य हैं'

युक्ति में 'सभी मनुष्य पशु हैं' आधार कथन है तथा 'कुछ पशु मनुष्य हैं' निष्कर्ष है। हम स्पष्ट देख सकते हैं कि इनमें से पहला कथन ही वह आधार है जिसके बल पर या जिसकी सत्यता को स्वीकार कर हम दूसरे की सत्यता को स्वीकार करते हैं। उसी प्रकार,

'सभी मनुष्य पशु हैं
राम एक मनुष्य हैं
इसलिए, राम एक पशु हैं'

युक्ति में पहले के दोनों कथन आधारकथन हैं तथा अन्तिम कथन निष्कर्ष हैं।

यहाँ पर एक बात ध्यान देने लायक है और वह यह है कि यद्यपि हमारे उपर्युक्त दोनों

उदाहरणों में युक्तियों के क्रम में आधारकथन पहले तथा निष्कर्ष अन्त में आया है, पर यह क्रम सदैव देखने को नहीं मिलता। जब युक्ति पूर्ण तार्किक आकार में रहती है, तब तो ऐसा होता है कि क्रम में पहले आधारकथन आते हैं और फिर निष्कर्ष, पर सामान्य भाषा में या सामान्य परिस्थितियों में जो युक्तियाँ उपस्थित की जाती हैं उनमें आधारकथन तथा निष्कर्ष का यही क्रम निश्चित रूप से नहीं होता। कभी-कभी तो निष्कर्ष ही सबसे पहले आ जाता है और आधारकथन उसके बाद, और कभी-कभी ऐसा भी होता है कि निष्कर्ष बीच में होता है, और कुछ आधारकथन उसके पूर्व तथा कुछ बाद में आते हैं। इसलिए साधारण भाषा में उपस्थित युक्तियों के संबंध में पहला महत्त्वपूर्ण काम तो यही है कि हम पहचानें कि उनमें वास्तविकता में या तार्किक अर्थ में युक्ति कौन है और फिर उसमें कौन कथन आधारकथन हैं तथा कौन निष्कर्ष। पहले हम आधार कथनों तथा निष्कर्ष की पहचान की बात करें और फिर बाद में युक्ति की पहचान की बात करेंगे। हम पहले एक युक्ति का उदाहरण लें जिसमें निष्कर्ष ही सर्वप्रथम आया हो और फिर एक ऐसी युक्ति का जिसमें निष्कर्ष आधारकथनों के बीच में हो।

पहला उदाहरण—यानी वैसा जिसमें निष्कर्ष क्रम में सबसे पहले हो :—

'राम तेज बुद्धि का है, चूँकि उसकी आँखें भूरी हैं और भूरी आँखों वाले सभी मनुष्य तेज बुद्धि के होते हैं।

दूसरा उदाहरण—यानी वैसा जिसमें निष्कर्ष बीच में हो :—

'चूँकि धर्म का संबंध आध्यात्मिकता से है, इसलिए इसका संबंध भौतिक विचारधारा से नहीं हो सकता, चूँकि फिर आध्यात्मिकता का भौतिक विचारधारा के साथ कोई मेल नहीं है।'

हम देख सकते हैं कि पहले में 'राम तेज बुद्धि का है' निष्कर्ष है जो क्रम में सबसे पहले आया है, तथा दूसरे में 'इसका संबंध भौतिक विचारधारा से नहीं हो सकता' निष्कर्ष है जो क्रम में दो आधारकथनों के बीच में है।

चूँकि वास्तविक स्थितियों में ऐसे और इनसे भी जटिल उदाहरण आ सकते हैं और चूँकि इनमें आधारकथनों तथा निष्कर्ष का क्रम निश्चित नहीं है, इसलिए यह एक बड़ी समस्या है कि किसी भी युक्ति में यह पहचाना कैसे जाय कि कौन से कथन आधारकथन है तथा कौन सा निष्कर्ष। आमतौर पर तो यह कहा जा सकता है कि निष्कर्ष वह कथन होगा जिसके पहले 'इसलिए', 'इस प्रकार', 'अतः', 'परिणामतः', 'यह निष्कर्ष निकलता है कि' आदि अंग्रेजी में 'Therefore', 'So', 'Hence', 'Thus', 'Consequently', 'It follows that' आदि जैसे संकेत लगे होंगे, और वे कथन आधारकथन होंगे जिनके पहले 'चूँकि', 'क्योंकि', 'इस कारण से कि', आदि तथा अंग्रजी में 'Since', 'Because', 'For', 'As', 'For the reason that' आदि जैसे संकेत लगे होंगे। परन्तु ये संकेत सदैव सहायक नहीं होते, चूँकि बहुत स्थितियों में तो ये लगे ही नहीं होते और कहीं-कहीं ये लगे भी होते हैं तो इनकी जो पहचान ऊपर निर्धारित की गई है वह न होकर कुछ भिन्न ही प्रकार का कार्य इनके द्वारा किसी विशेष परिस्थिति में सम्पादित किया जाता है। ऊपर जो उदाहरण हमने ऐसी युक्ति का लिया है जिसमें निष्कर्ष ही क्रम में सर्वप्रथम आया है, उसमें हम देख सकते हैं कि निष्कर्ष के पहले 'इसलिए', 'अतः' आदि संकेतों में से कोई भी नहीं है। उसी प्रकार ऐसा भी हो सकता है कि कोई कथन आधारकथन हो, पर उसके पहले 'चूँकि', 'क्योंकि' आदि संकेतों में से कोई भी न लगा हो। इसके अलावा अन्य भी कई स्थितियाँ है जिनमें स्पष्ट और निश्चित रूप में आधारकथन न तथा निष्कर्ष की पहचान

करना कठिन हो सकता है। जैसे, कहीं आधारकथन सूचनात्मक (Indicative) या विवरणात्मक (Declarative) रूप में दिया न होकर, किसी दूसरे रूप में दिया हो सकता है। या फिर कोई ऐसी भी युक्ति हो सकती है जिसमें कोई एक आधारकथन या निष्कर्ष स्पष्ट रूप से दिया ही न हो। ऐसी युक्तियों को विशेष तौर पर लुप्तावयव न्याय (Enthymeme) की संज्ञा दी जाती है। इन सारी स्थितियों में संदर्भ को देखकर तथा भाषा के ठीक-ठीक अर्थ को समझकर यह पहचानना होगा कि आधारकथन क्या है या निष्कर्ष क्या है अथवा दबा हुआ आधारकथन या निष्कर्ष क्या होगा। कोई बना-बनाया नियम ऐसी स्थितियों के लिए नहीं है।

3. निगमन तथा आगमन (*Deduction and Induction*)

युक्तियाँ सामान्यतः दो प्रकार की मानी गई हैं—निगमनात्मक (Deductive) तथा आगमनात्मक (Inductive)। प्रत्येक युक्ति में, जैसा हमने देखा है, आधारकथन निष्कर्ष के लिए एक आधार प्रस्तुत करते है, जिस आधार की सत्यता के बल पर ही निष्कर्ष की सत्यता निकालने में हम समर्थ होते हैं। पर कुछ युक्तियाँ ऐसी होती है जिनमें आधारकथन निष्कर्ष के लिए निर्णायक (conclusive) आधार प्रस्तुत करते हैं, जब कि कुछ युक्तियाँ ऐसी होती हैं जिनमें आधारकथन निष्कर्ष के लिए एक आधार तो प्रस्तुत करते हैं, पर वह आधार निर्णायक और पूर्ण न होकर इस अर्थ में थोड़ा कमजोर होता है कि उसके बल पर निष्कर्ष की निश्चित सत्यता के स्थान पर हम मात्र उसकी संभावित (Probable) सत्यता ही प्राप्त कर सकते हैं। पहला गुण निगमनात्मक युक्तियों का है तथा दूसरा आगमनात्मक युक्तियों का। अर्थात् निगमनात्मक युक्तियों में आधारकथन निष्कर्ष के लिए एक निर्णायक आधार इस अर्थ में प्रस्तुत करते हैं कि आधारकथनों की सत्यता से निष्कर्ष की सत्यता निश्चित तथा अनिवार्य रूप से निकलती है। दूसरे शब्दों में कहा जा सकता है कि (वैध) निगमनात्मक युक्तियों में यदि आधारकथनों को सत्य रूप में स्वीकार किया जाय तो यह असंभव है कि निष्कर्ष सत्य न हो। पर आगमनात्मक युक्तियों के निष्कर्षों में सिर्फ संभावित सत्यता होती है, चूँकि इनके आधारकथन निष्कर्ष के लिए निर्णायक आधार प्रस्तुत नहीं करते। दूसरे शब्दों में, आगमनात्मक युक्ति का स्वरूप कुछ ऐसा होता है कि आधारकथनों को सत्य स्वीकार करने पर निष्कर्ष की सत्यता को भी स्वीकार करना समीचीन, उचित अथवा युक्तिसंगत लगता है, पर निष्कर्ष की सत्यता के पीछे कोई अनिवार्यता नहीं होती, यानी यह असंभव नहीं है कि आधरकथनों के सत्य होने के बावजूद निष्कर्ष असत्य हो जाय। पारंपरिक रूप में निगमनात्मक तथा आगमनात्मक युक्तियों के क्रमशः निम्नलिखित उदाहरण पेश किये जाते रहे हैं :—

1. सभी मनुष्य मरणशील हैं
राम एक मनुष्य हैं
इसलिए, राम मरणशील हैं।
2. यदु मनुष्य है और वह मरणशील है
मोहन मनुष्य है और वह मरणशील है
सोहन मनुष्य है और वह मरणशील है
इसलिए (संभवतः) सभी मनुष्य मरणशील हैं।

हम देख सकते हैं कि पहले उदाहरण में यदि आधारकथन 'सभी मनुष्य मरणशील हैं' तथा 'राम एक मनुष्य है' को सत्य स्वीकार किया जाय तो फिर अनिवार्य रूप से हमें इस निष्कर्ष की सत्यता भी स्वीकारनी होगी कि 'राम मरणशील हैं'। ऐसा असंभव है कि

हम आधारकथनों की सत्यता को स्वीकार (Affirm) करें तथा निष्कर्ष की सत्यता को अस्वीकार (Deny)। पर दूसरे उदाहरण में यह बात नहीं है। यह पाकर कि मोहन, सोहन, यदु आदि कई मनुष्य मरणशील है, यह निष्कर्ष निकालना कि सभी मनुष्य मरणशील हैं, युक्तिसंगत तथा समीचीन अवश्य है, पर इस निष्कर्ष में सिर्फ संभावित सत्यता है, चूँकि आधारकथनों के सत्य होने के बावजूद निष्कर्ष असत्य भी हो सकता है, उसका असत्य होना असंभव नहीं है। कम-से-कम बिना किसी आत्म-विरोध के यह सोचा तो जा ही सकता है कि मोहन, सोहन आदि की मरणशीलता के बावजूद यह कथन असत्य हो सकता है कि 'सभी मनुष्य मरणशील हैं।' दूसरी ओर निगमनात्मक युक्ति वाले उदाहरण में आधारकथनों को सत्य मानने के बावजूद निष्कर्ष को असत्य मानने में एक आत्म-विरोध की स्थिति उत्पन्न हो जाती है। आधारकथनों को सत्य स्वीकार करने पर निष्कर्ष की सत्यता स्वीकार करने की एक बाध्यता हो जाती है, चूँकि आधारकथनों से निष्कर्ष **अनिवार्यत:** निकलता है। ऐसी कोई अनिवार्यता दूसरे उदाहरण के निष्कर्ष में नहीं है।

उपर्युक्त विश्लेषण से निगमनात्मक तथा आगमनात्मक युक्ति अथवा निगमन तथा आगमन में एक स्पष्ट भेद इस रूप में सामने आता है कि जहाँ निगमन में आधारकथन निष्कर्ष के लिए निर्णायक आधार प्रस्तुत करते हैं ताँकि आधारकथनों से निष्कर्ष अनिवार्यतः निकलता है, वहाँ आगमन के निष्कर्ष में कोई अनिवार्यता न होकर मात्र एक संभावितता होती है, चूँकि इसमें आधारकथन निष्कर्ष के लिए कोई निर्णायक प्रमाण नहीं, बल्कि एक सापेक्षतः कमजोर आधार प्रस्तुत करते हैं। पर ऊपर जिन उदाहरणों के सहारे इस भेद को स्पष्ट करने की चेष्टा की गई है, उनसे इन दोनों के भेद के संबंध में एक गलत संकेत भी मिल सकता है। इतना ही नहीं, कुछ तर्कशास्त्रियों ने अपने विचारों के द्वारा इस गलत संकेत या संदेश को बल प्रदान किया है। जो गलत संदेश मिल सकता है वह यह है कि जहाँ निगमन सामान्य (general या universal) से विशेष (particular) पर जाने की प्रक्रिया है, वहाँ आगमन विशेष से सामान्य पर जाने की प्रक्रिया है। 'सभी मनुष्य मरणशील हैं' से 'राम मरणशील हैं' पर जाना सामान्य से विशेष पर जाना है तथा 'मोहन, सोहन आदि मरणशील हैं' से 'सभी मनुष्य मरणशील हैं' पर जाना विशेष से सामान्य पर जाना है। पर इस रूप में निगमन तथा आगमन के भेद को समझना भ्रामक है। निगमन तथा आगमन दोनों में ही सामान्य से सामान्य पर और विशेष से विशेष पर भी जा सकते हैं। उदाहरण के लिए निम्नांकित अनुमान (या युक्ति) निगमनात्मक है जिसमें हम सामान्य-से-सामान्य पर जाते हैं :—

सभी मनुष्य पशु हैं
सभी पशु मरणशील हैं
इसलिए सभी मनुष्य मरणशील हैं।

फिर निम्नांकित अनुमान भी निगमनात्मक है और इसमें हम विशेष संबंधी कथनों से विशेष कथन पर ही जाते हैं :—

यदि राम मनुष्य है, तो वह मरणशील है
राम मनुष्य है
इसलिए राम मरणशील है।

उसी प्रकार आगमनात्मक युक्ति के भी ऐसे उदाहरण हो सकते हैं जिनमें हम सामान्य से सामान्य पर जायँ अथवा फिर विशेष-से-विशेष पर जायँ। जैसे—

'सभी मनुष्य पशु हैं और उन्हें भूख लगती है
सभी घोड़े पशु हैं और उन्हें भूख लगती है

सभी कुत्ते पशु हैं और उन्हें भूख लगती है।

इसलिए (संभवतः) सभी पशुओं को भूख लगती है।'

इस आगमनात्मक युक्ति में हम सामान्य कथनों के आधार पर एक सामान्य कथन ही निष्कर्ष रूप में प्राप्त करते हैं। फिर आगमन का ऐसा भी उदाहरण हो सकता है जिसमें विशेष संबंधी कथनों से एक विशेष संबंधी कथन ही निष्कर्ष रूप में प्राप्त किया जाय। जैसे :—

X गोरखा है और वह बहादुर है

Y गोरखा है और वह बहादुर है

Z गोरखा है और वह बहादुर है

W भी गोरखा है

इसलिए, (संभवतः) वह भी बहादुर होगा।

इस आगमनात्मक युक्ति में हम देख सकते हैं कि विशेषों से संबंधित उदाहरणों के आधार पर एक विशेष से संबंधित निष्कर्ष ही निकाला गया है। अतः इसी बात को निगमन तथा आगमन के भेद का आधार बना लेना कि एक में हम सामान्य से विशेष पर जाते हैं तथा दूसरे में विशेष से सामान्य पर, उचित नहीं है।

हमने पहले तर्कशास्त्र के स्वरूप निर्धारण के क्रम में सही तथा गलत अथवा शुद्ध (correct) तथा अशुद्ध (incorrect) तर्कों में भेद किया है। यह भेद सामान्य तौर पर निगमनात्मक तथा आगनात्मक दोनों ही प्रकार के तर्कों अथवा युक्तियों पर लागू होता है, पर निगमन में यह भेद वैध (valid) तथा अवैध (invalid) युक्तियों के भेद के रूप में पहचाना जाता है तथा आगमन में यह भेद अच्छे (good) तथा बुरे (bad) अथवा सबल (strong) तथा निर्बल (weak) के बीच भेद के रूप में पहचाना जाता है। कोई भी निगमनात्मक युक्ति तब वैध कही जाती है जब यह असंभव हो कि आधारकथन सत्य हो और फिर भी निष्कर्ष असत्य। अर्थात् जिस निगमनात्मक युक्ति में आधारकथनों से निष्कर्ष अनिवार्यतः निकलता हो उसे वैध तथा जिसमें ऐसा नहीं हो उसे अवैध कहते हैं। कोई भी निगमनात्मक युक्ति सिर्फ वैध या अवैध होती है, कम वैध या अधिक वैध अथवा उसी प्रकार कम या अधिक अवैध नहीं होती। इस प्रकार का भेद यानी, कम और अधिक का भेद, आगमनात्मक युक्ति के संदर्भ में किया जा सकता है, पर यहाँ ध्यान रखना होगा कि यह भेद वैध तथा अवैध युक्ति के बीच का भेद नहीं होगा, चूँकि आगमनात्मक युक्तियाँ वैध-अवैध होती ही नहीं। वे तो, जैसा हमने पहले ही कहा है, अच्छी-बुरी या सबल-कमजोर होती है। इन्हीं से संबंधित कम और अधिक का भेद किया जा सकता है। जैसे कोई आगमनात्मक युक्ति कम अच्छी हो सकती है या अधिक अच्छी भी हो सकती है। उसी तरह वह काफी (बहुत) सबल या काफी निर्बल भी हो सकती है। बात यह है कि, जैसा हम जानते ही हैं, आगमनात्मक युक्तियों के निष्कर्ष तो सिर्फ संभावति रूप में सत्य होते हैं और संभावना मात्रा (Degree) की चीज है। यानी कुछ आगमनात्मक युक्तियों के निष्कर्ष में सत्यता की। बहुत अधिक संभावना हो सकती है और कुछ में बहुत ही कम। तो जिसमें सत्यता की संभावना बहुत अधिक हो उसे हम अच्छा या सबल आगमन कह सकते हैं, और जिसमें सत्यता की संभावना बहुत कम हो उसे सापेक्षतः बुरा या निर्बल आगमन कह सकते है। फिर सत्यता की इसी मात्रा के अन्तर के हिसाब से हम बहुत अच्छा या बहुत सबल और कम अच्छा या कम सबल आदि का भी भेद कर सकते हैं। पर इस प्रकार का मात्रा संबंधी कोई भेद निगमनात्मक तर्कों के संदर्भ में संभव नहीं, चूँकि वे सिर्फ या तो वैध या अवैध होते हैं।

इस प्रकार निगमन तथा आगमन के भेद स्वरूप संक्षेप में हम कह सकते हैं कि निगमन में निष्कर्ष अपने आधार-कथनों से एक अनिवार्यता या बाध्यता के साथ निकलता है और इस अनिवार्यता में किसी प्रकार का मात्रा-भेद नहीं होता, जब कि आगमन में निष्कर्ष अपने आधारकथनों से सिर्फ एक संभावित सत्यता के साथ निकलता है, जिस संभावित सत्यता में मात्रा-भेद किया जा सकता है।

4. सत्यता तथा वैधता (*Truth and Validity*)

ऊपर हमने देखा कि वैधता-अवैधता निगमनात्मक युक्तियों का गुण (property) है। पर युक्तियों के इस गुण के साथ उन कथनों की सत्यता-असत्यता का प्रश्न सम्बद्ध रहता है जिनसे कोई युक्ति बनी होती है। निगमनात्मक युक्तियों की वैधता को परिभाषित करते हुए हमने पाया है कि वही निगमनात्मक युक्ति वैध होती है जिसमें आधारकथनों के सत्य होने पर निष्कर्ष भी अनिवार्य रूप में सत्य हो। इस प्रकार वैधता-अवैधता का प्रश्न आवश्यक रूप में आधारकथनों तथा निष्कर्ष की सत्यता-असत्यता के साथ सम्बद्ध है। पर एक बात तो यहाँ साफ है और वह यह है कि सत्यता-असत्यता कथनों का गुण है तथा वैधता-अवैधता युक्तियों का, यद्यपि युक्तियों की वैधता-अवैधता को कथनों की सत्यता-असत्यता से संबंध है।

परन्तु फिर यहाँ एक बात बहुत ही स्पष्ट रूप में समझने की आवश्यकता है और वह यह है कि वैधता-अवैधता का प्रश्न सिर्फ निगमनात्मक युक्तियों के संदर्भ में उठता है और निगमनात्मक युक्तिय्रों को आधारकथनों तथा निष्कर्ष की वास्तविक सत्यता-असत्यता से कोई मतलब नहीं होता। वैध निगमनात्मक युक्तियाँ सिर्फ इस बात से मतलब रखती हैं कि यदि आधारकथन सत्य हों (अथवा उन्हें सत्य स्वीकार कर लिया जाय), तो निष्कर्ष भी सत्य हो (अथवा निष्कर्ष की सत्यता स्वीकार करना अनिवार्य हो)। इसका तात्पर्य यह है कि वैसी भी निगमनात्मक युक्ति वैध हो सकती है जिसके आधारकथन तथा निष्कर्ष सभी वास्तविक दृष्टि से असत्य हों ओर वैसी निगमनात्मक युक्ति अवैध हो सकती है जिसके आधारकथन तथा निष्कर्ष सभी वास्तविक दृष्टि से सत्य हों। पहले का उदहारण निम्नलिखित है :—

सभी भारतीय विद्वान हैं
सभी मनुष्य भारतीय हैं
इसलिए, सभी मनुष्य विद्वान हैं।

हम देख सकते हैं कि इस युक्ति के सभी कथन असत्य हैं, पर फिर भी युक्ति वैध है, चूँकि यदि आधारकथनों को एक साथ सत्य स्वीकार किया जाय तो फिर निष्कर्ष को भी अनिवार्यतः सत्य मानना ही पड़ेगा। दूसरे प्रकार की युक्ति का उदाहरण निम्नलिखित है :—

सभी मनुष्य मरणशील हैं
सभी मनुष्य पशु हैं
इसलिए सभी पशु मरणशील हैं।

इसमें वास्तविक दृष्टि से सभी कथन सत्य हैं, पर फिर भी युक्ति अवैध है, चूँकि आधारकथनों की सत्यता से निष्कर्ष की सत्यता अनिवार्यतः नहीं निकलती।

तर्कशास्त्री कथनों की वास्तविक सत्यता-असत्यता से इसलिए संबंधित नहीं होता चूँकि ऐसी सत्यता-असत्यता की जाँच न तो उसका लक्ष्य है और न ऐसा करने का उसके पास साधन है। कथनों की वास्तविक सत्यता-असत्यता की जाँच वैज्ञानिक करता है। तर्कशास्त्री का तो काम सिर्फ यह देखना है कि किसी युक्ति में आधारकथनों तथा निष्कर्ष

के बीच एक विशेष प्रकार का संबंध है या नहीं। यह विशेष प्रकार का संबंध वैसा संबंध है जिसके आधार पर युक्ति की वैधता-अवैधता की जाँच होती है। इस जाँच की मूल कसौटी क्या है इसका विश्लेषण हम ऊपर कर चुके हैं। इसे यदि हम पुनः दुहरायें तो कह सकते हैं कि किसी भी निगमनात्मक युक्ति में यदि आधारकथनों को सत्य मानने से निष्कर्ष को भी सत्य मानन अनिवार्य हो, तो युक्ति वैध मानी जाती है और यदि आधारकथनों की सत्यता स्वीकार करने के बावजूद निष्कर्ष की सत्यता स्वीकार करना अनिवार्य नहीं है, यानी हमें इसे असत्य भी मान सकते हैं, तो फिर युक्ति अवैध हैं। इस प्रकार 'सत्यता' तथा 'वैधता' दो अलग-अलग अवधारणाएँ हैं। जहाँ एक का संबंध कथनों से हैं, वहाँ दूसरे का संबंध युक्तियों से है। पर फिर भी युक्तियों के संदर्भ में दोनों के बीच एक विशेष प्रकार का संबंध है।

यहाँ यह कहा जा सकता है कि यदि सभी कथनों के असत्य (वास्तविक दृष्टि से) होने के बावजूद कोई निगमनात्मक तर्क वैध हो सकता है, तो फिर ऐसे तर्क और ऐसी वैधता का क्या लाभ? यहाँ समझने की बात यह है कि प्रश्न लाभ-हानि का नहीं है, प्रश्न है क्षेत्र विशेष के कार्य के सीमांकन का। निगमन तर्कशास्त्र का क्षेत्र तर्कों की वैधता-अवैधता देखने तक सीमित है। यदि हम चाहते हैं कि किसी तर्क या अनुमान के द्वारा वास्तविक रूप से सत्य कोई निष्कर्ष हम प्राप्त करें और उस निष्कर्ष की सत्यता निश्चित हो, तो उसके लिए दो बातें आवश्यक हैं—(1) हमारे आधारकथन वास्तविक दृष्टि से सत्य हों तथा (2) हम वैध रूप में तर्क या अनुमान करें। इसमें से पहला काम वैज्ञानिक का है, चूँकि कथनों की वास्तविक सत्यता-असत्यता की जाँच करने में वही सक्षम है, और दूसरा काम तर्कशास्त्री का है। तर्कशास्त्री वैधता की कसौटी तथा वैध रूप में तर्क करने के कुछ नियम हमारे समक्ष रख देता है। अब यदि हम चाहें कि अपने तर्क द्वारा वास्तविक रूप में सत्य निष्कर्ष प्राप्त करें तो यह हमारा काम है कि हम वास्तविक रूप से सत्य आधारकथनों को लें और वैधता की कसौटी तथा वैधता के नियमों का पालन करते हुए निष्कर्ष निकालें। तभी हमारा निष्कर्ष वास्तविक रूप में सत्य होगा और उसकी सत्यता में एक निश्चितता होगी।

❑

अध्याय 2

भाषा एवं उसके कार्य

(LANGUAGE AND ITS USES)

अनुमान सोचने की क्रिया के द्वारा ही सम्पन्न होता है। इस सोचने की क्रिया में भाषा या ऐसे ही किसी प्रतीक (symbol) का कहाँ तक हाथ रहता है, या कोई हाथ होता भी है या नहीं, यह विवादास्पद विषय है। पर इतना विवाद से परे है कि अनुमान कि क्रिया या उसके परिणाम को जब हम दूसरों के समक्ष अभिव्यक्त करना चाहते हैं या दूसरों तक पहुँचाना चाहते हैं तो उसके लिए माध्यम रूप में किसी प्रतीक की आवशएकता पड़ती है, और निःसंदेह भाषा इस कार्य के लिए सर्वाधिक सटीक और उपयोगी माध्यम है। वस्तुतः अनुमान को भाषा के माध्यम से ही युक्ति का रूप दिया जाता है। इसलिए अनुमान या युक्ति संबंधी किसी अध्ययन में भाषा और उसके कार्यों का भी कुछ हद तक अध्ययन आवश्यक मालूम पड़ता है। विशेष रूप से भाषा का अध्ययन इसलिए आवश्यक हो जाता है कि हमारी साधारण भाषा अपने मूल या प्राकृतिक रूप में थोड़ी जटिल होती है—जटिल इस अर्थ में कि उसके द्वारा कई प्रकार के कार्य सम्पन्न किये जाते हैं, तथा एक ही आकार की भाषा कभी एक कार्य और कभी दूसरा कार्य सम्पन्न करती हुई देखी जाती है। दूसरे शब्दों में, हमारी प्राकृतिक या सामान्य भाषा का स्वरूप थोड़ा इस रूप में समझ में नहीं आता कि कहाँ उसमें कोई युक्ति अन्तर्निहित है और यदि है तो उसका क्या स्वरूप है। इन कठिनाइयों के चलते भाषा के अलग-अलग रूपों का अध्ययन, विशेषकर उसके द्वारा विभिन्न प्रकार के कार्यों का अध्ययन कुछ हद तक एक तर्कशास्त्री के लिए भी आवश्यक हो जाता है। इसीलिए हमने यहाँ भाषा और उसके कार्यों को अपने अध्ययन का एक विषय बनाया है।

1. भाषा के विभिन्न कार्य *(Different uses or Functions of Language)*

जैसा हमने ऊपर कहा है, हमारी प्राकृतिक भाषा कुछ अर्थ में बड़ा जटिल है और इसलिए उसके कार्य को किसी एक शीर्षक के अन्दर बाँधना संभव नहीं है। दर्शन के इतिहास में कभी-कभी ऐसे गलत प्रयास किये गये हैं। जैसे, समकालीन युग में ही तार्किक अणुवादियों (Logical Atomists) तथा तार्किक अनुभववादियों (Logical Empiricists) ने कुछ ऐसे विचार रखे हैं जिनसे ऐसा लगता है कि भाषा का सिर्फ एक ही काम है और वह है प्रतिज्ञप्ति (Proposition) व्यक्त करना यानी ऐसी सूचनाएँ देना जो सत्य-असत्य सिद्ध हो सकें। तर्कशास्त्र को शायद भाषा के इसी कार्य से सीधा संबंध है, पर भाषा का अपने-आप में सिर्फ एक यही कार्य कदापि नहीं हैं। यह बात कुछ ही दिनों के बाद खुद उन लोगों ने भी महसूस की जिन्होंने भाषा के सिर्फ एक ही कार्य की बात की थी। विट्गेंसटाइन *(Wittegenstein)* नामक दार्शनिक ऐसे लोगों में प्रमुख हैं। अपने दार्शनिक जीवन के पूर्वार्द्ध में विट्गेंसटाइन एक तार्किक अणुवादी रहे और तत्संबंधी अपने विचार उन्होंने अपनी पुस्तक *(Tractatus-*

Logico-Philosophicus) में व्यक्त किया। परन्तु अपने जीवन के उत्तरार्द्ध में उन्होंने महसूस किया कि भाषा का कोई एक कार्य नहीं, बल्कि उसके अनेकों कार्य हैं—जैसे, सूचना देना, विवरण देना, आदेश देना, मजाक करना, धन्यवाद देना, प्रार्थना करना, प्रश्न पूछना, आदि। वास्तविकता भी सचमुच यही है। भाषा के अनेकों कार्य हैं जिन्हें कुछ निश्चित शीर्षकों में बाँधना संभव नहीं है। फिर भी सुविधा के लिए एक व्यापक दृष्टि अपना कर भाषा के प्रमुख कार्यों को निम्नलिखित तीन शीर्षकों के अन्तर्गत रख सकते हैं :—

(क) सूचनात्मक कार्य (*Informative Function*)—स्पष्टतः भाषा का एक प्रमुख कार्य है सूचनाएँ देना। इसी बात को इस रूप में रख सकते हैं कि भाषा का एक कार्य है प्रतिज्ञप्ति व्यक्त करना जो सत्य-असत्य होती हैं। इस प्रकार सामान्यतः तथ्यों के संबंध में कुछ बतलाना, उनका विवरण देना, आदि भाषा के सूचनात्मक प्रयोग हैं। 'राम मनुष्य है', 'वह एक वृक्ष है', 'वृक्ष हरा है', 'मेज गोल है', आदि वाक्य भाषा के सूचनात्मक कार्य संबंधी अंश के उदहारण हैं। ऐसे ही वाक्य प्रतिज्ञप्ति व्यक्त करते हैं जिनके द्वारा युक्तियों का निर्माण होता है। इसलिए तर्कशास्त्र की दृष्टि से भाषा का यही पक्ष सर्वाधिक महत्त्वपूर्ण है। वैज्ञानिक भाषा सूचनात्मक भाषा का उत्कृष्ट उदाहरण है।

(ख) अभिव्यक्तात्मक कार्य (*Expressive Function*)—जैसा हमने ऊपर कहा है, भाषा का सिर्फ एक ही कार्य नहीं है। इसलिए सिर्फ सूचनाएँ देना या प्रतिज्ञप्ति व्यक्त करना भाषा का सम्पूर्ण कार्य नहीं हो सकता। भाषा का एक प्रमुख कार्य हमारी भानाओं, संवेगों आदि को व्यक्त करना तथा दूसरों के अन्दर से भी विशिष्ट भावनाओं, संवेगों, प्रवृत्तियों आदि को पैदा करना या उभारना है। जैसे वैज्ञानिक भाषा भाषा के सूचनात्मक कार्य का उत्कृष्ट उदाहरण पेश करती है, वैसे ही कविता की भाषा-भाषा के अभिव्यक्तात्मक कार्य का उत्कृष्ट नमूना पेश करती है, यद्यपि ऐसा मानना गलत होगा कि अभिव्यक्तात्मक भाषा का प्रयोग सिर्फ कविताओं में ही मिलता है। अधिकांश कविताओं के माध्यम से कवि अपने सुन्दर भावोद्‌गारों को व्यक्त करता है, कुछ ऐसी बातें नहीं कहता जिनके सत्य या असत्य होने का कोई प्रश्न है। पर कविताओं से बाहर भी अभिव्यक्तात्मक भाषा का प्रयोग होता है, अथवा यों कहें कि कविता से बाहर प्रयुक्त भाषा में भी भाषा के अभिव्यक्तात्मक प्रयोग के उदहारण देखे जा सकते हैं। जैसे, कोई प्रेमी जब अपनी प्रेमिका को देखकर भावविह्वल होकर यह बोल बैठता है कि 'तुम कितनी सुन्दर हों' अथवा जब किसी के दुःख में दुखी होकर कोई बोल बैठता है कि 'यह बड़ा ही दुर्भाग्यपूर्ण हैं' या 'यह बड़े ही दुःख की बात है' तो ये सारे उदाहरण भाषा के अभिव्यक्तात्मक कार्य के उदहारण हैं।

जैसा हमने ऊपर संकेत किया है, भाषा का अभिव्यक्तात्मक प्रयोग दो रूपों में या दो कार्यों को सम्पन्न करने के लिए किया जाता है—(i) अपनी भावनाओं, प्रवृत्तियों आदि को व्यक्त करने के लिए या (ii) दूसरों के अन्दर से कुछ विशेष प्रकार की भावनाओं, प्रवृत्तियों आदि को उभारने के लिए। जैसे, कोई अत्यन्त दुखी आदमी अकेले में बैठकर तरह-तरह की बातों से अपने दुःख को व्यक्त करता है, तो वह सिर्फ अपनी भावनाओं को व्यक्त करता है, पर एक वक्ता यदि एक संवेगपूर्ण भाषण दूसरों के समक्ष देता है तो यहाँ वह दूसरों के अन्दर से कुछ विशिष्ट प्रकार के संवेग उभारना चाहता है। भाषा के ये दोनों ही प्रकार के प्रयोग उसके अभिव्यक्तात्मक कार्य के अन्तर्गत आते हैं।

(ग) निर्देशात्मक कार्य *(Directive Function)*—आदेशमूलक, निवेदनपरक तथा किसी कार्य के करने या न करने की सलाह देने संबंधी वाक्य भाषा के निर्देशात्मक कार्य को सम्पन्न करते हैं। उदाहरण के लिए 'दरवाजा बन्द करो', 'कृपाकर इस कार्य को सम्पन्न किया जाय', ' हमें दूसरों को कष्ट नहीं देना चाहिये', आदि जैसे सभी वाक्य भाषा में उस प्रकार के कार्य को करते हैं जिसे भाषा का निर्देशात्मक कार्य कहा जाता है। ये सभी आदेश या निवेदन या सलाह के रूप में किसी के सामने इस लक्ष्य से रखे जाते हैं कि वह किसी विशेष कार्य को करे या उसे करने से अपने को रोके। प्रश्नसूचक वाक्यों को भी इसी श्रेणी में रखा जा सकता है, चूँकी अप्रत्यक्ष रूप में वे भी निवेदनपरक हैं—उनके द्वारा एक उत्तर का निवेदन प्रस्तुत किया जाता है, या उनके द्वारा यह अपेक्षा की जाती है कि सुनने वाला कोई उत्तर दे।

ऊपर हमने एक व्यापक दृष्टि से भाषा के तीन प्रकार के प्रयोगों अथवा कार्यों की चर्चा की है, पर अपने प्राकृतिक या स्वाभाविक रूप में जो हमारी भाषा है उसका स्वरूप मिश्रित है और उसके अन्दर सदैव, हर स्थिति में, इन तीन प्रकार के कार्यों में भेद करना शायद ही संभव है। एक ही भाषा कमोवेश मात्रा में तीनों ही प्रकार के कार्य सम्पन्न करती है। सैद्धान्तिक या अवधारणात्मक स्तर पर हम तीन प्रकार के कार्यों या प्रयोगों में भेद कर सकते हैं, पर व्यावहारिक स्तर पर शायद ही कभी ऐसा होता है कि हम यह स्पष्ट रूप में कह सके कि यहाँ भाषा का प्रयोग अमुक विशिष्ट कार्य के लिए हुआ है। हमने कहा है कि कविता की भाषा सामान्यतः अभिव्यक्तात्मक होती है, पर यह इस अर्थ में शायद ही सत्य है कि व्यावहारिक स्तर पर कोई कविता सिर्फ भावनाओं को अभिव्यक्त करती है या उन्हें उभारने की कोशिश करती है। हो सकता है कि उसी कविता के द्वारा कवि निहित या स्पष्ट रूप में कुछ संदेश या उपदेश भी दे रहा हो जो उसके निर्देशात्मक कार्य का सूचक है और फिर निर्देशात्मक कार्य के सफलतापूर्वक सम्पन्न होने के लक्ष्य से कुछ सूचनाएँ भी दे रहा है। भाषा प्रायः अपने निर्देशात्मक कार्य को तब तक पूरा नहीं कर पाती जबतक उसके साथ कुछ आवश्यक सूचनाएँ संबद्ध न हों तथा जो हमारी भावनाओं को प्रभावित न कर सके। सीधे निर्देश के रूप में यदि हम अपनी भाषा का प्रयोग करें तो शायद हम अपने उस लक्ष्य को प्राप्त नहीं कर पायेंगे जो भाषा के प्रयोग के द्वारा हम प्राप्त करना चाहते हैं। उदाहरण के लिए यदि किसी नेक काम के लिए हमें दान या चंदा लेना हो तो सिर्फ निर्देशात्मक भाषा का प्रयोग कर यह कहने से कि 'अमुक काम के लिए हमें चंदा दो' शायद ही चंदा मिलेगा। इसके साथ कुछ उस भाषा का भी प्रयोग आवश्यक है जो इस संबंध में कुछ सूचनाएँ दें कि भूतकाल में अमुक-अमुक व्यक्तिों ने ऐसे कार्य के लिए जब दान दिये तो उसके बदले उनके सामने कौन-कौन से सुपरिणाम सामने आये, और फिर कुछ ऐसी बातें भी करनी पड़ेंगी जिनसे दान देने वालों की भावना पर असर हो। इस तरह व्यावहारिक जीवन में हमारी भाषा प्रायः एक ही समय में तीनों कार्यों को सम्पन्न करने के लिए प्रयुक्त होती है। हम यदि चाहें तो अवधारणात्मक स्तर पर इन तीनों प्रकार के कार्यों को अलग-अलग कर उनके स्वरूप को समझें, पर अपने स्वाभाविक रूप में भाषा तीनों ही कार्य एक साथ करती है। इस प्रकार हमारी भाषा अपने स्वाभाविक रूप में कई कार्यों (multiple functions) को एक साथ सम्पन्न करने वाली होती है या यों कहें कि व्यावहारिक स्तर पर हमारी भाषा का प्रयोग एक ही साथ कई कार्यों को करने के लिए होता है।

2. भाषा के आकार तथा इनके कार्य (*Forms of Language and their Functions*)

हमारे व्याकरण ने हमारी भाषा में कुछ निश्चित प्रकार के वाक्यों की चर्चा की है जिनके कमोवेश अपने-अपने कुछ निश्चित आकार होते हैं। साधारण तौर पर इन्हें हम सूचनात्मक (Assertory or Declarative),प्रश्नवाचक(Interrogative),ओदशमूलक(Imperative) तथा विस्मयादिबोधक (Exclamatory) नाम दे सकते हैं। जिसे हम सूचनात्मक या विवरणात्मक कहते हैं उसके उदाहरण सामान्यतः निम्नलिखित प्रकार के होते हैं— 'यह X है', 'X लाल, गोल आदि हैं'। जिसे हम प्रश्नवाचक कहते हैं उसके उदहारण निम्नलिखित प्रकार के होते हैं— 'यह क्या है?', 'क्या यह X है?', 'क्या X लाल है?', 'वह क्यों चला गया?' आदि। आदेशमूलक या परामर्शमूलक के उदाहरण प्रायः निम्नलिखित प्रकार के होते हैं— 'ऐसा करो', 'ऐसा मत करो', 'कृपाकर यहाँ से चले जाइए', 'हमें ऐसा नहीं करना चाहिए' 'हमें ऐसा करना चाहिए', आदि। उसी प्रकार, 'अहा! X कितना सुन्दर है', 'ओह! यह कितना दुःखद है', आदि विस्मयादिबोधक के उदहारण है। हम देख सकते हैं कि प्रत्येक के कुछ सामान्य आकार हैं, जिनके आधार पर भाषा में उनके स्वरूप को हम पहचान सकते हैं। हमने जो भाषा के तीन कार्यों की चर्चा की है, उनसे भी इन आकारों का एक मेल हम दिखा सकते हैं। सामान्यतः कहा जा सकता है कि सूचनात्मक आकारवाले वाक्य सूचनात्मक कार्य करते हैं, प्रश्नवाचक तथा आदेशमूलक आकार के वाक्य भाषा के निर्देशात्मक कार्य के निकट हैं, तथा विस्मयादिबोधक वाक्य अभिव्यक्तात्मक हैं। परन्तु दुर्भाग्य की बात यह है कि सचमुच ऐसा मेल भाषा में सदैव पाया नहीं जाता। यदि हम इस मेल को एक सार्वभौम रूप से स्वीकार कर लें तो भाषा के किसी विशेष अंश के वास्तविक स्वरूप के प्रति अक्सर भ्रम में पड़ेंगे तथा धोखा खायेंगे। भाषा में किसी भी वाक्य का बाह्य आकार उसके वास्तविक स्वरूप या कार्य के संबंध में सदैव हमारा एक सुरक्षित पथप्रदर्शक(guide)नहीं हो सकता। आकार कुछ ऐसा हो सकता है कि लगेगा कि वाक्य सूचनात्मक है जो हमें मात्र कुछ सूचना किसी तथ्य के संबंध में दे रहा है, पर जो वास्तविक कार्य वह वाक्य उस विशेष संदर्भ में भाषा में सम्पन्न कर रहा है वह हो सकता है कि निर्देशात्मक हो या अभिव्यक्तात्मक हो। जैसे, यदि बगल से गुजरते किसी व्यक्ति से कोई कहता है कि 'आगे बर्फ की परत बहुत पतली हैं' तो आकार से तो यह वाक्य सूचनात्मक लगता है और ऐसा लगता है कि बोलने वाला व्यक्ति आगे आने वाले बर्फ के स्वरूप का सिर्फ एक विवरण प्रस्तुत कर रहा है, पर हो सकता है कि वह उस वाक्य के द्वारा बगल से गुजरने वाले व्यक्ति को आगे आने वाले खतरे से अगाह कर रहा हो और उसे आगे न जाने की सलाह दे रहा हो। और इस अर्थ में उसका वाक्य सूचनात्मक न होकर निर्देशात्मक हो जाता है, या यों कहें कि उसके वाक्य का आकार सूचनात्मक है, पर उसका कार्य निर्देशात्मक। उसी प्रकार यदि कोई प्रेमिका अपने प्रेमी के साथ जेवरां की किसी दूकान में जाकर किसी अंगूठी को देखकर यह कहती है कि 'अहा! कितनी सुन्दर अंगूठी है', तो इस वाक्य का स्वरूप बिल्कुल विस्मयादिबोधक वाक्य का है और ऐसा लगता है कि इसके द्वारा प्रेमिका अपनी भावना व्यक्त कर रही है। पर हो सकता है कि इस वाक्य को बोलने के पीछे उसका वास्तविक लक्ष्य हो अपने प्रेमी से यह कहना कि वह उसके लिए अंगूठी खरीद ले। और इस प्रकार यद्यपि प्रत्यक्षतः उपर्युक्त वाक्य का कार्य अभिव्यक्तात्मक लगता है, पर वास्तव में उसका कार्य निर्देशात्मक हो सकता है। इसीलिए किसी भाषा का प्रत्यक्ष रूप सदैव उसके वास्तविक रूप या अर्थ का सही प्रतीक नहीं हो सकता है।

शायद यही कारण है कि आधुनिक भाषा-विश्लेषण के दर्शन (philosophy of lauguage-analysis)में *विट्गेंसटाइन(Wittegenstein)* जैसे विचारकों ने किसी भी वाक्य के सतही व्याकरण(surface grammer)तथा वास्तविक व्याकरण(real grammer)में भेद किया है। इसका सीधा तात्पर्य यह बतलाना है कि किसी भी भाषा या उसके किसी अंश का प्रत्यक्ष रूप या आकार सदैव उसके वास्तविक अर्थ का प्रतिनिधि नहीं भी हो सकता है। उदहारण के लिए यह कहा गया कि ईश्वर संबंधी सारे कथन, जैसे, 'ईश्वर है', 'ईश्वर दयालु है', 'ईश्वर सर्वशक्तिमान है', 'ईश्वर ने विश्व की सृष्टि की है', आदि स्पष्टतः सूचनात्मक या विवरणात्मक आकार के हैं, पर हो सकता है कि धार्मिक भाषा के अन्तर्गत ये वाक्य सूचनात्मक कार्य के बजाय कोई अन्य कार्य ही कर रहे हों। भाषा में उनके वास्तविक कार्य को बतलाने के सिलसिले में ही *एयर (A. J. Ayer)* जैसे तार्किक अनुभववादियों ने इन वाक्यों को अभिव्यक्तात्मक तथा *ब्रैथवेट(R. B. Braithwaite)*जैसे उत्तर विट्गेंसटाइनवादी विचारकों ने इन वाक्यों को निर्देशात्मक बतलाया। इसलिए किसी भी भाषा के आकार तथा उसके द्वारा सम्पन्न किये जा रहे कार्य के बीच कोई निश्चित मेल नहीं बैठाया जा सकता।

3. तर्कशास्त्र एवं भाषा (*Logic and Language*)

भाषा के उपर्युक्त अस्पष्ट, अनिश्चित तथा जटिल स्वरूप के चलते ही तर्कशास्त्र में भाषा संबंधी उपर्युक्त प्रकार के अध्ययन की आवश्यकता पड़ती है। हमनें देखा कि तर्कशास्त्र का संबंध युक्तियों से हैं और युक्तियाँ कथनों के द्वारा निर्मित होती हैं, जो सूचनात्मक वाक्यों के द्वारा अभिव्यक्त होते हैं। पर भाषा का जटिल स्वरूप हमें सदैव आसानी से यह पहचानने नहीं देता कि भाषा का कौन-सा अंश सूचनात्मक है और कौन नहीं। फलतः भाषा के अन्तर्गत युक्तियों को पहचानना भी आसान काम नहीं, ताँकि हम उन्हें अन्य अंशों से अलग कर सकें तथा उनकी वैधता-अवैधता अथवा शुद्धता-अशुद्धता की जाँच कर सकें। युक्तियों के निर्माण करने तथा उनकी वैधता-अवैधता की जाँच करने के तो कुछ निश्चित तरीके बतलाये जा सकते हैं और सचमुच तर्कशास्त्र में बतलाये भी जाते हैं, पर सामान्य भाषा में प्रस्तुत युक्तियों को **पहचानने** का कोई निश्चित तरीका बतलाना बहुत कठिन काम है। इस काम के लिए आवश्यक है भाषा में प्रयुक्त शब्दों तथा वाक्यों के ठीक-ठीक अर्थ को समझना तथा उस संदर्भ को समझना जिसके अन्तर्गत किसी भाषा का या उसके अन्दर कुछ वाक्य या वाक्यों का प्रयोग हुआ हो। और इन कार्यों के लिए अन्ततः अपनी मेधा, बुद्धि तथा अपना सामान्य ज्ञान सहायक होता है। फिर भी भाषा संबंधी उपर्युक्त अध्ययन इस अर्थ में उपादेय है कि वह भाषा के टेढ़े-मेढ़े स्वरूप के प्रति हमें सतर्क करता है तथा एक व्यापक स्तर पर हमें कुछ ऐसा मार्गदर्शन प्रदान करता है कि किसी भाषा के असली स्वरूप को बहुत दूर तक पहचानने में हम समर्थ हो सकें तथा जहाँ युक्तियाँ नहीं हों वहाँ उनके होने की मृगतृष्णा से यथासंभव अपने को बचा सकें।

यहाँ कुछ अन्य प्रासंगिक बातों की ओर भी ध्यान ले जाना आवश्यक है ताँकि एक यथार्थ तार्किक रूप में युक्तियों के निर्माण में हमें सहायता मिल सके। हमने कहा है कि युक्तियाँ प्रतिज्ञप्तियों या कथनों के द्वारा निर्मित होती हैं तथा प्रतिज्ञप्ति या कथन सूचनात्मक वाक्यों के द्वारा व्यक्त होते हैं। अब वाक्यों के सही तथा पूर्ण एवं यथार्थ अर्थ में सूचनात्मक होने के लिए यह आवश्यक है कि उनमें हम ऐसे शब्दों का प्रयोग करें जिनमें सिर्फ संज्ञानात्मक (cognitive)अर्थ हो, अर्थात् वे संवेगात्मक या गहरे भावनात्मक अर्थों से दबे न रहे। दूसरे शब्दों में हम कह सकते हैं कि युक्तियों के निर्माण में हम जिस भाषा का उपयोग करते हैं उसे संवेगात्मक दृष्टि से बिल्कुल तटस्थ(Emotionally neutral language)होना चाहिए। विज्ञान की भाषा इस अर्थ में आदर्श रूप में सूचनात्मक है, चूँकि उसमें शब्दों का प्रयोग बिल्कुल

उनके सीधे तथा संज्ञानात्मक अर्थ में किया जाता है। इस कारण उसका स्वरूप अक्षरशः सूचनात्मक एवं विवरणात्मक हैं।

भाषा में कुछ शब्द ऐसे होते हैं जिनका एक तो अपना सीधा (literal) अर्थ होता है पर इसके अलावा कुछ भावात्मक या संवेगात्मक अर्थ भी उनके साथ संबद्ध होते हैं। उदाहरण के लिए, 'गुलाब', शब्द को ही लिया जाय। अपने सीधे या संज्ञानात्मक अर्थ में यह एक फूल का द्योतक है जिसका कुछ खास रंग होता है, जिसकी कुछ कोमल पंखुड़ियाँ होती हैं तथा जिसमें एक विशेष सुगंध होता है। एक वनस्पतिशास्त्री को 'गुलाब' से उसके कुछ इसी प्रकार के गुणों का बोध होता है यानी, 'गुलाब' को वह कुछ ऐसे ही रूखे-सुखे रूप में समझता है। पर एक कवि जिस रूप में अपनी कविता में इस शब्द का प्रयोग करता है उस रूप में उसके साथ कई प्रकार के रोमांचक, भावात्मक अथवा संवेगात्मक अर्थ संबद्ध हो जाते हैं—यथा यह सौन्दर्य, प्रेम आदि का प्रतीक हो जाता है। एक तर्कशास्त्री को इसके इस दूसरे प्रकार के अर्थ से कोई मतलब नहीं है, उसे सिर्फ उस अर्थ से मतलब है जिससे एक वनस्पतिशास्त्री को हो सकता है। यदि तर्कशास्त्री ऐसा नहीं करता और अपनी युक्तियों में शब्दों का प्रयोग उनके संवेगात्मक पहलुओं से युक्त करके करता है, तो उसके तर्क के दोषपूर्ण हो जाने की संभावना बन सकती है।

संवेगात्मक भाषा या शब्दों के उनके संवेगात्मक अर्थ में प्रयोग में अपने-आप कोई दोष नहीं। यह तो हमारी भाषा का आवश्यक अंग है, चूँकि जैसा हमने देखा है, हमारी भाषा का एक प्रमुख कार्य भावनाओं, संवेगों आदि को अभिव्यक्त करना है। पर हर भाषा की अपने विशेष संदर्भ में एक प्रासंगिकता होती है। विज्ञान तथा तर्कशास्त्र ऐसे क्षेत्र हैं जिनमें शब्दों का प्रयोग जितना ही उनके रूखे-सुखे अर्थ में हो ताँकि अपने साथ संबद्ध किसी भी भावनात्मक पहलू से वे बिल्कुल अलग हों, उतना ही अच्छा है। तब हमारी युक्तियों का स्वरूप तार्किक रूप से खरा होगा तथा उनकी वैधता-अवैधता का निर्माण बिना किसी भ्रम (confusion) के हम कर सकेंगे। इसके लिए आवश्यक है कि यथासंभव हम ऐसे ही शब्दों का प्रयोग करें जो संवेगात्मक दृष्टि से तटस्थ हों। जैसे हम इन तीन शब्दों को लें— 'दृढ़', 'अटल' और 'हठी'। हम देख सकते हैं कि इन तीनों का जो संज्ञानात्मक यानी कोरा सूचनात्मक अर्थ है वह प्रायः एक ही है और वह है अपनी बातों पर अडिग रहने वाला। पर जहाँ 'दृढ' शब्द के साथ एक अच्छा यानी प्रशंसा का भाव संबंद्ध है, वहीं 'हठी' शब्द के साथ एक बुरा यानी निन्दा अथवा शिकायत का भाव संबंद्ध है। इन तीनों में 'अटल' शब्द सापेक्षतः भावात्मक दृष्टि से तटस्थ माना जा सकता है, इसलिए तर्कशास्त्र में जहाँ ऐसा संदर्भ हो कि हम अपनी बातों पर अडिग रहने वाले किसी व्यक्ति से संबंधित कोई बात कहना चाहते हों तो हमें भरसक 'अटल' शब्द का ही प्रयोग करना चाहिए और शेष दो को त्यागने की कोशिश करनी चाहिए। ऐसे ही जहाँ कहीं भी ऐसा संदर्भ हो जहाँ वांछित सूचना या विवरण के लिए एक से अधिक शब्द हमारे पास हों तो हम ऐसे ही शब्द का व्यवहार करें जो सापेक्षतः संवेगात्मक दृष्टि से तटस्थ हों।

यहाँ एक बात और महत्त्वपूर्ण है जो उपर्युक्त बातों से असम्बद्ध नहीं है, और वह यह है कि हम जानते हैं कि जब भावनाएँ बुद्धि पर हावी हो जाती है, तो बुद्धि की क्षमता धूमिल पड़ जाती है और जब बुद्धि की क्षमता धूमिल हो जायेगी तो स्पष्टतः हमारी तर्कशक्ति कमजोर पड़ जायेगी और हमारे तर्कों में दोष आ जायेगा। इसलिए तर्क करने के क्रम में हमें ऐसे शब्दों या ऐसी भाषा से बचना चाहिए जो हमारी भावनाओं को प्रभावित करें और हमारी तर्कशक्ति की क्षीण कर दें।

❑

अध्याय 3

अनाकारिक तर्कदोष

[INFORMAL FALLACIES]

1. तर्कदोष (*Fallacies*)

हमने देखा है कि तर्कशास्त्र का मुख्य विषय है शुद्ध (correct) तथा अशुद्ध (incorrect) तर्क या युक्ति में भेद करना। तर्कशास्त्री कुछ तरीकों या कसौटियों को विकसित करते हैं जिनके आधार पर सही तथा गलत तर्क में भेद करते हैं। जो तर्क इन कसौटियों पर गलत सिद्ध होते हैं, उन्हें दोषपूर्ण (Fallacious) माना जाता है। तर्कों में निहित ये दोष जिन्हें तर्कदोष (Fallacies) की संज्ञा दी जाती है, कई प्रकार के होते हैं। तर्कशास्त्रियों ने अनेकों प्रकार की गलत युक्तियों में निहित इन तर्क-दोषों के आधार पर कुछ मानक (standard) तर्कदोषों की चर्चा की है। उन्हीं की चर्चा हम यहाँ करेंगे।

पर यहाँ एक बात और है और वह यह कि एक दृष्टि से दो प्रकार के तर्कशास्त्र (Logic) या तर्क (Argument) में भेद किया जा सकता है और और सचमुच कुछ विचारकों ने ऐसा किया भी है (जैसे, *गिलबर्ट राइल, पी० एफ० स्ट्रॉसन*, आदि ने)। वह भेद है—आकारिक (formal) तथा अनाकारिक (informal) तर्क के बीच। हमारे तर्कशास्त्रियों ने हमारी साधारण भाषा के टेढ़े-मेढ़े तथा जटिल रूप में से कृत्रिम रूप से कुछ खास प्रकार के कथनों को निकालकर उनसे निर्मित होने वाली युक्तियों के कुछ निश्चित आकार (form) निर्धारित किये हैं और इन्हीं आकारों के क्षेत्र में उन्होंने यह निर्धारित करने की चेष्टा की है कि किन आकारों में तर्क करना सही है और किन आकारों में गलत। यह काम जिस तर्कशास्त्र में किया जाता है उसे आकारिक तर्कशास्त्र की संज्ञा दी जाती है। सामान्य तौर पर सारा वह तर्कशास्त्र जिसे हम निगमन तर्कशास्त्र कहते हैं सचमुच आकारिक तर्कशास्त्र है तथा जिन निगमनात्मक युक्तियों का अध्ययन इसके अन्दर किया जाता है वे सारी आकारिक युक्तियाँ (Formal arguments) हैं। प्रतीकात्मक तर्कशास्त्र इन आकारिक युक्तियों को और अधिक पैनेपन (sharpness) के साथ उजागर करता है। इन आकारिक युक्तियों की वैधता के कुछ निश्चित नियम निर्धारित हैं और जहाँ कहीं किसी युक्ति में उनमें से किसी का उल्लंघन किया जाता है, उससे संबंधित तर्कदोष उस युक्ति में, या बल्कि कहें कि उस युक्ति-आकार में, (आगे प्रतीकात्मक तर्कशास्त्र संबंधी भाग में हम युक्ति तथा युक्ति-आकार के भेद को स्पष्ट करेंगे) चला आता है। ये सारे तर्कदोष आकारिक तर्कदोष (Formal Fallacies) कहे जा सकते हैं। निगमनात्मक तर्कशास्त्र की पाठ्यपुस्तकों में अन आकारिक तर्कदोषों की संख्या प्रायः निश्चित रूप से निर्धारित है, यद्यपि हम बहुत दृढ़ता के साथ शायद यह नहीं कह सकते कि यह संख्या अन्तिम रूप से निश्चित है।

पर हमारी साधारण भाषा में जो युक्तियाँ निहित होती हैं वे शायद ही इन निश्चित आकारों में दी हुई रहती है। कुछ को तो प्रयास करके आकारिक तर्कशास्त्रियों द्वारा बतलाये गये नियमों का पालन करके हम आकारिक रूपों में ढाल सकते हैं, पर अनेकों ऐसी युक्तियाँ साधारण भाषा में बच जाती हैं, जिनको इन निश्चित आकार वाली युक्तियों में बदलना शायद ही संभव है। ऐसी युक्तियों को जो साधारण भाषा में होती हैं हम अनाकारिक युक्तियों (infromal arguments) की संज्ञा दे सकते हैं। इन युक्तियों के साथ भी शुद्धता-अशुद्धता का सवाल उठता है। इनमें से बहुत ऐसी हैं जो ऊपर से देखने में शुद्ध लगती हैं, पर वास्तव में वे दोषपूर्ण होतीं हैं। इन युक्तियों की शुद्धता निर्धारित करने तथा उनमें निहित दोषों को पकड़ने के लिए कुछ निश्चित कसौटियाँ नहीं है चूँकि ऐसा करना संभव ही नहीं है। भाषा का स्वरूप इतना जटिल है और उसके प्रयोग के साथ अतने प्रकार के संदर्भ संबद्ध है कि यह निर्धारित करना कि अमुक निश्चित प्रकार के दोष ही उसमें निहित होंगे बहुत कठिन है। फिर भी सामान्य ज्ञान (common sense) के आधार पर कुछ विशेष-विशेष स्थितियों में साधारण भाषा में निहित युक्तियों में कुछ विशेष प्रकार के दोष हो सकते हैं, इसका कुछ अन्दाजा तर्कशास्त्रियों ने लगाया है, या यों कहें कि उनमें से कुछ को पकड़ने की कोशिश की है। इन्हीं दोषों को अनाकारिक तर्कदोष (informal fallacies) की संज्ञा दी गई है। ऐसे ही अनाकारिक तर्कदोषों की चर्चा हम यहाँ करेंगे। आकारिक तर्कदोषों की चर्चा यथास्थान हम आगे निगमनात्मक युक्तियों संबंधी अपने अध्ययन के क्रम में करेंगे।

सामान्य तौर पर कहा जा सकता है कि साधारण भाषा की युक्तियों से संबंधित ये अनाकारिक दोष दो कारणों से होते हैं या दो प्रकार के होते हैं—(1) एक तो इस कारण होते हैं कि युक्ति की विषय-वस्तु पर ठीक से या पूरी सावधानी के साथ हम ध्यान नहीं देते, फलतः युक्ति का कुछ अंश विषय-वस्तु के दृष्टिकोण से अप्रासंगिक हो जाता है। (2) दूसरे, युक्ति के गठन में जो भाषा होती हैं उसमें निहित किसी प्रकार की द्वयार्थकता या अनेकार्थकता (Ambiguity) से हम भ्रमित हो जाते हैं। पहली स्थिति में उत्पन्न दोष को हम प्रासंगिकता संबंधी तर्कदोष(Fallacies of Relevance)तथा दूसरी स्थिति में उत्पन्न दोष को द्वयार्थकता-अनेकार्थकता संबंधी तर्कदोष (Fallacies of Ambiguity) कह सकते हैं। इसमें भी एक बात पर ध्यान देना होगा। और वह यह है कि प्रासंगिकता संबंधी दोष भाषा में कितने प्रकार से होते हैं तथा अनेकार्थकता संबंधी दोष कितने प्रकार से होते हैं, इनका ठीक-ठीक तथा निश्चित हिसाब लगाना संभव नहीं है। फलतः निश्चित रूप से यह कहना कि प्रासंगिकता संबधी तर्कदोषों की अमुक निश्चित संख्या होती है तथा अनेकार्थकता संबंधी तर्कदोषों की अमुक, संभव ही नहीं है। फिर भी कुछ विशिष्ट प्रकार के ऐसे दोषों को तर्कशास्त्रियों ने प्रायः महत्त्व प्रदान किया है। हम उन्हीं की चर्चा यहाँ करेंगे।

2. प्रासंगिकता संबंधी तर्कदोष (*Fallacies of Relevance*)

जैसा ऊपर कहा गया है, प्रासंगिकता संबंधी तर्कदोष वहाँ होता है जहाँ किसी युक्ति के आधार उस निष्कर्ष के लिए प्रासंगिक नहीं होते, जिसकी प्राप्ति के लिए उक्त आधार का प्रयोग किया जाता है। ऐसा हम दो कारणों से कर सकते हैं:—(1) या तो बिल्कुल जान-बूझ कर। चूँकि हमें अपना कोई पहले से निश्चित निष्कर्ष दूसरे से किसी प्रकार स्वीकार कराना है, या फिर (2) इसलिए कि युक्ति संबंधी पूरे विषय के हर पहलू पर हम

सावधानीपूर्वक ध्यान नहीं देते। हम देखेंगे कि इस शीर्षक के अन्तर्गत हम जितने तर्कदोषों की चर्चा करेंगे उनमें से एक, यानी आत्माश्रय तर्कदोष (Petitio Principle), को छोड़कर शेष सभी पहले प्रकार के हैं। आत्माश्रय दोष दूसरे प्रकार का है।

यहाँ एक बात पर ध्यान देना आवश्यक है कि जिस प्रासंगिकता की बात हम यहाँ कर रहे हैं, वह तार्किक प्रासंगिकता (Logical relevance) है, मनोवैज्ञानिक प्रासंगिकता (Psychological relevance) नहीं। हो सकता है कि जिस आधार को निष्कर्ष के प्रति अप्रासंगिक मानकर हम युक्ति को दोषपूर्ण ठहरा रहे हों, वह मनोवैज्ञानिक दृष्टि से इतना प्रभावकारी हो कि सुनने वाले को बिल्कुल प्रासंगिक लगे और वह वांछित निष्कर्ष को स्वीकार करने के लिए तैयार भी हो जाय। वस्तुतः ऐसी ही मनोवैज्ञानिक प्रासंगिकता प्रासंगिकता संबंधी किसी भी दोष की जड़ में है। उसी के चलते दोषपूर्ण युक्ति भी सही लगती है। इसलिए जब हम यह कह रहे हैं कि प्रासंगिकता संबंधी दोष वहाँ होता है जहाँ युक्ति के आधार निष्कर्ष के लिए प्रासंगिक न हों तो हम तार्किक प्रासंगिकता की बात कर रहे हैं सामान्यतः वही आधार निष्कर्ष के लिए तार्किक रूप से प्रासंगिक माना जायेगा जिसे सत्य स्वीकार कर लेने पर यदि निष्कर्ष एक तार्किक अनिवार्यता के साथ नहीं भी निकलता हो, तो भी कम-से-कम इतना लगे कि आधार को निष्कर्ष के साथ एक सीधा संबंध है तथा आधार को स्वीकार कर लेने के बाद निष्कर्ष को स्वीकार करना बौद्धिक दृष्टि से उचित और विवेकपूर्ण है। अब हम प्रांसगिकता संबंधी कुछ महत्त्वपूर्ण तर्कदोषों को देखें।

(i) पराज्ञानमूलक युक्ति-दोष (*Argumentum Ad Ignorantium*)—यह तर्कदोष वैसी युक्ति में होता है, जिसमें किसी निष्कर्ष की सत्यता इस आधार पर प्रमाणित करने की चेष्टा की जाती है कि किसी प्रतिद्वन्द्वी ने उसकी असत्यता प्रमाणित नहीं की है। दूसरे शब्दों में, प्रतिद्वन्द्वी की अज्ञानता (Ignorance) का सहारा लेकर यहाँ निष्कर्ष की सत्यता प्रमाणित की जाती है। अर्थात् चूँकि प्रतिद्वन्द्वी यह नहीं जानता कि निष्कर्ष की असत्यता कैसे प्रमाणित की जा सकती है, इसलिए तर्क करने वाला या युक्ति पेश करने वाला अपने निष्कर्ष की सत्यता को प्रमाणित मानता है। यही कारण है कि ऐसी युक्ति को पर-अज्ञान-मूलक युक्ति का नाम दिया जाता है और इसे दोषपूर्ण इसलिए माना जाता है चूँकि जिस आधार पर यहाँ निष्कर्ष की सत्यता प्रमाणित करने की चेष्टा की जाती है, उसकी निष्कर्ष के प्रति तार्किक प्रासंगिकता नहीं है। कोई प्रतिज्ञप्ति सिर्फ इसलिए सत्य नहीं मानी जा सकती कि उसकी असत्यता किसी ने प्रमाणित नहीं की है। उसी प्रकार किसी प्रतिज्ञप्ति की असत्यता भी इस बात से प्रमाणित नहीं हो जाती कि किसी ने उसकी सत्यता प्रमाणित नहीं की है। हो सकता है कि अब तक वैसा करने के लिए समुचित आधार नहीं मिल सका हो, पर आगे ऐसा संभव है। इसीलिए किसी की अज्ञानता को किसी बात की सत्यता या असत्यता को प्रमाणित करने का आधार बना लेना दोषपूर्ण है।

उदाहरण के लिए यदि कोई व्यक्ति यह कहता है कि 'भूत है' या 'ईश्वर है' या 'आत्मा है' इसलिए सत्य है क्योंकि किसी ने अब तक इनमें से किसी की असत्यता प्रामाणित नहीं की है, तो उसका तर्क यहाँ पराज्ञानमूलक युक्ति-दोष से ग्रसित है। उसी प्रकार वैज्ञानिकता के प्रभाव में यदि कोई युवक यह कहता है कि सभी प्रकार के आध्यात्मिक दावे इसलिए असत्य हैं चूँकि कोई भी उनकी सत्यता प्रमाणित करने में सफल नहीं हो पाता है, तो यहाँ वह भी उपर्युक्त दोष ही सम्पन्न कर रहा है। ऐसी सारी स्थितियों में चूँकि तर्क करनेवाला व्यक्ति प्रत्यक्ष रूप से प्रासंगिक तर्क कर अपने निष्कर्ष को सिद्ध करने के बजाय प्रतिपक्षी की अज्ञानता का लाभ उठाना चाहता है, इसलिए उसका तर्क दोषपूर्ण है।

यद्यपि तर्क करने के ढंग की दृष्टि से उपर्युक्त प्रकार का तर्क निश्चित रूप से दोषपूर्ण है, पर वास्तविकता में एक स्थिति ऐसी है जिसमें इसे दोषपूर्ण नहीं माना जाता और वह स्थिति कानूनी अदालत (court of law) में उस वक्त उत्पन्न होती है जब किसी अभियुक्त के विरुद्ध बहस कर रहा वकील अभियुक्त के ऊपर लगाये गये अभियोग को सिद्ध करने में असमर्थ रह जाता है। यहाँ अभियुक्त का वकील इसी आधार पर अभियुक्त को निर्दोष सिद्ध करता है कि प्रतिपक्षी वकील अभियुक्त के विरूद्ध आरोपों को सिद्ध करने में असफल रहा। और इस प्रकार के तर्क को अदालत में मान्यता है। संदेह का लाभ (Benefit of doubt) देते हुए अभियुक्त को दोषमुक्त कर दिया जाता है। ऐसा करने के पीछे कानूनी अदालतों का एक मौलिक सिद्धान्त निहित है और वह यह है कि जब तक किसी अभियुक्त के विरुद्ध लगे आरोप सिद्ध नहीं कर दिये जाते, तब तक उसे निर्दोष माना जायेगा। इसी सिद्धान्त के आलोक में जो एक विशेष स्थिति पैदा होती है, उसमें 'पराज्ञान युक्ति-दोष' लागू नही होता, अन्य सारी स्थितियों में उसे लागू किया जा सकता है।

(ii) श्रद्धामूलक (आप्त) युक्ति-दोष (*Argumentum ad Verecundiam*)—यदि हम किसी प्रतिज्ञप्ति की सत्यता प्रमाणित करने के लिए तार्किक रूप से उपयुक्त कुछ अन्य प्रतिज्ञप्तियों का आधार-प्रतिज्ञप्तियों के रूप में सहारा न लेकर कुछ आप्त वचनों या ऐसे मशहूर लोगों के कथनों का, जिनके प्रति लोगों की श्रद्धा है, सहारा लेते हैं, तो हम उपर्युक्त प्रकार का दोष पैदा करते हैं। उदाहरण के लिए, डार्विन के विकास-सिद्धान्त को उपर्युक्त तर्क के द्वारा गलत न सिद्ध कर यदि ऐसा करने के लिए हम धर्म-ग्रन्थों की इस बात का सहारा लेते हैं कि पूरी विविधता के साथ संसार की सृष्टि ईश्वर ने की है, तो यहाँ हम उपर्युक्त दोष के भागी होते हैं।

परन्तु यहाँ एक बात की और ध्यान दिलाना आवश्यक है और वह यह है कि आप्त-लक्षणों का सहारा लेकर किसी निष्कर्ष को सत्य सिद्ध करने की चेष्टा सदैव दोषपूर्ण नहीं भी कही जा सकती। उदाहरण के लिए, यदि दो सामान्य बुद्धि और ज्ञान वाले व्यक्ति भौतिकशास्त्र से संबंधित किसी समस्या को लेकर वाद-विवाद में पड़े हुए हों और उस क्रम में उनमें से एक व्यक्ति अपने पक्षों को सत्य सिद्ध करने के लिए आइन्सटीन के किसी प्रासंगिक विचार का सहारा लेता है, तो यहाँ वह एक दृष्टि से एक उचित आधार का सहारा ले रहा है। भले ही, हम यह कह सकते हैं कि ऐसा करने से उसका पक्ष **प्रमाणित** नहीं होता, पर इतना तो मानना ही पड़ेगा कि उक्त आप्त-वचन के द्वारा उसके पक्ष को बहुत बड़ा बल मिलता है और उसके सत्य होने की बलवती संभावना हो जाती है। पर यहाँ भी एक बात का ध्यान रखना होगा कि हम जिस क्षेत्र के विषय से संबंधित प्रश्न में उलझे हुए हैं, हमारे किसी पक्ष को सहारा देने वाला आप्त-वचन भी उसी क्षेत्र से संबंधित किसी मशहूर विचारक का होना चाहिए, उससे बाहर का नहीं। उदाहरण के लिए, यदि भौतिकशास्त्र से संबंधित किसी विवाद में अपने पक्ष को पुष्ट करने के लिए कोई व्यक्ति महात्मा गाँधी के किसी विचार का हवाला देता है, तो उसका विचार या तर्क निश्चित रूप से उपर्युक्त दोष का भागी है।

(iii) लोकोत्तेजक युक्ति-दोष (*Argumentum ad Populum*)—यदि कोई व्यक्ति किसी प्रतिज्ञप्ति को सत्य या असत्य सिद्ध करने के लिए उपयुक्त और प्रासंगिक तर्क का सहारा लेने के बजाय कुछ ऐसे वाक-चातुर्य का सहारा लेता है जिसके द्वारा सार्वजनिक भावनाओं को उभारा जा सके और अपने निष्कर्ष के प्रति लोगों का सहयोग प्राप्त किया जा सके, तो यहाँ उसे उपर्युक्त प्रकार के दोष का भागी माना जायेगा। इस प्रकार कहा जा

सकता है कि लोकोत्तेजक-युक्ति दोष वैसा दोष है जिसमें किसी प्रतिज्ञप्ति की सत्यता-असत्यता सिद्ध करने के लिए लोगों की भावनाओं को उत्तेजित कर उनका सहयोग प्राप्त करने की चेष्टा की जाती है। उदाहरण के लिए यदि कोई व्यक्ति डार्विन के विकास-सिद्धान्त को गलत सिद्ध करने के लिए यह कहकर लोगों की भावनाओं को इस सिद्धान्त के विरुद्ध भड़काना चाहता है कि डार्विन के सिद्धान्त के अनुसार हम मनुष्यों के पूर्वज बन्दर थे, तो यहाँ वह उपर्युक्त प्रकार के दोष का ही शिकार होता है। हमारे दिन-प्रतिदिन के साधारण जीवन में प्रस्तुत विभिन्न प्रकार के विज्ञापन तार्किक दृष्टि से इसी दोष से ग्रसित होते हैं। कोई भी उत्पादक आधुनिक युग में तार्किक युक्ति के द्वारा या प्रत्यक्ष के आधार पर एकत्र प्रदत्तों (Data) के आधार पर अपने किसी उत्पाद की गुणवत्ता सिद्ध करने के बजाय लोकोत्तेजक युक्ति का सहारा लेना अधिक उपयुक्त समझता है, चूँकि उसका असर लोगों की भावनाओं पर पड़ता है, और वे उक्त उत्पाद की गुणवत्ता को आसानी से स्वीकार कर लेते हैं। परन्तु तार्किक दृष्टि से ऐसी युक्ति दोषपूर्ण है।

(iv) मुष्टि युक्ति-दोष *(Argumentum ad Baculum)*—यदि अपने किसी निष्कर्ष को स्वीकार कराने के लिए कोई व्यक्ति बल-प्रयोग करता है या बल-प्रयोग की धमकी देता है, तो वैसी स्थिति में वह इस दोष का भागी होता है। कभी-कभी जब व्यक्ति उचित तर्क के द्वारा अपने किसी पक्ष या निष्कर्ष को सिद्ध करने में समर्थ नहीं हो पाता तो वह मुष्टि-युक्ति-दोष तर्क के बजाय मुष्टि-प्रहार या मुष्टि की धमकी देने की स्थिति में उत्पन्न होता है।

यहाँ यह भी समझना आवश्यक है कि यदि कोई व्यक्ति व्यक्त या बाह्य रूप में मुष्टि-प्रहार या इसकी धमकी का सहारा नहीं भी लेता है, पर किसी सूक्ष्म या निहित तरीके से किसी को डराना-धमकाना चाहता है ताँकि वह उसकी बात को स्वीकार कर ले, तो यहाँ भी वह मुष्टि-युक्ति का ही प्रयोग कर रहा है। जैसे, किसी बदमाश की करतूतों से तंग आकर यदि कुछ लोग पुलिस के पास शिकायत दर्ज कराने का सोच रहे हों, तो बदमाश कई प्रकार से उन्हें अप्रत्यक्ष रूप में धमकी देकर पुलिस के पास जाने से रोकने की कोशिश कर सकता है: किसी के विरुद्ध पुलिस के पास जाना बेकार है, उससे परेशानी और बढ़ती है, चूँकि इसका ठिकाना नहीं कि पुलिस मामले में कितनी रुचि लेगी और दूसरी ओर जिसके विरुद्ध आप पुलिस के पास जाते हैं, वह आप का जानी-दुश्मन बन जायेगा। ऐसी युक्तियों को अन्दर से कोई स्वीकार तो नहीं करता पर व्यावहारिक स्तर पर प्रायः ये कारगर हो जाती हैं।

(v) व्यक्त्योन्मुख युक्ति-दोष *(Argumentum ad Hominem)*—यह दोष उस स्थिति में उत्पन्न होता है जब किोई व्यक्ति किसी के द्वारा स्थापित या प्रतिपादित किसी प्रतिज्ञप्ति की सत्यता को किसी उचित तथा प्रासंगिक तर्क के आधार पर असत्य सिद्ध करने के बजाय, उस व्यक्ति के व्यक्तित्व या चरित्र आदि की ओर उन्मुख कुछ आक्षेपों के आधार पर उसे असत्य सिद्ध करने की कोशिश करता है। अपने उपर्युक्त स्वरुप के चलते ही इस दोष का नाम व्यक्त्योन्मुख (व्यक्ति-उन्मुख) युक्ति-दोष (Fallacy of Argument directed to the man) दिया जाता है। इसे कभी-कभी लांछन युक्ति-दोष की भी संज्ञा दी जाती है, चूँकि यहाँ व्यक्ति विशेष के प्रति कुछ लांछनों का सहारा लेकर उसकी किसी बात या उसके किसी सिद्धान्त आदि को असत्य सिद्ध करने की चेष्टा की जाती है।

उदाहरण के लिए, रसेल *(B. Russell)* के किसी मत या सिद्धान्त को असत्य सिद्ध करने के लिए तार्किक स्तर के किसी खंडन का सहारा लेने के बजाय कोई यह कहे कि 'उसके सिद्धान्त में क्या सत्यता होगी, उसे तो जेल की सजा मिली थी', तो यहाँ ऐसा कहने वाला व्यक्ति व्यक्त्योन्मुख युक्ति-दोष उत्पन्न करने का दोषी है। उसकी युक्ति व्यक्ति-उन्मुख युक्ति या लांछन युक्ति है, तार्किक युक्ति नहीं, चूँकि इस निष्कर्ष के लिए कि 'रसेल का अमुक मत गलत है', इस बात की कोई तार्किक प्रासंगिकता नहीं है कि 'रसेल को जेल की सजा मिली थी'।

इस दोष के एक-दूसरे रूप की चर्चा भी कभी-कभी होती है। जब कोई व्यक्ति किसी दूसरे व्यक्ति की विशेष परिस्थिति का लाभ उठाकर उसे अपने निष्कर्ष की सत्यता के प्रति सहमति व्यक्त करने के लिए बाध्य करने की चेष्टा करता है, तो यहाँ भी एक-दूसरे रूप में वह व्यक्त्योन्मुख-युक्ति-दोष ही पैदा कर रहा है। उदाहरण के लिए यदि कोई व्यक्ति निर्दोष जीवों की हत्या का आदी बन जाता है और कहता है 'कि जीव हत्या में कोई पाप नहीं' और दूसरा कोई व्यक्ति उसके इस विचार से सहमत नहीं होता, तो यदि पहला व्यक्ति दूसरे व्यक्ति को यह कहकर चुप रहने के लिए या अपने विचार के प्रति सहमति व्यक्त करने के लिए बाध्य करने की चेष्टा करता है कि 'आप तब माँस क्यों खाते हैं?', तो यहाँ वह इस दूसरे व्यक्ति की इस विशेष परिस्थिति का लाभ उठा रहा है कि वह शाकाहारी न होकर माँसाहारी है, और इसलिए वह व्यक्तयोंन्मुख-युक्ति-दोष के इस दूसरे रूप को प्रश्रय दे रहा है। हम देख सकते हैं कि दूसरे व्यक्ति के माँसाहारी होने का इस बात से कोई तार्किक संबंध नहीं है कि निर्दोष जीवों की हत्या करना पाप नहीं है, इसलिए अपने पक्ष को सत्य सिद्ध करने के लिए उसका यह कहना कि 'आप क्यों माँस खाते हैं?', कोई उपर्युक्त तर्क नहीं है, बल्कि दूसरे व्यक्ति के एक विशेष परिस्थिति में होने का गलत लाभ उठाना है, एक अप्रत्यक्ष रूप में उस पर आक्षेप कर उससे अपने विचार को स्वीकार कराने की गलत चेष्टा है। इसलिए यहाँ भी व्यक्ति की युक्ति दूसरे व्यक्ति के व्यक्तित्व या चरित्र की ओर ही उन्मुख है। अन्तर यही है कि यहाँ सीधा आक्षेप या लांछन न लगाकर, व्यक्ति की विशेष परिस्थिति का लाभ उठाकर अप्रत्यक्ष रूप में ऐसा किया जा रहा है।

सुविधा के लिए हम व्यक्तयोंन्मुख युक्ति के पहले रूप को व्यक्त्योन्मुख-युक्ति (लांछन) तथा दूसरे रूप को व्यक्त्योन्मुख-युक्ति (परिस्थितिपरक) कह सकते हैं। पर दोनों युक्तियों में स्पष्ट संबंध है तथा कह सकते हैं कि मूलतः दोनों युक्तियों का आधार एक ही है—व्यक्ति पर प्रत्यक्ष या अप्रत्यक्ष आक्षेप। हम देख सकते हैं कि जब रसेल के मत को कोई यह कहकर गलत सिद्ध करने की चेष्टा करता है कि उसे जेल की सजा मिली थी, तो स्पष्ट रूप से व्यक्ति का मन्तव्य यही प्रतीत होता है कि जो व्यक्ति जेल की सजा भुगतने लायक कोई काम करता है, वह बड़े-बड़े सत्य दार्शनिक या वैज्ञानिक सिद्धान्त क्या दे सकता है? दूसरे शब्दों में उसके कहने का तात्पर्य यह है कि रसेल के व्यवहार तथा विचार में चूँकि कोई मेल नहीं है, इसलिए उसके विचार को कोई महत्त्व नहीं दिया जा सकता या उसे सत्य नहीं माना जा सकता। यह रसेल के व्यक्तित्व पर एक प्रकार का आक्षेप है। उसी प्रकार दूसरे उदहारण में जब पहला व्यक्ति अपने पक्ष को सही सिद्ध करने के लिए दूसरे से यह पूछता है कि 'तब आप माँस क्यों खाते हैं?' तो यहाँ भी वह वास्तव में दूसरे व्यक्ति पर व्यवहार और विचार में मेल नहीं होने का आक्षेप लगा

रहा है। इस प्रकार दोनों युक्तियाँ मूलतः एक ही प्रकार की हैं और दोनों का ही आधार व्यक्ति पर प्रत्यक्ष या अप्रत्यक्ष आक्षेप या लांछन है।

(vi) दयामूलक युक्ति-दोष (*Argumentum ad Misericordiam*)— यह दोष उस स्थिति में उत्पन्न होता है जब किसी निष्कर्ष को स्वीकृत कराने के लिए ऐसी बातों का सहारा लिया जाता है जो दया का भाव उभाड़ने में समर्थ हों। उदाहरण के लिए, किसी कानूनी अदालत में कागजी तथा अन्य साक्ष्यों के आधार पर जब कोई वकील किसी अभियुक्त को निर्दोष सिद्ध करने में असफल रह जाता है तो फिर वह कुछ ऐसी युक्तियों या बातों का सहारा लेना प्रारम्भ कर देता है जिनके द्वारा न्यायाधीश के अन्दर अभियुक्त के प्रति दया का भाव उभाड़ा जा सके (जैसे, अभियुक्त समाज का एक दबा हुआ व्यक्ति है, अनेकों अत्याचारों का शिकार है, उसके परिवार के लोगों पर सदियों से जुल्म होता आया है, आदि) और न्यायाधीश वकील के इस निष्कर्ष को स्वीकार कर ले कि 'अभियुक्त वास्तव में निर्दोष हैं', तो यहाँ वकील सचमुच दयामूलक युक्ति का सहारा ले रहा है और इसलिए दयामूलक युक्ति-दोष उत्पन्न करने का दोषी है। यह स्पष्ट है कि उसकी भावोत्तेजक युक्ति का न्यायाधीश पर या अन्य श्रोताओं पर चाहे जो भी मनोवैज्ञानिक प्रभाव पड़े, पर उसकी दयामूलक बातों का इस निष्कर्ष के प्रति कोई तार्किक प्रासंगिकता नहीं है कि 'अभियुक्त निर्दोष है', चूँकि अभियुक्त का गरीब होना या अत्याचार का शिकार होना यह सिद्ध नहीं करता कि जिस अभियोग के चलते उस पर मुकदमा चल रहा है, उसका दोषी वह नहीं है।

परन्तु कुछ लोग ऐसे हैं जो उपुर्यक्त प्रकार की स्थितियों में दयामूलक बातों को बिलकुल अप्रासंगिक नहीं मानते। जैसे, यदि मान लिया जाय कि अभियुक्त पर किसी अत्याचारी धनी आदमी की हत्या का आरोप हो और सभी प्रस्तुत साक्ष्यों के आधार पर यह सिद्ध भी हो जाता है कि हत्या उसी ने की, फिर भी उसके मुकदमें के फैसले में इन बातों की प्रासंगिकता है कि वह बहुत गरीब है, सदियों से उसका परिवार धनी लोगों के अत्याचार का शिकार रहा है, आदि। हो सकता है इसी प्रकार के जुल्म से तंग आकर उसने हत्या की हो। इसलिए अन्तिम निष्कर्ष निकालने में इन बातों की भी प्रासंगकित्ता आवश्यक रूप से है। पर यहाँ सोचने की बात यह है कि यदि इस प्रकार की प्रासंगिकता को हम तर्कशास्त्र में स्थान देते हैं, तो फिर तार्किक प्रासंगिकता और मनोवैज्ञानिक प्रासंगिकता में स्पष्ट भेद करने का हमारे पास कोई निश्चित आधार नहीं होगा। इतना ही नहीं, यदि उपर्युक्त प्रकार की प्रासंगिकता को हम तार्किक प्रासंगिकता के रूप में स्थान देते हैं, तो फिर कभी ऐसी हास्यास्पद स्थिति का भी सामना करना पड़ सकता है जिसके विषय में हमारे लिए यह सोचना कठिन हो जायेगा कि हम उसे किस रूप में लें। उदाहरणार्थ, मान लिया जाय कि एक लड़का अपने माता-पिता दोनों का कत्ल कर देता है और जब अभियुक्त के रूप में अदालत में पहुँचता है तो इस आधार पर दया की भीख मांगता है कि वह बिना माँ-बाप का लड़का (orphan) है। तो ऐसी स्थिति में क्या हम इस प्रकार की दयामूलक बातों को उसके निर्दोष सिद्ध होने में प्रासंगिक मानेंगे? यदि नहीं तो क्यों? हम कैसे दया संबंधी उपर्युक्त स्थिति और इस स्थिति में भेद करेंगे? हमारे पास इसका तार्किक आधार क्या होगा? इन उलझनों से बचकर एक साफ-सुथरे आधार की पहचान इसी बात में है कि अभिव्यक्तात्मक भाषा (Expressive Language) को हम तर्कशास्त्र में स्थान नहीं दें, अर्थात् भावनात्मक युक्तियों को तार्किक रूप से प्रासंगिक युक्ति के रूप में नहीं लें। फलतः दयामूलक युक्ति-दोष उस हर स्थिति

में होगा जिसमें किसी निष्कर्ष की सत्यता स्वीकार करने के लिए दयामूलक भावनाओं को उभाड़ने की कोशिश की जायेगी।

(vii) प्रतिज्ञान्तर-सिद्धि-दोष *(Ignoratio Elenchi)*—यह दोष किसी वांछित निष्कर्ष (यानी, प्रतिज्ञा) से अलग हटकर किसी दूसरे ही निष्कर्ष को सिद्ध करने का दोष है। और अधिक स्पष्ट शब्दों में कहा जा सकता है कि यदि कोई व्यक्ति एक निश्चित निष्कर्ष को सिद्ध करने के लिए तर्क करना प्रारम्भ करता है पर वास्तव में अपने तर्क को एक ऐसी दिशा प्रदान कर देता है कि उससे एक दूसरा ही निष्कर्ष सिद्ध होता है, तो यहाँ ऐसा तर्क करते हुए वह प्रतिज्ञान्तर-सिद्धि दोष का भागी होता है। ऐसा लगता है मानो अनभिज्ञतावश व्यक्ति कभी-कभी कुछ इस रूप में युक्ति पेश करने लग जाता है कि जिस निष्कर्ष को उस युक्ति के द्वारा वह सिद्ध करना चाहता है वास्तविकता में उससे वह सिद्ध न होकर एक दूसरा ही निष्कर्ष सिद्ध हो जाता है। ऐसा ही स्थिति में उपर्युक्त दोष होता है। एक अर्थ में यह दोष निश्चित बिन्दु से अलग हटकर (Beside the point) तर्क करने का दोष है, यानी ऐसा तर्क करने का दोष है जो वांछित निष्कर्ष के लिए प्रासंगिक नहीं है।

उदाहरण के लिए, मान लिया जाय कि किसी अदालत में किसी वकील को यह निष्कर्ष सिद्ध करना है कि अभियुक्त पर लगाया गया हत्या का आरोप सत्य है, पर इसके लिए जो तर्क वह देता है वह मूल रूप से इस बात पर केन्द्रित है कि हत्या करना एक जघन्य अपराध है। तो यहाँ वह प्रतिज्ञान्तर-सिद्धि दोष का शिकार हो जाता है, चूँकि यद्यपि वह यह सिद्ध करने चला था कि 'अभियुक्त हत्या का अपराधी है', वास्तव में उसका सारा तर्क यह सिद्ध करता है कि 'हथ्या करना एक जघन्य अपराध है' जो प्रस्तुत स्थिति में एक अप्रासंगिक निष्कर्ष है। इसीलिए इस दोष को अप्रासंगिक निष्कर्ष का दोष (Fallacy of irrelevant conclusion) भी कह सकते हैं।

एक दृष्टि से ऊपर अब तक जितने तर्कदोषों की चर्चा की गई है, उन्हें प्रतिज्ञान्तर-सिद्धि-दोष का ही रूपान्तर माना जा सकता है, चूँकि सबों में मूल बात यही है कि आधार निर्धारित या वांछित निष्कर्ष के प्रति तार्किक रूप से प्रासंगिक नहीं हैं। परन्तु फिर भी प्रतिज्ञान्तर-सिद्धि-दोष की उन सबों से अलग एक अपनी पहचान इसलिए बनती है चूँकि यहाँ तर्क करने वाला अपने तर्क के द्वारा अपनी प्रतिज्ञा (वांछित निष्कर्ष) से भिन्न एक-दूसरा ही निष्कर्ष सिद्ध कर देता है, जिसे हम कह सकते हैं कि एक अप्रासंगिक निष्कर्ष सिद्ध कर देता है। आधार की निष्कर्ष के प्रति अप्रासंगिकता वाली बात प्रतिज्ञान्तर-सिद्धि-दोष समेत उपर्युक्त सारे दोषों में हैं, पर प्रतिज्ञान्तर-सिद्धि-दोष की उपर्युक्त अर्थ में अप्रासंगिक निष्कर्ष सिद्धि वाली विशेष बात अन्य सबों में नही है। फिर अन्य दोषों में से प्रत्येक में जो आधार में एक-एक विशेष-विशेष बात है, जैसे कोई दयामूलक है, तो कोई आप्त-वचन पर आधारित है, आदि, वह प्रतिज्ञान्तर-सिद्धि-दोष में नहीं है।

(viii) नानुमिति-दोष *(Non-Sequitur)*— 'नानुमिति' या 'Non-Sequitur' का साधारण अर्थ है कि वांछित या अभिकथित निष्कर्ष प्रस्तुत आधारकथन या कथनों से नहीं निकलता है *(The stated ocnclusion does not follow from the premise or premises that are presented as its ground)*। इसका मतलब स्पष्ट रूप से यह है कि नानुमिति-दोष वहाँ पैदा होता है जहाँ आधारकथन निष्कर्ष के लिए तार्किक रूप से उपयुक्त या प्रासंगिक नहीं होते। इस अर्थ में यह दोष भी 'प्रासंगिकता संबंधी दोष' (Fallacy of relevance) का ही एक भेद है और सामान्य अर्थ में यह भी कहा जा सकता है कि प्रतिज्ञान्तर-सिद्धि दोष की

तरह ही अन्य सभी दोष नानुमिति-दोष के ही विशेष-विशेष रूप प्रतीत होते हैं। इस प्रकार ऐसा कोई भी उदाहरण जिसमें प्रस्तुत आधार-कथन प्रासंगिक नहीं है अथवा प्रस्तुत आधार-कथनों से निष्कर्ष नहीं निकलता नानुमिति दोष का उदाहरण हो जायेगा।

(ix) प्रश्नछल-दोष (*Fallacy of Complex Question or Many Questions*)— कुछ प्रश्न ऐसे होते हैं जो देखने में तो सरल लगते हैं, पर उनका आन्तरिक स्वरूप इस अर्थ में जटिल होता है कि प्रकट रूप में पूछे गये एक प्रश्न के अन्दर कई प्रश्न सम्मिलित होते हैं। ऐसा प्रश्न पूछने वाला व्यक्ति उत्तर देने वाले के प्रति एक प्रकार से छल करता है। प्रश्न पूछने के पीछे उसका लक्ष्य यह होता है कि उत्तर देने वाला व्यक्ति एक ऐसा उत्तर दे जिससे फिर वह (प्रश्नकर्त्ता) अपना एक मनोवांछित निष्कर्ष निकाल ले और उत्तर देने वाले को कठिनाई में डाल दें। दोष सचमुच इसी स्तर में उत्पनन होता है जब प्रश्न पूछने वाला उत्तर देने वाले व्यक्ति के उत्तर से एक दोषपूर्ण ढंग से कोई मनोवांछित निष्कर्ष निकाल लेता है। उदाहरण के लिए मान लिया जाय कोई व्यक्ति किसी से प्रश्न करता है—'क्या तुमने सिगरेट पीना छोड़ दिया?' तो यह प्रश्न देखने में जितना सरल लगता है उतना सरल है नहीं। इसमें पहले से ही एक पूर्वमान्यता छिपी हुई है और वह यह है कि वह व्यक्ति पहले सिगरेट पीता था। दूसरे शब्दों में कह सकते हैं कि इस प्रश्न के अन्दर एक और प्रश्न निहित है और वह है 'क्या तुम पहले सिगरेट पीते थे?'। इस प्रश्न को बिना पूछे ही उपर्युक्त प्रश्न पूछना प्रश्नकर्ता के इस छल का द्योतक है कि वह बाद वाले प्रश्न का एक स्वीकारात्मक उत्तर उक्त प्रश्न के बिना पूछे ही मान कर चलता है इसलिए ऐसे प्रश्नों का उत्तर सीधे 'हाँ' या 'ना' में नहीं दिया जा सकता। यदि प्रश्नकर्ता उपर्युक्त प्रश्न पूछकर यह भी कहता है कि उत्तर 'हाँ' या 'ना' में होना चाहिए, तब तो उसका प्रश्नछल और भी स्पष्ट हो जाता है। यदि उत्तर देने वाला उसके प्रश्न का उत्तर 'हाँ' में देता है, तो उसे तुरन्त यह निष्कर्ष निकालने का मौका मिलता है कि वह व्यक्ति पहले सिगरेट पीता था। परन्तु ऐसा करना दोषपूर्ण है और दोष इस बात में है कि प्रश्न पूछने में ही प्रश्नकर्ता ने ऐसा छल किया है कि ज्योंहीं उत्तरदाता उसके प्रश्न का उत्तर 'हाँ' में देता है, त्योंही वह यह निष्कर्ष निकाल लेगा कि 'उसका तो मतलब है कि पहले तुम सिगरेट पीते थे'। पर प्रश्नछल के बल पर ऐसा निष्कर्ष निकालना दोषपूर्ण है, जिस दोष को प्रश्नछल दोष कहते हैं।

निम्नलिखित उदाहरण के द्वारा प्रश्नछल दोष को और भी स्पष्टता के साथ हम समझ सकते हैं। मान लिया जाय एक सरकारी अधिकारी किसी व्यापारी के बारे में यह सूचना पाता है कि उसके किसी विशेष सामान की बिक्री इस साल खूब हुई हैं। ऐसा सुनकर वह व्यापारी को किसी गलत स्थिति में डालकर उससे पैसे ऐंठना चाहता है। इसके लिए वह निम्नलिखित रूप में प्रश्नछल का सहारा लेता है। वह व्यापारी से पूछता है— 'क्या गलत ढंग से विज्ञापन के द्वारा तुम्हारे सामान की बिक्री बढ़ी?' व्यापारी जल्दी में बिना कुछ विशेष सोचे उसके प्रश्न का उत्तर देता है—'नहीं'। इसके बाद अधिकारी तुरन्त कहता है—'अच्छा, तो इसका मतलब है कि तुम यह स्वीकार करतें हो कि तुमने गलत ढंग से विज्ञापन दिये' और ऐसा निष्कर्ष निकालकर वह व्यापारी को एक गलत स्थिति में डाल देता है। यहाँ स्थिति यह है कि अधिकारी के प्रश्न में ही छल है। उसके एक प्रश्न में दो प्रश्न निहित हैं :—(i) क्या तुमने गलत ढंग से विज्ञापन दिया? और (ii) क्या उससे तुम्हारे सामान की बिक्री बढ़ी? जब व्यापारी ने उसके प्रश्न का उत्तर नकारात्मक रूप में

दिया, तो शायद उसने पहले प्रश्न का उत्तर दिया जिससे उसका तात्पर्य यह था कि उसने गलत विज्ञापन का प्रयोग नहीं किया, पर अधिकारी ने उसके उत्तर को दूसरे प्रश्न के उत्तर में लिया, यानी इस रूप में कि उसके सामान की बिक्री नहीं बढ़ी और इससे गलत ढंग से या छल से यह निष्कर्ष निकाल लिया कि व्यापारी यह स्वीकार कर रहा है कि उसने गलत विज्ञापन का प्रयोग किया, यद्यपि उससे उसके सामान की बिक्री नहीं बढ़ी। छलपूर्ण प्रश्न के द्वारा इसी प्रकार मनोवांछित निष्कर्ष निकाल लेने से प्रश्नछल दोष होता है। व्यापारी को यहाँ प्रश्न का सीधा उत्तर नहीं देकर पहले प्रश्न को दो प्रश्नों के रूप में विश्लेषित करना चाहिए था और तब फिर दोनों के अलग-अलग उत्तर देने चाहिए थे। तब वह प्रश्नछल के परिणामों से बच सकता था। परन्तु यहाँ यह समझना चाहिए कि प्रश्नछल दोष उत्तरदाता के सावधानी रहित उत्तर में नहीं होता, बल्कि प्रश्नकर्त्ता के इस छल में होता है कि वह एक प्रश्न की आड़ में कई प्रश्न एक साथ इस नियत से पूछता है कि उत्तरदाता कोई ऐसा उत्तर दे जिससे वह अपना मनोवांछित निष्कर्ष निकाल सके।

(x) मिथ्याकारण-दोष *(Fallacy of False Cause)*—जैसा नाम से ही स्पष्ट है, यह दोष तब उत्पन्न होता है जब हम किसी घटना को किसी अन्य ऐसी घटना का कारण मान लेते हैं जिसका कारण सचमुच वह नहीं है। सामान्य रूप में, जो कारण नहीं है, उसे कारण मान लेने से यह दोष उत्पन्न होता है। इस अर्थ में इसे *'Non Causa Pro Causa'* नाम भी दिया जाता है। पर इस सामान्य रूप के अलावा इस दोष का एक सापेक्षतः संकुचित तथा विशिष्ट रूप भी है जिस रूप में इसे *'Post hoc, ergo Propter hoc'* का नाम दिया जाता है, जिसका अर्थ है 'इसके बाद, इसलिए इसी के कारण'। यदि कोई घटना किसी घटना के बाद आती है और हम पहले आने वाली घटना को बाद वाली घटना का कारण सिर्फ इसलिए मान लेते हैं कि बाद वाली घटना के वह पहले आई है, तो यहाँ उपर्युक्त दोष उत्पन्न होता है। उदाहरण के लिए, यदि कोई छींकता है और उसके तुरंत बाद सामने वाले छत से कोई बच्चा गिरकर मर जाता है, तो व्यक्ति के छींकने को बच्चे की मृत्यु का कारण मान लेने से यह दोष उत्पन्न हो जाता है। स्पष्ट है कि मिथ्या कारण दोष का यह दूसरा रूप भी, जो कारण नहीं है उसे कारण मान लेने का दोष है।

मिथ्याकारण दोष के उपर्युक्त दोनों रूप (जिनमें एक अधिक व्यापक है तथा दूसरा उसी को एक विशिष्ट रूप में लागू करने जैसा है) कारण की उस निश्चित अवधारणा पर आधारित हैं, जिनके अनुसार कारण किसी घटना का पूर्ववर्ती अवश्य होता है, परन्तु किसी घटना का कोई भी पूर्ववर्ती उस घटना का कारण नहीं हो सकता। वही पूर्ववर्ती कारण होता है जो नियत (Invariable), निरूपाधिक (Unconditional) तथा अव्यवहित (Immediate) होता है।

(xi) आत्माश्रय-दोष *(Fallacy of Petitio Principii)*—यह दोष उस स्थिति में उत्पन्न होता है, जब कोई व्यक्ति जिस प्रतिज्ञप्ति को निष्कर्ष रूप में प्रमाणित करना चाहता है, उसकी सत्यता पहले ही आधारकथनों में स्वीकार कर लेता है। संक्षेप में जिसे प्रमाणित करना है उसे ही आधार रूप में मान लेना आत्माश्रय-दोष है। इस दोष को अंग्रेजी में 'Begging the Question' भी कहते हैं। इसके दो रूप माने जा सकते हैं—(i) सरल तथा (ii) जटिल। अपने सरल रूप में आत्माश्रय-दोष वैसी युक्ति में होता है जिसमें आधारकथन तथा निष्कर्ष सचमुच एक ही होते हैं, उनमें सिर्फ शब्दावली का भेद होता है। कभी-कभी तो शब्दावली का यह भेद प्रायः स्पष्ट नजर आता है, पर कभी-कभी यह भेद भी इतनी बुद्धिमानी से किया जाता है कि पहली नजर में इसे पकड़ पाना आसान नहीं

होता। पहले का निम्नलिखित उदाहरण हम ले सकते हैं :—

यह बात गैर कानूनी है

∴ कानून की दृष्टि में यह बात गलत है।

अथवा नैतिक दृष्टि से गाली देना अच्छी चीज नहीं है

∴ गाली देना अनैतिक है।

यहाँ हम देख सकते हैं कि आधार-कथन तथा निष्कर्ष दोनों एक ही हैं और एक को आधार बनाकर दूसरे को निष्कर्ष रूप में प्राप्त करने का कोई मतलब ही नहीं है। और फिर दोनों के बीच इस तुल्यता को देख पाना भी कठिन नहीं है। पर कहीं-कहीं शब्द इस प्रकार संजोये रहते हैं कि तुल्यता इतनी आसानी से नजर नहीं आती। जैसे निम्नलिखित उदाहरण को हम देखें :—

व्यक्ति को अपने विचारों की अभिव्यक्ति की पूरी आजादी सामाजिक हित में हैं।

∴ एक-एक नागरिक को अपनी बातों को कहने की पूरी छूट देना समाज के लिए लाभप्रद है।

ठीक से देखने पर यहाँ भी यह स्पष्ट हो जाता है कि आधारकथन तथा निष्कर्ष मूलतः एक ही हैं, पर पहली नजर में ऐसा नहीं लगता।

ऐसी युक्तियाँ एक अर्थ में न तो अवैध हैं और न ही आधारकथन की निष्कर्ष के प्रति कोई तार्किक अप्रसंगिकता है। इनमें जो मुख्य बात है वह यह है कि निष्कर्ष को **प्रमाणित** करने के लिए यहाँ उस कथन की कोई प्रासंगिकता या आवश्यकता नहीं है, जिसे आधारकथन के रूप में रखा गया है। आधारकथन यदि सत्य है तो सत्य है, उससे जिस प्रकार का निष्कर्ष निकाला गया है, उसकी कोई आवश्कता नहीं, चूँकि दोनों में तो मूलतः एक ही बात है। संक्षेप में, ये युक्तियाँ बिना किसी महत्त्व की (Trivial) है। जैसा कि आत्माश्रय-दोष संबंधी युक्तियों के विषय में *कोपी (I. M. Copi)* तथा *कोहेन (Carl Cohen)* कहते हैं—*"Among all the fallacies of relevance, therefore it will be seen that this is the one case in which the error does not lie in the fact that the premisses are not relevant or that they cannot establish the conclusion. They are not* ***irrelevant****, they* ***do*** *prove the conclusion—but they do so trivially, A petitio principii is always valid but always worthless, too."*[1]

अपने जटिल रूप में आत्माश्रय-दोष वाली युक्ति चक्रक युक्ति (Argument in a Circle or Circular Argument) का उदाहरण होती है। कभी-कभी आत्माश्रय-दोष या चक्रक युक्ति के दोष की स्थिति ऐसी होती है कि उसमें एक से अधिक युक्ति सम्मिलित होती है और हम युक्तियों की इस श्रृंखला में भूल जाते हैं कि हम जो सिद्ध कर रहे हैं उसे तो हमने पहले ही आधाररूप में सत्य मान लिया है। उदाहरण के लिए *मिल (Mill)* आगमन का आधार प्रकृति समरूपता नियम (Law of Uniformity of Nature) को मानते हैं जो यह कहता है कि 'प्रकृति एक नियमित रूप में व्यवहार करती है' अर्थात् भूत में प्रकृति जिस रूप में व्यवहार करती रही है उसी रूप में भविष्य में भी व्यवहार करेगी (The future will be like the past)। परन्तु फिर यह पूछे जाने पर कि प्रकृति समरूपता

1. आइ० एम० कोपी तथा कार्ल कोहेन, *Introduction to Logic* (Prentice Hall, New Delhi, 2000), पृ० सं० 127

नियम की सत्यता में विश्वास करने का क्या आधार है, अर्थात् इस बात का क्या आधार है कि प्रकृति भविष्य में भी उसी प्रकार व्यवहार करेगी जैसा उसने भूत में किया, तो मिल का उत्तर है कि अनेकों उदाहरणों में (भूतकाल में) हमने पाया है कि प्रकृति ने नियमित रूप में व्यवहार किया है उसी रूप में बाद में भी व्यवहार किया है। और इसी आधार पर हम कह सकते हैं कि सदैव यानी भविष्य में भी प्रकृति नियमित रूप से व्यवहार करेगी। और इस उत्तर का साफ मतलब है कि मिल के अनुसार प्रकृति समरूपता में विश्वास करने का आधार है आगमन। तो स्थिति यह हुई कि आगमन का आधार है प्रकृति समरूपता नियम तथा प्रकृति समरूपता नियम का आधार है आगमन। यही चक्र में तर्क करना (Arguing in a circle) है और यहाँ आत्माश्रय दोष हैं, चूँकि मिल जो प्रमाणित करना चाहते हैं उसकी सत्यता उन्होंने पहले ही स्वीकार कर ली है।

(xii) उपाधि दोष-साक्षात् एवं विपरीत *(Fallacy of Accident—Direct and Converse)*—जीवन के प्रायः प्रत्येक पहलू से संबंधित हम कुछ सामान्यीकरण किये रहते हैं—जैसे, सामान्यतः मनुष्य अमुक रूप में व्यवहार करते हैं, सामान्यतः राजनीतिज्ञ अमुक विचार या व्यवहार के होते हैं, सामान्यतः गरीब लोग अनपढ़ होते हैं, आदि, या फिर कुछ सामान्य नैतिक नियम जैसे, चोरी करना पाप है, सत्य बोलना सबों का धर्म है, आदि—और इन सामान्यीकरणों के आधार पर ही अपने विचार या व्यवहार आदि को संचालित करते हैं। पर इन समस्त सामान्यीकरणों के कुछ अपवाद भी होते हैं या हो सकते हैं। अब यदि इस बात को भूलकर (या कभी-कभी जान-बूझकर भी) हम इन सामान्यीकरणों का कुछ इस प्रकार प्रयोग करें जैसे किसी भी स्थिति में उनके किसी अपवाद का सवाल ही नहीं है, तो वहाँ हम उपाधि-दोष के शिकार होते हैं। सामान्य नियम अवश्य हैं और उनके लागू होने का क्षेत्र भी बहुत विस्तृत होता है, प्रायः समान रूप के सभी उदाहरणों में वे लागू होते हैं पर कुछ परिस्थिति-विशेष में अपवाद स्वरूप उनमें से कोई एक या प्रत्येक नहीं भी लागू होता है। इस बात का ध्यान नहीं रखकर यदि हम सामान्य नियमों का निरपवाद रूप में प्रयोग करते हैं तो हम उपाधि-दोष के भागी होते हैं। उदाहरण के लिए हमारी यह सामान्य धारणा है कि 'राजनीतिज्ञ सत्य नहीं बोलते', पर इसका जीवन में यदि हम इस रूप में व्यवहार करने लग जाँय कि कोई भी यदि राजनीतिज्ञ है, तो वह झूठ ही बोलेगा, तो हम उपाधि दोष के शिकार होंगे। या फिर 'झूठ बोलना पाप है', 'सत्य बोलना धर्म है' आदि जैसे जो हमारे नैतिक नियम हैं, वे अधिकांश स्थितियों में तो लागू होते हैं, पर हम अनुभव से जानते हैं कि कुछ विशेष परिस्थितियाँ ऐसी होती हैं, जिनमें झूठ ही बोलना धर्म सिद्ध हो सकता है (जैसे, यदि किसी का जीवन बचाना हो)। ऐसी परिस्थितियों का ध्यान रखे बिना यदि सामान्य नियमों का प्रयोग हम एक यांत्रिक रूप में प्रत्येक स्थिति में करना चाहें, तो हम उपाधि दोष के शिकार होंगे। एक नियम है कि 'जो कोई भी दूसरे की हत्या करेगा, उसे मृत्यु दंड मिलेगा' और यह नियम करीब-करीब सर्वव्यापी है। परन्तु फिर भी इसका भी अपवाद है। एक फौज का सिपाही भी शत्रु से युद्ध करते वक्त हत्या करता है, तो हम क्या कहेंगे कि उसे भी मृत्यु दंड मिलना चाहिए? यदि हम ऐसा समझते हैं और कहते हैं, तो हमारा कथन उपाधि-दोष से ग्रसित है। उसे युक्ति रूप में निम्नलिखित रूप में रख सकते हैं :—

जो कोई भी दूसरे की हत्या करता है, वह मृत्यु दंड का भागी है।

एक फौजी सिपाही युद्ध में दूसरों की हत्या करता है, इसलिए, वह मृत्यु दंड का

भागी है।

यह युक्ति निश्चित रूप से उपाधि-दोष से ग्रसित हैं।

इस प्रकार हम कह सकते हैं कि उपाधि-दोष तब उत्पन्न होता है जब हम किसी भी सामान्य नियम या सामान्यीकरण को बिना विशेष-विशेष परिस्थितियों का ध्यान रखे सभी परिस्थितियों में निरपवाद रूप में लागू करते हैं। संक्षेप में हम कह सकते है कि जब हम सामान्यीकरणों का निरपवाद रूप में प्रयोग करते हैं तो उपाधि-दोष होता है, जैसा ऊपर के उदाहरणों में हमने देखा। पर इस दोष का एक दूसरा पक्ष भी है। कभी-कभी हम ऐसा नहीं करके कि किसी सामान्य नियम को किसी विशेष उदाहरण पर उसकी विशेष परिस्थिति का ध्यान रखे बिना लागू कर दें, इसके ठीक विपरीत करते हैं यानी ऐसा करते हैं कि जो बात हम किसी एक या दो-चार उदाहरणों के लिए सत्य पाते हैं, उसे उस प्रकार के सभी उदाहरणों के लिए सत्य मानकर उसका सामान्यीकरण कर देते हैं। यहाँ भी हम उपाधि-दोष ही उत्पन्न करते हैं, यद्यपि पहले प्रकार के उपाधि-दोष से इसका भेद करने के लिए, इसे विपरीत उपाधि-दोष (Fallacy of Converse Accident) कहते हैं। दोनों के भेद को और अधिक स्पष्ट करने के लिए, पहले को कभी-कभी सिर्फ उपाधि-दोष न कहकर साक्षात उपाधि-दोष (Fallacy of Direct Accident) कहते हैं। विपरीत उपाधि-दोष के उदाहरणस्वरूप हम निम्नलिखित को रख सकते हैं—हम एक-दो ऐसे मनुष्यों का उदाहरण देखते हैं जो पापी और अधर्मी हैं, पर फिर भी हर प्रकार से सुखी-सम्पन्न हैं। इसके आधार पर यदि हम यह निष्कर्ष निकाल लेते हैं कि 'पापी और अधर्मी लोग सुखी-सम्पन्न होते हैं', तो यहाँ हम विपरीत-उपाधि-दोष पैदा कर रहे हैं। इसे हम जल्दीबाजी में किये सामान्यीकरण (Hasty genralisation) का दोष या सीधे अवैध सामान्यीकरण (Illicit genseralisation) भी कह सकते हैं।

उपाधि-दोष के उपर्युक्त दोनों रूपों की व्याख्या से स्पष्ट हो जाता है कि यह दोष सामान्यीकरणों के गलत उपयोग के चलते उत्पन्न होता है। ऐसा असावधानी के चलते हो सकता है या जान-बूझकर भी किया जा सकता है। साक्षात् उपाधि दोष तब होता है जब हम एक सामान्यीकरण से विशेष उदाहरण पर सामान्यीकरण के संभव अपवाद का बिना ध्यान रखे जाते हैं और विपरीत उपाधि-दोष तब होता है जब हम विशेष उदाहरण से जल्दीबाजी में सामान्यीकरण पर चले जाते हैं।

3. द्वयार्थकता-अनेकार्थकता संबंधी तर्कदोष (*Fallacies of Ambiguity*)

जैसा पहले भी कहा गया है, इस प्रकार के तर्कदोष वहाँ उत्पन्न होते हैं जहाँ युक्ति के गठन में प्रयुक्त भाषा में ही एक या कुछ शब्द या शब्द-समूह द्वयार्थक या अनेकार्थक होते हैं और युक्ति के अन्दर ही उनका एक स्थान पर एक तथा अन्य स्थान पर अन्य अर्थ में प्रयोग हुआ रहता है। ये दोष कई प्रकार से हो सकते हैं, पर यहाँ हम ऐसे छः प्रकार के दोषों की चर्चा करेंगे जो निम्नलिखित हैं :—

(i) वाक्यछल दोष (*Fallacy of Amphiboly*)—यह दोष किसी कथन की छलपूर्ण बनावट के चलते पैदा होता है और छलपूर्ण बनावट से यहाँ तात्पर्य है एक ऐसी बनावट से जिसके चलते कथन के दो (या उससे भी अधिक) अर्थ निकलते हैं। जब ऐसे ही किसी कथन को आधार बनाकर कोई निष्कर्ष निकाला जाता है, तो युक्ति वाक्यछल दोष से ग्रसित मानी जाती है। उदाहरण के लिए यदि हमारे सामने यह कथन हो कि 'यदि रूस अमेरिका पर चढ़ाई कर दे, तो एक शक्तिशाली देश नष्ट हो जायेगा', तो इस कथन

का निम्नलिखित्त दो अर्थों में से कोई भी अर्थ हो सकताा है :—

(1) यदि रूस अमेरिका पर चढ़ाई कर दे, तो अमेरिका नष्ट हो जायेगा।

(2) यदि रूस अमेरिका पर चढ़ाई कर दे, तो खुद रूस नष्ट हो जायेगा।

कथन की इसी द्वयार्थकता के चलते, यदि इसे आधारकथन के रूप में ले लिया जाय और एक कथन और जोड़ दिया जाय कि 'रूस ने अमेरिका पर चढ़ाई कर दी', तो दोनों आधार-कथनों से अलग-अलग लोग निम्नलिखित दो निष्कर्षों में से कोई एक निष्कर्ष निकाल सकते हैं :—

(1) अमेरिका नष्ट हो जायेगा।

(2) खुद रूस नष्ट हो जायेगा।

किसी भी निष्कर्ष की स्थिति में युक्ति में वाक्यछल दोष है, चूँकि आधारकथन के रूप में लिए एक कथन के गठन में कुछ ऐसा शब्द-समूह है कि कथन का एक अर्थ के बजाय दो अर्थ हो जाते हैं।

(ii) पदाघात दोष *(Fallacy of Accent)*—यह हमारा सामान्य ज्ञान है कि किसी वाक्य या कथन का जो उसके साधारण रूप में अर्थ होता है, वही अर्थ उसका तब नहीं होता जब हम उसके किसी एक विशेष शब्द पर विशेष या अधिक बल देते हैं। इस कारण कथन को आधार बनाकर जो निष्कर्ष हम उससे उसके साधारण रूप के आधार पर निकाल सकते हैं, वही निष्कर्ष तब नहीं निकाल पायेंगे, जब उसके एक या दूसरे शब्द पर कोई विशेष बल दिया जाय। ऐसी अवस्था में युक्ति में दोष उत्पन्न होता है, जो इस कारण होता है कि हमने किसी खास शब्द पर अधिक बल दिया है। यही दोष पदाघात दोष कहलाता है। उदाहरण के लिए जब हम साधारण रूप में यह कहते हैं कि 'हमें अपने शत्रु के साथ प्यार से पेश आना चाहिए' तो इसका साधारण अर्थ यह लिया जायेगा कि 'हमें सबों के साथ प्यार से पेश आना चाहिए, यहाँ तक कि अपने शत्रु के साथ भी'। यानी दिये हुए वाक्य से आम तौर पर यह निष्कर्ष निकाला जायेगा कि हमें किसी के भी साथ प्यार का व्यवहार करना चाहिए, चाहे वह हमारा शत्रु ही क्यों न हो। पर यदि उपर्युक्त वाक्य कहते या लिखते वक्त हम. 'शत्रु' शब्द पर विशेष बल देते हैं, तो उस स्थिति में जो निष्कर्ष निकलेगा वह यह होगा कि हमें सिर्फ अपने शत्रु के साथ प्यार से पेश आना चाहिए, अन्य किसी के साथ नहीं, जो उपर्युक्त वाक्य के आधार पर निकाला गया एक बहुत ही अस्वाभाविक निष्कर्ष है। परन्तु ऐसा निष्कर्ष निकाला जाना इसलिए संभव हुआ चूँकि हमने 'शत्रु' शब्द पर विशेष बल दे दिया। ऐसे निष्कर्ष को दोषपूर्ण माना जाता है, और इस दोष का नाम है 'पदाघात दोष'। वैसे ही यदि हम 'अपने' शब्द पर विशेष बल दे दें, तो वाक्य का एक तीसरा ही अर्थ हो जायेगा और उससे और भी अस्वाभाविक निष्कर्ष निकल जायेगा, यथा—हमें सिर्फ अपने शत्रु के साथ प्यार से पेश आना चाहिए, दूसरों के शत्रु के साथ नहीं; उनके साथ हमें शत्रुता के साथ पेश आना चाहिए। यहाँ भी पदाघात दोष हैं।

कुछ अधिक व्यापक अर्थ में हम यह दोष वहाँ भी सम्पन्न करते हैं, जहाँ हम किसी की पंक्तियों को उसके स्वाभाविक संदर्भ से बाहर निकालकर उद्धृत करते हैं या फिर उस उद्धरण के किसी एक शब्द या अंश पर अधिक बल देते हैं (इस प्रकार का बल शब्द के अक्षरों को टेढ़े रूप में लिखकर या फिर अक्षरों को मोटे रूप में लिखकर दिया जाता है), जब कि मूल लेखक ने वैसा नहीं किया हो। इस प्रकार का दोष विज्ञापन देने वाले

भी तब करते हैं जब किसी विज्ञापन को कागज पर या दीवाल आदि पर लिखते समय अपने स्वार्थ की सिद्धि वाले अंश को मोटे अक्षरों में लिखते हैं तथा जिन शब्दों से उनके स्वार्थ की विशेष सिद्धि नहीं होती या जिनसे घाटे का भी अंदेशा हो सकता है, उन्हें छोटे या पतले अक्षरों में लिखते हैं।

(iii) अनेकार्थकता दोष (*Fallacy of Equivocation*)—यह दोष किसी युक्ति में तब उत्पन्न होता है जब हम किसी एक शब्द या वाक्यांश का उसी युक्ति के अन्तर्गत दो (या अनेक) अलग-अलग अर्थों में व्यवहार करते हैं। उदाहरण के लिए निम्नलिखित युक्ति को लिया जाय :—

जीवन का अन्त है पूर्णता (The end of life is Perfection)

मृत्यु जीवन का अंत है (Death is the end of Life)

इसलिए, मृत्यु पूर्णता है (Therefore, Death is Perfection)

इस युक्ति में हम देख सकते हैं कि प्रथम आधार-कथन में 'अन्त' (End) शब्द का प्रयोग 'लक्ष्य' या 'चरम लक्ष्य' के अर्थ में हुआ है, जब कि दूसरे आधारकथन में उसका प्रयोग 'आखिरी क्षण' या 'समाप्ति' के अर्थ में हुआ है। इसलिए यह युक्ति दोषपूर्ण है और संबंधित दोष 'अनेकार्थकता दोष' कहलाता है।

यों तो अनेकार्थकता-दोष किसी भी प्रकार की युक्ति में हो सकता है, यदि उसमें एक ही शब्द का प्रयोग कई बार कई अर्थों में हुआ हो, परन्तु यदि 'न्याय' (syllogism) के संदर्भ में हम यह देखने की कोशिश करें कि इस प्रकार का दोष कितने प्रकार से हो सकता है तो हम पायेंगे कि यह तीन प्रकार से हो सकता है। दूसरे शब्दों में हम कह सकते हैं कि न्याय के संदर्भ में इस दोष के तीन रूप होते हैं। यहाँ यह समझ लेना आवश्यक है कि यों तो न्याय-संबंधी दोष आकारिक दोष के अन्तर्गत आते हैं, पर यदि न्याय प्रतीकात्मक रूप में व्यक्त न हों और उसके रूप में कोई युक्ति साधारण भाषा के माध्यम से व्यक्त की गई हो, तो वहाँ अनेकार्थकता-दोष की संभावना बन जाती है, चूँकि हम जानते हैं कि न्याय में प्रत्येक पद दो बार आता है ओर हो सकता है कि प्रत्यक्षतः एक ही पद दोनों बार होते हुए भी, उसका प्रयोग दो स्थानों पर दो अलग-अलग अर्थों में हुआ हो। चूँकि प्रत्येक न्याय में तीन पद होते हैं—वृहत्, लघु तथा मध्यवर्ती और तीनों ही दो-दो बार आते हैं, इसलिए तीनों के संबंध में यह संभावना है कि उनका प्रयोग दो अलग-अलग अर्थों में हुआ हो। ऐसा होने से प्रत्येक स्थिति में अनेकार्थकता-दोष हो जायेगा। प्रत्येक पद के संदर्भ में इस दोष का नाम अलग-अलग हो जाता है और इसीलिए इसके तीन रूप कहे जा सकते हैं। वृहत् पद के *संदर्भ में जो दोष होता है, उसे द्वयार्थक वृहत् पद दोष (Fallacy of Ambiguous Major), लघु पद के संदर्भ में जो होता है उसे द्वयार्थक लघु पद दोष (Fallacy of Ambiguous Minor) तथा मध्यवर्ती पद के संदर्भ में जो दोष होता है उसे द्वयार्थक मध्यवर्ती पद दोष (Fallacy of Ambiguous Middle) कहते हैं।*

(iv) विग्रह दोष (*Fallacy of Division*)—जो बात किसी वर्ग या समूह के लिए सामूहिक रूप से सत्य हो, कोई आवश्यक नहीं कि वह उसके एक-एक सदस्य के लिए भी सत्य हो। या फिर इसी बात को हम इस रूप में रख सकते हैं कि किसी वर्ग या समूह में यदि कोई विशेष गुण हैं, तो कोई आवश्यक नहीं कि उसके प्रत्येक सदस्य में वह गुण हो। पर यदि ऐसी ही बात को मानकर, यानी इस बात को मानकर कि जो बात किसी समूह

के लिए सत्य है, वह उसके एक-एक सदस्य के लिए भी सत्य होगी, हम कोई निष्कर्ष निकालते हैं, तो वहाँ विग्रह दोष होगा। उदाहरण के लिए यदि हम कहें कि 'भारतीय सेना बहुत बहादुर है' तो इससे यह निष्कर्ष नहीं निकलता कि उसका एक विशेष सिपाही 'X' भी बहादुर है। यदि हम ऐसा निष्कर्ष निकालते हैं, तो विग्रह-दोष पैदा करते हैं। उसी प्रकार एक टीम (Team) के लिए सामूहिक रूप में यह बात सत्य हो सकती है कि उसका प्रदर्शन बहुत अच्छा रहा, पर उससे यह निष्कर्ष नहीं निकलता कि उसके प्रत्येक खिलाड़ी, जैसे मोहन का प्रदर्शन अच्छा ही रहा। यदि कोई ऐसा निष्कर्ष निकालता है, तो वह विग्रह-दोष का भागी होता है।

इसी से मिलता-जुलता एक दूसरे रूप में भी विग्रह-दोष सम्पन्न होता है। जो बात किसी सम्पूर्ण (whole) के लिए सत्य हो, वह उसके अंशों (parts) के लिए भी आवश्यक रूप से सत्य नहीं होती। उदाहरण के लिए यदि कोई मशीन बहुत भारी है, या बहुत कीमती है, तो इससे यह निष्कर्ष नहीं निकलता कि उसका एक-एक पुर्जा भी बहुत भारी है या बहुत कीमती है। पर यदि ऐसा निष्कर्ष हम निकालते हैं, तो यहाँ भी हम विग्रह दोष के भागी होते हैं।

इस प्रकार जो बात सामूहिक रूप में (collectively) किसी वर्ग या समूह के विषय में सत्य है वह वितरित रूप में (distributively) उसके प्रत्येक सदस्य के विषय में भी सत्य होगी या फिर जो बात किसी संम्पूर्ण के लिए सत्य है, वह उसके प्रत्येक अंश के लिए भी सत्य होगी—ऐसा मानकर यदि कोई निष्कर्ष निकाला जाता है तो वह दोषपूर्ण होता है और ऐसे दोष को विग्रह-दोष की संज्ञा दी जाती है।

विग्रह दोष तथा साक्षात उपाधि दोष में एक ऐसी समता का आभास होता है कि दोनों में भेद करने में कभी-कभी भ्रम हो सकता है। इसलिए दोनों के भेद को स्पष्ट रूप से समझना आवश्यक है। विग्रह दोष के दूसरे रूप से तो साक्षात् उपाधि दोष का स्पष्ट भेद है और दोनों के बीच किसी भ्रम की गुंजाइश नहीं है। भ्रम का संदेह विग्रह दोष के पहले रूप तथा साक्षात् उपाधि दोष के बीच हो सकता है। परन्तु यहाँ यह ध्यान देना चाहिए कि जहाँ साक्षात् उपाधि दोष हमारे इस रूप में तर्क करने के कारण होता है कि चूँकि किसी वर्ग के प्रायः सभी सदस्यों में कोई गुण है या किसी वर्ग के प्रायः सभी सदस्यों के लिए कोई बात सत्य है, इसलिए वह बात उस वर्ग के एक विशिष्ट स्थिति वाले विशेष सदस्य के लिए भी सत्य होगी, जहाँ विग्रह दोष हमारे इस रूप में तर्क करने के कारण होता है कि चूँकि कोई विशेष बात किसी वर्ग के लिए उसकी सम्पूर्णता से सत्य है, इसलिए वर्ग के किसी या प्रत्येक सदस्य के लिए सत्य है। **आई० एम० कोपी** के शब्दों में इस भेद को निम्नलिखित रूप में रखा जा सकता है—*"In the latter (i. e. in the Fallacy of Accident) one argues that since most members of a class have a specified propety therefore any particular member or subclass of members, no matter how atypical, must have that propety also. But in the fallacy of division one argues that since a class it* ***self*** *(collectively) has a specified propery therefore any member or subclass of members of the class must have that propety also."*

(v) संग्रह दोष *(Fallacy of Composition)*—यह दोष विग्रह दोष का विलोम है। विग्रह दोष में तर्क सम्पूर्ण वर्ग या समूह से उसके एक सदस्य की ओर जाता है या

आई० एम० कोपी, *Introduction to Logic* (Macmillan, Newyork, 1972) पृ० 99.

फिर सम्पूर्ण (whole) से उसके एक अंश की ओर जाता है। इसके विपरीत संग्रह दोष में तर्क एक सदस्य से सम्पूर्ण की ओर या फिर एक अंश से सम्पूर्ण की ओर जाता है। जो कोई बात किसी वर्ग के किसी एक सदस्य या प्रत्येक सदस्य के लिए वितरित रूप में (distributively) सत्य हो वही बात आवश्यक रूप में पूरे वर्ग (class as a whole) के लिए सत्य नहीं हो सकती। उसी प्रकार जो बात किसी सम्पूर्ण के एक अंश या एक-एक अंश के लिए सत्य है, वह आवश्यक रूप से सम्पूर्ण के लिए भी सत्य नहीं होती। परन्तु ऐसा ही मानकर यदि हम कोई निष्कर्ष निकालते हैं, तो वहीं दोष पैदा होता है जिसे संग्रह दोष कहते हैं। उदाहरण के लिए यदि हम निम्नलिखित तर्क देते हैं, जैसा समझा जाता है कि मशहूर उपयोगितावादी विचारक **मिल** (Mill) ने दिया था :—

प्रत्येक मनुष्य अपना-अपना सुख चाहता है
(Every man desires his own happiness)
इसलिए, सभी लोग सब का सुख चाहते हैं।
(Therefore all men desire the happiness of all.)

तो इस तर्क में संग्रह दोष है, चूँकि जो बात एक-एक मनुष्य के लिए सत्य है, उसे आधार बनाकर हमने यह निष्कर्ष निकाला है कि वह बात सबों के लिए सत्य है। उसी प्रकार यदि हम तर्क करें कि :—

न तो A न B न C इस वजन को उठा सकता है
इसलिए, A तथा B तथा C इस वजन को नहीं उठा सकते।

तो यहाँ भी संग्रह दोष है। उसी प्रकार यदि किसी मशीन के एक-एक कल-पुर्जे को हल्का पाकर यह निष्कर्ष निकाल लें कि सारी मशीन ही हल्की है, तो यहाँ भी संग्रह-दोष होगा।

इस प्रकार, वितरित रूप में (distributively) किसी वर्ग के एक-एक सदस्य में कोई विशेष गुण पाकर यदि यह निष्कर्ष निकाल लें कि उस वर्ग में ही (In the class it self) वह गुण है तो वहाँ संग्रह दोष होगा। फिर एक किसी समग्र वस्तु के एक-एक अंश में वितरित रूप में कोई गुण पाकर यह निष्कर्ष निकाल लें कि समग्र वस्तु में भी (उसकी सम्पूर्णता में भी) वह गुण है तो यहाँ भी संग्रह-दोष होगा। संग्रह-दोष के इन दोनों रूपों पर ध्यान देना है।

फिर जिस प्रकार साक्षात उपाधि दोष (Fallacy of Direct Accident) तथा विग्रह दोष (Fallacy of Division) में भेद करना आवश्यक है, उसी प्रकार विपरीत उपाधि दोष (Fallacy of converse Accident) तथा संग्रह दोष (Fallacy of Composition) में भेद करना आवश्यक है। जहाँ विपरीत उपाधि दोष में यह किया जाता है कि किसी वर्ग के एक या दो सदस्यों में किसी गुण या विशेषता को देखकर उसके आधार पर यह निष्कर्ष निकाला जाता है कि वह गुण उस वर्ग के सभी सदस्यों में (या यों कहें कि वह गुण उस वर्ग के सभी सदस्यों में) होगा वहाँ संग्रह दोष में किसी वर्ग के प्रत्येक सदस्य में (वितरित रूप में) कोई गुण पाकर हम यह निष्कर्ष निकालते हैं कि वह गुण उस सम्पूर्ण वर्ग में ही (उसकी सम्पूर्णता या सामूहिकता में) होगा। इस प्रकार जहाँ विपरीत उपाधि दोष में हम वितरित से वितरित (from distribution to distributive) पर जाते हैं, वहाँ संग्रह दोष में वितरित से सामूहिक पर (from distributive to collective) जाते हैं।

(vi) रुपार्थ साम्य दोष *(Fallacy of Figure of Speech)*—यह दोष तब उत्पन्न

होता है, जब दो शब्दों में रूप की समानता देखकर हम उनके अर्थ के संबंध में भ्रम में पड़कर अर्थ की भी समानता मान लेते हैं। उदाहरण के लिए हम अंग्रेजी भाषा में व्यक्त निम्नलिखित युक्ति को लें :—

Pleasure is desired by all.

Therefore, Pleasure is desirable.

यहाँ पर 'desired' तथा 'desirable' शब्दों में रूप का साम्य है इसलिए उसके आधार पर अर्थ का भी साम्य मानकर हमने उपर्युक्त अनुमान निकाल लिया है, जो दोषपूर्ण है। हम जानते हैं कि 'desired' का अर्थ है 'जिसकी इच्छा की जाती है', परन्तु 'desirable' का अर्थ है 'जिसकी इच्छा की जानी चाहिए' यानी, जो इच्छा करने के लायक हो, श्रेयस्कर हो। और यह अर्थ 'desired' शब्द के अर्थ से बिल्कुल भिन्न है। इसलिए उपर्युक्त प्रकार का अनुमान दोषपूर्ण है और जो दोष यहाँ होता है, उसका नाम है रूपार्थ साम्य दोष (Fallacy of Figure of Speech)।

इस प्रकार के दोष का एक विशिष्ट रूप है जिसका नाम है 'समरूप विषमार्थ पद-दोष' (Fallacy of Paronymous Terms)। इसे उदाहरण के द्वारा समझा जा सकता है। अंग्रेजी भाषा की क्रियाओं (verbs) में या कभी-कभी संज्ञा में भी 'er' लगा देने से 'वाला' अर्थ निकलता है। जैसे 'Doubt' में 'er' लगा देने से 'Doubter' बन जाता है जिसका अर्थ होता है 'संदेह करने वाला', जबकि 'Doubet' का अर्थ हैं 'संदेह' या 'संदेह करना'। उसी प्रकार 'Examine' शब्द का अर्थ है 'जाँच या मूल्यांकन करना' तथा 'Examiner' का अर्थ है 'मूल्यांकन करने वाला'। परन्तु हमेशा ऐसा नहीं होता। जैसे 'Project' शब्द का अर्थ है 'परियोजना' पर 'Projector' शब्द का अर्थ इससे बिल्कुल भिन्न 'षडयंत्र करने वाला' या 'गलत योजना बनाने वाला' होता है। इसीलिए शब्दों के रूप से धोखा खाकर एक के आधार पर ही दूसरे का अर्थ निकालकर यदि हम उनका प्रयोग किसी अनुमान में एक ही प्रकार के अर्थ वाले पदों के रूप में कर दें, तो फिर अनुमान में उपर्युक्त दोष यानी 'समरूप विषमार्थ पद दोष' हो जायेगा। निम्नलिखित उदाहरण इसी दोष से ग्रसित है :—

Projectors are not to be trusted.

Engineers form Projects

Therefore, Engineers are not to be trusted.

'Project' तथा 'Projector' शब्दों के रूप एक होने के कारण यहाँ भ्रम होता है और युक्ति में दोष आ जाता है। जैसा, हमने ऊपर देखा है, 'Projector' शब्द का अर्थ होता है 'षडयंत्र करने वाला' जिसका 'project' शब्द के अर्थ से कोई मेल नहीं चूँकि इसका अर्थ है 'योजना'। इन्जिनीयर चूँकि योजना बनाता है, इसलिए वह षडयंत्रकारी (Projector) नहीं हो गया। अतः युक्ति दोषपूर्ण है और उसमें 'समरूप विषमार्थ पद दोष' है। पदों का रूप सम है, पर अर्थ भिन्न-भिन्न हैं। दोष के मूल में यही बात हैं।

❑

अध्याय 4

परिभाषा
[DEFINITION]

1. परिभाषा क्या है? (*What is Definition?*)

हमने भाषा संबंधी अपने अध्ययन में देखा है कि हमारी भाषा जटिल है तथा उसमें प्रयुक्त बहुत सारे शब्द अस्पष्ट तथा अनिश्चित अर्थ के हैं। यानी, उनमें से कई ऐसे हैं जिनके एक से अधिक अर्थ हैं (ambiguous) तथा बहुत ऐसे हैं जिनके अर्थ के संबंध में अनिश्चितता (vagueness) है। प्रसंग के अनुसार भी शब्दों के अर्थ बदलते रहते हैं। फिर जहाँ शब्दों का अभिव्यक्तात्मक प्रयोग हुआ रहता है वहाँ उनके साथ भावनाएँ तथा संवेग कुछ इस प्रकार संबद्ध रहते हैं कि उनका ठीक अर्थ स्पष्ट नहीं होता। कभी-कभी शब्दों की इसी अनेकार्यकता, अस्पष्टता, अनिश्चितता आदि के चलते किसी बात को लेकर दो व्यक्तियों में मतभेद (disagreement) हो जाता है। एक किसी विशेष वाक्य से कुछ अर्थ समझता है तो दूसरा कुछ अलग ही। कभी-कभी ऐसे मतभेद मात्र शाब्दिक होते हैं, यानी, या तो यह मतभेद किसी शब्द के अलग-अलग अर्थ लगाने के कारण होता है या फिर इस कारण कि किसी विशेष शब्द का विशेष संदर्भ में प्रयोग उचित तथा उपयुक्त है या नहीं। इन्हीं कारणों से कई बार शब्दों के अर्थ के स्पष्टीकरण या फिर उनके अर्थ तथा प्रयोग के संबंध में एक निश्चितता की अत्यन्त आवश्यकता महसूस होती है। दूसरे शब्दों में ऐसे ही संदर्भ में शब्दों की परिभाषा की आवश्यकता महसूस होती है।

एक और भी महत्त्वपूर्ण स्थिति है, जहाँ परिभाषा की आवश्यकता महसूस होती है। विज्ञान में नित्य नवीन अनुसंधान होते रहते हैं और इस क्रम में प्रायः ऐसे तथ्य वैज्ञानिक के समक्ष आते हैं, जिनके लिए कोई नाम अब तक की हमारी भाषा में है ही नहीं। ऐसी स्थितियों में वैज्ञानिक को नये शब्द गढ़ने पड़ते हैं और फिर उसे वैज्ञानिक समाज के लोगों या साधारण लोगों को समझाने के लिए ऐसे शब्दों के अर्थ का स्पष्टीकरण करना पड़ता है, ताकि लोग समझ सकें कि नवीन शब्द का प्रयोग किस स्थिति या किस तथ्य या किस प्रकार की घटना, प्रक्रिया आदि के लिए किया जा रहा है। पुराने शब्दों का भी व्यवहार यदि विज्ञान में होता है तो इस बात की आवश्यकता होती है कि साधारण भाषा संबंधी उसकी अस्पष्टता, अनिश्चितता आदि को दूर रखकर उसके अर्थ को सुनिश्चित कर दिया जाय। यानी वैज्ञानिक खोजों के आलोक में भी शब्दों की निश्चित परिभाषा की आवश्यकता होती है।

ऊपर के विश्लेषण से ही स्पष्ट हो जाता है कि परिभाषा क्या है। परिभाषा शब्दों के अर्थ का स्पष्टीकरण है। शब्द एक प्रकार के प्रतीक (symbol) हैं जिनके माध्यम से हम कुछ अभिव्यक्त करना चाहते हैं। शब्दों के अलावा भी प्रतीक हो सकते हैं जिनके द्वारा हम

अपने विचार या भाव आदि की अभिव्यक्ति कर सकते हैं। इस तरह एक व्यापक परिप्रेक्ष्य में परिभाषा अभिव्यक्ति संबंधी किसी भी प्रतीक के अर्थ का स्पष्टीकरण है। पर चूँकि मनुष्य शब्दों के माध्यम से ही अपने विचारादि की अभिव्यक्ति करते हैं और फिर युक्तियों के निर्माण में शब्द तथा उनसे बने वाक्य ही सहायक होते हैं, इसलिए हम उन्हीं की परिभाषा की बात यहाँ करेंगे। तो परिभाषा शब्दों के अर्थ का स्पष्टीकरण है। इससे एक बात स्पष्ट होती हैं कि परिभाषा **शब्दों** की होती है, चूँकि उन्हें ही अर्थ होता है। शब्दों के द्वारा बोधित वस्तुओं, गुणों आदि की परिभाषा नहीं होती। उदाहरण के लिए, 'मेज' शब्द की परिभाषा होती है, मेज नामक वस्तु की नहीं। मेज पर हम कोई वस्तु रख सकते हैं या उस पर बैठ सकते हैं या और किसी प्रकार उसका उपयोग कर सकते हैं, पर उसे परिभाषित नहीं कर सकते, चूँकि उसका कोई अर्थ नहीं होता।

परिभाषित शब्द को हम परिभाष्य (Definiendum) तथा जो उसकी परिभाषा होती है उसे परिभाषक (Definiens) कहते हैं। उदाहरण के लिए यदि 'मनुष्य' की परिभाषा हम यह कहते हुए देते हैं कि वह एक 'विवेकशील प्राणी' है, तो यहाँ 'मनुष्य' शब्द परिभाष्य हुआ तथा 'विवेकशील प्राणी' परिभाषक। उसी प्रकार 'त्रिभुज' तीन भुजाओं से घिरे क्षेत्र को कहते हैं'' में 'त्रिभुज' परिभाष्य है तथा 'तीन भुजाओं से घिरा क्षेत्र' परिभाषक। यहाँ तार्किक दृष्टि से एक बात पर ध्यान देना महत्त्वपूर्ण है और वह यह है कि यद्यपि परिभाषा किसी शब्द के अर्थ का स्पष्टीकरण है, परन्तु फिर भी ऐसा कहना उचित नहीं होगा कि परिभाषक परिभाष्य का अर्थ है, बल्कि यह कहना उचित होगा कि परिभाषक तथा परिभाष्य का एक ही अर्थ है।

फिर चूँकि शब्दों के अर्थ को कई प्रकार से स्पष्ट किया जा सकता है, इसलिए परिभाषाएँ भी कई प्रकार की हो सकती है। इसे हम आगे देखेंगे।

2. परिभाषा का उद्देश्य (*Purpose of Definition*)

हम देख चुके हैं कि भाषा में जो शब्दों के अर्थ के संबंध में अस्पष्टता, अनिश्चितता आदि हैं तथा विज्ञानों में जो कुछ नये-नये शब्द गढ़े जाते हैं जिन्हें अर्थ प्रदान करने की आवश्यकता पड़ती है, उन्हीं के कारण परिभाषा की आवश्यकता महसूस की जाती है। इस प्रकार संक्षेप में तो परिभाषा के उद्देश्य के संबंध में यही कहा जा सकता है कि इसका उद्देश्य है भाषा में निहित अस्पष्टता आदि को दूर करना तथा नवीन शब्दों को अर्थ प्रदान करना। पर यहाँ इन्हीं बातों को कुछ विशदता में देखने की जरूरत है। कुछ और संबंधित बातों को ध्यान में रखकर कह सकते हैं कि परिभाषा के पाँच उद्देश्य हैं जो निम्नलिखित हैं :—

(i) द्वयार्थकता अथवा अनेकार्थकता संबंधी भ्रम को दूर करना (*To Remove Confusion due to Ambiguity*)—भाषा में बहुत से शब्द द्वयार्थक या अनेकार्थक होते हैं। ऐसा होना अपने-आप में कोई दोष नहीं है, चूँकि जब तक यह स्पष्ट है कि किसी विशेष संदर्भ में किसी शब्द का प्रयोग किस विशेष अर्थ में हो रहा है, तब तक कोई भ्रम पैदा नहीं होता। कठिनाई वहाँ होती है जहाँ यह स्पष्ट नहीं होता कि किसी अनेकार्थक शब्द का प्रयोग उसके किस अर्थ में हुआ है। हमने तर्कदोष संबंधी अध्याय में देखा है कि उसी कठिनाई के चलते भ्रम पैदा होता है और युक्ति दोषपूर्ण हो जाती है। यहीं परिभाषा की भूमिका आती है। परिभाषा का कार्य है शब्द के अर्थ को स्पष्ट करना और यदि अर्थ स्पष्ट कर दिया जाता है तो अनेकार्थकता के चलते उत्पन्न भ्रम अपने-आप दूर हो जाता है। इसलिए परिभाषा का एक उद्देश्य अनेकार्थकता से उत्पन्न भ्रम को दूर करना है।

बहुत बार द्वयार्थक या अनेकार्थक किसी शब्द के प्रयोग के चलते ही दो व्यक्तियों के विचारों में मतभेद हो जाता है—एक उस शब्द को उसके किसी एक अर्थ में ले रहा है तो दूसरा दूसरे अर्थ में। और इस प्रकार उनका मतभेद वास्तविक मतभेद नहीं होता, बल्कि यह मतभेद द्वयार्थक शब्द के द्वारा उत्पन्न भ्रम के चलते होता है। एक बार यदि यह स्पष्ट हो जाय कि दोनों के बीच मतभेद सिर्फ इसलिए है कि एक किसी खास शब्द का प्रयोग उसके एक विशेष अर्थ में कर रहा है, और दूसरा उसके दूसरे विशेष अर्थ में, तो मतभेद अपने-आप समाप्त हो जायेगा। यह काम शब्दों की उचित परिभाषा के द्वारा होता है।

(ii) शब्दों के प्रयोग संबंधी अनिश्चयात्मकता को दूर करना (*To Remove Vagueness of Words*)—परिभाषा के लिए एक अवसर तब आता है जब हम किसी शब्द के अर्थ को तो जानते हैं पर उसके प्रयोग की ठीक-ठीक सीमा नहीं जानते, यानी यह नहीं जानते कि उसके प्रयोग की सीमा-रेखा क्या है। इस बात को दूसरे रूप में इस प्रकार कह सकते हैं कि हम उस शब्द के प्रयोग की निश्चित शर्तें या कसौटियाँ (criteria) नहीं जानते। उदाहरण के लिए हम 'लम्बा', 'ऊँचा', 'तेज', आदि शब्दों को ले सकते हैं। इन शब्दों के कई अर्थ नहीं है, और एक दृष्टि से इनमें से प्रत्येक का अर्थ हम जानते हैं, पर यह नहीं जानते कि ठीक-ठीक किस स्थिति में इनका प्रयोग उचित होगा। हम कब किसी मनुष्य को लम्बा कहेंगे? क्या जब वह 5' 10" का होगा या जब 6' का होगा या उससे भी अधिक होगा? उसी प्रकार हम किसी पवर्त को ऊँचा कब कहेंगे या किसी गाड़ी की रफ्तार को तेज कब कहेंगे? जहाँ अधिकांश आदमी 5' की ऊँचाई के हैं, वहाँ 5' 3" या 5' 4" ऊँचाई का ही आदमी लम्बा कहलायेगा, पर जहाँ साधारणतः लोग 5'6" ऊँचाई के हैं, वहाँ 5'10" या 6' पीट या उससे भी अधिक ऊँचाई वालाआदमी लम्बा कहलायेगा। ऐसी स्थिति में 'लम्बा' कहे जाने के लिए कुछ निश्चित मापदंड निर्धारित करना होगा और यह कार्य भी परिभाषा का है। एक प्रकार से मापदंड का यह निर्धारण शब्द के अर्थ का ही स्पष्टीकरण या निश्चयीकरण है। उसी प्रकार एक बैलगाड़ी यदि 10 कि० मी० प्रति घंटे की चाल से चलती है तो संभव है कि उसे तेज रफ्तार माना जाय, पर एक मोटरगाड़ी यदि इसी रफ्तार से चलती है तो उसे तेज नहीं माना जायेगा। खुद एक मोटरगाड़ी भी यदि किसी घनी बस्ती में 30 कि० मी० की रफ्तार से चले तो हो सकता है कि इसे तेज रफ्तार माना जाय, पर एक खुली सड़क पर इस रफ्तार को तेज नहीं माना जायेगा। इस प्रकार 'तेज' शब्द के व्यवहार के लिए भी ऐसा कोई निश्चित बिन्दु नहीं है, जहाँ से उसका प्रयोग प्रारम्भ किया जाय। शब्दों के प्रयोग में इस अनिश्चयता को दूर कर उन्हें परिनिश्चायक (Precise) बनाने के लिए भी परिभाषा की आवश्यकता पड़ सकती है। इसलिए कहा जा सकता है कि परिभाषा का एक उद्देश्य शब्दों के प्रयोग संबंधी अनिश्चियता को दूर कर उसके स्थान पर निश्चयता लाना है।

(iii) नवीन वैज्ञानिक शब्दावली को अर्थ प्रदान करना तथा पुराने शब्दों को वैज्ञानिक दृष्टि से उचित (Adequate) तथा उपयोगी (useful) अर्थ प्रदान करना—हमने ऊपर कहा है कि नवीन तथ्यों की खोज के आलोक में वैज्ञानिक को कभी-कभी नये शब्दों को जन्म देना पड़ता है और फिर उनके अर्थ स्पष्ट करना पड़ता है। अतः परिभाषा का एक उद्देश्य है नवीन शब्दों को अर्थ प्रदान कर उनके अर्थ को स्पष्ट करना। उदाहरण के लिए परमाणु या अतिसूक्ष्म अणु (Molecules), इलेक्ट्रोन (Electron), प्रोटोन (Proton) आदि जैसे शब्द आधुनिक वैज्ञानिक खोजों के फलस्वरूप ही अस्तित्व में आये। उसी प्रकार आल्फा किरण (Alpha rays), गामा किरण (Gama rays) आदि शब्द भी इसी

प्रकार अस्तित्व में आये हैं। इन सबों का अर्थ स्पष्ट करना या उन्होंने परिभाषित करना वैज्ञानिक के लिए आवश्यक है। तो इस प्रकार परिभाषा का एक उद्देश्य इन नवीन वैज्ञानिक शब्दों के अर्थ को स्पष्ट करना है।

इतना ही नहीं, कभी-कभी वैज्ञानिक को अपने सिद्धान्तों के आलोक में कुछ पुराने शब्दों को भी नये सिरे से परिभाषित करना पड़ता है ताँकि एक तो उसके अर्थ के संबंध में किसी भी प्रकार की अनिश्चितता (Vagueness) को दूर कर उसे निश्चित अर्थ प्रदान किया जा सके और दूसरे, उसके साधारण अर्थ को ध्यान में रखते हुए एक ऐसा अर्थ दिया जा सके जो वैज्ञानिक सिद्धान्तों की दृष्टि से अधिक अनुकूल, उपयुक्त तथा उपयोगी हो। उदाहरण के लिए अंग्रेजी का 'force' शब्द एक पुराना ही शब्द है जिसका अर्थ है 'बल' अथवा 'शक्ति'। इसकी ठीक-ठीक परिभाषा क्या होगी यह हम नहीं भी जान सकते हैं, पर इसके साधारण अर्थ को हम इस रूप में समझते हैं कि यह उस ताकत का नाम है जिसे हम किसी वस्तु की सद्यः स्थिति को बदलने के लिए लगाते हैं। पर आधुनिक विज्ञान में, विशेषकर न्यूटन के भौतिक विज्ञान के अन्तर्गत, इसकी परिभाषा 'वजन (Mass) तथा गतिवृद्धि (Acceleration) के गुणनफल' के रूप में दी जाती है। यह एक विशेष रूप की तकनीकी परिभाषा है जो किसी विशिष्ट वैज्ञानिक सिद्धान्त के अनुरूप दी गई है। इसका उद्देश्य वैज्ञानिक सिद्धान्त को ठीक से समझना तथा उसकी समुचित व्याख्या करना है। इस प्रकार की परिभाषा से इस शब्द के प्रयोग के संबंध में जो एक अनिश्चयता का वातावरण बना रह सकता था वह भी समाप्त हो जाता है।

एक सामान्य तार्किक एवं वैज्ञानिक दृष्टि से तो शब्दों की परिभाषा देने के पीछे उपर्युक्त तीन प्रयोजन ही मालूम पड़ते हैं। ये तीनों ही भाषा के सूचनात्मक (informative) प्रयोग से संबंधित हैं। पर भाषा के अभिव्यक्तात्मक प्रयोग से संबंधित एक और प्रयोजन (परिभाषा के) की बात हम कर सकते हैं और वह है भावनाओं एवं अभिवृत्तियों को प्रभावित करना (To influence feelings and attitudes)। इसे हम नीचे चौथे प्रयोजन के रूप में देखें।

(iv) भावनाओं, अभिवृत्तियों आदि को प्रभावित करना (*To Influence Feelings and Attitudes*)—कुछ परिभाषाएँ इस उद्देश्य से दी जाती हैं कि उनके द्वारा सुनने वालों की भावनाओं को प्रभावित किया जा सके। ऐसी परिभाषाएँ शब्दों के स्वाभाविक या विवरणात्मक अर्थ को अभिव्यक्त नहीं करती, बल्कि कुछ ऐसे अर्थ को स्पष्ट करती है जो भावनात्मक उद्‌गारों से लदे होते हैं। इन परिभाषाओं को परिभाषा की संज्ञा दी भी जाय या नहीं यह संदेह का विषय हैं, चूँकि कभी-कभी तो ये ऐसी होती हैं कि परिभाष्य के स्वाभाविक अर्थ से इनका निकट का कोई संबंध ही नहीं मालूम पड़ता। उदाहरण के लिए यदि कोई पूँजीवाद (capitalism) की परिभाषा यह कहकर देता है कि यह 'आर्थिक क्षेत्र की स्वतंत्रता हैं', तो निश्चय ही यह परिभाषा पूँजीवाद के विवरणात्मक या स्वाभाविक अर्थ को स्पष्ट नहीं करती, बल्कि एक ऐसा अर्थ व्यक्त करती है जिसका सुनने वालों के मन पर पूँजीवाद के प्रति अनुकूल प्रभाव पड़े। उसी प्रकार यदि कोई सच्चाई की परिभाषा यह कहकर दे कि सच्चाई विचारों की दृढ़ता है, तो निश्चित रूप से यह परिभाषा 'सच्चाई' शब्द के स्वाभाविक या शाब्दिक (literal) अर्थ को व्यक्त नहीं करती। हो सकता है इस प्रकार की परिभाषा कोई व्यक्ति अपने एक ऐसे मित्र के प्रति लोगों की सहानुभूति का भाव उभाड़ने के लिए दे रहा हो, जो चातुर्यविहीनता के चलते आरोपों का शिकार हो गया हो। अतः इस परिभाषा का भी प्रयोजन भावनाओं को उभाड़ना हैं।

(v) शब्द-कोष में वृद्धि करना *(To Increase Vocabulary)*—परिभाषाओं का एक सामान्य प्रयोजन शब्दों के संबंध में हमारे ज्ञान में वृद्धि करना हो सकता है। हम बचपन से लेकर जीवन के आगे के स्तरों तक नये-नये शब्दों के अर्थ, उनके प्रयोग आदि के संबंध में जानकारी प्राप्त कर शब्दों के संबंध में अपने ज्ञान को बढ़ाते जाते हैं। इस क्रम में परिभाषाओं का भी महत्त्वपूर्ण योगदान होता है। शब्दों के अर्थ का स्पष्टीकरण जो परिभाषा का लक्ष्य हैं, हमें नित्य नवीन शब्दों के प्रयोग के संबंध में जानकारी देता है, जिससे शब्दों का हमारा ज्ञान बढ़ता है। कहा जा सकता है कि भावनाओं को प्रभावित करने के प्रयोजन से जो परिभाषा दी जाती है, उससे शब्द और उसके अर्थ का हमारा ज्ञान नहीं बढ़ता, चूँकि एक दृष्टि से तो इस प्रकार की परिभाषाएँ शब्दों के एक अस्वाभाविक, गलत अर्थ को हमारे सामने रखती हैं। पर यहाँ यह कहा जा सकता है कि शब्दों की इस प्रकार की परिभाषा के द्वारा कम-से-कम इतना तो होता ही है कि शब्दों के अर्थ संबंधी एक और पहलू का ज्ञान हमें होता है।

3. परिभाषाओं के प्रकार *(Types of Definitions)*

चूँकि अलग-अलग प्रयोजनों से परिभाषाएँ दी जाती हैं, इसलिए उनके अलग-अलग प्रकार हो जाते हैं। शब्दों के स्वाभाविक अर्थ का ज्ञान बढ़ाने तथा उनकी अनेकार्थकता को दूर करने के प्रयोजन से जो परिभाषाएँ दी जाती हैं, वे एक विशिष्ट प्रकार की होती हैं, जिन्हें कोशीय (Lexical) या परिसूचनात्मक (Reportive) परिभाषाएँ कहते हैं, शब्दों के अर्थ में अनिश्चित्ता को दूर करने के उद्देश्य से जो परिभाषाएँ दी जाती हैं, उन्हें परिनिश्चायक परिभाषा (Precising Definition) कहते हैं, उसी प्रकार विज्ञान के नवीन शब्दों को अर्थ प्रदान करने के प्रयोजन से दी गई परिभाषाओं को स्वनिर्मित परिभाषा (Stipulative Definition) कहते हैं, आदि-आदि। कुल मिलकर प्रयोजन के हिसाब से परिभाषाओं के पाँच प्रकार की चर्चा की जा सकती है जो निम्नलिखित हैं :—

(i) कोशीय या परिसूचनात्मक परिभाषाएँ *(Lexical or Reportive Definitions)* मानक शब्दकोशों (Dictionaries) में दिये गये शब्दों के अर्थ उनकी कोशीय परिभाषाएँ व्यक्त करते हैं। ये अर्थ नवीन रूप से शब्दों को नहीं दिये जाते, बल्कि स्थापित प्रयोगों के आधार पर बहुत पहले से ही उनके साथ जुड़े रहते हैं। दूसरे शब्दों में, ये वैसे अर्थ हैं जिन्हें इन शब्दों के व्यवहार करने वाले आम रूप से स्वीकार करते हैं और उसी अर्थ में उनका प्रयोग करते हैं। जो परिभाषाएँ ऐसे ही स्वीकृत अर्थों को स्पष्ट करती हैं, उन्हें कोशीय या सूचनात्मक परिभाषाएँ कहते हैं। इन्हें सूचनात्मक इसलिए कहते हैं चूँकि ये परिभाषाएँ शब्दों को कोई नवीन अर्थ प्रदान नहीं करती, बल्कि उनके परम्परागत अर्थ की सिर्फ सूचना दे देती है। दूसरे शब्दों में, इनके द्वारा शब्दों के आम रूप से स्वीकृत अर्थ को सिर्फ स्पष्ट कर लोगों तक फिर से पहुँचा दिया जाता है। इस प्रकार की परिभाषा का प्रयोजन किसी शब्द के अर्थ के संबंध में उठे किसी भ्रम या विवाद को दूर करना है। या फिर शब्दों के अर्थ के संबंध में यदि कोई अपना ज्ञान बढ़ाना चाहता है तो वहाँ भी ये परिभाषाएँ सहायक हो सकती है।

ये परिभाषाएँ चूँकि शब्दों के प्रचलित अर्थ को सिर्फ स्पष्ट कर देती हैं, इसलिए इन्हें सत्य-असत्य कहा जा सकता है। किसी शब्द की वह परिभाषा जो किसी निश्चित भाषा के बोलने-लिखने वाले व्यक्तियों के प्रयोग के अनुकूल हैं सत्य मानी जायेगी और वह परिभाषा जो इससे भिन्न हैं असत्य कही जायेगी। उदाहरण के लिए 'त्रिभुज' का अर्थ है

तीन भुजाओं से घिरा क्षेत्र, 'त्रिभुज' की यह सत्य परिभाषा हैं, चूँकि हिन्दी बोलने-लिखने वाले आम-तौर पर 'त्रिभुज' शब्द का प्रयोग इसी अर्थ में करते हैं। परन्तु यदि 'त्रिभुज' की परिभाषा देते हुए कोई यह कहता है कि 'त्रिभुज' का अर्थ है एक गोलकार क्षेत्र, तो यह परिभाषा असत्य हैं, चूँकि आम लोग 'त्रिभुज' शब्द से जो समझते हैं, उसके अनुरूप यह परिभाषा नहीं है।

यहाँ एक बात ध्यान देने योग्य है और वह यह कि कोशीय परिभाषाओं को सत्य-असत्य कहने का तात्पर्य यह नहीं है कि सत्य परिभाषाओं के लिए यह आवश्यक है कि परिभाष्य किसी अस्तित्ववान् या वास्तविक वस्तु से संबंध रखता हो। परिभाषा को सत्य कहने का तात्पर्य सिर्फ इतना है कि वह परिभाष्य के वास्तविक तथा सर्वसाधारण प्रयोग के अनुरूप हो। उदाहरण के लिए यदि 'स्वर्णिम पर्वत', की परिभाषा हम यह कह कर दें कि इसका अर्थ है वैसा पर्वत जो सोने का हो, तो सोने का पर्वत कहीं नहीं होने के बावजूद यह परिभाषा सत्य है, चूँकि हिन्दी भाषा-भाषी 'स्वर्णिम पर्वत' से यही समझते हैं।

(ii) परिनिश्चायक परिभाषा *(Precising Definition)—शब्दों के अर्थ की अनिश्चयता (vagueness) दूर करने के प्रयोजन से जो परिभाषा दी जाती है, उसे परिनिश्चायक परिभाषा कहते हैं।* ऐसी परिभाषा में हम अपनी ओर से शब्द के प्रचलित अर्थ में कुछ नवीन बात नहीं जोड़ते, बल्कि शब्द के प्रयोग में निहित अनिश्चयता को दूर कर उसे सुनिश्चित बनाने की चेष्टा करते हैं। ऐसा करने के लिए प्रचलित अर्थ में कुछ जोड़ने-घटाने की आवश्यकता पड़ सकती है, परन्तु वैसा करने में भी इस बात का ध्यान हमेशा रखना पड़ता है कि शब्द का अर्थ प्रचलित अर्थ से भिन्न न हो जाय, या दूर नहीं चला जाय। इस प्रकार की परिभाषा की आवश्यकता कानूनी अदालतों में प्रायः महसूस की जाती रही है और बहुत से शब्दों की परिनिश्चायक परिभाषा विभिन्न देशों के उच्चतम न्यायालयों ने तय भी की हैं। उदाहरण के लिए, मान लिया जाय किसी देश या उसके किसी प्रान्त में अलग-अलग प्रकार के वाहनों के लिए अलग-अलग टैक्स (tax) निर्धारित किये गये हैं, जैसे ट्रक के लिए 500 रु० वार्षिक, छोटी बसों के लिए 400 रु० वार्षिक, बड़ी बसों के लिए 550 रु० वार्षिक आदि। अब यदि कोई बस मालिक उस आधार पर न्यायालय में मुकदमा कर देता है कि उसकी बस छोटी बस है और सरकार उससे बड़ी बस के लिए निर्धारित टैक्स माँगती हैं, तो न्यायालय के लिए यह निश्चित करने के लिए कि बस मालिक की बस छोटी है या बड़ी, पहले छोटी और बड़ी बस की परिभाषा तय करनी होगी। जैसे, उसे यह तय करना होगा कि जिस बस पर अमुक संख्या में लोगों के बैठने की जगह है, वह छोटी तथा जिसमें उससे अधिक लोगों के बैठने की जगह है वह बड़ी कही जायेगी। तो बड़ी छोटी बस के इसी प्रकार के अर्थ निश्चयीकरण को परिनिश्चायक परिभाषा के अन्तर्गत रखा जायेगा। यहाँ न तो 'बस' के और न ही 'छोटी' तथा 'बड़ी' शब्दों के प्रचलित अर्थ को बदला गया है, परन्तु बसों के संदर्भ में 'छोटी' तथा 'बड़ी' की परिभाषा इस अर्थ में निश्चित कर दी गई कि दोनों ही शब्दों के प्रयोग की सीमा निर्धारित हो गई। शब्दों के प्रयोग संबंधी ऐसा ही सीमा-निर्धारण करते हुए उनकी जो परिभाषा दी जाती है, उसे परिनिश्चायक परिभाषा कहते हैं।

(iii) स्वनिर्मित परिभाषा *(Stipulative Definitions)*—जब हम किसी शब्द की कोई परिभाषा इस आधार पर नहीं देते कि उस शब्द का कोशीय अर्थ क्या है अथवा किस अर्थ में आमतौर पर लोग प्रयोग करते हैं, बल्कि अपनी ओर से उसे कोई अर्थ प्रदान करते

हैं, तो ऐसी परिभाषा को स्वनिर्मित परिभाषा कहा जाता है। इस प्रकार कोशीय या सूचनात्मक परिभाषाओं की तरह इसका यह रूप नहीं होकर कि 'अमुक शब्द का अर्थ अमुक-अमुक है, (Such and such word means such and such), इसका स्वरूप होता है–'अमुक शब्द से मेरा अमुक-अमुक तात्पर्य हैं' (By such and such word, I mean such and such)। कई स्थितियों में इस प्रकार की परिभाषा दी जा सकती है। जैसे किसी प्रचलित शब्द के संबंध में ही उसके शाब्दिक या अक्षरशः (literal) अर्थ से दूर हटकर कोई कह सकता है कि इस शब्द से मेरा यह विशेष तात्पर्य हैं। उदाहरणार्थ, 'ईमानदारी' शब्द के संबंध में कोई कह सकता है कि इस शब्द से मैं किसी के चरित्र का वह गुण समझता हूँ जिसके चलते वह किसी भी परिस्थिति में किसी के समक्ष झुके नहीं। स्पष्ट ही 'ईमानदारी' की यह परिभाषा उसकी कोशीय परिभाषा नहीं, बल्कि किसी विशेष व्यक्ति की स्वनिर्मित परिभाषा है।

परन्तु जिन स्थितियों में स्वनिर्मित परिभाषाओं की सचमुच आवश्यकता होती है, अथवा यों कहें कि जिन स्थितियों में स्वनिर्मित परिभाषा देना आवश्यक हो जाता है वे स्थितियाँ उपर्युक्त स्थिति से भिन्न कुछ विशेष प्रकार की होती है। सबसे अधिक स्वनिर्मित परिभाषाओं की बास्तविक आवश्यकता वैज्ञानिक क्षेत्र में होती है जहाँ नित्य नवीन तथ्यों का अनुसंधान होता है। इन नवीन तथ्यों को बतलाने वाले शब्द पहले से हमारे कोश में होते ही नहीं और इसलिए वैज्ञानिक को उनके लिए नये-नये शब्द गढ़ने पड़ते हैं। परन्तु सिर्फ शब्द गढ़ देने से उसका अर्थ स्पष्ट नहीं हो जाता। वैज्ञानिक को उसका अर्थ स्पष्ट करना पड़ता है जो सचमुच यह कहने के बराबर है कि वैज्ञानिक को उस शब्द को अपनी ओर से अर्थ प्रदान करना पड़ता है या उसे परिभाषित करना पड़ता है। और ऐसी परिभाषा निश्चित रूप से स्वनिर्मित परिभाषा होती है। वैज्ञानिक जिस रूप में चाहे उस शब्द की परिभाषा दे सकता हैं, चूँकि उस शब्द का निर्माण ही उसके द्वारा हुआ है। उदाहरण के लिए कुछ दिन पूर्व वैज्ञानिकों ने किसी तथ्य का अनुसंधान किया जिसके लिए पहले से कोश में कोई शब्द था ही नहीं, चूँकि इस प्रकार के किसी तथ्य के संबंध में कोई जानकारी किसी को थी ही नहीं। वैज्ञानिकों ने इस तथ्य का नाम आल्फा किरण (Alpha rays) दिया और अपने अनुभव के अनुरूप इसकी एक स्वनिर्मित परिभाषा दी। उसी प्रकार कुछ दिन पूर्व जब मनोवैज्ञानिकों ने 'सामूहिक अचेतन' (collective unconscious) शब्द या शब्द-समूह का निर्माण किया तो उसके किसी सूचनात्मक या कोशीय अर्थ का कोई प्रश्न ही नहीं था, चूँकि ऐसा कोई शब्द पहले से शब्द-कोष में था ही नहीं। मनोवैज्ञानिकों ने एक विशेष प्रकार की नवीन अवधारणा को व्यक्त करने के लिए इस नवीन शब्द-समूह का निर्माण किया और इससे जो अर्थ वे व्यक्त करना चाहते थे उस रूप में इसे परिभाषित किया। यह परिभाषा भी स्वनिर्मित परिभाषा ही कहलायेगी।

यहाँ एक बात पर ध्यान देना चाहिए और वह यह कि जो परिभाषा आज स्वनिर्मित परिभाषा हैं, वह कुछ समय बाद कोशीय या सूचनात्मक परिभाषा बन जा सकती है। समय पाकर नवीन शब्द कोशीय शब्द हो जाता है और वह अर्थ जो वैज्ञानिक ने उसे दिया था सार्वजनिक हो जाता है। लोग उसका अर्थ समझकर उसी अर्थ में उसका उपयुक्त प्रयोग करने लग जाते हैं, और तब उस शब्द की वही परिभाषा कोशीय बन जाती है।

व्यापार-जगत में भी स्वनिर्मित परिभाषाओं के बहुत अवसर हैं। जैसे कभी-कभी दो व्यापारी अथवा व्यापारियों का एक समूह आपसी समझ-बुझ के लिए या आपस में कुछ विशेष विचारों के आदान-प्रदान के लिए कुछ प्रतीक (शब्दों के रूप में भी या अन्य रूप

में भी) विकसित कर लेते हैं और उन्हें अपनी ओर से कुछ विशेष अर्थ प्रदान कर देते हैं इस प्रकार से अर्थ प्रदान करना भी स्वनिर्मित परिभाषा देना ही हैं।

स्वनिर्मित परिभाषाएँ सत्य-असत्य नहीं हुआ करती हैं, चूँकि किसी शब्द की परिभाषा के सत्य-असत्य होने का प्रश्न तो तब उठता है जब उस शब्द का प्रयोग सभी लोग एक निश्चित अर्थ में करते हों और शब्द-कोशों में उसका एक निश्चित अर्थ हो। ऐसी स्थिति में सत्यता-असत्यता का प्रश्न इस लिए उठता है, चूँकि जब हम देखते हैं कि कोई व्यक्ति उस शब्द का प्रयोग मान्य अर्थ में न कर एक दूसरे ही अर्थ में करता है, तो हम कहते हैं कि उस शब्द की जो परिभाषा वह समझता है वह गलत या असत्य है, और जब वह व्यक्ति उस शब्द का प्रयोग सर्वमान्य प्रयोग के अनुरूप करता है तब हम कहते हैं कि उस शब्द की जो परिभाषा वह समझता है वह सत्य है। पर स्वनिर्मित परिभाषाएँ तो ऐसी होती ही नहीं। वे सर्वमान्य अर्थ नहीं व्यक्त करतीं, बल्कि वे तो किसी एक व्यक्ति या व्यक्ति समूह द्वारा उसे दिये गये अर्थ को व्यक्त करती है। इसलिए यहाँ सर्वमान्य प्रयोग के अनुरूप प्रयोग करने या उससे दूर हटकर किसी शब्द का प्रयोग करने का कोई प्रश्न ही पैदा नहीं होता। जब स्वनिर्मित परिभाषाएँ कालक्रम में कोशीय परिभाषाओं का रूप ले लेती हैं, तभी उनकी सत्यता-असत्यता का कोई प्रश्न उठता है।

(iv) सैद्धांतिक परिभाषा *(Theoretical Definition)*—हमने ऊपर देखा कि वैज्ञानिक अपनी नवीन खोजों के अनुरूप नये-नये शब्द भी गढ़ते हैं और उनकी परिभाषाओं का स्वयं निर्माण करते हैं जिन्हें स्वनिर्मित परिभाषा की संज्ञा दी जाती है। पर जैसा हमने पहले देखा है वैज्ञानिक कभी-कभी पुराने शब्दों को भी अपने सिद्धान्तों के आलोक में या अपने सिद्धान्तों को और भी कारगर बनाने की दृष्टि से नये सिरे से परिभाषित करते हैं। जैसे, न्यूटन के भौतिकशास्त्रीय सिद्धान्तों के आलोक में 'Force' (बल) शब्द की परिभाषा 'a product of mass and acceleration' (वजन तथा वेगवृद्धि के गुणनफल) के रूष में दी गई या फिर प्रकाश के दो अलग-अलग सिद्धान्तों—कणिका सिद्धान्त (corpuscular theory) तथा लहर-सिद्धान्त (wave theory) के आलोक में 'प्रकाश' (light) शब्द की दो अलग-अलग परिभाषाएँ दी गई। *ऐसी परिभाषाएँ शब्दों के अर्थ को अपने सिद्धान्त के अधिक अनुरूप बनाने अथवा सैद्धान्तिक दृष्टि से अधिक उपयोगी बनाने की दृष्टि से दी जाती है। इसलिए इन परिभाषाओं को सैद्धान्तिक परिभाषा की संज्ञा दी जाती है।*

सैद्धान्तिक परिभाषाएँ बहुत विवाद का विषय होती हैं, चूँकि प्रत्येक विचारक किसी एक शब्द की परिभाषा अपने विशिष्ट विचार या सिद्धान्त के आलोक में देना चाहता है। प्लेटों के Repulic में 'Justice' शब्द की परिभाषा पर विवाद इसी प्रकार के सैद्धान्तिक विवाद का सूचक हैं। उसी प्रकार 'धर्म' शब्द की अलग-अलग परिभाषाएँ या उस शब्द की परिभाषा को लेकर विवाद इसी बात का सूचक है कि अलग-अलग विचारक अपने अलग-अलग विचारों या सिद्धान्तों के आलोक में इसे परिभाषित करना चाहते हैं। ये विचारक 'धर्म' शब्द के शाब्दिक या विवरणात्मक अर्थ में कम रुचि रखते हैं, उनकी रुचि इस बात में है कि उसे इस रूप में परिभाषित किया जाये कि उनके किसी विशिष्ट विचार या सिद्धान्त को उस परिभाषा से बल मिले। वस्तुतः किसी शब्द की एक विशिष्ट सैद्धान्तिक परिभाषा देना एक विशिष्ट सिद्धान्त को स्वीकार करने के बराबर है।

(v) प्रभावी परिभाषाएँ *(Persuasive Definitions)—परिभाषाओं के उद्देश्य में*

हमने देखा है कि उनका एक प्रयोजन होता है विशिष्ट प्रकार की भावनाओं अभिवृत्तियों आदि को उभाड़ना। तो इसी दृष्टि से जो परिभाषाएँ दी जाती है, उन्हें प्रभावी परिभाषा का नाम दिया जाता है। ऐसी परिभाषाएँ शुद्ध तार्किक या वैज्ञानिक दृष्टि से परिभाषाएँ नहीं कही जा सकतीं, चूँकि ये शब्दों के स्वाभाविक, सूचनात्मक या विवरणात्मक अर्थ को स्पष्ट करने के बजाय उनके साथ जो कुछ भावनात्मक पहलू संबद्ध होते हैं उन्हें उजागर करने की कोशिश करती हैं। उदाहरण के लिए यदि 'नास्तिक' (Atheism) को यह कहकर परिभाषित किया जाय कि यह स्वतंत्र और स्वावलंबी जीवन का आधार है, तो यह परिभाषा 'नास्तिकता' शब्द के अक्षरशः या स्वाभाविक अर्थ को व्यक्त नहीं करती बल्कि नास्तिकता के प्रति एक अनुकूल अभिवृत्ति व्यक्त कराने की चेष्टा करती है। इसलिए यह एक प्रभावी परिभाषा है। उसी प्रकार यदि 'समाजवाद' की परिभाषा यह कहकर दी जाय कि यह आर्थिक क्षेत्र का प्रजातंत्र हैं, तो यह परिभाषा भी प्रभावी परिभाषा है चूँकि उसका उद्देश्य 'समाजवाद' के वास्तविक अर्थ को स्पष्ट करना नहीं, बल्कि उसके प्रति अनुकूल भाव पैदा करना हैं।

4. परिभाषा देने के विभिन्न तरीके (*Various Ways of Defining*)

हमने देखा है कि किसी शब्द के अर्थ को स्पष्ट करना उसकी परिभाषा देना है। पर किसी शब्द के अर्थ को एक से अधिक तरीकों के द्वारा स्पष्ट किया जा सकता है—जैसे, शब्द-कोश में दिये उसके अर्थ को बतलाकर या उसके द्वारा बोधित वस्तुओं तथा गुणों को बतलाकर या फिर जिन वस्तुओं या गुणों का उसके द्वारा बोध होता है उनकी ओर अंगुलियों द्वारा या अन्य किसी विधि से स्पष्ट इशारा कर, आदि। इन्हीं विभिन्न तरीकों या विधियों की चर्चा हम यहाँ करेंगे। फिर किसी विशिष्ट विधि द्वारा की गई परिभाषा को हम एक विशिष्ट नाम भी दे सकते हैं और इसलिए परिभाषा देने के विभिन्न तरीकों के अनुरूप विभिन्न प्रकार की परिभाषाएँ हो जायेंगी। इसलिए वर्तमान चर्चा के क्रम में एक भिन्न दृष्टि से हम विभिन्न प्रकार की परिभाषाओं की भी चर्चा करेंगे। पहले भी हम परिभाषा के प्रकारों की चर्चा कर चुके हैं, पर वह परिभाषा देने के पीछे निहित उद्देश्य या प्रयोजन की दृष्टि से। यहाँ हम इस बात की चर्चा करेंगे कि कितने प्रकार से शब्दों के अर्थ स्पष्ट किये जा सकते हैं और इसी दृष्टि से कितने प्रकार की परिभाषाएँ हैं :—

(i) पर्याय-परिभाषा (*Synonymous Definition*)—किसी भी भाषा में बहुत सारे शब्दों के पर्यावाची शब्द होते हैं। किन्हीं दो शब्दों का यदि एक ही अर्थ हो तो उन्हें पर्यायवाची कहते हैं। जैसे, 'खग' तथा 'पक्षी' पर्यायवाची शब्द हैं, 'द्विज' तथा 'ब्राह्मण' पर्यायवाची शब्द हैं, 'अम्बुज' तथा 'कमल' पर्यायवाची शब्द हैं आदि। *अब यदि किसी भी शब्द की परिभाषा उसके एक पर्यायवाची शब्द के द्वारा दें, तो ऐसी ही परिभाषा को पर्याय-परिभाषा कहते हैं।* जैसे 'खग' की परिभाषा पक्षी के रूप में, 'नीरज' की परिभाषा कमल के रूप में देना पर्याय-परिभाषा हैं।

किसी भी शब्द का उसके किसी पर्यायवाची द्वारा परिभाषा देने का तरीका बहुत ही आसान तथा लोकप्रिय है। पर परिभाषा का यह तरीका शब्दों के अर्थ स्पष्ट करने में बहुत कारगर नहीं है। एक शब्द के बदले किसी दूसरे शब्द को सिर्फ रख देने से उसका अर्थ स्पष्ट नहीं होता। हो सकता है कि परिभाष्य के साथ-साथ उसके जितने भी परिभाषक पर्यायवाची हमारे सामने रखे जायँ, उनमें से किसी से हम परिचित न हों, फलतः किसी का अर्थ नहीं समझते हों। तो ऐसी स्थिति में एक के बाद दूसरे पर्यायवाची शब्द रखने का

कोई लाभ नहीं, जब तक कि किसी एक की कोई विवरणात्मक परिभाषा हम सुननेवाले के समक्ष न प्रस्तुत करें। फिर बहुत सारे शब्दों के तो पर्यायवाची होते ही नहीं। वैसी स्थिति में तो परिभाषा का जब तक कोई अन्य तरीका नहीं अपनाया जाय, तबतक परिभाष्य का अर्थ नहीं स्पष्ट होगा। इस तरह पर्याय-परिभाषा बहुत सीमित रूप में ही काम कर सकती है।

पर्याय-परिभाषा वहाँ अधिक उपयोगी होती है जहाँ हम अपनी जानकारी वाली भाषा या भाषाओं से भिन्न किसी भाषा के किसी शब्द का अर्थ जानना चाहते हैं। जैसे यदि मान लिया जाय हम अंग्रजी भाषा नहीं जानते हों और उस स्थिति में कोई 'man' शब्द का अर्थ उसके हिन्दी पर्यावाची 'मनुष्य' के द्वारा व्यक्त करता है, तो उसका अर्थ स्पष्ट हो जाता है। उसी प्रकार यदि उर्दू शब्द 'महरूम' का अर्थ कोई यह कहकर व्यक्त करता है कि 'महरूम' का अर्थ है मृत, तो इससे हिन्दीभाषी के समक्ष 'महरूम' शब्द का अर्थ स्पष्ट हो जाता है।

(ii) निदर्शनात्मक परिभाषा *(Ostensive Definition or Demonstrative)*—किसी शब्द की परिभाषा द्वारा उसके अर्थ को स्पष्ट किया जाता है। किसी शब्द के अर्थ को स्पष्ट करने का एक तरीका यह भी हो सकता है कि उस शब्द के द्वारा जिस भी वस्तु या गुण का बोध होता हो उसे अंगुलियों के इशारे से, या उसपर अंगुली रखकर या अन्य ऐसे ही निश्चित संकेत द्वारा बतला दें कि अमुक शब्द का अर्थ **यही** है (और 'यही' से यहाँ तात्पर्य उस वस्तु या गुण से हैं जिसे हम निश्चित इशारे द्वारा बतला रहे हों)। उदाहरण के लिए 'मेज' शब्द का अर्थ यदि किसी मेज पर अपना हाथ रखकर हम बतलाए कि 'मेज' शब्द का अर्थ **यही** अथवा **यह** वस्तु हैं, तो 'मेज' शब्द की परिभाषा देने का एक तरीका यह भी है और इस तरीके द्वारा दी गई परिभाषा को निदर्शनात्मक (Ostensive या Demonstrative) परिभाषा कहते हैं।

निदर्शनात्मक परिभाषा एक अर्थ में बड़ी सटीक परिभाषा है, पर इसकी अपनी सीमाएँ हैं। जो वस्तु अभी हमें दृष्टिगोचर नहीं है, उससे संबंधित शब्द की निदर्शनात्मक परिभाषा नहीं दी जा सकती। जैसे, समुद्र से दूर किसी भीतरी मैदानी क्षेत्र में रहने वाला व्यक्ति 'समुद्र' की निदर्शनात्मक परिभाषा नहीं दे सकता। फिर जिस संकेत या शारीरिक हाव-भाव (bodily gesture) के सहारे हम निदर्शनात्मक परिभाषा देते हैं उसके साथ भी कठिनाई हैं। उदाहरण के लिए यदि 'मेज' की परिभाषा कोई मेज पर हाथ रखकर देता है तो सुनने या देखने वाले के सामने यह निश्चित रूप से स्पष्ट नहीं होता कि जितने अंश पर व्यक्ति हाथ रखे हुए है, उतना ही मेज है या लकड़ी वाली वह समस्त वस्तु जिसमें पैर आदि भी लगे हुए हैं। फिर हो सकता है कि यह भी स्पष्ट न हो कि हाथ रखकर वह वस्तु में लगी सिर्फ लकड़ी को बतला रहा है, या रंग, आकार आदि समेत उस समूचे निर्माण (structure) को। इन सारी अस्पष्टताओं को दूर कर 'मेज' के अर्थ को स्पष्ट करने के लिए व्यक्तियों को मेज पर मात्र हाथ रखने के आलावा कुछ शब्दों के द्वारा कहना भी पड़ सकता है, जैसे, यह समूची बनावट मेज है—पैर आदि समेत, न कि जितने अंश पर हाथ है। और इस स्थिति में परिभाषा शुद्ध निदर्शनात्मक रह ही नहीं जायेगी। फिर ऐसे भी बहुत शब्द हमारी भाषा में हैं जिनके अनुरूप वास्तविक अस्तित्व में कुछ है ही नहीं। तो ऐसे शब्दों की निदर्शनात्मक परिभाषा का सवाल ही नहीं है। जैसे, 'स्वार्णिम पर्वत', 'उड़ता घोड़ा', आदि।

इन कठिनाइयों के वावजूद कुछ लोग निदर्शनात्मक परिभाषा के महत्त्व को इस रूप में उजागर करना चाहते हैं कि एक अर्थ में यही परिभाष सबसे मौलिक तथा प्राथमिक है तथा सभी प्रकार की शाब्दिक परिभाषाओं का मूल स्रोत है। उनके कहने का तात्पर्य यह है कि यदि हमारे पास शब्दों की परिभाषा सिर्फ शब्दों के माध्यम से ही देने का तरीका हो, तो हम किसी भी शब्द के अर्थ को नहीं समझ पायेंगे। दूसरे शब्दों में, यदि हम किसी भी स्तर में कम-से-कम कुछ शब्दों का सीधा संबंध वस्तुओं, गुणों, आदि के साथ न समझ लें, तो फिर सिर्फ शब्दों के जाल में उलझा रहकर हम किसी भी शब्द का वास्तविक अर्थ नहीं समझ पायेंगे। निदर्शनात्मक परिभाषा की यही भूमिका होती है। वह शब्दों का वस्तुओं के साथ संबंध प्रत्यक्ष रूप में हमें बताती है, और इसलिए एक अर्थ में यह परिभाषा सबसे मौलिक तथा प्राथमिक है। पर यह दावा तब खोखला सिद्ध हो जाता है, जब हम यह समझ लें कि निदर्शनात्मक परिभाषा में शब्द तथा वस्तु ही सभी पक्षों के घोतक नहीं हैं, बल्कि उसमें एक तीसरा पक्ष भी है और वह है वह संकेत या इशारा या शारीरिक हाव-भाव जिसके द्वारा अर्थ को समझने-समझाने की चेष्टा होती है। तो जब तक हम इन संकेतों के अर्थ नहीं समझते, तब तक शब्दों का वस्तुओं के साथ संबंध नहीं समझ सकते। और इन संकेतों को समझने के लिए दूसरे संकेतों को समझने की आवश्यकता हो सकती है और यह सब मौलिक रूप में काल-क्रम में दूसरे के व्यवहार को देखते-देखते और उपर्युक्त अवसर पर उसकी नकल करते-करते होता है। उसी प्रकार भाषा और उसके शब्दों के अर्थ की मौलिक रूप में जानकारी हमें निदर्शनात्मक या अन्य किसी परिभाषा के द्वारा नहीं होती, बल्कि बचपन से ही अनेकों अवसरों पर दूसरों शब्दों के प्रयोग से होती हैं।

(iii) संक्रियात्मक परिभाषा (*Operational Definition*)—आधुनिक युग में वैज्ञानिकों ने परिभाषा की एक नई तकनीक विकसित करने की चेष्टा की है जिसे संक्रियात्मक तकनीक (operational technique) कह सकते हैं और उसके आधार पर किये गये शब्दों के अर्थ के स्पष्टीकरण को संक्रियात्मक परिभाषा की संज्ञा दे सकते हैं। इस तकनीक का मूल बिन्दु यह है कि प्रत्येक (वैज्ञानिक) शब्द का अर्थ निर्धारित करने के लिए जाँच (test) की एक ऐसी निश्चित पद्धति को तय किया जाय जिसके द्वारा शब्द के प्रयोग के लिए एक निश्चित कसौटी मिल सके। और शब्द के प्रयोग के लिए यदि एक निश्चित कसौटी मिल जाती है तो उसका मतलब है कि शब्द का अर्थ स्पष्ट हो गया यानी, उसकी परिभाषा हो गई। ऐसी ही परिभाषा को संक्रियात्मक परिभाषा कहते हैं। यह परिभाषा एक निश्चित जाँच-क्रिया (Test operation) के द्वारा प्राप्त होती है। ऐसी परिभाषा को मान्य अर्थ में परिभाषा कहेंगे या नहीं, यह एक अलग प्रश्न है। पहले हम कुछ उदाहरणों द्वारा इस परिभाषा की तकनीक को समझने की चेष्टा करें।

मान लिया जाय हमें यह जानना है कि एसीड (Acid) क्या है अथवा यों कहें कि हमें 'Acid' शब्द को परिभाषित करना है। इसके लिए पहले हम एक जाँच की क्रिया तय करते हैं और वह यह है कि किसी भी तरल पदार्थ में जिसे हम 'Acid' समझते हैं या जिसके संबंध में जाँच करना हैं कि वह 'Acid' है या नहीं, हम एक नीले रंग का लिटमस कागज (Litmus Paper) डालते हैं और देखते है कि वह लाल हो जाता है या नहीं। यदि हाँ तो स्पष्ट हो गया कि तरल पदार्थ 'Acid' है, और यदि नहीं, तो फिर वह Acid नहीं हैं। इस जाँच से हमें यह तय करने के लिए एक कसौटी मिल गई कि कोई तरल पदार्थ एसिड है या नहीं। इसी कसौटी के आधार पर हमें 'Acid' शब्द का अर्थबोध हो जाता है। ऐसी

ही परिभाषा संक्रियात्मक परिभाषा है। कह सकते हैं कि परिभाषा यह हुई—'एसिड' का अर्थ है वह तरल पदार्थ जिसमें यदि किसी नीले लिटमस कागज को डाल दें तो वह लाल हो जायेगा। उसी प्रकार मान लिया जाय हमें 'लम्बाई' (Length) शब्द की परिभाषा करनी है। उसके लिए जाँच की एक प्रक्रिया तय की जाती है। प्रक्रिया यह है कि मापने वाली एक छड़ ली जाती है जिसमें इंच, फीट आदि के निशान लगे होते हैं और जिसके द्वारा दो विन्दुओं के बीच की दूरी मापी जा सकती है। ऐसे ही छड़ से दो अलग-अलग विन्दुओं के बीच की दूरी मापने पर जब कभी दूरी 6" लम्बी, कभी 4" लम्बी, कभी 8" लम्बी आती है, तो इन मापों के द्वारा 'लम्बाई' शब्द के प्रयोग के लिए एक कसौटी मिल जाती है, जो उस शब्द के अर्थ को स्पष्ट करती है। इस प्रकार से 'लम्बाई' शब्द का अर्थ समझना उसे संक्रियात्मक रूप में (operationally) परिभाषित करना है।

इस प्रकार की परिभाषा में निहित निश्चयता को देखकर बहुत से समाज वैज्ञानिकों ने भी, विशेषकर मनोवैज्ञानिकों ने, कई शब्दों के अर्थ में अस्पष्टता दूर करने की दृष्टि से उनकी संक्रियात्मक परिभाषाएँ देना अधिक श्रेयस्कर समझा है। मनोवैज्ञानिकों ने 'मन', 'संवेदना' आदि शब्दों की अमूर्त शाब्दिक परिभाषाएँ देने के बजाय उनकी परिभाषा उन्हें शारीरिक व्यवहारों के साथ संबंधित कर संक्रियात्मक रूप में देना प्रारम्भ कर दिया है। अवश्य ही ऐसा करने से मनोविज्ञान का स्वरूप अधिक व्यवहारवादी (Behaviourist) हो गया है।

इस प्रकार एक मान्य अर्थ में संक्रियात्मक परिभाषाओं को चाहे परिभाषा कहा जाय या नहीं, परन्तु शब्दों के अर्थ को व्यवहारिक रूप में स्पष्ट करने में इस प्रकार की परिभाषाओं का तकनीक (technique) विज्ञानों में बड़ा प्रभावकारी सिद्ध हुआ है। इसकी जड़ मशहूर भौतिकशास्त्री पी० डब्ल्यू० ब्रीजमैन (P. W. Bridgeman) की सुप्रसिद्ध कृत्ति *The Logic of Modern Physics* में देखी जा सकती है।

(iv) वस्त्वर्थक परिभाषा *(Definition by Denotation or Extension)*—किसी भी शब्द के अर्थ को स्पष्ट करने का एक जाना-माना तरीका उस शब्द के द्वारा बोधित सभी वस्तुओं को बतला देना है। ऐसी परिभाषा विशेष तौर पर उन शब्दों को दी जाती है जिन्हें वर्ग-पद (Class-terms) कह सकते हैं। वर्ग-पद वैसे पद हैं जो किसी वर्ग की उन सारी वस्तुओं का बोध कराते हैं जो उस वर्ग के अन्तर्गत आती हैं। जैसे, 'मनुष्य', 'वृक्ष', 'मेज', 'कुर्सी', आदि पद वर्ग-पद हैं। 'मनुष्य' पद के द्वारा भूत, वर्तमान तथा भविष्य के सभी मनुष्यों का बोध होता है। उसी प्रकार 'वृक्ष' पद से सभी वृक्षों तथा 'मेज' पद से सभी प्रकार के मेजों का। ऐसे किसी भी पद के विस्तार के अन्तर्गत जितनी भी वस्तुएँ आती हैं या यों कहें कि ऐसे किसी भी पद के द्वारा जितनी वस्तुओं का बोध होता है, उन्हें उस पद का वस्त्वर्थ (Denotation या Extension) कहा जाता है। उदाहरण के लिए, भूत में बने और विनष्ट हो गये सारे मेज, वर्तमान के सारे मेज तथा भविष्य में निर्मित होने वाले सारे मेज 'मेज' पद के वस्तवर्थ हैं। वस्त्वर्थ के द्वारा दी गई परिभाषा या वस्त्वर्थक परिभाषा वैसी परिभाषा है जिसमें किसी भी पद का अर्थ उसके वस्त्वर्थ को बतलाकर स्पष्ट किया जाता है। किसी भी पद के वस्त्वर्थ के अन्तर्गत जितनी वस्तुएँ आती हैं उन सबों को गिनकर बतलाना तो किसी के लिए असंभव हैं, इसलिए वस्त्वर्थक परिभाषा देते वक्त वस्त्वर्थ के अन्तर्गत आने वाली वस्तुओं में से कुछ को उदाहरण स्वरूप बतला दिया जाता है।

वस्त्वर्थक परिभाषा बहुत आसान है, चूँकि इसके द्वारा बड़ी आसानी से स्पष्टता के साथ किसी पद का अर्थ समझ में आ जाता है। पर इसकी अपनी जबरदस्त सीमाएँ और

कठिनाइयाँ हैं। सबसे पहली कठिनाई तो यह है कि सिर्फ वस्त्वर्थक परिभाषा के द्वारा कभी-कभी दो पदों के अर्थ में भेद करना संभव नहीं है। उदाहरण के लिए 'समबाहु त्रिभुज' तथा 'समकोण त्रिभुज' एकार्थक शब्द (synonymous terms) नहीं हैं, चूँकि एक का अर्थ है वैसा त्रिभुज जिसकी सभी भुजायें बराबर हों और दूसरे का अर्थ है ऐसा त्रिभुज जिसके सभी कोण बराबर हों, परन्तु दोनों का वस्त्वर्थ (Extension) एक ही है। इस प्रकार हम यदि दोनों पदों की सिर्फ वस्त्वर्थक परिभाषा तक अपने को सीमित रखें तो फिर उनके अर्थ में जो भेद है उसे कभी नहीं समझ पायेंगे।

दूसरी कठिनाई और भी बड़ी है। हमने देखा है कि वस्त्वर्थक परिभाषा में किसी पद के समस्त वस्त्वर्थ को बतलाना संभव नहीं है। हम कुछ उदाहरण देकर वस्त्वर्थ स्पष्ट करने की चेष्टा करते हैं। पर इसमें कठिनाई है कि हम कई शब्दों के परस्पर अर्थ-भेद को स्पष्ट नहीं कर सकते। उदाहरण के लिए, राम, श्याम, मोहन, यदु आदि एक ही साथ मनुष्य, विद्यार्थी, पुरुष, भाई आदि वर्गों के सदस्य हो सकते हैं। फलतः 'मनुष्य' पद की वस्त्वर्थक परिभाषा देते वक्त इस पद के वस्त्वर्थक के उदाहरणस्वरूप राम, श्याम, मोहन, यदु, आदि को गिना सकते हैं। उसी प्रकार 'विद्यार्थी', 'पुरुष', 'भाई', आदि पदों की भी वस्त्वर्थक परिभाषा हम इन्हीं उदाहरणों के सहारे दे सकते हैं। तो सिर्फ वस्त्वर्थक परिभाषा को आधार बनाकर इन शब्दों का परस्पर अर्थ-भेद कैसे स्पष्ट होगा?

फिर निदर्शनात्मक परिभाषा (Ostensive definition) के संदर्भ में हमने देखा है कि बहुत से पद ऐसे हैं जिनका कोई वस्त्वर्थ होता ही नहीं। तो फिर उनकी परिभाषा कैसे होगीं। वस्तुतः निदर्शनात्मक परिभाषा वस्त्वर्थक परिभाषा का ही एक ही विशिष्ट भेद हैं जिसकी कठिनाइयाँ हम पहले देख चुके हैं।

(v) गुणार्थक परिभाषा *(Definition by Connotation or Intension)*—पदों के विशेषकर वर्ग-पदों के सिर्फ वस्त्वर्थ नहीं होते, बल्कि उनका एक दूसरा पक्ष भी होता है और वह है गणार्थ। दूसरे शब्दों में, वर्ग-पदों के दो प्रकार के अर्थ होते हैं—वस्त्वर्थक तथा गुणार्थक (Extensional and Intensional)। उनका वस्त्वर्थक अर्थ वस्त्वर्थक परिभाषा के द्वारा व्यक्त होता है, परन्तु हमने देखा कि इस प्रकार पदों के अर्थ व्यक्त करने के क्रम में काफी कठिनाइयाँ सामने आती हैं। इसलिए पदों की गुणार्थक परिभाषा दी जाती है और परम्परागत रूप में इसे परिभाषा का सबसे अच्छा उपयोगी और महत्त्वपूर्ण रूप माना जाता है। यह दावा कहाँ तक ठीक है यह तो समीक्षा की चीज है, पहले हम देखें कि पदों के गुणार्थ का अर्थ क्या होता है तथा गुणार्थक परिभाषा क्या होती है।

किसी भी पद के गुणार्थ (Intension या connotation) से तात्पर्य उन गुणों से हैं जो उस पद के द्वारा बोधित सारी वस्तुओं में सर्वनिष्ठ (common) रूप से मौजूद रहते हैं तथा जो गुण सिर्फ उन्हीं वस्तुओं में विशिष्ट रूप से मौजूद रहते हैं, दूसरों में नहीं। दूसरे शब्दों में, जो गुण किसी एद के वस्त्वर्थ के अन्तर्गत आने वाली सारी वस्तुओं में सामान्य रूप से पाये जाते हैं और जो गुण उनके सार (Essential) गुण हैं, उन्हें उस पद का गुणार्थ कहा जाता है। किसी भी पद के वस्त्वर्थ के अन्दर की सारी वस्तुओं को तो हम गिन नहीं सकते, इसलिए वस्तुतः पद का गुणार्थ ही हमारे समक्ष वह कसौटी प्रस्तुत करता है जिसके आधार पर हम तय कर सकते हैं कि कोई भी वस्तु उस पद के वस्त्वर्थ के अन्तर्गत आती है या नहीं। जैसे, 'मनुष्य' पद का जो परम्परागत रूप में गुणार्थ माना गया है उसके अन्तर्गत दो गुण शामिल हैं—पशुत्व तथा विवेकशीलता। ये दोनों ही सर्वनिष्ठ रूप में सभी मनुष्यों में पाये जाते हैं तथा विवेकशीलता एक ऐसा गुण है जो विशिष्ट रूप से सिर्फ मनुष्य जाति

में ही पाया जाता है। इसलिए ये दोनों मिलकर 'मनुष्य' पद का गुणार्थ व्यक्त करते हैं। हम देख सकते हैं कि ये ही दोनों गुण इस बात की कसौटी प्रस्तुत करते हैं कि किन प्राणियों को 'मनुष्य' पद के वस्त्वर्थ के अन्दर रखा जायेगा और किन्हें नहीं।

वस्तुतः किसी भी पद के वस्त्वर्थ तथा गुणार्थ में घनिष्ठ संबंध है। एक संबंध तो ऊपर ही हमने देखा कि किसी भी पद के वस्त्वर्थ का निर्धारण उसके गुणार्थ के आधार पर होता है, यद्यपि इसका विपरीत (converse) सदैव सत्य नहीं है, यानी किसी पद के गुणार्थ का निर्धारण सदैव उसके वस्त्वर्थ के आधार पर नहीं होता। उदाहरण के लिए 'समबाहु त्रिभुज' तथा समकोण त्रिभुज' दोनों का वस्त्वर्थ एक ही है, पर गुणार्थ भिन्न-भिन्न। एक का गुणार्थ हैं तीन भुजाओं से घिरा होना तथा तीनों भुजाओं का बराबर होना, पर दूसरे का गुणार्थ है तीन भुजाओं से धिरा होना तथा तीनों कोणों का बराबर होना। इस प्रकार भिन्न गुणार्थ वाले पदों को एक ही वस्त्वर्थ हो सकता है, पर भिन्न वस्त्वर्थ वाले पदों को एक ही गुणार्थ नहीं हो सकता।

दूसरा संबंध यह है कि जैसे-जैसे हम किसी पद के गुणार्थ में वृद्धि करते जायेंगे, वैसे-वैसे उसका वस्त्वर्थ घटता जायेगा और वैसे ही जैसे-जैसे हम वस्त्वर्थ का दायरा बढ़ाते जायेंगे, वैसे-वैसे गुणार्थ घटता जायेगा *(As connotation increases, denotation decreases, and as denotation increases, connotation decrases)*। उदाहरण के लिए, यदि गुणार्थ 'पशुत्व' तथा 'विवेक' में 'विद्वता' जोड़ दिया जाय तो वस्त्वर्थ 'सभी मनुष्य' से घटकर सिर्फ 'विद्वान मनुष्य' रह जायेगा। यदि एक ओर गुणार्थ 'फ्रांसीसी' जोड़ दिया जाय तो वस्त्वर्थ और घटकर सिर्फ 'फ्रांसीसी विद्वान मनुष्य' रह जायेगा। उसी प्रकार यदि हम विपरीत दिशा से चलें और वस्त्वर्थ 'सभी विद्वान मनुष्य' से बढ़ाकर 'सभी मनुष्य' कर दें, तो गुणार्थ 'पशुत्व विवेक तथा विद्वता' से घटकर सिर्फ 'पशुत्व तथा विवेक' रह जायेगा। उसी तरह यदि वस्त्वर्थ और बढ़ाकर 'सभी पशु' कर दिया जाय, तो गुणार्थ और घटकर सिर्फ 'पशुत्व' रह जायेगा। ऐसे ही गुणार्थ घटाने से वस्त्वर्थ बढ़ेगा तथा वस्त्वर्थ घटाने से गुणार्थ बढ़ेगा। वस्त्वर्थ तथा गुणार्थ में उसी संबंध को देखकर परम्परागत तर्कशास्त्रियों ने एक नियम को जन्म दिया है और वह यह है कि 'वस्त्वर्थ तथा गुणार्थ परस्पर विपरीत दिशा में परिवर्तित होते हैं।' *(Denotation and Connotation vary inversely.)*

परन्तु विचार करने पर ऐसा लगता है कि महत्त्वपूर्ण होते हुए भी नियम सार्वभौम रूप में सत्य नहीं है। यहाँ दो बातों पर ध्यान देना है—(1) हमने दखा है कि यद्यपि किसी पद का वस्त्वर्थ उसके गुणार्थ के द्वारा निर्धारित होता है, पर गुणार्थ सदैव वस्त्वर्थ द्वारा निर्धारित नहीं होता। और यदि ऐसा है तो फिर उन स्थितियों में जहाँ गुणार्थ वस्त्वर्थ द्वारा निर्धारित ही नहीं होता, वहाँ वस्त्वर्थ बढ़ने-घटने से गुणार्थ पर क्या प्रभाव पड़ेगा? इसलिए नियम एकतरफा रूप में ही निश्चित रूप से सत्य मालूम पड़ता है, यानी इस रूप में कि 'गुणार्थ बढ़ने से वस्त्वर्थ घटता है, तथा गुणार्थ घटने से वस्त्वर्थ बढ़ता है'। (2) पर यह भी कुछ स्थितियों में सत्य नहीं मालूम पड़ता। जैसे निम्नलिखित स्थिति को लिया जाय जिसमें हम गुणार्थ बढ़ाते जाते हैं, पर वस्त्वर्थ वही का वही रहता है। 'जीवित मनुष्य' का गुणार्थ है 'पशुत्व, विवेक तथा अभी जीवित होना'। अब यदि इसमें हम जोड़ दें 'दिल की धड़कन का चालु रहना, रक्त संचालन लगातार होना, आदि आदि' तो इस प्रकार गुणार्थ बढ़ाने जाने से भी वस्त्वर्थ वही का वही यानी सभी जीवित मनुष्य रह जाता है, चूँकि ये सभी जीवित मनुष्य के ही गुण हैं। इन दोनों स्थितियों का ध्यान रखकर हम नियम को इस रूप

में रख सकते हैं जो ही शायद इसका सही रूप होगा—'गुणार्थ में वृद्धि होने से, वस्त्वर्थ में वृद्धि नहीं होगी—वह या तो स्थिर रहेगा या उसमें ह्रास होगा। यदि गुणार्थ में परिवर्तन से वस्त्वर्थ में परिवर्तन होता है तो वह विपरीत दिशा में होगा।'

गुणार्थ तथा वस्त्वर्थ के साथ उसके संबंध के इस विश्लेषण के उपरान्त अब हम यह देखें कि गुणार्थक परिभाषा क्या होती है। स्पष्ट ही जब हम किसी पद का अर्थ स्पष्ट करने के लिए परिभाषक के स्थान पर उसके गुणार्थ को रखते हैं, तो वह परिभाषा गुणार्थक परिभाषा कहलाती है। उदाहरण के लिए यदि हम यह स्वीकार कर लें कि 'मनुष्य' पद का गुणार्थ 'पशुत्व तथा विवेक' हैं तो 'मनुष्य' पद की गुणार्थक परिभाषा होगी 'मनुष्य एक विवेकशील पशु है' या 'मनुष्य' पद का अर्थ है 'विवेकशील पशु'। अन्य उदाहरणों के द्वारा इस बात को और अच्छी तरह समझाने के पहले गुणार्थ के स्वरूप के संबंध में एक और बात समझ लेना आवश्यक है।

गुणार्थ के तीन भेद माने जा सकते हैं—(1) विषयिनिष्ठ (Subjective), (2) विषयनिष्ठ (Objective) तथा (3) परम्परागत (Conventional)। विषयिनिष्ठ गुणार्थ से तात्पर्य किसी पद द्वारा बोधित वस्तुओं के उन समस्त गुणों से हैं जिन्हें कोई व्यक्ति उन वस्तुओं में निहित मानता है। स्पष्ट ही इस अर्थ में गुणार्थ किसी पद का परिभाषक नहीं बन सकता चूँकि ऐसा गुणार्थ तो हर व्यक्ति के लिए भिन्न-भिन्न होगा। विषयनिष्ठ गुणार्थ से तात्पर्य उन समस्त गुणों से हैं जो किसी पद द्वारा बोधित समस्त वस्तुओं में सचमुच यानी वस्तुनिष्ठ रूप में मौजूद हों। परन्तु चूँकि ऐसे समस्त गुणों को जानना एक सर्वज्ञ के अलावा और किसी के लिए संभव नहीं, इसीलिए इस अर्थ में भी गुणार्थ परिभाषक नहीं बन सकता। परम्परागत गुणार्थ से तात्पर्य किसी पद द्वारा बोधित समस्त वस्तुओ के वैसे गुण-समूह से हैं जिसे परम्परागत रूप में सभी लोगों ने उन वस्तुओं के गुण-समूह के रूप में स्वीकार किया है। वास्तव में इसी अर्थ में गुणार्थ किसी पद का परिभाषक बन सकता है। इसलिए हम जब भी गुणार्थ द्वारा परिभाषा की बात करते हैं तो उसका अर्थ परम्परागत गुणार्थ द्वारा परिभाषा।

यहाँ एक बात महत्त्वपूर्ण है, किसी पद के गुणार्थ के रूप में जिन गुणों को लेने की परम्परा बन जाती है, उसमें समय पाकर परिवर्तन भी हो जाता है, यानी परम्परा बदल भी जाती है। किसी पद के द्वारा बोधित वस्तुओं के स्वरूप में जैसे-जैसे हमारा ज्ञान बढ़ता है और हम यह देख पाते हैं कि उनके सार-गुण सचमुच क्या है, वैसे-वैसे पहले से जो उनके के संबंध में धारणा बनी रहती है, वह बदल जाती है और इस प्रकार वस्तुओं से संबंधित पद का गुणार्थ बदल जाता है। वस्तुओं के जिन गुणों को गुणार्थ के अन्तर्गत रखते हैं, उन्हें कभी-कभी उनका 'पारिभाषिक लक्षण' (Defining charactristic) भी कहा जाता है, पर यह पारिभाषिक लक्षण सदैव एक नहीं रहता। उदाहरण के लिए परम्परागत रूप में 'मनुष्य' पद का गुणार्थ (या मनुष्यों का पारिभाषिक लक्षण) 'पशुत्व तथा विवेक' को माना जाता रहा है, पर अब बहुत सारे विचारक इसे संदेह की दृष्टि से देखने लगे हैं। तो किसी भी समय जिन गुणों के किसी वर्ग विशेष के सभी सदस्यों में सार रूप में होना स्वीकार करने की परम्परा या आम सहमति बन जाती है, उस समय उन्हीं गुणों को गुणार्थ के अन्तर्गत रखा जाता है और उन्हीं के द्वारा संबंधित पद को परिभाषित किया जाता है। ऐसी ही परिभाषा को गुणार्थक परिभाषा कहते हैं।

गुणार्थ के परिभाषक के स्थान पर रखकर किसी पद की परिभाषा के कई तरीके हो सकते हैं। कुछ विचारक एकार्थक शब्दों द्वारा दी गयी **पर्याय परिभाषा** तथा **संक्रियात्मक**

परिभाषा को भी गुणार्थक परिभाषा यानी गुणार्थ के द्वारा दी गई परिभाषा के अन्तर्गत ही रखते हैं। परन्तु गुणार्थक परिभाषा का सबसे महत्त्वपूर्ण रूप वह परिभाषा है जिसे जाति (genus) तथा विभेदक गुण (differentia) द्वारा दी गई परिभाषा (definition by genus and differentia या *Definition per genus et differentium* कहते हैं। जाति (genus) तथा उपजाति (species) तर्कशास्त्र में सापेक्ष पद हैं। अर्थात् एक के अर्थ को दूसरे के संबंध में ही समझा जा सकता है। कोई वर्ग (class) जिसे कई छोटे-छोटे उपवर्गों (subclasses) में बाँटा जा सकता हो, उन उपवर्गों की तुलना में जाति कहलाता है तथा उसके उपवर्ग उसकी तुलना में उपजाति। उदाहरण के लिए 'पशु' (Animal) एक जाति है जिसे गाय, घोड़े, कुत्ते, मनुष्य आदि कई उपवर्गों में बाँटा जा सकता है जो 'पशु' की तुलना में उपजाति कहे जायेंगे। विभेदक गुण किसी भी उपजाति का वह विशिष्ट गुण है जो सिर्फ उसी उपजाति के सदस्यों में है, अन्य में नहीं। विवेकशीलता (Rationality) को परंपरागत रूप में मनुष्य का विभेदक गुण माना गया है, चूँकि यह गुण मनुष्य का वह विशिष्ट गुण है जो उसे पशु की अन्य उपजातियों से अलग करता है। यही कारण है कि परंपरागत रूप में 'मनुष्य' को विवेकशील पशु कहकर परिभाषित किया गया है। पशु उसकी जाति है तथा विवेकशीलता उसका विभेदक गुण। इस प्रकार यह परिभाषा जाति तथा विभेदक गुण द्वारा दी गई परिभाषा *(Definition per genus et differentium)* है। एक दूसरा उदाहरण भी ले सकते हैं। बहुभुज क्षेत्र (Polygon) एक जाति है जिसकी तुलना में षष्ठभुज क्षेत्र (Hexagon), पंचभुज क्षेत्र (Pentagon), चतुर्भुज क्षेत्र (Qadrilateral), त्रिभुज क्षेत्र (Triangle) आदि उपजातियाँ हैं। अब यदि एक पंचभुज क्षेत्र की परिभाषा हम यह कहकर करें कि यह एक बहुभुज क्षेत्र है जिसमें पाँच भुजायें होती हैं, तो यह *Definition per genus et differentium* है, चूँकि इस परिभाषा में बहुभुज क्षेत्र पंचभुज क्षेत्र की जाति (genus) है तथा पाँच भुजाओं का होना इसका विभेदक गुण (Differentia) है।

परम्परागत रूप में किसी-न-किसी प्रकार यह माना जाता है कि किसी भी पद के गुणार्थ में उस पद के द्वारा बोधित उपजाति का जातिगुण तथा उसका अपना विशिष्ट यानी विभेदक गुण सम्मिलित होता है। इसीलिए गुणार्थक परिभाषा के रूप में जाति तथा विभेदक गुण वाली परिभाषा को सबसे अधिक मान्यता दी गयी। वैसे भी यह परिभाषा बहुत अर्थों में महत्त्वपूर्ण है, पर फिर भी उसकी सीमाएँ हैं। पहली सीमा तो उसकी यही है कि इसके द्वारा उस जाति की परिभाषा नहीं हो सकती जो सबसे बड़ी जाति (Summum genus) है, यानी जो किसी जाति की उपजाति नहीं है। जैसे 'Being' को परिभाषित नहीं किया जा सकता चूँकि यह किसी बड़ी जाति की उपजाति नहीं है। फिर इस परिभाषा के स्वरूप से ही स्पष्ट होता है कि परिभाषा की यह पद्धति वहीं लागू हो सकती है जहाँ गुणार्थ जटिल (complex) स्वरूप का हो जिसका विश्लेषण कर उसमें से स्पष्ट रूप से जाति-गुण तथा विभेदक गुण को निकाला जा सके। इसका तात्पर्य है कि यदि ऐसा हो कि कोई गुण बिलकुल सरल तथा अविश्लेष्य हो तो उसकी परिभाषा शायद इस पद्धति के द्वारा नहीं दी जा सकेगी। ऐसे कोई सरल, अविश्लेष्य गुण हैं या नहीं, यह तो एक अलग प्रश्न है, पर यदि हैं तो उनकी परिभाषा इस पद्धति से नहीं दी जा सकती।

इन सीमाओं के बावजूद परिभाषा की यह पद्धति बहुत महत्त्वपूर्ण है, इसलिए इससे संबंधित कुछ नियमों तथा उनके उल्लंघन से उत्पन्न दोषों की एक संक्षिप्त चर्चा अपेक्षित हैं जो हम नीचे करेंगे।

5. परिभाषा संबंधी नियम (*Rules of Definition*)

जैसा उपर कहा गया है, ये नियम विशिष्ट तौर पर जाति तथा विभेदक गुण वाली परिभाषा से संबंधित है, पर एक स्वतंत्र स्तर पर भी इन नियमों का महत्त्व परिभाषा के क्षेत्र में हैं तथा किसी भी प्रकार की परिभाषा देते समय इनका ध्यान रखना उपयोगी हैं। वैसे, इनका संबंध विशेष तौर पर कोशीय या सूचनात्मक या विवरणात्मक परिभाषाओं से हैं। ये नियम निम्नलिखित हैं :—

(i) किसी पद की परिभाषा में उसके पूरे गुणार्थ को व्यक्त किया जाना चाहिये (*A definition must express the full connotation of a term*)—जैसा हम देख चुके हैं, परिभाषा संबंधी जो नियम हम यहाँ रख रहे है, वे उन प्राचीन तर्कशास्त्रियों के हैं जो मानते थे कि किसी पद का पूरा गुणार्थ उससे संबंधित जातिगुण तथा विभेदक गुण के सम्मिलित कर देने से व्यक्त हो जाती है। जैसे 'मनुष्य' पद का पूरा गुणार्थ है पशुत्व (जातिगुण) तथा विवेक (विभेदक गुण)। इसलिए यदि हम इन दोनों को सम्मिलित कर लेते हैं तो 'मनुष्य' पद का पूरा गुणार्थ व्यक्त हो जाता है और इसलिए उसी के द्वारा उसकी परिभाषा देना सही परिभाषा देना है।

परन्तु अभी जब वर्तमान संदर्भ में हम इस नियम को सामने रखते हैं तो गुणार्थ से हमें परम्परागत (conventional) गुणार्थ समझना चाहिए और यह समझना चाहिए कि इस नियम के अनुसार किसी भी परिभाषा में पद का परम्परागत गुणार्थ पूर्णरूपेण व्यक्त होना चाहिए। जैसे एक वृत्त (circle) के संबंध में आम रूप से स्वीकृत धारणा यह है कि वह एक गोलाकार क्षेत्र है जिसके केन्द्रबिन्दु से परिधि के किसी भी बिन्दु की दूरी समान होती है। इसलिए वृत्त के गुणार्थ के अन्तर्गत दो गुण आते हैं—(1) उसका गोलाकार क्षेत्र होना तथा (2) उसके केन्द्रबिन्दु से परिधि पर के किसी बिन्दु की दूरी समान होना। इसलिए 'वृत्त' की परिभाषा में इन्हीं दोनों गुणों का समावेश होना चाहिए।

इस नियम के उल्लंघन का अर्थ होगा कि हम किसी पद की परिभाषा में उसके पूर्ण गुणार्थ से कम गुणों का जिक्र करें या उससे अधिक गुणों का जिक्र करें या फिर गुणार्थ का जिक्र ही न करें और पद के साथ संबद्ध किसी आकस्मिक गुण (Accidental quality) का जिक्र कर दें, यानी एक ऐसे गुण का जो उस पद के द्वारा बोधित वस्तुओं का सामान्य गुण न हो और न उनका विशिष्ट गुण ही हो। इन सभी स्थितियों में परिभाषा दोषपूर्ण हो जाती है। *पहली स्थिति में जो दोष होता है उसे अपूर्ण परिभाषा का दोष (Fallacy of incomplete definition) कहते हैं, दूसरी स्थिति में जो दोष होता है उसे अतिपूर्ण परिभाषा का दोष (Fallacy of overcomplete definition) कहते हैं तथा तीसरे स्थिति में जो दोष उत्पन्न होते है उसे आकस्मिक परिभाषा का दोष (Fallacy of accdidental definition) कहते हैं।* यदि 'मनुष्य' पद का ही उदाहरण लें और उसके गुणार्थ के संबंध में जो प्राचीन मत है उसे लें तो 'मनुष्य' पद की समुचित परिभाषा होगी कि वह एक विवेकशील पशु है। अब यदि इस परिभाषा में से गुणार्थ के एक अंश 'विवेकशील' को हटा लें तो परिभाषा होगी—मनुष्य एक पशु है जो अपूर्ण परिभाषा के दोष से ग्रसित है। फिर यदि पूर्ण गुणार्थ यानी पशुत्व तथा विवेकशीलता में बुद्धिमत्ता नामक गुण भी जोड़ दें और मनुष्य की परिभाषा यह कहकर दें कि वह एक विवेकशील, बुद्धिमान पशु हैं, तो इस परिभाषा में अतिपूर्ण परिभाषा का दोष हो जायेगा। फिर यदि परिभाषा में गुणार्थ को हम व्यक्त करें ही नहीं बल्कि मनुष्य के किसी आकस्मिक गुण की चर्चा कर दें, जैसे, 'मनुष्य' पद को यह कहकर परिभाषित करें कि वह दोपाया(Two footed)जीव है, तो यहाँ आकस्मिक परिभाषा का दोष हो जायेगा।

यहाँ इस बात का ध्यान रखना चाहिए कि परिभाषा में यदि हम पद के गुणार्थ का एक अंश व्यक्त करें और साथ में कोई आकस्मिक गुण जोड़ दें, फिर भी परिभाषा में आकस्मिक परिभाषा का द्रोष हो जायेगा। ऊपर की मनुष्य की आकस्मिक परिभाषा में 'जीव' शब्द करीब-करीब 'पशु' शब्द के ही समान है और यदि हम मानें कि 'जीव', 'पशु' से अधिक विस्तृत है और इसलिए मनुष्य उपजाति कि आसन्न जाति नहीं है और इसलिए जीव के स्थान पर पशु ही लिख दें जो 'मनुष्य' पद के गुणार्थ का स्पष्ट रूप से एक अंश है, फिर भी परिभाषा में आकस्मिक परिभाषा का दोष रह ही जायेगा।

यदि गुणार्थ को आधुनिक मत के अनुरूप परम्परा से सर्वमान्य (conventional) गुणों के समूह के रूप में लें और 'त्रिभुज' शब्द की परिभाषा का उदाहरण लें तो यह कहना कि 'त्रिभुज' का अर्थ है 'तीन भुजाओं से घिरा समतल क्षेत्र' त्रिभुज' शब्द के पूर्ण गुणार्थ को व्यक्त कर उसकी परिभाषा देना है। अब यदि इसकी परिभाषा देते हुए इसके गुणार्थ से कुछ अधिक हम जोड़ दें और कहें कि त्रिभुज तीन भुजाओं से घिरा तथा तीन कोणों वाला समतल क्षेत्र है तो यहाँ अतिपूर्ण परिभाषा को दोष हो जायेगा। उसी प्रकार पूर्ण गुणार्थ से कम व्यक्त करते हुए हम कहें कि त्रिभुज एक समतल क्षेत्र है तो यहाँ अपूर्ण परिभाषा का दोष हो जायेगा। और यदि हम यह कहें कि त्रिभुज वह समतल क्षेत्र है जिसकी कोई दो भुजाएँ मिलकर तीसरी से बड़ी होती है, तो यह त्रिभुज की आकस्मिक परिभाषा है।

(ii) परिभाषा में परिभाषक का वस्त्वर्थ वही होना चाहिए जो परिभाष्य का है। *(In a definition, the extension of the definiens must be the same as that of the definiendum.)*—इस नियम का जो तात्पर्य है उसे उदाहरण के द्वारा समझा जा सकता है। मान लिया जाय, 'मनुष्य' पद की परिभाषा हम देते हैं—मनुष्य एक पशु है। यहाँ हम देख सकते हैं कि परिभाषक 'पशु' का वस्त्वर्थ परिभाष्य 'मनुष्य' से विस्तृत हैं। इसलिए यह परिभाषा इस नियम के अनुसार उचित परिभाषा नहीं हुई। इसमें एक दोष है और वह है अतिव्याप्त परिभाषा का दोष (Fallacy of too wide definition)। उसी प्रकार यदि 'मनुष्य' पद को हम यह कहकर परिभाषित करते हैं कि 'मनुष्य' एक विद्वान विवेकशील पशु है, तो यहाँ जो परिभाषक है, यानी 'विद्वान विवेकशील पशु' उसका वस्त्वर्थ 'मनुष्य' पद के वस्त्वर्थ से कम है, चूँकि वह सिर्फ विद्वान मनुष्यों को बोधित करता है, सभी मनुष्यों को नहीं। इसलिए यह परिभाषा भी दोषपूर्ण है और इसमें जो दोष हैं उसका नाम है अव्याप्त परिभाषा का दोष (Fallacy of too narrow definition)।

इस प्रकार इस नियम के अनुसार परिभाषक का वस्त्वर्थ परिभाषा के वस्त्वर्थ से न तो अधिक होना चाहिए और न कम। दोनों को बिल्कुल तुल्य होना चाहिए, अन्यथा परिभाषा दोषपूर्ण मानी जायेगी।

यहाँ यह संदेह उठना स्वाभाविक है कि जिसे हमनें अभी अतिव्याप्त परिभाषा कहा है वह वही है जिसे पहले हमने अपूर्ण परिभाषा कहा है और अव्याप्त परिभाषा वही है जिसे हमने अतिपूर्ण परिभाषा कहा है। तो फिर एक ही बात को दो बार दो तरह से कहने का क्या लाभ? परन्तु यहाँ इस बात पर ध्यान देना चाहिए कि पहले नियम में परिभाषा को पदों के गुणार्थ की दृष्टि से समझा गया है तथा दूसरे नियम में वस्त्वर्थ की दृष्टि से। पहले तो अपने-आप में यही भेद तर्कशास्त्र की दृष्टि में कम महत्त्वपूर्ण नही हैं। दोनों नियमों को एक ही बात की पुनरावृत्ति नहीं समझा जाना चाहिए। दूसरे, यद्यपि अतिव्याप्त परिभाषा के अधिकांश उदाहरण अपूर्ण परिभाषा के भी उदाहरण होते हैं तथा अव्याप्त परिभाषा के अधिकांश उदाहरण अतिपूर्ण परिभाषा के उदाहरण हैं, परन्तु सभी उदाहरणों में ऐसी बात

नहीं है। जैसे, 'त्रिभुज तीन भुजाओं से घिरा तथा तीन कोणों वाला एक समतल क्षेत्र है' परिभाषा 'त्रिभुज' पद की अतिपूर्ण परिभाषा है चूँकि इसमें आवश्यक गुणार्थ से अधिक गुण की चर्चा है, पर उसमें अव्याप्त परिभाषा का दोष नहीं है, चूँकि यहाँ परिभाष्य तथा परिभाषक दोनों का वस्त्वर्थ एक ही है—गुणार्थ में 'तीन कोणों वाला क्षेत्र' जोड़ देने से भी परिभाषक के वस्त्वर्थ में कोई अन्तर नहीं पड़ता।

(iii) किसी पद की परिभाषा में उसी पद का व्यवहार नहीं होना चाहिए जिसे हम परिभाषित कर रहे हैं। *(A definition must not contain the definiendum itself)*—हम किसी पद की परिभाषा इसलिए देते हैं ताकि हम उसके अर्थ को स्पष्ट कर सकें। अब यदि परिभाषक में उसी शब्द का व्यवहार कर उसके ही सहारे हम उसका अर्थ स्पष्ट करना चाहें, तो वह कैसे संभव होगा? जैसे यदि 'परिक्षा नियंत्रक' की परिभाषा हम यह कहकर दें कि परीक्षा नियंत्रक वह है जो परीक्षा का नियंत्रण करने वाला है, तो इससे परिभाष्य का अर्थ क्या स्पष्ट हुआ? ऐसी परिभाषाएँ बेकार और दोषपूर्ण होती है। जो दोष ऐसी परिभाषाओं में होता है उसे चक्रीय परिभाषा का दोष (Fallcy of circular definition) कहते हैं।

बल्कि जाति तथा विभेदक गुण के रूप में परिभाषा के स्वरूप को समझने वाले प्राचीन तर्कशास्त्री परिभाषा में पर्यायवाची शब्दों का प्रयोग भी दोषपूर्ण मानते हैं और यहाँ भी उनके अनुसार परिभाषा में उपर्युक्त दोष ही होता है। जैसे यदि 'मनुष्य' की परिभाषा यह कहकर दी जाय कि मनुष्य आदमी है, या घोड़ा की परिभाषा यह कहकर दी जाय कि घोड़ा अश्व है, तो इन परिभाषाओं में भी चक्रीय परिभाषा का ही दोष है। इस प्रकार परिभाषा को उपर्युक्त दोनों अर्थों में चक्रीय नहीं होना चाहिए (A definition must not be circular)।

(iv) परिभाषा में अस्पष्ट, अनिश्चित तथा अलंकारिक भाषा का प्रयोग नहीं होना चाहिए *(A definition must not use obscure, ambiguous, vague and figurative language.)*—परिभाषा का काम है शब्दों के अर्थ को स्पष्ट करना, इसलिए परिभाषक को परिभाष्य से अधिक स्पष्ट होना चाहिये। अब यदि उसमें हम अस्पष्ट, अनिश्चित तथा अलंकारिक आदि भाषा का प्रयोग कर दें तो स्पष्ट होने के बजाय वह और भी उलझन वाला तथा जटिल हो जायेगा। तो ऐसी परिभाषा का क्या लाभ? इसलिए परिभाषा में अनेकार्थक, अस्पष्ट आदि शब्दों के प्रयोग से हमें बचना चाहिए और अलंकारिक भाषा का प्रयोग नहीं करना चाहिए। यदि हम ऐसा करते हें तो हमारी परिभाषा दोषपूर्ण हो जाती है जिसे अलंकारिक परिभाषा का दोष (Fallacy of figurative definition) या अस्पष्ट परिभाषा का दोष (Fallacy of obscure definition) कहते हैं। जैसे, हम यदि 'मनुष्य' की परिभाषा यह कहकर दें कि 'वह सृष्टि का सरताज है' या 'आवश्यकता' की परिभाषा यह कहकर दें कि 'आवश्यकता अनुसंधान की जननी हैं', तो इन परिभाषाओं में उपर्युक्त प्रकार के दोष हैं।

(v) परिभाषा को यथासंभव निषेधात्मक नहीं होना चाहिए *(A definition must not be negative, if it can be affirmative)*—किसी पद की निषेधात्मक परिभाषा देना बड़ा आसान है, पर उससे उसके अर्थ के विषय में शायद ही निश्चित रूप से कुछ स्पष्ट होता है। इससे तो परिभाषा का उद्देश्य ही समाप्त हो जाता है। परिभाषा का उद्देश्य है यह बतलाना कि किसी शब्द का क्या अर्थ है, यह नहीं कि उसका अर्थ क्या नहीं है।

जैसे यदि 'मनुष्य' को परिभाषित करते हुए हम कहें कि मनुष्य घोड़ा नहीं है, तो इससे 'मनुष्य' के अर्थ के संबंध में क्या स्पष्ट होता है? इससे तो यह भले स्पष्ट होता है कि 'मनुष्य' का अर्थ क्या नहीं है। उसी प्रकार 'पुण्य' की परिभाषा 'पुण्य पाप नहीं है' या 'शान्ति' की परिभाषा 'शांति युद्ध का अभाव है' निषेधात्मक परिभाषा है जो दोषपूर्ण हैं। इन सारे शब्दों की भावात्मक परिभाषाएँ हो सकती हैं। तो ऐसी स्थिति में निषेधात्मक परिभाषा देना दोषपूर्ण है जिसे निषेधात्मक परिभाषा का दोष (Fallacy of negative definition) कहते हैं।

हाँ कुछ पद ऐसे अवश्य हैं जिनके अर्थ ही निषेधात्मक स्वरूप के हैं, तो उनकी परिभाषा तो निषेधात्मक रूप में देना ही होगा। जैसे, 'अनाथ' शब्द। इसकी तो परिभाषा निषेधात्मक रूप में यह कहकर करना ही होगा कि 'जिसका कोई सहारा नहीं है'। तो ऐसी स्थितियों को छोड़कर सामान्य स्थिति में परिभाषा को निषेधात्मक नहीं होना चाहिए।

❑

भाग 2 (Part 2)

निगमन
(DEDUCTION)

(क) पारंपरिक तर्कशास्त्र

(TRADITIONALLOGIC)

(ख) प्रतीकात्मक तर्कशास्त्र

(SYMBOLICLOGIC)

(क) पारंपरिक तर्कशास्त्र
(Traditional Logic)

अध्याय 5

निरपेक्ष (निरूपाधिक) प्रतिज्ञप्तियाँ

(CATEGORICAL PROPOSITIONS)

---

1. विषय-प्रवेश (*Introduction*)

अध्याय 1 में हमने देखा है कि युक्तियाँ दो प्रकार की होती हैं—निगमनात्मक तथा आगमनात्मक। यहाँ हमारा संबंध निगमनात्मक युक्तियों से होगा जिनके विषय में हम देख चुके हैं कि उनकी शुद्धता-अशुद्धता की जाँच का तात्पर्य होता है उनकी वैधता-अवैधता की जाँन करना। और फिर इस वैधता-अवैधता की भी सामान्य कसौटी क्या है, यह भी देख चुके हैं। यहाँ हमारा मुख्य संबंध कुछ वैसे तरीकों और पद्धतियों को विकसित करना होगा ज़िनके आधार पर निगमनात्मक युक्तियों की वैधता-अवैधता जाँची जा सके। पर ऐसा करने के पहले हमें निगमनात्मक युक्तियों के निर्माण संबंधी कुछ बातों पर ध्यान देना होगा। हम जानते हैं कि युक्तियों का निर्माण प्रतिज्ञप्तियों के द्वारा होता है। ये प्रतिज्ञप्तियाँ भी कई प्रकार की होती हैं। तो युक्तियों की वैधता-अवैधता के प्रश्न से निबटने के पहले हमें कुछ दूर तक इन प्रतिज्ञप्तियों के स्वरूप को भी देखना होगा। तभी हम उनसे बनी युक्तियों के स्वरूप को ठीक से समझ सकेंगे।

यहाँ इस अध्याय में हमारा संबंध सिर्फ उन प्रतिज्ञप्तियों से होगा जिन्हें निरपेक्ष या निरूपाधिक प्रतिज्ञप्तियों (categorical propositions) की संज्ञा दी जाती है, चूँकि पहले हम इन्हीं प्रतिज्ञप्तियों से बनी युक्तियों की वैधता-अवैधता का प्रश्न उठायेंगे। पारंपरिक तर्कशास्त्र (Traditional Logic) में एक दृष्टि से दो प्रकार की प्रतिज्ञप्तियों की चर्चा की गई है–(i) निरपेक्ष अथवा निरूपाधिक (categorical) तथा सापेक्ष अथवा सोपाधिक (conditional)। सामान्यतः यह कहा जा सकता है कि निरपेक्ष प्रतिज्ञप्तियाँ वैसी प्रतिज्ञप्तियाँ हैं जो बिना किसी अन्य बात की अपेक्षा रखे अथवा निःशर्त तथा निरूपाधिक (unconditional) रूप में सत्य या असत्य होती हैं। 'राम एक सज्जन व्यक्ति हैं', 'सभी मनुष्य विवेकशील होते हैं। 'घड़ा जल से भरा है', 'कुछ कुत्ते विश्वास के पात्र नहीं हैं', इत्यादि प्रतिज्ञप्तियों की सत्यता-असत्यता के पीछे कोई उपाधि या शर्त नहीं लगी हुई हैं अथवा यों कहें कि इनकी सत्यता-असत्यता के अभिकथन (Assertion) में किसी अन्य बात की अपेक्षा नहीं है। ये सीधे रूप में सत्य या असत्य कही जा सकती हैं। ऐसे ही कथन निरपेक्ष कहे जाते हैं। पर इनके विपरीत यदि हम इन कथनों या प्रतिज्ञप्तियों को देखें, जैसे–'यदि सूर्य हैं, तो प्रकाश हैं', 'यदि वर्षा होगी, तो फसल होगी', आदि, तो हम देख सकते हैं कि इनमें ऐसे सत्य का अभिकथन हो रहा है जो सशर्त या सोपाधिक है। ऐसे कथनों या प्रतिज्ञप्तियों को सोपाधिक प्रतिज्ञप्तियों की संज्ञा दी जाती है। अभी नीचे हम सिर्फ निरपेक्ष प्रतिज्ञप्तियों से संबंधित कुछ महत्त्वपूर्ण बातों की चर्चा करेंगे।

2. निरपेक्ष प्रतिज्ञप्तियों के चार मानक आकार (*Four Standard Forms of Categorical Propositions*)

अरस्तू (Aristotle) ने निरपेक्ष प्रतिज्ञप्तियों के चार मानक आकारों की चर्चा की जो निगमनात्मक युक्तियों के क्षेत्र में बहुत महत्त्वपूर्ण हैं। ये चार मानक आकार हैं :—

1. सभी उ० वि० हैं (All S is P)
2. कोई उ० वि० नहीं है (No S is P)
3. कुछ उ० वि० हैं (Some S is P)

तथा 4 कुछ उ० वि० नहीं हैं (Some S is not P)

इनमें 'उ०' उद्देश्य (S-Subject) का तथा 'वि०' विधेय (P-Predicate) का प्रतीक है। यदि इन आकरों में हम एक-एक वास्तविक उदाहरण लें तो वह निम्नलिखित रूप का होगा :—

1. सभी मनुष्य मरणशील हैं (All men are mortal)
2. कोई मनुष्य मरणशील नहीं है (No man is mortal)
3. कुछ मनुष्य मरणशील हैं (Some men are mortal)
4. कुछ मनुष्य मरणशील नहीं हैं (Some men are not mortal)

हम देख सकते हैं कि यहाँ 'उ०' (S) तथा 'वि०' (P) के स्थानों पर क्रमशः 'मनुष्य' (Man) तथा 'मरणशील' (Mortal) पद रखे गये हैं। ऐसे ही हम किन्हीं पदों को रख सकते हैं। जैसे, उद्देश्य के स्थान पर 'वृक्ष' और विधेय के स्थान पर 'हरा' या फिर उद्देश्य के स्थान पर 'कौवा' और विधेय के स्थान पर 'काला' आदि। उससे प्रतिज्ञप्तियों के आकार में कोई अन्तर नहीं आने वाला है। संक्षेप में इन चार आकारों की प्रतिज्ञप्तियों को बोधित करने के लिए चार प्रतीकों की सहायता ली जाती है—पहली को, यानी 'All S is P' आकार वाली प्रतिज्ञप्ति को 'A', दूसरी यानी 'No S is P' आकार वाली को 'E', तीसरी को 'यानी' 'Some S is P' आकार वाली को 'I' तथा चौकी, यानी 'Some S is not P' आकार वाली को 'O' प्रतिज्ञप्ति का नाम दिया जाता है। इस प्रकार अरस्तू के तर्कशास्त्र में निरपेक्ष प्रतिज्ञप्तियों के जो चार आकार माने गये हैं वे निम्नलिखित हैं :—

1. 'A'—All S is P—सभी उद्देश्य विधेय हैं।
2. 'E'—No S is P—कोई उद्देश्य विधेय नहीं है।
3. 'I'—Some S is P—कुछ उद्देश्य विधेय है।
4. 'O'—Some is not P—कुछ उद्देश्य विधेय नहीं है।

स्पष्ट है कि हमारी साधारण भाषा के द्वारा अभिव्यक्त प्रतिज्ञप्तियाँ सदैव उपर्युक्त चार आकारों में से किसी एक में निश्चित रूप से नहीं होतीं। अरस्तू के तर्कशास्त्र में टेढ़े-मेढ़े आकार की प्रतिज्ञप्तियों को उपर्युक्त मानक आकारों में परिवर्तित करने के लिए कुछ निश्चित तरीके बतलाये गये हैं, जिनकी चर्चा हम उपयुक्त स्थान पर करेंगे।

हम देख सकते हैं कि मानक आकार वाली उपर्युक्त प्रतिज्ञप्तियाँ जातियों (Classes) के बीच अलग-अलग प्रकार के संबंधों को व्यक्त करती है। 'A' प्रतिज्ञप्ति यह व्यक्त करती है कि एक विशेष जाति के सभी सदस्य निरपवाद रूप में दूसरी जाति के भी सदस्य हैं यानी पहली जाति (जैसे मनुष्य की जाति) दूसरी जाति (जैसे मरणशील की जाति) में

पूर्ण रूप से समाहित (Included) है। स्पष्ट शब्दों में यह भी कह सकते हैं कि उद्देश्य पद के द्वारा अभिव्यक्त जाति पूर्णरूप से विधेय पद के द्वारा जाति में समाहित है। इसके विपरीत 'E' प्रतिज्ञप्ति यह कहती है कि एक जाति का कोई भी सदस्य दूसरी जाति का सदस्य नहीं है। यानी एक जाति दूसरे को पूर्णरूपेण बहिष्कृत करती है। इसमें हम स्पष्ट रूप से यह भी कह सकते हैं कि उद्देश्य-पद के द्वारा अभिव्यक्त जाति विधेय-पद द्वारा अभिव्यक्त जाति का पूर्ण रूप से बहिष्कार करती है तथा विधेय-पद द्वारा अभिव्यक्त जाति उद्देश्य-पद द्वारा अभिव्यक्त जाति का पूर्णरूपेण बहिष्कार करती है। 'I' प्रतिज्ञप्ति यह कहती है कि एक जाति के कुछ सदस्य (सभी नहीं) दूसरी जाति के भी सदस्य हैं, यानी एक दूसरी में आंशिक रूप से समाहित है। स्पष्ट रूप में कह सकते हैं कि इसमें उद्देश्य-पद द्वारा व्यक्त जाति आंशिक रूप से (partially) विधेय-पद द्वारा व्यक्त जाति में समाहित रहती है। यहाँ एक बात कष्टदायक हो सकती है और वह यह है कि 'कुछ' का सचमुच अर्थ क्या है। इतना स्पष्ट है कि 'कुछ' का अर्थ 'सब नहीं' है, पर इसके अन्दर तो 'एक', 'दो', 'तीन', या उससे अधिक भी कोई संख्या आ सकती है। तो 'कुछ' से आखिर हमारा निश्चित तात्पर्य क्या है? इस संबंध में निश्चितता लाने की दृष्टि से तर्कशास्त्र में 'कुछ' का अर्थ लिया गया है, 'कम-से-कम एक' (At least one)। इस अर्थ में यह कहेंगे कि 'I' प्रतिज्ञप्ति में यह कहा जाता है कि उद्देश्य-पद की जाति का कम से कम एक सदस्य विधेय-पद की जाति में समाहित है। इसी अर्थ के अनुसार 'O' प्रतिज्ञप्ति यह कहती है कि उद्देश्य-पद द्वारा सूचित जाति का कम-से-कम एक सदस्य विधेय-पद द्वारा सूचित जाति से बहिष्कृत है, यानी उसका सदस्य नहीं है।

'A' प्रतिज्ञप्ति को पूर्णव्यापी भावात्मक (Universal Affirmative), 'E' प्रतिज्ञप्ति को पूर्णव्यापी निषेधात्मक (Universal Negative), 'I' प्रतिज्ञप्ति को अंशव्यापी भाावात्मक (Particular Affirmative) तथा 'O' प्रतिज्ञप्ति को अंशव्यापी निषेधात्मक (Particular Negative) कहते हैं। और अधिक स्पष्ट रूप में कहा जा सकता है कि 'A' यानी पूर्णव्यापी भावात्मक पूर्णव्यापी रूप में एक जाति के दूसरी जाति में समाहित होने की बात की सत्यता का अभिकथन करता है। 'E' यानी पूर्णव्यापी निषेधात्मक एक पूर्णव्यापी रूप में इस बात का निषेध करता है कि एक जाति का कोई भी सदस्य दूसरी जाति में समाहित है। 'I' यानी अंशव्यापी भावात्मक इस सत्यता का अभिकथन करता है कि एक जाति आंशिक रूप से दूसरी जाति में समाहित है तथा 'O' यानी अंशव्यापी निषेधात्मक इस बात का निषेध करता है कि किसी जाति के सभी सदस्य दूसरी जाति में समाहित हैं। दूसरे शब्दों में वह यह कहता है कि कम-से-कम आंशिक रूप में एक जाति के कुछ सदस्य दूसरी जाति में समाहित नहीं है।

3. निरपेक्ष प्रतिज्ञप्तियों के परिमाण तथा गुण (*Quantity and Quality of Categorical Propositions*)

उपर जो निरपेक्ष प्रतिज्ञप्तियों का पूर्णव्यापी भावात्मक, पूर्णव्यापी निषेधात्मक, अंशव्यापी भावात्मक तथा अंशव्यापी निषेधात्मक के रूप में चरित्र-चित्रण किया गया है उससे उनके परिमाण (quantity) तथा गुण (quality) निर्धारित होते हैं। परिमाण के आधार पर निरपेक्ष प्रतिज्ञप्तियाँ दो प्रकार की होती हैं—पूर्णव्यापी तथा अंशव्यापी। जिन प्रतिज्ञप्तियों के द्वारा एक जाति का दूसरी जाति में पूर्णरूप से समाहित होना या एक का दूसरे के द्वारा पूर्णरूप से बहिष्कार बोधित होता है, उन्हें पूर्णव्यापी कहते हैं। 'A' तथा 'E' प्रतिज्ञाप्तियाँ पूर्णव्यापी हैं।

जिन प्रतिज्ञप्तियों के द्वारा एक जाति का दूसरी जाति में सिर्फ आंशिक रूप में समाहित होना या फिर एक का दूसरे के द्वारा आंशिक रूप से बहिष्कार बोधित होता है, उन्हें अंशव्यापी कहते हैं। 'I' तथा 'O' प्रतिज्ञप्तियाँ अंशव्यापी हैं। *मानक आकार की प्रतिज्ञप्तियों के पहले जो 'सभी', 'कोई भी नहीं' तथा 'कुछ' संकेत लगे रहते हैं, वे ही इन प्रतिज्ञप्तियों के परिमाण निर्धारित करते हैं। इसीलिए उन्हें परिमाणक (Quantifier) कहते हैं।*

किसी भी प्रतिज्ञप्ति का गुण इस आधार पर निर्धारित होता है कि किसी एक जाति में पूर्ण या आंशिक रूप में समाहित होने की बात का वह भावात्मक रूप में अभिकथन करती है या निषेधात्मक रूप में। पहली स्थिति में उसे भावात्मक (Affirmative) तथा दूसरी स्थिति में आभावात्मक या निषेधात्मक (Negative) कहते हैं। दूसरे शब्दों में—*जब किसी प्रतिज्ञप्ति के द्वारा यह बतलाया जाता है कि एक जाति दूसरी जाति में पूर्ण या आंशिक रूप से समाहित (Included) है तो उसे भावात्मक तथा उसके द्वारा जब यह बतलाया जाता है कि एक जाति दूसरी जाति के द्वारा पूर्ण या आंशिक रूप में बहिष्कृत (Excluded) होती है तो उसे निषेधात्मक कहते हैं।* इन आधारों पर 'A' तथा 'I' प्रतिज्ञप्तियाँ भावात्मक तथा 'E' एवं 'O' अभावात्मक या निषेधात्मक कहलाती हैं।

4. पदों की व्याप्ति (*Distribution of Terms*)

किसी भी प्रतिज्ञप्ति में (मानक आकार के) उद्देश्य तथा विधेय-पद एक-एक जाति का बोध कराते हैं जिनके बीच समाहिती (Inclusion) या बहिष्करण (Exclusion) का संबंध होता है। अब यदि कोई भी पद किसी जाति का बोध उसकी पूर्ण व्यापकता में कराता हो अर्थात उसका बोध इस रूप में कराता हो कि उसके अन्दर उस जाति का प्रत्येक सदस्य सम्मिलित है, तो कहा जायेगा कि वह पद व्याप्त (distributed) है। और इसके विपरीत यदि कोई पद किसी जाति के कुछ ही सदस्यों का बोध कराता हो, तो वह पद अव्याप्त (undistributed) कहलायेगा। अब हम देखें कि इस कसौटी पर 'A', 'E', 'I' तथा 'O' प्रतिज्ञप्तियों में से प्रत्येक में कौन- सा पद व्याप्त होता है और कौन अव्याप्त। यहाँ इस बात का ध्यान कर लेना आवश्यक है कि मानक आकार की प्रत्येक प्रतिज्ञप्ति में दो ही पद तो होते ही हैं—उद्देश्य-पद तथा विधेय-पद, और दोनों को जोड़ने वाली एक संयोजक क्रिया होती है जो 'है' (Is), 'हैं' (Are), 'नहीं है' (Is not) तथा 'नहीं हैं' (Are not) में से कोई एक होती है। इस संयोजक को अंग्रेजी में 'Copula' कहते हैं।

'A' प्रतिज्ञप्ति में स्पष्टतः उद्देश्य-पद व्याप्त होता है, चूँकि इसके पहले लगा 'सभी' या 'All' स्पष्ट रूप से संकेत करता है कि उद्देश्य-पद का व्यवहार उसके द्वारा बोधित जाति की पूर्ण व्यापकता में यानी उसके अन्दर आने वाले सभी सदस्यों के लिए हुआ है। परन्तु 'A' प्रतिज्ञप्ति का विधेय पद-व्याप्त नहीं होता चूँकि इसका प्रयोग उसके द्वारा बोधित जाति के सभी सदस्यों के लिए नहीं किया जाता। इसका खुलासा इस बात से होता है कि, जैसा हमने पहले कहा है, 'A' प्रतिज्ञप्ति का स्वरूप ही कुछ ऐसा है कि उसमें उद्देश्य विधेय में समाहित होता है, पर विधेय उद्देश्य में समाहित नहीं होता। इसका मतलब यह है कि यद्यपि उद्देश्य के द्वारा बोधित सभी सदस्य विधेय द्वारा बोधित क्षेत्र के भी सदस्य हैं, पर विधेय द्वारा बोधित क्षेत्र या जाति के सदस्यों का दायरा या उनकी व्यापकता उद्देश्य-पद के क्षेत्र के परे (beyond) चली जाती है। इसका स्पष्ट तात्पर्य है कि विधेय-पद का प्रयोग उसके द्वारा बोधित जाति की पूर्ण व्यापकता में (यानि सभी सदस्यों के लिए) 'A' प्रतिज्ञप्ति में नहीं होता है। अतः वह अव्याप्त

रह जाता है। 'A' आकार का उदाहरण हैं—'All S is P', अथवा वास्तविक उदाहरण के रूप में हम ले सकते है—'All Students are literate'। हम देख सकते हैं कि इनमें सिर्फ उस सत्य का अभिकथन होता है कि सभी 'S', 'P' हैं अथवा सभी 'Students', 'literate' हैं, इस बात का नहीं कि सभी 'P' भी 'S' हैं अथवा सभी 'literate' भी 'Students' हैं। कथन के आकार से स्पष्ट है कि 'P' में 'S' समाहित है, पर 'S' में 'P' नहीं। इसका तात्पर्य है कि 'P' का क्षेत्र 'S' से अधिक व्यापक है और यहाँ वर्तमान प्रतिज्ञप्ति में 'P' का प्रयोग अपनी पूर्ण व्यापकता में नहीं हुआ है। अतः निष्कर्ष यह आता है कि **'A' का उद्देश्य-पद व्याप्त होता है, विधेय-पद नहीं।** इसका तात्पर्य यह हुआ कि 'A' प्रतिज्ञप्ति में उद्देश्य-पद का प्रयोग उसकी पूर्ण व्यापकता में होता है, विधेय-पद का नहीं।

ऊपर हमने 'व्यापक' अथवा 'व्यापकता' शब्द का कई बार प्रयोग किया है और अन्य प्रतिज्ञप्तियों के पदों की व्याप्ति के निर्धारिण के सिलसिले में हम उसका प्रयोग नीचे भी करेंगे। अतः 'व्यापकता' (Extension) की अवधारणा को स्पष्ट करना आवश्यक हैं। व्यापकता पदों की होती है। किसी भी पद की व्यापकता इस बात के द्वारा निर्धारित होतीं है कि जिस प्रतिज्ञप्ति में उसका प्रयोग हुआ है उसमें उसके द्वारा बोधित जाति के कितने सदस्यों के लिए उसका प्रयोग हुआ है। यदि उसका प्रयोग ऐसे सभी सदस्यों के लिए हुआ है तो कहा जायेगा कि उसका प्रयोग उसकी पूर्ण व्यापकता में हुआ है और यदि उसका प्रयोग वहाँ कुछ ही सदस्यों के लिए हुआ है तो कहा जायेगा कि उसका प्रयोग उसकी आंशिक व्यापकता में हुआ है। अतः एक ही पद की व्यापकता अलग-अलग प्रतिज्ञप्तियों में अलग-अलग स्थानों पर अपने प्रयोग के हिसाब से अलग-अलग हो सकती है।

अब हम 'E' प्रतिज्ञप्ति के संबंध में देखें कि कौन सा पद व्याप्त होता है और कौन अव्याप्त। 'E' के आकार No S is P से ही यह स्पष्ट है कि उसके उद्देश्य-पद के द्वारा बोधित जाति का कोई भी सदस्य विधेय-पद द्वारा बोधित जाति का सदस्य नहीं है। दूसरे शब्दों में, पूरी 'S' जाति 'P' जाति के बाहर रह जाती है, यानी 'P' के द्वारा बहिष्कृत हो जाती है। इस प्रकार स्पष्टतः उद्देश्य-पद 'S' का प्रयोग यहाँ अपनी पूर्ण व्यापकता में हुआ है। अर्थात् यह व्याप्त हैं। पर 'P' के द्वारा 'S' का पूर्ण बहिष्कार (Exclusion) तब तक कोई अर्थ नहीं रखता जब तक 'P' जाति भी पूर्णरूपेण 'S' के बाहर न रह जाय, यानी 'S' भी 'P' का पूर्ण रूप से बहिष्कार न करे। यानी, 'P' द्वारा बोधित जाति का कोई भी सदस्य 'S' द्वारा बोधित जाति का सदस्य न हो। अतः 'P' यानी विधेय-पद का भी यहाँ प्रयोग अपनी पूर्ण व्यापकता में हुआ है। इससे स्पष्ट तात्पर्य यह निकलता है कि निषेध के लिए ही सही, पर 'E' प्रतिज्ञप्ति में उद्देश्य तथा विधेय दोनों पदों का प्रयोग उनकी पूर्ण व्यापकता में होता है। **अतः 'E' के दोनों ही पद व्याप्त होते हैं।**

इस बात को हम किसी वास्तविक उदाहरण के द्वसरा भी समझ सकते हैं—जैसे, 'कोई भी मनुष्य पक्षी नहीं हैं' (No man is bird)। स्पष्टतः कोई मनुष्य पक्षी जाति से बाहर है, पर ऐसा तभी संभव है जब पक्षी की भी पूरी जाति मनुष्य-जाति के बाहर हो। यानी यहाँ 'मनुष्य' तथा 'पक्षी' दोनों ही पद अपनी-अपनी पूरी व्यापकता में एक दूसरे का बहिष्कार करते हैं। अतः दोनों ही व्याप्त हैं।

'I' का आकार है 'Some S is P' जिसका वास्तविक उदाहरण हम ले सकते हैं— 'कुछ मनुष्य बुद्धिमान हैं' अर्थात 'Some men are wise'.। यहाँ हम स्पष्ट देख सकते हैं कि उद्देश्य-पद 'S' अथवा मनुष्य (men) अव्याप्त है चूँकि उसके पहले लगा परिमाणक 'कुछ' (some) इस बात का निश्चित संकेत हैं कि उद्देश्य-पद का प्रयोग यहाँ इस प्रतिज्ञप्ति में

अपनी आंशिक व्यापकेता में ही हुआ है। फलतः कुछ ही 'S' (मनुष्य) 'P' (बुद्धिमान) के सदस्य हैं। परन्तु इससे यह भी स्पष्ट होता है कि 'P' के कुछ ही सदस्य 'S' में सम्मिलित हैं, सभी नहीं। दूसरे शब्दों में, कुछ ही सदस्य ऐसे हैं जो 'S' तथा 'P' दोनों द्वारा बोधित जातियों के उभयनिष्ठ (Common) सद्रस्य हैं। 'P' अथवा 'बुद्धिमान' जाति का क्षेत्र कुछ ही मनुष्यों 'कुछ मनुष्यों' के क्षेत्र से अधिक व्यापक हैं। अतः 'I' **प्रतिज्ञप्ति का कोई पद व्याप्त नहीं होता, यानी, उसके दोनों पद अव्याप्त रह जाते हैं।**

'O' में भी, जिसका आकार 'Some Sis not P' अथवा 'कुछ मनुष्य बुद्धिमान नहीं हैं' (Some men are not wise) के द्वारा व्यक्त होता है, उद्देश्य-पद स्पष्टतः अव्याप्त हैं, चूँकि उसके पहले लगा 'कुछ' (Some) परिमाणक इस बात का निश्चित संकेत है कि उसका प्रयोग वर्तमान प्रतिज्ञप्ति में अपनी पूरी व्यापकता में नहीं हुआ है। पर विधेय-पद की स्थिति यहाँ भिन्न है। यह प्रतिज्ञप्ति निषेध (Negative) या बहिष्कार (exclusion) संबंधी प्रतिज्ञप्ति है, जिसमें विधेय-पद द्वारा उद्देश्य-पद का बहिष्कार किया जाता है। पर यह बहिष्कार विधेय-पद द्वारा बोधित पूरी जाति के द्वारा किया जाता है। जैसे वर्तमान उदाहरण के संदर्भ में कहा जायेगा कि कुछ मनुष्य बुद्धिमान की पूरी जाति से बाहर हैं—ऐसा 'कुछ मनुष्य बुद्धिमान नहीं हैं' प्रतिज्ञप्ति के द्वारा बोधित होता है। इसका अर्थ है कि यहाँ विधेय पद अपनी पूरी व्यापकता में लिया गया है। अतः वह व्याप्त हैं। इस प्रकार **'O' प्रतिज्ञप्ति में उद्देश्य-पद अव्याप्त तथा विधेय-पद व्याप्त होता है।**

व्याप्ति संबंधी उपर्युक्त सारी बातों को निष्कर्ष या निचोड़ रूप में हम इस प्रकार व्यक्त कर सकते हैं—**पूर्णव्यापी प्रतिज्ञप्तियाँ अपने उद्देश्य पद को व्याप्त करती हैं तथा निषेधात्मक प्रतिज्ञप्तियाँ अपने विधेय को** (*Universal propositions distribute their subjects, while Negative propositions distribute their predicates.*) हम स्पष्ट देख सकते हैं कि 'A' एक पूर्णव्यापी प्रतिज्ञप्ति हैं, पर निषेधात्मक नहीं, इसलिए इसका सिर्फ उद्देश्य व्याप्त होता है, 'E' पूर्णव्यापी भी है और निषेधात्मक भी, इसलिए इसके उद्देश्य-विधेय दोनों व्याप्त होते हैं, 'I' न तो पूर्णव्यापी है और न निषेधात्मक, इसलिए इसका कोई पद व्याप्त नहीं होता, और 'O' यद्यपि पूर्णव्यापी तो नहीं है, पर निषेधात्मक है, इसलिए इसका सिर्फ विधेय व्याप्त होता है।

व्याप्ति संबंधी इन सारी बातों को कभी-कभी रोमन (Roman) लिपि में व्यक्त एक सूत्र में बाँधा जाता है जिसे समझ लेने से यह याद रखने में सहायता मिल सकती है कि किस प्रतिज्ञप्ति का कौन-सा पद व्याप्त रहता है। यह सूत्र हैं 'ASEBINOP' जिसका उच्चारण हम 'एसेबिनोप' के रूप में कर सकते हैं। इस सूत्र के दो-दो अक्षरों को एक साथ लेना है, जिनमें से पहला प्रतिज्ञप्ति का द्योतक है तथा दूसरा उस बात का कि कौन-सा पद उस प्रतिज्ञप्ति में व्याप्त हैं। जैसे, सूत्र में पहले दो अक्षर हैं A तथा S जिनमें 'A' का अर्थ है A प्रतिज्ञप्ति तथा 'S' का अर्थ हैं Subject-term जो A में व्याप्त रहता है। उसी प्रकार उसके बाद के दो अक्षर हैं E तथा B जिनमें 'E' प्रतिज्ञप्ति का द्योत्तक हैं, तथा 'B' का अर्थ है both, यानी दोनों। उस प्रकार EB का अर्थ है कि 'E' प्रतिज्ञप्ति के दोनों ही पद व्याप्त होते हैं। उसके बाद के दो अक्षर हैं 'I' तथा 'N', जिनमें 'I' प्रतिज्ञप्ति का द्योतक हैं तथा 'N' का अर्थ None, यानी कोई नहीं। इस प्रकार IN का अर्थ है कि 'I' प्रतिज्ञप्ति का कोई भी पद व्याप्त नहीं होता। अन्तिम दो अक्षर हैं 'O' तथा 'P' जिनमें 'O' प्रतिज्ञप्ति का सूचक है तथा 'P' Predicate का प्रकार

OP का अर्थ है कि 'O' प्रतिज्ञप्ति का Predicate यानी विधेय व्याप्त रहता है। संक्षेप में सूत्र के अर्थ को निम्नलिखित रूप में व्यक्त किया जा सकता है :—

A में S, यानी Subject व्याप्त

E में B, यानी Both (Subject तथा Predicate) दोनों व्याप्त

I में N, यानी None (न subject और न Predicate) व्याप्त

O में P, यानी Predicate व्याप्त।

ऊपर मानक आकार की निरपेक्ष प्रतिज्ञप्तियों के संबंध में जो कुछ कहा गया उन्हें एक नजर में निम्नलिखित रूप में देखा जा सकता है :—

चार प्रतिज्ञप्तियाँ	**आकार**	**परिमाण** (Quantity)	**गुण** (Quality)	**पद व्याप्ति**
A	सभी उ० वि० है (All S is P)	पूर्णव्यापी (Universal)	भावात्मक (Affimrative	उ०व्याप्त
E	कोई उ०वि० नहीं है (No S is P)	पूर्णव्यापी (universal)	निषेधात्मक (Negative)	उ०-वी० दोनों व्याप्त
I	कुछ उ० वि० है (Some S is P)	अंशव्यापी (Particular)	भावात्मक Affirmative)	कोई व्याप्त नहीं
O	कुछ उ० वि० नहीं हैं (Some S is not P)	अंशव्यापी Particular)	निषेधात्मक (Negative)	विधेय व्याप्त

5. चारों निरपेक्ष प्रतिज्ञप्तियों के परस्पर संबंध *(Relation between the Four Categorical Porpositions)*

यदि हम एक ही उद्देश्य विधेय वाले मानक आकार की उपर्युक्त चारों प्रतिज्ञप्तियों को लें, तो हम उनमें परस्पर कुछ निश्चित प्रकार के संबंध देख सकते हैं। पारंपरिक तर्कशास्त्र में ऐसे प्रतिज्ञप्तियों के बीच संबंध को, जिनके उद्देश्य-विधेय एक हों तथा जिनमें सिर्फ गुण का, या सिर्फ परिमाण का या गुण और परिमाण दोनों का अन्तर हों, 'प्रतिज्ञप्तियों के बीच विरोध' (opposition of propositions) की संज्ञा दी गयी है। पर वास्तव में इन प्रतिज्ञप्तियों में विरोध न होकर कुछ विशेष प्रकार के ऐसे संबंध दिख पड़ते हैं कि एक की सत्यता-असत्यता के आधार पर दूसरी की सत्यता-असत्यता के विषय में हम कुछ निश्चित निष्कर्ष निकाल सकते हैं। नीचे इन बातों को हम देखेंगे।

'A' तथा 'E' के बीच के संबंध को विपरीतता संबंध (Relation of contraiety) की संज्ञा दी गई हैं, 'I' तथा 'O' के संबंध को अनुविपरीतता (Relation of sub- contrariety) की संज्ञा दी गयी है, 'A-O' तथा 'E-I' के बीच संबंधों को व्याघात संबंध (Relation of contradiction) की संज्ञा दी गई हैं तथा 'A-I' एवं 'E-O' के बीच संबंधों को उपाश्रय-संबंध (Relation of sub-alternation) कहा गया है।

दो पूर्णव्यापी प्रतिज्ञप्तियाँ जिनके उद्देश्य विधेय एक ही हों और जिनमें सिर्फ गुण का अन्तर हो परस्पर विपरीत (contraries) कही जाती हैं और उनके संबंध को विपरीतता का संबंध कहा जाता है। जैसे ऊपर कहा गया है 'A' तथा 'E' प्रतिज्ञप्तियों के बीच यह संबंध होता है। उदाहरण के लिए 'सभी राजनीतिज्ञ झूठे हैं' (A) तथा 'कोई राजनीतिज्ञ झूठा नहीं

हैं' (E) के बीच यह संबंध होगा। इस संबंध की विशेषता यह होती है कि यदि संबंधित प्रतिज्ञप्तियों में से कोई एक सत्य हो तो दूसरी असत्य होगी, पर एक यदि असत्य होगी, तो दूसरे की सत्यता-असत्यता के संबंध में निश्चित रूप से कुछ नहीं कहा जा सकता। एक दूसरे प्रकार से इस संबंध को यह कहकर भी व्यक्त किया जाता है कि बिपरीत प्रतिज्ञप्तियाँ साथ-साथ सत्य नहीं हो सकतीं, यद्यपि साथ-साथ असत्य हो सकती है।

अनुविपरीता-संबंध एक ही उद्देश्य-विधेय वाले ऐसी अंशव्यापी प्रतिज्ञप्तियों के बीच होता है जिनमें सिर्फ गुण का अन्तर हो। अर्थात् यह संबंध 'I' तथा 'O' के बीच होता है। इस संबंध की विशेषता यह है कि दोनों प्रतिज्ञप्तियाँ एक साथ सत्य हो सकती हैं, पर साथ-साथ असत्य नहीं। दूसरे शब्दों में, एक के असत्य होने से दूसरी आवश्यक रूप से सत्य होती है, पर एक की सत्यता के आधार पर दूसरी की सत्यता-असत्यता के संबंध में निश्चित रूप से कुछ नहीं कहा जा सकता। उदाहरणस्वरूप, 'कुछ व्यापारी बेईमान हैं' (I) तथा 'कुछ व्यापारी बेईमान नहीं हैं' (O) प्रतिज्ञप्तियों में यह संबंध होगा। हम देख सकते हैं कि ये दोनों प्रतिज्ञप्तियाँ एक ही साथ असत्य नहीं हो सकती, यद्यपि एक साथ सत्य हो सकती है।

व्याघात संबंध एक ही उद्देश्य-विघेय वाली दो ऐसी प्रतिज्ञप्तियों के बीच होता है जिनमें गुण तथा परिमाण दोनों का अन्तर होता है। अर्थात् यह संबंध 'A' तथा 'O' प्रतिज्ञप्तियों के बीच एवं 'E' तथा 'I' प्रतिज्ञप्तियों के बीच होता है। उदाहरणस्वरूप, एक तरफ 'सभी गूंगे बहरे हैं' (A) तथा 'कुछ गूंगे बहरे नहीं हैं'(O) के बीच और दूसरी तरफ 'कोई भी भारतीय अनपढ़ नहीं है' (E) तथा 'कुछ भारतीय अनपढ़ हैं' (I) के बीच यह संबंध है। इस संबंध की विशेषता यह है कि संबंधित प्रतिज्ञप्तियों में से एक के सत्य होने पर दूसरी असत्य तथा एक के असत्य होने से दूसरी सत्य होती है। जैसे, हम देख सकते हैं कि यदि 'सभी गूंगे बहरे हैं' (A) सत्य है तो यह कहना कि 'कुछ गूंगे बहरे नहीं हैं' (O) अवश्य असत्य होगा। उसी प्रकार यदि यह कहना सत्य है कि 'कुछ गूंगे बहरे नहीं हैं' (O) तो यह अवश्य असत्य होगा कि 'सभी गूंगे बहरे हैं' (A)। फिर यदि यह असत्य हैं कि 'सभी गूंगे बहरे हैं' (A), तो यह कहना अवश्य सत्य होगा कि 'कुछ गूंगे बहरे नहीं हैं' (O)। और फिर उसी प्रकार यदि यह कहना असत्य है कि 'कुछ गूंगे बहरे नहीं हैं' (O) तो यह कहना अवश्य सत्य होगा कि 'सभी गूंगे बहरे हैं'(A)। इस प्रकार का संबंध 'E' तथा 'I' प्रतिज्ञप्तियों के उपर्युक्त उदाहरणों के बीच भी दिखलाया जा सकता है।

उपाश्रय संबंध एक ही उद्देश्य-विघेय वाली दो ऐसी प्रतिज्ञप्तियों में होता है जिनमें सिर्फ परिमाण का अन्तर होता है। अर्थात् यह संबंध 'A' तथा 'I' प्रतिज्ञप्तियों के बीच और 'E' तथा 'O' प्रतिज्ञप्तियों के बीच होता है। इस संबंध की विशेषता यह है कि पूर्णव्यापी प्रतिज्ञप्ति के सत्य होने पर संबंधित अंशव्यापी प्रतिज्ञप्ति अवश्य सत्य होती है (जैसे 'A' के सत्य होने पर 'I' तथा 'E' के सत्य होने पर 'O' प्रतिज्ञप्ति अवश्य सत्य होती हैं), पर अंशव्यापी के सत्य होने पर संबंधित पूर्णव्यापी के संबंध में (जैसे 'I' के सत्य होने पर 'A' के संबंध में या 'O' के सत्य होने पर 'E' के संबंध में) निश्चित रूप से यह नहीं कहा जा सकता कि वह सत्य हैं या असत्य। फिर पूर्णव्यापी के असत्य होने पर संबंधित अंशव्यापी के संबंध में निश्चित रूप से नहीं कहा जा सकता कि वह सत्य है या असत्य यद्यपि अंशव्यापी के असत्य होने पर संबंधित पूर्णव्यापी निश्चित रूप से असत्य होता है, यानी 'I' के असत्य होने पर 'A' जरूर असत्य होगा और 'O' के असत्य होने पर 'E' जरूर असत्य होगा। यदि उदाहरणों के रूप में उपाश्रय संबंध को देखना चाहें तो यह संबंध 'सभी सरकारी कर्मचारी बेईमान हैं'

(A) तथा 'कुछ सरकारी कर्मचारी बेईमान हैं' (I) के बीच तथा फिर 'कोई सरकारी कर्मचारी बेईमान नहीं हैं' (E) तथा 'कुछ सरकारी कर्मचारी बेईमान नहीं हैं' (O) के बीच होता है।

इस संबंध की एक और विशेषता इस रूप में देखी जा सकती है कि 'प्रतिज्ञप्तियों के विरोध' (Opposition of Propositions) शीर्षक से जो संबंधित प्रतिज्ञप्तियों के बीच परस्पर एक विरोध की अपेक्षा हम करते हैं वह कुछ हद तक विपरीत अनुविपरीत तथा व्याघाती प्रतिज्ञप्तियों में तो देखी भी जा सकती हैं, पर उपाश्रय संबंध से बंधी प्रतिज्ञप्तियों में कोई विरोध शायद ही देखने को मिलता हैं। उनमें तो एक प्रकार से एक जबरदस्त मेल इस अर्थ में हैं कि पूर्णव्यापी की सत्यता से अंशव्यापी की सत्यता अनिवार्यतः निकलती है (यद्यपि आधुनिक तर्कशास्त्र की दृष्टि में ऐसा नहीं हैं) और अंशव्यापी की असत्यता से संबंधित पूर्णव्यापी की असत्यता भी निश्चित रूप में देखी जा सकती हैं। इस दृष्टि से उपाश्रय संबंध में बंधी प्रतिज्ञप्तियों का संबंध विशेषकर यह है कि पूर्णव्यापी प्रतिज्ञप्ति संबंधित अंशव्यापी प्रतिज्ञप्ति को (जैसे, 'A' 'I' को तथा 'E' 'O' को) आपदित करती है (Implies), उस निगमनात्मक अनुमान का एक अच्छा नमूना है, जिसे पारम्परिक तर्कशास्त्र में साक्षात् अनुमान (Immediate inference) की संज्ञा दी जाती है।

वास्तव में तो 'प्रतिज्ञप्तियों के विरोध' के अन्तर्गत बंधी सभी प्रतिज्ञप्तियों के परस्पर संबंध तथाकथित साक्षात् अनुमान का अच्छा नमूना पेश करते हैं। इंन संबंधों को अलग से संक्षेप में हम इस प्रकार रख सकते हैं :—

(i) विपरीत-संबंध—यदि A सत्य हैं, तो 'E' असत्य और यदि 'E' सत्य है तो 'A' असत्य, पर यदि 'A' असत्य है तो 'E' की सत्यता-असत्यता अनिश्चित और यदि 'E' असत्य है तो 'A' की सत्यता-असत्यता अनिश्चित।

(ii) अनुविपरीतता-संबंध—यदि 'I' सत्य है तो 'O' की सत्यता-असत्यता अनिश्चित है और यदि 'O' सत्य है तो 'I' की सत्यता-असत्यता अनिश्चित है, पर यदि 'I' असत्य हैं, तो 'O' निश्चित रूप से सत्य है और यदि 'O' असत्य है तो 'I' निश्चित रूप में सत्य है।

(iii) व्याघात संबंध—यदि 'A' सत्य है, तो 'O' निश्चित रूप से असत्य और यदि 'E' सत्य है तो 'I' निश्चित रूप से असत्य। उसी प्रकार यदि 'O' सत्य है तो 'A' निश्चित रूप से असत्य और यदि 'I' सत्य है तो 'E' निश्चित रूप में असत्य।

फिर यदि 'A' असत्य है, तो 'O' निश्चित रूप से सत्य तथा यदि 'E' असत्य है तो 'I' निश्चित रूप से सत्य। उसी प्रकार यदि 'O' असत्य है तो 'A' निश्चित रूप से सत्य है तथा यदि 'I' असत्य है तो 'E' निश्चित रूप से सत्य है।

(iv) उपाश्रय संबंध—यदि 'A' सत्य है, तो 'I' सत्य और यदि 'E' सत्य तो 'O' सत्य, पर यदि 'I' सत्य है, तो 'A' की सत्यता के संबंध में निश्चित कुछ नहीं कहा जा सकता और यदि 'O' सत्य है तो 'E' की सत्यता के संबंध में निश्चित रूप से कुछ नहीं कहा जा सकता।

फिर यदि 'A' असत्य है तो 'I' के संबंध में निश्चित रूप से कुछ नहीं कहा जा सकता और यदि 'E' असत्य है तो 'O' के संबंध में निश्चित रूप से कुछ नहीं कहा जा सकता, पर यदि 'I' असत्य है तो 'A' निश्चित रूप से असत्य और यदि 'O' असत्य है, तो 'E' निश्चित रूप से असत्य।

एक समेकित रूप में हम निम्नलिखित रूप में यह देख सकते हैं कि चारों मानक

प्रतिज्ञप्तियों में से किसी एक की सत्यता-असत्यता के आधार पर हम अन्य तीन की सत्यता-असत्यता के विषय में क्या अनुमान कर सकते हैं :—

(क) जब 'A' सत्य है तो
'E' असत्य है
'I' सत्य है
'O' असत्य है

(ख) जब 'E' सत्य है, तो
'A' असत्य है
'I' असत्य है
'O' सत्य है

(ग) जब 'I' सत्य है, तो
'A' अनिश्चित
'E' असत्य
'O' अनिश्चित

(घ) जब 'O' सत्य है, तो
'A' असत्य है
'E' अनिश्चित
'I' अनिश्चित

(ङ) जब 'A' असत्य है, तो
'E' अनिश्चित
'I' अनिश्चित
'O' सत्य है

(च) जब 'E' असत्य है, तो
'A' अनिश्चित
'I' सत्य
'O' अनिश्चित

(छ) जब 'I' असत्य है, तो
'A' असत्य
'E' सत्य
'O' सत्य

(ज) जब 'O' असत्य है, तो
'A' सत्य
'E' असत्य
'I' सत्य

किन-किन प्रतिज्ञप्तियों के बीच उपर्युक्त चारों प्रकार के संबंधों (या विरोधों) में से कौन सा संबंध है इसे एक वर्ग के चित्र के सहारे भी दर्शाने की चेष्टा की गई है। इस वर्ग को 'विरोध-वर्ग' (Square of Opposition) की संज्ञा दी गई हैं। इसे हम नीचे चित्रित करते हैं :—

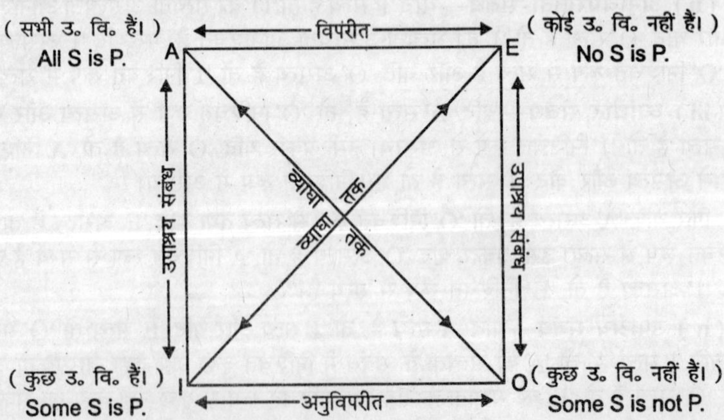

6. साक्षात् अनुमान (*Immediate Inference*)

ऊपर हमनें प्रतिज्ञप्तियों के संबंध या "विरोध" को साक्षात् अनुमान के एक भेद (form) के रूप में देखने की चेष्टा की है। यहाँ हम साक्षात् अनुमान के कुछ अन्य रूपों को देखने की चेष्टा करेंगे। पर उसके पहले बहुत ही संक्षेप में हमें यह देख लेना चाहिए कि साक्षात् अनुमान आखिर कहते किसे हैं?

पारंपरिक तर्कशास्त्र में निगमनात्मक अनुमानों या युक्तियों के दो भेद किये गये हैं—साक्षात् (Immediate) तथा मध्याश्रित (Mediate)। जिस अनुमान में एक ही आधार-कथन के बल पर कोई निष्कर्ष निकाला जाता है, उसे साक्षात् तथा जिसमें एक से अधिक कथन के आधार पर निष्कर्ष निकाला जाता है उसे मध्यश्रित अनुमान कहते हैं। साक्षात् अनुमान के कई भेद पारंपरिक तर्कशास्त्र में बतलाये गये हैं परन्तु उनमें से मौलिक दो ही हैं, शेष उन्हीं दोनों के प्रसारित (Extended) रूप हैं। इसलिए हम यहाँ उन्हीं दो की चर्चा करेंगे। वे है—परिवर्तन (conversion) तथा प्रतिवर्तन (obversion)। नीचे एक-एक कर हम उनकी चर्चा करते हैं :—

(i) परिवर्तन *(Conversion)*—यह साक्षात् अनुमान का वह भेद है जिसमें आधार-कथन के उद्देश्य तथा विधेय पदों का परस्पर स्थानान्तरण कर निष्कर्ष निकाला जाता है। इसके तीन नियम हैं :—

(क) आधार कथन के उद्देश्य-विधेय का निष्कर्ष में परस्पर स्थानांतरण कर दिया जाता है।

(ख) निष्कर्ष का गुण (quality) वही रहता है जो आधार-कथन का।

(ग) निष्कर्ष में ऐसे किसी पद को व्याप्त नहीं किया जाता जो आधार-कथन में व्याप्त न हो।

इन नियमों का पालन करते हुए मानक-आकार वाली चारों प्रतिज्ञप्तियों के निम्नलिखित परिवर्तित (converse) होते हैं—(इस अनुमान में आधारकथन को परिवर्त्य तथा निष्कर्ष को परिवर्तित कहा जाता है) :—

1. 'A' का परिवर्तित 'I' होता है। उदाहरण के लिए यदि परिवर्त्य (convertend) हो :—

सभी विद्यार्थी शिक्षित हैं—A तो परिवर्तित होगा—कुछ शिक्षित विद्यार्थी हैं-'I'

'A' का परिवर्तन 'A' में नहीं हो सकता, चूँकि उस स्थिति में परिवर्त्य का विधेय जो अव्याप्त हैं, परिवर्तित में 'A' के उद्देश्य होने के कारण व्याप्त हो जायेगा, जो परिवर्तन के नियम के विरुद्ध है। हाँ उस स्थिति में 'A' का परिवर्तन 'A' में हो सकता है जब अधारकथन या परिवर्त्य के उद्देश्य तथा विधेय पदों का वस्त्वर्थ एक ही हो। उदाहरण के लिए यदि परिवर्त्य हों।

सभी त्रिभुज तीन भुजाओं से घिरे समतल क्षेत्र हैं-A तो परिवर्तित होगा :—

सभी तीन भुजाओं से घिरे समतल क्षेत्र त्रिभुज हैं-A

ऐसे परिवर्तन को सरल परिवर्तन (Simple Conversion) कहा जाता है, जबकि 'A' के 'I' में परिवर्तन को सीमित परिवर्तन(Conversion by Limitation)की संज्ञा दी जाती है।

'A' का वैध परिवर्तन 'I' में होगा यह दूसरे रूप में भी देखा जा सकता है। 'A' का उपाश्रित होता है 'I'। इसका अर्थ है कि उपाश्रय को साक्षात अनुमान का एक भेद मानकर 'A' से 'I' निष्कर्ष रूप में वैध तरीके से प्राप्त किया जा सकता (चूँकि हम जानते हैं कि उपाश्रय संबंध में 'A' के सत्य होने से 'I' अवश्य सत्य होता है)। यहाँ उपाश्रय वाले अनुमान में उद्देश्य-विधेय आधारकथन (A) तथा निष्कर्ष ('I') में एक ही होते हैं। अब यदि हम 'I' का परिवर्तन कर दें तो परिवर्तित नियमानुसार 'I' ही होगा (जैसा हम नीचे देखेंगे भी), सिर्फ उद्देश्य-विधेय का परस्पर स्थानान्तरण हो जायेगा। इस प्रकार 'A' का उपाश्रित 'I' तथा 'I' का परिवर्तित 'I'

होने से, 'A' का परिवर्तित 'I' को लेने से साक्षात् अनुमान के किसी नियम का उल्लंघन नहीं होता। पर हम आगे देखेंगे कि एक दूसरी तार्किक दृष्टि से सीमित परिवर्तन दोषपूर्ण होता है।

2. 'E' का परिवर्तित 'E' होता है। जैसे :—
कोई भी मनुष्य पूर्ण नहीं है—E—परिवर्त्य
∴ कोई भी पूर्ण मनुष्य नहीं है—E —परिवर्तित

हम देख सकते हैं कि परिवर्त्य से परिवर्तित का अनुमान यहाँ पूर्णतः वैध है, चूँकि इसमें परिवर्तन के सभी नियमों का पालन हुआ है। सामान्य ज्ञान के स्तर पर भी अनुमान पूर्णतः वैध है, चूँकि यहाँ वस्तुतः परिवर्त्य तथा परिवर्तित समतुल्य (Equivalent) कथन हैं।

3. 'I' का परिवर्तन 'I' में होता है, यानी 'I' का परिवर्तित है 'I'। जैसे :—
कुछ मनुष्य अनपढ़ हैं—I—परिवर्त्य
∴ कुछ अनपढ़ मनुष्य हैं—I—परिवर्तित

हम देख सकते हैं कि यहाँ परिवर्तन संबंधी किसी नियम का उल्लंघन नहीं हुआ है तथा सामान्य ज्ञान के स्तर पर भी परिवर्त्य तथा परिवर्तित दोनों समतुल्य (Equivalent) कथन लगते हैं।

4. 'O' का परिवर्तन नहीं हो सकता। उदाहरण के द्वारा स्पष्ट होगा। यदि 'O' का कोई भी परिवर्तन होगा तो नियमानुसार 'O' में ही होगा। जैसे,
कुछ मनुष्य शिक्षित नहीं हैं—'O'—परिवर्त्य
∴ कुछ शिक्षित मनुष्य नहीं हैं—'O'—परिवर्तित

परन्तु यहाँ हम स्पष्ट देख सकते हैं कि 'मनुष्य' पद जो परिवर्त्य में 'O' का उद्देश्य होने के कारण व्याप्त नहीं हैं, वह परिवर्तित में 'O' का विधेय हो जाने के कारण व्याप्त हो जाता है। अतः 'O' का परिवर्तन करने से परिवर्तन के नियम का उल्लंघन हो जाता है।

(ii) प्रतिवर्तन *(Obversion)*—यह साक्षात् अनुमान का वैसा भेद है जिसमें निष्कर्ष में आधारकथन के गुण का परिवर्तन हो जाता है तथा विधेय आधारकथन के विधेय का व्याघाती (contradictry) होता है। यहाँ आधारकथन को प्रतिवर्त्य (obvertend) तथा निष्कर्ष को प्रतिवर्तित (obverse) कहा जाता है। इसके निम्नलिखित नियम हैं :—

(क) प्रतिवर्तित का उद्देश्य वही होता है जो प्रतिवर्त्य का।

(ख) प्रतिवर्तित का विधेय प्रतिवर्त्य के विधेय का व्याघाती होता है।

(ग) प्रतिवर्तित का गुण (Quality) प्रतिवर्त्य के गुण से भिन्न होता है।

(घ) कोई भी वैसा पद जो प्रतिवर्त्य में व्याप्त नहीं है प्रतिवर्तित में व्याप्त नहीं होगा।

इन नियमों के आधार पर हम चार मानक प्रतिज्ञप्तियों—AEIO के प्रतिवर्तितों को देखें :—

1. 'A' का प्रतिवर्तन 'E' में होता है। जैसे :—
सभी मनुष्य मरणशील हैं—A—प्रतिवर्त्य
∴ कोई भी मनुष्य अमरणशील (या अमर) नहीं है—E—प्रतिवर्तित

हम देख सकते हैं कि यहाँ प्रतिवर्तन के सभी नियमों का पालन हुआ है। इसलिए अनुमान वैध है। ऐसे भी, अनुमान में कोई दोष नजर नहीं आता चूँकि प्रतिवर्त्य तथा प्रतिवर्तित वस्तुतः समतुल्य कथन हैं।

2. 'E' का प्रतिवर्तन 'A' में होता है। जैसे :—
कोई भी मनुष्य पूर्ण नहीं है—E—प्रतिवर्त्य
∴ सभी मनुष्य अपूर्ण हैं—'A'—प्रतिवर्तित

यहाँ भी अनुमान बिलकुल नियमानुसार है तथा सामान्य स्तर पर भी प्रतिवर्त्य तथा प्रतिवर्तित समतुल्य लगते हैं।

3. 'I' का प्रतिवर्तन 'O' में होता है। जैसे :—
कुछ बन्दर दुष्ट हैं—'I'—प्रतिवर्त्य
∴ कुछ बन्दर अदुष्ट नहीं हैं—'O'—प्रतिवर्तित

दोनों कथन बिल्कुल समतुल्य हैं तथा अनुमान प्रतिवर्तन के नियमों के बिलकुल अनुरूप हैं।

4. 'O' का प्रतिवर्तन 'I' में होता है। जैसे :—
कुछ मनुष्य भारतीय नहीं हैं—'O' प्रतिवर्त्य
∴ कुछ मनुष्य अभारतीय हैं—'I'—प्रतिवर्तित

दोनों कथन बिलकुल समतुल्य हैं तथा अनुमान प्रतिवर्तन के नियमों के बिलकुल अनुरूप है।

ऊपर हमने प्रतिवर्तन के नियमों को बतलाने के सिलसिले में कहा है कि प्रतिवर्तित का विधेय प्रतिवर्त्य के विधेय का व्याघाती (Contradictory) होता है। इसलिए यहाँ व्याघाती पदों की अवधारणा को स्पष्ट करना आवश्यक है। पदों में विरोध दो तरह के होते हैं—एक विपरीतता (contraiety) का तथा दूसरा व्याघात (contradiction) का। लाल तथा पीला विपरीत पद हैं, लेकिन व्याघाती नहीं, चूँकि यहाँ हम देख सकते हैं कि एक के सत्य होने से दूसरा असत्य अवश्य होगा, पर एक के असत्य होने से दूसरों का सत्य होना आवश्यक नहीं। परन्तु व्याधाती पद ऐसे होते हैं कि उनमें से यदि एक सत्य है तो दूसरा असत्य और यदि एक असत्य है तो दूसरा सत्य। जैसे, लाल तथा अलाल(Red and Non-red)व्याघाती पद हैं। कोई भी वस्तु यदि लाल है तो अवश्य ही अलाल नहीं होगी और यदि अलाल है तो लाल नहीं होगी। फिर यदि वह लाल नहीं है तो अलाल अवश्य होगी और उसी प्रकार यदि अलाल नहीं है तो लाल अवश्य होगी। इस बात का ध्यान रखना चाहिए कि प्रतिवर्तन में निष्कर्ष का विधेय आधारकथन के विधेय का व्याघाती होता है, विपरीत नहीं।

7. मानक आकार को निरपेक्ष प्रतिज्ञप्तियों की चित्रों के रूप में अभिव्यक्ति *(Digrammatic Representation of the Standard form Categorical Propositions)*

उद्देश्य तथा विधेय के अलग-अलग वृत्त बनाकर अर्थानुसार मानक आकार की प्रत्येक निरपेक्ष प्रतिज्ञप्ति की अभिव्यक्ति हम कर सकते हैं। जैसे नीचे उ० (S) तथा वि० (P) के लिए हम दो अलग-अलग वृत्त बनाते हैं :—

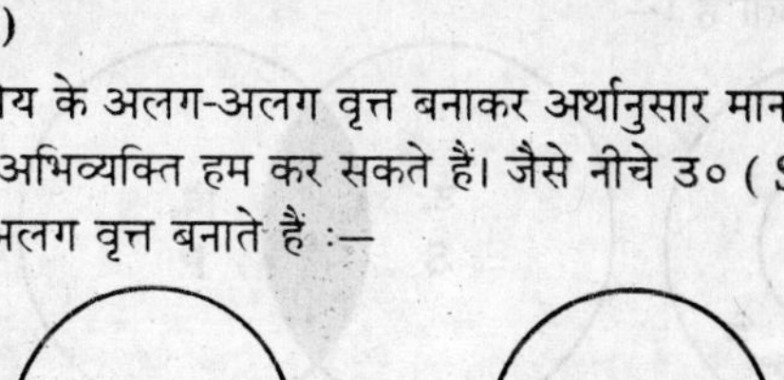

अब पहली निरपेक्ष प्रतिज्ञप्ति है—सभी उ० वि० हैं (All S is P) इसका अर्थ है कि उ० के सभी उदहारण वि० के उदाहरण के अन्तर्गत समाहित हैं। सभी वि० भी उ० में समाहित हैं—यह इसका अर्थ नहीं निकलता। इसलिए उ० तथा वि० संबंधी उपर्युक्त वृत्तों को यदि निम्नलिखित रूप में हम रखें तो 'सभी उ० वि० हैं' का अर्थ अभिव्यक्त हो जायेगा :—

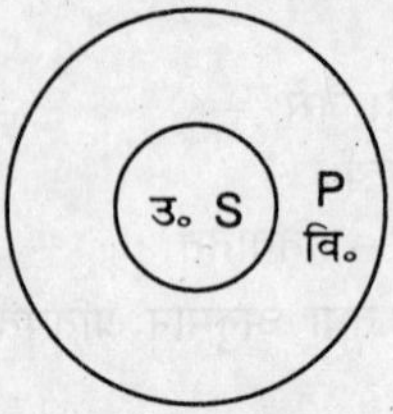

सभी उ॰ वि॰ हैं।
(All S is P.)

इस चित्र में उ० के वृत्त का वि० के वृत्त के अन्दर होना यह बतलाता है उ० का सारा क्षेत्र यानी वस्त्वर्थ (Extension) वि० के क्षेत्र के अन्तर्गत समाहित है, यानी सभी उ० वि० हैं। फिर इससे यह भी स्पष्ट है कि वि० का कुछ क्षेत्र उ० के बाहर भी है, जिसका तात्पर्य है कि प्रतिज्ञप्ति मे वि० का अपने पूरे वस्त्वर्थ के लिए प्रयोग नहीं हुआ है। इसका अर्थ है कि 'A' का विधेय व्याप्त नहीं होता, जब कि उद्देश्य व्याप्त होता है।

'E' प्रतिज्ञप्ति का आकार है—कोई उ० वि० नहीं हैं (No S is P) इसका स्पष्ट मतलब है कि उ० (S) का पूरा क्षेत्र वि० (P) के क्षेत्र के बाहर है। पर यह तभी संभव है जब वि० (P) का भी पूरा क्षेत्र उ० (S) के क्षेत्र के बाहर हो। इसलिए इस प्रतिज्ञप्ति के अर्थ के अनुरूप उ० तथा वि० दोनों के वृत्तों को एक-दूसरे के बाहर रखना होगा, जैसे नीचे :—

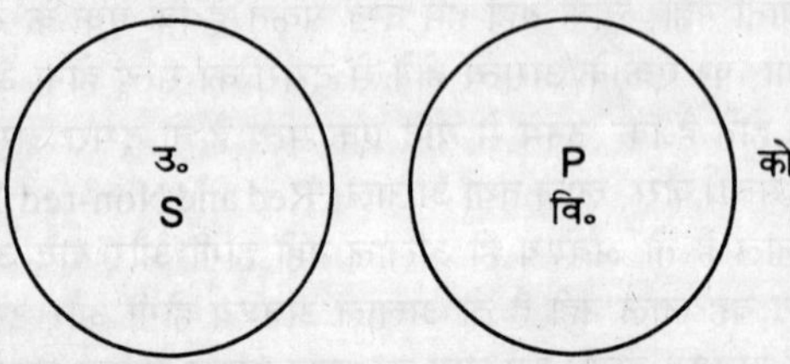

कोई उ॰ वि॰ नहीं है।
(No S is P.)

'I' प्रतिज्ञप्ति का आकार 'कुछ उ० वि० है' (Some S is P) के द्वारा अभिव्यक्त होता है जिसका अर्थ है कि उद्देश्य का कुछ अंश विधेय के अन्तर्गत हैं। विधेय का क्या है इस संबंध में प्रतिज्ञप्ति में कुछ भी स्पष्ट नहीं हैं। अतः निम्नलिखित दो चित्रों के द्वारा 'I' प्रतिज्ञप्ति का अर्थ व्यक्त हो सकता है :—

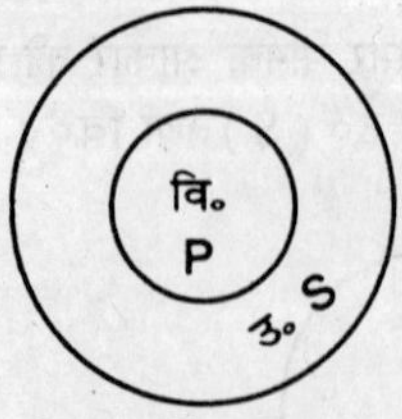

चित्र 1

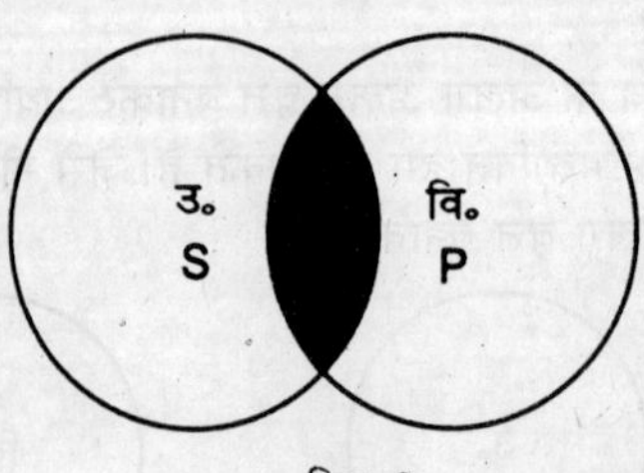

कुछ उ॰ वि॰ हैं।
(Some S is P.)

चित्र 2

परन्तु चित्र 1 का तात्पर्य है कि विधेय का पूर्ण क्षेत्र उद्देश्य के अन्तर्गत है, यानी कुछ

उ० सभी वि० हैं। परन्तु जैसा हमने पदों की व्यप्ति वाले उपखंड में देखा है, 'I' प्रतिज्ञप्ति में विधेय पद का व्यवहार उसके पूरे वस्त्वर्थ में नहीं होता, इसलिए वहाँ अव्याप्त होता है। फिर साक्षात् अनुमान वाले उपखंड में भी हमने देखा है कि परिवर्तन के नियमानुसार कुछ उ० वि० हैं' से हम 'कुछ वि० उ० हैं'' निष्कर्ष निकाल सकते हैं, 'सभी वि० उ० हैं' नहीं। इन बातों का तात्पर्य है कि 'I' प्रतिज्ञप्ति में विधेय-पद को उसके पूरे वस्त्वर्थ में यानी सभी सदस्यों के लिए व्यवहत नहीं किया जाता। और इसलिए उपर जो दूसरा चित्र है वही 'I' प्रतिज्ञप्ति की सही अभिव्यक्ति हैं। दोनों वृत्तों बीच जो रंगा अंश है वह उ० का 'कुछ' अंश है तथा वि० का भी 'कुछ' अंश है। उसका, अर्थ हुआ कि उद्देश्य तथा विघेय के कुछ अंश उभयनिष्ठ हैं, यानी कुछ उ० वि० हैं (Some S is P)। चित्र से यह व्यक्त हो जाता है कि 'I' प्रतिज्ञप्ति में ना तो उद्देश्य और न विधेय का व्यवहार अपने सभी सदस्यों के लिए होता है, चूँकि दोनों के कुछ अंश रंगे अंश के बाहर है।

'O' प्रतिज्ञप्ति का आकार है 'कुछ उ० वि० नहीं है' (Some S is not P)। इसका अर्थ है कि उ० का कुछ क्षेत्र वि० के पूरे क्षेत्र के बाहर है। यह हम निम्नलिखित दो तरीकों से चित्र के माध्यम से दिखला सकते हैं :—

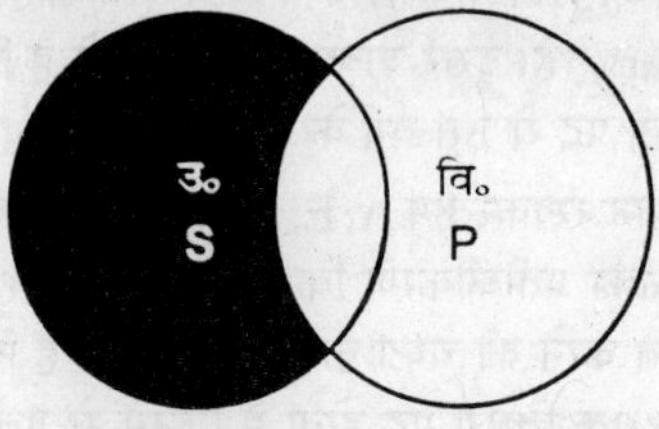

चित्र 1

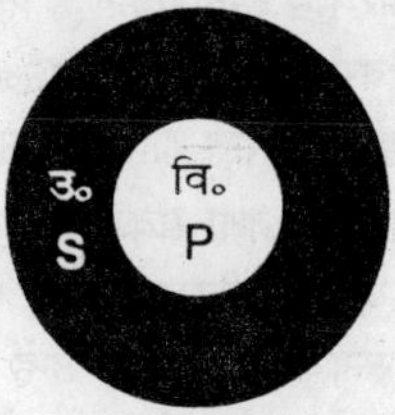

चित्र 2

उपर के दोनों ही चित्रों में रंगा अंश उ० के उस अंश का है जो वि० के बाहर है। दोनों ही में यह देख सकते हैं वि० (P) पूरा का पूरा बिना रंग का है। इसका अर्थ है कि वह पूर्णरूपेण उ० के कुछ अंश का बहिष्कार करता है।

8. बूल (Boole) द्वारा निरूपाधिक प्रतिज्ञप्तियों का अर्थ-विश्लेषण (*Boolean Inteopretation of Categorical Propositions*)

प्रसिद्ध तर्कशास्त्री **बूल** (Boole) के विचार में, या कहा जाय कि आधुनिक तर्कशास्त्र में, पूर्णव्यापी (Universal-A तथा E) तथा अंशव्यापी (Particular—I तथा O) कथनों का जिस प्रकार का अर्थ लगाया जाता है, उसके अनुरूप इन कथनों की चित्रित अभिव्यक्ति कुछ भिन्न प्रकार से की जाती है। चारों मानक कथनों को यहाँ पूर्णरूपेण एक वर्ग के दूसरे वर्ग में समाहित (Inclusion) या एक का दूसरे से बहिष्कार (Exclusion) के रूप में अर्थ लगाया जाता है तथा जहाँ 'A' तथा 'E' कथनों को किसी भी प्रकार के वास्तविक अस्तित्व से असंबद्ध समझा जाता है वहाँ 'I' तथा 'O' को अस्तित्वपरक (Existential)। इन्हीं मान्यताओं के संदर्भ में हमें निरपेक्ष प्रतिज्ञप्तियों या कथनों की चित्र के रूप में अभिव्यक्ति देखनी होगी।

पर सचमुच चित्रित अभिव्यक्ति देखने के पूर्व वर्ग (class) से संबंधित दो अवधारणाओं को स्पष्ट कर लेना होगा—एक रिक्त वर्ग (empty class) की अवधारणा तथा दूसरी वर्ग-पूरक (class complement) की अवधारणा। आश्चर्यजनक भले ही प्रतीत हो, पर आधुनिक

तर्कशास्त्र में ऐसे वर्ग की कल्पना की जाती है जिसमें एक भी सदस्य न हो, यानी जो रिक्त हो। ऐसे वर्ग को 'Empty' या 'Null' वर्ग की संज्ञा दी जाती है। इसे व्यक्त करने के लिए एक प्रतीकात्मक तरीका भी निकाला गया है जिसे भी जान लेना आवश्यक है। यदि 'S' कोई ऐसा वर्ग है जिसका कोई सदस्य नहीं तो उसे '$S = 0$' कहकर व्यक्त किया जाता है। यदि यह कहना हो कि 'S' वर्ग रिक्त नहीं है, यानी उसके सदस्य हैं, तो इसे '$S \neq 0$' के द्वारा व्यक्त किया जाता है।

अब हमें वर्ग-पूरक की अवधारणा को समझना होगा। जो वर्ग रिक्त नहीं है उसके कुछ सदस्य होते हैं। जैसे मनुष्य वर्ग के सदस्य हैं सभी मनुष्य। अब जो भी वस्तुएँ किसी वर्ग के सदस्य नहीं है, उनके वर्ग को इस वर्ग का पूरक कहा जाता है। जैसे अ-मनुष्यों (Non-men) का वर्ग मनुष्यों के वर्ग का पूरक हुआ, अशिक्षित लोगों का वर्ग शिक्षित लोगों के वर्ग का पूरक हुआ, आदि। अब यदि 'S' किसी वर्ग का द्योतक है तो '$\bar{S}$' उसके पूरक वर्ग का द्योतक होगा, जहाँ '$\bar{S}$' का अर्थ हुआ 'Non-S'। उसी प्रकार 'P' यदि कोई वर्ग हुआ, तो उसका पूरक वर्ग हुआ P यानी, 'non-p'।

इस प्रकार हम देख सकते हैं कि वर्गों के आधुनिक तर्कशास्त्र में जिसे पूरक कहते हैं, वह वस्तुतः मूल वर्ग का व्याघाती (Contradictory) है। दूसरे शब्दों में कह सकते हैं कि किसी पद से जिस वर्ग का बोध होता है उसके व्याघाती पद से उस वर्ग के पूरक वर्ग का बोध होता है।

अब इन बातों तथा संबद्ध प्रतीकों का ध्यान रखकर हम A, E, I तथा O कथनों का पहले प्रतीकीकरण कर लें, जिस रूप में बूल ने उनका प्रतीकीकरण किया है और तब हम उनके अनुरूप वृत्त रूप चित्रों के द्वारा उन्हें अभिव्यक्त करने की चेष्टा करेंगे। हम जानते हैं कि मानक प्रतिज्ञप्तियों में से प्रत्येक में एक उद्देश्य तथा एक विधेय पद होता है जिनमें से प्रत्येक एक वर्ग का द्योतक है। इन दोनों ही वर्गों के लिए अलग-अलग हमने 'S' तथा 'P' प्रतीकों को रखा है। परन्तु पूरी प्रतिज्ञप्ति जिस बात को व्यक्त करती है उसे व्यक्त करने के लिए कुछ अन्य उपाय करना होगा। यहाँ हम दो वर्गों के गुणन (product) की बात करते हैं। दो वर्गों के गुणन से तात्पर्य उस वर्ग से हैं जिसके सदस्य इन दोनों वर्गों के सदस्य हैं। इन दोनों वर्गों के गुणनफल को हम सिर्फ दोनों वर्गों के प्रतीकों को एक साथ रखकर व्यक्त करते हैं। जैसे 'S' तथा 'P' का गुणनफल है 'SP' और इसका अर्थ है कि 'S' तथा 'P' के सारे सदस्य 'SP' के सदस्य हैं। अब यदि 'S' सभी नागरिकों के वर्ग का प्रतीक हो और 'P' सभी मतदाताओं के वर्ग का, तो SP सभी नागरिकों तथा सभी मतदाताओं के वर्ग का प्रतीक है। अब हम यदि 'A' का प्रतीकीकरण करना चाहें तो हम जानते हैं कि उसका आकार है 'All S is P' अर्थात् सभी उ० वि० हैं, जिसका अर्थ है कि 'S' वर्ग के सभी सदस्य 'P' वर्ग के भी सदस्य हैं। इस बात का दूसरे प्रकार से यह अर्थ हुआ कि 'S' वर्ग का ऐसा कोई सदस्य नहीं है जो 'P' का सदस्य नहीं है, यानी 'No S is non-P'। इस प्रकार 'All S is P' का अर्थ हुआ 'No S is non P' जिसे हम सीधे प्रतिवर्तन के परिणाम के रूप में भी देख सकते हैं। अब हमारे सामने जो कथन है वह है एक 'E' कथन। इसलिए 'A' के प्रतीकीकरण के पूर्व 'E' का प्रतीकीकरण समझना होगा। 'E' का रूप होता है 'No S is P' जिसका अर्थ है कि S वर्ग का कोई सदस्य 'P' वर्ग का सदस्य नहीं है, यानी ऐसी कोई चीज नहीं है जो 'S' तथा 'P' दोनों वर्गों का सदस्य हो। और इसका तात्पर्य है कि 'S' तथा 'P' का गुणनफल रिक्त है, यानी प्रतीक में --$SP = 0$। इस प्रकार 'E' का प्रतीक हो गया $SP = 0$। ऊपर 'A' के समतुल्य जो 'E'

प्रतिज्ञप्ति हमें मिली है यानी No S is non-P 'P' के स्थान पर है Non-P, यानी $\bar{P}$। इसलिए उसका प्रतीकीकरण होगा—$S\bar{P} = 0$। तो इस प्रकार 'A' का प्रतीकीकरण हुआ—$S\bar{P} = 0$।

अब 'I' तथा '0' प्रतिज्ञप्तियों का प्रतीकीकरण देखा जाय। 'I' का आकार है 'Some S is P' यानी S के कुछ सदस्य P के सदस्य है। इसका अर्थ हुआ कि S का कम-से-कम एक सदस्य P का भी सदस्य है, यानी S तथा P का गुणनफल रिक्त नहीं है, जो प्रतीक में होगा :—

$SP \neq 0$। और यही 'I' का प्रतीक हुआ। '0' का आकार है 'Some S is not 'P' जिसका अर्थ हुआ कि S का कम-से-कम एक सदस्य P का सदस्य नहीं है यानी 'Some S is non-P'। ऐसे प्रतिवर्तन द्वारा भी 'Some S is not P' से 'Some S is Non-P' निष्कर्ष निकलता है। और 'Some S is Non- P' एक 'I' प्रतिज्ञप्ति है जिसमें विघेय में 'P' के स्थान पर Non-P' है। इसलिए 'I' के उपर्युक्त प्रतीकीकरण के अनुरूप इसका प्रतीकीकरण होगा—$S\bar{P} \neq 0$।

इस प्रकार चारों मानक आकार निरपेक्ष प्रतिज्ञप्तियों के प्रतीकीकरण संक्षेप में ये हुए जिनमें 'S' उद्देश्य का तथा 'P' विधेय का प्रतीक हैं :—

'A' — $S\bar{P} = 0$
'E' — $S\bar{P} = 0$
'I' — $SP \neq 0$
'O' — $S\bar{P} \neq 0$

इन प्रतीकीकरणों में एक बात साफ है और वह यह है कि 'A' तथा 'O' प्रतिज्ञप्तियाँ एक-दूसरे की व्याघाती हैं तथा 'E' एवं 'I' एक-दूसरे की व्याघाती हैं। 'प्रतिज्ञप्तियों के विरोध' के अन्तर्गत आने वाले शेष संबंध तो प्रतिज्ञप्तियों के बूल आदि आधुनिक तर्कशास्त्रियों की व्याख्या के अनुसार इन प्रतिज्ञप्तियों में होते ही नहीं, यह हम पहले भी देख चुके हैं। लेकिन व्याघात संबंध नयी व्याख्या के आलोक में भी वैध है जो उपर्युक्त प्रतीकीकरण में भी स्पष्ट दिग्दर्शित होता है। अतः **बूल** के अनुसार 'प्रतिज्ञप्तियों के विरोध' से संबंधित वर्ग कुछ निम्नलिखित प्रकार का होगा :—

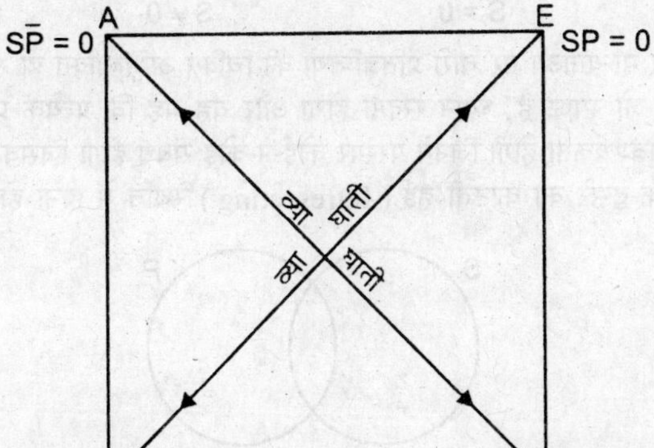

9. बूल के अर्थ-विश्लेषण के आलोक में निरपेक्ष प्रतिज्ञप्तियों की चित्रों में अभिव्यक्ति

अब हम उपर्युक्त प्रतीकीकरण के आलोक में यह देखें कि चारों मानक प्रतिज्ञप्तियों को चित्रों के माध्यम से किस प्रकार अभिव्यक्त किया जा सकता है :—

हम जानते हैं कि प्रत्येक प्रतिज्ञप्ति को दो पद 'S' तथा 'P'-दो वर्गों के द्योतक हैं। इन्हें हम दो वृत्तों के माध्यम से अभिव्यक्त कर सकते हैं। यथा :—

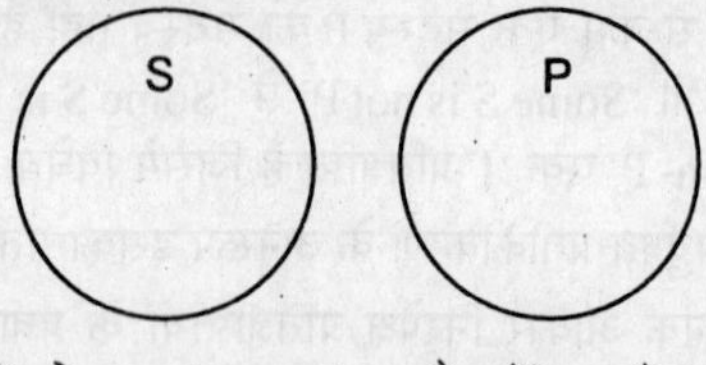

यहाँ हमने दोनों वृत्तों को अलग-अलग रखा है, चूँकि यहाँ हम किसी प्रतिज्ञप्ति को चित्र के द्वारा अभिव्यक्त नहीं कर रहें, बल्कि सिर्फ यह दिखला रहे हैं कि वृत्तों के द्वारा वर्गों को किस प्रकार चित्रित किया जा सकता है। अब हमें दो बातों को चित्र द्वारा अभिव्यक्त करने की आवश्यकता पड़ सकती है—(1) किसी वर्ग के अन्दर, जैसे 'S' के अन्दर, कोई सदस्य नहीं है, यानी वह रिक्त हैं ($S = 0$) या (2) फिर यह दिखलाने की आवश्यकता पड़ सकती है कि 'S' के अन्दर कम-से-कम एक सदस्य है, यानी वह रिक्त नहीं है ($S \neq 0$)। जिस वर्ग को हमें रिक्त दिखलाना होगा उसे अन्दर से हम बिल्कुल पूरे को रंग देंगे और जिसे खाली नहीं दिखलाना होगा उसके अन्दर 'X' प्रतीक रख देंगे। यदि 'S' वर्ग को ही लेकर चलें तो स्थिति निम्न प्रकार की होगी :—

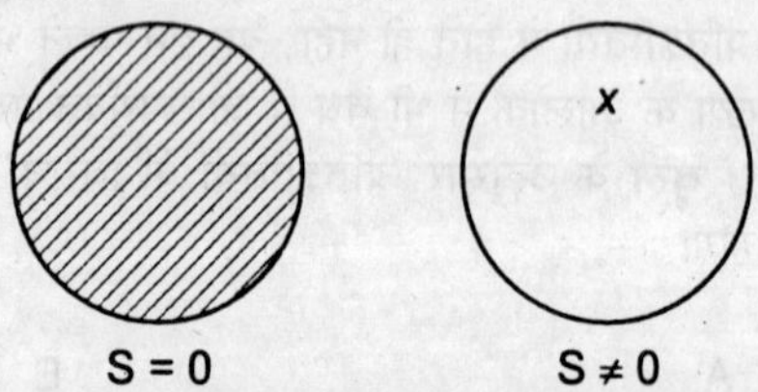

$S = 0$ $\qquad$ $S \neq 0$

अब इन्हीं मान्यताओं पर चारों प्रतिज्ञप्तियों की चित्रित अभिव्यक्ति हो सकती है। पर यहाँ एक बात पर, जो स्पष्ट है, ध्यान रखना होगा और वह यह कि प्रत्येक प्रतिज्ञप्ति के लिए दो वृत्तों की आवश्यकता होगी जिनमें परस्पर कोई-न-कोई संबंध होगा जिसके चलते दोनों वृत्तों को परस्पर एक-दूसरे को काटती हुई (Intresecting) स्थिति में होना होगा यथा :—

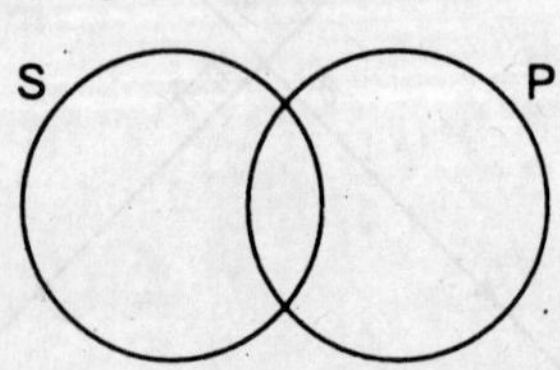

वास्तव में एक-दूसरे को काटती हुई इन दो वृत्तों के द्वारा सिर्फ दो ही वर्गों—S तथा P—का चित्रण नहीं हो रहा, बल्कि दोनों के संबंध से कई और वर्ग चित्रित हो रहे हैं। जैसे S का वह

अंश जो P द्वारा करने के बावजूद P के पूरे क्षेत्र के बाहर रह जाता है। उस वर्ग का द्योतक है जो S है पर P नहीं है, यानी SP। उसी प्रकार जो क्षेत्र S तथा P के दोनों कटाव के क्षेत्र के अन्तर्गत आता है वह S तथा P दोनों हैं, यानी SP। फिर P का वह क्षेत्र जो S के साथ कटाव के बिलकुल बाहर है, वह P है पर S नहीं है, यानी $\bar{S}P$। और उसी प्रकार जो क्षेत्र 'S' तथा 'P' वर्गों के बिल्कुल बाहर है, वह उस वर्ग का द्योतक है जो न तो S है और न P, यानी $\overline{SP}$।

इन सारे वर्गों की स्पष्ट झलक निम्नलिखित चित्र से मिल सकती है :—

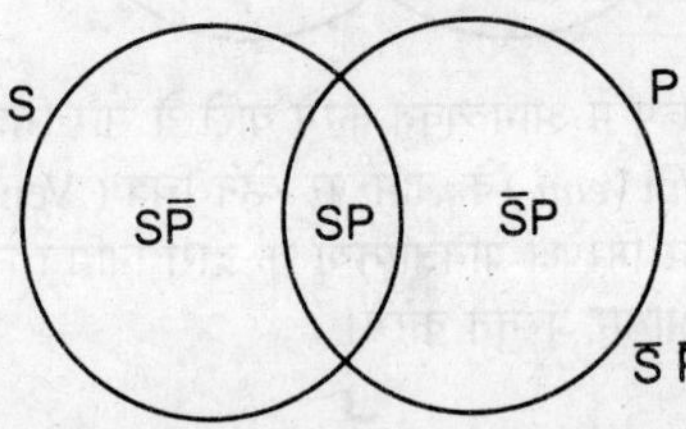

अब इन्हीं संकेतों के आधार पर AEIO के प्रतीकीकरणों का ध्यान रखते हुए हम प्रत्येक प्रतिज्ञप्ति की चित्र द्वारा अभिव्यक्ति निम्नलिखित प्रकार से कर सकते हैं :—

1. 'A' — $S\bar{P} = 0$

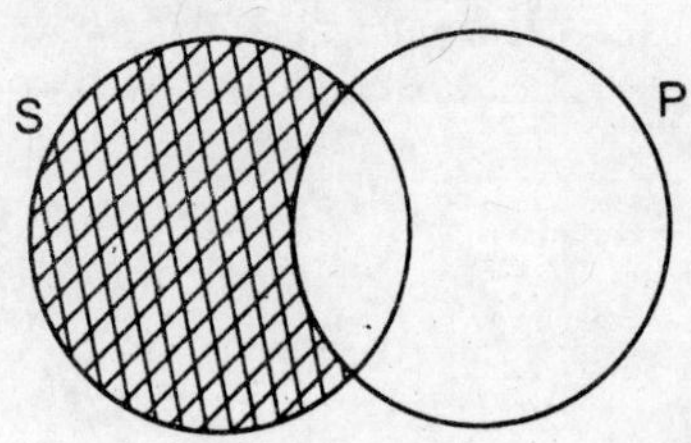

2. 'E' — $SP = 0$

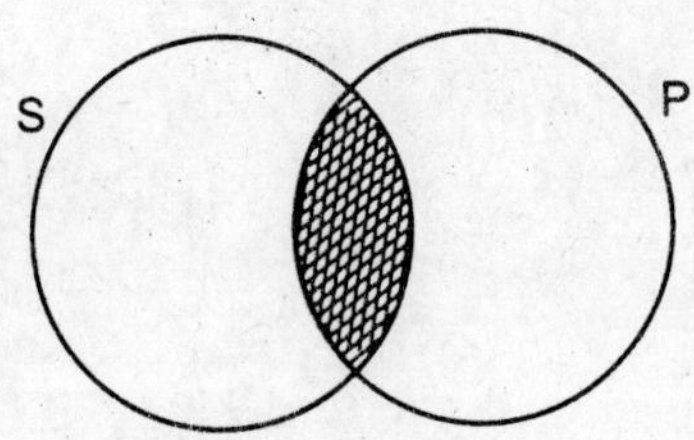

3. 'I' — $SP \neq 0$

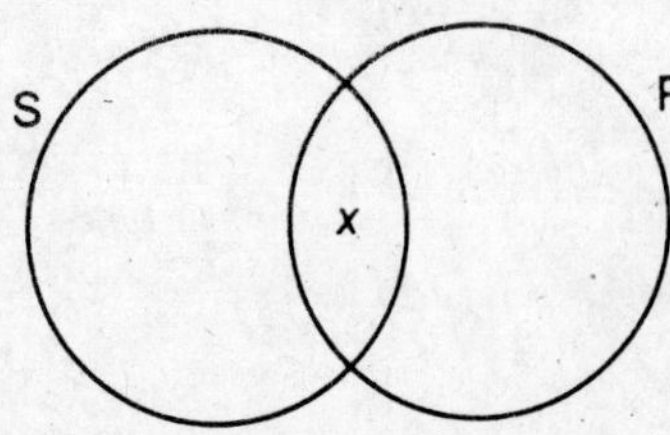

4. 'O'—$S\overline{P} \neq 0$

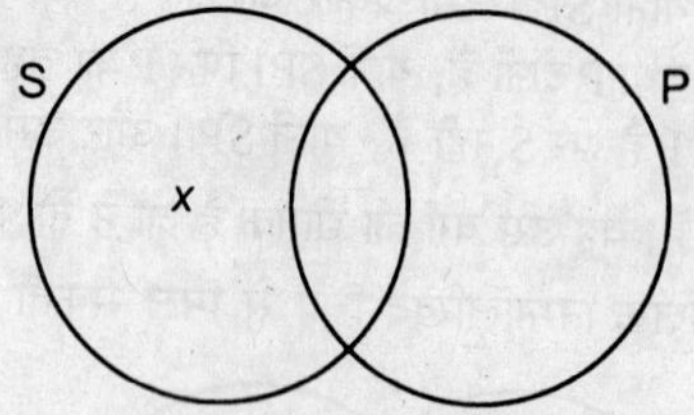

प्रतिज्ञप्तियों को चित्र-रूप में अभिव्यक्त करने वाले ये सारे चित्र प्रसिद्ध ब्रिटिश गणितज्ञ तथा तर्कशास्त्री व्हेन (*John Venn*) के नाम पर व्हेन चित्र (Venn diagrams) कहे जाते हैं। ये ही चित्र आगे चलकर निरपेक्ष प्रतिज्ञप्तियों के द्वारा निर्मित न्यायों (Syllogism) की वैधता की जाँच के लिए आधार प्रस्तुत करेंगे।

❑

अध्याय 6

निरपेक्ष न्याय

(CATEGORICAL SYLLOGISMS)

1. निरपेक्ष न्याय तथा इसके घटक (*Constituents*)

न्याय निगमनात्मक अनुमान या युक्ति का वह नमूना है जिसमें दो आधारकथनों के बल पर निष्कर्ष निकाला जाता है। साक्षात् अनुमान की तुलना में यह मध्याश्रित अनुमान का एक भेद है। इसमें कुल मिलाकर तीन और सिर्फ तीन कथन होते हैं—दो आधारकथन तथा एक निष्कर्ष। यदि तीनों ही कथन निरपेक्ष कथन हों तो ऐसे न्याय को **निरपेक्ष न्याय** की संज्ञा दी जाती है। और फिर यदि तीनों ही निरपेक्ष कथन मानक आकार के निरपेक्ष कथन हो तथा एक निश्चित क्रम में सजे हुए हों तो ऐसे निरपेक्ष न्याय को **मानक-आकार निरपेक्ष न्याय** (Standard-form Categorical Syllogism) कहते हैं। किसी भी निरपेक्ष न्याय में तीन पद (terms) होते हैं, जिनमें से प्रत्येक दो बार आता है। जो पद निष्कर्ष के विधेय-स्थान पर आता है, उसे **वृहत् पद** (Major term) कहते हैं। जो निष्कर्ष के उद्देश्य स्थान पर आता है उसे **लघु पद** (Minor term) कहते हैं तथा जो पद निष्कर्ष में नहीं आता पर दोनों आधारकथनों में आता है, उसे **मध्यवर्ती पद** (Middle term) कहते हैं। फिर जिस आधारकथन में वृहत् पद आता है उसे **वृहत् आधारकथन** (Major premise) तथा जिस आधारकथन में लघु पद आता है, उसे **लघु आधारकथन** (Minor premise) कहते हैं। वैसे तो वृहत् आधारकथन तथा लघु आधार कथन की पहचान न्याय में उनके क्रम के आधार पर नहीं होती, पर एक मानक-आकार निरपेक्ष न्याय में उनका क्रम निश्चित होता है। सबसे पहले वृहत् आधारकथन आता है, फिर उसके बाद लघु आकारकथन आता है तथा सबसे अन्त में निष्कर्ष आता है।

इन सारी बातों को एक उदाहरण के द्वारा समझा जा सकता है :—

कोई भी विद्यार्थी अनपढ नहीं है (No student is illiterate)

कुछ मनुष्य अनपढ़ है (Some men are illiterate)

इसलिए कुछ मनुष्य विद्यार्थी नहीं है (Therefore, some men are not students)

यह एक न्याय है, चूँकि इसमें दो आधारकथनों के बल पर निष्कर्ष निकाला गया है। यह एक निरपेक्ष न्याय है, चूँकि इसके तीनों कथन निरपेक्ष कथन है। इसमें 'विधार्थी', 'अनपढ़', तथा 'मनुष्य' तीन पद है, जिनमें से प्रत्येक दो बार आया है। चूँकि निष्कर्ष का विधेय 'विद्यार्थी' है, इसलिए यह वृहत पद है, और उद्देश्य के स्थान पर चूँकि 'मनुष्य' पद है, इसलिए यह लघु पद है। इन दोनों पदों के अलावा जो एक पद और है जो दोनों आधारकथनों में है, वह है 'अनपढ़'। यह मध्यवर्ती पद है। अब चूँकि वृहत पद 'विधार्थी' पहले आधारकथन में है, इसलिए वह वृहत् आधार कथन है, लघु पद 'मनुष्य' दूसरे आधार कथन में है, इसलिए वह लघु आधारकथन है। और इस प्रकार चूँकि वृहत् आधारकथन, लघु आधार कथन तथा निष्कर्ष तीनों ही अपने निश्चित क्रम में हैं और तीनों ही कथन मानक-आकार निरपेक्ष कथन हैं, इसलिए न्याय मानक आकार निरपेक्ष न्याय है।

2. न्याय की आकृति तथा विन्यास (*Figure and Mood or a Syllogism*)

(क) आकृति—किसी भी न्याय की आकृति उसके दोनों आधार कथनों में मध्यवर्ती पद के स्थानों के द्वारा निर्धारित होती है। हम जानते हैं कि मध्यवर्ती पद न्याय के निष्कर्ष में न होकर दोनों आधारकथनों में होता है। फिर चूँकि प्रत्येक आधारकथन में एक उद्देश्य तथा एक विधेय होता है, इसलिए मध्यवर्ती पद प्रत्येक आधारवाक्य में इन दोनों में से किसी स्थान पर हो सकता है। इस प्रकार से उसके आधारकथनों में स्थान-ग्रहण की निम्नलिखित चार संभावनाएँ हो सकती हैं :—

1. वृहत् आधारकथन में उद्देश्य तथा लघु आधार कथन में विधेय के स्थान पर।
2. वृहत् आधारकथन में विधेय तथा लघु आधारकथन में भी विधेय के स्थान पर।
3. वृहत् तथा लघु दोनों आधारकथनों में उद्देश्य के स्थान पर।
4. वृहत् आधार कथन में विघेय तथा लघु आधार-कथन में उद्देश्य के स्थान पर।

इन चार संभावनाओं के आधार पर न्याय की चार प्रकार की आकृतियाँ मानी जाती हैं, जिनमें से कोई एक आकृति किसी विशेष न्याय की हो सकती है। जब मध्यवर्ती पद का स्थान उपर्युक्त चार संभावनाओं में से प्रथम संभावना के अनुरूप होता है तो न्याय को **प्रथम आकृति** (First Figure) का माना जाता है, जब दूसरी के अनुरूप होता है तो न्याय की आकृति **द्वितीय आकृति** (Second Figure) कहलाती है, जब तीसरी के अनुरूप होता है तो न्याय को **तृतीय आकृति** (Third Figure) तथा जब चतुर्थ के अनुरूप होता है तो न्याय को **चतुर्थ आकृति** (Fourth Figure) का माना जाता है। इस प्रकार मध्यवर्ती पद के स्थान विशेषों के आधार पर न्याय की चार आकृतियाँ होती है। यदि लघु पद के लिए 'S', वृहत् पद के लिए 'P' तथा मध्यवर्ती पद के लिए 'M' प्रतीक का व्यवहार किया जाय तो चारों आकृतियों को निम्नलिखित रूप में दर्शाया जा सकता है :—

M-P	P-M	M-P	P-M
S-M	S-M	M-S	M-S
∴ S-P	∴ S-P	∴ S-P	∴ S-P
प्रथम आकृति	द्वितीय आकृति	तृतीय आकृति	चतुर्थ आकृति

सभी आकृतियों को यदि वास्तविक उदाहरणों द्वारा समझना चाहें तो प्रत्येक आकृति का अलग-अलग उदाहरण इस प्रकार होगा :—

प्रथम आकृति— सभी **मनुष्य** विवेकशील हैं।
कुछ पशु **मनुष्य** हैं।
इसलिए कुछ पशु विवेकशील हैं।

यहाँ हम देख सकते हैं कि मध्यवर्ती पद 'मनुष्य' वृहत् आधार कथन में उद्देश्य के स्थान पर तथा लघु आधारकथन में विधेय के स्थान पर है। अब यदि हम मध्यवर्ती पद के लिए 'M' प्रतीक रखें और दोनों आधारकथनों को दो समानान्तर रेखाओं द्वारा सकेतित करें, तो निम्नलिखित चित्र प्रथम आकृति में मध्यवर्ती पद के स्थानों का स्मरण रखने में सहायक हो सकता है :—

द्वितीय आकृति— कोई मनुष्य **पूर्ण** नहीं हैं।
सभी देवता **पूर्ण** हैं।
इसलिए, कोई देवता मनुष्य नहीं है।

इस उदाहरण में मध्यवर्ती पद 'पूर्ण' दोनों ही आधारकथनों में विधेय के स्थान पर है। द्वितीय आकृति में मध्यवर्ती पद के स्थानों का स्मरण रखने में निम्नलिखित चित्र सहायक हो सकता है :—

तृतीय आकृति— सभी **योद्धा** बहादुर हैं
कुछ **योद्धा** बुद्धिमान हैं
इसलिए, कुछ बुद्धिमान बहादुर हैं।

यहाँ मध्यवर्ती पद 'योद्धा' दोनों ही आधार कथनों में उद्देश्य के स्थान पर है। तृतीय आकृति में मध्यवर्ती पद के स्थानों का स्मरण रखने में निम्नलिखित चित्र सहायक हो सकता है :—

चतुर्थ आकृति— सभी मनुष्य **पशु** हैं
सभी **पशु** जीवधारी हैं
इसलिए, कुछ जीवधारी मनुष्य हैं।

इस उदाहरण में मध्यवर्ती पद 'पशु' वृहत् आधारकथन में विधेय तथा लघु आधारकथन में उद्देश्य के स्थान पर है। अतः यह न्याय चतुर्थ आकृति में है। इस आकृति में मध्यवर्ती पद के स्थानों को याद रखने में निम्नलिखित चित्र सहायक हो सकता है।

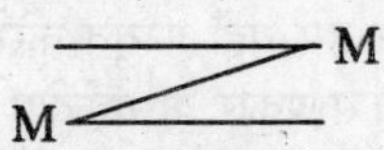

(ख) विन्यास *(Mood)*—किसी भी न्याय का विन्यास इस बात के द्वारा निर्धारित होता है कि उसका वृहत् आधारकथन, लघु आधारकथन तथा निष्कर्ष चार मानक निरपेक्ष कथनों में से क्या-क्या है। जैसे किसी न्याय में वृहत् आधारकथन 'A' हो सकता है, लघु आधारकथन 'E' हो सकता है तथा निष्कर्ष 'O' हो सकता है। उसी प्रकार किसी दूसरे न्याय में वृहत् आधारकथन 'I' हो सकता है, लघु आधारकथन 'A' हो सकता है तथा निष्कर्ष 'I' हो सकता है। तो कहा जायेगा कि पहले न्याय का विन्यास दूसरे न्याय से भिन्न है। विन्यास को अभिव्यक्त करने का तरीका यह है कि वृहत् आधारकथन, लघु आकारकथन तथा निष्कर्ष के निश्चित क्रम में प्रत्येक के मानक प्रतीक (AEIO में से जो हो) को एक साथ लिखा जाता है। जैसे उपर्युक्त प्रथम न्याय का विन्यास हुआ AEO तथा दूसरे का विन्यास हुआ IAI। उसी प्रकार यदि किसी न्याय का वृहत् आधारकथन 'E' है, लघु आधारकथन 'I' है तथा निष्कर्ष 'O' है, तो उसका विन्यास होगा EIO।

चूँकि मानक आकार के चार कथन हैं, इसलिए प्रत्येक को बारी-बारी से वृहत्

आधारकथन के स्थान पर रखकर शेष को सभी संभव तरीकों से लघु आधारकथन तथा निष्कर्ष के स्थान पर रखने पर सोलह-सोलह (16-16) विन्यास होंगे। जैसे, 'A' को वृहत् आधारकथन के स्थान पर रखकर निम्नलिखित 16 विन्यास बनेंगे—AAA, AAE, AAI, AAO, AEA, AEE, AEI, AEO, AIA, AIE, AII, AIO, AOA, AOE, AOI, AOO। उसी प्रकार बारी-बारी से E,I तथा O को भी वृहत् आधारकथन के स्थान पर रखकर प्रत्येक के साथ 16-16 विन्यास बनाये जा सकते हैं। अतः कुल मिलाकर 16 × 4 = 64 विन्यास होंगे। पर चूँकि न्याय की चार आकृतियाँ होती हैं और प्रत्येक में ये 64 विन्यास बन सकते हैं, इसलिए चारों आकृतियों को मिलाकर कुल 64 × 4 = 256 विन्यास होंगे। यानी, चारों मानक प्रतिज्ञाप्तियों को वृहत आधारकथन, लघु आधारकथन तथा निष्कर्ष के रूप में अलग-अलग तरीकों से रखकर 256 रूपों में न्यायिक अनुमान की क्रिया सम्पन्न की जा सकती है। पर यहाँ यह याद रखना होगा कि वैध न्यायिक अनुमान के जो नियम हैं उनके आलोक में उपर्युक्त सभी 256 विन्यास वैध सिद्ध नहीं होते, बल्कि उनमें से सिर्फ कुछ ही वैध सिद्ध होते हैं।

3. निरपेक्ष न्याय से संबंधित नियम तथा दोष (*Rules and Fallacies Relating to Categorical Syllogisms*)

हमने देखा कि चार मानक निरपेक्ष कथनों में से किन्हीं तीन को वृहत् तथा लघु आकार कथन और निष्कर्ष के रूप में लेकर हम 256 प्रकार की न्यायिक युक्तियों का निर्माण कर सकते हैं, पर निगमनात्मक अनुमान की कुछ सामान्य मान्यताओं तथा सिद्धान्तों के अनुसार इनमें से सभी युक्तियाँ वैध सिद्ध नहीं होतीं। हम जानते हैं कि तर्कशास्त्र हमें वैध ढंग से अनुमान करने की विधियाँ बतलाता है। इसलिए यहाँ भी न्यायिक युक्तियों की वैधता के लिए कुछ निश्चित नियम बतलाये जाते हैं। जो युक्तियाँ इन नियमों के अनुरूप होती है, अर्थात् जिनका निर्माण इन नियमों का पालन करते हुए किया जाता है, वे वैध होती हैं तथा जो इन नियमों का उल्लंघन करती हैं, उनमें दोष आ जाता है, यानी वे अवैध हो जाती हैं। निरपेक्ष न्याय संबंधी ऐसे ही कुछ नियम हम यहाँ प्रस्तुत करेंगे और साथ-ही-साथ यह भी देखेंगे कि इन नियमों के उल्लंघन से किस प्रकार के तर्कदोष न्याय में उत्पन्न हो जाते हैं। पारंपरिक अरस्तूवादी तर्कशास्त्र में ऐसे दस नियमों की चर्चा की जाती है, पर हम यहाँ सिर्फ छः नियमों की चर्चा करेंगे। ऐसा क्यों, यह हम आगे बतलायेंगे। नियम निम्नलिखित हैं :—

(i) किसी भी वैध निरपेक्ष न्याय में तीन और सिर्फ तीन ही पद होने चाहिए—हम जानते हैं कि किसी भी निरपेक्ष न्याय में तीन पद होते हैं—वृहत् पद, लघु पद तथा मध्यवर्ती पद। आधारकथनों में से प्रत्येक में मध्यवर्ती पद होता है जिसके साथ वृहत् आधारकथन में वृहत् पद संबंधित होता है तथा लघु आधारकथन में लघु पद। वस्तुतः एक ही पद—मध्यवर्ती पद के साथ वृहत् तथा लघु दोनों पदों का संबंध होना ही इस बात के लिए आधार प्रस्तुत करता है कि निष्कर्ष में लघु तथा वृहत् पद संबंधित हों और निष्कर्ष को संभव बनायें। यदि ऐसा नहीं हो, यानी यह नहीं हो कि एक ही मध्यवर्ती पद के साथ आधारकथनों में वृहत् तथा लघु दोनों पदों का संबंध हो, तो फिर निष्कर्ष, जिसमें लघु तथा वृहत् पदों के बीच संबंध होता है, संभव ही नहीं हो पायेगा। इसलिए न्याय में तीन और सिर्फ तीन ही पदों का होना आवश्यक है, ताकि उपर्युक्त स्थिति संभव हो सके। यदि किसी निरपेक्ष न्याय में तीन से अधिक पद हो जायँ तो उपर्युक्त स्थिति नहीं

पैदा हो सकेगी और न्याय दोषपूर्ण हो जायेगा, जिस दोष का नाम **चार पदों का दोष** (Fallacy of Four Terms) दिया जाता है। उससे कोई अन्तर नहीं पड़ता कि जब पद तीन से अकि हो जायँ तो कितने होने से **चार पदों का दोष** यानी चतुष्पद दोष होगा। चाहे संख्या चार हो या पाँच या छः, दोष **चतुष्पद दोष** ही कहलायेगा।

अब यहाँ एक बात पर ध्यान देना चाहिए और वह यह कि न्याय में तीन के बजाय चार (या अधिक) पद दो कारणों से हो सकते हैं—(1) स्पष्ट रूप से तीन से अधिक पद न्याय में हों या (2) देखने में तीन ही पद हों, पर किसी एक पद (या अधिक पदों) को दो स्थानों पर दो भिन्न-भिन्न अर्थों में प्रयुक्त किया गया हो। प्रायः ये दोनों स्थितियाँ मध्यवर्ती पद के संबंध में ही आती है, यद्यपि दूसरी स्थिति सिद्धान्ततः किसी भी पद के संबंध में उठ सकती है। वस्तुतः मध्यवर्ती पद ही वह पद है जिसके साथ लघु तथा वृहत् दोनों पदों का संबंध आधारकथनों में होता है। अब यदि मध्यवर्ती पद दोनों आधारकथनों में एक ही पद न होकर दो अलग-अलग पद हो जाय—चाहे स्पष्ट रूप में चाहे दो स्थानों पर दो अलग-अलग अर्थों में व्यवहृत होने के कारण—तो इसका परिणाम यह होगा कि वृहत् पद जिस पद से संबंधित होगा, लघु पद उसी पद से संबंधित न होकर एक अन्य पद से संबंधित हो जायेगा, और इस स्थिति में निष्कर्ष वृहत् तथा लघु पदों के परस्पर संबंध के लिए कोई उभयनिष्ठ आधार नहीं बनता। फलतः निष्कर्ष, या यों कहा जाय कि पूरा न्यायिक अनुमान, दोषपूर्ण हो जायेगा। उदाहरण से बातें स्पष्ट होंगी। पहले, चतुष्पद दोष की उपर्युक्त पहली स्थिति का उदाहरण लिया जाय :—

कुछ सिपाही लड़ाकू हैं
सभी गोरे सिपाही ब्रिटिश हैं
इसलिए कुछ ब्रिटिश लड़ाकू हैं।

इस न्याय में चतुष्पद दोष है, चूँकि मध्यवर्ती पद दोनों आधार कथनों में एक न हो स्पष्ट रूप से दो अलग-अलग पद हैं—वृहत् आधारकथन में मध्यवर्ती पद के स्थान 'सिपाही' पद है, पर लघु आधारकथन में उस स्थान पर 'गोरे सिपाही' पद है। इस प्र जहाँ वृहत् पद 'लड़ाकू' वृहत् आधारकथन में 'सिपाही' पद के साथ संबंधित है, वहाँ पद 'ब्रिटिश' लघु आधार कथन में 'गोरे सिपाही' पद के साथ संबंधित है। और इस दोनों के बीच निष्कर्ष में किसी वैध संबंध के लिए एक उभयनिष्ठ आधार का अभ जाता है, जिसके कारण अनुमान दोषपूर्ण हो जाता है।

अब दूसरी स्थिति वाला उदाहरण लिया जाय जहाँ मध्यवर्ती पद दो स्थानों ष्ट रूप में तो दो पद नहीं है, पर एक ही पद दो स्थानों पर दो अलग-अलग अर्थों हत हुआ है :—

कुछ भारतीय द्विज हैं
सभी द्विज पंख वाले हैं
इसलिए कुछ पंखवाले भारतीय है।

यहाँ मध्यवर्ती पद 'द्विज' है, पर वृहत आधार कथन में इसका व्यवहा ब्राह्मण' के अर्थ में हुआ है तथा लघु आधारकथन में 'पक्षी' के अर्थ में। इसलिए प्रकरूप में न्याय में तीन ही पद होते हुए भी वस्तुतः यहाँ चार पद हैं। इसलिए यहाँ भी तुष्पद दोष हैं।

वैसे तो न्याय में एक ही पद के दो स्थानों पर दो अलग-अलग अर्थ हो जाने से जहाँ न्याय में तीन से अधिक पद हो जाते हैं, तो सामान्यतः तो इस दोष को चतुष्पद दोष की संज्ञा दी जा सकती है, पर इस प्रकार के दोष का एक विशेष नाम भी है—अनेकार्थकता दोष (Fallacy of Equivocation)—जिसकी चर्चा हम पहले भी अनाकारिक तर्कदोष वाले अध्याय में कर चुके हैं। हमने वहाँ यह भी कहा है, कि न्याय के संदर्भ में यह दोष तीन प्रकार से हो सकता है, चूँकि न्याय में तीन पद होते हैं और किसी के संबंध में यह संभव है कि न्यायिक युक्ति के अन्तर्गत उसका व्यवहार दो बार दो अलग-अलग अर्थो में हुआ हो। अलग-अलग पदों के संबंध में यह दोष होने पर कभी-कभी इसके सामान्य नाम 'अनेकार्थकता दोष' से अलग हटकर प्रत्येक के अलग-अलग नाम भी दिये जाते हैं। जब मध्यवर्ती पद के संदर्भ में यह दोष हो, तो उसे **द्वयार्थक मध्यवर्ती पद का दोष** (Fallacy of Ambiguous Middle) कहा जाता है, जब वृहत् पद के संबंध में यह दोष हो तो उसे **द्वयार्थक वृहत् पद दोष** (Fallacy of Ambiguous Major) कहा जाता है। था वैसे ही लघु पद के साथ यदि ऐसा दोष हो, तो उसे द्वयार्थक लघु पद दोष (Fallacy Ambiguous Minor) कहा जांता है।

(ii) किसी भी वैध निरपेक्ष न्याय में मध्यवर्ती पद को कम-से-कम एक बार श्य व्याप्त *(Distributed)* होना चाहिए—पदों के व्याप्त-अव्याप्त होने का क्या र्य होता है यह हमने पीछले अध्याय में देखा है। फिर हमने यह भी देखा है कि किसी याय के निष्कर्ष में लघु पद तथा वृहत् पद के बीच एक वैध संबंध स्थापित होकर र्ष का न्यायोचित ढंग से निकलना इसलिए संभव हो पाता है, चूँकि अपने-अपने कथन में वृहत् तथा लघु पद मध्यवर्ती पद के रूप में आये एक ही पद के साथ त होते हैं। पर यहाँ एक बात पर ध्यान देना आवश्यक है। मान लिया जाय मध्यवर्ती नों में से किसी आधारकथन में व्याप्त नहीं है, यानी किसी आधारकथन में उसका अपने पूरे वस्त्वर्थ (Denotation or Extension) में यानी पूर्ण व्यापकता में नहीं तो इसका परिणाम क्या होगा? पूरे वस्त्वर्थ में व्यवहृत नहीं होने का तात्पर्य है वर्ती पद का व्यवहार अपने वस्त्वर्थ के कुछ अंश के लिए ही हुआ है और यदि द धारकथनों में यही स्थिति हो, तो संभव है कि वृहत् पद का संबंध उसके एक वि श से हो और लघु पद का संबंध उसके एक विशेष अंश के साथ। इस स्थिति में था लघु पदों में परस्पर संबंध के लिए कोई उभयनिष्ठ आधार ही नहीं रह जाये लतः निष्कर्ष संभव ही नहीं होगा और यदि कोई निष्कर्ष हम निकालेंगे तो वह दोषपू जायेगा। इसलिए यह आवश्यक है कि कम-से-कम एक आधारकथन में मध्यव का व्यवहार उसके पूरे वस्त्वर्थ के लिए हो यानी उस वर्ग के सभी सदस्यों के लिए जिसका वह सूचक है। ऐसा होने से वृहत् तथा लघु पदों में से कम-से-कम एक को मध्य पद के सम्पूर्ण वस्त्वर्थ से संबंध हो जायेगा और तब फिर यदि दूसरे को आंशिक र्थ से भी सम्पर्क है, तो दोनों के संबंध के लिए एक उभयनिष्ठ आधार मिल जायेगा, चूँ यह अंश भी तो सम्पूर्ण के अन्दर ही है। और इसका तात्पर्य है कि मध्यवर्ती पद को किस एक आधारकथन में अवश्य व्याप्त होना चाहिए। यदि ऐसा नहीं होगा तो न्याय में दोष हो जायेगा, जिसका नाम है अव्याप्त मध्यवर्ती पद दोष (Fallacy of Undistributed Middle)।

उदाहरण से बात स्पष्ट होगी। न्यायिक युक्ति का हम निम्नलिखित उदाहरण लें :—

सभी शेर भयानक हैं

कुछ बिल्लियाँ भी भयानक हैं

इसलिए, कुछ बिल्लियाँ शेर हैं।

इस उदाहरण में हम देख सकते है कि मध्यवर्ती पद 'भयानक' दोनों में से किसी आधारकथन में व्याप्त नहीं है, चूँकि वृहत् आधारकथन में वह 'A' का विधेय है तथा लघु आकार-आधारकथन में वह 'I' का विधेय है और हम जानते है कि 'A' का विधेय तथा 'I' का कोई भी पद व्याप्त नहीं होता। इसलिए इस न्याय में अव्याप्त मध्यवर्ती पद का दोष है।

(iii) किसी भी वैध निरपेक्ष न्याय में किसी पद को आधारकथन में व्याप्त हुए बिना निष्कर्ष में व्याप्त नहीं होना चाहिए—न्याय में वैसे पद दो ही होते हैं जो आधारकथन तथा निष्कर्ष दोनों में हों—साध्य पद तथा पक्ष पद। इसलिए वर्तमान नियम इन्हीं दोनों पदों के संबंध में हैं। इनमें से कोई भी यदि अपने आधारकथन में व्याप्त न हो तो उसे निष्कर्ष में भी व्याप्त नहीं होना चाहिए। यदि ऐसा होता है तो न्याय दोषपूर्ण हो जायेगा। यदि साध्य पद के संबंध में ऐसा होता है तो जो दोष न्याय में उत्पन्न होता है उसे अव्याप्त-साध्य-दोष (Fallacy of Ilicit Major) तथा यदि ऐसा पक्ष-पद के संबंध में होता है तो उसे अव्याप्त-पक्ष-दोष (Fallacy of Illicit Minor) कहते हैं।

इस नियम के पीछे सिद्धान्त यह है कि निष्कर्ष में उससे अधिक कुछ नहीं कहा जाना चाहिए, जिसकी गारंटी हमारे आधारकथन देते हैं। किसी भी पद के आधारकथन में व्याप्त न होने तथा निष्कर्ष में व्याप्त होने का तात्पर्य यह है कि किसी वर्ग के कुछ ही सदस्यों के विषय में हम आधारकथन में कुछ कहते हैं, पर निष्कर्ष में उसी वर्ग के सभी सदस्यों के विषय में कुछ कहते हैं, और यह काम स्पष्टतः अवैध है।

अव्याप्त साध्य-दोष तथा अव्याप्त-पक्ष-दोष के निम्नलिखित उदाहरण लिए जा सकते हैं :—

(क) सभी घोड़े पशु हैं

कोई भी कुत्ता घोड़ा नहीं है

इसलिए, कोई भी कुत्ता पशु नहीं हैं।

इस उदाहरण में हम देख सकते हैं कि साध्य-पद 'पशु' निष्कर्ष में 'E' का विधेय होने के कारण व्याप्त है ('E' के दोनों पद व्याप्त होते हैं), पर साध्य-आधारकथन में 'A' के विधेय होने के कारण अव्याप्त है। इसलिए यह न्याय अवैध है और यहाँ अव्याप्त-साध्य-दोष है।

(ख) सभी बाघ पशु हैं

सभी पशु जीवधारी हैं

इसलिए सभी जीवधारी बाघ हैं।

इस उदाहरण में हम देख सकते हैं कि पक्ष-पद 'जीवधारी' निष्कर्ष में 'A' का उद्देश्य होने के कारण व्याप्त है पर पक्ष-आधारकथन में 'A' का विधेय होने के कारण अव्याप्त। अतः यहाँ अव्याप्त-पक्ष-दोष है।

(iv) ऐसा कोई भी निरपेक्ष न्याय वैध नहीं होता जिसके दोनों ही आधारकथन निषेधात्मक हों—निषेधात्मक कथन का मतलब है ऐसा कथन जिसके उद्देश्य तथा विधेय में पूर्ण या आंशिक बहिष्करण (Exclusion) का संबंध हो, यानी जिसमें या तो उद्देश्य विधेय का पूर्ण या आंशिक रूप से बहिष्कार करता हो या विधेय उद्देश्य का। और यदि ऐसा है तो या तो मध्य पद साध्य तथा पक्ष पदों का पूर्ण या आंशिक रूप से बहिष्कार करता है या खुद दोनों के द्वारा बहिष्कृत होता हैं। ऐसी स्थिति में साध्य तथा पक्ष पदों के आपस में संबंधित होने का कोई आधार ही कहाँ बन पाता है? और जब दोनों में संबंध स्थापित हो ही नहीं पाता, तो कोई निष्कर्ष संभव कहाँ से होगा?

इसका अर्थ है कि यदि हम दो निषेधात्मक आधार कथनों से कोई निष्कर्ष निकालते हैं तो वह अवैध होगा, वैसा करने का हमारे पास कोई वैध आधार नहीं है। ऐसे दोषपूर्ण न्याय को जिस तर्कदोष से ग्रसित माना जाता है उसका नाम है उभय-आधारकथन-निषेधात्मक-दोष (Fallacy of Negative Premises)। जैसे निम्नलिखित न्याय में यह दोष है :—

कोई मनुष्य पूर्ण नहीं है
कोई मनुष्य देवता नहीं है
इसलिए कोई देवता पूर्ण नहीं है।

(v) किसी भी वैध निरपेक्ष न्याय में किसी एक आधारकथन के निषेधात्मक होने की स्थिति में निष्कर्ष भी अवश्य ही निषेधात्मक होगा—किसी भी आधारकथन के निषेधात्मक होने का तात्पर्य है कि उसमें मध्य-पद साध्य या पक्ष पदों में किसी एक को बहिष्कृत करेगा या खुद उसके द्वारा बहिष्कृत होगा—पूर्णरूपेण या आंशिक रूप से। अब यद्यपि दूसरे आधारकथन में बचे पद के साथ मध्य-पद का समाहिति (inclusion) का संबंध होगा, तो भी वैधता की गारंटी के साथ वैसा ही निष्कर्ष निकाला जा सकता है जिसमें साध्य तथा पक्ष पद में से कोई दूसरे को बहिष्कृत करे, चूँकि इन दोनों के बीच परस्पर समाहिति का कोई आधार आधारकथनों में नहीं बन पाता। अतः निष्कर्ष को निषेधात्मक ही होना चाहिए।

दूसरी तरफ से भी इस बात को हम देख सकते हैं निष्कर्ष भावात्मक कब होगा अथवा निष्कर्ष के भावात्मक होने का क्या अर्थ होगा? निष्कर्ष के भावात्मक होने का अर्थ होगा कि उसमें पक्ष तथा साध्य पदों में परस्पर समाहिति (inclusion) का संबंध हो, यानी एक दूसरे को पूर्ण या आंशिक रूप से अपने अन्दर समाहित करे। पर यह कब संभव है, यानी इसके लिए किस प्रकार के आधार की आवश्यकता है? स्पष्टतः इसके लिए ऐसे आधार की आवश्यकता है कि साध्य तथा पक्ष दोनों पदों को साध्य तथा पक्ष आधारकथनों में मध्य-पद के साथ परस्पर समाहिति का संबंध हो। और यह तभी हो सकता है जब दोनों ही आधारकथन भावात्मक हों। इसका अर्थ है कि किसी एक आधारकथन के निषेधात्मक होने से निष्कर्ष अवश्य ही निषेधात्मक होगा।

इस नियम का यदि कहीं उल्लंघन होता है, जो शायद ही होता है, तो न्याय में जो दोष होगा उसे निषेधात्मक आधारकथन से भावात्मक निष्कर्ष निकालने का दोष *(Fallacy of drawing an Affirmative conclusion from a Negative premise)* कह सकते हैं।

जैसे निम्नलिखित उदाहरण में यह दोष हैं :—

कुछ मनुष्य कायर नहीं हैं
सभी मनुष्य दोपाये हैं
इसलिए कुछ दोपाये कायर हैं।

इस नियम का विलोम (converse) भी सत्य है, यानी यह भी सत्य है कि **यदि किसी निरपेक्ष न्याय का निष्कर्ष निषेधात्मक हो, तो उसका एक आधारकथन अवश्य ही निषेधात्मक होगा**। इसे हम चाहें तो निरपेक्ष न्याय के एक अलग नियम के रूप में ले सकते हैं। इस नियम का औचित्य बिलकुल स्पष्ट है। निषेधात्मक निष्कर्ष होने का तात्पर्य है कि साध्य तथा पक्ष पदों में से कोई एक-दूसरे का बहिष्कार करता है। और इसके लिए आधारकथनों में उपर्युक्त तथा न्यायोचित आधार बनाने के लिए यह आवश्यक है कि किसी एक पद का मध्य-पद के द्वारा बहिष्कार किया जाय। और इसका अर्थ है कि दोनों में से एक आधारकथन निषेधात्मक हो। यदि दोनों ही आधरकथन भावात्मक हो जायँ तो निष्कर्ष भावात्मक होगा, चूँकि हम जानते हैं कि एक आधारकथन के निषेधात्मक होने से निष्कर्ष निषेधात्मक हो जाता है।

यद्यपि पारंपरिक अरस्तूवादी तर्कशास्त्रों में निरपेक्ष न्याय के कुछ अन्य नियम भी सम्मिलित किये गये हैं, पर एक प्रकार से उपर्युक्त पाँच नियमों के साथ ही (पाँचवें के विलोम को भी सम्मिलित करते हुए) निरपेक्ष न्याय की वैधता से संबंधित नियमों का अन्त माना जा सकता है। बचे हुए कुछ नियम ऐसे हैं जो मौलिक नहीं हैं और इसलिए पाँच नियमों के अलावा अलग से उनकी चर्चा आवश्यक नहीं है। और कुछ ऐसे हैं जो पूर्णव्यापी तथा अंशव्यापी कथनों के स्वरूप के संबंध में आधुनिक तर्कशास्त्र में अपनाये गये नवीन दृष्टिकोण के आलोक में सही नहीं है। पारंपरिक तर्कशास्त्रों में एक नियम है— *''यदि किसी निरपेक्ष न्याय में दोनों आधारकथन भावात्मक हों तो निष्कर्ष अवश्य ही भावात्मक होगा।''* हम देख सकते हैं कि नियम (v) और उसके विलोम के बाद अलग से फिर इस नियम की कोई आवश्यकता नहीं रह जाती। उसी प्रकार एक दूसरा नियम है— *''यदि किसी निरपेक्ष न्याय के दोनों आधारकथन अंशव्यापी हों, तो वैध रूप से कोई निष्कर्ष नहीं निकलेगा।''* इस नियम की भी अलग से कोई आवश्यकता नहीं है, चूँकि हम देख सकते हैं कि दो अंशव्यापी आधारकथनों से निष्कर्ष निकालने में अव्याप्त मध्य-पद दोष, अव्याप्त साध्य-दोष या उभय-आधारकथन निषेधात्मक-दोष में से कोई दोष हो जायेगा, जिनकी चर्चा हम पहले ही कर चुके हैं। अतः यह नियम भी मौलिक नहीं है। फिर एक नियम यह है— *''यदि किसी निरपेक्ष न्याय के दोनों आधारकथनों में से एक अंशव्यापी हो, तो निष्कर्ष अवश्य ही अंशव्यापी होगा।''* इस नियम के साथ कठिनाई यह है कि पारंपरिक तर्कशास्त्र के सिद्धान्तों के आलोक में इसका विलोम सत्य नहीं है, यानी यह सत्य नहीं है कि किसी निरपेक्ष न्याय का यदि निष्कर्ष अंशव्यापी हो, तो उसका एक आधारकथन अवश्य ही अंशव्यापी होगा। इसका अर्थ है कि दो पूर्णव्यापी आधारकथनों से भी अंशव्यापी निष्कर्ष वैध ढंग से निकाला जा सकता है, जो आधुनिक तर्कशास्त्र की इस मान्यता के आलोक में वैध नहीं है कि जहाँ पूर्णव्यापी कथन अस्तित्वपरक (Existential) नहीं होते, वहाँ अंशव्यापी कथन अस्तित्वपरक होते हैं और दो ऐसे आधारकथनों के बल पर जो अस्तित्वपरक न हो कोई अस्तित्वपरक निष्कर्ष नहीं निकाला जा सकता। इसलिए

आधुनिक तर्कशास्त्र उपर्युक्त पाँच नियमों के अलावा एक छठा नियम निरपेक्ष न्याय की वैधता के संबंध में निम्नलिखित रूप में जोड़ता है :—

(vi) किसी भी ऐसे वैध निरपेक्ष न्याय में जिसका निष्कर्ष अंशव्यापी कथन हो, दोनों आधारकथन पूर्णव्यापी नहीं हो सकते—जैसा ऊपर संकेत किया गया है, पूर्णव्यापी कथन किसी भी अस्तित्व का अभिकथन नहीं करते। उनका आन्तरिक स्वरूप सोपाधिक कथनों (यानी, 'यदि......तो' आकार के कथनों का) का होता है। उदाहरण के लिए, 'All S is P' का अर्थ है कि 'यदि S होगा, तो P होगा' यानी जब कभी भी, जहाँ कहीं भी S होगा तो P भी अवश्य होगा। ऐसे कथन इस बात का अभिकथन नहीं करते कि S है अथवा P है। हो सकता है कि वास्तविकता में S तथा P का कोई उदाहरण न हो, फिर भी 'All S is P' सत्य होगा, चूँकि अपने वास्तविक स्वरूप में यह कथन तो कभी कहता ही नहीं है कि 'S' का अस्तित्व है, यह तो सिर्फ यह कहता है कि जब कहीं भी, जहाँ कहीं भी S होगा, तो P भी होगा। इसलिए पूर्णव्यापी कथन अपने वास्तविक स्वरूप में किसी अस्तित्व के प्रति किसी भी प्रकार की प्रतिबद्धता का अभिकथन नहीं करते। इसके विपरीत अंशव्यापी कथन अस्तित्वपरक होते हैं। 'Some S is P' कहने का तात्पर्य है कि 'कम-से-कम एक S ऐसा है, जो P है' (There exists at least one S which is P also.)। इस प्रकार स्पष्टतः अंशव्यापी कथनों का स्वरूप अस्तित्वपरक होता है, कम-से-कम एक वस्तु के अस्तित्व के प्रति उनकी प्रतिबद्धता होती है। इसीलिए दो पूर्णव्यापी आधारकथनों के आधार पर कोई अंशव्यापी निष्कर्ष नहीं निकाला जा सकता। चूँकि ऐसा करने का अर्थ होगा अस्तित्वपरकता-विहिन आधार कथनों के आधार पर एक अस्तित्वपरक निष्कर्ष निकालना। यदि हम ऐसा करते हैं तो एक दोष के भागी होते हैं जिसे *अस्तित्वपरकता-दोष या अस्तित्वाभिग्रह-दोष (Existential Fallacy) की संज्ञा दी जा सकती है।*

उपर्युक्त विश्लेषण का स्पष्ट अर्थ है कि किसी भी निरपेक्ष न्याय का निष्कर्ष यदि अंशव्यापी हो तो उसका एक आधारकथन अवश्य ही अंशव्यापी होना चाहिए, अन्यथा न्याय उपर्युक्त दोष से ग्रसित माना जायेगा। इस नियम के आलोक में पारंपरिक तर्कशास्त्र में वैध माने जानेवाले निम्नलिखित विन्यास (Mood) वाले न्याय सचमुच अवैध हैं :—

तृतीय आकृति—AAI तथा EAO

चतुर्थ आकृति—AAI तथा EAO।

यानी, निम्नलिखित आकार वाले न्याय अवैध हैं :—

(i) All M is P
All M is S
∴ Some S is P

(ii) No M is P
All M is S
∴ Some S is not P

} तृतीय आकृति

(iii) All P is M
All M is S
∴ Some S is P
(iv) No P is M
All M is S
∴ Some S is not P.

चतुर्थ आकृति

इन सबों में 'M' मध्य-पद का सूचक है, 'P' साध्य-पद का तथा 'S' पक्ष-पद का। इन आकारों में कोई भी वास्तविक उदाहरण हम ले सकते हैं और देख सकते हैं कि वह न्यायिक युक्ति अवैध है। जैसे :—

सभी सिपाही लड़कू हैं
सभी सिपाही बहादुर हैं
इसलिए, कुछ बहादुर लड़ाकू हैं।

इस न्याय में अस्तित्वाभिग्रह-दोष है। परन्तु यदि निम्नलिखित उदाहरण हम लें तो दोष अधिक स्पष्ट रूप में हम देख पायेंगे :—

सभी पशु जीवधारी हैं
कोई भी स्वर्णिम पर्वत जीवधारी नहीं है
इसलिए, कुछ स्वर्णिम पर्वत पशु नहीं हैं।

यह न्याय द्वितीय आकृति में है और पारंपरिक तर्कशास्त्र के मान दंडों के अनुसार वैध भी हैं। द्वितीय आकृति के वैद्य विन्यासों में यह, यानी, AEO सम्मिलित इसलिए नहीं है, चूँकि 'O' के स्थान पर 'E' निष्कर्ष निकालने से भी न्याय में कोई अवैधता नहीं आती, और जब अधिक व्यापक निष्कर्ष संभव है तो कम व्यापक निष्कर्ष क्यों निकाला जाय? यही कारण है कि AEO के स्थान पर AEE को द्वितीय आकृति के वैध विन्यास के रूप में सम्मिलित किया गया है। पर 'O' निष्कर्ष निकालने से भी पारंपरिक तर्कशास्त्र के अनुसार कोई अवैधता नहीं आती चूँकि जब अधिक व्यापक निष्कर्ष 'E' यानी, 'कोई भी स्वर्णिम पर्वत पशु नहीं है' निकालना वैध है, तो फिर उससे कम व्यापक निष्कर्ष 'O' निकालने में वैधता की दृष्टि से क्या हर्ज हो सकता है? पर आधुनिक तर्कशास्त्र की दृष्टि में हर्ज है और दिया हुआ न्याय अवैध है, चूँकि आधार वाक्यों के पूर्णव्यापी होने के कारण उनमें कहीं भी 'स्वर्णिम पर्वत' के वास्तविक अस्तित्व का अभिकथन नहीं हो रहा है, पर निष्कर्ष के अंशव्यापी होने के कारण उसमें यह निश्चित अभिकथन हो रहा है कि कम-से-कम एक स्वर्णिम पर्वत का अस्तित्व है जो पशु नहीं है। और यह गलत है, चूँकि अस्तित्वपरकता से बिल्कुल विमुख रहने वाले आधार कथन निष्कर्ष में अस्तित्वपरकता के अभिकथन के लिए वैध रूप में कोई गारंटी नहीं दे सकते। अतः यह न्याय अवैध है।

निरपेक्ष न्याय संबंधी ये छः नियम मानक आकार के निरपेक्ष न्यायों की गारंटी देते हैं। यदि उनमें से प्रत्येक का पालन हम कड़ाई के साथ करते हैं तो हमारा मानक-आकार निरपेक्ष न्याय वैध होगा और यदि हम उनमें से किसी का भी उल्लंघन करते हैं तो न्याय दोषपूर्ण हो जायेगा। इस प्रकार किसी भी मानक-आकार-निरपेक्ष न्याय की वैधता-अवैधता की जाँच हम इन नियमों की कसौटी पर कर सकते हैं।

4. व्हेन-चित्रों द्वारा निरपेक्ष न्याय की वैधता-अवैधता की जाँच ***(Test of the Validity-invalidity of Categorical Syllogisms by Venn Diagrams)***

मानक आकार निरपेक्ष न्यायों की वैधता-अवैधता की जाँच के लिए उपर्युक्त छः नियम एक कसौटी प्रस्तुत करते हैं, यह हमने देखा। पर उस जाँच के कुछ दूसरे तरीके भी हैं जिनमें से एक है व्हेन चित्रों द्वारा जाँच की विधि। हम मानक आकार के निरपेक्ष कथनों की अभिव्यक्ति के लिए निर्मित व्हेन चित्रों को देख चुके हैं। अब यहाँ हम व्हेन चित्रों की सहायता से मानक आकार निरपेक्ष न्यायों की जाँच पद्धति का विश्लेषण करेंगे।

पर इस विश्लेषण के पूर्व यह समझ लेना आवश्यक होगा कि **न्यायिक युक्तियों का मूल स्वरूप आकारिक (Formal) होता है**। यों तो सारी निगमनात्मक युक्तियाँ अपने स्वरूप में अकारिक ही होती हैं और इसलिए साक्षात् अनुमान के अन्तर्गत वर्णित परिवर्तन, प्रतिवर्तन संबंधी अनुमान भी सचमुच आकारिक ही होते हैं। उदाहरण के लिए जब हम कहते हैं कि 'I' का परिवर्तन 'I' में होता है, तो इसका मतलब सिर्फ यह नहीं है कि 'Some men are wise' के आधार पर परिवर्तन द्वारा हम निष्कर्ष निकाल सकते हैं कि 'Some wise are men', बल्कि इसका अर्थ यह हुआ कि 'Some S is P' आकार के किसी कथन के आधार पर परिवर्तन द्वारा हम 'Some P is S' आकार का कोई कथन निष्कर्ष के रूप में निकाल सकते है। दूसरे शब्दों में 'S' तथा 'P' के स्थान पर हम चाहे कोई भी पद रख दें, परिवर्तन द्वारा साक्षात् अनुमान की वैधता बनी रहेंगी। यानी इन अनुमानों में आधारकथन तथा निष्कर्ष की विषय-वस्तु से हमारा कोई मतलब नहीं होता, हमारा संबंध होता है उनके सिर्फ आकार से। उसी प्रकार न्याय भी आकारिक अनुमान है और उसके आकार का निर्धारण उसकी आकृति में जो कोई भी विन्यास वैध है, वह हर स्थिति में वैध रहेगा, चाहे उस विन्यास में युक्ति या अनुमान का विषय कुछ भी हो। उदाहरण के लिए प्रथम आकृति में AAA विन्यास वैध है। इसका तात्पर्य यह हुआ कि :—

All M is P
All S is M
∴ All S is P

आकार की कोई भी युक्ति वैध होगी, जहाँ 'M' मध्य-पद का, 'P' साध्य-पद का तथा 'S' पक्ष-पद का सूचक है। अब इन प्रतीकों—MPS—के स्थान पर हम कोई भी पद रख दें युक्ति वैध होगी, शर्त सिर्फ यह है कि एक न्याय के अन्तर्गत एक बार 'M', 'P', 'S' के स्थान पर जो पद हम रखें, दो बारे भी उस न्याय के अन्तर्गत उनके स्थान पर वहीं पद रखें। उदाहरण के लिए उपर्युक्त आकार का निम्नलिखित न्याय जितना वैध है :—

All artists are learned
All poets are artists
∴ All poets are learned.

उतना ही वैध निम्नलिखित न्याय भी है, यद्यपि उसका विषय भिन्न हैं :—

All students are literate
All young people are students
∴ All young people are literate.

इस प्रकार न्यायिक अनुमान का स्वरूप शुद्ध आकारिक होता है, बदले हुए विषय-वस्तु का कोई प्रभाव उनकी वैधता-अवैधता पर नहीं पड़ता, यदि आकार वही हो। एक आकार में यदि कोई न्याय वैध है, तो उस आकार के सभी न्याय वैध ही होंगे, चाहे उनका विषय कुछ भी हो। उसी प्रकार किसी विशिष्ट आकार में कोई एक न्याय अवैध है तो उस आकार के अन्य सारे न्याय भी अवैध ही होंगे।

न्याय के आकारिक स्वरूप संबंधी बातों का एक लाभकारी परिणाम यह निकलता है कि कभी-कभी जब हम किसी न्याय के बारे में यह अनुभव करते हैं कि उसके द्वारा प्रस्तुत युक्ति गलत या अवैध है पर किसी मान्य तार्किक विधि से अवैधता बतला नहीं सकते, तो ऐसा करने का एक तरीका यह होता है कि हम अवैध युक्ति के बिल्कुल अनुरूप यानी उसी आकार में एक ऐसी दूसरी युक्ति प्रस्तुत कर देते हैं जिसके आधारकथनों तथा निष्कर्ष की सत्यता-असत्यता से हम परिचित होते हैं तथा (फलस्वरूप) जिसके संबंध में यह अधिक स्पष्ट रूप से झलकता है कि युक्ति अवैध है। प्रस्तुत युक्ति के संबंध में हम कह सकते हैं कि यदि यह युक्ति वैध है तो निम्नलिखित भी वैध होगी, चूँकि दोनों बिल्कुल एक आकार में हैं। पर निम्नलिखित स्पष्टतः अवैध है, इसलिए प्रस्तुत युक्ति भी अवैध है। उदाहरणों से बात को समझने के लिए मान लिया जाय कोई यह युक्ति प्रस्तुत करता है :—

कोई वृद्ध व्यक्ति सफल राजनीतिज्ञ नहीं है
कुछ बुद्धिजीवी वृद्ध व्यक्ति हैं
इसलिए कोई बुद्धिजीवी सफल राजनीतिज्ञ नहीं है।

हम अनुभव करते हैं कि यह युक्ति अवैध है पर किसी मान्य तार्किक विधि से इसकी अवैधता बतला नहीं सकते। तब हम इसी युक्ति के आकार में एक दूसरी युक्ति निम्नलिखित रूप में यह कहते हुए गढ़ देते हैं कि यदि उपर्युक्त युक्ति वैध है तो निम्नलिखित भी वैध होगी :—

कोई कछुआ तेज दौड़ने वाला नहीं है
कुछ जीवधारी कछुआ हैं
इसलिए, कोई जीवधारी तेज दौड़ने वाला नहीं है।

पर यह युक्ति स्पष्टतः अवैध है, चूँकि हम जानते हैं कि इसके दोनों आधारकथन सत्य हैं पर निष्कर्ष असत्य है और इस स्थिति में युक्ति अवैध कही जाती है। और जब यह अवैध है, तो उपर्युक्त युक्ति भी अवैध होगी चूँकि दोनों बिल्कुल एक ही आकार के हैं। आकार है :—

कोई 'म', 'प' नहीं है (No M is P)
कुछ 'स', 'म' हैं (Some S is M)
∴ कोई 'स', 'प' नहीं है। (No S is P)

यह समझ लेना कि न्यायिक युक्तियों का आकारिक स्वरूप होता है तथा इसलिए हम किसी युक्ति को उसी के आकार की दूसरी युक्ति बनाकर अवैध सिद्ध कर सकते हैं, हमारे लिए व्हेन चित्रों द्वारा न्यायिक युक्तियों की वैधता-अवैधता की जाँच की विधि को समझने में सहायक होगा। अब हम नीचे व्हेन चित्रों द्वारा निरपेक्ष न्यायिक युक्तियों की वैधता-अवैधता की जाँच की विधि का निरूपण करेंगे।

हमने देखा है कि एक मानक निरपेक्ष प्रतिज्ञप्ति को चित्रित करने के लिए दो वृत्तों की जरूरत पड़ती है, चूँकि एक प्रतिज्ञप्ति में दो पद होते हैं जो दो वर्गों के सूचक होते हैं। किसी मानक निरपेक्ष न्याय में तीन पद होते हैं जो तीन वर्गों के सूचक हैं। इसलिए यहाँ तीन वृत्तों की आवश्यकता पड़ेगी। यदि साध्य-पद को 'P' पक्ष-पद को 'S' तथा मध्य-पद को 'M' प्रतीक दिया जाय तो न्याय के संदर्भ में तीनों को चित्रित करने वाले तीन वृत्त निम्नलिखित प्रकार से खींचे जायेंगे दो अलग-बगल एक-दूसरे को काटते हुए तथा तीसरा दोनों के नीचे की ओर दोनों को काटते हुए

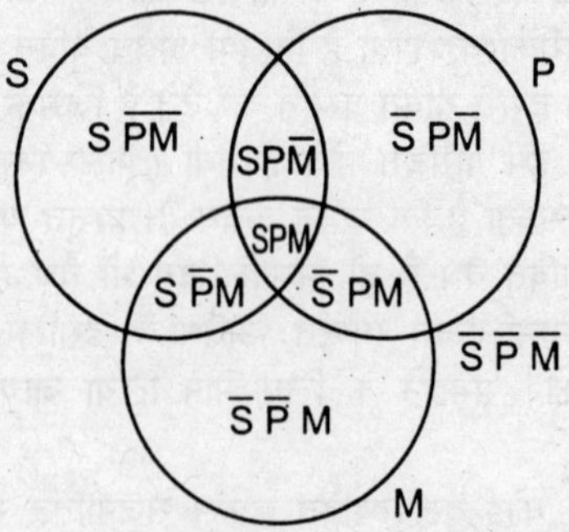

इस प्रकार 'S' 'P' तथा 'M' को चित्रित करनेवाले एक-दूसरे को काटते हुए तीन वृत्त आठ वर्गों को चित्रित करते हैं जो SPM तथा उनके पूरक वर्गों के विभिन्न प्रकार के गुणनफल (product) हैं :—

$S\overline{PM}$, $SP\overline{M}$, $\overline{S}P\overline{M}$, $S\overline{P}M$, SPM, $\overline{S}PM$, $\overline{SP}M$, $\overline{SPM}$

अब यदि हम सिर्फ दो वृतों पर ध्यान दें, जैसे S तथा M पर, तो वैसे किसी भी निरपेक्ष कथन को, जिसके दो पद S तथा M हैं, हम चित्रित कर सकते हैं—उपयुक्त अंश को रंगकर या फिर उसके अन्दर एक X रखकर (जहाँ जैसी आवश्यकता हो)। जैसे मान लिया जाए हमें 'All S is M' ($S\overline{M} = O$) को चित्रित करना हो, तो हम ऐसा निम्नलिखित रूप में कर सकते हैं :—

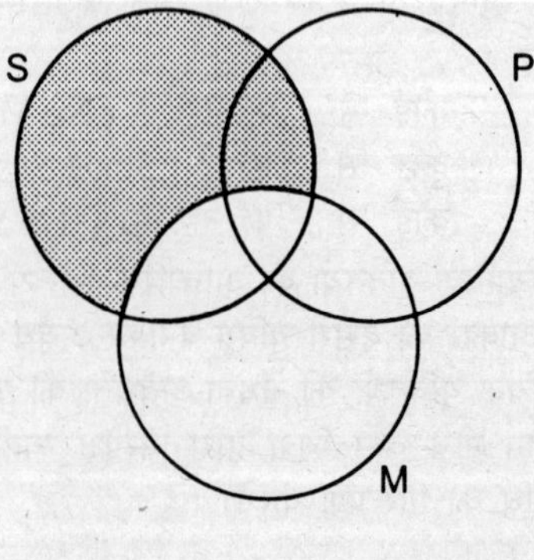

इससे हम देख सकते हैं कि $S\overline{M} = O$ को चित्रित करने के लिए हमने S के उस पूरे अंश को रंग दिया है जो M के बाहर है। हम यह भी देख सकते हैं कि यह रंगा क्षेत्र $S\overline{P}\,\overline{M}$ तथा $SP\overline{M}$ दोनों को ढँक लेता है।

उसी प्रकार 'All M is P' ($M\overline{P} = O$) को भी हम निम्नलिखित रूप में चित्रित कर सकते हैं :—

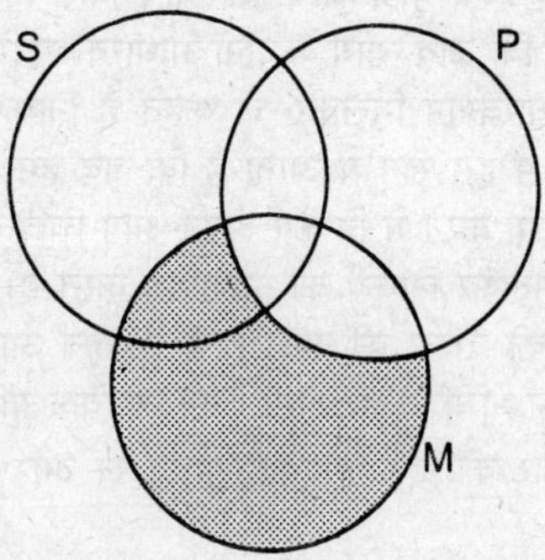

यहाँ हमने M के उस पूरे अंश को रंग दिया है जो P के क्षेत्र के बाहर है। रंगे क्षेत्र के अन्दर $S\overline{P}M$ तथा $\overline{S}\overline{P}M$ दोनों चले आते हैं

अब हम निम्नलिखित रूप में तीन वृत्तों द्वारा दोनों ही प्रतिज्ञप्तियों 'All M is P' तथा All S is M' को एक साथ चित्रित कर सकते हैं :—

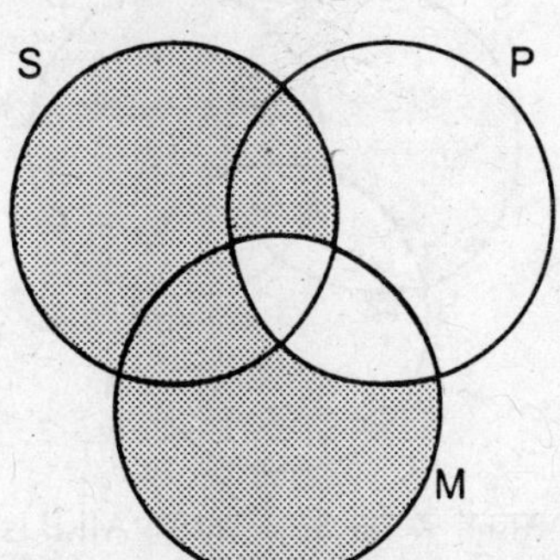

अब इस चित्र में हम देख सकते हैं कि 'All M is P' तथा 'All S is M' को चित्रित करने के क्रम में 'All S is P' अपने आप चित्रित हो गया है, चूँकि हम जानते हैं कि 'All S is P' को चित्रित करने में हमें $S\overline{P}\,\overline{M}$ तथा $S\overline{P}M$ वाले अंशों को रंगना होगा, जो पहले ही छायांकित हो चुका है। इसका तात्पर्य यह हुआ कि यदि उपर्युक्त तीनों प्रतिज्ञप्तियों को क्रम में साध्य-आधारकथन, पक्ष-आधारकथन तथा निष्कर्ष के रूप में लेकर निम्नलिखित

न्याय का निर्माण करें तो यह न्याय इस चित्र के द्वारा वैध सिद्ध हो रहा है :—

All M is P
All S is M
∴ All S is P

वैसे भी हम देख सकते हैं कि यह न्याय प्रथम आकृति के AAA विन्यास में हैं जो एक वैध न्याय-विन्यास है। अब प्रश्न है कि उपर्युक्त चित्र द्वारा यह न्याय कैसे वैध सिद्ध हो रहा है? उत्तर में यदि यह प्रश्न पूछा जाय कि न्याय किस स्थिति में वैध सिद्ध होता है, तो हमें अवश्य कहना होगा कि 'जब न्याय के दोनों आधारकथन मिलकर निष्कर्ष को आपादित करते हैं। यानी, दोनों आधारकथन मिलकर जो कहते हैं निष्कर्ष उसी में निहित हो। और यही स्थिति उपर्युक्त चित्र में इस रूप में आती है कि जब हम दोनों आधारकथनों को एक साथ चित्रित करते हैं तो ऐसा करने में निष्कर्ष अपने-आप चित्रित हो जाता है। इसी का अर्थ है कि दोनों आधारकथन मिलकर निष्कर्ष को आपादित करते हैं। और इसी प्रकार व्हेन चित्रों द्वारा किसी निरपेक्ष न्याय की वैधता की जाँच होती है। जब आधारकथनों को चित्रित करने के क्रम में निष्कर्ष अपने-आप चित्रित हो जाता है तो न्यायिक युक्ति वैध है, अन्यथा अवैध।

अब हम दूसरे आकार की एक न्यायिक युक्ति लें और उसकी वैधता-अवैधता की जाँच करें :—

All P is M $(P\overline{M} = O)$
All S is M $(S\overline{M} = O)$
∴ All S is P $(\therefore S\overline{P} = O)$

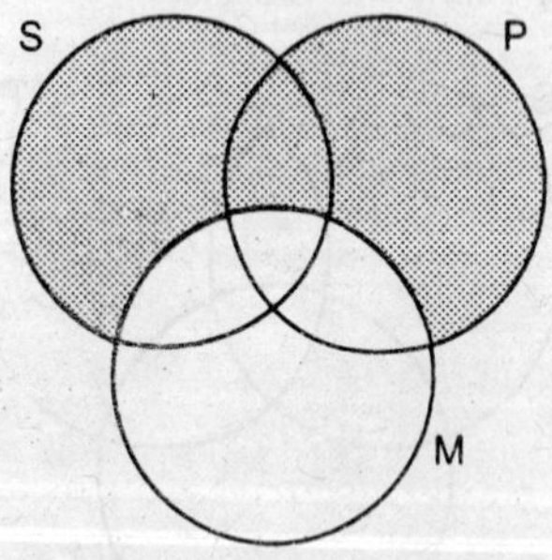

इस चित्र में हम देख सकते हैं कि आधारकथन 'All P is M' तथा 'All S is M' को चित्रित करने में निष्कर्ष 'All S is P' चित्रित नहीं हो पाता है, चूँकि उसके चित्रित होने के लिए आवश्यक है कि $S\overline{P}\overline{M}$ तथा $S\overline{P}M$ दोनों अंश छायांकित हों, जब कि यहाँ सिर्फ पहला ही छायांकित हो पाया है और दूसरा अंश, यानी, $S\overline{P}M$ छायांकित नहीं हो पाया है। इसका अर्थ है कि उपर्युक्त न्याय जो द्वितीय आकृति के AAA विन्यास में है, अवैध है।

अब एक ऐसे आकार का न्याय लिया जाय जिसका एक आधारकथन अंशव्यापी हो :—

All M is P $(M\overline{P} = O)$
Some M is S $(MS \neq O)$
∴ Some M is P $(\therefore SP \neq O)$

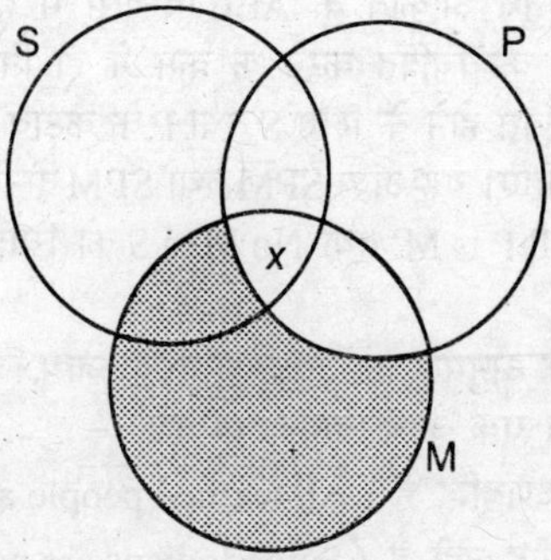

यहाँ एक निर्देश का पालन आवश्यक है। जब कभी भी किसी न्याय में एक आधारकथन पूर्णव्यापी हो और एक अंशव्यापी तो पहले पूर्णव्यापी को चित्रित करना चाहिए। जैसे ऊपर पहले हमने 'All M is P' को चित्रित किया। इसका महत्त्व यह है कि यदि पहले हम 'Some M.is S' चित्रित कर दिये होते तो हमारे सामने प्रश्न यह होता कि 'X' चिह्न हम किसमें रखे—SPM अंश में या $S\bar{P}M$ अंश में या दोनों में। और यदि हम यह चिह्न $S\bar{P}M$ वाले अंश में रख दिये होते तो फिर बाद में 'All M is P' को चित्रित करने के लिए हमें इसे छायांकित करना पड़ता और तब चित्र के सही अर्थ के संबंध में एक भ्रम की स्थिति उत्पन्न हो जाती, चूँकि एक ही अंश में छायांकन और 'X' चिह्न दोनों हो जाते। पहले 'All M is P' को चित्रित कर देने से 'Some M is S' को चित्रित करते वक्त यह स्पष्ट हो गया कि 'X' चिन्ह SPM वाले अंश में होगा। अब जब दोनों ही आधारकथनों का चित्र बन चुका, तो हम देखें कि निष्कर्ष भी अपने-आप चित्रित हो जाता है कि नहीं। निष्कर्ष है 'Some S is P' इसलिए इसे चित्रित होने के लिए आवश्यक है कि S तथा P के परस्पर कटाव से जो क्षेत्र घिरता है उसके अन्दर कहीं 'X' हो, और वैसा सचमुच है। इसलिए न्याय जो तृतीय आकृति के AII विन्यास में है वैध है।

अब एक ऐसे आकार का न्याय लिया जाय जिसमें 'E' एक आधारकथन हो

All P is M
No M is S
∴ No S is P

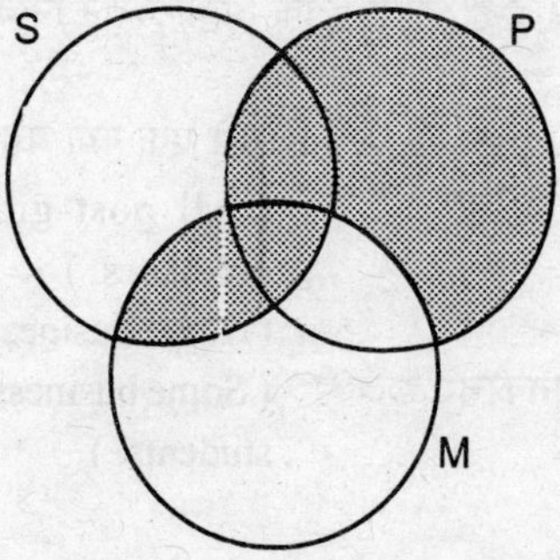

यह न्याय भी, जो चतुर्थ आकृति के AEE विन्यास में है, वैध है, चूँकि हम देख सकते हैं कि आधारकथनों को चित्रित करने के क्रम में ही निष्कर्ष चित्रित हो जाता है। निष्कर्ष 'No S is P' के चित्रित होने के लिए S तथा P के कटाव से जो अंश घिरता है उस पूरे को छायांकित होना चाहिए। यह अंश $SP\bar{M}$ तथा SPM दोनों के योग से बनता है और इन दोनों का छायांकन 'All P is M' तथा No M is S को चित्रित करने के क्रम में पहले ही हो जाता है।

अब एक ऐसे न्यायिक अनुमान का उदाहरण लिया जाय, जिसमें निश्चित विषय-वस्तु सम्मिलित हो तथा जिसका एक आधारकथन 'O' हो :—

सभी विद्वान पुरुष तीक्ष्णबुद्धि हैं (All learned people are intelligent)

कुछ भारतीय तीक्ष्णबुद्धि नहीं है (Some Indians are not intelligent)

इसलिए कुछ भारतीय विद्वान पुरुष नहीं है (Some Indians are not learned people)

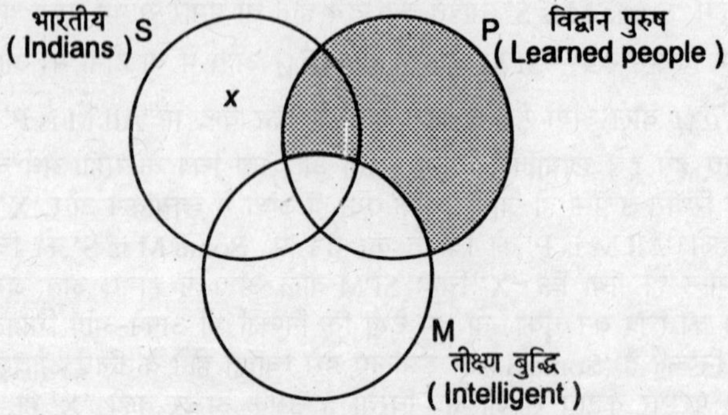

इस न्याय में भी हम देख सकते हैं कि आधारकथनों को चित्रित करने के क्रम में ही निष्कर्ष भी अपने-आप चित्रित हो जाता है। इसलिए न्याय, जो द्वितीय आकृति के AOO विन्यास में है, वैध है। आधारकथनों के ही चित्रित होने के क्रम में निष्कर्ष भी कैसे चित्रित हो जाता है, यह हम इस प्रकार देख सकते हैं। निष्कर्ष के चित्रित होने के लिए S तथा P के कटाव के बाहर जो क्षेत्र बचता है उसमें, यानी $S\bar{P}\bar{M}$ तथा $S\bar{P}\bar{M}$ में 'X' चिह्न होना चाहिए था, और सचमुच पूरे क्षेत्र में तो नहीं, पर उसी के एक अंश में यानी, $S\bar{P}\bar{M}$ में 'X' चिह्न है, जिससे यह सिद्ध हो जाता है कि आधारकथन निष्कर्ष को आपादित करते हैं, यानी युक्ति वैध है।

अब अन्त में एक और युक्ति ली जाय जिससे एक नयी महत्त्वपूर्ण बात सामने आयेगी

सभी स्नातकोत्तर छात्र स्नातक हैं	(All post-graduate students are graduates.)
कुछ व्यापारी स्नातक हैं	(Some businessmen are graduates)
इसलिए, कुछ व्यापारी स्नातकोत्तर छात्र हैं	(Some businessmen are post graduate students.)

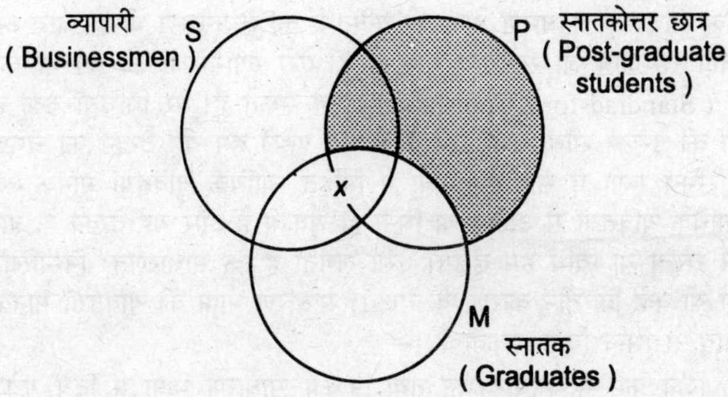

यहाँ चूँकि एक आधारकथन पूर्णव्यापी है (All P is M), इसलिए पहले $SP\overline{M}$ तथा $\bar{S}P\overline{M}$ दोनों क्षेत्रों को छायांकित कर इसे चित्रित कर लिया गया। अब जब अंशव्यापी पक्ष-आधारकथन (Some S is M) को चित्रित करने की बारी आती है तो समस्या उठती है कि 'X' चिह्न कहाँ रखा जाय— $S\bar{P}M$ में या SPM में या दोनों में। इनमें से कोई भी निर्णय मनमाना होगा, जिसका स्पष्ट कोई भी आधार हमारे पास नहीं है। इसलिए यहाँ सबसे सही मार्ग यह है कि 'X' चिह्न को हम $S\bar{P}M$ तथा SPM क्षेत्रों को अलग करने वाले चाप पर रख दें जिसका अर्थ यह है कि कम-से-कम एक चीज ऐसी है जो दोनों में से किसी में है, पर स्पष्ट नहीं है कि किसमें है। ऐसा करने से दोनों आधारकथनों को चित्रित करने का काम पूरा हो गया। अब देखना है कि निष्कर्ष 'Some businessmen are post graduate students' (Some S is P) का क्या होता है, क्या आधारकथनों को चित्रित करने के क्रम में वह भी चित्रित हो जाता है? स्पष्ट है कि वह चित्रित नहीं होता, चूँकि वैसा होने के लिए 'X' को SPM अंश में निश्चित रूप से होना चाहिए ($SP\overline{M}$ अंश जिसमें भी 'X' हो सकता था वह तो पहले से छायांकित है, इसलिए उसमें होने का प्रश्न ही नहीं है) जो नहीं है, चूँकि हमने देखा है कि 'X' SPM तथा $S\bar{P}M$ में से किसी में हो सकता है। इसका अर्थ है कि युक्ति, जो द्वितीय आकृति के AII विन्यास में है, अवैध है।

5. साधारण भाषा में न्यायिक युक्तियाँ (*Syllogistic Arguments in Ordinary Language*)

अब तक हमने मानक आकार के निरपेक्ष न्यायों की वैधता-अवैधता जाँचने की कुछ विधियाँ निरूपित की हैं। पर साधारण भाषा में जो युक्तियाँ निहित होती हैं वे मानक आकारों में नहीं ही होती हैं। उनमें से बहुत न्यायिक युक्तियों के रूप में ढाली जा सकती हैं, पर अपने आप में उनका रूप बड़ा टेढ़ा-मेढ़ा होता है। पहले तो न्यायिक रूप में ही उन्हें ढालना कठिन है और फिर मानक आकार वाले न्यायों के रूप में ढालना तो और भी कठिन है। फिर भी जिन्हें हम मानक आकारों में ढाल सकते हैं उन्हें ढालना ही बुद्धिमानी का काम है, चूँकि उस स्थिति में पहले विकसित जो न्यायों की वैधता-अवैधता जाँचने के हमारे तकनीक हैं उन्हें हम उनपर लागू कर सकते हैं, अन्यथा साधारण भाषा की एक-एक युक्ति के लिए अलग-अलग जाँच की विधि विकसित करना प्रायः असंभव काम है। पर मानक आकार के निरपेक्ष न्यायों के रूप में हम साधारण भाषा की टेढ़ी-मेढ़ी युक्तियों को

ढालेंगे कैसे? इसके लिए कोई ऐसी विधि या विधियाँ विकसित करने की आवश्यकता है ताकि मानक आकार में साधारण भाषा की युक्तियों का रूपान्तरण भी हो जाय और उनका अर्थ भी वही रह जाय जो साधारण भाषा में हैं। ऐसे रुपान्तरणों को हम मानक आकार-रूपान्तरण (Standrad-form Translation) कह सकते हैं। पर विधियाँ क्या होंगी ऐसे रूपान्तरणों की इसका सीधा उत्तर देने के बजाय पहले हम यह देखने की चेष्टा करें कि किन-किन संभव रूपों में साधारण भाषा में निहित न्यायिक युक्तियाँ मानक आकार की निरपेक्ष न्यायिक युक्तियों से अलग या भिन्न हो सकती हैं और यह देखने के बाद प्रत्येक के अनुसार रास्ता या विधि हम ढूढ़ेंगे। ऐसा लगता है कि साधारणतः निम्नलिखित तीन रूपों में या यों कहें कि तीन कारणों के चलते, साधारण भाषा की युक्तियाँ मानक आकार निरपेक्ष न्याय से भिन्न दिख सकती हैं :—

(क) जिन क्रम में आधारकथन तथा निष्कर्ष साधारण भाषा में दिये गये हों, वह मानक आकार न्याय का क्रम न हो।

(ख) जिन कथनों के द्वारा साधारण भाषा में न्यायिक युक्ति बनती हो, उनमें तीन पदों की जगह ऐसा लगे कि चार पद हैं, जबकि यह मात्र प्रतीति हो, वास्तविकता में ऐसा न हो।

(ग) सबसे बड़ी दिक्कत यह हो सकती है कि जिन कथनों के द्वारा न्यायिक युक्ति निर्मित होती हो, वे कथन मानक आकार निरपेक्ष कथन न हों।

अब इन तीनों कठिनाइयों का निराकरण ढूंढ़ना होगा और तब हम साधारण भाषा में निहित किसी न्यायिक युक्ति को मानक आकार दे सकते हैं। हम देख सकते हैं कि पहले का निराकरण तो बड़ा आसान है। यदि न्याय के तीनों कथन मानक क्रम में न हों तो हम उन्हें उस क्रम में रख देंगे, यानी, सबसे पहले साध्य-आधारकथन, फिर पक्ष-आधारकथन और सबसे अंत में निष्कर्ष।

दूसरी कठिनाई का निराकरण इस प्रकार होगा। समस्या यह है कि मानक आकार निरपेक्ष न्याय में तीन ही पद होते हैं और कहीं साधारणं भाषा के अन्तर्गत ऐसा लगता है कि न्यायिक युक्ति तो समक्ष है, पर उसमें तीन के बजाय चार पद दिखते हैं और इसलियें हम बिना अधिक छान-बीन किये युक्ति का यह सोचकर बहिष्कार कर देते हैं कि उसमें तो चतुष्पद दोष है। पर सावधानी यह बरतना है कि हमें जल्दीबाजी में ऐसा नहीं करना चाहिए। हो सकता है कि वास्तविकता में तीन हों, पर कुछ कारणवश हमें लग रहा हो कि चार पद हैं। जैसे एक कारण तो यही हो सकता है कि न्याय में अलग-अलग स्थानों पर कई पर्यायवाची (synonymous) शब्दों का व्यवहार कर दिया गया हो। यदि हम ठीक से ऐसे शब्दों या शब्द-समूहों पर ध्यान देकर उन्हें हटा दें तो शायद हम पायेंगे कि न्याय बिल्कुल ठीक है और मानक आकार में भी है। उदाहरण के लिए हम निम्नलिखित न्याय को लें :—

सभी खरहे द्रुतागामी हैं
कोई भी कछुआ तेज चलनेवाला नहीं है
इसलिए कोई भी कच्छप खरगोश नहीं है।

यहाँ देखने में तो 'खरहे', 'द्रुतगामी', 'कछुआ', 'तेज चलने वाला', 'कच्छप' तथा 'खरगोश' छः पद हैं, इसलिए प्रथम दृष्टि में कोई भी व्यक्ति इसे चतुष्पद दोष से ग्रसित मान ले सकता है, पर ध्यान से देखने पर उसमें तीन ही पद हैं, चूँकि 'खरहा' तथा 'खरगोश' पर्यायवाची हैं, 'कछुआ' तथा 'कच्छप' पर्यायवाची हैं तथा 'द्रुतगामी' और

'तेज चलने वाला' पर्यायवाची पद हैं। पर्यायवाची पदों को हटाकर एक ही पद का दोनों बार व्यवहार करने से न्याय का निम्नलिखित रूप हो जायेगा :—

सभी खरहे द्रुतगामी हैं
कोई भी कछुआ द्रुतगामी नहीं है
इसलिए कोई भी कछुआ खरहा नहीं है।

यह न्याय बिल्कुल मानक आकार का निरपेक्ष न्याय हे तथा द्वितीय आकृति के AEE विन्यास में हैं, जो पूर्णतः वैध है।

तीन के स्थान पर अधिक पद दिखने का दूसरा कारण यह हो सकता है कि एक या अधिक पदों के व्याघाती (पदों का वर्गो का सूचक मानकर चलें तो 'व्याघाती पद' के स्थान पर पूरक वृर्ग कह सकते हैं) न्याय में सम्मिलित हों, पर वैध तार्किक विधियों के द्वारा उन्हें दूरकर न्याय में तीन ही पद लाये जा सकते हैं और फिर उसकी वैधता-अवैधता देखी जा सकती है। उदाहरण के लिए निम्नलिखित न्याय को लें :—

कोई भी मनुष्य अमर नहीं है
सभी मरणशील अपूर्ण प्राणी हैं
इसलिए, सभी पूर्ण प्राणी अमनुष्य हैं।

अपने वर्तमान स्वरूप में न्याय कई दोषों से युक्त प्रतीत होता है। जैसे सबसे ऊपर स्पष्ट तो यह लगता है कि उसका एक आधारकथन निषेधात्मक हैं, फिर भी निष्कर्ष भावात्मक है। फिर इसमें कई पद हैं— 'मनुष्य', 'अमर', 'मरणशील', 'अपूर्ण', 'पूर्ण' तथा 'अ-मनुष्य'। पर यहाँ एक चीज ध्यान देने योग्य यह है कि तीन पद शेष तीन के व्याघाती हैं जिन्हें परिवर्तन, प्रतिवर्तन आदि साक्षात् अनुमानों की विधि से हटाया जा सकता है। जैसे निष्कर्ष का यदि हम प्रतिवर्तन कर दें तो वह हो जायेगा— 'कोई पूर्ण प्राणी मनुष्य नहीं है'। फिर यदि हम पक्ष-आधारकथन का प्रतिवर्तन कर दें, तो वह हो जायेगा— 'कोई मरणशील पूर्ण प्राणी नहीं है'। फिर यदि हम इसका परिवर्तन कर दें तो यह हो जायेगा— 'कोई पूर्ण प्राणी मरणशील नहीं है'। और फिर यदि इसका हम प्रतिवर्तन कर दें तो यह हो जायेगा— 'सभी पूर्ण प्राणी अमर हैं'। और अब न्याय का निम्नलिखित रूप हो जायेगा :—

कोई भी मनुष्य अमर नहीं है
सभी पूर्ण प्राणी अमर हैं
इसलिए, कोई पूर्ण प्राणी मनुष्य नहीं है।,

जो द्वितीय आकृति का एक वैध विन्यास है EAE । इस प्रकार परिवर्तन तथा प्रतिवर्तन की कई बार सहायता लेकर, जो बिलकुल वैध है चूँकि परिवर्तन तथा प्रतिवर्तन साक्षरता निगमनात्मक अनुमान के वैध तरीके हैं, हम व्याघाती पदों को हटाने में सफल हो सके और न्याय में तीन ही पद हो गये। दूसरी दृष्टियों से भी न्याय मानक आकार निरपेक्ष न्याय सिद्ध होता है जिसमे कोई दोष नहीं है। अतः यह वैध है। उसी विधि को अपनाकर व्याघाती पदों (या पूरक वर्ग-पदों) को हटाया जा सकता है तथा न्याय को तीन पदों वाले सही न्यायिक आकार में लाया जा सकता है।

अब तीसरी कठिनाई का निराकरण ढूँढा जाय जिसके चलते न्याय सही आकार के न्याय के रूप में नहीं दिखता। यह कठिनाई इस बात को लेकर है कि न्याय को निर्मित

करने वाले कथन मानक आकार के निरपेक्ष कथन नहीं है। स्पष्ट है कि इसका निराकरण इस बात में हैं कि अमानक आकार के कथनों को मानक आकार में परिवर्तित करने के लिए हमारे पास कुछ तरीके होने चाहिए और वे ऐसे होने चाहिए कि परिवर्तन के बावजूद मूल कथन का अर्थ परिवर्तित न हो। हम इसके पूर्व वाले अध्याय में कह चुके हैं कि साधारण भाषा के हमारे सारे वाक्य मानक आकार के चार निरपेक्ष कथनों के रूप में ही नहीं होते और इसलिए मानक आकार के इन कथनों में उन्हें रूपान्तरित करने के लिए हमारे पास कुछ विधियों का होना आवश्यक है। साधारण भाषा का रूप इतना जटिल है और उसमें इतने तरह के वाक्य हैं कि उनमें से प्रत्येक के रूपान्तरण के लिए कुछ तरीके निकाल लेना बहुत सहज और संभव नहीं है। पर यथासंभव कुछ विशेष तरीकों का निरूपण हम कर सकते हैं जिनके द्वारा साधारण भाषा के कुछ सामान्य तरह के वाक्यों का हम मानक आकार के कथनों में रूपान्तरण कर सकते हैं, पर इन तरीकों के प्रयोग में जो मूल बात है उसे सदैव याद रखना होगा और वह यह कि रूपान्तरण (Translation or Transformation) ऐसा होना चाहिए कि मूल वाक्य का अर्थ ज्यों-के-त्यों रहे। रूपान्तरण के कुछ सामान्य तरीके निम्नलिखित हैं :—

(i) एकव्यापी कथनों का रूपान्तरण *(Transformation of singular propositions)*— 'राम मनुष्य है (Ram is a man), यह मेज गोल है (This table is round), वह वस्तु फल है (That object is a fruit), आदि कथन एकव्यापी कथन हैं। ये कथन स्पष्टतः चार मानक आकारों में से किसी में आते प्रतीत नहीं होते। तो उनका किस मानक आकार में और किस प्रकार रूपान्तरण होना चाहिए। पारंपरिक तर्कशास्त्र में इन कथनों को इनके अपने ही रूप में रखकर इन्हें पूर्णव्यापी माना जाता था। यथा, उस तर्कशास्त्र के अनुसार 'राम बीमार है' है 'A' कथन है तथा 'राम बीमार नहीं है' 'E' कथन है। और ऐसा मानना बिलकुल बेतुका है, यह बात भी नहीं है। आधुनिक तर्कशास्त्र के आलोक में भी जिसमें पदों को वर्ग-सूचकों के रूप में लेकर उनका विश्लेषण होता है, ये कथन पूर्णव्यापी सिद्ध होते है। वर्ग-तर्कशास्त्र (Class-logic) में हम जानते हैं कि ऐसे वर्ग की भी मान्यता है जो बिलकुल रिक्त है, यानी जिसका एक भी सदस्य नहीं है। इसे रिक्त वर्ग (Null class or Empty class) की संज्ञा दी जाती है। उसी प्रकार ऐसे वर्ग को भी मान्यता है जिसमें एक ही सदस्य है। इसे इकाई-वर्ग (unit class) की संज्ञा दी जाती है। इस अवधारणा के आलोक में 'राम मनुष्य है' का अर्थ है कि 'वह वर्ग जिसका एकमात्र सदस्य राम है पूरी तरह मनुष्य के वर्ग में समाहित है' यानी 'सभी र म है' (यदि 'राम' के लिए 'र' तथा 'मनुष्य' के लिए 'म' प्रतीक रखा जाय), यानी 'All R is M' (यदि 'र' के बदले 'R' तथा 'म' के बदले 'M' रखा जाय), और यह स्पष्टतः एक 'A' कथन है। उसी प्रकार 'राम मनुष्य नहीं है' का अर्थ है 'वह वर्ग जिसका एकमात्र सदस्य राम है मनुष्यवर्ग से पूरी तरह बहिष्कृत है' यानी 'कोई र म नहीं है' (No R is M), जो स्पष्टतः एक 'E' कथन है।

परन्तु कठिनाई यह है कि आधुनिक तर्कशास्त्र के ही एक दूसरे अर्थ निरूपण (Interpretation) के अनुसार उपर्युक्त एकव्यापी कथन अस्तित्वपरक (Existential) भी हैं। और सचमुच यह सही भी लगता है। 'राम बीमार है' कहने का स्पष्ट अर्थ प्रतीत होता है कि 'राम' नाम का कोई व्यक्ति है जो बीमार है। और अस्तित्वपरकता तो अंशव्यापी कथनों ('I' तथा 'O') का लक्षण है। तो फिर क्या हो? इन एकव्यापी कथनों

को पूर्णव्यापी माना जाय या अंशव्यापी। आधुनिक तर्कशास्त्र की मान्यता यह है कि इन्हें पूर्णव्यापी तथा अंशव्यापी दोनों प्रकार के कथनों का **संयोग** (Conjunction) माना जाय। एक भावात्मक एकव्यापी कथन 'A' तथा 'I' कथनों का संयोग है तथा एक निषेधात्मक एकव्यापी कथन 'E' तथा 'O' कथनों का संयोग है। इसलिए यदि व्हेन चित्रों के द्वारा इन कथनों को हमें चित्रित करना हो तो उन्हें इसी ''संयोग'' रूप में ही चित्रित करना होगा। जैसे एक भावात्मक एकव्यापी कथन 'R is M' को निम्नलिखित रूप में चित्रित करना होगा :—

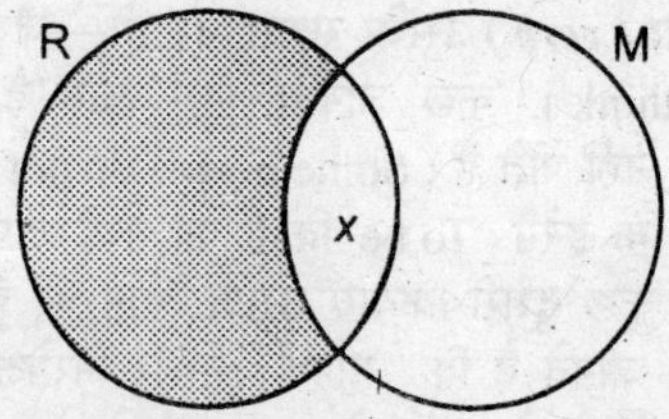

उसी प्रकार 'R is not M' को निम्नलिखित रूप में चित्रित करना होगा :—

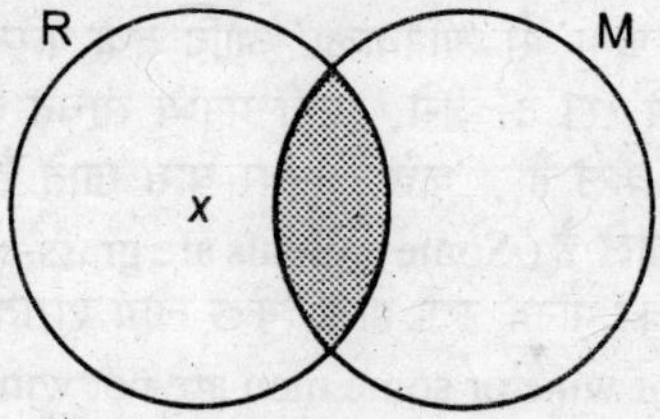

और इनसे बनी न्यायिक युक्तियों को भी इसी रूप में जाँचना होगा। जैसे यदि युक्ति निम्नलिखित हो :—

All men are mortal.
Ram is a man.
∴ Ram is mortal.

तो इसे एक बार 'AAA' के रूप में तथा दूसरी बार 'AII' के रूप में जाँचना होगा। आकृति तो स्पष्टतः दोनों स्थितियों में प्रथम होगी।

(ii) ऐसे कथनों का रूपान्तरण जिनके विधेय वर्ग-पद *(class term)* होने के बजाय गुण-बोधक पद हों *(Adjectival-terms)*—यहाँ कथनों को हम दो वर्गों के बीच संबंध बताने वाले कथनों के रूप में लेकर चल रहे हैं, पर कुछ कथन ऐसे होते हैं जिनके विधेय-पद वर्ग सूचक पद न हो कर गुण बोधक पद होते हैं। जैसे—'यह मेज भूरा है' (This table is brown), वह गुलाब सुन्दर है (That rose is beautiful), सभी पर्वत ऊँचे होते हैं (All mountains are high), कुछ पौधे हरे होते हैं (Some plants are green) आदि कथन ऐसे हैं जिनके विधेय गुण-बोधक हैं—'भूरा', 'सुन्दर', 'ऊँचा', 'हरा' आदि पद गुणबोधक हैं। कुछ अर्थ में तो ये सारे गुण (Attributes) वर्ग बोधक (Class indicators) हैं, चूँकि इनमें से प्रत्येक विशेष गुण उन सभी वस्तुओं के वर्ग का सूचक है जिनमें वह विशेष गुण है। जैसे, भूरा गुण सभी भूरी वस्तुओं के वर्ग का द्योतक है। फिर

भी स्पष्ट रूप से इन पदों को वर्ग-बोधक बना देने के लिए हमें विशेषण-पद के स्थान पर एक ऐसा पद रख देना चाहिए जो उस गुण से पूरित सभी वस्तुओं के वर्ग का द्योत्तक हो। जैसे 'भूरा' के स्थान पर 'भूरी वस्तु या वस्तुएँ (Brown object or objects), 'सुन्दर' के स्थान पर 'सुन्दर वस्तु या वस्तुएँ, आदि। और इस प्रकार 'This table is brown' हो जायेगा–'This table is a brown object' 'कुछ पौधे हरे हैं' हो जायेगा 'कुछ पौधे हरी चीजे हैं, आदि।

(iii) ऐसे कथन का रूपान्तरण जिनमें मानक रूप में संयोजक *(copula)* न होकर कोई दूसरी क्रिया *(verb)* उसके स्थान पर हो—जैसे ये कथन— 'सभी मनुष्य सोचते हैं', (All men think), 'कुछ जानवर घास खाते हैं' (Some animals eat grass), कुछ लोग शराब नहीं पीते हैं (Some people do not drink wine), आदि। इन कथनों में समस्या यह है कि इनमें 'To be' क्रिया का कोई रूप (जैसे, Is, Are, were, was) संयोजक न होकर कुछ दूसरी क्रियाएँ उसके स्थान पर हैं–जैसे, 'Think', 'eat', 'drink', आदि, और हम जानते हैं कि मानक आकार निरपेक्ष कथन में 'संयोजक' का होना जरूरी है। इनमें मूल कथन के अर्थ को कायम रखते हुए संयोजक कैसे लायें? एक उपाय तो यह है कि क्रिया को संज्ञा में परिवर्तित कर दें, जैसे, 'सोचना से 'सोचने वाला' 'खाना' से 'खानेवाला', 'पीना' से 'पीनेवाला' आदि तथा परिमाणक और उद्देश्य पद के बाद संयोजक के साथ इसे रख दें। जैसे, 'सभी मनुष्य सोचते हैं' का मानक निरपेक्ष रूप होगा 'सभी मनुष्य सोचने वाले हैं', 'कुछ जानवर घास खाते हैं' का मानक निरपेक्ष होगा 'कुछ जानवार घास खानेवाले हैं (Some animals are grass-eaters)। उसी प्रकार 'कुछ लोग शराब नहीं पीते हैं' का मानक रूप होगा 'कुछ लोग शराब पीनेवाले नहीं हैं (Some men are not drinkers of wine or some men are not wine-drinkers)।

यहाँ एक बात ध्यान के लायक है। हमने ऊपर बतलाई गई विधि के द्वारा दिये गये हिन्दी तथा अंग्रेजी दोनों कथनों के उपयुक्त हिन्दी तथा अंग्रेजी रूपान्तरण किये, पर पहले कथन के अंग्रेजी अनुवाद 'All men think' का रूपान्तरण हमनें छोड़ दिया है। कारण यह है कि यदि अन्य कथनों के रूपान्तरण के आधार पर ही इसका रूपान्तरण हम कर दें–'All men are thinkers', तो शायद मूल कथन का अर्थ ही बदल जायेगा। 'Thinker" शब्द शायद 'साधारण सोचने वाले' के अर्थ में अंग्रेजी में व्यवहृत नहीं होता, बल्कि इसका व्यवहार प्रायः 'विचारक' यानी गंभीरता और गहराई से किसी विषय पर सोचने वाले के अर्थ में होता है। इसलिए ऐसी स्थितियों में रूपान्तरण का कोई और तरीका अपनाना होगा। ऐसी स्थितियों में परिमाणक तथा उद्देश्य पद के बाद 'is a person (or thing) who (or which)' या 'are persons (or things) who (or which) जोड़कर रूपान्तरण किया जा सकता है। जैसे–'All men think' का रूपान्तरण होगा 'All men are persons who think' इस पद्धति को हिन्दी रूपान्तरण में भी अपनाया जा सकता है–'ऐसा व्यक्ति (या वस्तु) है जो' या 'ऐसे व्यक्ति (या वस्तु) हैं जो' जोड़कर। जैसे 'सभी मनुष्य सोचते हैं' का रूपान्तरण होगा–'सभी मनुष्य ऐसे व्यक्ति हैं जो सोचते हैं'। इस पद्धति से अन्य कथनों का रूपान्तरण भी हो सकता है। जैसे–'Some animals eat grass' का रूपान्तरण होगा–'Some animals are beings who eat grass' उसी प्रकार 'Some men do not drink wine' का रूपान्तरण होगा 'Some men are not persons who drink wine'. रूपान्तरण में इस बात का ध्यान रखना चाहिए कि संयोजक के साथ ही निषेध का चिह्न

रहने से कथन निषेधात्मक समझा जायेगा, अन्यथा भावात्मक। जैसे, 'Some men do not drink wine' का रूपान्तरण 'Some men are not persons who drink wine' एक 'O' कथन है जो निषेधात्मक है, पर यदि दिये हुएं कथन का रूपान्तरण हम इस प्रकार कर दें—'Some men are persons who do not drink wine' तो चूँकि संयोजक के साथ यहाँ निषेध का चिन्ह नहीं है, इसलिए यह कथन 'I' है, 'O' नहीं, और यह दिये हुए कथन का उचित रूपान्तरण नहीं होगा, चूँकि दिया हुआ कथन निषेधात्मक है।

(iv) वैसे कथनों का रूपान्तरण जिनमें मानक आकार निरपेक्ष कथनों के सारे तत्व मौजूद हैं—जैसे, परिमाणक, उद्देश्यपद, संयोजक, विधेयपद—पर वे उचित क्रम में नहीं हैं—स्पष्ट है कि ऐसे कथनों का रूपान्तरण मौजूद शब्दों के क्रम को ठीक कर देने से हो जायेगा, पर यही काम हमेशा बहुत आसान नहीं होता। इसके लिए दिये हुए कथन के अर्थ को ठीक-ठीक रूप में समझना होगा तथा यह भी जानना होगा कि साधारण व्याकरण की दृष्टि से शब्दों का क्या क्रम होना चाहिए। इन सामान्य संकेतों के अलावा शब्दों के क्रम को ठीक करने के लिए कोई निश्चित तकनीक बतलाना संभव नहीं। उदाहरण के लिए, 'अन्त भला, तो सब भला' (All is well that ends well) का रूपातरण होगा—'सभी बातें जिनका अंत भला होता है, भली बातें होती हैं' (All things that end well are things that are well)। इसमें स्पष्टतः हिन्दी वाले कथन में 'सभी' परिमाणक है, 'बाते जिनका अन्त भला होता है' उद्देश्य-पद है, 'भली बातें' विधेय पद है तथा 'होती है' या 'है' संयोजक है। अंग्रेजी वाले कथन में 'All' परिमाणक, 'things that end well' उद्देश्य पद 'are' संयोजक तथा 'things' that are well' विधेय पद है। उसी प्रकार 'वह सब सोना नहीं है जो चमकता है' (All is not gold that glitters) का रूपान्तरण होगा—'सभी चीजें जो चमकती हैं सोना नहीं है' (All things that glitter are not gold)।

वास्तव में यह दूसरे कथन वाला रूपान्तरण अभी मानक आकार के निरपेक्ष चार कथनों में से किसी में पूर्ण रूपान्तरण नहीं है, इसमें अभी सिर्फ परिमाणक, उद्देश्य-पद आदि का क्रम ठीक कर दिया गया है, जो मूल कथन में गड़बड़ था। अभी इस पर एक और विधि, जिसकी चर्चा हम नीचे करेंगे, लागू किया जाना शेष है। उसके लागू करने के बाद इसका रूपान्तरण निम्नलिखित 'O' मानक-कथन में हो जायेगा—'कुछ चीजें जो चमकती हैं सोना नहीं है' (Some things that glitter are not gold)।

फिर यदि मान लिया जाय साधारण भाषा का निम्नलिखित कथन हो—'वे सब धन्य हैं, जिनकी मांगे कम है' (Blessed are all those whose demands are a few), तो इसका मानक आकार में निम्नलिखित रूपान्तरण होगा—'सभी लोग जिनकी मांगे कम हैं धन्य लोग हैं' (All those people whose demands are a few are blessed people.)। स्पष्टतः यह 'A' आकार का कथन है।

(v) वैसे कथनों का रूपान्तरण जिनमें 'सब या सभी' (All), 'कोई नहीं' (No or none) जैसे मानक परिमाणक न होकर कुछ दूसरे ही शब्द जैसे 'कोई या कोई भी' (Any), 'प्रत्येक' (Every), 'हरेक' (Each), कोई भी (whoever or whosoever) आदि परिमाणक के स्थान पर हो—ऐसे कथनों का स्पष्टतः रूपान्तरण पूर्णव्यापी कथनों के रूप में होगा। जैसे—'कोई मनुष्य यह काम कर सकता है'

(Any man can do this) का रूपान्तरण होगा--'सभी मनुष्य ऐसे लोग हैं जो यह काम कर सकते हैं' (All men are persons who can do this)। इसमें 'मनुष्य' उद्देश्य पद है, 'ऐसे लोग जो यह काम कर सकते हैं' विधेयपद है तथा पहला 'हैं' संयोजक है। परिमाणक के 'सभी' होने से और कथन के भावात्मक होने से यह 'A' कथन है। उसी प्रकार 'Every man is mortal' का रूपान्तरण होगा--'All men are mortal', 'Each dog is a barking animal' का रूपान्तरण होगा 'All dogs are barking animals', 'Whosoever is a student will read' का रूपान्तरण होगा 'All persons who are students are persons who will read' आदि।

पर यहाँ एक महत्त्वपूर्ण सावधानी बरतने की आवश्यकता है और वह इस संबंध में कि यद्यपि 'प्रत्येक', 'हरेक' आदि वाले कथन जब भावात्मक हैं तो उनका रूपान्तरण पूर्णव्यापी भावात्मक ('A') में होता है, जैसे हमने उपर के उदाहरणों में देखा, पर यदि ये ही शब्द परिमाणक की जगह हों और कथन निषेधात्मक हो तो वहाँ रूपान्तरण पूर्णव्यापी निषेधात्मक ('E') में नहीं होकर अंशव्यापी निषेधात्मक ('O') में होगा। जैसे 'Any man cannot do this' का रूपान्तरण 'No men are persons who can do this' नहीं होकर 'Some men are not persons who can do this' होगा। उसी प्रकार 'Every man is not learned' का रूपान्तरण होगा 'Some men are not learned persons' तथा 'All that glitters is not gold' का रूपान्तरण होगा 'Some things that glitter are not gold'।

(vi) वैसे कथनों का रूपान्तरण जिनमें स्पष्ट रूप से 'कुछ' परिमाणक न होकर कुछ ऐसे शब्द परिमाणक के स्थान पर हों जिनका तर्कशास्त्र में 'कुछ' के अलावा और कोई अर्थ नहीं लिया जा सकता—ऐसे शब्द हैं--'करीब-करीब सब' (Almost all), 'करीब-करीब प्रत्येक' (Almost everyone), 'अधिकांश' (Most), बहुत (many or Several), 'A few', आदि। इनमें से कोई यदि किसी कथन में परिमाणक के स्थान पर होता है, तो कथन का रूपान्तरण प्रायः अंशव्यापी के रूप में होता है—कथन के भावात्मक होने पर 'I' में तथा निषेधात्मक होने पर 'O' में। जैसे, 'Almost all persons were present' का रूपान्तरण होगा 'Some persons are persons who were present', 'Many people did not turn up' का रूपान्तरण होगा—'Some People are not persons who turned up'। फिर, most people are honest' का रूपान्तरण होगा 'Some people are honest persons', आदि।

(vii) वैसे कथनों का रूपान्तरण जिनमें या तो परिमाण सूचक कोई शब्द ही न हों या 'A', 'An', 'The', articles में से कोई लगा हो—ऐसे कथनों के मानक-आकार में रूपान्तरण के लिए उसके अलावा कोई रास्ता नहीं कि हम कथन के संदर्भ (context) तथा उस संदर्भ में उसके अर्थ को समझकर उसका रूपान्तरण करें। जैसे मान लिया जाय कथन हो—'कुत्ते चौपाये होते हैं' (Dogs are four footed), तो इसका रूपान्तरण पूर्णव्यापी में होगा—'सभी कुत्ते चौपाये होते हैं' (All dogs are four footed)। पर यदि कथन हो—'लोग उपस्थित थे' (People were present) तो इसका रूपान्तरण होगा—'कुछ लोग ऐसे व्यक्ति हैं जो उपस्थित थे' (Some people are presons who were present)।

उसी प्रकार 'A' article वाले दो कथन इस प्रकार हों—'A cow is an animal' तथा

'A cow is grazing in the field' तो पहले का रूपान्तरण होगा—'All cows are animals', जब कि दूसरे का रूपान्तरण होगा 'Some cows are animals which are grazing in the field.'। उसी प्रकार यदि 'The' के साथ वाक्य हो—'The mouse is not poisonous creature' तो इसका रूपान्तरण होगा—'No mouse is a poisonous creature' पर यदि वाक्य हो—'The child is a sixth class student' तो यह ज्यों-के-त्यों रहकर 'A' कथन माना जायेगा, पर यह भी ध्यान रखना पड़ेगा कि यह अस्तित्वपरक भी है इसलिए 'I' भी है।

(viii) व्यावर्तक कथनों (*Exclusive propositions*) का रूपान्तरण—'सिर्फ' (only), 'कोई नहीं बल्कि' (None but) या ऐसा ही अर्थ रखने वाला कोई अन्य शब्द किसी कथन में (प्रायः प्रारम्भ में ही) यदि होता है, तो उसे व्यावर्तक कथन कहते हैं। ऐसे कथनों को मानक आकार देने का तरीका यह है कि उद्देश्य तथा विधेय पदों का परस्पर स्थानान्तरण कर दिया जाय तथा 'सिर्फ' (only) आदि के स्थान पर 'सभी या सब' (All) रख दिया जाय। जैसे, 'सिर्फ बहादुर ही लड़ाकू हैं' (Only the brave are fighters) का मानक आकार रूपान्तरण होगा—सभी लड़ाकू बहादुर हैं (All fighters are brave)। 'कोई नहीं बल्कि मेहनती ही सफल होंगे' (None but the laborious will succeed) का मानक रूपान्तरण होगा—'सभी लोग जो सफल होंगे मेहनती लोग हैं' (All those persons who will succeed are laborious persons.)।

(ix) कुछ ऐसे कथनों का रूपान्तरण जिनका आकार-प्रकार कुछ ऐसा है कि पहली नजर में मानक-आकार निरपेक्ष कथनों से कोई संबंध ही नहीं मालूम पड़ता—इनके लिए भी कोई निश्चित नियम नहीं है। अर्थ समझ मानक-आकार दिया जा सकता है। जैसे यदि कथन हो—'There are white elephants' तो इसे अर्थ में बिना किसी हाँनि के निम्नलिखित मानक आकार दिया जा सकता है—'Some elephants are white animals.'। 'There are no pet tigers' का रूपान्तरण होगा—'No tigers are pet animals.'।

(x) अपवादी कथनों (*Exceptive propositions*) का रूपान्तरण—जिन कथनों में कुछ अपवाद सूचक (Exceptive) शब्द लगे हों उन्हें अपवादी कथनों की संज्ञा दी जा सकती है। आम तौर पर यह अपवाद सूचक शब्द होता है 'अलावा' (Except or But)। उदाहरणस्वरूप हम ये कथन ले सकते हैं—'कुछ के अलावा सभी लोग उपस्थित थे' (All but a few people were present), 'पागलों के अलावा सभी इसमें प्रवेश पा सकते हैं' (All except the mad people can enter into it.)। पारंपरिक तर्कशास्त्र में इन कथनों के प्रति एक विशेष प्रकार का मत था और उन्हें दो प्रकार से मानक आकार निरपेक्ष प्रतिज्ञप्तियों में रूपान्तरित किया जाता था। पर आधुनिक मत कुछ भिन्न प्रतीत होता है। इस मत के अनुसार प्रत्येक अपवादी कथन दो निरपेक्ष कथनों का संयोग (conjunction) है। इसलिए उसका रूपान्तरण दो निरपेक्ष कथनों के संयोग के रूप में होगा। यथा—पहले कथन का रूपान्तरण होगा—'कुछ लोग उपस्थित थे और कुछ लोग उपस्थित नहीं थे (Some people were present and some people were not present)। फिर बिलकुल मानक आकार में इसका रूपान्तरण इस प्रकार होगा—'कुछ लोग ऐसे लोग हैं जो उपस्थित थे तथा कुछ लोग ऐसे लोग नहीं हैं जो उपस्थित थे' (Some people are people who were present and some people are not people who were present)। यह कथन स्पष्टतः 'I' तथा 'O' कथनों का संयोग है। उसी प्रकार दूसरे कथन का रूपान्तरण मानक आकार निरपेक्ष कथनों के संयोग के रूप में निम्नलिखित होगा— 'सभी अ-पागल लोग इसमें प्रवेश पा सकने वाले लोग हैं तथा कोई भी पागल लोग इसमें प्रवेश पा सकने वाले लोग नहीं है' (All non mad people are people who can enter into it and no mad people are people who can enter into it.)। यह स्पष्टतः 'A' तथा 'E' कथनों का संयोग है। तो अर्थ के अनुसार जहाँ जैसे होगा, वैसा रूपान्तरण होगा, पर हर स्थिति में अपवादी कथन का रूपान्तरण दो निरपेक्ष कथनों के संयोग के रूप में होगा। इसलिए किसी न्याय के आधारकथन के रूप में यदि कोई अपवादी कथन होगा तो उस न्याय की वैधता की जाँच दो न्यायों के रूप में होगी। कुछ इस प्रकार :—

मान लिया जाय हमारे सामने निम्नलिखित न्यायिक युक्ति हैं :—

प्रत्येक बाजार जानेवाले व्यक्ति ने सिनेमा देखा
कुछ के अलावा सभी युवकों ने सिनेमा देखा
इसलिए, कुछ युवक बाजार जानेवाले व्यक्ति नहीं हैं।

इस न्याय में युक्ति पक्ष-आधारकथन अपवादी कथन है, इसलिए उसका रूपान्तरण दो निरपेक्ष कथनों के संयोग के रूप में होगा और इसलिए उसके चलते उपर्युक्त न्याय निम्नलिखित दो न्यायों के रूप में जाँचा जायेगा, जिनमें से पहले में पक्ष-आधारकथन के रूप में संयुक्त कथन का पहला भाग होगा और दूसरे में दूसरा भाग :—

1. सभी बाजार जानेवाले व्यक्ति ऐसे व्यक्ति हैं जिन्होंने सिनेमा देखा
(All market going people are people who visit Cinema)
कुछ युवक ऐसे व्यक्ति हैं जिन्होंने सिनेमा देखा
(Some youths are people who visited Cinema)
इसलिए, कुछ युवक बाजार जाने वाले व्यक्ति नहीं हैं।
(Therefore, some youths are not market going people.)
2. सभी बाजार जाने वाले व्यक्ति ऐसे हैं जिन्होंने सिनेमा देखा
(All market going people are persons who visited Cinema)
कुछ युवक ऐसे व्यक्ति नहीं हैं जिन्होंने सिनेमा देखा
(Some youths are not people who visited Cinema)
इसलिए, कुछ युवक बाजार जाने वाले व्यक्ति नहीं हैं
(Therefore, Some youths are not market going people.)

स्पष्ट ही उसमें पहली युक्ति अवैध है और दूसरी वैध। मूल युक्ति को फिर भी वैध माना जायेगा, चूँकि निष्कर्ष वही है तथा दूसरे का जो पक्ष-आधारकथन है वह मूल युक्ति के पक्ष-आधारकथन का रूप है। यदि किसी न्याय का निष्कर्ष अपवादी कथन हो, तो वह निश्चित रूप से अवैध होगा, चूँकि उसके दोनों आधारकथन साधारण मानक-आकार निरपेक्ष कथन हैं। और यदि दोनों आधारकथन तथा निष्कर्ष सभी अपवादी कथन हों तब तो कई अलग-अलग मानक आकार निरपेक्ष न्याय बनाकर प्रत्येक की वैधता जाँचनी पड़ेगी।

यहाँ पर टिप्पणी के रूप में कुछ और बातें कहना आवश्यक है। साधारण भाषा के कुछ कथन ऐसे हो सकते हैं जिनमें परिमाणक की जगह निश्चित संख्यासूचक कुछ शब्द,

जैसे, एक (One), दो (Two), तीन (Three) आदि लगे हो सकते हैं। इनका क्या करना होगा? साधारण तौर पर तो ऐसा लगता है कि इन्हें 'कुछ' (Some) के रूप में रूपान्तरित कर हमें कथन को मानक-आकार निरपेक्ष कथन में बदल देना चाहिए। और इसका आधार भी हमारे पास है, चूँकि पहले हमनें यह देखा है कि तर्कशास्त्र में 'कुछ' का अर्थ हम 'कम-से-कम एक' लगाते हैं। पर कुछ तर्कशास्त्रियों ने सिर्फ इन्हीं निश्चित संख्यासूचक शब्दों को ही नहीं, बल्कि 'बहुत' (Many or Several), 'अधिकांश' (Most) 'A few' जैसे शब्दों के विषय में भी यह कहा है कि जिन कथनों में ये शब्द लगे हों उनका रूपान्तरण बहुत आसान नहीं और इसलिए वे न्याय भी जिनके आधारकथनों या निष्कर्ष में ऐसे शब्द लगे हों, उनकी वैधता-अवैधता को न्यायिक युक्ति के रूप में जाँचना भी संभव नहीं है। ऐसी युक्तियाँ अ-न्यायिक (Asyllogistic) स्वरूप की मानी जायेगी। जैसा कि आई० एम० कोपी अपनी पुस्तक *Introduction to Logic* में कहते हैं—*"It must be recognised that many propositions mention 'quantity more sepcifically than standard-form propositions do. This specifcation is accomplished by the use of numerical or quasinumerical quantifiers such as 'one', 'two', 'three' .... 'many', 'a few', 'most', and so on. But arguments which depend for their validity upon numerical or quasinumerical information are* ***asyllogistic****, and require a more penetrating analysis than is given in the simple theory of categorical syllogism."*

संख्यासूचक निश्चित शब्दों (एक, दो, आदि) के संबंध में तो यह बात कुछ हद तक समझ में आ भी सकती है, पर 'Many', 'Most', 'A few', आदि शब्दों के संबंध में तो तर्कशास्त्र में इसके अलावा कोई उपाय ही नहीं दिखता कि उन्हें 'Some' के अर्थ में लिया जाय। इसी मान्यता पर हमने अपने एक पूर्व नियम (नियम संख्या VI) में इन शब्दों को 'Some' के रूप में समझने की सलाह दी है और हमारे विचार से जिस कथन में ये शब्द हों उन्हें इसी मान्यता पर अंशव्यापी कथनों में परिवर्तित कर यदि उनमें बने न्याय की वैधता-अवैधता की जाँच करें तो उसमें कोई हर्ज नहीं दिखता। पर समस्या एक और है और वह यह कि हमनें ऊपर नियम सं० VI में ही कुछ अन्य शब्दों को भी, जैसे 'Almost every one', 'Almost all' आदि को 'Some' के ही अर्थ में समझने की सलाह दी है और उसी मान्यता पर साधारण भाषा के कथनों को मानक-आकार निरपेक्ष कथनों में रूपाान्तरित करने की राय दी है। पर फिर कुछ तर्कशास्त्रियों की राय में जिन कथनों में ये शब्द हो उन्हें अपवादी कथनों के रूप में लेना चाहिए और इस प्रकार अपवादी कथनों की तरह ही उनका रूपान्तरण दो निरपेक्ष कथनों के संयोग के रूप में करना चाहिए। जैसे, 'Almost all persons were present' का रूपान्तरण 'Some persons are persons who were present' नहीं करके उसका रूपान्तर निम्नलिखित संयुक्त कथन (Conjunctive Statement) के रूप में करना चाहिए—'Some persons are persons who were present and some persons are not the persons who were present'. ऐसा करने में कोई हर्ज प्रतीत नहीं होता, बल्कि दिये हुए कथन का अर्थ और अधिक निश्चित रूप में स्पष्ट हो जाता है। वास्तव में तो जब हम कहते हैं कि 'Some persons were present' तो उसी में यह निहित है कि 'Some persons were not present' और यदि पहले कथन में दूसरे को भी जोड़कर हम मूल कथन का रूपान्तरण करते हैं तो उसका अर्थ अधिक स्पष्ट और

निश्चित रूप में हो जाता है। इसलिए यह निर्देश मानने योग्य हैं। पर यह समझ में नहीं आता कि 'Most', 'Many' आदि शब्दों को भी इसी रूप में क्यों न लिया जाय, जब कि एक तरफ इन शब्दों के तथा दूसरी तरफ 'Almost all' 'Almost evereyone' आदि शब्दों के अर्थ में तर्कशास्त्र की दृष्टि से शायद ही कोई अन्तर है।

खैर, वैसे भी साधारण भाषा के सभी प्रकार के कथनों को मानक आकार निरपेक्ष कथनों में परिवर्तित करना तो संभव है नहीं। यथासंभव कुछ विशेष-विशेष प्रकार के कथनों को नमूने के तौर पर उनके मानक आकार के कथनों में रूपान्तरित करने के कुछ तरीकों की चर्चा उपर की गई हैं। उनके आधार पर जहाँ तक संभव हो, साधारण भाषा के कथनों को मानक-आकार कथनों में रूपान्तरित कर हम निरपेक्ष न्याय का गठन कर सकते हैं और युक्तियों की वैधता-अवैधता की जाँच कर सकते हैं। पर एक बात सदैव ध्यान में रखना चाहिए कि साधारण कथनों के मानक आकारों मे परिवर्तन के लिए 'नियम' (Rule) के ठीक अर्थ में कुछ निश्चित नियम नहीं है और अन्त में उनके मानक आकार निरपेक्ष प्रतिज्ञप्तियों में परिवर्तन के लिए एक ही निर्देश बच जाता है कि उनके ठीक-ठीक अर्थ को समझकर बिना अर्थ में कोई परिवर्तन किये यदि उन्हें कोई मानक आकार हम दे सकते हैं तो दें, अन्यथा उन्हें दूसरे रूप में समझना होगा और उनसे बनी युक्तियों की वैधता-अवैधता की जाँच के लिए निरपेक्ष न्याय के तरीकों से भिन्न कुछ दूसरे तरीकों का सहारा लेना पड़ता होगा।

इस प्रकार साधारण भाषा में निहित न्यायिक युक्तियों को मानक-आकार निरपेक्ष न्यायों के रूप में लाने के मार्ग में आने वाली जिन तीन संभव कठिनाइयों की चर्चा हमने की थी, उनमें से प्रत्येक का यथासंभव निराकरण प्रस्तुत करने की हमने चेष्टा की। निराकरण के इन तरीकों से जिन युक्तियों को मानक-आकार निरपेक्ष न्यायों में परिवर्तित किया जा सकता है, उन्हीं की वैधता-अवैधता की जाँच हम अब तक बतलाई गई विधियों के द्वारा कर सकते हैं।

❑

(ख) प्रतीकात्मक तर्कशास्त्र
(Symbolic Logic)

अध्याय 7

सत्यता-फलन
(TRUTH-FUNCTION)

1. प्रतीकात्मक तर्कशास्त्र : स्वरूप एवं विषय-क्षेत्र (*Symbolic Logic : Nature and Scope*)

हमने प्रारम्भ में ही देखा है कि तर्कशास्त्र का मुख्य कार्य वैध तथा अवैध युक्तियों में भेद करने की विधि बतलाना तथा वैध युक्तियों के निर्माण संबंधी नियम एवं सिद्धान्त हमारे समक्ष प्रस्तुत करना है। हमने यह भी देखा है कि युक्तियाँ दो प्रकार की होती हैं—निगमनात्मक तथा आगमनात्मक—और वैधता-अवैधता मुख्यतः निगमनात्मक युक्तियों का ही लक्षण हैं। दूसरे शब्दों में, सही अर्थ में वैध-अवैध निगमनात्मक युक्तियाँ ही होती है। आगमनात्मक युक्तियाँ अच्छी-बुरी सबल-निर्बल आदि हो सकती है, पर वैध-अवैध नहीं। प्रतीकात्मक तर्कशास्त्र का संबंध निगमनात्मक युक्तियों से होता है, इसलिए कह सकते हैं कि प्रतीकात्मक तर्कशास्त्र निगमन तर्कशास्त्र ही है। इसलिए मूलतः जो स्वरूप निगमन तर्कशास्त्र का है, वही प्रतीकात्मक तर्कशास्त्र का भी है। हम जानते हैं कि निगमन अथवा निगमनात्मक अनुमान में निष्कर्ष आधार-कथनों से अनिवार्यतः निकलता है, इसलिए उसके निष्कर्ष में निश्चित सत्यता होती है। जब आधार-कथनों के सत्य होने पर निष्कर्ष भी अनिवार्यतः सत्य होता है, यानी, जब आधार-कथन निष्कर्ष को आपादित करते हैं, तो निगमनातमक युक्ति वैध मानी जाती है, अन्यथा अवैध। फिर निगमनात्मक युक्तियाँ मूलतः आकारिक (formal) होती है, यानी उन्हें सिर्फ आकार से मतलब होता है, विषय-वस्तु से नहीं। एक विशेष आकार की कोई युक्ति यदि निगमन के नियमों के अनुसार वैध सिद्ध होती है तो फिर उस आकार की सारी युक्तियाँ वैध सिद्ध होती हैं, चाहे उनकी विषय-वस्तु कुछ भी हो। उसी प्रकार एक निश्चित आकार में दी गई युक्ति यदि अवैध सिद्ध होती है, तो उस आकार में ढली सारी युक्तियाँ अवैध सिद्ध होती है। प्रतीकात्मक तर्कशास्त्र जिस प्रकार के अनुमानों या युक्तियों से संबंध रखता है, उनके भी ये ही सारे लक्षण होते हैं, चूँकि प्रतीकात्मक तर्कशास्त्र का संबंध निगमनात्मक युक्तियों की ही वैधता-अवैधता के प्रश्न के साथ है।

प्रश्न उठता है कि जब ऐसा है तब प्रतीकात्मक तर्कशास्त्र पारम्परिक निगमन तर्कशास्त्र से किस प्रकार भिन्न है, इसकी विशेषता क्या है? उत्तर है कि जहाँ तक विषय-वस्तु का सवाल है, दोनों में कोई मौलिक अन्तर नहीं है, अन्तर है तो विषय-वस्तु के अध्ययन के तकनीक में। अन्य आधुनिक विज्ञानों की तरह प्रतीकात्मक तर्कशास्त्र की अपनी एक तकनीकी भाषा है (जिसे कृत्रिम भाषा भी कह सकते हैं) जिसके माध्यम से ही यह युक्तियों की वैधता-अवैधता के प्रश्न तथा उससे संबंधित सारे नियमों एवं सिद्धान्तों का अध्ययन करता है। इस तकनीकी भाषा में अनेकों प्रकार के प्रतीक (symbols) हैं जिनके प्रयोग से बड़ी-बड़ी युक्तियों का भी मूल तार्किक आकार हमारे समक्ष इस प्रकार स्पष्ट तथा

पारदर्शक रूप में रख दिया जाता है कि उनके कथनों के बीच के परस्पर संबंध हमें साफ दिखलाई पड़ने लगते हैं तथा वैधता-अवैधता आसानी से निर्धारित कर ली जाती है। इसका प्रभाव यह हुआ है कि जहाँ अरस्तू का पारम्परिक निगमन तर्कशास्त्र कुछ छोटी तथा सरल युक्तियों की वैधता-अवैधता से अपना संबंध रख पाया है, वहाँ प्रतीकात्मक तर्कशास्त्र बहुत बड़ी-बड़ी तथा जटिल युक्तियों की वैधता-अवैधता के प्रश्न के साथ भी निबटने की क्षमता रखता है। इस प्रकार प्रतीकों के प्रयोग द्वारा प्रतीकात्मक तर्कशास्त्र युक्तियों की विषय-वस्तु से उनके मूल आकार को अलग कर लेता है तथा अधिक प्रभावकारी ढंग से उनकी वैधता-अवैधता को निर्धारित करता है।

प्रतीकों के प्रयोग का एक दूसरा पक्ष भी है। हमारी साधारण भाषा अस्पष्टता तथा अनिश्चितता से भरी हुई है जिसके चलते उसमें बहुत सारी युक्तियों का स्वरूप हमारे सामने स्पष्ट ही नहीं हो पाता और हम उनकी वैधता-अवैधता जाँचने में विफल रह जाते हैं। प्रतीकों के प्रयोग का दूसरा पक्ष भाषा की इसी अस्पष्टता तथा अनिश्चितता को दूर करने से संबंधित है। प्रतीकात्मक तर्कशास्त्र प्रयोग किये गये प्रतीकों को निश्चित अर्थ प्रदान करता है और उनके माध्यम से साधारण भाषा में दी गई युक्तियों का प्रतीकीकरण कर उन्हें सुनिश्चित, सरल तथा सुग्राहय बनाता है।

प्रतीकों के प्रयोग से उत्पन्न निश्चितता, सरलता तथा सुग्राहयता का सबसे अच्छा उदाहरण गणित में मिलता है। यदि गणित प्रतीकों के प्रयोग के स्थान पर साधारण भाषा का ही प्रयोग करता रह जाता, तो आज जो विकास उसका हुआ है उसकी कल्पना भी हम नहीं कर पातें। जिन अनेकों जटिल सूत्रों (formulae) से गणित में हम करीब-करीब यांत्रिक गति से निबटते रहते हैं उन्हें यदि साधारण भाषा के माध्यम से हमें करना हो तो अत्यधिक मानसिक चेष्टा के बावजूद हम जितना गणित में करते हैं उसका एक छोटा अंश भी नहीं कर पाते। एक साधारण उदाहरण लेकर उपर्युक्त बातों की सत्यता को हम परख सकते हैं। एक तरफ हम गणित के इस सूत्र को रखें—'$(a+b)(a-b) = a^2-b^2$' तथा दूसरी तरफ इसी बात को साधारण भाषा के माध्यम से व्यक्त करें—'दो संख्याओं के योग तथा अन्तर का गुणनफल उनके वर्ग के अन्तर के बराबर होता है'। अब हम देख सकते हैं कि जो मनुष्य थोड़ा भी गणित के प्रतीकों से परिचित है वह पहले को तुरंत समझ जायेगा तथा आगे बढ़ने के क्रम में यथास्थान उसे लागू भी कर लेगा, परन्तु दूसरे को समझने के लिए एक मानसिक चेष्टा की आवश्यकता पड़ेगी तथा अन्य अवसरों पर इसे लागू करना आसान काम नहीं होगा। और यदि इससे जटिल उदाहरण रखा जाय तब तो शायद मानसिक चेष्टा के बावजूद उसे समझना कठिन होगा। उसी प्रकार प्रतीकात्मक तर्कशास्त्र में डी मॉर्गन सिद्धान्त (De Morgan's Theory) नामक एक सिद्धान्त (दो भागों में) है जिसे साधारण भाषा में इस प्रकार व्यक्त किया जा सकता है—(i) दो कथनों के संयोजन (conjunction) का निषेध (Negation) उनके निषेधों के वियोजन (Disjunction) के साथ तार्किक रूप से तुल्य (Logically equivalent) होता है तथा (ii) दो कथनों के वियोजन का निषेध उनके निषेधों के संयोजन के साथ तार्किक रूप से तुल्य होता है। हम देख सकते हैं कि इन्हें समझने के लिए कितनी मानकिस चेष्टा की आवश्यकता है, परन्तु जब हम प्रतीकात्मक तर्कशास्त्र के प्रतीकों के साथ परिचित हो जायेंगे तो देखेंगे कि इन्हें इनके निम्नलिखित रूपों में समझना तथा उपयुक्त अवसरों

पर उन्हें लागू कर युक्तियों की वैधता-अवैधता की समस्या से निबटना कितना आसान है :—

$$(i) \sim (p.q) \equiv \sim p \vee \sim q, \quad (ii) \sim (p \vee q) \equiv \sim p. \sim q$$

हमारी युक्तियाँ भी जब तक साधारण भाषा में रहती हैं तब तक उस भाषा के जटिल स्वरूप तथा उसकी अस्पष्टता और अनिश्चितता के चलते उनका स्पष्ट स्वरूप हमारे सामने नहीं आ पाता और हम आसानी से निश्चित नहीं कर पाते कि वे वैध हैं या अवैध। प्रतीकात्मक तर्कशास्त्र प्रतीकों का प्रयोग कर इस कठिनाई को दूर करता है तथा युक्तियों का स्वरूप कुछ इस प्रकार पारदर्शी बना देता है कि अक्सर बिना अधिक मानसिक चेष्टा के एक यान्त्रिक रूप में हम उनकी वैधता-अवैधता निर्धारित कर लेते हैं। इस प्रकार प्रतीकात्मक तर्कशास्त्र के सही स्वरूप को पहचान लेने के बाद यह विडम्बना ही लग सकती है कि जहाँ हम समझते हैं कि तर्कशास्त्र हमारी विचार-शक्ति को विकसित करने का विज्ञान है, इसमें सोचने-विचारने की गहन क्रिया सम्पन्न होती है, वहाँ वास्तविकता यह है कि तर्कशास्त्र ने कुछ ऐसे तकनीक विकसित कर लिए हैं कि उनकी सहायता से तर्क संबंधी अनेकों कार्यों को हम करीब-करीब यांत्रिक रूप में बिना किसी मानसिक चेष्टा के सम्पन्न कर लेते हैं। इस संबंध में **ह्वाइटहेड** (A. N. Whitehead), जिनका प्रतीकात्मक तर्कशास्त्र के विकास में बहुत महत्त्वपूर्ण योगदान है, का यह कथन उद्धरणीय है—*".......by the aid of symbolism, we can make transitions in reasoning almost mechanically by the eye, which otherwise would call into play the higher faculties of the brain."*। यहाँ इस बात पर भी ध्यान देना चाहिए कि प्रतीकात्मक तर्कशास्त्र सिर्फ युक्तियों का प्रतीकीकरण कर उन्हें स्पष्ट और पारदर्शी नहीं बना देता, बल्कि वैध अनुमान या युक्तियों से संबंधित जितने नियम सिद्धान्त हैं उन्हें प्रतीकात्मक रूप में ही रखता है, जैसे उपर्युक्त डी मॉर्गन सिद्धान्त, जिनको समझना और लागू करना भी उतना ही आसान है, चूँकि उन्हें लागू करने की क्रिया भी करीब-करीब यान्त्रिक रूप में ही सम्पन्न हो जाती है।

संकेतों तथा प्रतीकों का प्रयोग आवश्यकतानुसार अरस्तू के पारम्परिक तर्कशास्त्र में भी है (जैसे, S, P, M आदि) और इसलिए एक अर्थ में कहा जा सकता है कि पारम्परिक निगमन तर्कशास्त्र तथा आधुनिक प्रतीकात्मक तर्कशास्त्र में प्रतीकों के प्रयोग से संबंधित भेद सिर्फ मात्रा-भेद (Difference in Degree) है, प्रकार-भेद (Difference in kind) नहीं। ऐसा कहना सर्वथा गलत नहीं है परन्तु समझने की बात यह है कि यह मात्रा-भेद ही इतना जबरदस्त है कि दोनों के बीच कोई तुलना ही नहीं रह जाती और प्रतीकात्मक तर्कशास्त्र बिल्कुल एक नवीन बौद्धिक अनुशासन के रूप में हमारे समक्ष प्रकट होता है—इसका स्वरूप बिल्कुल गाणितिक (mathematical) नजर आने लगता है। यही कारण है कि उसे गाणितिक तर्कशास्त्र (Mathematical Logic) की भी संज्ञा दी जाती है। प्रतीकों का प्रयोग जिस रूप में तथा जिस मात्रा में प्रतीकात्मक तर्कशास्त्र में होता है उसका एक अंश भी अरस्तू के तर्कशास्त्र में नहीं होता और यही कारण है कि दोनों का मूल विषय एक होते हुए भी प्रतीकात्मक तर्कशास्त्र का क्षेत्र अरस्तू के तर्कशास्त्र की तुलना में बहुत ही अधिक विकसित तथा विस्तृत है।

प्रतीकात्मक तर्कशास्त्र का एक दूसरा पक्ष भी है और अपने इस पक्ष में तो वह सचमुच गणित ही है, या प्रसिद्ध तर्कशास्त्री और गणितशास्त्री वर्ट्रन्ड रसेल के साथ यों कहें कि समस्त गणित उसके इस पक्ष वाले रूप में रूपान्तरित किया जा सकता है। ऊपर जो रूपरेखा हमने प्रतीकात्मक तर्कशास्त्र की खींची है, वह उसके व्यावहारिक पक्ष का है जिसमें वह हमें कुछ ऐसे तकनीक प्रदान करता है जिनकी सहायता से व्यावहारिक स्तर पर

हम विभिन्न प्रकार की युक्तियों की वैधता-अवैधता निर्धारित करते हैं। इन तकनीकों में वैध अनुमान के अनेकों नियम तथा उनके पीछे निहित अनेकों सिद्धान्त भी हैं जिन्हें तर्कशास्त्र हमारे सामने हमारे व्यावहारिक प्रयोग के लिए प्रस्तुत करता है। परन्तु उसके अलावा प्रतीकात्मक तर्कशास्त्र का एक शुद्ध सैद्धान्तिक पहलू भी है जिसमें रेखागणित की तरह कुछ परिभाषाओं, पूर्वमान्यताओं, आकारिक अनुमान के एक-दो प्राथमिक नियमों आदि से वह प्रारम्भ करता है तथा उन्हें ही आधार बनाकर अनुमान के अन्य नियमों तथा सिद्धान्तों को एक-एक कर एक क्रमबद्ध निगमनात्मक रूप में व्युत्पम्न (Deduce) करता है। इस प्रकार इन सबों को व्यवस्थित कर वह एक निगमनात्मक तंत्र (Deductive system) का निर्माण करता है जो बिल्कुल संगत तथा पूर्ण होता है। तंत्र की संगति तथा पूर्णता सचमुच सिद्ध की जाती है। इस निगमनात्क तंत्र को प्रतीकात्मक तर्कशास्त्र में तर्कगणित तंत्र (logistic system) की संज्ञा दी जाती है। अपने इस रूप में तर्कशास्त्र एक शुद्ध आकारिक विज्ञान (formal science) के रूप में उभरकर हमारे सामने आता है।

हमे खेद है कि पुस्तक का रूप परिचयात्मक होने के कारण हम वर्तमान अध्याय में प्रतीकात्मक तर्कशास्त्र के इस पक्ष की चर्चा नहीं कर पायेंगे। व्यावहारिक पक्ष के भी कुछ प्रारंभिक तकनीकों, नियमों आदि की चर्चा तक ही अपने को यहाँ सीमित रखेंगे।

2. सत्यता-फलित कथन तथा उनके सत्यता-मूल्य (*Truth-functional Statements and their Truth Values*)

यह तो हम समझ ही चुके हैं कि प्रतीकात्मक तर्कशास्त्र का मुख्य संबंध निगमनात्मक युक्यिों की वैधता-अवैधता की जाँच से है। यहाँ हम युक्तियों की वैधता-अवैधता की जाँच की उस विधि से अपना संबंध रखेंगे जिसे सत्यता-सारिणी विधि (Truth-Table Method) का नाम दिया जाता है। पर इस विधि का प्रयोग कुछ विशेष प्रकार की युक्तियों के संबंध में ही किया जाता है, जिन युक्तियों के निर्माण में वैसे कथनों का हाथ होता है जिन्हें हम सत्यता-फलित कथन कहते हैं। इसलिए पहले हम इन्हीं कथनों के स्वरूप, उनके प्रतीकीकरण की विधि, उनकी सत्यता-असत्यता के निर्धारण के तरीके आदि की चर्चा करेंगे।

एक दृष्टि से कथनों के हम दो भेद कर सकते हैं :—

(i) सरल (simple) तथा (ii) मिश्र (compound)। सरल कथन वे कथन है जिनके अन्दर घटक (Constituent) रूप में अन्य कोई कथन न हो। जैसे—'गुलाब लाल है', 'राम बीमार है', आदि। मिश्र कथन वैसे कथन हैं जिनके अन्दर घटक रूप में अन्य कथन हों। जैसे, 'गुलाब लाल है तथा गेंदा पीला है', 'उसका विश्वास है कि राम बाहर चला गया है' आदि। किसी कथन के किसी अंश को उसका घटक नहीं कहते, जिसे घटक कहते हैं उसे खुद पूरा एक कथन होना चाहिए। जैसे—'वह जानता है कि उसे कोई नहीं हरा सकेगा' में 'नहीं हरा सकेगा' पूरे कथन का एक अंश है, पर उसका घटक (कथन) नहीं है। घटक कथन है 'उसे कोई नहीं हरा सकेगा', जो खुद एक पूरा कथन है। मिश्र कथन के घटक साधारणतः सरल कथन होते हैं, पर खुद मिश्र कथन किसी बड़े मिश्र कथन का घटक हो सकता है।

फिर एक दृष्टि से मिश्र कथनों को दो वर्गों में विभाजित किया जा सकता है—सत्यता-फलित (Truth-functional) तथा न-सत्यता-फलित (Non-truth-functional)। इस भेद को समझने के पहले हमें सत्यता-मूल्य (truth-value) की अवधारणा से अवगत हो लेना पड़ेगा। हम जो किसी कथन को 'सत्य' या 'असत्य' नामक दो तार्किक मूल्यों में से

कोई एक प्रदान करते हैं, वही उस कथन का सत्यता-मूल्य है। दूसरे शब्दों में, किसी भी कथन का सत्य या असत्य होना उसका सत्यता मूल्य कहलाता है। इस तरह किसी कथन का सत्यता-मूल्य होता है 'सत्य' तथा किसी का 'असत्य'।

अब वैसा मिश्र कथन सत्यता-फलित कहलाता है जिसका सत्यता-मूल्य उसके घटक-कथनों के सत्यता-मूल्यों द्वारा निर्धारित होता है या यों कहें कि जिसका सत्यता मूल्य घटक कथनों के सत्यता-मूल्यों पर निर्भर करता है। उदाहरण के लिए 'गुलाब लाल है तथा गेंदा पीला है' मिश्र कथन का सत्यता-मूल्य 'सत्य' तभी होगा जब इसके दोनों घटक कथनों का सत्यता-मूल्य भी 'सत्य' ही हो, उनमें से एक भी कथन यदि असत्य होगा तो पूरा मिश्र कथन असत्य हो जायेगा। इस प्रकार यह मिश्र कथन सत्यता-फलित मिश्र कथन है। पर दूसरी ओर 'सोहन कहता है कि राम कहीं चला गया' एक सत्यता-फलित मिश्र कथन नहीं है, चूँकि इसका सत्यता-मूल्य इसके घटक कथनों पर निर्भर नहीं करता। राम सचमुच कहीं चला गया हो या नहीं, यानी 'राम कहीं चला गया' कथन सचमुच सत्य हो या असत्य, इस बात का पूरे कथन की सत्यता-असत्यता पर कोई असर नहीं पड़ता। राम सचमुच कहीं नहीं भी गया हो फिर भी यह पूरा कथन कि 'सोहन कहता है कि राम कहीं चला गया' सत्य हो सकता है, यदि सचमुच सोहन ऐसा कहता है। उसी प्रकार राम सचमुच कहीं चला भी गया हो, तो भी पूरा कथन असत्य हो सकता है, यदि सोहन सचमुच ऐसा नहीं कहता है कि राम कहीं चला गया। इस प्रकार पूरे मिश्र कथन का सत्यता-मूल्य उसके घटक-कथन 'राम कहीं चला गया' के सत्यता-मूल्य पर निर्भर नहीं करता। इसलिए यह कथन न-सत्यता फलित मिश्र कथन है। नीचे हमारा संबंध सिर्फ सत्यता-फलित मिश्र कथनों से होगा चूँकि उन्हीं से निर्मित युक्तियों की वैधता-अवैधता के प्रश्न से हम आगे संबंधित होंगे।

यहाँ और आगे बढ़ने से पहले सत्यता-फलन (Truth-function) की अवधारणा को थोड़ा स्पष्ट कर लेना होगा। प्रत्येक सत्यता-फलित मिश्र कथन अपने घटक कथनों का सत्यता-फलन कहलाता है। ऐसा इसलिए चूँकि उसका सत्यता-मूल्य उसके घटक कथनों के ही सत्यता-मूल्यों का फलन (Function) है। 'फलन' की धारणा सचमुच गणित से ली गई है। उदाहरण के लिए गणित में '$b = 2a + 3$' में 'b' को 'a' का फलन कहा जाता है चूँकि 'b' का मूल्य क्या होगा यह पूर्णतः 'a' के मूल्य पर निर्भर करता है। यदि 'a' का मूल्य '2' है तो 'b' का मूल्य '7' होगा, यदि 'a' का मूल्य '3' है तो 'b' का मूल्य '9' होगा, आदि। यहाँ तर्कशास्त्र में इसी के अनुरूप हम सत्यता-मूल्य तथा सत्यता-फलन की अवधारणा लाते हैं। जिस मिश्र कथन का सत्यता-मूल्य उसके घटक-कथनों के सत्यता – मूल्यों पर निर्भर करता है उसे उसके घटक कथनों का सत्यता-फलन कहा जाता है तथा घटकों को उस मिश्र कथन का सत्यता-फलनक घटक (Truth-functional constituent) कहा जाता है।

जिन शब्दों या शब्द समूहों के द्वारा घटक कथनों को संयुक्त कर मिश्र कथन बनाये जाते हैं उन्हें संबंधक (connective) कहा जाता है तथा जिनके द्वारा सत्यता-फलित कथन बनाये जाते हैं उन्हें 'सत्यता-फलनक संबंधक' (Truth-functional connective) कहा जाता है। 'और' (and), 'नहीं' (Not), 'या' (or), 'यदि.....तो' (if.......then), 'यदि और सिर्फ यदि' (if and only if) तथा इनके अनुरूप अन्य संबंधक सत्यता-फलनक संबंधक हैं। आकारिक तर्कशास्त्र के दृष्टिकोण से ये संबंधक ही सत्यता-फलित कथनों की रीढ़ होते हैं, चूँकि ये ही मूलतः उनके आकार निर्धारित करते हैं।

साधारण भाषा में इन संबंधकों का प्रयोग हमेशा एक ही प्रकार से और एक ही अर्थ में नहीं होता। आगे कुछ के संबंध में हम देखेंगे कि उनका प्रयोग अक्सर कई अर्थों में होता है परन्तु प्रतीकात्मक तर्कशास्त्र चूँकि एक शुद्ध आकारिक विज्ञान है जो वैध आकारिक अनुमानों के संबंध में कुछ निश्चित नियम निर्धारित करता है इसलिए उसके लिए यह आवश्यक हो जाता है कि इन शब्दों के प्रयोग संबंधी अनिश्चितताओं को दूर कर उनके प्रयोग के संबंध में कुछ निश्चित नियम निर्धारित कर ले। ऐसा करने में उसे कुछ हद तक एक मनमानेपन तथा कृत्रिमता का सहारा लेना पड़ता है, चूँकि साधारण भाषा में किये गये हर प्रकार के प्रयोग को किसी भी नियम के अन्तर्गत सम्मिलित करना संभव नहीं है। प्रतीकात्मक तर्कशास्त्र इन संबंधकों के लिए कुछ विशेष-विशेष प्रतीक रख देता है तथा उन्हें एक निश्चित रूप में परिभाषित कर देता है। **इस दृष्टि से सम्पूर्ण प्रतीकात्मक तर्कशास्त्र को कृत्रिम भाषा के एक खेल (game) के रूप में लिया जा सकता है जिसके (अन्य खेलों की तरह) अपने कुछ निश्चित नियम हैं। और जैसे किसी भी खेल को खेलने के लिए उसके विशिष्ट नियमों से परिचित होना आवश्यक है वैसे प्रतीकात्मक तर्कशास्त्र के भाषा संबंधी खेल को खेलने के लिए उसके विशिष्ट नियमों से परिचित होना आवश्यक है।** परन्तु फिर भी ऐसा नहीं है कि भाषा संबंधी अपने खेल के नियम प्रतीकात्मक तर्कशास्त्र कुछ इस मनमाने ढंग से बनाता है कि उसे इन संबंधकों के साधारण भाषा में किये जाने वाले प्रयोगों से कोई मतलब ही नहीं है। वास्तविकता तो यह है कि साधारण भाषा में इन संबंधकों के किये जाने वाले अनेकों प्रयोगों के आधार पर ही वह उनके विषय में कोई नियम बनाता है। हाँ, इन नियमों के निर्माण में वह इस विशिष्ट दृष्टिकोण से संचालित अवश्य होता है कि इन संबंधकों द्वारा बनी सत्यता-फलित प्रतिज्ञप्तियाँ किन-किन परिस्थितियों में सत्य तथा किन-किन में असत्य होती हैं। ऐसा करने में भरसक वह इन संबंधकों के सर्वाधिक सामान्य तथा विस्तृत प्रयोग पर अपने नियमों को आधारित करता है।

हमने ऊपर कहा है कि प्रतीकात्मक तर्कशास्त्र संबंधकों का प्रयोग उनके प्राकृतिक रूप में नहीं करके कुछ प्रतीकों के रूप में करता है। वे प्रतीक निम्नलिखित हैं :—

(i) 'और' (And) का प्रतीक हैं '.' (Dot)
(ii) 'या' (Or) का प्रतीक है 'v' (wedge या vel)
(iii) 'नहीं' (Not) का प्रतीक है '~' (curl)
(iv) 'यदि'.......तो' (If....then) का प्रतीक है—'⊃' (Horseshoe)
(v) 'यदि और सिर्फ यदि' (If and only If) का प्रतीक हैं '≡' (Three bars)

दाहिनी तरफ कोष्ठकों में प्रतीकों के नाम दिये गये हैं। प्रत्येक को उसके विशिष्ट नाम से पढ़ सकते हैं या फिर जिस संबंधक का वह प्रतीक है उस रूप में भी उसे पढ़ सकते हैं। जैसे 'p.q' को हम 'p dot (डॉट) q' के रूप में पढ़ सकते हैं या फिर 'p और q' के रूप में। '~p' को 'curl (कर्ल) p' के रूप में या फिर 'not-p' या 'नहीं-p' के रूप में पढ़ सकते हैं। उसी प्रकार 'pvq' को 'p vel q' या 'p wedge q' या 'p or q' या 'p या q' के रूप में पढ़ सकते हैं । 'p ⊃ q' को 'p horseshoe q' या 'if p then q' (यदि p तो q) के रूप में पढ़ सकते हैं। 'p ⊃ q' को एक अन्य रूप में भी पढ़ा जाता है और वह है 'p implies q' (p q को आपादित करता है)। 'p≡ q' को 'p three bars q' के रूप में या

'q if and only if p' (q यदि और सिर्फ यदि p) के रूप में पढ़ा जा सकता है। 'p≡ q' को एक अन्य रूप में भी पढ़ा जाता है और वह है 'p is equivalent to q' (p q के तुल्य है)।

इन प्रतीकों के वैकल्पिक प्रतीक भी हैं जिनका प्रयोग कुछ अन्य पुस्तकों में होता है। जैसे 'और' के लिए कुछ पुस्तकों में '&' का प्रयोग मिलेगा, 'नहीं' के लिए '—' प्रतीक का, 'यदि.... तो' के लिए '→' प्रतीक का तथा 'यदि और सिर्फ यदि' के लिए '↔' प्रतीक का। परन्तु हम यहाँ इस पुस्तक में पहले दिये गये पाँचों प्रतीकों का ही प्रयोग करेंगे:—

(क) संयोजक कथन—'और' संबंधक के द्वारा बने सत्यता-फलित कथन को संयोजक कथन (conjunctive statement) या संयोजन (conjunction) कहते हैं तथा उसके घटकों को संयुक्त (conjunct)। यदि सरल घटक कथनों को 'p', 'q', 'r' आदि प्रतीकों के माध्यम से व्यक्त किया जाय तो दो घटकों से बने संयोजक कथन को 'p . q' प्रतीक द्वारा व्यक्त कर सकते हैं। p, q, r आदि को प्रतिज्ञप्ति-परिवर्ती या कथन-परिवर्ती (propositional variable or statement variable) कहा जाता है, चूँकि इनके स्थान पर हम कोई भी कथन प्रतिस्थापित कर दें, संयोजन की विषय-वस्तु में परिवर्तन होगा किन्तु उसके आकार में कोई परिवर्तन नहीं होगा। प्रतिज्ञप्ति परिवर्तियों के प्रयोग से इस प्रकार हम सत्यता-फलित प्रतिज्ञप्तियों के आकार स्पष्ट कर सकते हैं। 'p.q' किन्हीं दो घटकों से बने संयोजक कथन का आकार हमारे सामने स्पष्ट करता है। इसलिए इसे हम संयोजक कथन-आकार (Conjunction statement form) तथा 'p' एवं 'q' के स्थान पर निश्चित कथनों को प्रतिस्थापित कर देने पर जो संयोजक कथन बनता है उसे उसका प्रतिस्थापित दृष्टान्त (substitution instance) कह सकते हैं। जैसे यदि 'p' के स्थान पर हम 'राम बीमार है' कथन प्रतिस्थापित कर दें और 'q' के स्थान पर 'उसका भाई दवा लाने के लिए गया है' तो 'राम बीमार है और उसका भाई दवा लाने गया है' सत्यता-फलित कथन 'p.q' का प्रतिस्थापित दृष्टान्त है। ऐसे ही अन्य संबंधकों से बने सत्यता-फलित कथनों के आकार भी इन प्रतिज्ञप्ति परिवर्तियों के माध्यम से हम व्यक्त कर सकते हैं तथा वहाँ भी प्रतिज्ञप्ति आकार तथा उसके किसी प्रतिस्थापित दृष्टान्त में भेद कर सकते हैं। आगे चलकर प्रतिज्ञप्ति या कथन आकार (Statement form) तथा कथन (statement) में भेद को स्पष्ट करने के सिलसिले में हम कथन आकार तथा उसके किसी प्रतिस्थापित दृष्टान्त के भेद को और स्पष्ट करने की चेष्टा करेंगे।

सत्यता-मूल्य की दृष्टि से, यानी इस दृष्टि से कि संयोजन कब सत्य होगा और कब असत्य, प्रतीकात्मक तर्कशास्त्र निम्नलिखित नियम स्थापित करता है—**संयोजन तभी और सिर्फ तभी सत्य होता है जब इसके दोनों संयुक्त सत्य हों, अन्यथा वह असत्य होता है**। किसी भी संयोजन 'p.q' के संयुतकों के सत्यता-मूल्यों की सभी संभावनाएँ निम्नलिखित होंगी :—

(i) p तथा q दोनों सत्य हैं।
(ii) p सत्य है तथा q असत्य।
(iii) p असत्य है तथा q सत्य।
(iv) p तथा q दोनों असत्य हैं।

इनमें से सिर्फ पहली स्थिति में संयोजन 'p.q' सत्य होगा, अन्य तीनों स्थितियों में असत्य।

'और' संबंधक अथवा '.' प्रतीक के संबंध में उपर्युक्त नियम को एक संक्षिप्त तथा स्पष्ट रूप में हम एक सारणी के माध्यम से व्यक्त कर सकते हैं, जिसे सत्यता-सारणी (Truth-table) कहते हैं। यह सत्यता-सारणी नीचे दी जाती है। इस सारणी में 'T' 'true' अथवा 'सत्य' का प्रतीक होगा तथा 'F' 'false' यानी 'असत्य' का। आगे की सभी सत्यता-सारणियों में भी 'T' तथा 'F' से इन्हीं अर्थों का बोध होगा।

'p.q' की सत्यता-सारणी :—

p	q	p.q
T	T	T
T	F	F
F	T	F
F	F	F

चूँकि '.' प्रतीक द्वारा बनी किसी भी संयोजक प्रतिज्ञप्ति का सत्यता-मूल्य ठीक उसी प्रकार निर्धारित होगा जिस प्रकार ऊपर की सारणी में 'p.q' का हुआ है, इसलिए कह सकते है कि यह सत्यता-सारणी '.' प्रतीक को परिभाषित करती है।

यहाँ हम देख सकते हैं कि यद्यपि साधारण भाषा में 'और' संबंधक के कई प्रकार के प्रयोग हो सकते हैं तथापि उसके द्वारा संयुक्त कथनों की सत्यता-असत्यता से संबंधित दृष्टिकोण के आधार पर जो निश्चित नियम ऊपर उसके प्रयोग के संबंध में निर्धारित किया गया है उसमें कोई बहुत कृत्रिमता नहीं है। साधारण भाषा में जब भी 'और' का प्रयोग दो प्रतिज्ञप्तियों को जोड़ने के लिए होता है तो उसके पीछे एक सामान्य अर्थ यह अवश्य ही छिपा रहता है कि बोलने वाला या लिखनेवाला दोनों ही प्रतिज्ञप्तियों की सत्यता का समर्थन एक साथ करता है। इसलिए दोनों में से एक भी यदि असत्य कथन हो तो, पूरा कथन असत्य हो जाता है। इन्हीं बातों को ध्यान में रखकर '.' प्रतीक के प्रयोग के संबंध में उपर्युक्त नियम बनाया गया है। हम यह भी कह सकते हैं कि 'और' के अर्थ में साधारण भाषा में अलग-अलग अवसरों पर चाहे जो भी परिवर्तन होता रहे, हम 'डॉट' प्रतीक को उपर्युक्त निश्चित अर्थ देते हैं और इसी अर्थ में उसका व्यवहार आगे हमेशा करेंगे।

यहाँ एक बात ध्यान देने योग्य यह है कि हम प्रतीकात्मक तर्कशास्त्र में हिन्दी के 'एवं', 'तथा', 'लेकिन', 'यद्यपि', 'फिर भी', 'तो भी' आदि शब्दों का व्यवहार भी 'और' संबंधक के अनुरूप अर्थ में ही करते हैं। उसी प्रकार अंग्रेजी में 'But', 'yet', 'still', 'also', 'although', 'however', 'moreover', 'neverthe less' आदि शब्दों का व्यवहार 'and' के अर्थ में करते हैं और इसलिए इनके द्वारा संयुक्त कथनों का प्रतीकीकरण एक संयोजक कथन के रूप में ही होगा।

(ख) निषेधात्मक कथन (निषेध)—हिन्दी का 'नहीं' अथवा अंग्रेजी का 'not' भी एक सत्यता-फलनक संबंधक (Truth functional connective) है, चूँकि जिस कथन में यह होता है उसका सत्यता-मूल्य उसके एकमात्र घटक कथन पर निर्भर करता है। जैसे 'राम बीमार नहीं है' कथन का सत्यता-मूल्य 'राम बीमार है' कथन के सत्यता-मूल्य पर निर्भर करता है। जब भी 'राम बीमार है' सत्य होगा तो 'राम बीमार नहीं है' असत्य और जब 'राम बीमार है' असत्य होगा तो 'राम बीमार नहीं है' सत्य। 'नहीं' संबंधक वाले कथन को

'निषेधात्मक कथन' (Negative statement) या सीधा 'निषेध' (Negation) कहते हैं। 'नहीं' (Not) का प्रतीक हैं '~', इसलिए यदि 'p' कोई कथन हो (जैसे, राम बीमार है) तो उसका निषेध होगा'~ p'। निषेध से संबंधित नियम निम्नलिखित रूप में रखा जा सकता है—**एक सत्य कथन का निषेध असत्य तथा एक असत्य कथन का निषेध सत्य होता है।** इसे बड़ी सुगमता से निम्नलिखित सत्यता-सारणी के माध्यम से व्यक्त किया जा सकता है :—

p	~p
T	F
F	T

यह सत्यता-सारणी सचमुच '~' प्रतीक को परिभाषित करती है

'यह असत्य है कि' (It is false that), 'यह सत्य नहीं है कि' (It is not true that), 'ऐसा नहीं है कि' (It is not the case that) आदि को भी 'नहीं' (Not) के अनुरूप ही समझना चाहिए तथा प्रत्येक के लिए '~' को प्रतीक रूप में लेना चाहिए। उदाहरण के लिए 'ऐसा नही है कि राम बीमार है' तथा 'राम बीमार नहीं है', दोनों एक ही कथन हैं और दोनों का ही प्रतीक होगा '~ p', यदि 'p' को 'राम बीमार है' का प्रतीक मान लिया जाय।

(ग) वियोजक कथन (वियोजन)— 'या' (or) संबंधक से बना सत्यता फलित कथन 'वियोजक कथन' या सीधा 'वियोजन' (Disjunction) कहलाता है तथा इसके घटक कथनों को 'वियुतक' (Disjuncts) कहा जाता है। इस कथन को 'वैकल्पिक कथन' भी कहा जाता है तथा उसके घटकों को विकल्प (Alternatives)। यदि 'p' तथा 'q' को किन्हीं दो कथनों के प्रतीक मानें तो उनसे बना वियोजक कथन होगा 'pvq'। इसके सत्यतामूल्य के संबंध में निम्नलिखित नियम है—**कोई भी वियोजक कथन तभी और सिर्फ तभी असत्य होता है जब इसके दोनों वियुतक असत्य हों, अन्यथा यह सत्य होता है।** उदाहरणार्थ, 'pvq' तभी असत्य होगा, जब 'p' तथा 'q' दोनों असत्य हों, अन्य सभी स्थितियों में वह सत्य होगा। 'p' तथा 'q' के सभी संभव सत्यता-मूल्यों के आधार पर 'pvq' के सत्यतामूल्य का निर्धारण कैसे होता है, यह निम्नलिखित सत्यता-सारणी व्यक्त करती है :—

p	q	pvq
T	T	T
T	F	T
F	T	T
F	F	F

यहाँ भी हम कह सकते हैं कि यह सत्यता-सारणी 'v' प्रतीक को परिभाषित करती हैं।

प्राकृतिक भाषा में 'या' संबंधक के दो प्रकार के प्रयोग देखने को मिलते हैं जिनमें से एक को हम समावेशी (inclusive) तथा दूसरे को उसका व्यावर्तक (exclusive) प्रयोग कह सकते हैं। कभी-कभी वियोजक कथन से कुछ इस प्रकार का अर्थ निकलता है कि उसके दोनों वियुतकों में से किसी एक को सत्य माना जा सकता है या एक ही साथ दोनों को भी सत्य माना जा सकता है। उदाहरण के लिए यदि कहा जाय कि 'किसी की बीमारी या आवश्यक कार्य की स्थिति में छुट्टी मिल सकती है', तो स्पष्टतः यहाँ अर्थ यह है कि घर में कोई बीमार हो या कोई आवश्यक कार्य हो या दोनों ही स्थितियाँ एक ही साथ

मौजूद हों तो फिर छुट्टी मिलेगी। 'या' के इसी प्रकार के प्रयोग को, जिसमें वह दोनों विकल्पों के एक साथ भी सत्य होने की संभावना रखता है, उसका समावेशी प्रयोग कहते हैं। यहाँ 'p या q' का अर्थ है 'या तो p या q या p तथा q दोनों ('p or q' means 'either p or q or both p and q')। यहाँ पर इसलिए 'या' का अर्थ है कि **कम-से-कम** एक विकल्प सत्य है। परन्तु यदि कहा जाय कि 'प्रत्येक व्यक्ति को चाय या कॉफी मिलेगी' तो यहाँ अर्थ यह प्रतीत होता है कि प्रत्येक व्यक्ति को सिर्फ चाय या कॉफी मिलेगी, दोनों नहीं। 'या' के ऐसे ही प्रयोग को जिसमें वह दोनों विकल्पों के एक साथ होने की संभावना का बहिष्कार करता है, उसका व्यावर्तक प्रयोग कहा जाता है। इस प्रयोग में 'p या q' का अर्थ है 'या तो p या q तथा p और q दोनों नहीं ('p or q' means 'either p or q and not both p and q)। यहाँ पर 'या' का अर्थ है कि **अधिक-से-अधिक** एक विकल्प सत्य है जिसका दूसरा अर्थ इस रूप में भी लिया जा सकता है कि 'कम-से-कम एक विकल्प सत्य है और कम-से-कम एक विकल्प असत्य है'। इस प्रकार हम देख सकते हैं कि 'या' के दोनों प्रकार के प्रयोगों में एक बात उभयनिष्ठ है और वह यह है कि 'कम-से-कम एक विकल्प सत्य है'। हम उसके इसी सामान्य या उभयनिष्ठ अर्थ को लेकर उसके प्रयोग के संबंध में उपर्युक्त निश्चित नियम निर्धारित करते हैं। इस प्रकार यहाँ 'v' प्रतीक 'या' संबंधक के समावेशी प्रयोग का प्रतीक है, व्यावर्तक का नहीं। हम देख सकते हैं कि ऐसा निश्चित करने में हमने कुछ मनमानी की है, परन्तु ऐसा नहीं है कि 'या' के साधारण भाषा में प्रयोग से हमारा कोई मतलब नहीं है और हमारा प्रयोग बिल्कुल कृत्रिम है।

'या तो.........या' (either.......or), 'अथवा' आदि संबंधकों को भी 'या' के अनुरूप ही समझना चाहिए। अतः इनका भी प्रतीक 'v' ही होगा। अंग्रेजी के 'unless' शब्द को भी जिसका हिन्दी रूपान्तर 'जब तक कि नहीं' किया जा सकता है, 'या' की तरह ही समझने की सलाह दी जाती है, यद्यपि साधारण भाषा में इसका दूसरे प्रकार का प्रयोग भी होता है। हम यदि 'you cannot succeed unless you labour hard' कथन को लें तो हम देख सकते हैं कि यह इस वियोजक कथन के अनुरूप है—'you labour hard or you cannot succeed'., । इस प्रकार 'unless' को हम 'or' संबंधक के रूप में ले सकते हैं तथा इसके लिए 'v' प्रतीक का प्रयोग कर सकते हैं।

(घ) सोपाधिक कथन— 'यदि......तो' (If.....then) से बने सत्यता-फलित कथन को सोपाधिक (conditional) कथन कहते हैं। इसे 'हेत्वाश्रित' (Hypothetical) अथवा आपादनात्मक (Implicative) कथन की संज्ञा भी दी जाती है। फिर 'यदि' और 'तो' के बीच वाले घटक को 'पूर्ववर्ती' (Antecedent) या 'आपादक' (Implicans) कहते हैं तथा 'तो' के बाद वाले घटक को 'अनुवर्ती' (consequent) या 'आपाद्य' (Implicate) कहते हैं। उदाहरण के लिए, 'यदि सूर्य है, तो प्रकाश है' कथन में 'सूर्य है' पूर्ववर्ती है तथा 'प्रकाश है' अनुवर्ती। कभी-कभी सम्पूर्ण आपादनात्मक कथन को सिर्फ आपादन (implication) भी कहा जाता है। अब यदि 'p' को किसी भी पूर्ववर्ती का प्रतीक माने तथा 'q' को अनुवर्ती का तो '⊃' प्रतीक का प्रयोग करते हुए आपादन का जो सामान्य आकार हमारे सामने आयेगा वह होगा—'p ⊃ q'। घटक कथनों के सत्यता-मूल्यों के हिसाब से आपादन के सत्यता-मूल्यों के संबंध में निम्नलिखित नियम प्रतीकात्मक तर्कशास्त्र में मान्य है—**आपादान तभी और सिर्फ तभी असत्य होता है जब उसका पूर्ववर्ती सत्य हो तथा अनुवर्ती असत्य, अन्य सभी स्थितियों में वह सत्य होता है**। अर्थात् 'p ⊃ q' तभी और सिर्फ तभी असत्य होगा जब 'p' सत्य हो तथा 'q' असत्य, 'p' तथा

'q' की सत्यता-असत्यता की अन्य सभी स्थितियों में वह सत्य होगा। 'p' तथा 'q' के सभी संभावित सत्यता-मूल्यों के आधार पर '$p \supset q$' के सत्यता-मूल्य किस-किस प्रकार निर्धारित होते हैं, यह हमें नीचे की सारणी बतलाती है :—

p	q	$p \supset q$
T	T	T
T	F	F
F	T	T
F	F	T

हम कह सकते हैं कि ऊपर की सारणी '$\supset$' को परिभाषित करती है।

साधारण भाषा में 'यदि.......तो' संबंधक के कई प्रकार के प्रयोग होते हैं। उदाहरण के लिए कम-से-कम चार प्रकार के प्रयोगों को हम देखें :—

(i) यदि राम कुंवारा है, तो वह अविवाहित है (It Ram is a bachelor, then he is unmarried.)

(ii) यदि सभी विद्वान मनुष्य हैं और राम एक विद्वान है, तो राम मनुष्य है (If all learned are men and Ram is learned, then Ram is a man.)

(iii) यदि किसी धातु को गर्म किया जाता है, तो वह फैलता है (If a metal is heated, it expands)

(iv) यदि दो और दो का योग चार है, तो राम पर विश्वास किया जा सकता है (If two and two make four, then Ram may be believed upon.)

हम देख सकते हैं कि 'यदि.......तो' का पहला प्रयोग पूर्ववर्ती तथा अनुवर्ती के बीच एक पारिभाषिक संबंध व्यक्त करता है, जिसमें एक अनिवार्यता है। दूसरा प्रयोग पूर्ववर्ती तथा अनुवर्ती के बीच एक तार्किक संबंध बतलाता है, जिसमें एक-दूसरे प्रकार की अनिवार्यता है। इसमें अनुवर्ती पूर्ववर्ती से अनिवार्यतः निकलता है। तीसरा प्रयोग पूर्ववर्ती तथा अनुवर्ती के बीच एक आनुभविक (empirical) अथवा प्रायोगिक (exprimental) संबंध बतलाता है, जिसमें कोई अनिवार्यता नहीं है। ऐसे संबंध को कारणात्मक संबंध (causal relation) भी कहा जा सकता है। परन्तु चौथा प्रयोग इन सबों से भिन्न है। यहाँ पूर्ववर्ती तथा अनुवर्ती के बीच न तो कोई पारिभाषिक (definitional) संबंध है, न ही तार्किक (logical) और न हीं कारणात्मक (causal)। वास्तविकता तो यह है कि यहाँ पूर्ववर्ती या अनुवर्ती में प्रत्यक्ष या परोक्ष कोई लगाव ही नहीं मालूम पड़ता, दोनों के विषय बिल्कुल अलग-अलग हैं। फिर भी 'यदि.....तो' का प्रयोग यहाँ पूर्ववर्ती तथा अनुवर्ती के बीच यह संबंध तो बतलाता ही है कि पूर्ववर्ती के सत्य होने की स्थिति में अनुवर्ती भी सत्य है, यानी, ऐसा नहीं है कि पूर्ववर्ती सत्य है और अनुवर्ती असत्य। यदि पूर्ववर्ती के लिए 'p' तथा अनुवर्ती के लिए 'q' प्रतीक का व्यवहार किया जाय तो 'If p, then q' का इतना अर्थ तो है ही कि ऐसा नहीं है कि p सत्य है और q असत्य, यानी $\sim (p. \sim q)$। और 'यदि......तो' के पहले तीनों प्रयोग इस चौथे प्रयोग से चाहे कितने भी भिन्न क्यों न हों, उनमें भी प्रत्येक में यह अर्थ तो निहित है ही कि 'ऐसा नहीं है कि पूर्ववर्ती सत्य है और अनुवर्ती असत्य' यानी $\sim (p. \sim q)$, यदि 'p' तथा 'q' उनमें भी क्रमशः पूर्ववर्ती तथा अनुवर्ती के प्रतीक हों। इस प्रकार 'यदि......तो, के विभिन्न प्रयोगों में एक अर्थ सामान्य

रूप से निहित है और वह यह है कि 'ऐसा नहीं है कि पूर्ववर्ती सत्य है और अनुवर्ती असत्य', यानी ~ (p. ~ q), यदि 'p' तथा 'q' को क्रमशः पूर्ववर्ती तथा अनुवर्ती का प्रतीक माना जाय। '⊃' प्रतीक 'यदि....तो' के सचमुच इसी सामान्य अर्थ का प्रतीक है।

आपादन के उपर्युक्त चार उदाहरणों में से चौथा उदाहरण जिस प्रकार के आपादन का उदाहरण है उसे 'वस्तुगत आपादन'(Material Implication) की संज्ञा दी जाती है। इस प्रकार के आपादान में आपादक तथा आपाद्य में कोई प्रत्यक्ष या परोक्ष लगाव नहीं मालूम पड़ता। ऐसा आपादन सिर्फ इतना ही भर व्यक्त करता है कि वास्तविकता में ऐसा नहीं है कि (It is not as a matter of fact the case that) आपादक सत्य है तथा आपाद्य असत्य। इस प्रकार स्पष्ट शब्दों में '⊃' वस्तुगत आपादान का प्रतीक है। हम 'p ⊃ q' को भले ही संक्षेप में इस रूप में पढ़ते हैं कि 'p' 'q' को आपादित करता है (p implies q), परन्तु इसका वास्तविक अर्थ है–'p' 'q' को वस्तुगत रूप में आपादित करता है (p materially implies q)।

ऊपर का सारा विवरण यह बतलाता है कि 'यदि.....तो' के प्रयोग को सिर्फ वस्तुगत आपादन के अर्थ में लेकर तथा तदनुसार '⊃' प्रतीक को उपर्युक्त रूप में परिभाषित कर हमने एक अर्थ में कुछ मनमानी की है, परन्तु फिर भी 'यदि....तो' का यह प्रयोग बिल्कुल कृत्रिम नहीं कहा जा सकता चूँकि हमनें देखा है कि साधारण भाषा में 'यदि.....तो' के अन्य प्रकार के प्रयोगों में एक सामान्य रूप में वह अर्थ निहित है जिसमें हमनें '⊃' प्रतीक को परिभाषित किया है।

अगर......तो', 'जब.....तब', 'सिर्फ यदि' (only it), आदि को भी 'यदि...तो' के अनुरूप ही मानना चाहिए। अंग्रेजी के 'In case', 'on the condition that',' Provided that', 'given that', आदि को भी 'If.....then' की ही तरह ही लेना चाहिए, हाँ इन शब्दों या शब्द-समूहों के साथ जो कथनों का निर्माण होता है, वह सीधे 'If....then' वाले कथनों से थोड़ा भिन्न हो सकता है। कथनों का प्रतीकीकरण करते वक्त इस बात का ध्यान रखना होगा तथा कथन को ठीक से 'If........then' वाले कथन के रूप में समझकर उसका प्रतीकीकरण '⊃' प्रतीक की सहायता से करना होगा। उदाहरण के लिए, 'He will pass only if he labouers hard' कथन 'If......then' वाले कथन के रूप में वस्तुतः यह कथन है–'If he labouers hard, then he will pass.'। उसी प्रकार 'you will win the election provided that you spead money' कथन इस कथन के तुल्य समझा जायेगा—'If you spend money, you will win the election.'।

आपादन के विरोधाभास (*Paradoxes of Implication*)—'p ⊃ q' की ऊपर दी गई सारणी को ठीक से देखने पर आपादन के संबंध में एक महत्त्वपूर्ण बात सामने आती है, जो प्रत्यक्षतः विरोधाभासी लगती है। इस महत्त्वपूर्ण बात के दो पहलू हैं–(i) किसी भी आपादन का यदि पूर्ववर्ती असत्य (false) हो तो वह आपादन अवश्य ही सत्य होगा, उसके अनुवर्ती का सत्यता-मूल्य चाहें कुछ भी क्यों न हो। (2) किसी भी आपादान का यदि अनुवर्ती सत्य हो तो वह अवश्य ही सत्य होता है, चाहे उसके पूर्ववर्ती का सत्यता-मूल्य कुछ भी हो। इन दोनों बातों को एक-दूसरे प्रकार से भी व्यक्त किया जा सकता है–**(i) एक असत्य पूर्ववर्ती किसी भी अनुवर्ती को आपादित करता है तथा (2) एक सत्य अनुवर्ती किसी भी पूर्ववर्ती के द्वारा आपादित होता है।** इन बातों को

पूर्ववर्ती तथा अनुवर्ती का कोई जिक्र किये बिना भी इस प्रकार व्यक्त कर सकते हैं— **(1) एक असत्य कथन किसी भी कथन को आपादित करता है तथा (2) एक सत्य कथन किसी भी कथन के द्वारा आपादित होता है।**

ये दोनों बातें प्रत्यक्षतः विरोधाभासी अथवा पहेली की तरह इसलिए लगती है चूँकि 'If p, then q' का साधारणतः हम अर्थ यह लेते हैं कि यदि p (पूर्ववर्ती) सत्य है, तो q (अनुवर्ती) भी सत्य है, और यहाँ स्थिति यह है कि यदि p असत्य हो, तो फिर पूरा आपादान 'If, p, then q' सत्य हो जायेगा, यानी $\sim p \supset (p \supset q)$। यह बात थोड़ी विचित्र सी अवश्य लगती है। उसी प्रकार इसे अभिव्यक्त करने का जो यह तरीका है कि 'एक असत्य कथन किसी भी कथन को आपादित करता है' कुछ और भी विचित्र और विरोधाभासी लगता है। इसके अनुसार उदाहरण के लिए, '2+2=5' कथन किसी भी कथन को आपादित करेगा, ऐसे कथन को भी जिसका विषय-वस्तु की दृष्टि से इसके साथ कोई भी मेल नहीं है—जैसे, ये कथन— 'राम मनुष्य है', 'हाथी के दो पैर है', आदि। वैसे ही यह कहना भी कि अनुवर्ती के सत्य होने से आपादन अवश्य सत्य होगा, यानी यदि 'q' सत्य होगा, तो 'If p, then q' जरूर सत्य होगा, यानी, $q \supset (p \supset q)$, भी विरोधाभासी लगता है चूँकि 'If p, then q' का स्वरूप तो कहता है कि q की सत्यता, p पर निर्भर करती है और यहाँ कहा जा रहा है कि 'p' से कोई मतलब नहीं, वह चाहे कुछ भी हो, यदि 'q' सत्य है तो फिर '$p \supset q$' सत्य होगा। उसी तरह इसे अभिव्यक्त करने का जो दूसरा तरीका है, यानी एक सत्य कथन किसी भी कथन के द्वारा आपादित हो जायेगा, और भी विचित्र लगता है, चूँकि इसका मतलब है कि एक सत्य कथन, जैसे '2+2 = 4' ,किसी भी कथन, जैसे, 'हाथी ईमानदार है', 'घोड़ा विद्वान है' आदि के द्वारा आपादित कर लिया जायेगा।

परन्तु '$p \supset q$' के वास्तविक अर्थ को यदि हम ध्यान में रखें, जिसकी पूरी चर्चा हो चुकी है, तो फिर ये विरोधाभास समाप्त हो जायेंगे। हमने देखा है कि '$p \supset q$' का अर्थ है $\sim (p. \sim q)$, यानी 'ऐसा नहीं है कि p (पूर्ववर्ती) सत्य है और q (अनुवर्ती) असत्य'। अब इस पर हम उपर्युक्त दोनों विरोधाभासों को मिलाकर देखें। पहला विरोधाभास कहता है कि एक असत्य पूर्ववर्ती किसी अनुवर्ती को आपादित करता है और हम देख सकते हैं कि यदि '$p \supset q$' का अर्थ लिया जाता है $\sim(p.\sim q)$ तो ऐसा होना बिलकुल स्वाभाविक है। हम इसे इस प्रकार देख सकते हैं :—

हम सिर्फ यह जानते हैं कि 'p' असत्य है, और 'q' के विषय में कुछ नहीं जानते, अर्थात वह सत्य भी हो सकता है और असत्य भी। मान लिया जाय 'q' सत्य है, तो स्थिति क्या होगी? $\sim(p.\sim q)$ के आधार पर स्थिति यह होगी कि 'ऐसा नहीं हैकि एक असत्य कथन 'p' सत्य है और एक सत्य कथन 'q' सत्य नहीं है। और यह ब्रिल्कुल सही बात है। इसमें विरोधाभास कहाँ है? उसी प्रकार मान लिया जाय 'q' असत्य है, तो स्थिति क्या होगी? स्थिति होगी—ऐसा नहीं है कि एक असत्य कथन p सत्य है और दूसरा असत्य कथन 'q' सत्य नहीं है। और इसमें भी विरोधाभास कहाँ है? जब एक असत्य कथन सत्य है, तो दूसरा असत्य कथन भी सत्य हो सकता है।

वैसे ही दूसरे विरोधाभास को हम लें। यानी यह कि 'एक सत्य अनुवर्ती (q) किसी भी पूर्ववर्ती (p) के द्वारा आपादित होती है। यहाँ पूर्ववर्ती के विषय में हम नहीं जानते। वह सत्य भी हो सकता है और असत्य भी। पहले उसे, यानी, 'p' को सत्य माना जाय,

तो स्थिति क्या होती है? ध्यान रहे कि स्थिति ~ (p.~q) के आधार पर ही समझना है। स्थिति हुई–ऐसा नहीं है कि एक सत्य कथन (p) सत्य है और एक सत्य कथन (q) असत्य है। और इसमें कहाँ कोई विरोधाभास है? उसी प्रकार अब मानकर चलें कि पूर्ववर्ती 'p' असत्य है। तो स्थिति होती है–ऐसा नहीं है कि एक असत्य कथन (p) सत्य है और एक सत्य कथन (q) असत्य है। और इसमें भी स्पष्टतः कोई विरोधाभास नहीं, बल्कि एक सच्ची बात कही जा रही है।

इस प्रकार यदि एक बार हम ठीक से समझ लें कि '⊃' वस्तुगत आपादन का प्रतीक है जिसके अन्तर्गत (p⊃ q) का अर्थ है ~ (p.~ q), तो फिर किसी विरोधाभास का सामना हमें नहीं करना पड़ेगा।

(ङ) उभयोपाधिक कथन—'यदि और सिर्फ यदि (If and only if) से बना सत्यता-फलित कथन उभयोपाधिक (Biconditional) कहलाता है, चूँकि इसके दोनों घटक एक-दूसरे को आपादित करते हैं। घटकों को एक-दूसरे के वस्तुगत रूप से तुल्य (materially equvalent) कहा जाता है, चूँकि '≡' प्रतीक वस्तुगत तुल्यता का प्रतीक है। यदि 'p' तथा 'q' दो घटक कथनों के प्रतीक हों तो उभयोपाधिक कथन का सामान्य रूप होगा–'p ≡ q'। इसके संबंध में सत्यता-असत्यता संबंधी निम्नलिखित नियम हैं–उभयोपाधिक कथन तभी और सिर्फ तभी सत्य होता है जब इसके दोनों घटकों के सत्यता-मूल्य एक ही होते है (यानी, या तो दोनों सत्य या दोनों असत्य), अन्य स्थितियों में यह असत्य होता है। इसे सत्यता-सारणी द्वारा निम्नलिखित रूप में दर्शाया जा सकता है :–

p	q	p ≡ q
T	T	T
T	F	F
F	T	F
F	F	T

यह सत्यता-सारणी सचमुच '≡' प्रतीक को, जो वस्तुगत तुल्यता का प्रतीक है, परिभाषित करती है।

हमने ऊपर कहा है कि उभयोपाधिक कथन के दोनों घटक एक-दूसरे को आपादित करते हैं। यानी यदि एक घटक 'p' तथा दूसरा 'q' हो तो उभयोपाधिक कथन को इस रूप में भी व्यक्त किया जा सकता है–(p ⊃ q) . (q ⊃ p)

हम नीचे देख सकते हैं कि उसकी भी सत्यता-सारणी में इसके उसी प्रकार के सत्यता-मूल्य निर्धारित होते हैं, जिस प्रकार 'p ≡ q' के हुए हैं :–

p	q	p ⊃ q	q ⊃ p	(p ⊃ q) . (q ⊃ p)
T	T	T	T	T
T	F	F	T	F
F	T	T	F	F
F	F	T	T	T

3. कोष्ठकों का प्रयोग (*Use of Brackets*)

ऊपर हमने पाँच प्रकार के सत्यता-फलित कथनों के सत्यता-मूल्यों की विभिन्न स्थितियों का निरीक्षण किया। पर कोई आवश्यक नहीं कि जब युक्तियों के निर्माण में इन कथनों का हाथ हो, तो इनमें से प्रत्येक अपने अलग-अलग साधारण रूप में ही वहाँ आये। हो सकता है कि इन सत्यता-फलित कथनों में से कई का एक मिश्रित रूप युक्ति के आधार कथन या निष्कर्ष के रूप में हमारे समक्ष उपस्थित हो। ऐसी स्थिति में यदि हम प्रतिज्ञप्ति-परिवर्तियों के साथ सत्यता-फलित संबंधकों का प्रयोग उनके लागू होने की सीमा या क्षेत्र के निर्धारण के बिना यों ही सीधे रूप में करते चले जाँए तो फिर उनके सत्यता-मूल्यों के निर्धारण में हमें एक अनिश्चितता का सामना करना पड़ेगा। उदाहरण के लिए यदि हमारे समक्ष एक सत्यता-फलनक कथन A. BvC हो तो हमारे समक्ष एक समस्या होगी कि हम इसे 'A' तथा 'BvC' का संयोजन समझें या 'A.B' तथा 'C' का वियोजन। दोनों स्थितियों में A. BvC का सत्यता-मूल्य एक ही न होकर अलग-अलग हो जायेगा। तो फिर किसे हम इसका वास्तविक सत्यता-मूल्य समझें? ऐसी अनिश्चितता की स्थितियों से बचने के लिए गणित की तरह तर्कशास्त्र में भी कोष्ठकों का प्रयोग किया जाता है जो किसी भी सत्यता-फलनक संबंधक के लागू होने के क्षेत्र का निर्धारण कर देते हैं। जैसे यदि कोष्ठकों का प्रयोग करते हुएं हम ऊपर के कथन को इस प्रकार लिखें—A. (BvC) या इस प्रकार लिखें—(A.B) vC, तो दोनों ही स्थितियों में सत्यता-फलनक कथन का निश्चित स्वरूप निर्धारित हो जाता है और अब यदि 'A', 'B' तथा 'C' के सत्यता-मूल्य दिये हुए हों तो इनके सत्यता-मूल्य का निर्धारण आसानी से और एक निश्चित रूप में किया जा सकता है। पहले रूप में कथन 'A' तथा 'BvC' का संयोजन है तथा दूसरे रूप में 'A.B' तथा 'C' का वियोजन।

गणित में तीन तरह के कोष्ठकों का प्रयोग होता है—'( )', '{ }' तथा '[ ]'। पहले को छोटा कोष्ठक, दूसरे को मध्यम कोष्ठक तथा तीसरे को बड़ा कोष्ठक कह सकते हैं। आवश्यकता पड़ने पर तर्कशास्त्र में भी इन तीनों का व्यवहार किया जाता है। उदाहरण के लिए '~A ⊃ BvC . ~ B' जैसे एक अनिश्चित कथन को हम तीनों कोष्ठकों के प्रयोग द्वारा एक निश्चित रूप निम्नलिखित प्रकार से दे सकते हैं—~[A⊃ {Bv (C. ~ B)}]। निषेध-प्रतीक '~' के प्रयोग के संबंध में मान्यता यह है कि जबतक कोष्ठकों के प्रयोग के द्वारा उसके लागू होने का क्षेत्र निश्चित न कर दिया जाय तब तक उसका क्षेत्र उसी कथन या कथन-परिवर्ती तक सीमित समझा जायेगा जो उसके तुरंत बाद आता है। जैसे, ~ AvB में '~' का क्षेत्र सिर्फ 'A' तक सीमित है परन्तु ~ (AvB) में उसका क्षेत्र पूरा 'AvB' है, चूँकि उसका प्रयोग कोष्ठक के बाहर हुआ है और पूरा 'AvB' कोष्ठक के अंदर है। उसी प्रकार ~ A v (BvC) में '~' का क्षेत्र सिर्फ 'A' तक सीमित है, पर ~ [A ⊃ {Bv(C.D)}] में उसका क्षेत्र बड़े कोष्ठक के अन्दर जो कुछ है, वह सब है, यानी, पूरा[A⊃ {Bv(C.D)}]'।

4. जटिल सत्यता-फलित कथनों के सत्यता-मूल्य का निर्धारण (*Determination of the Truth-Values of Complex Truth-Functional Statement*)

ऊपर हमने सत्यता-सारणियों के द्वारा '.', 'v', '~' आदि संबंधकों से बनी सत्यता-फलित प्रतिज्ञप्तियों के सत्यता-मूल्यों का निर्धारण किया है, पर हमारे सामने हमेशा ये ही प्रतिज्ञप्तियाँ नहीं आयेंगी, बल्कि कोष्ठकों के प्रयोग के सहारे कुछ जटिल रूप की सत्यता-फलित प्रतिज्ञप्तियाँ भी आ सकती है, जिनमें कई संबंधकों का प्रयोग हुआ हो। उदाहरण

के लिए हमारे सामने प्रश्न हो सकता है कि यदि 'A' सत्य हो और 'C' तथा 'D' असत्य, तो निम्नलिखित प्रतिज्ञप्ति के सत्यता-मूल्य का निर्धारिण कीजिये :—

[Cv(A.D)] v ~[(CvA) . (CvD)]

तो हम इसे कैसे करेंगे? सबसे पहले तो सरल प्रतिज्ञप्तियों के जो सत्यता-मूल्य दिये हुए हैं, उन्हें इन प्रतिज्ञप्तियों की जगह रख देंगे। जैसे, ऊपर की जटिल प्रतिज्ञप्ति इस प्रकार की जो जायेगी :—

[F v (T.F)] v ~ [(FvT) . (F v F)]

और अब हम ऊपर बतलाये '.', 'v' आदि संबंधकों के नियमों के अनुसार धीरे-धीरे सरल कर लेंगे। सबसे पहले जिन कोष्ठकों का सबसे छोटा क्षेत्र है, वहाँ से प्रारम्भ करेंगे—और ऐसा करने से उपर्युक्त का रूप धीरे-धीरे नीचे जैसा होता जायेगा :—

[F v F] v ~ [T. F]
= F v ~ F
= F v T
= T

अतः जटिल सत्यता-फलित प्रतिज्ञप्ति का सत्यता-मूल्य हुआ 'सत्य'।

उसी प्रकार निम्नलिखित जटिल सत्यता-फलित प्रतिज्ञप्ति का भी सत्यता-मूल्य निकाला जा सकता है। यहाँ दिया हुआ यह है कि 'A' तथा 'B' सत्य है तथा 'C' असत्य।

(B ⊃ A) ⊃ [A ⊃ ~ C) ⊃ (~ C ⊃ B)]
= (T ⊃ T) ⊃ [(T ⊃ ~ F) ⊃ (~ F ⊃ T)]
= T ⊃ [(T ⊃ T) ⊃ (T ⊃ T)]
= T ⊃ (T ⊃ T)
= T ⊃ T
= T

अतः दिये हुए कथन का सत्यता-मूल्य सत्य हुआ।

फिर यह दिये रहने पर 'A' सत्य है तथा 'C' असत्य,

निम्नलिखित का सत्यता-मूल्य :—

~ [~ {~ (A. ~ C) . ~ A {. ~ C]

दिये हुए सत्यता-मूल्य प्रतिस्थापित करने पर :—

~ [~ {~(T.~F) - ~ T }. ~ F]
= ~ [~ {~ (T.T) . F }. T]
= ~ [~ {~ T. F} . T]
= ~ [~ { F.F} . T]
= ~ [~ F. T]
= ~ [T. T]
= ~ T
= F

इस प्रकार दिये हुए कथन का सत्यता-मूल्य 'असत्य' हुआ।

जटिल सत्यता-फलित कथनों के उदाहरण प्रतीक रूप में न होकर साधारण भाषा में भी हो सकते हैं। उनके सत्यता-मूल्य के निर्धारण के लिए पहले कथनों का प्रतीकीकरण कर लेना होगा और फिर उपर्युक्त तरीके से उनके सत्यता-मूल्य का निर्धारण होगा। उदाहरण के लिए मान लिया जाय निम्नलिखित प्रतिज्ञप्ति हो—

यदि राम का जन्म परशुराम के पहले हुआ था और सूरदास का जन्म तुलसीदास के पहले नहीं हुआ था, तो या तो तुलसीदास बहुत बड़े पत्नीभक्त नहीं थे या राम लक्ष्मण के भाई थे।

यहाँ प्रतीकीकरण के लिए प्रत्येक सरल कथन के लिए एक-एक प्रतीक मान लेना होगा और फिर यथास्थान दिये हुए संबंधकों के प्रतीक को रखकर कथन का प्रतीकीकरण किया जायेगा। जैसे, मान लिया जाय—

'राम का जन्म परशुराम के पहले हुआ था' का प्रतीक है 'A' 'सूरदास का जन्म तुलसीदास के पहले हुआ था' का प्रतीक है 'B' 'तुलसीदास बहुत बड़े पत्नीभक्त थे' का प्रतीक है 'C' 'राम लक्ष्मण के भाई थे, का प्रतीक है—'D' तो दिये हुए कथन का प्रतीकीकरण हुआ—

$(A . \sim B) \supset (\sim C \vee D)$

और अब यदि यह दिया हुआ हो कि सरल कथनों में से कौन सत्य तथा कौन असत्य है, तो फिर ऊपर की विधि से दिये हुए कथन का सत्यता-मूल्य निकाला जा सकता है।

❑

अध्याय 8

सत्यता-फलनक संबंधकों की परस्पर परिभाषेयता एवं 'स्ट्रॉक' तथा 'डैगर' फलन

(INTERDEFINABILITY OF TRUTH-FUNCTIONAL CONNECTIVES AND STROKE AND DAGGER FUNCTION)

1. परस्पर परिभाषेयता

जिन सत्यता-फलनक संबंधकों की परिभाषा हमने ऊपर की है, उनमें से प्रत्येक को दूसरे के रूप में परिभाषित एवं परिवर्तित किया जा सकता है। यह हम साधारण भाषा में इन संबंधकों के अर्थ को व्यक्त कर तथा उनकी सत्यता-सारणियों की परस्पर तुलना कर देख सकते हैं।

'.' संबंधक को '~' तथा 'v' के रूप में अथवा फिर '~' तथा '⊃' के रूप में परिवर्तित एवं परिभाषित किया जा सकता है। उदाहरण के लिए, 'p.q' का अर्थ है 'p' तथा 'q' दोनों एक साथ सत्य हैं, जिसका फिर अर्थ यह है कि ऐसा नहीं है कि या तो 'p' असत्य है या 'q' असत्य है, यानी, प्रतीकात्मक रूप में '~ (~ pv ~ q)'। फिर, 'p.q' का यह भी अर्थ है—ऐसा नहीं है कि यदि 'p' सत्य है तो 'q' असत्य है, यानी प्रतीकात्मक रूप में '~ (p ⊃ ~q)' । इस प्रकार 'p.q' को '~(~pv~q)' अथवा '~(p⊃ ~q)' के रूप में परिभाषित किया जा सकता है, यानी, '.' संबंधक को '~' तथा 'v' अथवा '~' तथा '⊃' के रूप में परिभाषित किया जा सकता है। इस बात को हम अधिक संक्षेप तथा प्रतीकात्मक रूप में इस प्रकार लिख सकते हैं :—

p.q = परि० (def) ~ (~ p v~ q) = परि० (def.) ~ (p⊃ ~q), 'जहाँ परि० (def)' का अर्थ है 'के रूप में परिभाषित किया जा सकता है' या ' परिभाषात्मक रूप में तुल्य' है (definitionally equivalent)।

'.' संबंधक को हम उपर्युक्त प्रकार से परिभाषित कर सकते हैं, यह हम सत्यता-सारणियों के माध्यम से भी देख सकते हैं। यदि सत्यता-सारणियों के माध्यम से हम देख लें कि जो मूल्य 'p' तथा 'q' के मूल्यों के आधार पर 'p.q' के निर्धारित होते हैं, ठीक वे ही मूल्य '~(~pv~q)' तथा '~(p ⊃ ~ q)' के भी निर्धारित होते हैं तो हमें यह कहने में कोई हिचक नहीं होगी कि 'p.q' = def. '~(~pv~q) = def. '~ (p ⊃ ~ q)'। और ऐसा कहना यह कहने के बराबर होगा कि '.' को हम '~' तथा 'v' अथवा '~' तथा ' ⊃ ' के रूप में परिभाषित कर सकते हैं।

'p.q' की सत्यता-सारणी

p	q	p.q
T	T	T
T	F	F
F	T	F
F	F	F

'~(~pv~q)' की सत्यता-सारणी

p	q	~p	~q	~pv~q	~(~pv~q)
T	T	F	F	F	T
T	F	F	T	T	F
F	T	T	F	T	F
F	F	T	T	T	F

'~ (p⊃~q)' की सत्यता-सारणी

p	q	~q	p ⊃ ~q	~(p⊃ ~q)
T	T	F	F	T
T	F	T	T	F
F	T	F	T	F
F	F	T	T	F

अब इन तीनों सत्यता-सारणियों की तुलना कर हम देख सकते है ' p.q' , '~ (~pv~q)' तथा '~ (p ⊃ ~q)' तीनों के बिलकुल एक ही सत्यता-मूल्य निर्धारित होते हैं। और इसलिए अब अधिक निश्चितता के साथ कह सकते हैं कि :—

'p.q' = det. '~(~pv~q)' = def. '~(p ⊃ ~q)'

उसी प्रकार 'v' को भी '~' तथा '.' अथवा '~' तथा '⊃' के रूप में परिभाषित किया जा सकता है। 'pvq' का अर्थ है 'p तथा q में से कम-से-कम एक अवश्य सत्य है' जिसका फिर अर्थ है 'ऐसा नहीं है कि न तो p सत्य है और न q', यानी, '~ (~ p. ~ q)'। इस प्रकार 'pvq' का '~' तथा '.' के रूप में अर्थ हुआ '~ (~ p. ~q)'। फिर 'p तथा q में से कम-से-कम एक अवश्य सत्य है का अर्थ यह भी है कि 'यदि p सत्य नहीं है तो q अवश्य सत्य हैं', यानी, '(~ p ⊃ q)' । इस प्रकार ' (pvq)' का '~' तथा '⊃' के रूप में अर्थ हुआ '(~p ⊃ q)'। अतः हम कह सकते हैं :—

'(pvq)' = परि० ~ (~ p. ~ q)' = परि० (~ p⊃q)'

इनके संबंध में भी सत्यता-सारणी बनाकर हम देख सकते हैं कि जो सत्यता-मूल्य 'pvq' के हैं ठीक वे ही सत्यता-मूल्य '~(~p.~q)' तथा '(~p ⊃ q)' के भी आते हैं। सत्यता-सारणियाँ इस प्रकार हैं :—

'p v q' की सत्यता-सारणी

p	q	pvq
T	T	T
T	F	T
F	T	T
F	F	F

'~ (~p.~q)' की सत्यता-सारणी

p	q	~p	~q	~p.~q	~(~p.~q)
T	T	F	F	F	T
T	F	F	T	F	T
F	T	T	F	F	T
F	F	T	T	T	F

'(~p ⊃ q)' की सत्यता-सारणी

p	q	~p	~p⊃q
T	T	F	T
T	F	F	T
F	T	T	T
F	F	T	F

इस प्रकार हम स्पष्ट देख सकते हैं कि तीनों सत्यता-सारणियों के सत्यता-मूल्य बिलकुल एक ही आते हैं। अतः तीनों पारिभाषिक रूप से तुल्य हैं।

फिर '⊃' को भी '~' तथा '.' अथवा '~' तथा 'v' के रूप में परिभाषित किया जा सकता है। 'p⊃q' का अर्थ है 'यदि p सत्य है, तो q सत्य है', जिसका अर्थ है 'ऐसा नहीं है कि p सत्य है, तो q असत्य है', यानी, ~ (p.~q)। तो 'p ⊃ q' की '~' तथा '.' के रूप में परिभाषा हुई '~(p.~q)। फिर हम देख सकते हैं कि 'ऐसा नहीं है कि p सत्य है तथा q असत्य है' का अर्थ है 'या तो p असत्य है या q सत्य है। यानी, '~(p.~q)' का अर्थ है '~pvq'। यानी, '~' तथा 'v' के रूप में 'p ⊃ q' की परिभाषा हुई—'~pvq'। अतः 'p⊃q' = परि० '~(p.~q)' = परि० '~pvq'।

अब तीनों की सत्यता-सारणियाँ बनाकर भी हम देख सकते हैं कि सबों के सत्यता-मूल्य एक ही आते हैं।

p ⊃ q की सत्यता-सारणी

p	q	p⊃q
T	T	T
T	F	F
F	T	T
F	F	T

~ (p.~q) की सत्यता-सारणी

p	q	~q	p.~q	~(p.~q)
T	T	F	F	T
T	F	T	T	F
F	T	F	F	T
F	F	T	F	T

~pvq की सत्यता-सारणी

p	q	~p	~pvq
T	T	F	T
T	F	F	F
F	T	T	T
F	F	T	T

ये सत्यता-सारणियाँ हमें यही बतलाती हैं कि :—

'P ⊃ q' = परि० ~(p.~q)' = परि० '~pvq'

उसी प्रकार अब '≡' को हम '⊃' तथा '.' के रूप में अथवा '.' 'v' और '~' के रूप में परिभाषित कर सकते हैं। ' p ≡ q' का अर्थ है 'p सत्य है यदि और सिर्फ यदि q सत्य है' और इसका अर्थ है 'यदि p सत्य है तो q सत्य है और यदि q सत्य है तो p सत्य है', यानी, '(p ⊃ q). (q ⊃ p)'। यानी,

'(p ≡ q)' = परि० '(p ⊃ q). (q ⊃ p)'

यहाँ '≡' की परिभाषा '.' तथा '⊃' के रूप में हुई है।

' ≡ ' की परिभाषा '.', 'v' तथा '~' के रूप में भी की जा सकती है। हम स्पष्ट देख सकते हैं कि 'p सत्य है यदि और सिर्फ यदि q सत्य है' का अर्थ यह भी है कि 'या तो p तथा q दोनों एक साथ सत्य है या दोनों एक साथ असत्य', यानी, ' (p.q) v (~p.~q)'। इस प्रकार 'p ≡ q' की दूसरी परिभाषा हुई—'p ≡ q' = परि० '(p.q)v (~p.~q)' ।

यहाँ पर '≡' प्रतीक '.', 'v', तथा '~' के रूप में परिभाषित होता है। अब हम सत्यता-सारणियों के माध्यम से भी देख सकते हैं कि 'p ≡ q' = परि०

(p ⊃ q). (q ⊃ p) = परि० (p.q) v (~p.~q)।

'p ≡ q' की सत्यता-सारणी

p	q	p ≡ q
T	T	T
T	F	F
F	T	F
F	F	T

'(p ⊃ q). (q ⊃ p)' की सत्यता-सारणी

p	q	p ⊃ q	q ⊃ p	(p⊃ q) . (p⊃ q)
T	T	T	T	T
T	F	F	T	F
F	T	T	F	F
F	F	T	T	T

'(p.q) v (~p.~q)' की सत्यता-सारणी

p	q	~p	~q	p.q	~p.~q	(p.q) v ((~p.~q)
T	T	F	F	T	F	T
T	F	F	T	F	F	F
F	T	T	F	F	F	F
F	F	T	T	F	T	T

सत्यता-सारणियाँ स्पष्ट बतला रही हैं कि :—

'p ≡ q' = परि० '(p ⊃ q). (q ⊃ p)' = परि० (p.q) v (~p. ~q)'

ऊपर के विश्लेषण से यह स्पष्ट है कि '~' को छोड़कर शेष सभी सत्यता-फलनक संबंधकों को हम एक दूसरे के रूप में परिभाषित कर सकते हैं। '~' एक ऐसा प्राथमिक प्रतीक है जिसके रूप में अन्य सभी संबंधक-प्रतीक परिभाषित हैं, परन्तु जो किसी के रूप में परिभाषित नहीं होता। दूसरी बात हमारे समक्ष यह भी स्पष्ट होनी चाहिए कि संबंधकों में आधारभूत चार ही हैं—'.', 'v', '⊃' तथा '~'। '≡' को हम इन्हीं के रूप में परिभाषित कर सकते हैं। इसका अर्थ हुआ कि यदि हम चाहें तो '~' तथा शेष तीनों('.', 'v', '⊃')में से किसी एक को रखकर अन्य को बहिष्कृत कर दे सकते हैं। यानी, मौलिक रूप में हमारा काम दो ही प्रतीकों—एक '~' तथा दूसरा अन्य तीनों में से कोई एक—से चल जायेगा। इन्हीं के द्वारा हम सारी सत्यता-फलित प्रतिज्ञप्तियों (Truth-functional propositions) को व्यक्त कर सकते हैं :—

2. स्ट्रॉक तथा डैगर फलन

यदि दो के बदले एक ही सत्यता-फलनक संबंधक के द्वारा हम सारी सत्यता-फलित प्रतिज्ञप्तियों को व्यक्त करना चाहें तो वैसा भी कर सकते हैं। उसके लिए हमें निम्नलिखित दो संबंधकों में से किसी एक का सहारा लेना पड़ेगा :—

(i) या तो ....नहीं या ......नहीं (Either not.......or not........), (ii) न तो ......और न.......(Neither.............nor.....)। पहले का प्रतीक हैं / तथा दूसरे का प्रतीक है '↓'। पहले को 'स्ट्रोक' तथा दूसरे को 'डैगर' नाम देते हैं। संक्षेप में कह सकते हैं कि पहला वैकल्पिक निषेध का प्रतीक है तथा दूसरा संयुक्त निषेध का। यदि 'p' तथा 'q' दो प्रतिज्ञप्ति-परिवर्ती (propositional variable) हों, तो सत्यता-सारणियों के माध्यम से दोनों को निम्नलिखित रूपों में परिभाषित किया जा सकता है :—

'/' (स्ट्रॉक) की परिभाषा

p	q	p/q
T	T	F
T	F	T
F	T	T
F	F	T

'↓' की परिभाषा

p	q	p ↓ q
T	T	F
T	F	F
F	T	F
F	F	T

हम देख सकते हैं कि पहली सत्यता-सारणी '/' की परिभांषा करती हुई यह बतलाती है कि 'p/q' का अर्थ है 'p तथा q में से कम-से-कम एक असत्य है', यानी, '~pv~q'। दूसरी सत्यता-सारणी '↓' परिभाषा करती हुई यह बतलाती है कि 'p↓q' का अर्थ है न तो p सत्य है और न q', यानी, '~p. ~q'। अब स्ट्रॉक तथा डैगर की इन्हीं परिभाषाओं को ध्यान में रखकर हम देखें कि कैसे अन्य सभी संबंधक इनमें से किसी एक के रूप में परिभाषित किये जा सकते हैं। पहले '/' को लिया जाय।

(i) ~p = परि० p/p

परिभाषा से ही 'p/p' का अर्थ है '~pv~p', यानी, 'या तो p असत्य है या p असत्य है। और इसका अर्थ है p असत्य है, यानी ~p। इस प्रकार ~p को स्ट्रॉक फलन (stroke function) के रूप में 'p/p' के द्वारा परिभाषित किया जा सकता है।

(ii) (p.q) = परि० (p/q)/(p/q)

चूँकि '~p' की परिभाषा है p/p, इसलिए '(p/q)/(p/q) = परि० ~(p/q), जिसका अर्थ है 'ऐसा नहीं है कि या तो p असत्य है या q असत्य है', यानी, ~(~pv~q) जो 'p.q' के तुल्य है (देखिये, '.' की 'v' तथा '~' के रूप में परिभाषा)। यों भी, यह कहने का अर्थ कि ऐसा नहीं है कि या तो p असत्य है या q असत्य है इसके अर्थ के बराबर है कि p तथा q दोनों सत्य हैं, यानी "p.q'।

(iii) (pvq) = परि० (p/p)/(q/q)

'p/p' = परि० ~p। अतः [(p/p)/(q/q)] = परि० '~p/~q', जिसका अर्थ है 'या तो ~p असत्य है या ~q असत्य है', यानी, 'या तो p सत्य है या q सत्य है', यानी, 'pvq'।

(iv) (p⊃q) = परि० p/(q/q)

'q/q' = परि० ~q। इसलिए 'p/(q/q)' = 'p/~q'। फिर 'p/~q' का अर्थ है 'या तो p असत्य है या यह असत्य है कि q असत्य हैं', और इसका अर्थ है 'या तो p असत्य है या q सत्य है', यानी '~pvq'। और हम जानते हैं कि '~pvq' = परि० '(p⊃q)'। अतः 'p⊃q' = परि० p/(q/q)।

अब हम डैगर फलन, यानी, ↓ को लें और उसके रूप में '~', '.', 'v' तथा '⊃' को परिभाषित करें :—

(i) ~p = परि० (p↓p)

'p↓p' का परिभाषा से ही अर्थ है कि न तो p सत्य है और न p सत्य है, यानी p सत्य नहीं है, यानी '~p'। अतः '~p' = परि० '(p↓p)'।

(ii) 'p.q' = परि० (p↓p)'↓(q↓q)'

'(p↓q)↓(q↓q) = परि०~p↓~q, जिसका अर्थ है, 'न तो ~p सत्य है और न ~q, यानी, ~p तथा ~q दोनों असत्य है, जिसका अर्थ है 'p तथा q' दोनों सत्य हैं, यानी, p.q)।

(iii) (pvq) = परि० (p↓q)↓(p↓q)

'(p↓q)↓(p↓q)' = परि० ~(p↓q), जिसका अर्थ है 'यह सत्य नहीं है

कि न तो p सत्य है और न q सत्य है' और इसका अर्थ है कि p तथा q में से कम-से-कम एक अवश्य सत्य है, यानी 'pvq'। इस प्रकार (pvq) = परि० (p↓q)↓(p↓q)।

(iv) (p ⊃ q) = परि० [(p ↓ p) ↓ q] ↓ [(p ↓ p) ↓ q], जिसका अर्थ है—'~[(p ↓ p) ↓ q]'। और फिर इसका अर्थ है, याना। जो परिभाषा से तुल्य है '~(~p ↓q)' के। और इसका अर्थ है 'यह असत्य है कि न तो p असत्य है और न q सत्य है' और इसका स्पष्ट अर्थ है कि 'या तो p असत्य या q सत्य है', यानी '~pvq' जो परिभाषा से 'p ⊃q' के तुल्य है। अतः (p ⊃ q) = परि० [(p↓ p) ↓ q] ↓ [(p↓ p) ↓ q]।

चूँकि यह हम जानते हैं कि 'p ≡ q' = परि० '(p ⊃ q). (q ⊃ p)', और '⊃' तथा '.' प्रतीकों को ऊपर हम परिभाषित कर चुके हैं— '/' तथा '↓' के रूप में, इसलिए '≡' को भी '/' तथा '↓' को भी हम परस्पर परिभाषित कर सकते हैं। उसी प्रकार '/' तथा '↓' को भी हम परस्पर परिभाषित कर सकते हैं। पर उसे हम पाठकों के अभ्यास के लिए छोड़ देते हैं।

❑

अध्याय 9

युक्ति, कथन तथा सत्यता-सारणी
(ARGUMENTS, STATEMENTS AND TRUTH-TABLES)

हमने देखा है कि तर्कशास्त्र का मूल विषय है युक्तियों की वैधता-अवैधता का निर्धारण। इस कार्य के लिए कई विधियाँ हैं, जिनमें से कुछ की चर्चा न्यायिक युक्तियों के संदर्भ में पहले हो चुकी है। वैधता-अवैधता जाँचने की विधियों में से एक विधि है सत्यता-सारणी विधि (Truth-table Method), जिसका क्षेत्र न्यायिक युक्तियों तक ही सीमित नहीं है। दूसरे, यह विधि एक यांत्रिक विधि है, जिसमें बुद्धि का कम-से-कम उपयोग करना पड़ता है। फिर यह विधि निर्णायक विधि (Decision Method) कहलाती है, चूँकि इसके द्वारा किसी भी युक्ति के संबंध में यह निर्णायक रूप से सिद्ध हो जाता है कि वह वैध है या अवैध।

सत्यता-सारणियों का प्रयोग अब तक कथनों के सत्यता-मूल्य निर्धारित करने के लिए किया जाता रहा है। अब हमें इनका प्रयोग इस रूप में देखना है कि इनके द्वारा युक्तियों की वैधता-अवैधता का निर्धारण कैसे किया जाता है। परन्तु इसके पहले युक्ति (Argument) तथा युक्ति-आकार (Argument form) के बीच एक महत्त्वपूर्ण भेद हम कर लेना चाहेंगे।

१. युक्ति तथा युक्ति-आकार

प्रतीकात्मक तर्कशास्त्र आकारिक तर्कशास्त्र है। यानी जब यह अपने मूल विषय, युक्तियों की वैधता-अवैधता, के प्रश्न को लेता है, तो इस संबंध में इसका लक्ष्य एक-एक विशेष-विशेष युक्ति की वैधता-अवैधता देखना नहीं होता, बल्कि उन विशेष विशेष आकारों की वैधता-अवैधता होता है जिनमें अलग-अलग विषयों से संबंधित विशेष-विशेष युक्तियाँ ढली होती हैं। ऐसी बहुत सारी युक्तियों के उदाहरण हम ले सकते हैं जो विषय-वस्तु की दृष्टि से तो भिन्न-भिन्न हैं पर आकार की दृष्टि से वे एक ही हैं, यानी उन सबों का आकार एक ही है। जैसे हम कुछ निम्नलिखित युक्तियों के उदाहरण लें :—

(1) यदि सूर्य होगा, तो प्रकाश होगा। सूर्य है। इसलिए प्रकाश है।

(2) यदि सरकारी नियंत्रण बढ़ेगा, तो कीमतें बढ़ेंगी। सरकारी नियंत्रण बढ़ेगा। इसलिए कीमतें बढ़ेंगी।

(3) यदि वर्षा अच्छी होगी, तो फसल अच्छी होगी। वर्षा अच्छी होगी। इसलिए फसल अच्छी होगी।

हम देख सकते हैं कि इन युक्तियों के विषय अलग-अलग हैं, पर आकार एक ही है। उनका यह आकार मुख्यतः उन सबों में मौजूद सत्यता-फलनक संबंधक 'यदि.....तो' के द्वारा निर्धारित होता है। यदि हम घटक-कथनों के लिए अलग-अलग प्रतीक रख दें तो

यह आकार और भी स्पष्ट हो जायेगा। जैसे, यदि पहली युक्ति में 'सूर्य होगा' कथन के लिए हम 'स' प्रतीक रखें तथा 'प्रकाश होगा' के लिए 'प' तो उसका आकार निम्नलिखित रूप में सामने आयेगा :–

यदि स, तो प
स
∴ प

अब यदि यहाँ हम 'यदि........तो' के प्रतीक '⊃' का प्रयोग करें तो उपर्युक्त युक्ति निम्नलिखित आकार ले लेगी :–

स ⊃ प
स
∴ प

उसी प्रकार दूसरी युक्ति में, यदि हम 'सरकारी नियंत्रण बढ़ेगा' के लिए 'न' प्रतीक रखें तथा 'कीमतें बढ़ेंगी' के लिए 'क' तो युक्ति का निम्नलिखित आकार सामने आयेगा :–

न ⊃ क
न
∴ क

तीसरी युक्ति में, 'वर्षा अच्छी होगी' के लिए यदि हम 'व' प्रतीक रखें और 'फसल अच्छी होगी के लिए 'फ' तो युक्ति का निम्नलिखित आकार सामने आयेगा :–

व ⊃ फ
व
∴ फ

अब हम स्पष्ट देख सकते हैं कि विषय-वस्तु अलग-अलग होते हुए भी तीनों ही युक्तियों के एक ही आकार हैं।

उपर्युक्त सभी युक्तियों का एक ही आकार है, यह और भी स्पष्ट तब हो जायेगा, जब घटक-कथनों के लिए अलग-अलग युक्तियों में अलग-अलग प्रतीकों का व्यवहार न कर हम कुछ कथन-परिवर्तियों (statement variables) का व्यवहार करें। कथन परिवर्ती की अवधारणा से हम पहले ही परिचित हो चुके हैं। कथन-परिवर्ती मात्र कुछ ऐसे अक्षर प्रतीकों को हम कहते हैं, जिनके बदले कोई भी कथन प्रतिस्थापित किया जा सकता है, बशर्ते एक ही संदर्भ में या एक ही युक्ति के क्षेत्र में हम एक निश्चित कथन-परिवर्ती के लिए, एक निश्चित कथन ही प्रतिस्थापित करें। आम तौर पर अंग्रेजी छोटे अक्षरों के 'p', 'q', 'r' आदि को प्रतिज्ञप्ति-परिवर्तियों या कथन-परिवर्तियों के रूप में व्यवहृत किया जाता है तथा बड़े अक्षरों 'A', 'B', 'C' आदि को कथनों के रूप में। इसी चलन का यदि हम पालन करें, और प्रत्येक युक्ति में सोपाधिक कथन के पूर्ववर्ती के लिए 'p' तथा अनुवर्ती के लिए 'q' कथन-परिवर्ती का प्रयोग हम करें तो प्रत्येक युक्ति का निम्नलिखित आकार सामने आयेगा :–

$p \supset q$
p
$\therefore q$

प्रतीकात्मक तर्कशास्त्र वस्तुतः युक्तियों के ऐसे ही खोखले आकारों की वैधता-अवैधता

का निर्धारण करता है। इन आकारों को ही युक्ति-आकारों (Argument forms) की संज्ञा दी जाती है। हम कह सकते हैं कि **युक्ति-आकार मात्र प्रतीकों द्वारा निर्मित वैसे आकार हैं जिनमें (संबंधकों के अलावा) सिर्फ कथन परिवर्ती होते हैं, कथन नहीं, और यदि इस शर्त के साथ कथन परिवर्तियों के स्थान पर कथन प्रतिस्थापित कर दिये जाएँ कि एक बार जिस कथन-परिवर्ती के स्थान पर जो कथन प्रतिस्थापित किया जाए, वही कथन उस संदर्भ में प्रत्येक बार उस कथन परिवर्ती के लिए प्रतिस्थापित किया जाए, तो युक्ति-आकार युक्ति में बदल जाते हैं।** किसी निश्चित युक्ति-आकार में बनी प्रत्येक युक्ति उस युक्ति-आकार का **प्रतिस्थापित दृष्टान्त** (substitution instance) कहलाती है। जैसे उपर्युक्त तीनों युक्तियाँ '$p \supset q, p \therefore q$' युक्ति-आकार के प्रतिस्थापित दृष्टान्त हैं। तर्कशास्त्र के नियमों के अनुसार यदि कोई एक युक्ति आकार अवैध सिद्ध होता है तो उसके सारे प्रतिस्थापित दृष्टान्तों को भी अवैध समझा जाता है। ठीक वही बात वैधता के संबंध में भी है। इसे दूसरे रूप में इस प्रकार भी कह सकते हैं कि यदि एक कोई युक्ति अवैध सिद्ध हो जाती है, तो उसके आकार में बनी अन्य सारी युक्तियाँ भी अवैध सिद्ध हो जाती है। और ठीक यही स्थिति वैधता के संबंध में भी है।

हम वैधता-अवैधता युक्तियों की भी जाँच सकते हैं और युक्ति-आकारों की भी, चूँकि किसी एक युक्ति की भी वैधता-अवैधता यदि हम निर्धारित करते हैं, तो इसका अर्थ है कि हम उस आकार में बनी समस्त युक्तियों की वैधता-अवैधता निर्धारित कर लेते हैं। फिर युक्तियाँ साधारण भाषा में भी दी गई हो सकती हैं, जैसा ऊपर की तीनों युक्तियों के उदाहरण में हम देख सकते हैं, या फिर अंग्रेजी के बड़े अक्षरों—A, B, C....M, N, O....आदि का प्रयोग कर प्रतीकात्मक रूप में भी। साधारण भाषा की युक्ति को ऊपर की तरह पहले प्रतीकात्मक रूप देना पड़ता है और तब उसकी वैधता-अवैधता की जाँच की जा सकती है। सैद्धान्तिक या तकनीकी दृष्टि से तो किसी भी युक्ति को p, q, r आदि कथन-परिवर्तियों की सहायता से युक्ति-आकार का रूप देकर ही उसकी वैधता अवैधता की जाँच हमें करनी चाहिए, चूँकि वास्तव में प्रतीकात्मक तर्कशास्त्र में हम युक्ति आकारों की ही वैधता-अवैधता निर्धारित करते हैं और ऐसा करने के बाद किसी भी प्रतिस्थापित दृष्टान्त (यानि विषेष युक्ति) की वैधता-अवैधता अपने-आप सिद्ध हो जाती है। परन्तु व्यावहारिक स्तर पर प्रतीकात्मक रूप में हम युक्तियों की वैधता-अवैधता भी उसी विधि से निर्धारित कर सकते हैं, चूँकि एक बार जब हम विशेष-विशेष अक्षरों (A, B, C आदि) का सहारा लेकर युक्ति का प्रतीकीकरण कर देते हैं तो उसका आकार तो स्पष्ट हो ही जाता है। इसलिए A, B, C आदि द्वारा युक्तियों के प्रतीकीकरण तथा p, q, r जैसे कथन-परिवर्तियों की सहायता लेकर उनके प्रतीकीकरण, यानी, युक्ति-आकार में उनके परिवर्तन, में एक सैद्धान्तिक या तकनीकी अन्तर है, कोई वास्तविक अन्तर नहीं।

हमने कहा है कि युक्तियों की वैधता-अवैधता निर्धारित करने के कई तरीके हैं, जिनमें से एक सत्यता-सारणियों द्वारा ऐसा करने का तरीका भी है। यहाँ हम उसी विधि के प्रयोग द्वारा युक्तियों या युक्ति-आकारों की वैधता-अवैधता निर्धारित करने संबंधी तरीके को देखेंगे।

2. युक्तियों या युक्ति-आकारों की वैधता-अवैधता निर्धारित करने की सत्यता-सारणी विधि (*Truth-Table Method of Determining the Validity-Invalidity of Arguments and Argument Forms*)

इस विधि के द्वारा किसी युक्ति की वैधता-अवैधता की जाँच के लिए हम युक्ति के आधार-कथनों तथा निष्कर्ष के सभी संभव सत्यता-मूल्यों को निर्धारित करने के लिए सत्यता-

सारणी बनाते हैं। सत्यता-सारणियाँ हम पहले भी बनाते रहे हैं और उनमें हमनें देखा है कि किसी दिये हुए सत्यता-फलित कथन के सभी संभव सत्यता-मूल्य हम मूलभूत घटक सरल कथनों के सभी संभव सत्यता-मूल्यों के आधार पर प्राप्त करते हैं। वैसे ही यहाँ भी आधार कथनों तथा निष्कर्ष के सत्यता-मूल्य उन घटक कथनों के सत्यता-मूल्य के द्वारा निर्धारित होंगे, चूँकि यहाँ हम वैसी ही युक्तियों की वैधता-अवैधता की जाँच की विधि का निरूपण करेंगे जो सत्यता-फलित मिश्र कथनों और सरल कथनों के द्वारा बने होंगे। सत्यता-मूल्यों के निर्धारण के बाद हमें यह देखना होगा कि जिन-जिन स्थितियों में सभी आधार कथनों के सत्यता-मूल्य एक साथ 'सत्य' हों, उनमें से प्रत्येक स्थिति में निष्कर्ष का भी सत्यता-मूल्य 'सत्य' है या नहीं यदि हाँ तो युक्ति वैध होगी और यदि नहीं, यानी यदि एक भी स्थिति में ऐसा हो कि सभी आधार कथनों के एक साथ सत्य होने के बावजूद निष्कर्ष असत्य हो, तो युक्ति अवैध हो जायेगी। ऐसा इसलिए चूँकि हम जानते हैं कि किसी भी निगमनात्मक युकित की वैधता की यह शर्त है कि यदि आधारकथन सत्य हों, तो निष्कर्ष भी अनवार्य रूप से सत्य हो। यदि आधारकथन सत्य हों और निष्कर्ष असत्य, तो युक्ति अवैध होगी। उदाहरण के लिए हम ऊपर के युक्ति-आधार '$p \supset q, p, \therefore q$' को लें। इसकी सत्यता सारणी निम्नलिखित प्रकार की होगी :—

p	q	$p \supset q$
T	T	T
T	F	F
F	T	T
F	F	T

इसमें हमने पहले दो खड़ी पंक्तियों में मूलभूत दो घटक कथन परिवर्तियों p तथा q के सभी संभव सत्यता-मूल्यों को लिख दिया है, और उनके आधार पर $p \supset q$ के सभी संभव सत्यता-मूल्य निर्धारित कर लिए हैं। ऐसा करने से युक्ति-आकार के आधार कथन तथा निष्कर्ष सभी के सत्यता-मूल्य सामने आ जाते हैं, चूँकि यहाँ हमारे आधारकथन हैं— $p \supset q$ तथा p, और निष्कर्ष है—q। अब हमें देखना है कि सारणी में जहाँ-जहाँ दोनों आधारकथन एक साथ सत्य हैं, वहाँ निष्कर्ष भी सत्य है या नहीं। दोनों आधारकथन, यानी $p \supset q$ तथा p सिर्फ पहली पड़ी पंक्ति में एक साथ सत्य हैं और उसी पंक्ति में निष्कर्ष q भी सत्य है। इसका अर्थ है कि यह युक्ति-आकार वैध है।

अब एक दूसरे युक्ति-आकार की वैधता की हम जाँच करें। युक्ति-आकार हैं :—

$$\begin{array}{ll} & p \vee q \\ & \sim p \\ \therefore & q \end{array}$$

p	q	~p	p v q
T	T	F	T
T	F	F	T
F	T	T	T
F	F	T	F

इस सत्यता-सारणी में हम देख सकते हैं कि सिर्फ तीसरी पड़ी पंक्ति में ऐसा है कि

दोनों आधारकथन $p \vee q$ तथा $\sim p$ एक साथ सत्य हैं और उसी पंक्ति में निष्कर्ष q भी सत्य है। अतः युक्ति-आकार वैध है।

अब हम एक तीसरे युक्ति-आकार को लें जिसमें दो ही कथन-परिवर्तियां p तथा q के स्थान पर तीन कथन-परिवर्ती युक्ति-आकार के निर्माण में सम्मिलित हों। जैसे :—

$p \supset q$
$p \supset r$
$\therefore \quad q \supset r$

पर इसकी सत्यता-सारणी बनाने तथा वैधता की जाँच करने के पहले हम यह निर्धारित कर लें कि आगे से हम सत्यता-सारणी की खड़ी पंक्तियां को पंक्ति (Column) तथा पड़ी पंक्तियों को कतार (Row) कहेंगे।

अब हम सत्यता-सारणी का निर्माण कर युक्ति आकार की वैधता की जाँच करें। पर यहाँ सत्यता-सारणी के निर्माण में ही समस्या हो सकती है। अब तक हम जिन सत्यता-सारणियों का निर्माण करते रहे हैं उनमें कथन-परिवर्तियों की संख्या सिर्फ एक या दो रही है और इन स्थितियों में कथन-परिवर्तियों के सत्यता-मूल्यों के सभी संभव योगों को साधारण ज्ञान के आधार पर आसानी से निर्धारित किया जा सकता था। जैसे यदि कथन-परिवर्ती की संख्या एक ही हो, तो उसके सभी संभव सत्यता-मूल्य इस बात में ही सम्मिलित हो जाते हैं कि वह या तो सत्य होगा या असत्य। यदि कथन-परिवर्तियों की संख्या दो हो तो भी हम आसानी से उनके सत्यता-मूल्यों के सभी संभव योगों का हिसाब लगा सकते हैं। ये संभव योग चार होंगे— (1) या तो दोनों सत्य होंगे या (2) पहला सत्य और दूसरा असत्य होगा या (3) पहला असत्य और दूसरा सत्य होगा या (4) दोनों ही असत्य होंगे। संक्षेप में सत्यता-मूल्यों के यहाँ निम्नलिखित चार संभव योग होंगे :—

T	T
T	F
F	T
F	F

पर यदि मूल कथन परिवर्तियों की संख्या दो से अधिक हो तो फिर अंदाज से उनके सत्यता-मूल्यों के सभी संभव योगों का हिसाब लगाना आसान नहीं होगा। उसमें सदैव भूल की संभावना रह जायेगी। इसलिए हमें कुछ ऐसा निश्चित नियम विकसित कर लेना होगा ताकि सारणी में कथन-परिवर्तियों के सत्यता-मूल्यों के सभी संभव योग सम्मिलित हो जायँ। ऐसा करना इसलिए आवश्यक होगा चूँकि आधार-कथनों एवं निष्कर्ष के सत्यता मूल्यों के सभी संभव योग इन मूल कथन-परिवर्तियों के सत्यता-मूल्यों के सभी संभव योगों द्वारा ही निर्धारित होंगे। और ऐसा नियम निश्चित कर लेना कोई बहुत कठिन काम नहीं है। एक या दो कथन-परिवर्तियों से संबंधित योगों को ही थोड़े ध्यान से देखने पर इस संबंध में एक नियम निकल सकता है। सत्यता-मूल्य तो दो ही है—सत्य (T) तथा असत्य (F)। अब हम देख सकते हैं कि जब कथन-परिवर्ती एक ही है तब संभव योगों की संख्या 2 यानी 2 है। जब कथन- परिवर्तियों की संख्या 2 है तो संभव योगों की संख्या 4 यानी 2^2 है। उसी प्रकार जब कथन-परिवर्तियों की संख्या तीन होगी तो संभव योग $2^3 = 8$ होंगे और जब कथन परिवर्ती चार होंगे तो संभव योग $2^4 = 16$ होंगे। और उसी प्रकार यदि कथन-परिवर्तियों की संख्या 'n' हो तो संभव योग 2^n होंगे।

परन्तु सत्यता-मूल्यों के सभी संभव योगों की संख्या निर्धारित कर लेने से हमारी समस्या का अन्त नहीं हो जाता। अतः हमारे सामने प्रश्न यह है कि हम किस प्रकार यानी किस निश्चित क्रम में प्रत्येक कथन-परिवर्ती के सत्यता-मूल्यों को लिखें ताकि इस संबंध में हम निश्चिन्त हो सकें कि उनके सत्यता-मूल्यों के हर संभव योग हमारे समक्ष आ चुके हैं। इसके लिए तरीका यह है कि सर्वप्रथम हम सभी कथन परिवर्तियों को एक कतार में क्रम से लिख डालें—जैसे, p—q—r, आदि। फिर कतार क्रम मे अन्तिम कथन-परिवर्ती के नीचे बारी-बारी से T- F, T- F उस संख्या तक लिखें जो संख्या हमने सभी संभव योगों की निर्धारित की है। उसके बाद तुरंत बाईं तरफ आने वाले कथन-परिवर्ती के नीचे बारी-बारी से दो बार T तथा दो बार F उसी संख्या तक लिखते जायँ और फिर उसके तुरंत बायें तरफ आनेवाले कथन-परिवर्ती के नीचे बारी-बारी से चार बार T तथा चार बार F उसी संख्या तक लिखें। और इसी क्रम से बाईं ओर तब तक बढ़ते जायँ जब तक सभी कथन-परिवर्तियों के नीचे सत्यता-मूल्य न लिख दिये जायँ। उदाहरण के लिए, यदि कथन परिवर्ती तीन हों—p, q, r—तो सत्यता-मूल्य इस प्रकार लिखे जायेंगे :—

p	q	r
T	T	T
T	T	F
T	F	T
T	F	F
F	T	T
F	T	F
F	F	T
F	F	F

इस प्रकार सत्यता-मूल्य लिखने से हम पायेंगे कि उनके सभी संभव योग अपने-आप हमारे समक्ष आ जायेंगे, जैसा ऊपर p, q, r के सत्यता-मूल्यों के योगों के संबंध में देख भी सकते हैं। और एक बार जब हम मूल कथन-परिवर्तियों के सत्यता-मूल्यों के सभी संभव योगों को लिख डालते हैं तो फिर उनके ही आधार पर उनसे बने आधार-कथनों तथा निष्कर्ष के भी संभव सत्यता-मूल्यों को हम सत्यता-सारणी में सम्मिलित कर लेंगे। ऊपर के सारे विवरण से यह स्पष्ट हो जाना चाहिए कि किसी भी सत्यता-सारणी में कतारों की संख्या उतनी होगी जितनी उस संदर्भ में निर्धारित सत्यता-मूल्यों के योगों की संख्या होगी, तथा पंक्तियों की संख्या दिये हुए आधार-कथनों तथा निष्कर्ष के स्वरूप की जटिलता पर निर्भर करेगी।

अब हम उपर्युक्त युक्ति-आधार को लें और उसकी सत्यता-सारणी का निर्माण करें। हमारा युक्ति-आकार है :—

$$p \supset q$$
$$p \supset r$$
$$\therefore q \supset r$$

इसमें स्पष्टतः तीन कथन-परिवर्ती हैं, इसलिए सत्यता-सारणी में कतारों की संख्या $2^3=8$ होगी। उपर्युक्त विधि के अनुसार सत्यता-सारणी निम्नलिखित रूप में बनेगी—

p	q	r	p ⊃ q	p ⊃ r	q ⊃ r
T	T	T	T	T	T
T	T	F	T	F	F
T	F	T	F	T	T
T	F	F	F	F	T
F	T	T	T	T	T
F	T	F	T	T	F
F	F	T	T	T	T
F	F	F	T	T	T

इस सत्यता-सारणी में हम देख सकते हैं कि दोनों आधारकथन p ⊃ q तथा p ⊃ r पहली, पाँचवीं, छठी, सातवीं तथा आठवीं कतारों में एक साथ सत्य है, और इनमें से पहली, पाँचवीं, सातवीं तथा आठवीं कतारों में निष्कर्ष q ⊃ r भी सत्य है, पर छठी कतार में निष्कर्ष असत्य है। इस तरह एक कतार में चूँकि आधार-कथनों के साथ-साथ सत्य होने के बांवजूद निष्कर्ष असत्य है, इसलिए युक्ति-आकार अवैध है। सचमुच एक भी कतार में यदि ऐसा है कि आधार-कथनों के सत्य होने के बावजूद निष्कर्ष असत्य है, तो इसका अर्थ है कि दिये हुए युक्ति-आकार का कम-से-कम एक प्रतिस्थापित दृष्टान्त ऐसा है जो अवैध है और चूँकि किसी भी आकार में बनी एक भी युक्ति के अवैध हो जाने से सारा युक्ति-आकार अवैध सिद्ध हो जाता है, इसीलिए वर्तमान युक्ति आकार अवैध है। यही कारण है कि यों तो व्यावहारिक स्तर पर हम किसी विशेष युक्ति की भी वैधता की जाँच सत्यता-सारणी के माध्यम से कर सकते हैं, पर सैद्धान्तिक दृष्टि से उचित यह है कि किसी भी युक्ति के अनुरूप हम युक्ति आकार निर्मित कर लें और उसकी वैधता-अवैधता की जाँच करें। उाहरण के लिए हमारे सामने यदि युक्ति हो :—

(A v B) ⊃ (A . B)
A v B
∴ A . B

तो इसके अनुरूप युक्ति-आकार यानी वह युक्ति-आकार जिसका यह प्रतिस्थापित दृष्टान्त होगा, वह होगा (p v q) ⊃ (p . q)

p v q
∴ p . q

पर यहाँ ध्यान देने योग्य बात यह है कि इस युक्ति को निम्नलिखित युक्ति आकार का भी प्रतिस्थापित दृष्टान्त माना जा सकता है :—

p ⊃ q
p
∴ q

यदि हम 'A v B' के लिए 'p' कथन परिवर्ती का व्यवहार करें तथा 'A. B' के लिए 'q' कथन परिवर्ती का। और इसी प्रकार प्रायः एक युक्ति कई युक्ति आकारों के प्रतिस्थापित दृष्टान्त हो सकती है। ऐसे में यदि हमें किसी युक्ति की वैधता-अवैधता की जाँच उसके अनुरूप युक्ति-आकार में उसे बदलकर करना है जिसका वह प्रतिस्थापित दृष्टान्त है, तो

हम किस युक्ति-आकार में उसे बदलकर उसकी वैधता-अवैधता की जाँच करेंगे, चूँकि वह तो एक से अधिक युक्ति-आकारों को प्रतिस्थापित दृष्टान्त हो सकती है। यहाँ मान्यता यह है कि **किसी भी दी हुई युक्ति को उसी युक्ति-आकार का प्रतिस्थापित दृष्टान्त मानना चाहिए जिसके प्रत्येक कथन-परिवर्ती के लिए यदि हम एक-एक अलग-अलग सरल कथन प्रतिस्थापित करते चले जायँ तो दी हुई युक्ति ज्यों के त्यों हमारे सामने चली आती हैं। ऐसे युक्ति-आकार को उस युक्ति का विशिष्ट आकार (Specific form) माना जाता है**। जैसे, उपर्युक्त दो युक्ति-आकारों में से पहला युक्ति-आकार दी हुई युक्ति का विशिष्ट आकार है। इस सिलसिले में यदि हम किसी युक्ति की वैधता की शर्त को निर्धारित करना चाहें तो कह सकते हैं कि **कोई भी युक्ति तभी और सिर्फ तभी वैध होती है जब उसका विशिष्ट आकार एक वैध युक्ति-आकार हो**। और युक्ति-आकार की वैधता हम ऊपर बतलाई गई सत्यता-सारणी विधि के द्वारा जाँच सकते हैं।

इस प्रकार यदि हमें ऊपर दी गई युक्ति की वैधता अवैधता जाँचनी है तो उसके विशिष्ट आकार वाले पहले युक्ति आकार की सत्यता-सारणी हमें निम्नलिखित रूप में बनाना होगा :—

p	q	pvq	p.q	(pvq) ⊃ (p.q)
T	T	T	T	T
T	F	T	F	F
F	T	T	F	F
F	F	F	F	T

हम देख सकते हैं कि इस सत्यता-सारणी में सिर्फ पहली ही कतार ऐसी है जिसमें दोनों आधारकथन एक साथ सत्य हैं और उस कतार में निष्कर्ष भी सत्य है। इसलिए युक्ति-आकार वैध है और चूँकि दी हुई युक्ति उसी का एक प्रतिस्थापित दृष्टान्त है, इसलिए वह भी वैध है। हम चाहें तो सीधे युक्ति की भी वैधता निम्नलिखित रूप में सिद्ध कर सकते हैं, व्यावहारिक स्तर पर कोई अन्तर नहीं आयेगा, चूँकि प्रतीक रूप में हम चाहे 'p', 'q'. 'r' आदि को रखें या 'A', 'B', 'C' आदि को, वास्तविकता में उससे क्या अन्तर आता है? 'A', 'B', 'C' आदि के रूप में प्रतीकीकरण के द्वारा भी युक्ति का आकार उतना ही स्पष्ट होता है, जितना p, q, r आदि के रूप में करने से। हाँ चूँकि हमने तकनीकी रूप से यह स्वीकार किया है कि 'p', 'q', 'r' आदि प्रतीक कथन-परिवर्ती हैं और 'A', 'B', 'C' आदि कथन, इसलिए एक तकनीकी अन्तर अवश्य आ जाता है।

फिर भी हम चाहें तो युक्ति की वैधता निम्नलिखित रूप में सिद्ध कर सकते हैं :—

A	B	AvB	A.B	(AvB) ⊃ (A.B)
T	T	T	T	T
T	F	T	F	F
F	T	T	F	F
F	F	F	F	T

देखना सिर्फ यह है कि उन सभी कतारों में जिनमें आधार-कथन एक साथ सत्य है उनमें निष्कर्ष भी सत्य है या नहीं। यदि एक भी कतार ऐसा है जिसमें आधार-कथन एक साथ सत्य हैं, पर निष्कर्ष असत्य, तो युक्ति अवैध हो जायेगी। यहाँ एक ही कतार ऐसी है—पहली कतार—जिसमें दोनों आधारकथन सत्य हैं और उसमें निष्कर्ष भी सत्य है, इसलिए युक्ति वैध है।

हाँ, हमें दो बातों का ध्यान अवश्य रखना है—(1) यदि युक्ति साधारण भाषा में हो, तो उसकी वैधता-अवैधता की जाँच के पूर्व हमें कुछ प्रतीकों का सहारा लेकर उसे प्रतीकात्मक

रूप दे देना पड़ेगा, चूँकि तभी उसके विशिष्ट विषय से अलग उसका आकार हमारे सामने स्पष्ट होगा। (2) और यदि युक्ति की वैधता-अवैधता हमें उसके अनुरूप युक्ति-आकार की वैधता-अवैधता की जाँच के माध्यम से निर्धारित करना है, तो हमें युक्ति को उसके विशिष्ट आकार वाले युक्ति-आकार में परिवर्तित करना होगा, किसी वैकल्पिक युक्ति-आकार में नहीं, चूँकि हमने ऊपर कहा है कि एक युक्ति कई युक्ति-आकारों का प्रतिस्थापित दृष्टान्त हो सकती है। दोनों बातों को हम उदाहरणों द्वारा स्पष्ट करते हैं। मान लिया जाय हमारे सामने साधारण भाषा में दी गई निम्नलिखित युक्ति हो :—

यदि मौसम सुहावना है तथा आकाश साफ है, तो या तो हम तैरने जायेंगे या नाव पर सैर करने जायेंगे। ऐसी बात नहीं है कि यदि हम तैरने नहीं जायेंगे तो आकाश साफ नहीं है। इसलिए या तो मौसम सुहावना है या हमलोग नाव पर सैर करने जायेंगे।

(If the weather is pleasant and the sky is clean, then either we shall go to swim or shall go on a boating trip. It is not the case that if we shall not go to swim, then the sky is not clean. Therefore, either the weather is pleasant or we shall go on a boating trip.)

अब यदि 'मौसम सुहावना है' के लिए 'P', 'आकाश साफ है' के लिए, 'C', 'हम तैरने जायेंगे' के लिए 'S' तथा 'नाव पर सैर करने जायेंगे' के लिए 'B' प्रतीक रखें, तो युक्ति का प्रतीकात्मक रूप निम्नलिखित होगा :—

$$(P . C) \supset (S \vee B)$$
$$\sim (\sim S \supset \sim C)$$
$$\therefore P \vee B$$

इसके लिए निम्नलिखित सत्यता-सारणी बनेगी— (चार मूल सरल कथन हैं, इसलिए 16 कतारें होंगी) :—

P	C	S	B	P.C	SvB	~S	~C	~S⊃~C	~ (~S⊃~C)	PvB	(P.C)⊃(SvB)
T	T	T	T	T	T	F	F	T	F	T	T
T	T	T	F	T	T	F	F	T	F	T	T
T	T	F	T	T	T	T	F	F	T	T	T
T	T	F	F	T	F	T	F	F	T	T	F
T	F	T	T	F	T	F	T	T	F	T	T
T	F	T	F	F	T	F	T	T	F	T	T
T	F	F	T	F	T	T	T	T	F	T	T
T	F	F	F	F	F	T	T	T	F	T	T
F	T	T	T	F	T	F	F	T	F	T	T
F	T	T	F	F	T	F	F	T	F	F	T
F	T	F	T	F	T	T	F	F	T	T	T
F	T	F	F	F	F	T	F	F	T	F	T
F	F	T	T	F	T	F	T	T	F	T	T
F	F	T	F	F	T	F	T	T	F	F	T
F	F	F	T	F	T	T	T	T	F	T	T
F	F	F	F	F	F	T	T	T	F	F	T

इस सत्यता-सारणी में हम देख सकते हैं कि तृतीय, ग्यारहवीं तथा बारहवीं कतारों में दोनों आधारकथन एक साथ सत्य हैं और इनमें से तृतीय तथा ग्यारहवीं कतारें ऐसी हैं जिनमें निष्कर्ष भी सत्य है, पर बारहवीं कतार में दोनों आधारकथनों के सत्य होने के बावजूद निष्कर्ष असत्य है। अतः दी हुई युक्ति अवैध है।

यदि हम युक्ति की बैधता की जाँच उसके विशिष्ट आकारवाले युक्ति-आकार के माध्यम से कहना चाहें, जो सैद्धान्तिक तथा तकनीकी दृष्टि से अधिक उचित है, तो 'p', 'q', 'r' तथा 's' चार कथन परिवर्तियों का प्रयोग कर युक्ति को निम्नलिखित युक्ति-आकार में परिवर्तित करना होगा और फिर ऊपर की ही तरह की सत्यता-सारणी बनाकर युक्ति-आकार की वैधता की जाँच करनी होगी :—

$(p . q) \supset (r \vee s)$

$\sim (\sim r \supset \sim q)$

$\therefore$ $p \vee s$.

हम देखेंगे कि इसकी सत्यता-सारणी में भी एक कतार ऐसा होगा जिसमें दोनों आधारकथन सत्य होंगे और निष्कर्ष असत्य। इसका अर्थ होगा कि युक्ति-आकार का कम-से-कम एक प्रतिस्थापित दृष्टान्त ऐसा है जिसके आधारकथनों के सत्य होने के बावजूद उसका निष्कर्ष असत्य है। और इसलिए युक्ति-आकार अवैध है। और चूँकि दी हुई युक्ति इसी आकार में हैं, इसलिए वह भी अवैध है।

ऐसे ही कोई भी युक्ति यदि साधारण भाषा में हो, तो पहले उपर्युक्त रूप में ही प्रत्येक सरल कथन के लिए अलग-अलग प्रतीक का सहारा लेकर पहले युक्ति को प्रतीकात्मक रूप दे देना पड़ेगा और फिर या तो सीधे उसकी या अधिक उचित रूप में उसके विशिष्ट आकार वाले युक्ति-आकार की वैधता-अवैधता उपयुक्त सत्यता-सारणी के द्वारा सिद्ध करने की आवश्यकता पड़ेगी।

अब ऊपर दी गई दूसरी बात पर हमें ध्यान देना होगा, यानी, इस बात पर कि यदि युक्ति को उसके अनुरूप युक्ति आकार में परिवर्तित कर उसकी वैधता-अवैधता का निर्धारण करना है तो उसे उसके विशिष्ट आकार वाले युक्ति-आकार में ही परिवर्तित करना होगा। हम एक उदाहरण लें :—

$(A \vee B) \supset (A . B)$

$A . B$

$\therefore$ $A \vee B$.

इस युक्ति का विशिष्ट आकार निम्नलिखित होगा :—

$(p \vee q) \supset (p . q)$

$p . q$

$\therefore$ $p \vee q$

पर इस युक्ति को हम निम्नलिखित युक्ति-आकार का भी प्रतिस्थापित दृष्टान्त मान सकते हैं :—

$p \supset q$

q

$\therefore$ p

दूसरे युक्ति-आकार में स्पष्टतः अनुवर्ती को स्वीकार करने का दोष (Fallacy of Affirtming the cousquent) है और सत्यता-सारणी के द्वारा भी यह युक्ति-आकार अवैध सिद्ध होगा :—

p	q	$p \supset q$
T	T	T
T	F	F
F	T	T
F	F	T

हम देख सकते हैं कि सारणी में सिर्फ तीसरी कतार में ऐसा है कि दोनों ही आधारकथन— '$p \supset q$' तथा 'q' एक साथ सत्य हैं, पर उस कतार में निष्कर्ष 'p' असत्य है। अतः युक्ति-आकार अवैध है।

पर विशिष्ट आकार वाला ऊपर का पहला युक्ति-आकार सत्यता-सारणी के द्वारा वैध सिद्ध होता है :—

p	q	pvq	p.q	$(pvq) \supset (p.q)$
T	T	T	T	T
T	F	T	F	F
F	T	T	F	F
F	F	F	F	T

हम देख सकते हैं कि सारणी में सिर्फ पहली कतार में दोनों आधारकथन सत्य है और उस कतार में निष्कर्ष भी सत्य है। अतः युक्ति-आकार वैध है।

इस प्रकार हम देख सकते हैं कि यदि किसी भी युक्ति-आकार की वैधता-अवैधता की जाँच के आधार पर किसी युक्ति की, जो उस युक्ति-आकार का प्रतिस्थापित दृष्टान्त हो सकती है, वैधता-अवैधता हम निर्धारित करें, तो हम गलती में भी पड़ सकते हैं, चूँकि वास्तव में दी हुई युक्ति वैध है (हम इसकी जाँच हम करेंगे और देखेंगे कि यह युक्ति वैध है) और दूसरा युक्ति-आकार, जिसका भी प्रतिस्थापित दृष्टान्त हम युक्ति को मान सकते हैं, उसे अवैध सिद्ध कर देता है। इसीलिए युक्ति को युक्ति-आकार में परिवर्तित कर यदि वैधता-अवैधता की जाँच करनी है तो हमें युक्ति को उसके विशिष्ट आकार वाले युक्ति-आकार में ही परिवर्तित करना होगा, चूँकि उसी के द्वारा हमें सही परिणाम मिलेगा।

3. सत्यता-सारणी तथा कथनों के पुनरूक्त्यात्मक स्वरूप का निर्धारण (*Truth-table and the Determination of the Tautological Nature of Statements*)

एक विशेष दृष्टि से कथनों के तीन भेद किये जाते हैं— (1) वे जो अनिवार्य रूप से सत्य होते हैं, (2) वे जो अनिवार्य रूप से असत्य होते हैं तथा (3) वे जो कभी सत्य तथा कभी असत्य हो सकते हैं। पहले प्रकार के कथनों को पुनरुत्क्त्यात्मक कथन (Tautological statement) या सिर्फ पुनरुक्ति (Tautology) कहते हैं, दूसरे प्रकार के कथनों को आत्म व्याघाती कथन (self-contradictory statement) या सिर्फ आत्म-व्याघात (self-contradiction) कहते हैं, और तीसरे प्रकार के कथनों को सांयोगिक कथन (contingent statement) की संज्ञा दी जाती है। उदाहरण के लिए 'भाई पुरुष

होता है', 'लाल वस्तु लाल है', 'या तो राम बीमार है या बीमार नहीं है', आदि कथन पुनरुक्ति हैं, 'कुँवारा विवाहित होता है', 'लाल वस्तु लाल नहीं है', 'वर्षा हो रही है और वर्षा नहीं हो रही है', आदि कथन आत्म-व्याघाती कथन हैं तथा 'गुलाब लाल है', 'या तो वह ईमानदार है या धूर्त', 'मैं पढ़ रहा हूँ तथा तुम खेल रहे हो', आदि कथन सांयोगिक कथन हैं। 'भाई पुरुष होता है' तथा 'लाल वस्तु लाल है' ऐसे कथन हैं जो अपने अन्दर व्यवहृत शब्दों के चलते ही कभी असत्य हो ही नहीं सकते, यानी उनके असत्य होने के बारे में सोचा भी नहीं जा सकता। 'भाई' के अर्थ में ही यह निहित है कि वह पुरुष होगा। उसी प्रकार जो वस्तु लाल है, वह अवश्य लाल ही होगी। तो अपने अन्दर व्यवहृत शब्दों के अर्थ के चलते ये कथन अनिवार्यतः सत्य हैं और इसलिए पुनरुक्ति हैं। पर तीसरा कथन 'या तो राम बीमार है या बीमार नहीं है' जो एक सत्यता-फलनक कथन है अपने अन्दर व्यवहृत शब्द या शब्दों के चलते अनिवार्यतः सत्य या पुनरुक्ति नहीं है, बल्कि अपनी विषय-वस्तु से बिल्कुल अलग हटकर अपने आकार के चलते यह पुनरुक्ति है। यह एक सत्यता-फलित कथन है जिसके घटक कथन 'राम बीमार है' के लिए यदि हम 'p' प्रतीक रखें तो दिये हुए कथन का रूप होगा। 'pv ~ p' जो एक खोखला आकार हैं और यह आकार ही वस्तुतः पुनरुक्त्यात्मक है, चूँकि 'p' के स्थान पर हम कोई भी कथन क्यों न रख दें, जैसे, 'वर्षा हो रही है' 'गाड़ी जा रही है', 'मोहन बुद्धिमान है', आदि, फलित कथन पुनरुक्त्यात्मक ही होगा—अपने आकार के चलते विषय-वस्तु या व्यवहृत शब्दों के अर्थ के चलते नहीं। सबों का आकार 'pv ~ p' है जो स्पष्टतः पुनरुक्त्यात्मक हैं। चूँकि 'p' और '~p' में से एक तो सत्य होगा ही और इसलिए 'p v~p' आवश्यक रूप से सत्य होगा।

उसी प्रकार आत्म-व्याघात के उदाहरणों में से पहले दो उदाहरण ऐसे है कि उनके अन्दर व्यवहृत शब्दों के अर्थ से ही यह स्पष्ट हो जाता है कि वे आत्म-व्याघाती तथ्य व्यक्त कर रहे हैं। 'कुँवारा' का अर्थ ही होता है 'अविवाहित' और इसलिए यदि हम कहते हैं कि 'कुँवारा विवाहित है' तो हम स्पष्टतः एक आत्म-व्याघात को प्रश्रय दे रहे हैं। ठीक वही बात 'लाल वस्तु लाल नहीं है' के साथ भी है। जो लाल है उसके संबंध में एक ही साँस में यह कहना कि वह लाल नहीं है कल्पनातीत है और अनिवार्यतः असत्य है। परन्तु आत्म-व्याघात का तीसरा उदाहरण, जो एक सत्यता-फलनक कथन है, एक ऐसे कथन का उदाहरण है जो प्रयुक्त शब्दों के अर्थ के चलते नहीं, बल्कि अपने आकार के चलते एक आत्मव्याघात व्यक्त कर रहा है। यदि वर्षा हो रही है' के लिए 'p' प्रतीक रखा जाय, तो उसका आकार होगा— 'p.~p' जो स्पष्टतः एक आत्म-व्याघात व्यक्त कर रहा है। 'p' चाहे कुछ भी हो, यानी, उसके स्थान पर चाहे कोई भी कथन क्यों न रख दें, 'p' तथा '~p', दोनों के एक साथ सत्य होने की कल्पना ही नहीं की जा सकती। यानी 'p' तथा '~p' का संयोजन ' p. ~p' अनिवार्यतः असत्य होगा।

तीसरे प्रकार के कथनों में जो पहला सरल कथन है, उसके अन्दर प्रयुक्त शब्द उसकी सत्यता-असत्यता के संबंध में कुछ भी नहीं बतलाते। यह कथन सत्य है या असत्य, यह तो वास्तविक अनुभव द्वारा ही निर्धारित होगा और हम जानते हैं कि जिन कथनों की सत्यता-असत्यता का निर्धारण अनुभव के द्वारा होता है वे कभी सत्य और कभी असत्य सिद्ध होते हैं। इसलिए यह कथन एक सांयोगिक कथन है। बाकी दो उदाहरण सत्यता-फलित कथनों के उदाहरण हैं जिनमें से पहले वियोजन का तथा दूसरा संयोजन का उदाहरण हैं। यदि इनके

घटक-कथनों के लिए 'p' तथा 'q' प्रतीक रखे जायँ, तो पहले का आकार होगा 'p v q' तथा दूसरे का 'p . q'। इनके संबंध में तो हम जानते हैं कि p तथा q के सत्यता-मूल्यों के सभी संभव योग लेने पर ये कभी सत्य और कभी असत्य सिद्ध होते हैं। अतः ये सांयोगिक कथन हैं।

ऊपर पुनरुक्ति, आत्म-विरोध आदि के संबंध में हमनें कुछ उदाहरण तो ऐसे लिए हैं जिनका पुनरुक्ति आदि होना या तो इस बात से निर्धारित होता है कि उनमें प्रयुक्त शब्दों के अर्थ क्या हैं या फिर अनुभव का सहारा लेकर (जैसे सांयोगिक कथन की स्थिति में)। पर कुछ उदाहरण ऐसे भी लिए गये हैं जिनका पुनरुक्ति आदि होना उनके आकार से ही स्पष्ट हो जाता है, न तो उनमें व्यवहृत शब्दों के अर्थ जानने की जरूरत होती है और न ही अनुभव के किसी सहारे की जरूरत होती है। हमारा संबंध यहाँ सिर्फ वैसे ही कथनों से होगा जो अपने आकार के चलते ही पुनरुक्ति आदि सिद्ध होते हैं। हमनें देखा है कि ऐसे कथन सत्यता-फलित कथन हैं, इन्हीं कथनों के संबंध में यह निर्धारित करना कि वे पुनरुक्ति हैं या आत्म-विरोध या सांयोगिक कथन, यहाँ हमारा लक्ष्य होगा। जो उदाहरण हमने ऊपर लिए हैं वे तो इतने सरल और स्पष्ट हैं कि उन्हें देखने से ही यह स्पष्ट हो जाता है कि वे पुनरुक्ति हैं या आत्म-विरोध या सांयोगिक कथन। पर उनसे जटिल स्वरूप के कथनों के संबंध में ऐसा संभव नहीं होगा। उनके संबंध में यह निर्धारित करने के लिए कि वे पुनरुक्ति हैं या नहीं हमें सत्यता-सारणियों का सहारा लेना पड़ेगा। परन्तु वैसा करने के पहले हम यहाँ युक्ति तथा युक्ति-आकार में भेद की तरह कथन तथा कथन-आकार में भेद कर लेना चाहेंगे, चूँकि वास्तव में यहाँ भी एक-एक कथन के संबंध में यह निर्धारित करने के बजाय कि वह पुनरुक्ति है या अन्य किसी प्रकार का कथन, हम कथन-आकारों के संबंध में यह निर्धारित करते हैं कि उनमें से कौन पुनरुक्त्यात्मक है और कौन नहीं। यह तो इसी बात से स्पष्ट है कि हम यहाँ वैसे ही कथनों से संबंध रखेंगे, जो अपने आकार के चलते पुनरुक्त्यात्मक हैं।

4. कथन तथा कथन-आकार (*Statement and Statement Form*)

ऊपर कहा गया है कि हम यहाँ एक-एक विशेष-विशेष कथन के संबंध में यह निर्धारित करने में कि वह पुनरुक्ति है या नहीं उतनी रुचि नहीं रखते, जितनी यह देखने में किस-किस आकार वाले कथन पुनरुक्ति हैं, और किस-किस आकार वाले दूसरे प्रकार के यानी, आत्म-व्याघाती या सांयोगिक कथन है। दूसरे शब्दों में हमारा संबंध यहाँ विशेषतः कथन-आकारों से है, कथनों से नहीं। **कथन-आकार कुछ खोखले ढाँचे हैं जिनमें (संबंधकों के अलावा) सिर्फ कुछ कथन-परिवर्ती होते हैं और यदि इन कथन-परिवर्तियों के बदले कोई कथन इस शर्त के साथ प्रतिस्थापित किया जाता है कि एक संदर्भ में एक निश्चित कथन-परिवर्ती के लिए एक निश्चित कथन ही प्रतिस्थापित किया जायेगा, तो परिणामतः एक कथन सामने आता है।** जैसे, 'p v q' एक कथन-आकार है तथा 'A v B' अथवा 'राम या तो ईमानदार है या धूर्त' कथन है। **किसी निश्चित कथन-आकार में ढले जितने भी कथन होते हैं, वे सभी उस कथन-आकार के प्रतिस्थापित दृष्टान्त कहे जाते हैं।** जैसे उपर्युक्त दोनों कथन 'p v q' कथन-आकार के प्रतिस्थापित दृष्टान्त हैं। फिर एक कथन चूँकि एक से अधिक कथन-आकारों के प्रतिस्थापित दृष्टान्त हो सकता है, इसलिए युक्तियों की तरह कथनों के भी विशिष्ट आकार (specific form) होते हैं, और जब भी हमें किसी कथन को कथन-आकार में परिवर्तित

करना होता है, तो हम उसे विशिष्ट आकार में ही परिवर्तित कर उसकी जाँच करते हैं कि वह पुनरुक्ति है या अन्य स्वरूप का कथन। **किसी भी कथन के विशिष्ट आकार से हम वह कथन-आकार समझते हैं जिसमें प्रत्येक अलग-अलग कथन परिवर्ती के स्थान पर एक-एक अलग-अलग सरल कथन प्रतिस्थापित करने पर वह कथन सामने आ जाता है।** उदाहरण के लिए '(p ⊃ q) v q', '(A ⊃ B) v B' कथन का विशिष्ट आकार है, यद्यपि '(A ⊃ B) v B' कथन को 'p v q' कथन-आकार का भी प्रतिस्थापित दृष्टान्त माना जा सकता है, यदि 'A ⊃ B' के लिए 'p' कथन-परिवर्ती तथा 'B' के लिए 'q' कथन-परिवर्ती को लिया जाय।

5. सत्यता-सारणियों द्वारा कथनों या कथन-आकारों के पुनरुक्त्यात्मक, आत्म-व्याधती आदि स्वरूप का निर्धारण (*Determination of the Tautological, Self-contradictory, etc, Nature of Statements or Statement-forms by means of Truth-tables*)

हमने देखा है कि सत्यता-सारणी के द्वारा हम किसी भी कथन या कथन-आकार के सभी संभव सत्यता-मूल्य उसके घटक-कथनों या कथन-परिवर्तियों के सत्यता-मूल्यों के आधार पर प्राप्त कर लेते हैं। अब यदि सत्यता-सारणी में किसी भी कथन-आकार के सभी संभव सत्यता-मूल्य 'सत्य' (T) ही निकलते हैं, तो इसका अर्थ है कि उसका कोई भी प्रतिस्थापित दृष्टान्त असत्य नहीं है। अतः वह पुनरुक्ति है, चूँकि **वैसा ही कथन-आकार पुनरुक्ति कहलाता है जिसका एक भी प्रतिस्थापित दृष्टान्त असत्य न हो।** यह बात इस बात से ही निकलती है कि पुनरूक्ति अनिवार्यतः सत्य होती है। उसी **प्रकार कोई भी कथन-आकार आत्म-व्याघाती तब होगा, जब उसका एक भी प्रतिस्थापित दृष्टान्त सत्य न हो**, यानी सत्यता-सारणी में उसका सत्यता-मूल्य सदैव 'असत्य' (F) ही आये। और यदि कोई कथन-आकार ऐसा है, जिसका सत्यता-मूल्य सत्यता-सारणी में कभी 'सत्य' तथा कभी 'असत्य' आये, तो इसका मतलब है कि उसके कुछ प्रतिस्थापित दृष्टान्त सत्य हैं तथा कुछ असत्य और इसलिए वह एक सांयोगिक कथन-आकार है।

ऊपर हमनें यों ही साधारण ज्ञान से 'p v ~ p' कथन-आकार को पुनरूक्ति तथा 'p . ~ p' को आत्म-व्याघाती मान लिया है। ऐसा इसलिए कि इनका स्वरूप इतना स्पष्ट है कि प्रथम दृष्टि में ही यह स्पष्ट हो जाता है कि 'p v ~p' पुनरुक्ति है तथा 'p. ~p' आत्म-व्याघात। पर, जैसा हमने ऊपर भी कहा है, जटिल स्वरूप के कथन-आकारों के संबंध में यह संभव नहीं है और उनके लिए सत्यता-सारणी बनाकर ऊपर बतलाई गई कसौटी पर उसकी जाँच कर यह तय करना होगा कि वह पुनरुक्ति हैं या नहीं। वैसे, यहाँ पहले हम सत्यता-सारणी के द्वारा 'pv~p' तथा 'p.~p' की भी जाँच कर लें ताकि यह निश्चित हो जाय कि हमने उनके स्वरूप के संबंध में जो तय किया है वह सही है या गलत।

(1) P v ~ p

p	~p	p v~p
T	F	T
F	T	T

हम देख सकते हैं कि सत्यता-सारणी में 'pv~p' के नीचे सिर्फ 'T' ही है। इसका अर्थ है कि इसके सभी प्रतिस्थापित दृष्टान्त सत्य हैं और इसलिए यह पुनरुक्ति हैं।

(2) p. ~p

p	~p	p.~p
T	F	F
F	T	F

हम देख सकते हैं कि प्रस्तुत सारणी में 'p.~p' के नीचे सिर्फ 'F' ही है। इसका अर्थ है कि इसके सभी प्रतिस्थापित दृष्टान्त असत्य हैं और इसलिए यह आत्म-व्याघाती कथन आकार है।

अब हम कुछ जटिल स्वरूप के कथन-आकारों के उदाहरणों के संबंध में देखें कि सत्यता-सारणियों के माध्यम से उनके स्वरूप के संबंध में क्या कुछ हमें मिलता है।

(3) [p ⊃ (p ⊃ q)] ⊃ q

p	q	p ⊃ q	p ⊃ (p ⊃ q)	[p ⊃ (p ⊃ q)] ⊃ q
T	T	T	T	T
T	F	F	F	T
F	T	T	T	T
F	F	T	T	F

हम देख सकते हैं कि दिये हुए कथन-आकार के नीचे कहीं 'T' तथा कहीं 'F' है। इसलिए यह एक सांयोगिक कथन आकार हैं।

(4) (p ⊃ q) ≡ (~q ⊃ ~p)

p	q	~p	~q	p ⊃ q	~q ⊃ ~p	(p ⊃ q) ≡ (~q⊃ ~p)
T	T	F	F	T	T	T
T	F	F	T	F	F	T
F	T	T	F	T	T	T
F	F	T	T	T	T	T

उपर्युक्त सत्यता-सारणी से स्पष्ट है कि दिया हुआ कथन-आकार पुनरुक्ति हैं।

(5) (p ⊃ p) ⊃ (q . ~q)

p	q	~q	p ⊃ p	q. ~q	(p ⊃ p) ⊃ (q . ~q)
T	T	F	T	F	F
T	F	T	T	F	F
F	T	F	T	F	F
F	F	T	T	F	F

सत्यता-सारणी से स्पष्ट है कि दिया हुआ कथन-आकार आत्म-व्याघात है, चूँकि इसका हर संभव सत्यता-मूल्य 'F' ही है।

यदि किसी कथन के संबंध में यह निर्धारित करना हो कि वह पुनरुक्ति है या नहीं और कथन साधारण भाषा में हो तो पहले प्रत्येक सरल कथन के लिए अलग-अलग प्रतीक मानकार उसका प्रतीकीकरण कर लेना होगा और फिर उसे p, q, r आदि कथन परिवर्तियों के सहारे विशिष्ट आकार वाले कथन-आकार में परिवर्तित कर लेना होगा और तब

सत्यता-सारणी के माध्यम से देखना होगा कि वह कथन-आकार पुनरुक्ति सिद्ध होता है या आत्म-व्याघात या सांयोगिक। चूँकि दिया हुआ कथन-आकार का प्रतिस्थापित दृष्टान्त है, इसलिए कथन आकार के संबंध में जो निर्धारित होगा वही कथन के लिए भी निर्धारित माना जायेगा। यदि प्रतीकीकरण हम A, B, C.......M, N, O........आदि प्रतीकों के द्वारा करते हैं तो चूँकि तकनीकी स्तर पर हमनें इन्हें कथन माना हैं, कथन-परिवर्ती नहीं, इसलिए तकनीकी दृष्टि से इन्हें भी युक्ति आकार में बदलने के लिए हमें p, q, r आदि कथन परिवर्तियों का सहारा लेना चाहिए और तब इस बात की जाँच करनी चाहिए कि कथन-आकार पुनरुक्ति है या नहीं। परन्तु यदि हम A, B, C आदि प्रतीक वाले कथनों की जाँच भी सीधे कर लेते हैं तो व्यावहारिक स्तर पर कोई अन्तर नहीं आता, चूँकि इन प्रतीकों के द्वारा भी कथन का आकार तो स्पष्ट हो ही जाता है। हम सीधे कथन की भी सत्यता-सारणी बना ले सकते हैं। देखना यह है कि कथन के नीचे सत्यता-सारणी में हर कतार में 'सत्य' (T) ही सत्यता-मूल्य आता है या नहीं। यदि हाँ तो कथन पुनरुक्ति है, अन्यथा नहीं। उदाहरण के लिए मान लिया जाय हमारे सामने निम्नलिखित कथन है जिसके संबंध में यह तय करना है कि वह पुनरूक्ति है या नहीं :—

$$\{(A \supset B) \,.\, (C \supset \sim B)\} \supset (A \supset \sim C)$$

तो हम इसकी निम्नलिखित रूप में सारणी बनायेंगे—

A	B	C	~B	~C	A⊃B	C⊃~B	A⊃~C	(A⊃B).(C⊃~B)	{(A⊃B).(C⊃~B)}⊃(A⊃~C)
T	T	T	F	F	T	F	F	F	T
T	T	F	F	T	T	T	T	T	T
T	F	T	T	F	F	T	F	F	T
T	F	F	T	T	F	T	T	F	T
F	T	T	F	F	T	F	T	F	T
F	T	F	F	T	T	T	T	T	T
F	F	T	T	F	T	T	T	T	T
F	F	F	T	T	T	T	T	T	T

चूँकि उपर्युक्त सारणी की अंतिम पंक्ति (Column) में कथन के नीचे हर बार 'सत्य' (T) ही सत्यता-मूल्य आया है, इसलिए यह सिद्ध होता है कि कथन पुनरुक्ति है।

6. संक्षिप्त सत्यता-सारणी का निर्माण (*Construction of Shorter Truth-Tables*)

ऊपर हमने सत्यता-सारणियों द्वारा यह निर्धारित करने की विधि का निरूपण किया है कि कोई भी कथन या कथन आकार पुनरुक्ति है या नहीं। पर ऐसा करने के क्रम में कभी-कभी हमें ऐसे कथनों या कथन-आकारों का सामना करना पड़ सकता है जिसकी सत्यता-सारणी कुछ इतनी लम्बी हो जा सकती है कि उसके निर्माण के लिए कागज पर पर्याप्त स्थान ही न हो। ऐसी स्थितियों से बचने के लिए संक्षिप्त सत्यता-सारणी बनाने की किसी विधि का निरुपण आवश्यक है। यह विधि सारतः उन सारणियों की विधि से भिन्न नहीं है जिन्हें अब तक हम बनाते रहे हैं। अन्तर सिर्फ इतना है कि अन्तिम पंक्ति पर पहुँचने के क्रम में जो मूल घटकों से लेकर पूरे कथन की सत्यता-सारणी बनानेके क्रम में जो बीच में कई घटक कथनों के लिए हमें अलग-अलग पंक्तियाँ बनानी पड़ती हैं, उन्हें बनाना नहीं पड़ता। जिस सम्पूर्ण कथन के संबंध में हमें निर्धारित करना रहता है कि वह पुनरुक्ति है

या नहीं, सिर्फ उसे ही हम थोड़ा फैलाकर कागज पर लिख देते हैं और उसी में हर सरल या मिश्र घटक कथन के लिए नीचे वहीं पर उसका सत्यता-मूल्य लिखते चले जाते हैं। मिश्र कथन का सत्यता-मूल्य उसके प्रधान संबंधक के नीचे लिखते हैं तथा सरल कथन के लिए उस कथन के ठीक नीचे। और जिस क्रम में सत्यता-मूल्यों का निर्धारण करते हैं उस क्रम को बोधित करने के लिए उस पंक्ति के नीचे क्रम-संख्या लिखते चले आ सकते हैं। सारी बातें एक उदाहरण के द्वारा स्पष्ट होंगी।

मान लिया जाये हमें उपर्युक्त कथन { (A⊃B). (C⊃ ~B)} ⊃ (A⊃ ~ C) की ही संक्षिप्त सारणी बनानी है, तो हम इसे इस प्रकार करेंगे :—

{(A	⊃	B)		(C	⊃	~	B)}	⊃	(A	⊃	~	C)
T	T	T	F	T	F	F		T	T	F	F	
T	T	T	T	F	T	F		T	T	T	T	
T	F	F	F	T	T	T		T	T	F	F	
T	F	F	F	F	T	T		T	T	T	T	
F	T	T	F	T	F	F		T	F	T	F	
F	T	T	T	F	T	F		T	F	T	T	
F	T	F	T	T	T	T		T	F	T	F	
F	T	F	T	F	T	T		T	F	T	T	
(3)	(4)	(2)	(7)	(1)	(6)	(5)		(11)	(8)	(10)	(9)	

ऊपर की सारणी में सर्वप्रथम हमने 'C' के सत्यता-मूल्यों को लिखा है और उसके बाद क्रमशः 'B' तथा 'A' के सत्यता-मूल्यों को। यही क्रम उनकी पंक्तियों के नीचे (1), (2), (3) लिखने से व्यक्त होता है। फिर 'A' तथा 'B' के सत्यता-मूल्यों के आधार पर हमनें चौथे क्रम में 'A⊃B' के सत्यता-मूल्यों का निर्धारण किया है जो उस कथन के संबंधक '⊃' के नीचे लिखे मूल्यों के द्वारा अभिव्यक्त होता है। फिर पाँचवें क्रम में हमने '~B' के सत्यता-मूल्यों का निर्धारण 'B' के सत्यता-मूल्यों के आधार पर किया है और उन्हें संबंधक '~' के नीचे लिखा है। छठे क्रम में 'C' तथा '~B' के आधार पर 'C ⊃ ~B' के मूल्यों का निर्धारण किया है जो प्रधान संबंधक '⊃' के नीचे लिखे हुए हैं। सातवें क्रम में 'A ⊃ B' तथा ' C ⊃ ~ B' के सत्यता-मूल्यों के आधार पर ' (A⊃B). (C ⊃ ~ B)' के सत्यता-मूल्यों का निर्धारण कर उन्हें प्रधान संबंधक '.' के नीचे लिखा है। आठवें क्रम में दूसरी बार 'A' के सत्यता-मूल्यों को लिखा है। नवें क्रम में '~C' के सत्यता-मूल्य 'C' के सत्यता-मूल्यों के आधार पर निर्धारित कर '~' के नीचे लिखे गये हैं। दसवें क्रम में (8) तथा (9) के आधार पर 'A ⊃ ~ C' के सत्यता-मूल्यों का निर्धारण किया गया है। और अन्त में ग्यारहवें क्रम में (7) तथा (10) के आधार पर सम्पूर्ण कथन के सत्यता-मूल्यों का निर्धारण कर प्रधान संबंधक '⊃' के नीचे उन्हें लिखा गया है। हम देख सकते हैं कि इस पंक्ति में सभी सत्यता-मूल्य सिर्फ 'T' यानी 'सत्य' ही आये हैं जो यह सिद्ध करते हैं कि दिया कथन पुनरुक्ति है।

इसी प्रकार आवश्यकता पड़ने पर किसी अन्य जटिल कथन की भी संक्षिप्त सारणी बनाकर यह निश्चित किया जा सकता है कि वह पुनरुक्ति है या नहीं।

7. तार्किक आपादन तथा तार्किक तुल्यता (*Logical Implication and Logical Equivalence*)

(क) तार्किक आपादनः कोई भी कथन किसी दूसरे कथन को तार्किक रूप से (या तर्कतः) आपादित करता हुआ तब और सिर्फ तब माना जाता है जब पहले द्वारा दूसरे को वस्तुगत रूप से आपादित करने वाला कथन पुनरुक्ति हो। जैसे, 'p' 'q' को तर्कतः आपादित करता हुआ तब माना जायेगा जब और सिर्फ जब 'p ⊃ q' एक पुनरुक्ति हो। हम सत्यता-सारणी बनाकर देख सकते हैं कि '(p.q)' 'p' को तर्कतः आपादित करता है, चूँकि '(p.q) ⊃ p' एक पुनरुक्ति है।

p	q	p.q	(p.q) ⊃ p
T	T	T	T
T	F	F	T
F	T	F	T
F	F	F	T

सारणी की अन्तिम पंक्ति स्पष्ट करती है कि '(p. q) ⊃ p' पुनरुक्ति है, और इसलिए '(p.q)' 'p' को तर्कतः आपादित करता हुआ माना जायेगा। तार्किक आपादन के अनेकों अन्य उदाहरण भी हैं जो एक दृष्टि से बहुत ही महत्त्वपूर्ण हैं। युक्तियों की वैधता-अवैधता जाँचने की एक अन्य प्रकार की सत्यता-सारणी विधि भी है जिसे हम आगे देखेंगे। उसमें तार्किक आपादन की अवधारणा सहायक होती है।

(ख) तार्किक तुल्यता—कोई भी दो कथन तार्किक रूप से (या तर्कतः) तुल्य तब और सिर्फ तब कहे जाते हैं जब उनके बीच वस्तुगत तुल्यता को बतलाने वाला कथन पुनरूक्ति हो। जैसे , 'p' 'q' को तर्कतः तुल्य तब कहा जायेगा जब और सिर्फ जब 'p ≡ q' पुनरूक्ति हो। बहुत सारे कथन एक-दूसरे के तर्कतःतुल्य होते हैं। उदारहण के लिये '~ (p.q)' '(~ pv~ q)' के तर्कतः तुल्य है। चूँकि सत्यता-सारणियों की सहायता से हम देख सकते हैं कि (i) ~ (p.q) ≡ (~pv~q) तथा (ii) ~ (pvq) ≡ (~p.~ q) दोनों पुनरूक्तियाँ हैं। हम एक-एक कर दोनों के लिए नीचे सत्यता-सारणी बनाते हैं :—

(i)	~	(p	.	q)	≡	(~p	v	~	q)
	F	T	T	T	T	F	F	F	
	T	T	F	F	T	F	T	T	
	T	F	F	T	T	T	T	F	
	T	F	F	F	T	T	T	T	
	(4)	(2)	(3)	(1)	(8)	(5)	(7)	(6)	

सत्यता-सारणी की 'आठवीं' पंक्ति स्पष्ट करती है कि कथन पुनरुक्ति है और इसलिए यह तार्किक तुल्यता का एक उदाहरण है।

(ii)	~	(p	v	q)	≡	(~p	.	~	q)
	F	T	T	T	T	F	F	F	
	F	T	T	F	T	F	F	T	
	F	F	T	T	T	T	F	F	
	T	F	F	F	T	T	T	T	
	(4)	(2)	(3)	(1)	(8)	(5)	(7)	(6)	

इस सत्यता-सारणी में भी आठवीं पंक्ति बतलाती है कि कथन पुनरुक्ति है और इसलिए यह तार्किक तुल्यता का उदाहरण है।

ऊपर के दोनों कथन (वस्तुतः कथन-आकार), जो तार्किक तुल्यता के उदाहरण हैं, मिलक, डी मॉर्गन नियम (De Morgans Law) के नाम से विख्यात हैं और बहुत ही महत्त्वपूर्ण हैं। वस्तुतः तार्किक तुल्यता के अनेकों अन्य उदाहरण भी हैं और सभी महत्त्वपूर्ण हैं। हमने देखा कि दो कथन तर्कतः तुल्य तब कहे जाते हैं जब उनसे बना उभयोपाधिक (Biconditional) कथन पुनरुक्ति सिद्ध होता है। इसका अर्थ यह हुआ कि तर्कतः तुल्य कथनों के सत्यता-मूल्य अनिवार्यतः एक ही होते हैं, उनका भिन्न-भिन्न होना असंभव है। इसलिए आवश्यकता पड़ने पर तर्कतः तुल्य कथनों में से किसी एक को दूसरे के स्थान पर प्रतिस्थापित कर सकते हैं। जैसे, $\sim (p.q)$ के स्थान पर कहीं भी हम $(\sim p \vee \sim q)$ प्रतिस्थापित कर सकते हैं, या फिर $(\sim p \vee \sim q)$ के स्थान पर $\sim (p.q)$ को प्रतिस्थापित कर सकते हैं। ये बातें आगे बहुत महत्त्वपूर्ण सिद्ध होंगी।

8. पुनरुक्तियाँ तथा युक्तियों या युक्ति-आकारों की वैधता-अवैधता का निर्धारण *(Toutologies and the Ditermination of the Validity-Invalidity of Arguments or Argument Forms)*

हम युक्तियों या युक्ति-आकारों की वैधता-अवैधता निर्धारण की सत्यता-सारणी विधि पहले देख चुके हैं। सत्यता-सारणी विधि का ही प्रयोग युक्तियों की वैधता-अवैधता निर्धारण के लिए एक अन्य रूप में भी किया जा सकता है जिसमें कथनों की पुनरुक्ति निर्धारण विधि सम्मिलित रहती है। बात यह है कि प्रत्येक युक्ति या युक्ति-आकार के अनुरूप एक सोपाधिक कथन या कथन-आकार होता है, जिसका पूर्ववर्ती युक्ति के आधार-कथनों का संयोजन होता है तथा अनुवर्ती युक्ति का निष्कर्ष। उदाहरण के लिए यदि निम्नलिखित हमारा युक्ति आकार हो :—

$$\begin{array}{ll} & p \\ & q \\ \therefore & r \end{array}$$

तो इसके अनुरूप जो सोपाधिक कथन-आकार होगा वह होगा—$(p.q) \supset r$। इनकी अनुरूपता इस प्रकार देखी जा सकती है कि दिये हुए युक्ति-आकार का निहित तात्पर्य है कि यदि p तथा q सत्य हैं तो r भी सत्य है अर्थात् p तथा q मिलकर r को आपादित करते हैं, यानी $(p.q) \supset r$। और इसी प्रकार प्रत्येक युक्ति या युक्ति-आकार के अनुरूप एक सोपाधिक कथन या कथन-आकार होता है। अब हम जानते हैं कि किसी भी युक्ति के वैध होने की शर्त यह है कि यदि उसके आधार-कथन सत्य हैं तो उसका निष्कर्ष भी अनिवार्यतः सत्य होगा। उपर्युक्त युक्ति के संदर्भ में बात यह होगी कि यदि (p. q) सत्य है तो r भी अनिवार्यतः सत्य होगा यानी, $(p.q) \supset r$ अनिवार्यतः सत्य होगा। और ऐसा तभी होगा जब $(p.q) \supset r$ पुनरुक्ति होगा, चूँकि पुनरुक्तियाँ ही अनिवार्यतः सत्य होती हैं। तो इस प्रकार किसी भी युक्ति के लिए वैध होने की शर्त यह हुई कि उसके अनुरूप जो सोपाधिक कथन होगा वह पुनरुक्ति होगा। और किसी भी सोपाधिक कथन के पुनरुक्ति होने का अर्थ यह है कि वह तार्किक आपादन का उदाहरण होगा, यानी, उसका पूर्ववर्ती अनुवर्ती को तर्कतः आपादित करेगा। इन सारी बातों के आधार पर किसी भी युक्ति की वैधता के संबंध में हम एक नियम निर्धारित कर ले सकते हैं और वह होगा कि **कोई भी युक्ति तभी वैध होगी जब और सिर्फ जब उसके अनुरूप बनने वाला सोपाधिक कथन पुनरूक्ति होगा, अर्थात् यों कहें कि जब आकार-कथनों का संयोजन निष्कर्ष को तर्कत: आपादित करेगा।**

इस प्रकार किसी भी युक्ति या युक्ति-आकार की वैधता जाँचने का एक तरीका यह भी होगा कि पहले युक्ति या युक्ति-आकार के अनुरूप हम एक सोपाधिक कथन या कथन-आकार बना लें और फिर सत्यता-सारणी बनाकर यह देखें कि कथन या कथन-आकार पुनरुक्ति है या नहीं। यदि हाँ, तो इसका तात्पर्य है कि दी हुई युक्ति (या दिया हुआ युक्ति-आकार) वैध है और यदि नहीं, तो युक्ति या युक्ति-आकार अवैध है। हम एक उदाहरण लें। मान लिया जाय हमारे सामने निम्नलिखित युक्ति-आकार है जिसकी वैधता की जाँच हमें करनी है :—

$p \supset q$

p

$\therefore\ q$

इसके अनुरूप जो सोपाधिक कथन-आकार होगा वह होगा :—

$$\{(p \supset q).p\} \supset q$$

अब हम इसकी सत्यता-सारणी बनाकर देखें कि यह पुनरूक्ति है या नहीं :—

p	q	p⊃q	(p⊃ q).p	{ (p⊃ q).p} ⊃q
T	T	T	T	T
T	F	F	F	T
F	T	T	F	T
F	F	T	F	T

सत्यता-सारणी बतलाती है कि सोपाधिक कथन-आकार पुनरुक्ति है यानी तार्किक आपादन का उदाहरण है। इसका तात्पर्य है कि दिया हुआ युक्ति-आकार वैध है।

अब एक दूसरा युक्ति-आकार हम लें :—

$p \vee q$

$\sim q$

$\therefore\ \sim p$

इसके अनुरूप सोपाधिक कथन-आकार :—

$$\{(p \vee q) . \sim q\} \supset \sim p$$

इसकी सत्यता-सारणी :—

p	q	~p	~q	pvq	(pvq).~q	{ (pvq).~q} ⊃ ~p}
T	T	F	F	T	F	T
T	F	F	T	T	T	F
F	T	T	F	T	F	T
F	F	T	T	F	F	T

सत्यता-सारणी बतलाती है कि सोपाधिक कथन-आकार पुनरुक्ति नहीं है। अतः दिया हुआ युक्ति-आकार अवैध है।

इस प्रकार सत्यता-सारणियों की ही सहायता से युक्तियों की वैधता-अवैधता जाँचने के पहले बतलाये तरीके से भिन्न भी एक तरीका है जिसमें हमें माध्यम इस बात को बनाना पड़ता है कि दी हुई युक्ति के अनुरूप सोपाधिक कथन पुनरुक्ति है या नहीं। युक्तियों की वैधता-अवैधता जाँचने की यह भी सत्यता-सारणी विधि ही है। हम अपनी सुविधानुसार पहले बतलाई गई विधि या इस विधि में से किसी का प्रयोग कर सकते हैं।

❑

अध्याय 10

युक्ति, कथन एवं व्युत्पत्ति विधि
(ARGUMENTS, STATEMENTS AND DERIVATION METHOD)

1. परिचयात्मक (*Introduction*)

पिछले अध्याय में हम देख चुके हैं कि सत्यता-सारणियों के माध्यम से किस प्रकार युक्तियों या युक्ति-आकारों की वैधता-अवैधता का निर्धारण किया जाता है। पर युक्तियों की वैधता-अवैधता निर्धारण की कुछ अन्य विधियाँ भी हैं। इनमें से एक वह विधि है जिसे सामान्य तौर पर हम व्युत्पत्ति-विधि कह सकते हैं। इस विधिके द्वारा युक्तियों की सिर्फ वैधता निर्धारित की जाती है, अवैधता नहीं। इसके प्रयोग में सामान्यतः होता यह है कि जिस युक्ति की वैधता प्रमाणित करनी होती है उसके आधार-कथनों से कुछ अन्य उन कथनों को व्युत्पन्न (Derive) किया जाता है जो आधार कथनों में तर्कतः आपादित होती हैं। फिर इन व्युत्पन्न कथनों को आधार-कथनों के साथ मिलाकर नित्य नवीन कथनों को व्युत्पन्न किया जाता है तथा यह क्रम तब तक चलता रहता है जब तक वांछित निष्कर्ष को व्युत्पन्न नहीं कर लिया जाता। यह सब कुछ करने में अनुमान के कुछ ऐसे आधारभूत नियमों का सहारा लिया जाता है जो तर्कतः सत्य (logically true) अथवा पुनरुक्त्यात्मक (tautological) होते हैं। इस विधि का प्रयोग अनुमान के इन अति सामान्य नियमों पर आधारित होता है—(1) किन्हीं भी दिये हुए कथनों से उन्हीं और सिर्फ उन्हीं कथनों को हम अनुमित कर सकते हैं जो उनके द्वारा तर्कतः आपादित किये जाते हैं। (2) उनसे उन सभी कथनों को अनुमित किया जा सकता है जो उनके द्वारा तर्कतः आपादित किये जाते हैं।

हमने कहा है कि इस विधि के द्वारा युक्तियों की सिर्फ वैधता का निर्धारण होता है। इससे स्पष्ट है कि जो युक्ति वैध है, उसकी वैधता का प्रमाण इसके द्वारा हम उपस्थित कर सकते हैं, पर जो युक्ति अवैध है उसकी अवैधता को इसके द्वारा हम प्रमाणित नहीं कर सकते। चूँकि सत्यता-सारणी विधि यह निर्णय करा देती है कि कोई युक्ति वैध है या अवैध, इसलिए उसे निर्णय-विधि (Decision Method) की संज्ञा दी जाती है, पर वर्तमान विधि चूँकि ऐसा नहीं कर सकती, बल्कि व्युत्पत्ति के माध्यम से वैध युक्तियों की सिर्फ वैधता प्रमाणित कर सकती है, इसलिए इसे व्युत्पत्ति-विधि (Derivation method) की संज्ञा दी जाती है।

व्युत्पत्ति-विधि के तीन रूप होते हैं—(1) आकारिक प्रमाण विधि (method of formal proof), (2) सोपाधिक प्रमाण विधि (method of conditional proof) तथा (3) अप्रत्यक्ष प्रमाण विधि (method of indirect proof)। इनमें से प्रथम विधि ही प्रमुख है, शेष दो को उसी की सहायक विधियों के रूप में देखा जा सकता है, चूँकि वे उसी के प्रयोग को और सरल बनाने का कार्य करती हैं। सोपाधिक प्रमाण विधि तथा अप्रत्यक्ष प्रमाण विधि का प्रयोग कथनों की पुनरुक्त्यात्मकता सिद्ध करने के लिए भी होता है। यह सब एक-एक कर हम नीचे देखेंगे।

2. व्युत्पत्ति के कुछ आधारभूत नियम (*Some Fundamental Rules of Derivation*)

हमने ऊपर कहा है कि व्युत्पत्ति विधि के प्रयोग में अनुमान के कुछ आधारभूत नियमों का सहारा लिया जाता है। ये नियम भी दो तरह के हैं—(1) एक वे जो इस संबंध में हैं कि आधार-कथनों के रूप में क्या दिये रहने से हम कौन-सा कथन असंदिग्ध तथा निश्चित रूप में अनुमित कर सकते हैं। वस्तुतः यहाँ आधार-कथनों तथा निष्कर्ष में तार्किक आपादन का संबंध होता है ताकि आधार-कथनों के होने से निष्कर्ष स्वतः अनिवार्य रूप से उनसे निकलता है। ये नियम इतने स्पष्ट तथा एक प्रकार से स्वतः सिद्ध होते हैं कि उन्हें प्रमाणित करने की आवश्यकता महसूस नहीं की जाती तथा अनुमान के आधारभूत नियमों के रूप में उनका प्रयोग कर उनके सहारे व्युत्पत्ति विधि के द्वारा बड़ी तथा जटिल युक्तियों की वैधता सिद्ध की जाती है। इन नियमों को विशेष तौर पर अनुमान के नियम (Rules of Inference) कहा जा सकता है। (2) पर व्युत्पत्ति विधि के प्रयोग में इन अनुमान के नियमों के अलावा एक अन्य प्रकार के नियमों का भी सहारा लिया जाता है जिन्हे प्रतिस्थापन के नियम (Rules of Substitution) की संज्ञा दी जात सकती है। हमनें पीछले अध्याय में तर्कतः तुल्य (logically equivalent) कथनों की बात की है और देखा है कि तर्कतःतुल्य कथन वस्तुतः भिन्न शब्दावली में एक ही कथन होते हैं ताकि एक को दूसरे के बदले प्रतिस्थापित किया जा सकता है। उदरहरण के लिए हम कहें कि 'राम बीमार है' (p) अथवा यह कहें कि :'यह असत्य है कि राम बीमार नहीं है' (~ ~ p), तो हम देख सकते हैं कि ये दोनों कथन दो भिन्न शब्दावलियों में एक ही कथन हैं और हम चाहें तो अवश्यकतानुसार एक को दूसरे के बदले उसी प्रकार प्रतिस्थापित कर सकते हैं जैसे हम '4' के स्थान पर '2+2' को प्रतिस्थापित कर सकते हैं। कभी-कभी व्युत्पत्ति के क्रम में वांछित निष्कर्ष तक पहुँचने में ऐसे प्रतिस्थापन बहुत ही सहायक सिद्ध होते हैं। इसलिए प्रतिस्थापन के कुछ नियमों का भी सहारा हम लेते हैं।

अब हम अनुमान तथा प्रतिस्थापन संबंधी इन नियमों को एक-एक कर देखें।

(a) अनुमान के नियम (*Rules of Inference*

(1) विधायक सोपाधिक निरपेक्ष न्याय (*Modus Ponens*)

$$p \supset q$$
$$p$$
$$\therefore q$$

इसका अर्थ है कि यदि कहीं '$p \supset q$' तथा 'p' आधार-कथनों के रूप में दिये हुए हों तो हम उनसे 'q' निष्कर्ष व्युत्पन्न कर सकते हैं। यह नियम वस्तुतः पारंपरिक तर्कशास्त्र का यह नियम ही है कि वृहत् आधार कथन के रूप में यदि हमारे पास कोई सोपाधिक कथन हो तो लघु आधार कथन में उसके पूर्ववर्ती की सत्यता को स्वीकार कर निष्कर्ष में अनुवर्ती की सत्यता को स्वीकारा जा सकता है (By affirming the antecedent, we can affirm the consequent)। संक्षेप में इस नियम को 'विधा० सो०' या अंग्रेजी में 'M. P' कहा जा सकता है।

(2) विधातक सोपाधिक-निरपेक्ष न्याय (*Modus Tollens*)

$$p \supset q$$
$$\sim q$$
$$\therefore \sim p$$

इसका मतलब है कि यदि कहीं आधार रूप में '$p \supset q$' तथा '$\sim q$' दिये हुए हों तो निष्कर्ष रूप में हम '$\sim p$' को निकाल सकते हैं। यह पारंपरिक तर्कशास्त्र के सोपाधिक-निरपेक्ष न्याय के इस नियम का रूप है कि अनुवर्ती को अस्वीकार कर पूर्ववर्ती को अस्वीकारा जा सकता है (By denying the consequent, we can deny the antecedent)। संक्षेप में इसे 'विघा० सो०' अथवा अंग्रेजी में 'M. T' कहेंगे।

(3) वैकल्पिक न्याय *(Disjunctive Syllogism)*

$$p \vee q$$
$$\sim p$$
$$\therefore q$$

अर्थात् यदि कहीं आधार रूप में '$p \vee q$' तथा '$\sim p$' दिये हुए हो तो निष्कर्ष रूप में हम 'q' निकाल सकते हैं। यह नियम इस साधारण सत्य का प्रतीक है कि किसी भी वैकल्पिक कथन के एक विकल्प को असत्य मान लेने से दूसरे को सत्य मानना आवश्यक हो जाता है। संक्षेप में उस नियम को 'बैक०' अथवा अंग्रेजी में 'D.S' कहेंगे।

(4) सोपाधिक न्याय *(Hypothetical Syllogism)*

$$p \supset q$$
$$q \supset r$$
$$\therefore p \supset r$$

यानी, यदि आधार-रूप में '$p \supset q$' तथा '$q \supset r$' दिये हुए हों तो निष्कर्ष रुप में '$p \supset r$' निकाला जा सकता है। और यह बिलकुल स्पष्ट है, चूँकि यदि 'p' सत्य होने से 'q' सत्य होगा और 'q' के सत्य होने से 'r' तो फ़िर 'p' के सत्य होने से 'r' सत्य होगा। संक्षेप में इस नियम को 'सोपा०' अथवा अंग्रेजी में 'H. S' कहेंगे।

(5) सरलीकरण *(Simplification)*

$$p . q$$
$$\therefore p.$$

अर्थात् आधार रूप में '$p. q$' के दिये रहने से निष्कर्ष में 'p' की सत्यता व्युत्पन्न कर सकते हैं। और यह बिलकुल स्पष्ट है, चूँकि यदि दो कथनों का संयोजन सत्य है तो उनमें से प्रत्येक अलग-अलग भी सत्य होगा। संक्षेप में इस नियम को 'सरली०' अथवा 'Simp.' कहेंगे।

(6) संयोजन *(Conjunction)*

$$p$$
$$q$$
$$\therefore p . q$$

यदि 'p' तथा 'q' अलग-अलग दो आधार कथनों के रूप में दिये हुए हों तो उनसे स्पष्टतः उन दोनों की एक साथ सत्यता, यानी, '$p. q$', का निष्कर्ष निकाला जा सकता है। संक्षेप में इस नियम को 'सं०', अथवा अंग्रेजी में 'Conj.' कह सकते हैं।

(7) योग *(Addition)*

$$p$$
$$\therefore p \vee q$$

सिर्फ 'p' के आधार रूप में दिये रहने पर 'p v q' निष्कर्ष के रूप में निकाला जा सकता है। ऐसा स्पष्टतः इसलिए कि 'p v q' एक वैकल्पिक कथन है और हम जानते हैं कि वैकल्पिक कथन के एक भी विकल्प के सत्य होने पर वह सत्य हो जाता है। 'p' के आधार रूप में दिये रहने का अर्थ है कि 'p' सत्य है, इसलिए 'p v q' भी सत्य है। संक्षेप में इस नियम को 'यो०' अथवा 'Add.' कहेंगे।

(8) विसंगति *(Inconsistency)*

$$p \supset (q \,.\, \sim q)$$
$$\therefore \sim p$$

अर्थात् 'p ⊃ (q . ~ q)' के आधार पर '~ p' निष्कर्ष निकाला जा सकता है। यह स्पष्ट है कि जब 'p' एक आत्म-व्याघात को आपादित करता है, तो '~ p' अवश्य सत्य होगा।

अनुमान के ये सारे उदाहरण तार्किक आपादन के उदाहरण हैं, यानी आधारकथनों के संयोजन को पूर्ववर्ती में रखकर तथा निष्कर्ष को अनुवर्ती में रखकर जो सोपाधिक कथन प्रत्येक स्थिति में बनेगा वह तार्किक आपादन का उदाहरण होगा, यानी तर्कतः सत्य होगा। उक्त रूप में नियमों को निम्नलिखित रूप में रखा जा सकता है :–

(1) {(p ⊃ q).p} ⊃ q — M. P

(2) {(p ⊃ q) . ~ q} ⊃ ~ p—M. T.

(3) {(p v q). ~ p} ⊃ q — D. S.

(4) {(p ⊃ q). (q ⊃ r)} ⊃ (p ⊃ r)—H.S.

(5) (p . q) ⊃ p..............................Simp.

(6) {(p). (q)} ⊃ (p.q)..................Conj.

(7) p ⊃ (p v q)...............................Add.

(8) {p ⊃ (q. ~ q)} ⊃ ~ p.............Inconsist.

सत्यता-सारणियों के द्वारा जाँचकर हम देख सकते हैं कि इनमें से प्रत्येक तार्किक अपादान का उदाहरण है।

(b) प्रतिस्थापन के नियम ***(Rules of Substitution)***

ये नियम निम्नलिखित हैं :–

(1) डी० मॉर्गन नियम *(De Morgan's Law)*

(i) ~ (p. q) ≡ (~ p v ~ q)

(ii) ~ (p v q) ≡ (~ p. ~ q)

संक्षेप में 'डी० मॉ०' या अंग्रेजी में 'De M.' कहा जाता है।

(2) क्रम परिवर्तन *(Commutation)*

(i) (p v q) ≡ (q v p)

(ii) (p. q) ≡ (q. p)

संक्षेप में– 'क्र० प०' अथवा 'Com.'

(3) समूहीकरण *(Association)*

(i) p v (q v r) ≡ (p v q) v r

(ii) p . (q . r) ≡ (p . q) . r

संक्षेप में —' समूही o' अथवा ' Assoc.'

(4) वितरण *(Distribution)*

(i) $p.(q \vee r) \equiv (p.q) \vee (p.r)$

(ii) $p \vee (q.r) \equiv (p \vee q).(p \vee r)$

संक्षेप में 'वित० अथवा ' Dist.'

(5) द्विनिषेध *(Double Negation)*

$p \equiv \sim\sim p$

संक्षेप में— ' द्विनि०' अथवा 'D . N.' .

(6) परिवर्तन *(Contraposition)*

$(p \supset q) \equiv (\sim q \supset \sim p)$

संक्षेप में— ' परि' अथवा ' Contrap.'

(7) वस्तुगत आपादन *(Material Implication)*

$(p \supset q) \equiv (\sim p \vee q)$

संक्षेप में— ' आपा०' अथवा 'Imp.'

(8) वस्तुगत तुल्यता *(Matrrial Equivalence)*

(i) $(p \equiv q) \equiv (p \supset q).(q \supset p)$

(ii) $(p \equiv q) \equiv (p.q) \vee (\sim p.\sim q)$

संक्षेप में—'तु०' अथवा ' Eq.'

(9) निर्यात *(Exportation)*

$\{(p.q) \supset r\} \equiv \{p \supset (q \supset r)\}$

संक्षेप में—'नि०' अथवा 'Exp.'

(10) पुनरुक्ति (Tautology)

(i) $p \equiv (p.p)$

(ii) $p \equiv (p \vee p)$

संक्षेप में—'पुन०' अथवा ' Taut.'

उपर्युक्त सारे नियम तार्किक तुल्यता के उदाहरण हैं जिसकी जाँच हम सत्यता-सारणियों के माध्यम से कर सकते हैं। यही कारण है कि ' ≡ ' प्रतीक की बायीं तरफ जो कुछ भी है उसके स्थान पर दायीं तरफ जो कुछ भी है उसे प्रतिस्थापित किया जा सकता है।

3. (a) आकारिक प्रमाण विधि *(Method of Formal Proof)*

ऊपर हमनें व्युत्पत्ति-विधि के अन्तर्गत तीन विधियों की चर्चा की है जिनके द्वारा अनुमान तथा प्रतिस्थापन के नियमों की सहायता से युक्तियों की वैधता सिद्ध की जाती है। अब सचमुच ऐसा किस प्रकार किया जाता है, उसे एक-एक कर हमें देखना होगा। सबसे पहले हम युक्तियों की वैधता सिद्ध करने में आकारिक प्रमाण विधि के प्रयोग को देखेंगे।

आकारिक प्रमाण विधि वह विधि है जिसके द्वारा किसी युक्ति की वैधता प्रमाणित करने में हम करते यह हैं कि अनुमान के आधारभूत नियमों के सहारे आधारकथनों से नये कथन व्युत्पन्न करते हैं तथा फिर उन कथनों के साथ इन नये कथनों को भी मिलाकर

अनुमान के उन्हीं नियमों के सहारे हम तबतक नये-नये कथनों को व्युत्पन्न करते चले जाते हैं जब तक दिये हुए निष्कर्ष की व्युत्पत्ति नहीं हो जाती। इस क्रम में अवश्य ही जिस किसी भी स्तर में हम यह आवश्यक अथवा उपयोगी मानते हैं कि किसी दिये हुए या व्युत्पन्न कथन के स्थान पर प्रतिस्थापन के नियमों के सहारे यदि किसी तर्कतः तुल्य कथन को प्रतिस्थापित कर देते हैं तो हमें निष्कर्ष पर पहुँचने में आसानी या सुविधा होगी, तो हम वैसा कर डालते हैं। यह सब कैसे होता है, हम सचमुच कुछ उदाहरणों के द्वारा देखें :—

1. B v E
2. (B v F) ⊃ (D. C)
3. ~ D / ∴ E
4. ~ D v ~ c—3, Add.
5. ~ (D . C) —4, De M.
6. ~ (B v F)— 2, 5 M. T.
7. ~ B. ~ F—6, De M.
8. ~ B —7, Simp.
9. E—1, 8 D. S.

यहाँ पर दी हुई युक्ति जिसकी वैधता हमें प्रमाणित करनी थी उसके आधारकथन हैं—B v E, (B v F) ⊃ (D. C), तथा ~ D और निष्कर्ष है E। इसे हमने ऊपर निम्नलिखित तरीके से लिखा है :—

1. B v E
2. (B v F) ⊃ (D. C)
3. ~ D / ∴ E

वस्तुतः आकारिक प्रमाण विधि को लागू करने के पहले किसी भी दी हुई युक्ति को इसी रूप में लिखा जाता है—पहले क्रम से (1, 2, 3 आदि क्रम में) आधार कथनों को लिख लिया जाता है और फिर अन्तिम आधार कथन की दाहिनी ओर एक टेढ़ी लकीर देकर उसके बगल में ' ∴ ' प्रतीक के साथ निष्कर्ष को लिख दिया जाता है। इसके बाद अनुमान तथा प्रतिस्थापन के नियमों को लागू करते हुए हम आगे बढ़ते हैं। यहाँ सबसे पहले आधारकथन सं० 3 पर योग यानी Addition के नियम को लागू कर क्र० सं० 4 में निष्कर्ष रूप में ~ D v ~ c को प्राप्त किया गया है, जिस बात को दाहिनी ओर '3, Add.' लिखकर संकेतित कर दिया गया है। फिर क्र० सं० 4 पर De M. नियम को लागू कर 5 को प्राप्त किया गया है। इस बात को भी 5 की दाहिनी ओर '4, De M.' लिखकर दर्शाया गया है। फिर छठे स्तर में 2 तथा 5 को मिलाकर M. T. लागू किया गया है। और निष्कर्ष रूप में ~(B v F) को प्राप्त किया गया है। फिर सातवें स्तर में जो मिला है वह 6 पर De M. लागू कर। इस बात को 7 की दाहिनी ओर '6, De M.' लिखकर इंगित किया गया है। 8 को 7 पर सरलीकरण नियम को लागू कर प्राप्त किया गया है जो '7, Simp.' के द्वारा इंगित है। नवें स्तर पर हमें निष्कर्ष मिल जाता है जो 1 तथा 8 पर वैकल्पिक न्याय (D. S.) संबंधी-अनुमान के नियम को लागू कर मिला है। और इस प्रकार दी हुई युक्ति की वैधता आकारिक प्रमाण विधि के द्वारा सिद्ध हो जाती है।

इसी प्रकार अन्य किसी भी दी हुई युक्ति की वैधता आकारिक प्रमाण विधि द्वारां उपर्युक्त तरीके से सिद्ध की जा सकती है। आधारकथनों, निष्कर्ष तथा अन्य व्युत्पन्न कथनों को लिखने का उपर्युक्त तरीका हर उदाहरण में अपनाया जाना है। हम कुछ और उदाहरणों को लेकर इन बातों की पुष्टि कर सकते हैं।

(a) 1. (A v B) ⊃ (C. D)
2. ~ C / ∴ ~ B
3. ~ C v ~ D— 2, Add.
4. ~ (C. D)— 3, De M.
5. ~ (A v B) — 1, 4 M. T.
6. ~ A. ~ B— 5, De M
7. ~ B. ~ A — 6, Com.
8. ~ B............ 7, Simp.

(b) 1. C ⊃ (D ⊃.~ c)
2. C ≡ D / ∴ ~ C. ~D
3. C ⊃ (~ ~ C ⊃~ D)—1, Contrap.
4. C ⊃ (C ⊃ ~ D) — 3, D. N.
5. (C. C) ⊃ ~ D....... .. 4, Transp.
6. C ⊃ ~ D— 5, Taut.
7. ~ C v ~ D............... 6, Imp.
8. ~ (C. D)— 7, De M.
9. (C. D) v (~ C. ~D) — 2, Eq.
10. ~ C. ~D— 9, 8, D. S.

(c) 1. A ⊃ B
2. A v C
3. C ⊃ ~ D
4. D / ∴ B
5. ~ C — 3, 4 M. T.
6. C v A — 2, Com.
7. A — 6, 5, D. S.
8. B— 1, 7, M. P.

(d) 1. (A v ~ B) ⊃ (~ C ⊃ D)
2. (~ B v C) ⊃ ~ E
3. A
4. E / ∴ D
5. ~ ~ E — 4, D. N.

6. ~ (~ B v C) — 2, 5, M. T
7. ~ ~ B. ~ C — 6, De M.
8. B. ~ C — 7, D. N.
9. ~ C. B— 8, Com.
10. ~ C — 9, Simp.
11. A v ~ B — 3, Add.
12. ~ C ⊃ D— 1, 11, M. p.
13. D — 12, 10, M.P.

(e) 1. (L v M) v (N. A)
2. (~L. A) . ~ (~L. M) / ∴ ~L. N.
3. ~ L. A .... 2, Simp.
4. ~ L................. 3, Simp.
5. ~ (~ L. M). (~ L. A) — 2, Com.
6. ~ (~L. M)— 5, Simp.
7. ~ ~ L v ~ M— 6, De M.
8. ~ M — 7, 4, D. S.
9. ~ M. ~ L— 8, 4, Conj.
10. ~ (M v L)— 9, De M.
11. ~ (L v M)— 10, Com.
12. {(L v M) v N }. {(L v M) v A } — 1, Dist.
13. (L v M) v N— 12, Simp.
14. N — 13, 11, D. S.
15. ~ L . N — 4, 14, Conj.

3 (b) सोपाधिक प्रमाण विधि (*Method of Conditional Proof*)

इस विधि के प्रयोग में सबसे पहली बात जिस पर ध्यान देना है वह यह है कि इसका प्रयोग आमतौर पर वही होता है जहाँ दी हुई युक्ति का निष्कर्ष एक सोपाधिक कथन होता है। इसके प्रयोग में होता यह है कि निष्कर्ष के पूर्ववर्ती को अपने स्थान से उठाकर हम आधार-कथनों के श्रेणी में ले आते हैं तथा दिये हुए आधारकथनों के साथ इसे एक अतिरिक्त आधार कथन के रूप में मिलाकर यदि हम दिये हुए निष्कर्ष के अनुवर्ती को प्रमाणित करने में सफल हो जाते हैं तो समझा जाता है कि हमनें दिये हुए निष्कर्ष को प्रमाणित कर दिया। ऐसा करने में हम अनुमान तथा प्रतिस्थापन के उन्हीं नियमों का सहारा लेते हैं जिनका सहारा हमने आकारिक प्रमाण विधि के प्रयोग के सिलसिले में लिया है।

इस विधि का प्रयोग एक खास सिद्धान्त पर आधारित है जिसे हम निम्नलिखित रूप में व्यक्त कर सकते हैं—**यदि कुछ दिये हुए कथनों के साथ एक अन्य कथन 'p' को मिलाकर एक कथन 'q' को व्युत्पन्न किया जा सकता है, तो इसका अर्थ है कि सिर्फ दिये हुए कथनों से ' p ⊃ q' को व्युत्पन्न किया जा सकता है।** यदि दिये हुए

कथनों के संयोजन को हम 'P' प्रतीक के द्वारा अभिव्यक्त करें तथा निष्कर्ष के पूर्ववर्ती को 'A' और अनुवर्ती को 'C' के द्वारा, तो सिद्धान्त का मतलब है—{(P. A) ⊃ C} ≡ { P ⊃ (A ⊃ C)} और यह पहले बतलाये गये प्रतिस्थापन के नियम 'निर्यात' (Exportation) के अलावा और कुछ नहीं है। इस प्रकार उपर्युक्त रूप में सोपाधिक प्रमाण विधि के प्रयोग का औचित्य सिद्ध हो जाता है।

अब हम कुछ उदाहरणों के द्वारा देखें कि कैसे हम उपर्युक्त विधि (यानी, सोपाधिक प्रमाण विधि) का प्रयोग कर युक्तियों की वैधता प्रमाणित करते हैं।

(a) 1. A ⊃ (B v C)
2. D ⊃ (C v E)
3. ~ C / ∴ (~ B. ~ E) ⊃ (~ A . ~ D)
4. ~ B. ~ E
5. ~ B — 4, Simp.
6. ~ B. ~ C—5, 3 Conj.
7. ~ (B v C) — 6, DeM.
8. ~ A —1, 7 M. T.
9. ~ E . ~ B — 4, Com.
10. ~ E —9, Simp.
11. ~ C. ~ E—3, 10, Conj.
12. ~ (C v E)—11, De M.
13. ~ D — 2, 12, M. T.
14. ~ A. ~ D — 8, 13, Conj.
15. (~B. ~E)⊃ (~A. ~ D)—4-14 C. P (C. P का अर्थ है Conditional proof. यानी, '4-14, C. P.' यह इंगित करता है कि क्र० सं० 15 में जो कुछ प्राप्त हुआ वह 4 से 14 तक की क्र० सं० पर सो० प्र० विधि लागू कर)।

(b) 1. (J. K) ⊃ L
2. (J ⊃ L) ⊃ M
3. ~ K v N / ∴ K ⊃ (M.N)
4. K
5. (K. J) ⊃ L—1, Com.
6. K ⊃ (J ⊃ L)— 5, Ex p.
7. K ⊃ M—6, 2, H. S.
8. M —7, 4, M.P
9. N —3, 4, D. S.
10. M. N —8, 9, Conj
11. K ⊃ (M. N) — 4-10, C. P.

(c) 1. A ⊃ (B ⊃ C)
2. B ⊃ (C ⊃ D) / ∴ A ⊃ (B ⊃ D)
3. A
4. B ⊃ C — 1, 3 M. P.

5. B
6. C—4,5 M. P.
7. C ⊃ D— 2, 5 M. P
8. D — 7, 6 M. P.
9. B ⊃ D—5-8, C. P.
10. A ⊃ (B ⊃ D) — 3-9, C. P.

इस उदाहरण से सोपाधिक प्रमाण विधि के प्रयोग के संबंध में एक और विशेष बात हमारे सामने आती है और वह यह है कि एक ही प्रमाण के सिलसिले में हम एक से अधिक बार भी सोपाधिक प्रमाण विधि का प्रयोग कर सकते हैं। एक बार निष्कर्ष के पूर्ववर्ती को आधार-कथनों की श्रेणी में ले जाने के बाद यदि अनुवर्ती में अभी भी एक सोपाधिक कथन शेष रह जाता है तो फिर किसी स्तर में (जैसे, यहाँ पाँचवें स्तर में) उसके पूर्ववर्ती को हम आधार कथनों की श्रेणी में कर दे सकते हैं और उसकी मदद से आगे बढ़कर बचे हुए अनुवर्ती को व्युत्पन्न कर सकते हैं। और इस प्रकार जितनी बार आवश्यकता और अवसर हो, हम इस नियम का प्रयोग कर सकते हैं।

यहाँ एक बात और समझने के लायक यह है कि सोपाधिक प्रमाण संबंधी उपर्युक्त सिद्धान्त हमें इस बात की छूट देता है कि व्युत्पत्ति की किसी प्रक्रिया में दिये हुए आधार-कथनों के साथ हम किसी भी कथन 'p' को एक अतिरिक्त आधार-कथन के रूप में ले सकते हैं, और सबों को मिलाकर एक निष्कर्ष व्युत्पन्न कर सकते है, पर ध्यान यह रखना है कि जो निष्कर्ष इस प्रकार हम व्युत्पन्न करते हैं, जैसे 'q' वह हमारा अन्तिम रूप से प्राप्त निष्कर्ष नहीं है, बल्कि हमारा निष्कर्ष हैं—'(अतिरिक्त आधार-कथन के रूप में लिया गया कथन) ⊃ (व्युत्पन्न निष्कर्ष)', यानी 'p ⊃ q', सिर्फ 'p' नहीं। इस तरह का एक उदाहरण हम नीचे देख सकते हैं—

1. A v ~ B
2. C ⊃ ~ A / ∴ ~ B v ~ C

इस युक्ति को हम देख सकते हैं कि निष्कर्ष कोई सोपाधिक प्रतिज्ञप्ति नहीं है, फिर भी सोपाधिक प्रमाण विधि का उपयोग हम निम्नलिखित तरीके से कर सकते हैं—

1. A v ~ B
2. C ⊃ ~ A / ∴ ~ B v ~ C
3. B............(यहाँ 'B' को हम एक Assumption के रूप में एक अतिरिक्त प्रतिज्ञप्ति के रूप में ले लेते हैं)
4. ~ B v A — 1, Com.
5. A — 4, 3, D. S.
6. ~ C – 2, 5 M. T.
7. B ⊃ ~ C — 3-6 C. P.
8. ~ B v ~ C — 7, Imp.

इस तरह यहाँ तीसरे स्तर में 'B' को सत्य मानकर दी हुई प्रतिज्ञप्तियों के साथ इसे

मिलाकर छठे स्तर में हम '~ C' प्रमाणित करने में सफल हो जाते हैं। इसका मतलब है कि हमनें वास्तव में 'B ⊃ ~ C' को प्रमाणित किया जो सातवें स्तर में हैं। ऐसा C. P. यानी Method of conditional proof को उपर्युक्त रूप में लागू कर किया गया। अब चूँकि हमें वास्तव में '~ B v ~ C' निष्कर्ष प्रमाणित करना है, इसलिए Maerial Implication (Imp) के सिद्धान्त को लागू कर हमनें आठवें स्तर में ऐसा कर लिया। यह उदाहरण हमें यह बतलाता है कि जहाँ निष्कर्ष एक सोपाधिक प्रतिज्ञप्ति नहीं हो वहाँ भी हम उपर्युक्त ढंग से नये आधार-कथन के रूप में किसी एक प्रतिज्ञप्ति को मानकर वैधता-प्रमाण के क्रम में आगे बढ़ सकते हैं। हम कौन-सी प्रतिज्ञप्ति को नये आधार-कथन के रूप में सत्य मानेंगे, यह हमारी सूझ पर निर्भर करेगा। निष्कर्ष के स्वरूप को देखते हुए अपनी सूझ के संहारे हमें यह तय करना होगा कि हमारा 'Assumption' क्या होगा।

3. (c) अप्रत्यक्ष प्रमाण विधि (*Method of Indirect Proof*)

इस विधि के प्रयोग में किया यह जाता है कि दियें हुए निष्कर्ष का निषेधात्मक रूप एक अतिरिक्त आधार-कथन के रूप में लिया जाता है और उसे दिये हुए आधारकथनों के साथ मिलाकर व्युत्पत्ति की क्रिया में अनुमान तथा प्रतिस्थापन के नियमों का सहारा लेते हुए आगे बढ़ा जाता है। ऐसा करने के क्रम में यदि किसी स्तर में एक आत्म-व्याघात (जैसे, p. ~ p) को व्युत्पन्न करने में हम सफल हो पाते हैं तो समझा जाता है कि हमने दी हुई युक्ति की वैधता प्रमाणित कर दी। इस विधि के प्रयोग के पीछे सिद्धान्त यह है कि **यदि कुछ दिये हुए कथनों के साथ एक अन्य कथन '~ p' को मिलाकर एक आत्म-व्याघात व्युत्पन्न किया जा सकता है तो सिर्फ दिये हुए कथनों के आधार पर 'p' व्युत्पन्न किया जा सकता है**। यदि दिये हुए कथनों के संयोजन को हम 'P' प्रतीक के द्वारा व्यक्त करें तथा आत्मव्याघात को 'A. ~ A' के द्वारा, तो उपर्युक्त सिद्धान्त को निम्नलिखित रूप में रखा जा सकता है—यदि (p . ~ p) ⊃ (A. ~ A) तो (P ⊃ p) । अब यदि (P . ~ p) ⊃ (A. ~ A) को आधार मानकर (P ⊃ p) हम वैध ढंग से व्युत्पन्न कर सकें तो उपर्युक्त सिद्धान्त, यानी, अप्रत्यक्ष प्रमाण विधि का औचित्य सिद्ध हो जाता है। और ऐसा हम निम्नलिखित तरीके से कर सकते है :—

1. (P. ~ p) ⊃ (A. ~ A) / ∴ (P ⊃ p)
2. P
3. P ⊃ {~ p ⊃ (A. ~ A)} — 1, Exp.
4. ~ p ⊃ (A . ~ A) — 3, 2, M. P.
5. p................................4, Inconsist.
6. P ⊃ p — 2- 5, C. P.

अप्रत्यक्ष प्रमाण वस्तुतः एक (Reductio Ad Absurdum) प्रमाण हैं जिसका प्रयोग यूकलिड के रेखागणित में साध्यों को सिद्ध करने तथा साधारण जीवन में भी अक्सर किया जाता है। इसमें निष्कर्ष की सत्यता प्रत्यक्ष रूप में नहीं, बल्कि अप्रत्यक्ष रूप में यह मानकर प्रमाणित की जाती है कि यदि निष्कर्ष सत्य नहीं है, तो फिर उसका व्याघाती सत्य होगा, पर ऐसा मान लेने से हम पाते हैं कि यदि इस व्याघाती को कुछ सत्य कथनों के साथ मिलाकर हम वैध रूप से आगे बढ़ते हैं तो एक आत्म-व्याघात में पड़ जाते हैं। इसका मतलब यह है कि निष्कर्ष का व्याघाती सत्य नहीं है और यदि ऐसा है तो फिर इसका तात्पर्य है कि निष्कर्ष में दिया कथन ही सत्य है।

अब हम कुछ उदाहरण लेकर यह देखने की चेष्टा करें कि सचमुच अप्रत्यक्ष प्रमाण विधि द्वारा युक्तियों की वैधता कैसे सिद्ध की जाती है।

(a) 1. A ⊃ (B. C)

2. (B v D) ⊃ E

3. D v A / ∴ E

4. ~ E..............I. P. (Indirect proof.)

5. ~ (B v D)— 2, 4, M. T.

6. ~ B . ~ D — 5, De M.

7. ~ D. ~ B— 6, Com.

8. ~ D— 7, Simp.

9. A — 3, 8, D. S.

10. B. C — 1, 9, M. P.

11. B — 10, Simp.

12. ~ B — 6, Simp.

13. B. ~B — 11, 12, Conj. (स्पष्टतः 'B. ~ B' एक आत्म व्याघात है, इसलिए युक्ति की वैधता प्रमाणित हो गई)

(b) 1. (L vM) v (N. O)

2. (~ L. O) . ~ (~ L . M) / ∴ ~ L. N.

3. ~ (~ L . N) — I. P.

4. ~ ~ L v ~ N — 3, De. M.

5. L v ~ N — 4. D. N.

6. ~ L . O — 2, Simp.

7. ~ L — 6, Simp.

8. ~ (~ L. M) . (~ L. O) — 2, Com.

9. ~ (~ L. M) — 8, Simp.

10. ~ ~ L v ~ M — 9, De M.

11. L v ~ M — 10, D. N.

12. ~ M — 11, 7, D. S.

13. ~ L . ~ M — 7, 12 Conj.

14. ~ (L v M) — 13, De M.

15. N. O — 1, 14, D. S.

16. N — 15, Simp.

17. ~ N v L — 5, Com.

18. L — 17, 16, D. S.

19. L . ~ L — 18, 7, Conj.

(c) 1. D ⊃ B
2. A v ~ B
3. ~ (D. A.) / ∴ ~ D.
4. ~ ~ D — I. P.
5. D — 4, D. N.
6. B — 1, 5, M. P.
7. ~ D v ~ A — 3, De M.
8. ~ A — 7, 5, D. S.
9. ~ B — 2, 8, D. S.
10. B. ~ B — 6, 9, Conj.

4. व्युत्पत्ति विधियाँ तथा कथनों की पुनरुक्तयात्मकता (*Derivation Methods and the Tautological Nature of Statements*)

व्युत्पत्ति विधियों के द्वारा सिर्फ युक्तियों की वैधता ही नहीं, बल्कि कथनों की पुनरुक्तयात्मकता भी प्रमाणित की जा सकती है। सत्यता-सारणियों के द्वारा कथनों की पुनरुक्त्यात्मकता का प्रमाण हम देख चुके हैं। यहाँ हम व्युत्पत्ति-विधियों में से सोपाधिक प्रमाण विधि तथा अप्रत्यक्ष प्रमाण विधि द्वारा कथनों की पुनरुक्त्यात्मकता प्रमाणित करने की विधि देखेंगे।

(a) सोपाधिक प्रमाण विधि तथा पुनरुक्ति—इस विधि का प्रयोग सिर्फ उन कथनों को पुनरुक्ति प्रमाणित करने के लिए किया जाता है जो सोपाधिक (conditional) आकार के हों। किसी सोपाधिक कथन को पुनरुक्ति प्रमाणित करने का (यदि वह सचमुच पुनरुक्ति हैं तो) तरीका यह है कि हम उसके पूर्ववर्ती को एक आधार कथन के रूप में ले लेते हैं तथा उसके अनुवर्ती को निष्कर्ष रूप में, और इस प्रकार जो युक्ति बन जाती है उसकी वैधता अनुमान तथा प्रतिस्थापन के नियमों के सहारे प्रमाणित कर देते हैं। हम जानते हैं कि प्रत्येक युक्ति के अनुरूप एक सोपाधिक कथन होता है और युक्ति तभी और सिर्फ तभी वैध होती है जब अनुरूप सोपाधिक कथन पुनरुक्ति होता है। इसलिए यदि हम सोपाधिक कथन से बनी युक्ति की वैधता प्रमाणित कर देते हैं तो इसका अर्थ होता है कि हमने कथन की पुनरुक्तयात्मकता प्रमाणित कर दी।

मान लिया जाय कि हमें यह सिद्ध करना है कि {(p ⊃ q) ⊃ p} ⊃ p एक पुनरुक्ति हैं तो सोपाधिक प्रमाण विधि द्वारा ऐसा हम इस प्रकार करेंगे :—

1. (p ⊃ q) ⊃ p / ∴ p. — C. P.
2. ~ (p ⊃ q) v p — 1, Imp.
3. ~ (~ p v q) v p — 2, Imp.
4. (~ ~ p. ~ q) v p — 3, De M.
5 (p . ~ q) v p — 4, D. N.
6. (p v p). (~ q v p) — 5, Com + Dist.
7. p v p — 6, Simp.
8. p — 7, Taut.

एक अन्य उदाहरण लिया जाय। मान लिया जाय हमें प्रमाणित करना है कि (p ⊃ q) ⊃ (~ q ⊃ ~ p) कथन पुनरुक्ति है। इसके अनुरूप युक्ति होगी :—

p ⊃ q / ∴ ~ q ⊃ ~ p

अब हम इसकी वैधता निम्नलिखित रूप में प्रमाणित कर सकते हैं :—

1. p ⊃ q / ∴ ~ q ⊃ ~ p — C. P.
2. ~ p v q — 1, Imp.
3. ~ p v ~ ~ q — 2, D. N.
4. ~ ~ q v ~ p — 3, Com.
5. ~ q ⊃ ~ p — 4, Imp.

फिर मान लिया जाय कथन है—(p ⊃ q) ⊃ {(p . r) ⊃ (q. r)}

इसकी पुनरुक्त्यात्मकता निम्नलिखित रूप में प्रमाणित होगी :—

1. p ⊃ q / ∴ (p. r) ⊃ (q . r) – C. P.
2. p. r / ∴ q. r — C. P.
3. p — 2, Simp.
4. q — 1, 3, M. P.
5. r . p — 2, Com.
6. r — 5, Simp.
7. q. r — 4, 6, Conj.

(b)अप्रत्यक्ष प्रमाण विधि तथा पुनरूक्ति—अप्रत्यक्ष प्रमाण विधि द्वारा किसी कथन को पुनरुक्ति सिद्ध करने के लिए किया यह जाता है कि दिये हुए कथन के व्याघाती को एक आधार-कथन के रूप में मान लिया जाता है तथा अनुमान एवं प्रतिस्थापन के नियमों के सहारे व्युत्पत्ति की क्रिया में आगे बढ़कर इससे एक आत्म-व्याधात व्युत्पन्न किया जाता है। यदि ऐसा संभव हो जाता है, तो समझा जाता है कि दिया हुआ कथन पुनरुक्ति है।

उदाहरण—(i) मान लिया जाय हमें p ≡ ~ ~ p को पुनरुक्ति सिद्ध करना है। इसे हम इस प्रकार करेंगे :—

(i) 1. ~ (p ≡ ~ ~ p) — I. P. (Indirect proof.)
2. ~ {(p ⊃ ~ ~ p) . (~ ~ p ⊃ p)} — 1, Eq.
3. ~ {(p ⊃ p) . (p ⊃ p) } — 2, D. N.
4. ~ (p ⊃ p) — 3, Taut.
5. ~ (~ p v p) — 4, Imp.
6. ~ ~ p. ~ p — 5, De M.

(ii) A ≡ { A. (A v B)}.
1. ~ [A ≡ {A. (A v B)}] — I. P.
2. ~ [A ⊃ { A . (AvB)} v {A . (A v B)} ⊃ A] — 1, E q.
3. ~ [A ⊃ {A. (A v B)}]. ~ [{ A. (A v B)} ⊃ A] — 2, De . M.
4. ~ [A ⊃ { A. (A v B)}] — 3, Simp.
5. ~ [~ A v { A. (A v B)}] — 4, Imp.
6. ~ ~ A. ~ { A. (A v B)} — 5, De M.
7. ~ [{ A . (A v B)} ⊃ A] — 3, Com. + Simp.
8. ~ [~ { A. (A v B)} v A] — 7, Imp.

9. $\sim\sim\{A.(A \vee B)\}.\sim A$ — 8, De M.
10. $\sim\sim A$ — 6, Simp.
11. $\sim A$ — 9. Com. + Simp.
12. $\sim\sim A.\sim A$ — 10, 11, Conj.

(iii) $\sim\{(A \supset \sim A).(\sim A \supset A)\}$

1. $\sim\sim\{(A \supset \sim A).(\sim A \supset A)\}$ — I. P.
2. $(A \supset \sim A).(\sim A \supset A)$ — 1, D. N.
3. $A \supset \sim A$ — 2, Simp.
4. $\sim A \vee \sim A$ — 3, Imp.
5. $\sim A$ — 4, Taut.
6. $\sim A \supset A$ — 2, Com + Simp.
7. $\sim\sim A \vee A$ — 6, Imp.
8. $A \vee A$ — 7, D. N
9. A — 8, Taut.
10. $A.\sim A$ — 9, 5, Conj.

❑

अध्याय 11

प्रतिज्ञप्ति-फलन तथा परिमाणक
(PROPOSITIONAL FUNCTIONS AND QUANTIFIERS)

युक्तियों की वैधता के निर्धारण के लिए अब तक जो विधियाँ बतलाई हैं, वे सभी प्रकार की प्रतिज्ञप्तियों से बनी युक्तियों के लिए पर्याप्त नहीं हैं। वे तो सिर्फ वैसी युक्तियों के लिए हैं जो सत्यता-फलित प्रतिज्ञप्तियों से निर्मित हों। ऐसी युक्तियों में सामान्य भाषा में दी गई प्रतिज्ञप्तियों का प्रतीकीकरण भी जिस तरह से होता है, उसी तरह से अन्य सभी प्रकार की प्रतिज्ञप्तियों का प्रतीकीकरण भी संभव नहीं है। अनुमान के जो नियम अब तक बतलाये गये हैं वे भी पर्याप्त नहीं हैं। यहाँ प्रतीकीकरण का कुछ दूसरा ही तरीका अपनाना होगा तथा अनुमान के भी कुछ ऐसे नियमों को लाना होगा जो नई प्रतिज्ञप्तियों के स्वरूप के अनुरूप हों। उदाहरण के लिए हम निम्नलिखित युक्ति को लें :—

सभी जानवर जीवधारी हैं (All animals are living beings.)

गाय एक जानवर है (The cow is an animal)

∴ गाय जीवधारी है (The cow is a living being.)

हम देख सकते हैं कि इस युक्ति में एक भी प्रतिज्ञप्ति सत्यता-फलित नहीं है। सभी साधारण तौर पर सरल प्रतिज्ञप्तियों की तरह लग रही हैं, पर जैसे हम सत्यता-फलित प्रतिज्ञप्तियों का प्रतीकीकरण करते वक्त उनके घटक एक-एक सरल प्रतिज्ञप्ति के लिए एक-एक प्रतीक, जैसे, 'A', 'B', 'C', आदि रखते जाते हैं, वैसे ही यहाँ भी एक-एक प्रतिज्ञप्ति के लिए यदि एक-एक प्रतीक हम रखते जायँ, तो युक्ति प्रतीकीकृत रूप में निम्नलिखित हो जायेगी :—

A

B

∴ C

परन्तु हम देख सकते हैं कि इस रूप में तो युक्ति की प्रतिज्ञप्तियों में आपस में कोई संबंध ही नहीं मालूम पड़ता। फलतः युकित का कोई ऐसा स्पष्ट आकार हमारे सामने नहीं आ पाता ताकि अनुमान संबंधी बतलाये गये नियमों का प्रयोग कर हम व्युत्पत्ति की कोई क्रिया संपन्न कर सके।

इन सारी बातों से यह स्पष्ट है कि उपर्युक्त युक्ति कुछ विशिष्ट रूप की है, उसकी प्रतिज्ञप्तियों को हम सरल प्रतिज्ञप्तियों के रूप में नहीं समझ सकते। उक्त युक्ति में वस्तुतः दो प्रकार की प्रतिज्ञप्तियाँ हैं। नीचे वाली दोनों एक स्वरूप की हैं, जिनमें एक विशिष्ट प्राणी के संबंध में कुछ कहा गया है। ऐसे ही इस प्रकार की किसी अन्य प्रतिज्ञप्ति में किसी

विशिष्ट व्यक्ति या विशिष्ट पदार्थ के विषय में कुछ कहा गया हो सकता है। पहली यानी सबसे उपर वाली प्रतिज्ञप्ति में पूरे एक वर्ग के सभी जीवों के विषय में कुछ कहा गया है। पहली प्रकार की प्रतिज्ञप्ति को एकव्यापी (singuler) तथा दूसरी प्रकार की प्रतिज्ञप्ति को सामान्य (general) प्रतिज्ञप्ति की संज्ञा दी जाती है। अतः प्रतिज्ञप्तियों का भेद यहाँ सरल (simple) तथा सत्यता-फलित मिश्र प्रतिज्ञप्तियों का भेद न होकर एकव्यापी तथा सामान्य प्रतिज्ञप्तियों का भेद है। सामान्य प्रतिज्ञप्तियाँ भी, जैसा हम आगे देखेंगे, दो प्रकार की होती हैं—सर्वव्यापी (universal) तथा अस्तित्वपरक (existential)। सामान्यतः जिन सामान्य प्रतिज्ञप्तियों के प्रारम्भ में 'सब' या 'सभी' (All) लगा होता है, उसे सर्वव्यापी तथा जिनके पहले 'कुछ' (some) लगा होता है, उसे अस्तित्वपरक कहते हैं। अब दोनों प्रकार की प्रतिज्ञप्तियों को एक पारिभाषिक रूप देते हुए हम कह सकते हैं कि कोई भी प्रतिज्ञप्ति जिसके उद्देश्य-पद के रूप में कोई व्यक्तिवाचक या वस्तुवाचक नाम हो या फिर रसेल के अर्थ में कोई निश्चित विवरण हो (जैसे, विश्व का सबसे ऊँचा पहाड़, फ्रांस के वर्तमान राष्ट्रपति, आदि) तथा विधेय-पद के द्वारा उसके किसी गुण का वर्णन किया जा रहा हो, एकव्यापी प्रतिज्ञप्ति कहलाती है। जिन प्रतिज्ञप्तियों के उद्देश्य पद में कोई व्यक्तिवाचक नाम न होकर एक जातिवाचक संज्ञा हो तथा उसके पहले स्पष्ट या अस्पष्ट रूप में 'सभी', 'कुछ' जैसे परिमाणवाचक विशेषण लगे हों, सामान्य प्रतिज्ञप्तियाँ कहलाती है।

इन प्रतिज्ञप्तियों के प्रतीकीकरण में हमें उनके आन्तरिक स्वरूप पर ध्यान देना होगा। हम देख सकते है कि यद्यपि उपर्युक्त युक्ति की सभी प्रतिज्ञप्तियाँ एक-दूसरे से भिन्न हैं, तथापि उनके अन्दर व्यवहृत पदों में आपस में मेल है। एक ही पद एक से अधिक प्रतिज्ञप्ति में व्यवहृत हुआ है। इसीलिए प्रतीकीकरण की यदि ऐसी कोई विधि निकाली जाय जिसमें प्रतिज्ञप्तियों के आन्तरिक स्वरूप का प्रतीकीकरण हो सके तो फिर प्रतीकीकरण के बाद प्रतिज्ञप्तियों के बीच स्पष्ट संबंध मालूम होगा तथा दी हुई आधार प्रतिज्ञप्तियों से व्युत्पत्ति-विधि के द्वारा निष्कर्ष पर आ सकना संभव होगा। अवश्य ही प्रतीकीकरण की इस नवीनता के अनुरूप हमें अनुमान के भी कुछ नये नियम निर्धारित करने होंगे जो उपयुक्त तथा सार्थक ढंग से हमें इस नये संदर्भ में व्युत्पत्ति की क्रिया में मदद करें। पहले हम यहाँ प्रतिज्ञप्तियों के प्रतीकीकरण की क्रिया को देखें।

यहाँ एक बात की ओर हम ध्यान आकृष्ट करना चाहेंगे और वह यह कि हिन्दी भाषा में व्यक्त प्रतिज्ञप्तियों के प्रतीकीकरण के लिए तो कोई मानक विधि अभी तक विकसित हुई नहीं है*, इसलिए यहाँ हम अंग्रेजी भाषा के वाक्यों द्वारा अभिव्यक्त प्रतिज्ञप्तियों के प्रतीकीकरण की विधि की ही चर्चा करेंगे। और उसी के आधार पर हिन्दी में भी प्रतीकीकरण का जो संभावित रूप हो सकता है उसे देखेंगे।

1. प्रतिज्ञप्तियों का प्रतीकीकरण

एकव्यापी प्रतिज्ञप्तियों के प्रतीकीकरण की विधि यह है कि पहले विधेय पद के प्रथम अक्षर को बड़े (Capital) अक्षर में लिखेंगे और तब उसके बगल में दाहिनी ओर जरा

* अपनी पुस्तक **प्रतीकात्मक तर्कशास्त्र-एक सरल परिचय** (बिहार हिन्दी-ग्रंथ अकादमी, पटना, द्वारा प्रकाशित) में मैंने हिन्दी भाषा में अभिव्यक्त प्रतिज्ञप्तियों के प्रतीकीकरण का एक प्रयास किया है। पाठक उसे देख सकते हैं।

नीचे हटकर उद्देश्य-पद के प्रथम अक्षर को छोटे (Small) अक्षर में लिखेंगे। जैसे, 'Ram is a man' का प्रतीकीकरण होगा–'Mr', 'Mohan is honest' का प्रतीकीकरण होगा ' Hm'। वैसे ही ' Vinoba is a Gandhian' का प्रतीकीकरण होगा' 'G v', 'Shyam is ill' का प्रतीकीकरण होगा–'Is', आदि।

सामान्य प्रतिज्ञप्तियों के प्रतीकीकरण के लिए हमें 'प्रतिज्ञप्ति-फलन (propositional functions)' तथा परिमाणक (Quantifier)' की अवधारणाओं से पहले अवगत होना पड़ेगा। ऊपर एकव्यापी प्रतिज्ञप्तियों के प्रतीकीकरण के उदाहरणों में स्पष्टतः 'r', 'm', 'v' तथा 's' निश्चित विशेषों के प्रतीक हैं। अब यदि इनके स्थान पर हम 'x' एक ऐसा प्रतीक रख दें जो किसी निश्चित विशेष का प्रतीक न होकर किसी भी अनिश्चित विशेष का प्रतीक हैं, तो फिर, Mx, Hx, Yx, Ix प्रतीक हमें मिलेंगे वे प्रतिज्ञप्तियों के प्रतीक नहीं होंगे, बल्कि वे 'प्रतिज्ञप्ति-फलन' के प्रतीक होंगे जो प्रतिज्ञप्तियों की तरह सत्य या असत्य नहीं होंगे, पर Mr, Hm, आदि प्रतिज्ञप्तियाँ हैं, इसलिए ये सत्य या असत्य हैं, पर Mx, Hm आदि के संबंध में सत्यता-असत्यता का प्रश्न नहीं होता। प्रतिज्ञप्तियाँ सत्य-असत्य होती हैं, प्रतिज्ञप्ति-फलन नहीं। प्रतिज्ञप्तियों में जो 'r', 'm' आदि निश्चित विशेषों के प्रतीक होते हैं उन्हें 'विशेष-अपरिवर्ती (Individual constant) तथा प्रतिज्ञप्ति-फलनों में जो अनिश्चित विशेष का प्रतीक 'x' होता है, उसे विशेष-परिवर्ती (Individual variable) कहते हैं। अब प्रतिज्ञप्ति-फलनों की एक औपचारिक परिभाषा करते हुए हम कह सकते हैं कि **ये कुछ वैसी अभिव्यक्तियाँ हैं जिनमें विशेष-परिवर्ती होते हैं, जिनके स्थान पर यदि हम विशेष-अपरिवर्ती रख दें तो वे प्रतिज्ञप्तियों में परिवर्तित हो जायेंगे।** *(A propositional function is an expression which contains individual variables, which, if substituted by individual constants, the propositional function is reduced to a proposition)*। किसी भी प्रतिज्ञप्ति-फलन में विशेष-परिवर्ती के स्थान पर विशेष-अपरिवर्ती को प्रतिस्थापित कर जब हम उसे प्रतिज्ञप्ति में बदल देते हैं, तो उस प्रतिज्ञप्ति को उस प्रतिज्ञप्ति-फलन का प्रतिस्थापित-दृष्टान्त (Substitution instance) कहते हैं। जैसे, 'Mr', 'Mx' का प्रतिस्थापन दृष्टान्त है, 'Hm', 'Hx' का, आदि। प्रतिज्ञप्ति-फलन जटिल रूप के भी हो सकते हैं। जैसे—'Mx ⊃ Gx' या ' Mx v Gx' आदि भी प्रतिज्ञप्ति-फलन ही हैं।

अब हम 'परिमाणक' की अवधारणा को लें। साधारण भाषा में सामान्य प्रतिज्ञप्तियां के आगे जो 'सब', 'कुछ' या इसी प्रकार के अन्य परिमाणवाचक विशेषण लगे होते हैं, उन्हें ही 'परिमाणक' कहते हैं, चूँकि सामान्य प्रतिज्ञप्तियां के ये परिमाण के सूचक हैं। सामान्य प्रतिज्ञप्तियों का जब हम प्रतीकीकरण करने लग जाते है, तो पहले उन्हें कुछ इस प्रकार के मानक आकारों में बदल देते हैं कि उनका अर्थ तो वही रह जाता है, परन्तु उनमें प्रतिज्ञप्ति-फलनों तथा परिमाणकों के एक विशेष रूप का समावेश हो जाता है। उदाहरण के लिए यदि हमारे पास प्रतिज्ञप्ति हो–'All things are perishable' (सभी वस्तुएँ नाशवान् हैं) या 'Everything is perishable' (प्रत्येक वस्तु नाशवान् हैं), तो उसका मानक परिवर्तित रूप होगा–'किसी भी वस्तु के संबंध में ऐसा है कि वह वस्तु नाशवान है (For any thing, the thing is perishable) और फिर परिवर्ती प्रतीक का प्रयोग करते हुए इसे इस प्रकार लिख सकते हैं–किसी भी x के संबंध में ऐसा है कि x नाशवान् हैं (For any x, x is perishable) यहाँ 'for any x' का प्रतीक '(x)' को माना जाता है

जिसे 'सर्व-परिमाणक' (universal quantifier) की संज्ञा दी जाती है। और फिर 'x' is prishable' का प्रतीक होगा Px। तो इस प्रकार 'All things are perishable' (या Everything is perishable) का प्रतीकीकरण परिमाणक तथा प्रतिज्ञप्ति-फलन के रूप में हुआ (x) Px

उसी प्रकार यदि प्रतिज्ञप्ति हो—'कोई भी वस्तु शाश्वत नहीं है' (Nothing is eternal), तो इसका मानक परिवर्तित रूप होगा—किसी भी वस्तु के संबंध में ऐसा है कि वह शाश्वत नहीं है (For any thing or, given any thing, the thing is not eternal)। फिर परिवर्ती प्रतीक का प्रयोग कर इसे इस प्रकार लिख सकते हैं—किसी भी x के संबंध में ऐसा है कि x शाश्वत नहीं है (For any x, x is not eternal). यानी,

$$(x) \sim Ex$$

फिर यदि हमारी प्रतिज्ञप्ति हो 'कुछ चीजें सुन्दर हैं' (Some things are beautiful) तो इसका मानक परिवर्तित रूप होगा—'कम-से-कम एक ऐसी चीज का अस्तित्व है, जो चीज सुन्दर हैं' और फिर प्रतिज्ञप्ति-फलन का व्यवहार करते हुए उसका रूप होगा—'कम से कम एक x ऐसा है, यानी, कम-से-कम एक x का अस्तित्व है, जो x सुन्दर है' (There exists at least one x, such that x is beautiful)। 'There exists at least one x such that' का प्रतीक है '∃x', और इसे अस्तित्व-परिमाणक (Existential Quantifier) कहा जाता है। इस प्रतीक का व्यवहार करते हुए उपर्युक्त का (यानी, There exists at least one x such that x is beautiful का) प्रतीकात्मक रूप होगा :—

$$(\exists x) Bx$$

यदि प्रतिज्ञप्ति हो—'कुछ चीजें सुन्दर नहीं हैं' (some things are not beautiful) तो उपर्युक्त विधि से ही इसका अन्तिम रूप होगा—'There exists at least one x such that x is not beautiful' (कम-से-कम एक x ऐसा है, या कम-से-कम एक x का अस्तित्व है जो x सुन्दर नहीं है)। और इसका प्रतीकीकरण होगा :—

$$(\exists x) \sim Bx$$

यहाँ 'कुछ' परिमाणक वाली प्रतिज्ञप्तियों के संबंध में यह ध्यान देना चाहिये कि तर्कशास्त्र में 'कुछ' का अर्थ है 'कम-से-कम एक' (At least one) और इस परिमाणक को अस्तित्वपरक माना जाता है, यानी इसका संबंध वास्तविक अस्तित्व से होता है। इसीलिए ऊपर 'कुछ' का अस्तित्वपरक विश्लेषण किया गया है। सर्वव्यापी प्रतिज्ञप्तियों के संबंध में ऐसी बात नहीं है, यानी, उनका संबंध वास्तविक अस्तित्व से नहीं होता। इसीलिए उनके विश्लेषण में 'सब' या 'सभी' का अर्थ होता है 'किसी भी x के लिए' (For any x, whatever x may be)।

हम देख सकते हैं कि प्रतीकीकरण के लिए जिस रूप में हम साधारण भाषा में दी गई प्रतिज्ञप्तियों का रूपान्तरण करते है वह एक दृष्टि से बड़ा भद्दा और क्लिष्ट है, परन्तु फिर भी हम ऐसा इसलिए करते हैं कि एक ही प्रकार की अनेकों प्रतिज्ञप्तियों के लिए, जो साधारण भाषा में कुछ टेढ़े-मेढ़े रूप में भी हुई हो सकती हैं, हमें कुछ मानक आकार मिल जाते हैं जिनमें प्रतिज्ञप्ति-फलनों के प्रवेश से तथा परिमाणकों को एक खास रूप मिल जाने से प्रतीकीकरण मे आसानी होती हैं।

ऊपर प्रतीकीकरण के लिए जो प्रतिज्ञप्तियाँ ली गई हैं उनका विषय-क्षेत्र बड़ा ही सामान्य

ढंग का है। इनके उद्देश्य में 'चीज' शब्द का प्रयोग एक वृहत्तम जातिवाचक संज्ञा के रूप में हुआ है जिसके अन्तर्गत कुछ भी आ जाता है। परन्तु यदि सामान्य प्रतिज्ञप्तियों के उद्देश्य में 'मनुष्य', 'पशु', 'मेज' आदि जैसी कुछ ऐसी जातिवाचक संज्ञाओं का व्यवहार करें जिनकी एक सीमित वस्तुवाचकता हो तो उनका रूपान्तरण तथा प्रतीकीकरण कुछ भिन्न प्रकार से होगा। नमूने के तौर पर हम यहाँ पारंपरिक तर्कशास्त्र के 'A', 'E', 'I' तथा 'O' चार मानक प्रतिज्ञप्तियों को लें और देखें कि उनका प्रतीकीकरण किस प्रकार होगा।

(i) **All men are animals** (सभी मनुष्य पशु हैं)

इसे हम इस प्रकार व्यक्त कर सकते हैं—प्रत्येक (अथवा किसी भी) वस्तु के संबंध में ऐसा है कि यदि वह वस्तु मनुष्य है तो वह वस्तु पशु है। (For any thing, if that thing is man, then that thing is an animal).

फिर विशेष-परिवर्ती का व्यवहार कर हम इसे इस प्रकार लिख सकते हैं—प्रत्येक x के संबंध में ऐसा है कि यदि x मनुष्य है तो x पशु है (For any x, if x is a man, then x is an animal.)

और इसका प्रतीकीकरण होगा :—

(x) (Mx ⊃ A x)—यहाँ ' For any x' का प्रतीक '(x)', 'x is a man' का प्रतीक 'Mx' तथा ' x is an animal' का प्रतीक 'Ax' है और 'if.....then' का प्रतीक '⊃' है।

हिन्दी में व्यक्त प्रतिज्ञप्ति 'सभी मनुष्य पशु हैं' का प्रतीक यदि हम चाहें तो वह (x) (मx ⊃ पx) हो सकता है।

(ii) No man is perfect. (कोई मनुष्य पूर्ण नहीं है।) इसे हम इस प्रकार व्यक्त कर सकते हैं :—

प्रत्येक वस्तु के संबंध में ऐसा है कि यदि वस्तु मनुष्य है, तो वस्तु पूर्ण नहीं है। (For anything, if the thing is a man, than the thing is not perfect.)

विशेष-परिवर्ती 'x' के व्यवहार से इसका रूप इस प्रकार का हो जायेगा—प्रत्येक x के संबंध में ऐसा है कि यदि x मनुष्य है तो x पूर्ण नहीं है। (For any x, if x is a man, then x is not perfect), यानी,

(x) (Mx ⊃~ Px)

(x) (मx ⊃ ~ पूx)

(iii) Some men are wise. (कुछ मनुष्य बुद्धिमान हैं।)

इसे इस प्रकार व्यक्त कर सकते हैं—कम-से-कम एक ऐसी चीज का अस्तित्व है जो चीज मनुष्य है तथा जो चीज बुद्धिमान है (There exists at least one thing such that the thing is a man and the thing is wise)

विशेष-परिवर्ती का व्यवहार करने पर—कम से कम एक x का अस्तित्व है जो x मनुष्य है तथा जो x बुद्धिमान है (There exists at least one x such that, x is a man and x is wise), यानी,

(∃x) (Mx. Wx)

(∃x) (मx . बुx)

(iv) Some men are not wise (कुछ मनुष्य बुद्धिमान नहीं हैं)

इसे इस प्रकार व्यक्त किया जा सकता है—कम से कम ऐसी चीज का अस्तित्व है जो चीज मनुष्य है तथा जो चीज बुद्धिमान नहीं है (There exists at least one thing such that the thing is a man and the thing is not wise.)।

विशेष-परिवर्ती का व्यवहार करने पर—कम-से-कम एक ऐसे x का अस्तित्व है जो x मनुष्य है तथा जो x बुद्धिमान नहीं है (There exists at least one x such that x is a man and x is not wise) यानी,

$$\frac{(\exists x)(Mx. \sim Wx)}{(\exists x)(\text{म}x. \sim \text{बु}x)}$$

ऊपर हमने नमूने के तौर पर पारंपरिक तर्कशास्त्र के A, E, I, O प्रतिज्ञप्तियों का प्रतीकीकरण बतलाया है, पर इसका अर्थ यह नहीं है कि साधारण भाषा में सभी सामान्य प्रतिज्ञप्तियाँ इन्हीं चार रूपों की होती हैं। साधारण भाषा का स्वरूप बड़ा टेढ़ा-मेढ़ा होता है तथा इसमें प्रतिज्ञप्तियों के अनेकों जटिल रूप होते हैं। उनमें कुछ तो ऐसे हैं जिनका प्रतीकीकरण तब तक संभव नहीं जब तक इस संबंध में कुछ अन्य तरीकों की भी जानकारी हम प्राप्त नहीं कर लें। और कुछ जिनका प्रतीकीकरण अब तक बतलाये गये तरीकों के द्वारा संभव है भी तो उनका प्रतीकीकरण हम तब तक नहीं कर सकते जब तक उनके अर्थ को ठीक से समझकर उन्हें प्रतिज्ञप्ति फलनों तथा परिमाणकों के रूप में हम सही ढंग से रुपान्तरित न कर लें। कहीं-कहीं संदर्भ को देखने की भी आवश्यकता पड़ सकती है। नीचे हम कुछ विशेष प्रकार की प्रतिज्ञप्तियों का प्रतीकीकरण देते हैं जिनसे ऊपर कही गई बातों के संबंध में कुछ अंदाजा लगया जा सकता है :—

(1) All men are either literate or illiterate. (सभी मनुष्य या तो साक्षर है या निराक्षर)

'x' विशेष परिवर्ती का व्यवहार करते हुए इसका रूप होगा—For any x, if x is a man, than either x is literate or x is illierate (किसी भी x के संबंध में ऐसा है कि यदि x मनुष्य है तो या तो x साक्षर है या x निरक्षर है।)

और इसका प्रतीकीकरण स्पष्ट होगा—

$(x)[Mx \supset (Lx \vee Ix)]$ हिन्दी में—$(x)[\text{म}x \supset (\text{सा}x \vee \text{नि}x)]$

(2) Mangoes and banannas are sweet (आम तथा केले मीठे होते हैं)

'x' का व्यवहार करते हुए इसका रूप होगा—For any x, if x is a mango or x is a bananna, then x is sweet (किसी भी x के संबंध में ऐसा है कि यदि x आम है या x केला है तो x मीठा है)।

और इस प्रकार प्रतीकीकरण होगा :—

$\mathbf{(x)[(Mx \vee Bx) \supset Sx]}$ हिन्दी में —$(x)[(\text{आ}x \vee \text{के}x) \supset \text{मी}x]$

यहाँ यह ध्यान देने और समझने लायक बात है कि प्रतिज्ञप्ति के उद्देश्य-पद में 'mangoes' तथा ' Banannas' के बीच 'and' होते हुए भी प्रतिज्ञप्ति का प्रतीकीकरण

$(x)[(Mx. Bx) \supset Sx]$ नहीं करके

$(x)[(Mx \vee Bx) \supset Sx]$ किया गया है।

ऐसा क्यों? ऐसा इसलिए चूँकि यदि दी हुई प्रतिज्ञप्ति का प्रतीकीकरण हम '$(x)[(Mx. Bx) \supset Sx]$' कर दें, तो इसका अर्थ होगा—For any x, if x is a mango and x is a bananna. then x is sweet., यानी, किसी भी x के संबंध में ऐसा है कि यदि x आम है और x केला है (यानी x आम तथा केला दोनों है), तो x मीठा है।

पर ऐसा अर्थ दी हुई प्रतिज्ञप्ति का नहीं है। उसका अर्थ यह नहीं कि एक ही पदार्थ यदि आम तथा केला दोनों हो तो वह मीठा होगा, बल्कि उसका अर्थ है कोई पदार्थ चाहे आम हो, चाहे केला (यानी, आम अथवा केला में से कुछ भी हो) वह मीठा होगा। इसीलिए उसका प्रतीकीकरण किया गया :—

$$(x)[(Mx \vee Bx) \supset Sx)]$$

इस प्रकार हम देख सकते हैं कि किसी भी प्रतिज्ञप्ति के प्रतीकीकरण के पहले उसके सामान्य चेहरे को देखने के बजाय उसके अर्थ को समझना आवश्यक है।

(3) Mangoes and bananas are sweet and tasteful.

इसका प्रतीकीकरण इस रूप में होगा :—

$$(x)[(Mx \vee Bx) \supset (Sx \,.\, Tx)]$$

यहाँ हम देख सकते हैं कि विधेय-पद में संयोजन (conjunction) का संबंधक है और उसका प्रतीकीकरण भी उसी रूप में हुआ है, उद्देश्य-पद की तरह यहाँ 'Sweet and tasteful' के लिए 'Sx v Tx' प्रतीकीकरण नहीं हुआ है। कारण है कि प्रतिज्ञप्ति का अर्थ यही कहता है। प्रतिफलन के रूप में विश्लेषण करने पर उपर्युक्त प्रतिज्ञप्ति का विश्लेषण होगा :—

For any x, if is a mango or x is a bananna, then x is sweet and x is tasteful.

यहाँ अर्थ है कि x 'Mango' हो या 'bananna', वह 'sweet' तथा 'tasteful' दोनों हैं, दोनों में से कोई एक नहीं।

(4) Man and only man is rational (मनुष्य और सिर्फ मनुष्य विवेकशील हैं।)

'x' का व्यवहार करते हुए इसका अर्थ है—For any x, if and only if x is a man, then x is rational (किसी भी x के संबंध में ऐसा है कि यदि और सिर्फ यदि x मनुष्य है तो x विवेकशील है।)

(x) (Mx ≡ Rx) अथवा हिन्दी में (x) (मx ≡ विx)

(5) There are big kangaroos. (बड़े कंगारू भी होते हैं) इसका अर्थ है—There exists at least one x such that x is a kangaroo and x is big.

(कम-से-कम एक x का अस्तित्व है जो x कंगारू है तथा जो x बड़ा है।)

प्रतीक में—

(∃x) (Kx . Bx) या हिन्दी में (∃x) (कंx. बx)

(6) There is no new king in the world. (विश्व में कोई नया राजा नहीं है।)

प्रतिज्ञप्ति-फलन का व्यवहार करते हुए इसे इस प्रकार व्यक्त किया जा सकता है—For any x, if x is a king, then x is not new.

(x) (Kx ⊃ ~ N x) अथवा हिन्दी में (x) (राx ⊃~ नx)

(7) There is no king in the world.

For any x, x is not a king.

(x) ~ Kx

(8) Only men are learned (सिर्फ मनुष्य ही विद्वान हैं)

प्रतिज्ञप्ति-फलन का व्यवहार करने पर इसका रूप होगा—For any x, if x is learned. then x is a man.

इसलिए इसका प्रतीकीकरण :—

$$(x)(Lx \supset Mx)$$

यहाँ ध्यान रचाना चाहिये कि दी हुई प्रतिज्ञप्ति का प्रतीक '$(x)(Mx \supset Lx)$' नहीं होगा चूँकि यह 'All ,men are learned' का प्रतीक हैं और 'All men are learned' तथा 'Only men are learned" एक ही प्रतिज्ञप्ति नहीं है। दोनों के अर्थ में बहुत अन्तर है।

(9) All metals except mercury are solid. (पारा के अलावा अन्य सभी धातु ठोस हैं)

प्रतिज्ञप्ति-फलन परिमाणक के रूप में इसका अर्थ होगा :—

For any x, if x is a metal then x is solid if and only if x is not mercury.

(किसी भी x के संबंध में ऐसा है कि यदि x धातु है, तो x ठोस है यदि और सिर्फ यदि x पारा नहीं है।)

प्रतीक में—

$(x)[Mx \supset (Sx \equiv \sim Mx)]$ यानी, (x) [धा x ⊃ (ठो x ≡ पा x)]

इन्हीं कुछ नमूनों कों ध्यान में रखकर हमें प्रतिज्ञप्तियों के प्रतीकीकरण के समय दी हुई प्रतिज्ञप्ति के अर्थ को पहले ठीक से समझना होगा और उस अर्थ को ज्यों के त्यों प्रतिज्ञप्ति फलन तथा परिमाणक के रूप में ढालना होगा। व्यक्ति की समझदारी पर निर्भर करता है कि वह कहाँ तक दी हुई प्रतिज्ञप्ति के अर्थ को ठीक-ठीक समझता है और फिर उसे प्रतिज्ञप्ति-फलन तथा परिमाणक के ढाँचे में ढालता हैं।

2. युक्तियों की वैधता का निर्धारण

एकव्यापी तथा सामान्य प्रतिज्ञप्तियों के प्रतीकीकरण की विधि केा हमनें देखा। अब हम देखेंगे कि इस प्रकार की प्रतिज्ञप्तियों से बनी युक्तियों की वैधता का निर्धारण कैसे होता है। यह स्पष्ट है कि इन प्रतिज्ञप्तियों से बनी युक्तियों की वैधता का निर्धारण उन्हीं नियमों के आधार पर नहीं हो सकता जिनके आधार पर अब तक हम सरल तथा सत्यता-फलित मिश्र प्रतिज्ञप्तियों से बनी युक्तियों की वैधता का निर्धारण करते रहे हैं। प्रतिज्ञप्ति फलन तथा परिमाणकों से संबंधित प्रतिज्ञप्तियों के विशिष्ट स्वरूप के अनुरूप ही अनुमान के कुछ नये नियमों का निर्धारण हमें करना होगा। ऐसे चार नवीन नियम हम यहाँ समक्ष रखेंगे। अवश्य ही इन चार नियमों के साथ-साथ उपयुक्त संदर्भ के उपस्थित होने पर अथवा आवश्यकता पड़ने पर व्युत्पत्ति संबंधी पहले बतलाये गये नियमों का भी व्यवहार हम करेंगे।

अनुमान के चार नवीन नियम जो प्रतिज्ञप्ति-फलन तथा परिमाणकों से संबंधित प्रतिज्ञप्तियों तथा उनसे बनी युक्तियों के लिए उपयुक्त हैं, निम्नलिखित हैं :—

(a) पूर्णव्यापी दृष्टान्तीकरण (*Universal Instantiation*)—पूर्णव्यापी परिमाणीकरण (universal quantification) को यदि हमने ठीक से समझा है तो हम देख सकते हैं कि किसी भी प्रतिज्ञप्ति-फलन का पूर्णव्यापी परिमाणीकारण तभी सत्य होता है जब उसका प्रत्येक प्रतिस्थापित दृष्टान्त (substitution instance) सत्य हो। यदि हम ग्रीक अक्षर ϕ (फाय) को किसी भी अनिश्चित विधेय का प्रतीक मान लें तो उदाहरणस्वरूप ϕx प्रतिज्ञप्ति-फलन का पूर्णव्यापी परिमाणिकरण $(x)\phi x$ तभी सत्य होगा जब ϕx का प्रत्येक प्रतिस्थापित-दृष्टान्त, यानी ϕa, ϕb, ϕc, आदि जिसमें 'a', 'b', 'c' आदि विशेष-अपरिवर्तियों (Individual constants) के प्रतीक हैं सत्य होगा। इससे अनुमान का एक नियम निकल

जाता है कि **यदि कहीं किसी प्रतिज्ञप्ति-फलन का पूर्णव्यापी परिमाणीकरण आधार रूप में दिया हुआ हो तो उससे निष्कर्ष रूप में उसके किसी एक प्रतिस्थापित-दृष्टान्त को अनुमित किया जा सकता है।** जैसे (x) ϕx से ϕa, ϕb, ϕc आदि में से किसी को निष्कर्ष रूप में निकाला जा सकता है। यानी,

(x) ϕx

∴ ϕa जहाँ 'a' किसी वस्तुविशेष का प्रतीक हैं।

इस प्रकार के अनुमान में चूँकि एक पूर्णव्यापी प्रतिज्ञप्ति के आधार पर उसका एक दृष्टान्त अनुमित किया जाता है, इसलिए अनुमान के इस नियम को 'पूर्णव्यापी दृष्टान्तीकरण' (universal Instantiation) अथवा संक्षेप में 'पू० दृ०' (UI) कहा जाता है।

(b) अस्तित्वपरक दृष्टान्तीकरण *(Existential Instantiation)*—हम जानते हैं कि किसी भी प्रतिज्ञप्ति-फलन का अस्तित्वपरक परिमाणीकरण के सत्य होने का अर्थ है कि उसका कम-से-कम एक प्रतिस्थापित दृष्टान्त सत्य है। इसलिए यदि कहीं (∃x) ϕx आधार रूप में दिया हुआ हो, तो उसके आधार पर हम उसके किसी एक प्रतिंस्थापित दृष्टान्त ϕa की सत्यता अनुमित कर सकते हैं। परन्तु यह काम एक बंधन के साथ किया जा सकता है और वह यह है कि जिस विशेष-अपरिवर्ती से संबंधित प्रतिस्थापित दृष्टान्त हम निष्कर्ष रूप में अनुमित कर रहे हों, उसका व्यवहार उसी संदर्भ में (यानी उसी युक्ति के क्रम में) पहले कभी नहीं हुआ हो। इसका कारण है कि '(∃x) ϕx' को '(x) ϕx' की तरह नहीं समझा जा सकता। दूसरे का अर्थ है कि किसी भी x के संबंध में ऐसा है कि उसे ϕ नामक गुण है। पर पहले का, यानी '(∃x) ϕx' का अर्थ है कि कम-से-कम एक x के संबंध में ऐसा है कि उसे ϕ नामक गुण है। इसलिये जिस अनियंत्रित रूप में हम (x) ϕx से अनुमान करते हुए प्रतिस्थापित दृष्टान्त में विशेष-अपरिवर्ती का चयन करते हैं वैसा यहाँ, यानी (∃x) ϕx से अनुमान करते हुए, नहीं करना होगा। इसमें उपर्युक्त नियंत्रण (शर्त) का पालन करना होगा, अन्यथा, जैसा हम आगे देखेंगे, शर्त की अवहेलना करने पर एक अवैध युक्ति भी वैध सिद्ध हो जायेगी। इसलिए अनुमान के दूसरे नियम के रूप में अस्तित्वपरक दृष्टान्तीकरण को निम्नलिखित रूप में हम रख सकते हैं—**किसी भी प्रतिज्ञप्ति फलन के अस्तित्व-परक परिमाणीकरण से उसके एक प्रतिस्थापित दृष्टान्त को अनुमित कर सकते हैं, पर ऐसा करते वक्त इस शर्त का पालन करना होगा कि अनुमित प्रतिस्थापित दृष्टान्त के विशेष-अपरिवर्ती का व्यवहार उसी संदर्भ में पहले कहीं नहीं हुआ हो।**

संक्षेप में :—

(∃x) ϕx

∴ ϕw जहाँ 'w' एक ऐसा विशेष-अपरिवर्ती है जिसका प्रयोग उसी संदर्भ में पहले नहीं हुआ हो।

नियम को संक्षेप में 'E I' अथवा हिन्दी में 'अ० दृ०' कहते हैं।

'E I' के प्रयोग में लगाई गई उपर्युक्त शर्त का एक महत्वपूर्ण परिणाम यह भी होता है कि यदि एक ही संदर्भ में एक ही विशिष्ट अपरिवर्ती का प्रयोग हमें 'UI' तथा 'EI' दोनों ही क्रियाओं को सम्पन्न करनी हो, तो पहले हमें 'EI' का प्रयोग कर लेना होगा और उसके बाद 'UI' का।

(c) पूर्णव्यापी सामान्यीकरण (*Universal Genralisation*)—उपर्युक्त दोनों नियम हमें किसी भी प्रतिज्ञप्ति फलन के सामान्यीकरण से उसके एक दृष्टान्त पर जाने में समर्थ बनाते हैं। साधारण शब्दों में, इन नियमों के आधार पर हम सामान्य प्रतिज्ञप्तियों के आधार पर उनके विशिष्ट उदाहरणों की सत्यता निष्कर्ष रूप में प्राप्त कर सकते हैं। पर क्या विशिष्ट दृष्टान्तों से सामान्यीकरणों पर भी जाने के नियम हो सकते हें? वस्तुतः ऐसे नियम हैं और उन्हीं को हम यहाँ देखेंगे।

सामान्य तौर पर ऐसा लगता है कि एक विशेष उदाहरण से अस्तित्वपरक सामान्यीकरण पर जाना तो संभव है। कम से कम एक प्रतिस्थापित दृष्टान्त के सत्य होने पर भी हम अस्तित्वपरक सामान्यीकरण तो कर सकते हैं, पर क्या एक उदाहरण की सत्यता से उसके सामान्यीकरण पर जाना संभव है? दूसरे शब्दों में क्या किसी प्रतिस्थापित दृष्टान्त की सत्यता के आधार पर हम उसका पूर्णव्यापी सामान्यीकरण उससे अनुमित कर सकते हैं? क्या ϕa के आधार पर $(x)\phi x$ अनुमित किया जा सकता है? साधारण रूप से तो ऐसा नहीं लगता, पर एक स्थिति ऐसी है जिसमें ऐसा किया जा सकता है। और ऐसा उस हालत में हो सकता है जब 'a' एक ऐसा विशेष-अपरिवर्ती हो जो मनमाने ढंग से चुन लिया गया हो, यानी जो अपने ढंग के किसी भी विशेष का प्रतिनिधित्व करने वाला हो। इसीलिए पूर्णव्यापी सामान्यीकरण के नियम को हम निम्नलिखित रूप में व्यक्त कर सकते हैं—**किसी एक प्रतिस्थापित दृष्टान्त के आधार पर हम उसका पूर्णव्यापी सामान्यीकरण अनुमित कर सकते हैं, वशर्ते प्रतिस्थापित दृष्टान्त का विशेष-अपरिवर्ती मनमाने ढंग से चुने गये किसी विशेष का प्रतीक हो।**

यानी, ϕy

$\therefore$ $(x)\phi x$, जहाँ 'y' मनमाने ढंग से चुने गये किसी विशेष का प्रतीक हो।

मनमाने ढंग से चुने गये विशेष-अपरिवर्ती का उदाहरण हमें तब मिलता है, जब हम किसी युक्ति के संदर्भ में किसी विशेष-अपरिवर्ती को 'UI' का प्रयोग कर प्रवेश कराते हैं। 'UI' के आधार पर प्रविष्ट कराया गया कोई भी विशेष-अपरिवर्ती ऐसा होता है कि उसके संबंध में जो भी सत्य हो वह सभी विशेष-अपरिवर्तियों के संबंध में सत्य होता है। इसीलिए उसे मनमाने ढंग से चुना गया विशेष अपरिवर्ती माना जा सकता है। पर 'EI' का प्रयोग कर लाया गया कोई विशेष अपरिवर्ती ऐसा नहीं माना जा सकता। इसलिए 'EI' के द्वारा प्रविष्ट विशेष अपरिवर्ती वाले प्रतिस्थापित दृष्टान्त पर पूर्णव्यापी सामान्यीकरण नहीं किया जा सकता। ऐसा करने से हम $(\exists x)\phi x$ के आधार पर $(x)\phi x$ अनुमित कर सकते जो स्पष्टतः अवैध है।

पूर्णव्यापी सामान्यीकरण नियम को संक्षेप में 'UG' अथवा 'पू॰ सा॰' कहा जा सकता है।

(d) अस्तित्वपरक सामान्यीकरण (*Existential Generalisation*)—चूँकि किसी भी प्रतिज्ञप्ति-फलन के अस्तित्वपरक सामान्यीकरण के सत्य होने का अर्थ है उसके कम-से-कम एक प्रतिस्थापित दृष्टान्त का सत्य होना, इसलिए यदि कहीं किसी प्रतिज्ञप्ति-फलन का एक प्रतिस्थापित-दृष्टान्त आधार रूप में दिया हुआ हो, तो उसके आधार पर हम उसके अस्तित्वपरक सामान्यीकरण को निष्कर्ष रूप में अनुमित कर सकते हैं। यानी,

ϕa

$\therefore$ $(\exists x)\phi x$, जहाँ 'a' कोई भी विशेष-अपरिवर्ती है।

इस नियम को संक्षेप में 'EG' अथवा 'अ॰ सा॰' कह सकते हैं।

अब हम कुछ उदाहरणों को लेकर देखें कि कैसे अनुमान के उपर्युक्त नियमों के आधार पर हम एकव्यापी तथा सामान्य प्रतिज्ञप्तियों से बनी युक्तियों की वैधता सिद्ध करते है :—

(i) All men are animals.	सभी मनुष्य पशु हैं
Ram is a man	राम मनुष्य है
∴ Ram is an animal.	∴ राम पशु है।
इसका प्रतीकात्मक रूप	**प्रतीकात्मक रूप**
(x) (Mx ⊃ Ax)	(x) (मx ⊃ पx)
Mr	मरा
∴ Ar	∴ परा
वैधता का प्रमाण	**वैधता का प्रमाण**
1. x (Mx ⊃ Ax)	1. x (मx ⊃ पx)
2. Mr / ∴ Ar	2. मरा / ∴ परा
3. Mr ⊃ Ar —1, U.I.	3. मरा ⊃ ∴ परा —1, पू० सा०
4. Ar.......3, 2, M. P.	4. परा — 3, 2, विधा० सो०
2. All animals are living beings,	सभी पशु जीवधारी हैं।
All dogs are animals.	सभी कुत्ते पशु हैं
∴ All dogs are living beings	∴ सभी कुत्ते जीवधारी हैं।
प्रतीकात्मक रूप	**प्रतीकात्मक रूप**
(x) (Ax ⊃ Lx)	(x) (पx ⊃ जीx)
(x) (Dx ⊃ Ax)	(x) (कुx ⊃ पx)
∴ (x) (Dx ⊃ Lx)	∴ (x) (कुx ⊃ जीx)
वैधता का प्रमाण	**वैधता का प्रमाण**
1. (x) (Ax ⊃ Lx)	1. (x) (पx ⊃ जीx)
2. (x) (Dx ⊃ Ax)/	2. (x) (कुx ⊃ पx)/
∴ (x) (Dx ⊃ (Lx)	∴ (x) (कुx ⊃ जीx)
3. Ay ⊃ Ly—1. U.I.	3. पy ⊃ जीy — 1, पू० दृ०
4. Dy ⊃ Ly — 2. U.I.	4. कुy ⊃ पy — 2,पू० दृ०
5. Dy ⊃ Ly — 4, 3 H. S.	5. कुy ⊃ जीy — 4, 3, सोपा०
6. (x) (Dx ⊃ Lx)—U.G.	6. (x) (कुx ⊃ जीx) — पू० सा०

3. All mangoes are fruits.
Some mangoes are Sweet.
∴ Some Sweet things are fruits.

प्रतीकीकरण तथा वैधता

1. (x) (Mx ⊃ (Fx)

2. $(\exists x)(Mx . Sx) / \therefore (\exists x)(Sx. Fx)$
3. Mw . Sw — 2, E.I.
4. $Mw \supset Fw$ — 1, U.I.
5. Mw — 3, Simp.
6. Fw — 4, 5, M. P.
7. Sw— 3, Com+Simp.
8. Sw. Fw — 7, 6, Conj.
9. $(\exists x)(Sx. Fx)$ — 8,E G.

अब युक्तियों के एक दो ऐसे उदाहरण हम लें जो बिलकुल पारंपारिक न्याय के रूप में न हों :—

4. All politicians are either wise or cunning.
Wise people are good people.
All politicians are not good people
∴ Some politicians are cunning.

प्रतीकीकरण तथा वैधता का प्रमाण

1. $(x)[Px \supset (Wx \vee Cx)]$
2. $(x)(Wx \supset Gx)$
3. $(\exists x)(Px. \sim Gx) / \therefore (\exists x)(Px. Cx)$
4. Pw. ~ G w — 3, E. I.
5. $Pw \supset (Ww \vee Cw)$ —1, U.I.
6. $Ww \supset Gw$ — 2, U.I.
7. Pw —— 4, Simp.
8. Ww v Cw — 5, 7, M. P.
9. ~ G w — 4, Com+Simp.
10. ~Ww—6, 9, M.T.
11. Cw — 8, 10, D.S.
12. Pw. Cw — 7, 11, Conj.
13. $(\exists x)(Px. Cx)$ — 12, E. G.,

5. All doctors are human beings
Some doctors are kind
All kind are good
∴ Some human beings are good.

प्रतीकीकरण तथा वैधता का प्रमाण

1. $(x)(Dx \supset Hx)$
2. $(\exists x)(Dx. Kx)$
3. $(x)(Kx \supset Gx) / \therefore (\exists x)(Hx. Gx)$

4. Dw. Kw — 2, E.I.
5. Dw ⊃ Hw — 1, U.I.
6. Kw ⊃ Gw — 3, U.I.
7. Dw — 4, Simp.
8. Kw — 4, Com + Simp.
9. Hw — 5, 7, M.P.
10. Gw — 6, 8, M.P.
11. Hw . Gw — 9, 10, Conj.
12. (∃x) (Hx. Gx) — 11, E.G.

ऊपर के उदाहरणों को ठीक से देखने पर हम यह पा सकते हैं कि 'UG' तथा 'EI' के प्रयोग के संबंध में जिन बंधनों या शर्तों की चर्चा ऊपर की गई है, उनका पालन हुआ है। 'UG' का प्रयोग सिर्फ वहीं हुआ है जहाँ संबंधित विशेष अपरिवर्ती को 'UI.' द्वारा लाया गया है (उदाहरण 2)। फिर 'EI' के प्रयोग द्वारा 'w' विशेष-अपरिवर्ती को तभी लाया गया है जब उसी संदर्भ में उसका प्रयोग पहले नहीं हुआ है। इसी कारण जहाँ-जहाँ भी 'UI' दोनों का प्रयोग एक ही संदर्भ में करना पड़ा है, वहाँ पहले 'EI' का प्रयोग किया गया है और बाद में 'UI' का (उदाहरण 3, 4, 5)।

अब हम देखें कि यदि हम 'EI' के संबंध में लगाये गये प्रतिबंध का उल्लंघन करते हैं तो कैसे एक स्पष्टतः अवैध युक्ति को हम वैध प्रमाणित कर देते हैं। एक उदाहरण लें :—

Some mangoes are Sweet.
Some guavas are Sweet.
∴ Some mangoes are guavas

यह युक्ति स्पष्ट रूप से अवैध है। पारंपरिक तर्कशास्त्र के नियमों को लागू कर देखें तो इसमें अव्याप्त मध्यवर्ती पद (undistributed middle) का दोष है। पर 'EI' के संबंध में लगाये गये प्रतिबंध का यदि हम उल्लंघन कर दें तो यह युक्ति वैध प्रमाणित हो जायेगी।

युक्ति का प्रतीकीकरण तथा वैधता का प्रमाण

1. (∃x) (Mx. Sx)
2. (∃x) (Gx. Sx)/ ∴ (∃x) (Mx. Gx)
3. Mw. Sw — 1, E.I.
4. Gw . Sw — 2, E.I.
5. Mw — 3, Simp.
6. Gw — 4, Simp.
7. Mw. Gw — 5, 6 Conj.
8. (∃x) (Mx. Gx) — 7, E.G.

इस प्रकार एक अवैध युक्ति वैध इसलिए प्रमाणित हो जाती है, चूँकि प्रमाण के चौथे स्तर में हमने 'EI' का गलत प्रयोग किया है। 'w' विशेष-अपरिवर्ती तीसरे ही स्तर में 'EI' के प्रयोग द्वारा लाया जा चुका है, इसलिए चौथे स्तर में फिर उसे नहीं लाना चाहिए था।

ऊपर के सारे उदाहरणों में युक्तियों की वैधता के प्रमाणों को देखकर हमारे सामने यह स्पष्ट हो जाना चाहिये कि उनमें वैधता प्रमाणित करने की जो विधि हमने अपनाई है वह मूलतः आकारिक प्रमाण विधि (Method of formal proof) ही है, सिर्फ पहले के नियमों के अलावा चार नये नियमों का भी प्रयोग हमने इनमें किया है ताकि प्रतिज्ञप्ति-फलन एवं परिमाणकों से संबंधित युक्तियों की वैधता-प्रमाण के प्रश्न से निबटा जा सके। यहाँ एक बात यह भी स्पष्ट कर देना आवश्यक है कि पहले की तरह यहाँ भी हम आवश्यकता पड़ने पर सोपाधिक प्रमाण विधि (Method of conditional proof) का भी प्रयोग हम कर सकते हैं। निम्नलिखित एक-दो उदाहरणों द्वारा उक्त विधि का वर्तमान संदर्भ में प्रयोग स्पष्ट हो जायेगा :—

1. All teachers are learned. All learned teachers are polite. Therefore, all teachers are both learned and polite.

प्रतीकीकरण तथा वैधता का प्रमाण

1. (x) (Tx ⊃ Lx)
2. (x) [(Lx. Tx) ⊃ Px]/ ∴ (x) [Tx ⊃ (Lx . Px)]
3. Ty
4. Ty ⊃ Ly — 1, U.I.
5. (Ly. Ty) ⊃ Py — 2, U.I.
6. Ly — 4, 3 M.P.
7. Ly. Ty. 6, 3 Conj.
8. Py — 5, 7, M.P.
9. Ly. Py — 6, 8, Conj.
10. Ty ⊃ (Ly.Py) — 3-9 C.P.
11. (x) [Tx ⊃ (Lx. Px)] — 10, U.G.

(2) Labourers and officers strike work, if either they are underpaid or ill treated. Therefore, any labourer strikes work if he underpaid.

प्रतीकीकरण तथा वैधता का प्रमाण

1. (x) [(Lx v Ox). (Ux v Ix)] ⊃ Sx/ ∴ (x) [(Lx. Ux) ⊃ Sx]
2. Ly . Uy
3. [(Ly v Oy). (Uy v Iy)] ⊃ Sy — I, U.I.
4. (Ly v Oy) ⊃ [(Uy v Iy) ⊃ Sy] — 3. Exp.
5. Ly — 2, Simp.
6. Ly v Oy — 5, Add.
7. (Uy v Iy) ⊃ Sy — 4, 6, M.P.
8. Uy —2, Com.+ Simp.
9. Uy v Iy — 8, Add.
10. Sy — 7, 9, M.P.
11. (Ly. Uy) ⊃ Sy — 2-10 C.P.
12. (x) [(Lx . Ux) ⊃ Sx] — 11, U.G.

एक बात का संकेत कर देना यहाँ उचित प्रतीत होता है कि प्रतिज्ञप्ति-फलन तथा परिमाणकों से संबंधित जितने प्रकार की प्रतिज्ञप्तियों का प्रतीकीकरण हमनें किया है, सत्यता-फलित प्रतिज्ञप्तियों से भिन्न सिर्फ उतनी ही प्रकार की प्रतिज्ञप्तियाँ साधारण भाषा में नहीं होतीं। साधारण भाषा में अनेकों प्रकार की प्रतिज्ञप्तियाँ है और उन सबों का यहाँ प्रतीकीकरण करना तथा उनसे बनी युक्तियों की वैधता प्रमाणित करना संभव नहीं है। इस परिचयात्मक स्तर के पुस्तक में हमारी कोशिश सिर्फ यह है कि प्रतीकात्मक तर्कशास्त्र के कुछ प्रमुख पहलुओं के मुख्य सिद्धान्तों और उन्हें लागू करने की विधि से एक सामान्य स्तर पर हम आप का परिचय करा दें। उसी क्रम में प्रतिज्ञप्ति-फलनों तथा परिमाणकों से संबंधित कुछ साधारण युक्तियों की वैधता प्रमाणित करने की विधियों से आप का परिचय कराया है। प्रतिज्ञप्ति-फलनों तथा परिमाणकों से ही संबंधित ऐसी युक्तियाँ भी हमारे सामने आ सकती हैं जिनकी प्रतिज्ञप्तियों में एक से अधिक परिवर्ती हों। फिर इन जटिल रूप की प्रतिज्ञप्तियों से निबटने के लिए अनुमान के लिए बतलाये गये चारों नियमों को भी एक भिन्न ढंग से प्रतिपादित करना पड़ता है जिसमें कुछ नई शर्तों का भी समावेश होता है। इन सबों का यहाँ निरूपण संभव नहीं।

❑

अध्याय 12

युक्तियों की अवैधता सिद्ध करना
(PROVING THE INVALIDITY OF ARGUMENTS)

सत्यता-सारणी विधि निर्णायक विधि है जो किसी भी युक्ति या युक्ति आकार के संबंध में यह निर्णय कर देती है कि वे वैध है या अवैध। परन्तु व्युत्पत्ति विधि ऐसी विधि नहीं है चूँकि उसके द्वारा युक्तियों की सिर्फ वैधता प्रमाणित होती है, अवैधता नहीं। यहाँ हम सत्यता-फलित प्रतिज्ञप्तियां तथा प्रतिज्ञप्ति-फलन एवं परिमाणकों से बनी युक्तियों की अवैधता प्रमाणित करने की एक विधि निरूपित करेंगे जो मूलतः तो सत्यता-सारणी विधि ही है, पर इसमें पूरी सत्यता-सारणी बनाकर अवैधता देखने की जरूरत नहीं है। इम एक ऐसी विधि का सहारा यहाँ लेंगे, जिसमें सत्यता-सारणी का वह एक ही कतार जिसमें आधार-कथनों के सत्य होने के बावजूद निष्कर्ष असत्य होता है, सामने चल आता है और युक्ति अवैध सिद्ध हो जाती है। इसे सत्यता-मूल्य प्रदान करने की विधि (Method of Assigning Truth-Values) कह सकते हैं। पहले इस विधि के द्वारा हम सत्यता-फलित कथनों से बनी युक्तियों की अवैधता प्रमाणित करेंगे तथा उसके बाद प्रतिज्ञप्ति-फलन तथा परिमाणकों से बनी युक्तियों की।

1. सत्यता-फलित कथनों वाली युक्तियों की अवैधता प्रमाणित करना

स्पष्टतः किसी भी युक्ति की अवैधता प्रमाणित करने का अर्थ है यह प्रमाणित करना कि सभी आधार-कथनों के एक साथ सत्य होने के बावजूद निष्कर्ष असत्य है। अतः किसी भी युक्ति की अवैधता हम तब प्रमाणित कर देंगे जब हम यह प्रमाणित कर दें कि युक्ति के सभी आधार कथन सत्य हैं पर निष्कर्ष असत्य और ऐसा करने के लिए हमें यह देखना होगा कि क्या दी हुई युक्ति की घटक-प्रतिज्ञप्तियों को सत्यता-मूल्य प्रदान करने का कोई एक ऐसा तरीका है जिसके द्वारा सभी आधार-कथन सत्य सिद्ध हो जायँ और निष्कर्ष असत्य। पर ऐसा करने में इस बात का ध्यान रखना होगा कि एक बार जो सत्यता-मूल्य हम किसी घटक को प्रदान करते हैं, तो यदि दोबारे भी वह घटक उस युक्ति के अन्दर कहीं आता है तो उसे वही सत्यता मूल्य प्रदान करना होगा। इस नियम का पालन करते हुए यदि आधार-कथनों तथा निष्कर्ष के घटकों को हम कुछ इस प्रकार सत्यता-मूल्य प्रदान कर सकते हों कि आधार-कथन सत्य तथा निष्कर्ष असत्य सिद्ध हो जाय, तो फिर हम युक्ति की अवैधता सिद्ध कर देते हैं।

इसके लिए हमें करना यह होगा कि दी हुई युक्ति के निष्कर्ष के घटकों को ही हम कुछ इस प्रकार सत्यता-मूल्य प्रदान करें कि निष्कर्ष असत्य सिद्ध हो जाय। फिर निष्कर्ष के जो घटक आधार-कथनों में भी मौजूद हों, उन्हें भी हम वही सत्यता-मूल्य प्रदान करें जो मूल्य उन्हें हमने निष्कर्ष में दिया है। और उसके बाद आधार-कथनों के शेष घटकों को इस प्रकार सत्यता-मूल्य प्रदान करें कि उनमें से प्रत्येक सत्य सिद्ध हो जाय। पर यहाँ भी सत्यता-

मूल्य प्रदान करते वक्त इस बात का ध्यान रखना होगा कि एक बार किसी घटक को सत्यता-मूल्य हम प्रदान करते हैं दोबारे भी यदि वही घटक किसी अन्य आधार-कथन में आया हो तो वहाँ भी उसे वही सत्यता-मूल्य प्रदान करना होगा।

अब एक उदाहरण लें। मान लिया जाय हमें निम्नलिखित युक्ति की अवैधता सिद्ध करनी है—

$M \supset N$
$M \supset O$
$\therefore \quad N \supset O$

अब यहाँ निष्कर्ष को असत्य सिद्ध करने के लिए आवश्यक है कि 'N' को 'सत्य' (T) तथा 'O' को असत्य (F) सत्यता-मूल्य प्रदान किया जाय। फिर आधार-कथनों में भी जहाँ-जहाँ ये घटक हैं उन्हें ये ही सत्यता-मूल्य हमें प्रदान करने होंगे। अतः प्रथम आधार-कथन में अनुवर्ती 'N' को 'T' तथा द्वितीय आधार-कथन में अनुवर्ती 'O' को 'F' सत्यता-मूल्य प्रदान करना होगा। और अब यदि दोनों आधार-कथनों में 'M' को हम 'F' सत्यता-मूल्य प्रदान करें तो हम देख सकते हैं कि दोनों ही आधार-कथन सत्य सिद्ध हो जाते हैं। इस तरह निम्नलिखित संक्षिप्त सारणी में दर्शाये तरीके से आधार-कथनों तथा निष्कर्ष को सत्यता-मूल्य प्रदान करने पर दोनों आधार-कथन एक साथ सत्य तथा निष्कर्ष असत्य सिद्ध होता है :—

M	N	O	M ⊃ N	M ⊃ O	N ⊃ O
F	T	F	T	T	F

और इस प्रकार दी हुई युक्ति अवैध सिद्ध हो जाती है।

एक दूसरा उदाहरण लिया जाय :—

$\sim A \vee \sim B$
$(\sim A . \sim B) \supset (C.D)$
$D \supset C$
$\therefore \quad B$

निम्नलिखित प्रकार से घटकों को तथा उनके आधार पर आधार-कथनों तथा निष्कर्ष को सत्यता-मूल्य प्रदान करने पर हम देख सकते हैं कि तीनों आधार-कथनों सत्य तथा निष्कर्ष असत्य सिद्ध हो जाता है :—

A	B	C	D	~A v ~B	(~A. ~B)	D ⊃ C
F	F	T	T	T	T	T

अतः युक्ति अवैध हैं।

अब हम एक ऐसी युक्ति लें जो वैध हो और उसमें उपर्युक्त प्रकार से ही सत्यता-मूल्य प्रदान कर उसे अवैध सिद्ध करने की चेष्टा करें। हम पायेंगे कि किसी भी प्रकार वैसा करने में हम समर्थ नहीं हो पायेंगे।

$A \supset B$
$B \supset C$
$\therefore A \supset C$

यहाँ निष्कर्ष को असत्य प्रमाणित करने के लिए 'A' को 'T' तथा 'C' को 'F' सत्यता-मूल्य प्रदान करना होगा। फिर, इन्हीं मूल्यों को ऊपर भी आधार-कथनों में 'A' तथा 'C' को प्रदान करना होगा। अब हम देख सकते हैं कि बचे हुए घटक 'B' को हम चाहें 'T' सत्यता-मूल्य प्रदान करें या 'F', प्रत्येक हालत में एक न एक आधार-कथन असत्य सिद्ध हो जायेगा। यानी, इस शर्त की पूर्ति यहाँ संभव ही नहीं कि दोनों आधार-कथन एक साथ सत्य हों और निष्कर्ष असत्य। अतः सिद्ध होता है कि युक्ति अवैध नहीं हैं।

2. प्रतिज्ञप्ति-फलन तथा परिमाणकों वाले कथनों से बनी युक्तियों की अवैधता प्रमाणित करना

ऊपर हमने सत्यता-फलित कथनों से बनी युक्तियों की अवैधता प्रमाणित करने की विधि निरूपित की। परन्तु उन युक्तियों की अवैधता हम कैसे सिद्ध करेंगे जो प्रतिज्ञप्ति फलन तथा परिमाणकों से संबंधित कथनों के द्वारा निर्मित हों? उनकी अवैधता निर्धारित करने के लिए भी हम मूलतः उपर्युक्त विधि का ही प्रयोग करते हैं, पर इस विधि का प्रयोग करने के पहले परिमाणकों वाले कथनों का स्वरूप हमें एक नये सिरे से कुछ दूर तक समझना होगा।

परिमाणकों के स्वरूप को ठींक से समझने पर यह स्पष्ट होना चाहिए कि वे इस मान्यता पर आधारित हैं कि जिस विश्व के लिए वे सत्य या असत्य हैं उसमें कम-से-कम एक वस्तु है। एक ऐसे विश्व के संदर्भ में जो बिलकुल रिक्त हैं, इन प्रतिज्ञप्तियों को कोई सत्यता-मूल्य प्रदान नहीं किया जा सकता। अब हम यह देखें कि एक ऐसे विश्व के लिए जिसमें एक ही वस्तु हो पूर्णव्यापी परिमाणक वाली प्रतिज्ञप्ति $(x)\phi x$ का क्या अर्थ होगा। मान लिया जाय वह एक वस्तु 'a' है, तो इसका अर्थ होगा ϕa। एक ऐसे विश्व के लिए जिसमें दो वस्तुएँ हैं, इसका अर्थ होगा $\phi_a . \phi_b$ (जहाँ 'b' दूसरी वस्तु है)। उसी प्रकार एक ऐसे विश्व के लिए जिसमें तीन वस्तुएँ—'a' 'b' तथा 'c' हैं इसका अर्थ होगा $\phi_a . \phi_b . \phi_c$। इसी प्रकार एक ऐसे विश्व के लिए जिसमें 'n' वस्तुएँ है, इसका अर्थ होगा ϕ_a, ϕ_u, ϕ_c...........ϕ_n। चूँकि $(x)\phi_x$ का अर्थ है कि प्रत्येक होंगी 'x' को 'ϕ' नामक गुण है, इसलिए विश्व में जितनी वस्तुएँ होंगीं—a, b, c, d...........n—इस अर्थ के अनुसार उनमें से प्रत्येक को 'ϕ' नामक गुण होगा। इसीलिए $(x)\phi_x \equiv \phi_a . \phi_u . \phi_c$...........$\phi_n$।

उसी प्रकार एक ऐसे विश्व के लिए जिसमें एक ही वस्तु 'a' है $(\exists_x)\phi_x$ का अर्थ होगा ϕ_a, पर यदि दो वस्तुएँ हों, तो इसका अर्थ होगा—$\phi_a \vee \phi_b$। ऐसा इसलिए चूँकि '$(\exists_x)\phi_x$' का अर्थ है कि विश्व में **कम-से-कम एक** 'x' ऐसा है जिसमें 'ϕ' नामक गुण है। अतः किसी विश्व में चाहे जितनी भी वस्तुएँ हों, हम एक ही बारे में निश्चित रूप में कह सकते हैं कि उसमें 'ϕ' नामक गुण है। इसीलिए हम यहाँ ϕ_a, ϕ_b के बीच '.' का व्यवहार न कर 'v' प्रतीक का व्यवहार करते हैं। एक ऐसे विश्व के लिए जिसमें 'n' वस्तुएँ हैं $(\exists_x)\phi_x$ का अर्थ होगा—$\phi_a \vee \phi_b \vee \phi_c \vee$...............$\phi_n$। यानी,

$$(\exists_x)\phi_x \equiv \phi_a \vee \phi_b \vee \phi_c \vee \ldots\ldots\ldots\ldots \phi_n ।$$

परिमाणकों से संबंधित युक्तियों की अवैधता सिद्ध करने का अर्थ तो यही होगा कि आधार-कथन तथा निष्कर्ष को इस प्रकार सत्यता-मूल्य प्रदान किये जायँ कि आधार-कथ सत्य तथा निष्कर्ष असत्य हो जाय। पर ऐसा करने के लिए यहाँ हमें करना यह होगा कि पहले हम विश्व में एक वस्तु, दो वस्तु, आदि की मान्यता पर उनका रूप इस प्रकार रूपान्तरित कर दें कि वे सत्यता-फलित प्रतिज्ञप्तियों तथा सरल प्रतिज्ञप्तियों से बनी युक्तियों का रूप

ले लें। और तब फिर जिस प्रकार सत्यता-फलित प्रतिज्ञप्तियों से बनी युक्तियों की अवैधता हमनें ऊपर प्रमाणित की उसी प्रकार सत्यता-मूल्य प्रदान कर हम इन युक्तियों की भी अवैधता सिद्ध कर दे सकते हैं। हमें प्रारम्भ में तो इसी मान्यता से करना होगा कि हम दी हुई प्रतिज्ञप्तियों का रूपान्तरण एक ऐसे विश्व के संदर्भ में करते हैं जिसमें एक ही वस्तु है। ऐसा करने के बाद हम देखेंगे कि युक्ति अवैध सिद्ध होती है या नहीं। यदि हो जाती है, तब तो ठीक है, अन्यथा हमें फिर युक्ति की प्रतिज्ञप्तियों का रूपान्तरण एक ऐसे विश्व के संदर्भ में करना होगा जिसमें दो वस्तुएँ हैं और फिर रूपान्तरण के फलस्वरूप जो सत्यता-फलित प्रतिज्ञप्तियाँ आई हैं उनमें सत्यता-मूल्य प्रदान कर देखना होगा कि युक्ति अवैध सिद्ध होती हैं या नहीं। यदि हाँ तो ठीक है, अन्यथा फिर एक ऐसे विश्व की मान्यता पर प्रतिज्ञप्तियों का रूपान्तरण करना होगा जिसमें तीन वस्तुएँ हैं और जब तक युक्ति अवैध सिद्ध नहीं हो जाती, हमें इसी प्रकार आगे बढ़ते जाना होगा। एक या दो या तीन या उससे अधिक वस्तुओं वाले किसी भी विश्व की मान्यता पर यदि युक्ति अवैध सिद्ध हो जाती है, तो उसका मतलब होगा कि जिस आकार में युक्ति बनी हुई है वह युक्ति-आकार अवैध हैं, और इसलिए उस आकार में बनी प्रत्येक युक्ति, यानी, युक्ति-आकार का प्रत्येक प्रतिस्थापित-दृष्टान्त अवैध है।

अब हम उदारहण लेकर देखें। मान लिया जाय हमें निम्नलिखित युक्ति की अवैधता प्रमाणित करनी हैं :—

All men are animals
All dogs are animals
∴ All dogs are men.

इसका प्रतीकात्मक रूप :—

$(x)(Mx \supset Ax)$
$(x)(Dx \supset Ax)$
$\therefore (x)(Dx \supset Mx)$

एक ऐसे विश्व के लिए जिसमें एक ही वस्तु 'a' हो, युक्ति का रूपान्तरण निम्नलिखित होगा :—

$Ma \supset Aa$
$Da \supset Aa$
$\therefore Da \supset Ma$

अब इसमें हम देख सकते हैं कि सभी प्रतिज्ञप्तियाँ सत्यता-फलित प्रतिज्ञप्तियाँ हैं, इसलिए इन्हे पहले बतलाये गये सिद्धान्त के अनुसार हम सत्यता-मूल्य प्रदान करें और देखे कैसा चित्र सामने आता है :—

Ma	Aa	Da	$Ma \supset Aa$	$Da \supset Aa$	$Da \supset Ma$
F	T	T	T	T	F

उपर्युक्त रूप में सत्यता-मूल्य प्रदान करने पर हम देख सकते हैं कि दोनों आधार कथन सत्य तथा निष्कर्ष असत्य सिद्ध होता है। अतः युक्ति अवैध सिद्ध हो जाती है।

फिर एक दूसरी युक्ति ली जाय :—

$(\exists x)[Mx . Sx]$
$(\exists x)[Gx . Sx]$
$\therefore (\exists x)[Gx . Mx]$

ऐसे विश्व के लिए जिसमें एक ही वस्तु 'a' हो, युक्ति निम्नलिखित रूप की हो जायेगी—

Ma . Sa

Ga. Sa

∴ Ga. Ma

यह युक्ति अवैध सिद्ध नहीं हो पायेगी, चूँकि निष्कर्ष को असत्य सिद्ध करने के लिए 'Ga' अथवा 'Ma' में से कम-से-कम किसी एक को हमें असत्य मानना होगा, पर उस स्थिति में कोई एक आधार-कथन भी असत्य सिद्ध हो जाएगा और इस प्रकार अवैधता की इस शर्त की पूर्ति नहीं होगी कि दोनों आधार-कथन सत्य हों और निष्कर्ष असत्य।

इसलिए हमें अब युक्ति का रूपान्तरण एक ऐसे विश्व के लिए करना होगा जिसमें 'a' तथा 'b' दो वस्तुएँ हैं। वह निम्नलिखित होगा :—

(Ma. Sa) v (Mb. Sb)

(Ga. Sa) v (Gb. Sb)

∴ (Ga . Ma) v (Gb. Mb)

अब इसमें यदि हम निम्नलिखित रूप में सत्यता-मूल्य प्रदान करें तो हम देख सकते हैं कि युक्ति अवैध सिद्ध हो जाती है :—

Ma	Sa	Ga	Mb	Sb	Gb	(Ma.Sa)v(Mb.Sb)	(Ga.Sa)v(Gb.Sb)	(Ga.Ma)v(Gb.Mb)
T	T	F	F	T	T	T	T	F

अवैधता प्रमाणित करने की उपर्युक्त विधि के वास्तविक प्रयोग में दो मुख्य कठिनाइयाँ हैं—(i) इस दृष्टि से सत्यता-मूल्य प्रदान करने में कि आधार-कथन सत्य हो जायँ तथा निष्कर्ष असत्य, प्रयत्न तथा मूल (Trial and Error) की अनेकों क्रियाएँ हमें सम्पन्न करनी पड़ सकती है तथा (2) विश्व तथा उसमें वस्तुओं की संख्या संबंधी कई लगातार मान्यताओं पर युक्ति यदि अवैध सिद्ध नहीं हो पाती, तो इस क्रम में आखिर हम कहाँ तक बढ़ते जाएगें? पहली कठिनाई का तो कोई उपाय नहीं है। दूसरी के संबंध में सैद्धान्तिक स्तर पर एक समाधान निकाला जा चुका है और वह यह है कि युक्ति में विधेय प्रतीकों की संख्या जितनी हो, जैसे, यदि मान लें 'x' हो, तो हमें ऐसे विश्व की मान्यता तक जिसमें वस्तुओं की संख्या 2^x हो, यह देखना चाहिए कि युक्ति अवैध सिद्ध होती है या नहीं। परन्तु व्यवहारिक दृष्टि से यह समाधान बहुत सहायक नहीं है। हमने ऊपर जो उदाहरण लिए हैं उनमें तीन-तीन विधेय-प्रतीक हैं, कुछ युक्तियों में इनसे अधिक भी हो सकते हैं। अब यदि तीन विधेय प्रतीक वाली स्थिति को ही लेकर हम चलें तो किसी युक्ति के संदर्भ में $2^3 = 8$ वस्तुओं वाले विश्व तक यह देखना पड़ सकता है कि युक्ति अवैध सिद्ध होती है या नहीं। और यह काम बहुत आसान नहीं है। हम देख सकते हैं कि जैसे-जैसे हम वस्तुओं की संख्या बढ़ाते जायंगे, वैसे-वैसे युक्ति का रूप जटिलतर होता चला जायेगा और प्रतिज्ञप्तियों को सत्यता-मूल्य प्रदान करने में प्रयत्न तथा मूल की क्रिया बढ़ती जायेगी। इसलिए उपर्युक्त सैद्धान्तिक समाधान से तो कोई विशेष व्यावहारिक लाभ नहीं है, पर साधारणतः ऐसा देखा गया है कि एक ऐसे विश्व की मान्यता तक पहुँचते-पहुँचते जिसमें चार या पाँच वस्तुएँ हों, युक्ति यदि अवैध हैं तो अवैध सिद्ध हो जाती हैं।

❑

भाग 3

(Part 3)

आगमन

(Induction)

अध्याय 13

सादृश्यानुमान

(ANALOGICAL INFERENCE OR INFERENCE BY ANALOGY)

परम्परागत रूप में आगमन का अर्थ सामान्यीकरण (Genralisation) समझा जाता रहा है। कुछ उदाहरणों में कुछ खास बात देखकर वैसे सभी उदाहरणों के संबंध में यह सामान्यीकरण कर देना कि सबो में वह बात पायी जायेगी आगमन कहा जाता रहा है। उदाहरण के लिए, कुछ मनुष्यों के संबंध में यह देखकर कि उनकी मृत्यु हो गई, हम यह सामान्यीकरण कर देते हैं कि सभी मनुष्य मरणशील हैं, यानी सब एक न एक दिन मरेंगे। यह उदाहरण आगमन का एक उदाहरण है। पर अध्याय 1 में हमनें देखा है कि आगमन को सिर्फ उपर्युक्त प्रकारके सामान्यीकरण के रूप में लेना सही नहीं है। कम-से-कम आधुनिक विचारधारा ऐसा नहीं मानती। आधुनिक विचारधारा आगमन का निगमन से भेद करते हुए यह मानती है कि जहाँ निगमन का प्रमुख लक्षण यह है कि उसका निष्कर्ष आधारकथनों से तार्किक अनिवार्यता के साथ निकलता है और इसलिए निश्चित रूप से सत्य होता है, वहीं आगमन का प्रमुख लक्षण यह है कि उसका निष्कर्ष निश्चित रूप में सत्य न होकर सिर्फ संभावित रूप में सत्य होता है, चूँकि वह अपने आधारकथन या कथनों से अनिवार्यतः नहीं निकलता। दूसरे शब्दों में, जहाँ निगमन में आधारकथन निष्कर्ष के लिए एक निश्चित तथा निर्णायक आधार प्रस्तुत करते हैं ताकि ऐसा तर्कतः असंभव है कि आधारकथन सत्य हों और निष्कर्ष असत्य, वहाँ आगमन में आधारकथन निष्कर्ष के लिए मात्र एक संभावित आधार प्रस्तुत करते हैं जिसके अन्तर्गत आधारकथनों के सत्य होने के बावजूद निष्कर्ष की सत्यता निश्चित नहीं है, वह असत्य भी हो सकता है। और इस कसौटी पर खरे उतरने वाले सिर्फ वे ही अनुमान नहीं हैं जिनमें कुछ विशेष-विशेष उदाहरणों के निरीक्षण के आधार पर हम एक सामान्य कथन पर जाते हैं, बल्कि वैसे अनुमान भी हैं जिनमें हम विशेष से विशेष पर ही जाते हों अथवा एक सामान्य कथन से दूसरे सामान्य कथन पर जाते हों। इस दृष्टि से आगमनात्मक अनुमानों में उस अनुमान का शायद सर्वाधिक महत्त्व है जिसे हम सादृश्यानुमान कहते हैं। वास्तव में उपर्युक्त प्रकार के हमारे सामान्यीकरण भी सारतः सादृश्यानुमान पर ही आधारित होते हैं, जैसा हम आगे देखेंगे। इसलिए यहाँ पर सर्वप्रथम हम सादृश्यानुमान के ही स्वरूपादि की चर्चा करेंगे।

1. सादृश्यानुमान का स्वरूप *(Nature of Analogical Inference)*

सामान्य रूप से तो कहा जा सकता है कि सादृश्यानुमान सादृश्य पर आधारित अनुमान है, पर पहले यह देखना होगा कि सादृश्य से तात्पर्य क्या है। दो या अधिक वस्तुओं में कुछ खास गुणों में समानता या समरूपता (Resemblance) होना सादृश्य कहलाता है। जैसे दो लाल वस्तुओं में कम-से-कम यह समानता है (या यों कहें कि इस बात में सादृश्य है) कि दोनों में लाल होने का गुण है। हो सकता है कि उनमें कुछ अन्य बातों में भी समानता हो। उसी प्रकार दो लड़कों में इन बातो में समानताएँ (या यों कहें कि सादृश्य की ये बातें) हो सकती है कि दोनों ही एक समान लम्बे हैं, गोरे हैं, स्वस्थ हैं, चालाक हैं, आदि।

दो वस्तुओं में सादृश्य का प्रयोग या उपयोग हम कई प्रकार से कर सकते है या करते हैं। जैसे किसी चीज या घटना आदि का विवरण प्रस्तुत करने में हम दो वस्तुओं या घटनाओं के बीच सादृश्य का सहारा लेते हैं। साहित्य में लेखक या कवि अक्सर तरह-तरह की उपमाओं का सहारा लेते हैं जो वस्तुओं या घटनाओं के बीच समानताओं पर ही आधारित होते हैं। किसी अपरिचित या अजनबी घटना आदि की व्याख्या में भी हम सादृश्य का सहारा लेते हैं। जिन चीजों से हम परिचित हैं उनकी अपरिचित चीज या घटना के साथ कुछ सादृश्य की बातों का सहारा लेकर हम अपरिचित घटना को समझने की चेष्टा करते हैं। पर सादृश्य के इस प्रकार के प्रयोगों से हमारा मतलब यहाँ नहीं है। यहाँ हमारा मतलब इस बात से है कि सादृश्य पर आधारित अनुमान या युक्ति किस प्रकार की होती है, उसका स्वरूप क्या होता है। यह बात अवश्य है कि सादृश्य पर आधारित अनुमान या युक्ति के स्वरूप निरूपण में सादृश्य के ऊपर बतलाये गये प्रयोग बिलकुल अप्रासंगिक या अर्थहीन सिद्ध नहीं होते , फिर भी हमें यहाँ विशिष्ट तौर पर यह निश्चित करना है कि सादृश्यानुमान या सादृश्य पर आधारित युक्ति का स्वरूप क्या होता है।

सादृश्यानुमान क्या है, इसे समझने के लिए पहले हम एक उदाहरण लें। मान लिया जाय कि दो मोटर गाड़ियाँ हैं जो एक ही कम्पनी की बनी हुई हैं, एक ही मॉडल(Model) की हैं, उनमें बिलकुल एक ही तरह का इंजन लगा हुआ है तथा कई अन्य बातों में भी उनमें समानता या सादृश्य है। उनमें से एक एक लीटर पेट्रोल में तीस कीलोमीटर चलती है, तो दूसरी के संबंध में हम अनुमान कर सकते हैं कि वह भी एक लीटर पेट्रौल में तीस किलोमीटर चलेगी। यही अनुमान सादृश्यानुमान यानी सादृश्य पर आधारित अनुमान है। दो गाड़ियों के बीच कई बातों में सादृश्य के आधार पर यहाँ जो निष्कर्ष निकाला गया है कि दूसरी गाड़ी भी एक लीटर में तीस कीलोमीटर चलेगी, उसमें किसी असंदिग्धता या निश्चितता (Certainty)का दावा नहीं किया जा सकता, यानी, यह नहीं कहा जा सकता कि यह निष्कर्ष निश्चित रूप में सत्य होगा, पर इसके सत्य होने की संभावना अवश्य है। दूसरे शब्दों में कहा जा सकता है कि यह निष्कर्ष सिर्फ संभावित रूप में सत्य है, अनिवार्य या निश्चित रूप में नहीं। सादृश्यानुमान द्वारा प्राप्त निष्कर्ष की यही प्रमुख विशेषता है कि वह निश्चित रूप से सत्य नहीं होता, बल्कि सिर्फ संभावित रूप में सत्य होता है। हम जानते हैं कि संभावना मात्रा(Degree)की चीज है और इसीलिए सादृश्यानुमान द्वारा प्राप्त किसी निष्कर्ष में सत्यता की संभावना अधिक होगी और किसी में कम। निष्कर्ष के सत्य होने की कम या अधिक संभावना कई बातों पर निर्भर करती है, जो हम आगे देखेंगे।

हम एक अन्य अधिक वैज्ञानिक स्वरूप का उदाहरण लें। पृथ्वी तथा मंगल ग्रह के बीच बहुत-सी बातों में समानताएँ पायी गई हैं। जैसे, दोनों ही सूर्य के चारो तरफ घूमते हैं, दोनों को ही प्रकाश सूर्य से प्राप्त होता है, दोनों ही अपनी-अपनी धुरियों (Axis)पर भी घूमते हैं, दोनों गुरूत्वाकर्षण नियम के द्वारा अनुशासित हैं, आदि। हम पाते हैं कि पृथ्वी पर जीव-जन्तु हैं। तो यह निष्कर्ष निकाला जा सकता है कि मंगल ग्रह पर भी जीव होंगे। वास्तव में वैज्ञानिकों ने ऐसा निष्कर्ष निकाला भी है और वे इसकी सत्यता की खोज में लगे हुए हैं। यह अनुमान भी स्पष्टतः सादृश्यानुमान का उदाहरण है जिसके निष्कर्ष में संभावित सत्यता है।

सादृश्यानुमान के उपर्युक्त उदाहरणों के आधार पर यदि हम इस प्रकार के अनुमान के सामान्य स्वरूप का विश्लेषण करें तो वह कुछ निम्नलिखित रूप में हमारे सामने आयेगा। A तथा B कोई दो वस्तुएँ हैं जिनमें आपस में p, q, r आदि कई गुणों में समानता है। फिर

हम पाते हैं कि A में एक और गुण x है, तो हम यह अनुमान करते हैं कि संभवतः यह x नामक गुण B में भी होगा। इस प्रकार दो वस्तुओं में परस्पर कई गुणों में समानता पाकर यह अनुमान करना कि उनमें अब तक अज्ञात अन्य गुणो में भी समानता होगी, सादृश्यानुमान है।

पर यहाँ यह समझना आवश्यक है सादृश्यानुमान सिर्फ दो ही वस्तुओं की समानता और उन्हीं में से किसी एक के आधार पर दूसरे के संबंध में कुछ निष्कर्ष निकालने तक सीमित नहीं रहता। यदि दो से अधिक वस्तुओं में भी कई बातों में समानता के आधार पर उनमें से क़िसी एक या कुछ के संबंध में कोई निष्कर्ष निकालते हैं तो वह भी सादृश्यानुमान ही होगा। उदाहरण के लिए, मान लिया जाय A, B, C, D, E आदि कई वस्तुएँ हैं जिनमें p, q, r, s आदि कई गुणों में समानता है, इसका हमें ज्ञान है। फिर हमें जानकारी मिलती है कि A, B, C में दो और गुण x तथा y है, तो हम यह अनुमान कर सकते हैं कि ये दोनों गुण संभवतः D, E आदि में भी होंगे। ऐसा अनुमान करना भी सादृश्यानुमान ही है। इस प्रकार दो या अधिक वस्तुओं में कई गुणों में परस्पर समानता के ज्ञान के आधार पर यदि हम यह निष्कर्ष निकालते हैं कि उनमें किसी अन्य गुण (या गुणों) में भी समानता होगी तो यह सादृश्यानुमान होगा। ऐसे सादृश्यानुमान को यदि हम एक निश्चित आकार के रूप में देखना चाहें तो वह कुछ निम्नलिखित प्रकार का होगा :—

A, B, C, D, E सबों में p, q, r, s आदि कुछ गुण हैं।

A, B, C, D में x नामक एक और गुण भी है।

इसलिए, संभवतः यह X गुण E में भी होगा।

सादृश्यानुमान के उपर्युक्त स्वरूप-विश्लेषण के आधार पर हम उसके कुछ निम्नलिखित लक्षणों (Charactristics) की चर्चा कर सकते हैं :—

(1) सादृश्यानुमान कुछ वस्तुओं के बीच कुछ विशेष बातों में समानता के ज्ञान पर आधारित होता है।

(2) सादृश्यानुमान वस्तुओं के बीच आंशिक या अपूर्ण समानता (inperfect similarity) पर आधारित होता है, पूर्ण समानता पर नहीं। यानी, अनुमान का आधार यहाँ वस्तुओं के बीच कुछ ही बातों में समानता होती है, सभी बातों में नहीं।

(3) सादृश्यानुमान में ज्ञान समानता के आधार पर अज्ञात बात में समानता का अनुमान किया जाता है।

(4) अनुमान का निष्कर्ष सिर्फ संभावित रूप में सत्य होता है, निश्चित रूप में नहीं।

2. सादृश्यानुमान के निष्कर्ष की सत्यता की अधिक संभावना की शर्तें (*Conditions for the Higher Probability of the Truth of the Conclusion of Analogical Inference*)

हमने ऊपर कहा है कि सादृश्यानुमान के निष्कर्ष में सत्यता की सिर्फ संभावना होती है, वह निश्चित रूप से सत्य नहीं होता। और संभावना मात्रा की चीज है, यानी, कुछ निष्कर्षों में सत्यता की संभावना अधिक होती है और कुछ में कम। प्रश्न यह है कि कब, यानी, किन स्थितियों में सादृश्यानुमान के निष्कर्ष में सत्यता की संभावना अधिक होती है। दूसरे शब्दों में, सादृश्यानुमान के निष्कर्ष में सत्यता की अधिक संभावना होने की क्या शर्तें हैं?

किन-किन शर्तों की पूर्ति होने से निष्कर्ष में सत्यता की संभावना अधिक होती है? वास्तव में कई ऐसी शर्तें हैं जिनकी पूर्ति होने से सादृश्यानुमान के निष्कर्ष के सत्य होने की संभावना बढ़ती है। इनमें से कुछ निम्नलिखित हैं :—

(i) सादृश्यानुमान में हम उदाहरणों के बीच परस्पर गुणों की समानता के आधार पर निष्कर्ष निकालते हैं। अब यदि उदाहरण दो ही हों और दोनों के बीच कुछ समानताओं के आधार पर हम कोई निष्कर्ष निकालते हैं तो ऐसे निष्कर्ष में उस निष्कर्ष की तुलना में सत्य होने की संभावना कम होगी जो कई उदाहरणों के बीच समानता पर आधारित हो। उदाहरण से बात स्पष्ट होगी। मान लिया जाय एक व्यक्ति किसी विशेष दुकान से किसी विशेष कम्पनी का एक विशेष प्रकार का जूता खरीदता है और पाता है कि वह पहनने में बड़ा आरामदेह है। अब यदि एक दूसरा आदमी जो पहले का मित्र है उसी कम्पनी की उसी दुकान से उसी विशेष प्रकार का जूता खरीदकर लाता है तो वह बखूबी यह आशा कर सकता है (यानी, निष्कर्ष निकाल सकता है) कि उसका जूता भी पहनने में आरामदेह होगा और इस निष्कर्ष में सत्यता की संभावना भी होगी। पर इसी प्रकार के उस निष्कर्ष में सत्यता की संभावना और भी अधिक होगी जो दूसरे व्यक्ति के कई मित्रों के जूता संबंधी अनुभव पर आधारित हो। यानी, यदि दूसरे व्यक्ति के कई मित्र उसी दुकान से, उसी कंपनी के उसी विशेष प्रकार के जूते खरीद कर लाते हैं और सभी पाते हैं कि जूते पहनने में आरामदेह हैं, तो उस दूसरे व्यक्ति के इस निष्कर्ष में कि उसका भी जूता पहनने में आरामदेह होगा, सापेक्षतः उस निष्कर्ष की तुलना में सत्यता की संभावना अधिक होगी जो उसने जूता संबंधी सिर्फ एक मित्र के अनुभव के आधार पर निकाला था। **इस प्रकार समानता के आधार पर तुलना की जाने वाली वस्तुओं की संख्या जितनी अधिक होगी, सादृश्यानुमान के निष्कर्ष में सत्य होने की संभावना सापेक्षतः अधिक होगी।** पर इस बात का ध्यान रखना चाहिए कि यह संभावना किसी गणितिक अनुपात में नहीं बढ़ती घटती। यानी, ऐसा नहीं है कि यदि वह पाँच मित्रों के अनुभव के आधार पर निष्कर्ष निकालेगा तो वह पाँच गुणा अधिक सत्य होगा और दस मित्रों के अनुभव के आधार पर निष्कर्ष निकालेगा तो दस गुणा अधिक।

(ii) ऊपर हमने समानता के आधार पर तुलना की जाने वाली वस्तुओं की संख्या की बात की है और देखा है कि इनकी संख्या अधिक होने से निष्कर्ष की सत्यता की संभावना बढ़ती है। **यह संभावना और भी अधिक हो सकती है यदि लिए हुए उदाहरणों को हम अलग-अलग संदर्भों एवं परिस्थितियों से लें।** उदाहरण के लिए, दस व्यक्ति एक ही दुकान से एक ही मॉडल के, एक ही कम्पनी के, एक ही कीमत के जूते खरीदते हैं और सभी के जूते टिकाऊ निकलते हैं। अब यदि हम भी उसी दुकान से, उसी कम्पनी के, उसी मॉडल आदि का जूता खरीदते हैं, तो हमारे इस निष्कर्ष में कि हमारा भी जूता टिकाऊ होगा, सत्यता की संभावना काफी हो सकती है, पर यह संभावना और भी बढ़ जायेगी यदि जिन दस व्यक्तियों के जूते खरीदने के आधार पर हमने निष्कर्ष निकाले हैं वे अलग-अलग स्थानों से लिए गये हों जिनकी रहने की परिस्थितियाँ अलग-अलग हों। जैसे, कोई गाँव का निवासी हो, कोई शहर का, कोई अच्छी सड़कों वाली जगह का, कोई खराब सड़कों वाली जगह का आदि। इस तरह एक ही प्रकार की वस्तुएँ जिनमें महत्त्वपूर्ण गुणों में समानता हो, यदि अलग-अलग संदर्भों और परिस्थितियों से ली गई हों, तो उनके निष्कर्ष में सत्यता की संभावना इस निष्कर्ष की तुलना में अधिक होगी जो एक ही संदर्भ या परिस्थितियों से ली गई वस्तुओं की समानता वाली बातों पर आधारित हो।

(iii) हम जानते हैं कि सादृश्यानुमान वस्तुओं के बीच गुणों की समानता पर आधारित होता है। अब यह साधारण ज्ञान है **कि समानता वाले इन गुणों की संख्या जितना अधिक होगी, सादृश्यानुमान के निष्कर्ष में सत्यता की संभावना उतना ही अधिक होगी**। यदि जूते वाले उदाहरण को ही लें तो एक ऐसे व्यक्ति के इस निष्कर्ष में कि 'जूता पहनने में आरामदेह होगा' सत्यता की संभावना अधिक होगी जो सिर्फ इस बात पर अपने निष्कर्ष को आधारित नहीं करता कि जिस दुकान से उसके मित्र ने जूता खरीदा था उसी दुकान से उसने भी खरीदा है, बल्कि उसके तथा अपने जूतों में कई बातों की समानता पर अपने निष्कर्ष को आधारित करता है—जैसे, उसके मित्र का जूता जिस कम्पनी का बना हुआ है, जिस मॉडल का है, जिस ऊँची कीमत का है, आदि, उसी कम्पनी, मॉडल कीमत का उसका भी जूता है। इस प्रकार समानता या तुलना वाली बातें जितनी अधिक होंगी सादृश्यानुमान के निष्कर्ष की सत्यता की संभावना उतनी ही बढ़ेगी। पर फिर इसका यह अर्थ नहीं लगाना चाहिए कि सादृश्य वाली बातों की संख्या में वृद्धि का कोई गाणितिक संबंध निष्कर्ष की सत्यता की संभावना में वृद्धि के साथ है।

(iv) ऊपर सादृश्य वाली बातों की संख्या की चर्चा हमने की है और यह बतलाने की चेष्टा की है कि निष्कर्ष में सत्यता की अधिक संभावना के लिए इन बातों की संख्या अधिक होनी चाहिए। पर यहाँ एक बात की ओर ध्यान दिलाना आवश्यक है और वह यह कि **ऐसी संख्या अपने-आप में महत्त्वपूर्ण नहीं है। महत्त्व इस बात का है कि सादृश्य वाली बातें निष्कर्ष की दृष्टि से कितना प्रासंगिक (Relevant) हैं**। यदि हम सादृश्य वाली बातों की सिर्फ संख्या बढ़ाते जायँ और इन बातों का निष्कर्ष के साथ कोई प्रत्यक्ष या अप्रत्यक्ष संबंध ही नहीं मालूम पड़े तो फिर उनके चलते निष्कर्ष की सत्यता की संभावना पर कोई असर पड़ने वाला नहीं है। उदाहरण के लिए, दो लड़कों में से एक के तीक्ष्णबुद्धि होने को देखकर यदि दूसरे के संबंध में ऐसा ही होने संबंधी निष्कर्ष हम इन आधारों पर निकालते हैं कि दोनों ही लम्बे हैं, गोरे है, समान रूप से तेज दौड़ते हैं, एक ही तरह का पोशाक पहनते हैं, आदि, तो इस प्रकार के सादृश्य की बातों को कितना भी बढ़ाते जाने से निष्कर्ष की सत्यता की संभावना बढ़ती नहीं, चूँकि ये बातें निष्कर्ष की दृष्टि से बिलकुल अप्रासंगिक है, यानी निष्कर्ष पर उनका प्रत्यक्ष या अप्रत्यक्ष कोई असर पड़ने वाला नहीं। परन्तु यदि वही निष्कर्ष हम इन आधारों पर निकालें कि दोनों एक ही माता-पिता की संतान हैं, बिल्कुल एक ही वातावरण में पले हैं, एक ही स्कूल में पढ़ते हैं, एक ही शिक्षक दोनों को घर पर भी पढ़ाते हैं, आदि, तो निष्कर्ष में सत्यता की संभावना अधिक होगी, चूँकि इन बातों की निष्कर्ष के प्रति एक प्रासंगिकता हैं, यानी, तीक्ष्णबुद्धि होने में भी दोनों में समानता होने में इन बातों का प्रभाव पड़ने वाला है। इस प्रकार की समानता की बातों की संख्या सापेक्षतः कम भी रहे तो भी निष्कर्ष की सत्यता की संभावना अधिक होगी।

समानता वाली बातों की निष्कर्ष के प्रति प्रासंगिकता वस्तुतः किसी भी सादृश्यानुमान के निष्कर्ष की अधिक संभावित सत्यता के लिए सबसे अधिक महत्त्व पूर्ण शर्त है। पर यहाँ कठिनाई इस बात को लेकर हो सकती है कि किन बातों को हम प्रासंगिक और किन्हें अप्रासंगिक मानेंगे। यानी, दूसरे शब्दों में समस्या यह है कि प्रासंगिकता की क्या कसौटी है। हमारा साधारण ज्ञान (Common Sense) इस संबंध में अवश्य ही बहुत हद तक सहायक होगा, पर फिर भी इस संबंध में हमारे पास कुछ निश्चित कसौटी होनी चाहिए। क्या ऐसी कोई कसौटी हम निश्चित कर सकते हैं।

बहुत निश्चित तथा अन्तिम शब्दों में तो शायद इस प्रकार की कोई कसौटी निर्धारित नहीं की जा सकती, पर इतना कहा जा सकता है कि वे ही बातें प्रासंगिक मानी जायेंगी जिनका निष्कर्ष वाली बात पर प्रभाव पड़ता है, यानी जो उसकी उत्पत्ति या विकास में सीधे कारण (cause) का काम करती हैं या कम-से-कम उसमें सहायक होती हैं। तीक्ष्णबुद्धि होने में पारिवारिक पृष्ठभूमि, पालन-पोषण के तरीके, शिक्षा आदि का सीधा प्रभाव पड़ता है, बहुत हद तक किसी का तीक्ष्णबुद्धि होना इन बातों पर निर्भर करता है, या उन्हीं के द्वारा निर्धारित होता है। इसीलिए ये सारी बातें तीक्ष्णबुद्धि होने के प्रति प्रासंगिक हैं। प्रासंगिकता की सबसे मजबूत तथा प्रभावी कसौटी कारण-कार्य संबंध(causal relation)है। दूसरे शब्दों में, यदि समानता वाली बातों को निष्कर्ष वाली बात के साथ कारण-कार्य संबंध हो, यानी, कोई एक कारण हो और दूसरा उसका कार्य, तो निष्कर्ष के प्रति समानता वाली बातों की पूरी प्रासंगिकता होती है और निष्कर्ष के सत्य होने के संभावना भी बहुत अधिक हो जाती है। उदाहरण के लिए, A तथा B दोनों भिन्न हैं जो एक-दूसरे के आस-पास ही रहते हैं और करीब-करीब एक ही वातावरण में रहते हैं, दोनों के खान-पान तथा रहन-सहन भी एक ही प्रकार के हैं, पर A स्वस्थ रहता है, चूँकि वह खाने में मीर्च-मसाला आदि कम खाता है तथा उबाला पानी पीता है जब कि B ऐसा नहीं करता और अस्वस्थ रहता है, तो ऐसी स्थिति में यदि B यह निष्कर्ष निकालता है कि वह भी यदि मीर्च-मसाला कम खाय और उबाला पानी पीये तो वह भी स्वस्थ रहेगा, तो यहाँ उसके निष्कर्ष के सत्य होने की संभावना बहुत अधिक है, चूँकि मीर्च-मसाला कम खाने तथा उबाला पानी पीने एवं स्वस्थ रहने में बहुत हद तक कारण-कार्य का संबंध हैं, यानी निष्कर्ष सादृश्य के बिन्दु के साथ कारण-कार्य के संबंध में बंधा हुआ है और इसलिए उसके प्रति प्रासंगिक हैं।

(v) सादृश्यानुमान के किसी निष्कर्ष के अधिक संभव रूप में सत्य होने की एक शर्त यह भी है कि **समानता की बातें जितने प्रबल या महत्त्वाकांक्षी निष्कर्ष निकालने की हमें अनुमति देती हैं, उससे सापेक्षतः कमजोर या कम महत्त्वाकांक्षी निष्कर्ष हम निकालें**। उदाहरण के लिए मान लिया जाय हम एक ऐसी मोटरगाड़ी खरीदते हैं जो बिलकुल उस कम्पनी, उसी मॉडल आदि की हो जिस कम्पनी, मॉडल आदि की गाड़ी किसी हमारे मित्र की हो। मित्र की गाड़ी एक लीटर तेल में तीस किलोमीटर चलती है। इस आधार पर यदि हम यह निष्कर्ष निकालें कि हमारी भी गाड़ी एक लीटर तेल में तीस किलोमीटर चलेगी, तो इस निष्कर्ष में सत्यता की संभावना तो होगी, पर यदि हम थोड़ा कमजोर निष्कर्ष निकालें और यह आशा करें कि हमारी गाड़ी भी एक लीटर में पच्चीस किलोमीटर या लगभग तीस किलोमीटर चलेगी, तो इस निष्कर्ष में सत्यता की संभावना और अधिक होगी। इस प्रकार वस्तुओं के बीच समानता की बातें जिस निष्कर्ष को निकालने की अनुमति हमें देती हैं, उससे थोड़ा कमजोर ही निष्कर्ष हम निकालें, तो उस निष्कर्ष के सत्य होने की हम अधिक आशा कर सकते हैं।

(vi) किसी सादृश्यानुमान में **समानता वाली बातों से कहीं अधिक यदि असमानता वाली बातें ही हों, या यदि अधिक नहीं भी हों तो महत्त्वपूर्ण हों, तो उनका असर निष्कर्ष की सत्यता की संभावना पर पड़ता है**। यानी, उस स्थिति में निष्कर्ष की सत्यता की संभावना कम हो जायेगी। इसलिए सत्यता की संभावना अधिक होने के लिए आवश्यक है कि **असमानता की बातों की संख्या बहुत अधिक न हो और जो भी हो वह निष्कर्ष की सत्यता-असत्यता के लिए बहुत अधिक महत्त्वपूर्ण या प्रासंगिक न हो**। उदाहरण

के लिए, दो मित्र एक ही दुकान से एक ही कम्पनी के जूते खरीदते हैं। दोनों के जूते खरीदने में समय का थोड़ा अन्तराल होता है और इस बीच दूसरा मित्र पाता है कि पहले मित्र का जूता काफी टिकाऊ सिद्ध हुआ। इसलिए वह अपने जूते के संबंध में यह निष्कर्ष निकालता है कि उसका जूता भी टिकाऊ होगा। इस निष्कर्ष में सत्यता की संभावना है, पर यदि दोनों मित्रों की अन्य स्थितियों में अन्तर हो, जैसे, पहले मित्र के पास कई अन्य जूते हों, जिसके चलते एक विशेष जूता वह बहुत कम ही पहनती हों जब कि दूसरे मित्र के पास वही एक जूता हो, पहला मित्र जिस मार्ग पर अपने जूते को पहनकर चलता था वह काफी चिकना था, जब कि दूसरे का मार्ग बहुत ही पथरीला आदि, तो फिर उपर्युक्त निष्कर्ष में सत्यता की संभावना कम हो जायेगी। इस प्रकार सादृश्यानुमान के निष्कर्ष की सत्यता की संभावना वस्तुओं के बीच सिर्फ सादृश्य की बातों के द्वारा ही निर्धारित नहीं होती, बल्कि उनके बीच असमानता वाली बातों का भी प्रभाव उस पर पड़ता है।

3. सादृश्यानुमान तथा केवलगणनाश्रित आगमन (*Analogical Inference and Induction by Simple Enumeration*)

कुछ उदाहरणों के निरीक्षण के आधार पर एक सामान्यीकरण कर देना, यानी, एक सामान्य (general) या सर्वव्यापी (पूर्णव्यापी—universal) कथन की स्थापना करना, आगमनात्मक सामान्यीकरण (Inductive generalsation) कहलाता है। चूँकि ऐसे सामान्यीकरणों का हमारा आधार सिर्फ कुछ उदाहरणों का निरीक्षण या उनकी परिगणना (enumeration) होती है, इसलिए हम ऐसे सामान्यीकरणों को 'केवल गणनाश्रित आगमन' की संज्ञा विशेष तौर पर देते हैं। उदाहरण के लिए कुछ मनुष्यों को मरते देखकर हम यह सामान्यीकरण कर देते हैं कि 'सभी मनुष्य मरणशील हैं' या फिर कुछ वस्तुएँ जो ऊपर फेंकी जाती हैं उन्हें नीचे गिरते देखकर हम यह सामान्यीकरण कर देते हैं कि 'ऊपर फेंकी गई सारी वस्तुएँ नीचे गिर जाती हैं' आदि। ये सभी केवलगणनाश्रित आगमन के उदहारण हैं।

ऊपर के उदाहरणों के आलोक में ऐसा लगता है कि केवलगणनाश्रित आगमन में हम सिर्फ कुछ उदाहरणों की गिनती कर लेते हैं और उसके आधार पर एक सामान्यीकरण कर देते हैं। पर यहाँ ध्यान देने योग्य बात यह है कि हम सिर्फ वैसे उदाहरणों की गिनती करते हैं जिनमें आपस में बहुत गुणों में समानता है, या फिर जो सभी साथ मिलकर एक विशेष वर्ग (class) या जाति का निर्माण करते हैं और ऐसा इसलिए कि उनमें कुछ सारपूर्ण गुणों में परस्पर समानता या मेल (Resemblence) है। वस्तुतः केवलगणनाश्रित आगमन का आधार बिलकुल वही हैं जो सादृश्यानुमान का है। अन्तर सिर्फ इतना है कि जहाँ सादृश्यानुमान में हम कई उदाहरणों मैं गुणों की समानता के आधार पर एक विशेष उदाहरण के संबंध में कोई निष्कर्ष निकालते हैं, वहाँ केवलगणनाश्रित आगमन में हम एक सामान्य या पूर्णव्यापी निष्कर्ष निकालते हैं। कुछ मनुष्यों को मरते देखकर एक जीवित व्यक्ति के बारे में यदि हम यह निष्कर्ष निकालते हैं कि वह भी एक न एक दिन मरेगा, तो यह सादृश्यानुमान हैं, चूँकि अभी तक जीवित व्यक्ति की जो मृत व्यक्तियों के साथ अनेकों महत्त्वपूर्ण गुणों में समानता है। उसी के आधार पर हम यह निष्कर्ष निकालते हैं कि दोनों के बीच एक अन्य गुण या लक्षण में भी समानता होगी, यानी, जब अनेकों व्यक्ति मर गये, तो बचा हुआ व्यक्ति भी मरेगा। परन्तु जब कुछ मनुष्यों को मरते देखकर हम सभी व्यक्तियों के संबंध में सामान्य रूप से यह निष्कर्ष निकालते हैं कि 'सभी मनुष्य मरेंगे' तो यह केवलगणनाश्रित आगमन का उदाहरण हो जाता है। पर यहाँ भी अनुमान का आधार

वही है, यानी मृत व्यक्तियों और अब तक जीवित व्यक्तियों के बीच अनेकों महत्त्वपूर्ण गुणों में समानता। इस प्रकार हम देख सकते हैं कि केवलगणनाश्रित आगमन तथा सादृश्यानुमान समान आधारों पर आधारित हैं, अन्तर सिर्फ यह है कि एक का निष्कर्ष सामान्य होता है तथा दूसरे का विशेष। इन बातों से यह स्पष्ट है कि जिस सामान्यीकरण को हम केवलगणनाश्रित आगमन का नाम देते हैं और ऐसा समझते हैं कि यह सामान्यीकरण सिर्फ कुछ उदाहरणों की गणना पर आधारित है, वैसा सचमुच है नहीं। वह सादृश्यानुमान की तरह का ही अनुमान है जिसके निष्कर्ष में उदाहरणों की संख्या आदि के हिसाब से सत्यता की कम या अधिक संभावना होती है। केवलगणनाश्रित आगमन के स्वरूप तथा सादृश्यानुमान के साथ उसके घनिष्ठ संबंध के विषय में **स्टेबिंग** (L. S. Stebbing) ने बड़े ही सरल शब्दों में कहा है—"*Simple enumeration is not, then, to be regarded as a process simply of counting; It is a counting of instances recognised as having certain properties in common. The inference is dependent upon recognition of resemblances. An inference form resemblance is an inference from analogy.*"[1] कुछ मृत मनुष्यों की गिनती के आधार पर जब हम यह निष्कर्ष निकालते हैं कि सभी मनुष्य मरणाशील हैं, तो इसके पीछे आधार सिर्फ कुछ मरे मनुष्यों की गिनती कर लेना नहीं है, बल्कि मनुष्यों के बीच (मृत तथा जीवित दोनों के बीच) अनेकों गुणों में समानता है। इसलिए स्टेबिंग का यह कथन है कि प्रत्येक सामान्यीकरण में गणना तथा सादृश्य की बातें दोनों सम्मिलित होती हैं *(Every genralisation involves both analogy and enumeration)*[2] यथार्थ ही प्रतीत होता है।

तथाकथित केवलगणनाश्रित आगमन का उपयोग साधारणतः कारण-कार्य संबंध (causal relation) स्थापित करने के लिए किया जाता है। जब कोई घटना 'E' अनेकों उदाहरणों में किसी अन्य घटना 'F' के साथ निरपवाद रूप में सम्बद्ध पाई जाती है, तो ऐसा अंदाज लगाया जाता है कि दोनों के बीच कारण-कार्य संबंध है। उदाहरण के लिए अनेकों उदाहरणों में जब हम देखते हैं कि तापमान बढ़ने से थर्मामीटर का पारा ऊपर चढ़ता है और तापमान घटने से थर्मामीटर का पारा नीचे उतरता है, तो हम यह अनुमान करते हैं कि तापमान बढ़ने-घटने तथा थर्मामीटर का पारा उपर चढ़ने या नीचे उतरने में कारण-कार्य संबंध है, यानी पहला दूसरे का कारण है। परन्तु यह स्पष्ट है कि केवलगणनाश्रित आगमन के द्वारा कारण-कार्य संबंध निश्चित रूप से स्थापित नहीं होता, उसके होने का एक संकेत मात्र मिलता है। कुछ अन्य तरीकों का प्रयोग कर हम यह देखने की चेष्टा करते हैं कि जो संकेत हमें मिला है वह निश्चित रूप से सत्य सिद्ध होता है या नहीं। हम देखेंगे कि मिल (Mill) की पाँच प्रायोगिक विधियाँ (Five Experimental Methods) इस संबंध में बहुत महत्त्वपूर्ण हैं। पर केवलगणनाश्रित आगमन के संबंध में तो इस संदर्भ में सिर्फ इतना कहा जा सकता है कि देखे गये या गणना किये गये उदाहरणों की संख्या जितनी अधिक रहती है, निष्कर्ष के सत्य होने की संभावना उतनी ही अधिक रहती है। फलतः उसके द्वारा स्थापित कारण-कार्य संबंध में निश्चितता या निश्चित सत्यता होने की संभावना उतना ही

---

1. एल० एस० स्टेबिंग, ए मॉडर्न इन्ट्रोडक्सन टू लॉजिक *(A Modern Introduction to Logic)* (Harper & Brothers, Newyork, 1961), पृ० सं० 249.
2. वही, पृ० सं० 250.

अधिक होती है। यह बात सादृश्यानुमान के लिए भी उतना ही सत्य है, चूँकि हमने देखा है कि केवलगणनाश्रित आगमन तथा सादृश्यानुमान देानों के आधार प्रायः एक ही हैं।

हमने देखा कि केवलगणनाश्रित आगमन के निष्कर्ष में सत्यता की कम या अधिक संभावना होती है, निश्चयता नहीं। दूसरे शब्दों में, यह कारण कार्य संबंध का एक संकेत तो अवश्य देता है, पर उसके असत्य होने की संभावना सदैव बनी रहती है। ऐसा इसलिए कि एक भी विरोधी उदाहरण सामान्यीकरण को असत्य सिद्ध कर देता है। जैसे, अनेकों कौवों को काला देखकर हम यह सामान्यीकरण करते हैं कि 'सभी कौवे काले हैं' पर यदि भविष्य में एक भी विरोधी उदाहरण मिल जाता है, यानी किसी पक्षी का एक ऐसा उदारहण मिल जाता है जिसमें कौवे के प्रायः सभी गुण हैं, पर वह काला नहीं है तो सामान्यीकरण असत्य सिद्ध हो जाता है। ऐसा शायद हुआ भी है—आस्ट्रेलिया में उजले कौवे पाये गये हैं। केवल-गणनाश्रित आगमन के सामान्यीकरण में यह कमजोरी इसलिए होती है चूँकि सामान्यीकरण करते वक्त हमारा ध्यान प्रायः वैसे ही उदाहरणों की ओर अधिक जाता है जो सामान्यीकरण को संपुष्ट करते चले जाते हैं, उन उदाहरणों की तरफ कम जो इसे असत्य सिद्ध कर सकते हैं। इसलिए कारण-कार्य संबंध की स्थापना के लिए उपयोगी होते हुए भी केवलगणनाश्रित आगमन पर आधारित निष्कर्ष असत्यता की संभावना से सदैव ग्रसित रहता है।

❑

अध्याय 14

प्राक्कल्पना
(HYPOTHESIS)

1. वैज्ञानिक पद्धति एवं प्राक्कल्पना (*Scientific Method and Hypothesis*)

सामान्यतः, जैसा 'वैज्ञानिक पद्धति' पदावली से बोधित भी होता है, ऐसा समझा जाता है कि यह पद्धति वैसी पद्धति है जो वैज्ञानिक खोजों के क्रम में अपनाई जाती है। ऐसा समझने में कोई भूल नहीं है, पर एक व्यापक दृष्टि अपनाने पर हम देख सकते हैं कि जिसे हम सामान्यतः वैज्ञानिक पद्धति कहते हैं उसका प्रयोग वैज्ञानिकों द्वारा वैज्ञानिक खोजों के क्रम में ही अपनाया जाना आवश्यक नहीं है। इस पद्धति का प्रयोग विज्ञानों के बाहर सामान्य बातचीत या सामान्य जीवन के अन्य पहलुओं के सिलसिले में भी किया जा सकता है। वस्तुतः कोई भी पद्धति जो बौद्धिक अथवा तार्किक हो और जो वास्तविक अनुभव द्वारा प्रस्तुत प्रमाणों पर आधारित हो वैज्ञानिक पद्धति कहलाती है, चाहे उसका प्रयोग विज्ञानों में हो अथवा विज्ञानों के बाहर। परन्तु यहाँ हम वैज्ञानिक पद्धति के उसी विशेष स्वरूप पर प्रकाश डालेंगे जिसका प्रयोग वैज्ञानिक अपनी खोजों के क्रम में करते हैं।

वैज्ञानिक खोज का प्रारम्भ किसी समस्या से होता है। यदि वैज्ञानिक यह अनुभव न करें कि उसके सामने कोई समस्या है जिसका उसे समाधान चाहिए तो फिर किसी वैज्ञानिक खोज का प्रारम्भ संभव ही नहीं है। सामान्य दृष्टि से समस्या बहुत छोटी भी हो सकती है जो आम आदमी के जीवन में किसी समस्या का कभी कोई रूप नहीं भी ले सकती है, पर यह वैज्ञानिक की ही खूबी है कि दैनिक जीवन की साधारण-से-साधारण घटनाएँ भी उसके लिए समस्या का रूप ले लेती हैं और वह उनका समाधान चाहता है। वैज्ञानिक की समस्या प्रायः प्राकृतिक घटनाओं के संबंध में 'क्यों', 'कैसे', आदि प्रश्नों के साथ जुटी रहती हैं। जैसे, वर्षा क्यों होती है?, भूकम्प क्यों होता है?, जैसे-जैसे हम ऊँचाई पर चढ़ते हैं, हमें साँस लेने में कठिनाई क्यों होती हैं?, भौतिक वस्तुओं को ऊपर फेकने पर नीचे क्यों गिर जाती है?, मलेरिया क्यों होता है?, आदि वैज्ञानिक समस्यायें हैं। वैज्ञानिक इन प्रश्नों का उत्तर चाहता है, अथवा अधिक वैज्ञानिक भाषा में यों कह सकते हैं कि वैज्ञानिक उपर्युक्त प्रश्नों से संबंधित घटनाओं की व्याख्या चाहता है। वस्तुतः वैज्ञानिक का प्रमुख लक्ष्य उन (प्राकृतिक) घटनाओं की व्याख्या ही होती है, जो उसके सामने एक चुनौती प्रस्तुत करती हैं। 'व्याख्या' से यहाँ तात्पर्य कुछ ऐसे आधार प्रस्तुत करने से है, जिनसे व्याख्या की जानेवाली घटना तार्किक रूप से निकलती हो, ताकि उसके संबंध में 'क्यों' प्रश्न का उत्तर इस रूप में मिले कि 'चूँकि ऐसा है, इसलिए ऐसा होता है, या हुआ' (Because P, Therefore Q, जहाँ 'Q' व्याख्या की जानेवाली घटना है तथा P आधार हैं।)

अब यहाँ एक बात ध्यान दने योग्य है और वह यह है कि व्याख्या के लिए जो आधार हम प्रस्तुत करते हैं, वह दो तरह का हो सकता है—(1) रूढ़ियों अथवा

अंधविश्वास आदि पर आधारित, अथवा (2) अनुभवपरक प्रमाणों पर आधारित, जिनकी आवश्यकता पड़ने पर जाँच भी हो सकती है। पहले के आधार पर जो व्याख्या प्रस्तुत की जाती है उसे लोकप्रिय अथवा अवैज्ञानिक (Popular or unscientific) व्याख्या कहते हैं। उदाहरण के लिए, 'वर्षा क्यों होती हैं?, के उत्तर में कहा जा सकता है 'चूँकि इन्द्र भगवान स्वर्ग में बैठे होते हैं और वे जब महसूस करते हैं कि धरती को जल की आवश्यकता है तो वर्षा करा देते हैं'। उसी प्रकार 'भूकम्प क्यों होता है?' के उत्तर में व्याख्या स्वरूप कहा जा सकता है: 'चूँकि पृथ्वी शेषनाग के मस्तक पर अवस्थित है और जब शेशनाग अपना मस्तक हिलाते हैं तो भूकम्पन होने लगता है'। परन्तु इस प्रकार की व्याख्याएँ वैज्ञानिक नहीं कही जा सकतीं, चूँकि इनका आधार अनुभवपरक नहीं है और आवश्यकता पड़ने पर उनकी जाँच करना तो दूर रहा, किसी के लिए यह सोचना और बतलाना भी मुश्किल है कि इन आधारों की सत्यता की जाँच कैसे होगी। रूढ़ियों पर, अंधविश्वासों पर, श्रुतियों की आधिकारिकता (Authority) पर या अन्तःप्रज्ञा पर आधारित प्रमाण या आधार वैज्ञानिक नहीं कहे जा सकते। वस्तुनिष्ठ या निष्पक्ष ढंग से उनकी प्रामाणिकता स्थापित करने का हमारे पास कोई आधार नहीं है। पर यदि वर्षा की व्याख्या करते हुए यह कहा जाय कि सूर्य के ताप से समुद्र का जल गर्म होकर वाष्प बन जाता है और यह वाष्प ऊपर उठकर जब ठंढी हवा के सम्पर्क में आता है अथवा ऊँचे पर्वतों पर जमे बर्फ के सम्पर्क में आता है तो यह जल भरे बादलों का रूप ले लेता है और वर्षा होने लगती है, तो इस प्रकार के आधार में वैज्ञानिकता है, पारदर्शिता है, चूँकि यहाँ आधार अनुभूतिपरक है जिसकी सत्यता की आवश्यकता पड़ने पर जाँच भी की जा सकती है। इसी प्रकार की व्याख्या को वैज्ञानिक व्याख्या कहते हैं। वैज्ञानिक प्रवृति रखने वाले लोग ऐसी ही व्याख्या को स्वीकार करते हैं।

पर घटनाओं की उपर्युक्त प्रकार की वैज्ञानिक व्याख्या वैज्ञानिक एकाएक प्रस्तुत नहीं कर देता। अनेकों तथ्यों के निरीक्षण द्वारा भी ऐसी व्याख्याएँ प्रस्तुत करना संभव नहीं चूँकि बिना किसी निदेशिका रेखा (guideline) के तथ्यों का निरीक्षण भी संभव नहीं है। तथ्य अनन्त हैं और इसलिए किन तथ्यों का वैज्ञानिक आखिर निरीक्षण करेगा और किन्हें छोड़ देगा? कहा जा सकता है कि वैज्ञानिक प्रासंगिक तथ्यों (Relevant facts) का निरीक्षण करेगा और अप्रासंगिक को छोड़ देगा। पर प्रश्न है कि प्रासंगिक-अप्रासंगिक का भी निर्णय कैसे होगा। और यहीं वैज्ञानिक पद्धति में अथवा वैज्ञानिक खोज की प्रक्रिया में प्राक्कल्पना के निर्माण का अवसर आता है।

प्राक्कल्पना सचमुच क्या है? कह सकते हैं कि यह किसी समस्या के समाधान के लिए कुछ समय के लिए मान ली गई कोई बात (A provisional supposition) है या किसी घटना की तब तक के लिए स्वीकार की गई कोई व्याख्या (Tentative explanation) है। इसे ही आधार बनाकर इसी के आलोक में घटना से संबंधित तथ्यों का निरीक्षण करते हैं। यह प्राक्कल्पना ही निरीक्षण के क्षेत्र को नियंत्रित करती हैं तथा एक निश्चित दिशा में परिचालित करती है। हो सकता है तथ्यों के निरीक्षण के आलोक में मूल प्राक्कल्पना में थोड़ा-बहुत परिवर्तन भी करना पड़े और उसे एक अधिक निश्चित तथा स्पष्ट रूप में सूचित किया जा सके। पर वैज्ञानिक खोज की प्रक्रिया को एक नियंत्रित, निश्चित, सार्थक तथा लक्ष्यपूर्ण दिशा देने के लिए सबसे महत्त्वपूर्ण और आवश्यक बात यह है कि समस्या के सामने आते ही एक प्राक्कल्पना का निर्माण किया जाय। उदाहरणार्थ, किसी अस्पताल

में यदि एक निश्चित वार्ड में एक ही साथ बहुत मरीज एक विशेष प्रकार के ज्वर के शिकार हो जाते हैं, तो इसके कारण का पता लगाने वालों के लिए सीधे अनेकों तथ्यों के निरीक्षण के स्थान पर पहले एक अस्थाई कारण या कारण-समूह को ज्वर के लिए उत्तरदायी मानकर उसके आलोक में आगे की खोज की क्रिया चलानी होगी। वस्तुतः कोई भी वैज्ञानिक खोज की क्रिया इसी रूप में सार्थक ढंग से अग्रसर होती है।

ऊपर कहा गया है कि कोई भी व्याख्या वैज्ञानिक व्याख्या नहीं हो सकती। उसी बात को दूसरे ढंग से कहा जा सकता है कि कोई भी प्राक्कल्पना वैज्ञानिक नहीं कही जा सकती। यों तो प्राक्कल्पना का निर्माण बहुत हद तक वैज्ञानिक की मेधाशक्ति तथा संबंधित विषय के प्रति उसके ज्ञान और अनुभव पर निर्भर करता है, पर फिर भी कुछ शर्तों की चर्चा की जाती है जिनका पालन वैसे किसी भी प्राक्कल्पना के लिए आवश्यक है, जो वैज्ञानिक होने का दावा करती है। इन शर्तो की चर्चा हम आगे करेंगे। यहाँ हम संक्षेप में यह बतलाना चाहेंगे कि प्राक्कल्पना के निर्माण के बाद वैज्ञानिक पद्धति के क्रम में अगला कदम होता है प्राक्कल्पना की सत्यता की जाँच।

जाँच या सत्यापन के दो तरीके होते हैं—प्रत्यक्ष (Direct) तथा अप्रत्यक्ष (Indirect)। प्रत्यक्ष सत्यापन में प्राक्कल्पना में जो बात तब तक के लिए मान ली गई होती है उसके संबंध में सचमुच प्रत्यक्ष अनुभव में जाकर देखने की चेष्टा की जाती हैं कि वैसा वास्तविकता में सचमुच होता है या नहीं। यदि होता है, तब तो प्राक्कल्पना को सत्य मानकर स्वीकार कर लिया जाता है, अन्यथा उसे असत्य घोषित कर दिया जाता है। परन्तु वैज्ञानिक प्राक्कल्पनाओं की प्रत्यक्ष जाँच शायद ही संभव हो पाती है। जैसे यदि 'मलेरिया क्यों होता है?' के उत्तरस्वरूप कोई यह प्राक्कल्पना करें कि यह मादा एनोफिल मच्छड़ के काटने से होता है, तो इसकी सत्यता की प्रत्यक्ष जाँच के लिए करना यह होगा कि सचमुच किसी को ऐसे मच्छर से कटवाया जाय और देखा जाय कि उसे मलेरिया होता है या नहीं। पर यह तरीका शायद एक असभ्य और अवांछनीय तरीका होगा और इसलिए यहाँ तथा अन्य अनेकों उदाहरणों में अप्रत्यक्ष जाँच की आवश्यकता है।

अप्रत्यक्ष जाँच में होता यह है कि प्राक्कल्पना से निगमनात्मक विधि से कुछ निष्कर्ष निकाले जाते हैं और अनुभव में अनेकों उदाहरणों द्वारा (चाहे निरीक्षण या प्रयोग द्वारा लिए गये उदाहरणों द्वारा) यह देखने की चेष्टा की जाती है कि निकाला गया निष्कर्ष सत्य है या नहीं। यदि निष्कर्ष सत्य सिद्ध होता है तो यह माना जाता है कि प्राक्कल्पना भी सत्य है, और यदि निष्कर्ष असत्य सिद्ध होता है तो समझा जाता है कि प्राक्कल्पना असत्य है और फिर दूसरी अधिक उपयुक्त एवं प्रासंगिक प्राक्कल्पना निर्मित करने की चेष्टा की जाती है, जिससे फिर निगमनात्मक विधि से निष्कर्ष निकालकर उसकी सत्यता-असत्यता की जाँच की जा सके। प्राक्कल्पना के निगमनात्मक विकास (Deductive develepment) तथा निगमित निष्कर्षों के सत्यापन के आधार पर प्राक्कल्पना के सत्यापन के संबंध में हम आगे और प्रकाश डालेंगे। फिलहाल, प्राक्कल्पना के स्वरूप से संबंधित एक-दो और बातों पर ध्यान देना आवश्यक है।

पहली बात तो यह है कि असत्य या गलत प्राक्कल्पनाओं को वैज्ञानिक दृष्टि से अनुत्पादक तथा निरर्थक अथवा बेकार नहीं समझना चाहिए। गलत प्राक्कल्पनायें वैज्ञानिक खोज की प्रक्रिया को आगे बढ़ने में सहायता करती हैं तथा वैज्ञानिक को अपनी समस्या

को और अधिक यथेष्ट रूप में समझने में मदद करती हैं। प्राक्कल्पनाओं के संबंध में यह उतना अधिक महत्त्वूपर्ण नहीं है कि वे सत्य सिद्ध होती हैं या गलत, महत्त्वपूर्ण यह है कि वे प्रासंगिक हों, समस्या का एक तार्किक समाधान प्रस्तुत करती हों। यह प्रासंगिकता क्या है, हम आगे देखेंगे।

दूसरी महत्त्वपूर्ण बात यह है कि प्राक्कल्पना जब सत्यापन के बाद सत्य सिद्ध होती है, तो वह एक वैज्ञानिक नियम (Scientific law) का रूप ले लेती है, जिसके सहारे वैज्ञानिक विशिष्ट घटनाओं की व्याख्या करता है। पर वैज्ञानिक नियम होने का यह अर्थ नहीं समझना चाहिए कि वह हमेशा के लिए तथा एक निश्चित रूप में सत्य सिद्ध हो गया ताकि उसका विरोध अथवा उसे असत्य सिद्ध करने की कोई संभावना रह ही नहीं जाती। वास्तविकता तो यह है कि विज्ञान में स्थायी रूप से तथा निश्चित रूप से सत्य कोई नियम होता ही नहीं। प्रत्येक तथाकथित वैज्ञानिक नियम सदैव एक प्राक्कल्पना के स्तर पर ही रहता है जिसके किसी भी क्षण नये प्राकृतिक तथ्यों या घटनाओं के आलोक में असत्य सिद्ध हो जाने की संभावना है।

इन सारी बातों से यह स्पष्ट सिद्ध हो जाता है कि वैज्ञानिक खोज की प्रक्रिया अथवा वैज्ञानिक पद्धति में प्राक्कल्पना का कितना महत्त्वपूर्ण स्थान है। इससे यह भी उजागर होता है कि वैज्ञानिक पद्धति पूर्णतः आगमनात्मक ही नहीं होती, उसमें निगमन का भी बहुत महत्त्व है। यही कारण है कि विज्ञानों में विशिष्ट रूप से अपनाई जानेवाली वैज्ञानिक पद्धति को प्राक्कल्पनात्मक-निगमनात्मक विधि (Hypothetico-Deductive Method) की संज्ञा दी जाती है। निगमनात्मक निष्कर्षों के सत्यापन के स्तर पर आगमन की भी महत्त्वपर्णू भूमिका वैज्ञानिक पद्धति में होती है, यह हम आगे देखेंगे, पर फिलहाल तो यह महसूस करने की बात है कि वैज्ञानिक पद्धति में प्राक्कल्पना तथा उसके सत्यापन से संबंधित निगमनात्मक पद्धति का खास महत्त्व है। अब यहाँ यदि उपर्युक्त विश्लेषण के आधार पर वैज्ञानिक पद्धति के प्रमुख स्तरों का हम रेखाकंन करना चाहें, तो वे निम्नलिखित होंगे :—

(1) समस्या,
(2) प्राक्कल्पना का निर्माण,
(3) प्राक्कल्पना के आलोक में नवीन तथ्यों की खोज,
(4) नवीन तथ्यों के आलोक में आवश्यकतानुसार प्राक् कल्पना को अधिक निश्चित रूप में सूचित करना,
(5) प्राक्कल्पना का निगमनात्मक विकास,
(6) निगमित निष्कर्षों का सत्यापन,

2. वैज्ञानिक प्राक्कल्पना की शर्तें *(Conditions of Scientific Hypothesis)*

ऊपर हमने यह कहा है कि यद्यपि उपयुक्त प्राक्कल्पना का निर्माण वैज्ञानिक की अपनी निजी सम्पत्ति है जो उसकी मेधा शक्ति तथा अनुभव पर निर्भर करती है, फिर भी वैज्ञानिक दृष्टि से किसी भी प्राक्कल्पना के उपयुक्त होने के लिए कुछ शर्तों का उल्लेख प्रायः किया जाता है, जो निम्नलिखित हैं :—

(i) प्रासंगिकता (Relevance)
(ii) सत्यापनीयता (Verifiability)
(iii) मान्यताप्राप्त प्राक्कल्पनाओं के साथ संगति (consistency with well-established scientific hypotheses)

(iv) भविष्यवक्तव्यता (Predictability)

(v) सरलता (Simplicity)

अब हम नीचे एक-एक कर उनका संक्षिप्त विवरण प्रस्तुत करेंगे।

(i) प्रासंगिकता—उपयुक्त वैज्ञानिक प्राक्कल्पना की पहली शर्त यह है कि जिस घटना की व्याख्या के लिए उसका निर्माण हुआ हो, उसके प्रति वह प्रासंगिक हो। घटना के प्रति प्रासंगिक होने का ठीक-ठीक क्या अर्थ है, इसे कुछ निश्चित शब्दावली में बतलाना शायद संभव नहीं है। पर सामान्य तौर पर ऐसा कहा जा सकता है कि प्राक्कल्पना को ऐसा होना चाहिए कि जिस घटना की व्याख्या के लिए उसका निर्माण हुआ हो उसकी सचमुच उससे व्याख्या हो जाती है। और व्याख्या हो जाने का सामान्य तात्पर्य यह होगा कि उसे आधार मान लेने पर या तो व्याख्या की जाने वाली घटना अनिवार्यतः उससे निगमित होती हो या कम-से-कम ऐसा हो कि उसे आधार रूप में स्वीकार करने से बौद्धिक स्तर पर यह विवेकपूर्ण (Reasonable) लगे कि वह घटना के संबंध में 'क्यों'?' प्रश्न का एक उत्तर प्रस्तुत करती है, यानी, घटना के साथ उसका एक बौद्धिक अथवा तार्किक संबंध है।

प्रासंगिक प्राक्कल्पना निर्मित करने के कुछ निश्चित नियम नहीं हैं। यह प्राक्कल्पना निर्मित करने वाले के संबंधित विषय के बारे में ज्ञान, उसके अनुभव तथा उसकी सूझ शक्ति पर निर्भर करता है।

(ii) सत्यापनीयता—एक वैज्ञानिक प्राक्कल्पना की शायद सबसे अधिक आवश्यक शर्त यह है कि उसे सत्यापन के योग्य होना चाहिये, यानी उसे ऐसा होना चाहिए कि वास्तविक अनुभव में निरीक्षण या प्रयोग द्वारा उसकी सत्यता-असत्यता की जाँच हो सके। जैसा हमनें ऊपर देखा है, वैज्ञानिक प्राक्कल्पना की प्रत्यक्ष जाँच शायद ही संभव हो पाती है। इसलिए उसका निर्माण इस रूप में और ऐसी शब्दावली में किया जाना चाहिए कि उससे कुछ स्पष्ट निगमनात्मक निष्कर्ष प्राप्त किये जा सकें। जिनका सत्यापन निरीक्षण या प्रयोग के माध्यम से हो सके। यदि प्राक्कल्पना कुछ आलौकिक तत्त्वों से संबंधित हो या फिर उसे कुछ ऐसे अस्पष्ट तथा अनिश्चित शब्दों में सूत्रबद्ध किया जाय कि उससे कुछ इस प्रकार के निष्कर्ष ही निकालना संभव नहीं हो जिनकी सत्यता-असत्यता की जाँच वास्तविक अनुभव के सहारे किया जा सके, तो फिर वैसी प्राक्कल्पना वैज्ञानिक दृष्टि से बेकार है। उदाहरण के लिए, यदि किसी गाँव में अचानक एक नये प्रकार की विमारी फैल जाती है और हम उसके कारण स्वरूप यह प्राक्कल्पना करते हैं कि ऐसा किसी दैवी प्रकोप के चलते हुआ है,तो प्रत्यक्ष रूप में तो हम इसकी जाँच नहीं कर सकते कि ऐसा किसी दैवी प्रकोप के चलते हुआ है या नहीं, चूँकि वास्तविकता में हम समझते ही नहीं कि इस प्रकार की प्रत्यक्ष जाँच सचमुच किस प्रकार के निरीक्षण या प्रयोग के द्वारा संभव है। अप्रत्यक्ष जाँच भी इस प्राक्कल्पना की संभव नहीं है, चूँकि यह स्पष्ट नहीं है कि इस प्राक्-कल्पना को सत्य मान लेने पर सचमुच कौन से निगमनात्मक निष्कर्ष निकाले जा सकेंगे जिनकी जाँच साधारण अनुभव में निरीक्षण या प्रयोग के द्वारा हो सकेगी। पर यदि हम यह प्राक्कल्पना करें कि गाँव में जो पीने का पानी उपलब्ध है उसमें एक विशिष्ट प्रकार के कीड़े का प्रवेश हो गया है, तो हम विशेष निरीक्षण-यंत्रों द्वारा या पानी के नमूनों पर विशेष प्रयोग द्वारा इस प्राक्कल्पना की प्रत्यक्ष जाँच भी कर सकते हैं, या फिर इससे कुछ ऐसे

निष्कर्ष निकाल सकते हैं (जैसे, यदि पानी को खूब उबाल कर पीया जाय या फिर उसे पीना ही छोड़ दिया जाय और सुदूर किसी स्थान से लाकर पानी पीया जाय, तो बीमारी से छुटकारा मिल सकती है) जिनकी जाँच वास्तविक अनुभव में निरीक्षण या प्रयोग द्वारा हो सकती है।

उसी प्रकार कभी-कभी अस्पष्ट, अनिश्चित तथा उलझी हुई भाषा में प्राक्कल्पना का निर्माण करने के चलते भी यह समझना कठिन हो जाता है कि आखिर उससे क्या निगमनात्मक निष्कर्ष निकाले जा सकेंगे और उनकी जाँच के लिए आखिर क्या करना होगा। फलतः प्राक्कल्पना असत्यापनीय अथवा बेकार हो जाती है। उदाहरण के लिए, मानलिया जाय कि हम किसी संदर्भ में कुछ इस प्रकार की प्राक्कल्पना करते हैं कि संसार सभी तरफ से समान अनुपात में सिकुड़ रहा है, तो इसका सचमुच अर्थ भी क्या है, हम यह ठीक से नहीं समझ पा रहे और इसलिए इससे निगमनात्मक निष्कर्ष निकालने और उसकी जाँच करने का सार्थक ढंग से कोई प्रश्न ही शायद नहीं उठता।

(iii) मान्यताप्राप्त प्राक्कल्पनाओं के साथ संगति—विज्ञान का विकास स्थापित नियमों या प्राक्कल्पनाओं के एक व्यवस्थित तंत्र के रूप में होता रहा है। ऐसा नहीं है कि विशेष क्षेत्र में जो नियम स्थापित हैं उनमें आपस में ही असंगति है, वे परस्पर संगत होते हैं। इसलिए किसी भी नई प्राक्कल्पना की उपयुक्तता की एक कसौटी यह है कि उसे सुस्थापित तथा मान्यताप्रापत पूर्व प्राक्कल्पनाओं के साथ संगत होना चाहिए। यदि कोई प्राक्कल्पना सुनिश्चित रूप से स्थापित प्राक्कल्पनाओं के तंत्र का विरोध करती है तो सरसरी तौर पर तो निश्चित ही ऐसा समझा जायेगा कि उसमें कोई दोष है। इसलिए किसी भी नवीन प्राक् कल्पना को उन समस्त प्राक्कल्पनाओं के साथ संगत होना चाहिए जिनकी सत्यता अनेकों सफल वैज्ञानिक अनुसंधानों के क्रम में स्थापित हो चुकी हैं।

पर इस शर्त को बहुत ही कठोरता से नहीं लेना चाहिए, चूँकि यदि हम ऐसा करेंगे तब तो किसी भी सुस्थापित प्राक्कल्पना में कभी किसी संशोधन की गुंजाइश ही नहीं रह जायेगी अथवा किसी पुरानी प्राक्कल्पना के स्थान पर किसी अधिक विकसित या अधिक उपयुक्त प्राक्कल्पना का आगमन संभव ही नहीं हो पायेगा। विज्ञान का इतिहास इस बात का साक्षी है कि कभी-कभी प्राचीन प्राक्कल्पनाओं में नवीन तथ्यों और समस्याओं के आलोक में क्रान्तिकारी परिवर्तन हो जाते हैं और प्राचीन प्राक्कल्पना को या तो बिलकुल त्याग ही देना पड़ता है या फिर उसमें महत्त्वपूर्ण संशोधन करना पड़ता है। यदि उपर्युक्त शर्त का पालन कठोरता के साथ किया जाता है तो फिर न्यूटन के कई महत्त्वपूर्ण भौतिकशास्त्रीय सिद्धान्तों को बहुत हद तक संशोधित कर या उन्हें बिलकुल ही त्याग कर उनके स्थान पर आइन्सटाइन के सापेक्षतापरक सिद्धान्त (Relativity Theory) को भौतिकशास्त्र में स्थान देना ही संभव नहीं था।

इसलिए इस शर्त का सिर्फ इतना सामान्य तात्पर्य है कि यदि कभी हमारे समक्ष दो ऐसी वैकल्पिक प्राक्कल्पनाएँ उपस्थित हों, जिनमें से एक की पूर्व सुस्थापित प्राक्कल्पनाओं के साथ पूर्ण संगति हो और दूसरी का उनसे विरोध हो, तो पहले सत्यापन के लिए हमें पहली प्राक्कल्पना को ही चुनना चाहिए।

(iv) भविष्यवक्तव्यता—किसी भी अच्छी वैज्ञानिक प्राक्कल्पना का एक गुण यह भी है कि उसमें भविष्यवाणी की क्षमता होनी चाहिए। इसी बात को दूसरों शब्दों में यह कहकर

व्यक्त कर सकते हैं कि प्राक्कल्पना जिस समस्या की व्याख्या के लिए बनी हो उसकी तो व्याख्या करे ही, साथ-ही-साथ यदि वह अन्य भी कई समस्याओं की व्याख्या कर देती हो, तो उसकी विश्वसनीयता बढ़ती है और एक सफल वैज्ञानिक प्राक्कल्पना सिद्ध होने के उसके आसार बढ़ जाते हैं। ऊपर की बात को इस रूप में भी रखा जा सकता है कि जिस घटना की व्याख्या के लिए प्राक्कल्पना का निर्माण हुआ है वह तो उससे निगमनात्मक रूप से निकले ही, कुछ अन्य घटनाओं की भविष्यवाणी भी यदि उससे निगमित हो सके, तो उस प्राक्कल्पना को वैज्ञानिक दृष्टि से बहुत महत्त्वपूर्ण माना जाता है। उदाहरण के लिए गैलेलियों ने जिस समस्या के समाधान के लिए (इस समस्या के समाधान के लिए एक ऊपर से जमीन पर बिना किसी प्रतिरोध के गिरती वस्तु की गति जमीन के निकट बहुत तेज क्यों जो जाती है?) यह प्राक्कल्पना की कि किसी भी बिना प्रतिरोध के गिरती वस्तु (Freely falling body) की एक निश्चित समय में गति वृद्धि उस समय की अनुपाती होती है (यानी, V = AT, जहाँ 'V' गति का बोधक है, 'A' उस गति का जो वस्तु एक सेकेंड में प्राप्त करती है, यानी, गति-वृद्धि, और 'T' द्योतक है उस समय का जितने समय तक वस्तु गिरती रही है)। उस समस्या की तो व्याख्या हुई ही, साथ- ही-साथ उससे एक महत्त्वपूर्ण निष्कर्ष यह भी निकाला कि यदि उपर्युक्त प्राक्कल्पना सत्य है, तो क्षितिज के हिसाब से झुके बन्दूक की नली से दागा गया प्रक्षेपान्तक (projectile) पैराबोला (Parabola) के आकार के मार्ग से होता हुआ जायेगा। और जाँच से पाया गया कि यह सत्य है। इस प्रकार यदि किसी भी प्राक्कल्पना में भविष्यवाणी की क्षमता हो, यानी वह अन्य घटनाओं की भी सफलतापूर्वक व्याख्या कर ले, तो वैज्ञानिक दृष्टि से उसका महत्त्व बहुत बढ़ जाता है।

(v) **सरलता**—किसी भी वैज्ञानिक प्राक्कल्पना की उपयुक्तता की एक बहुत ही महत्त्वपूर्ण शर्त है उसकी सरलता, यानी, उसका सरल होना। यह बात खास तौरपर पर महत्त्वपूर्ण तब होती है जब हमारे सामने दो ऐसी वैकल्पिक प्राक्कल्पनाएँ हों, जिनमें से प्रत्येक उपर्युक्त सारी शर्तों की बखूबी पूर्ति करती हों और जिस खूबी के साथ उनमें एक किसी घटना और उससे संबंधित सारे पहलुओं की व्याख्या करती हो, दूसरी भी उसी खूबी के साथ समस्त पहलुओं की व्याख्या करती हो। ऐसी स्थिति में हमारे सामने यह प्रश्न होता है कि दोनों में से हम किसे अधिक उपयुक्त मानें और आगे की खोज के लिए किसे चुनें। यहीं पर सरलता की कसौटी आती है—दोनों में से जो अधिक सरल हो, वैज्ञानिक उसे ही चुनता है। सचमुच इसी आधार पर सूर्य, चन्द्रमा, पृथ्वी आदि ग्रहों की परस्पर गति की स्थिति के संबंध में वैज्ञानिकों के सामने मौजूद दो समान रूप से उपयोगी तथा सक्षम प्राक्कल्पनाओं–एक टौलेमी (Ptolemy) की तथा दूसरी कोपरनीकस (Copernicus) की–में से दूसरी को यानी कोपरनीकस की प्राक्कल्पना को वैज्ञानिक दृष्टि से अधिक उपयुक्त प्राक्कल्पना के रूप में चुना गया। सीधे शब्दों में सारी समान क्षमताओं के बावजूद टौलेमी के सिद्धान्त की तुलना में कोपरनीकस के सिद्धान्त कें अधिक सरल होने के कारण उसे ही एक सर्वमान्य सिद्धान्त के रूप में चुना गया।

परन्तु यहाँ सबसे कठिन प्रश्न है कि 'सरलता' आखिर है क्या। सचमुच 'सरलता' की अवधारणा इतना सरल नहीं है कि उसे कुछ निश्चित शब्दों के माध्यम से परिभाषित किया जा सके। सरलता सुपरिचितता (familiarity) नहीं है। यदि ऐसा होता तब तो कोपरनीकस के सिद्धान्त की तुलना में टौलेमी के विचारों को ही अधिक मान्यता प्राप्त होती, चूँकि उसकी जो मान्यताएँ हैं, जैसे, पृथ्वी स्थिर है और सूर्य चलता है आदि, वह

हमारे साधारण अनुभव के अधिक निकट है तथा उससे हम पूरी तरह से परिचित हैं। कोपरनिकस का सिद्धांत तो हमारे साधारण अनुभव के विरुद्ध जाता है तथा जिस बात से हम बचपन से ही परिचित होते हैं उसके भी विरुद्ध जाता है। इस प्रकार सरलता हमारे साधारण अनुभव के साथ मेल या पूर्व परिचितता आदि नहीं है। सरलता की अवधारणा को कुछ हद तक यह कहकर स्पष्ट किया जा सकता है कि जिस किसी भी प्राक्कल्पना के साथ संबंधित घटना या घटनाओं की व्याख्या के लिए स्वतंत्र मान्यताओं (Independent assumptions) की संख्या जितना कम रहती है उसे सापेक्षतः उतना ही अधिक सरल माना जाता है। वस्तुतः होता यह है कि शायद ही कोई प्राक्कल्पना (H) स्वयं अकेले वांछित समस्या या घटना की व्याख्या करने में सक्षम होती है, उसके साथ कुछ मान्यताएँ (A) छिपी रहती हैं जिनके साथ मिलकर ही प्राक्कल्पना घटनाओं की व्याख्या कर पाती है। इस प्रकार सिर्फ 'H' नहीं बल्कि 'H+A' घटना की व्याख्या में सक्षम होती है।

अब जिस प्राक्कल्पना के साथ इन स्वतंत्र मान्यताओं की संख्या जितना कम रहती है, उसे उतना ही सरल माना जाता है। टौलेमी की प्राक्कल्पना की तुलना में कोपरनीकस की प्राक्कल्पना इस अर्थ में सरल है। हम जानते हैं कि टौलेमी के अनुसार पृथ्वी सौर-मंडल का केन्द्र है जिसके चारों ओर सूर्य समेत अन्य ग्रह-उपग्रह घूमते हैं। इन ग्रह-उपग्रहों के घूमने के मार्गों की व्याख्या के लिए एक बहुत ही जटिल रेखागणित की आवश्यकता पड़ती थी। आमतौर पर तो सभी के मार्ग वृत्तात्मक हैं, पर कई मार्गों में कुछ व्यक्तिक्रमों की व्याख्या के लिए इन वृत्तों के अलावा कई अनुवृत्तों (epicycles) की भी आवश्यकता पड़ती थी। ग्रहों के मार्गों की ठीक व्याख्या के लिए ऐसे अनुवृत्तों की आवश्यकता कोपरनीकस को भी पड़ी, पर उनकी व्याख्या में ऐसे अनुवृत्तों की संख्या तुलनात्मक दृष्टि से टौलेमी के व्याख्यात्मक तंत्र की अपेक्षा कम हैं। इसीलिए कोपरनीकस के सिद्धान्त को सापेक्षतः सरल माना जाता है और उसकी स्वीकार्यता का यही प्रमुख कारण है।

इसी से सम्बद्ध सरलता की अवधारणा में एक और तत्त्व सम्मिलित है। प्राक्कल्पना के साथ संबंद्ध स्वतंत्र मान्यताओं की संख्या के अलावा एक और बात यह महत्त्वपूर्ण है कि ये मान्यताएँ परस्पर एक ऐसे तार्किक संबंध के रूप में संबंधित हों कि वे एक ही तंत्र के अंगों की तरह लगें। इसके विपरीत यदि स्वतंत्र मान्यताएँ अनेकों तदर्थ मान्यताओं की तरह हों जिन्हें समय-समय पर आवश्यकतानुसार व्याख्या के लिए जोड़ते जाया जाय जिनमें परस्पर कोई संबंध न दीखे, यानी, जो एक दूसरे से अलग-अलग रूप में बिखरे-पड़े मालूम हों, तो पहले की तुलना में दूसरी प्राक्कल्पना अधिक जटिल मानी जायेगी। यानी, पहली अधिक सरल मानी जायेगी। इस अर्थ में भी शायद कोपरनीकस का सिद्धान्त टौलेमी के सिद्धान्त की अपेक्षा सरल हैं।

3. प्राक्कल्पना का निगमनात्मक विकास तथा उसका सत्यापन (*Deductive Development of Hypothesis and its Verification*)

हमने पहले ही कहा है कि यद्यपि प्राक्कल्पनाओं के सत्यापन की दो विधियाँ हैं, फिर भी अधिकांश वैज्ञानिक प्राक्कल्पनाओं का अप्रत्यक्ष सत्यापन ही संभव हो पाता है। हमनें यह भी देखा है कि अप्रत्यक्ष सत्यापन के लिए आवश्यक है कि प्राप्त प्राक्कल्पना से निगमनात्मक निष्कर्ष निकाले जायँ और इन निष्कर्षों की सत्यता-असत्यता की जाँच वास्तविक अनुभव में निरीक्षण या प्रयोग के सहारे निश्चित किया जाय। यदि निगमनात्मक निष्कर्ष सत्य सिद्ध होते हैं तो यह समझा जाता है कि प्राक् कल्पना सत्य है, और यदि निष्कर्ष असत्य

सिद्ध होते हैं तो माना जाता है कि प्राक्कल्पना असत्य है। यदि प्राक् कल्पना को सांकेतिक रूप में 'H' कहा जाय, तथा निगमनात्मक निष्कर्ष या निष्कर्षों को 'P' तो प्राक्कल्पना के सत्यापन की उपर्युक्त सारी प्रक्रिया को सांकेतिक रूप में निम्नलिखित प्रकार से दर्शाया जा सकता है :—

$H \supset P$ (यदि H सत्य है, तो P सत्य है।)
P (P सत्य है।)
$\therefore$ H (इसलिए H सत्य है।)

फिर :— $H \supset P$ (यदि H सत्य है, तो P सत्य है।)
$\sim P$ (Not- P) (P सत्य नहीं है।)
$\therefore \sim H$ (Not-H) (इसलिए, H सत्य नहीं है।)

यहाँ पर पहले में प्राक्कल्पना की सत्यता सिद्ध होती है तथा दूसरे में असत्यता। एक बात यहाँ यह देखी जा सकती है कि निगमनात्मक अनुमान के नियमों के अनुसार पहले प्रकार का अनुमान अवैध है चूँकि उसमें अनुवर्ती को स्वीकार करने का दोष (Fallacy of affirming the consequent) है। दूसरे शब्दों में, इसमें अनुवर्ती की सत्यता के आधार पर पूर्ववर्ती की सत्यता का अनुमान किया गया है, जो तार्किक दृष्टि से अवैध है। पर इस दोष के बावजूद 'P' की सत्यता प्रमाणित होने की एक संभावना तो बनती ही है कि 'H' भी सत्य है, चूँकि 'P', 'H' का ही निष्कर्ष है। हाँ, यह अवश्य है कि 'P' की सत्यता सिद्ध होने से 'H' की निश्चित सत्यता सिद्ध नहीं होती। यही कारण है कि इस विधि से सत्य सिद्ध होने पर भी कोई भी प्राक्कल्पना एक निश्चित रूप से स्थापित सत्य के रूप में कभी स्वीकार नहीं की जाती, वह एक संभावित सत्यतावाली प्राक्कल्पना ही बनी रह जाती है। पर दूसरे उदाहरण में हम देख सकते हैं कि प्राक्कल्पना की असत्यता इस विधि के द्वारा निश्चित रूप से सिद्ध हो जाती है। दूसरा अनुमान एक वैध निगमनात्मक अनुमान है जिसमें निष्कर्ष की यानी, '~H' की सत्यता निश्चित रूप से सिद्ध होती है जिसका अर्थ होता है कि 'H' (यानी प्राक् कल्पना) निश्चित रूप से असत्य है। इस प्रकार अप्रत्यक्ष सत्यापन की विधि द्वारा प्राक्कल्पना की सत्यता निश्चित रूप से सिद्ध नहीं होती, पर उसकी असत्यता निश्चित रूप से सिद्ध हो जाती है।

इस प्रकार किसी भी प्राक्कल्पना का निगमनात्मक विकास इस रूप में होता है कि यदि प्राक्कल्पना सत्य है तो उससे अमुक-अमुक निष्कर्ष निकाले जा सकते हैं। ये निष्कर्ष ऐसे होते हैं जिनका संबंध कुछ निरीक्षण करने योग्य या प्रयोग के योग्य परिणामों से होता है। इसीलिए निष्कर्षों के आधार पर तर्क किया जाता है कि यदि ये सत्य होंगे तो अमुक-अमुक परिणाम सामने आयेंगे। यदि वास्तविकता में ये परिणाम निरीक्षण या प्रयोग के बाद सामने आते हैं तब तो प्राक्कल्पना की सत्यता सिद्ध मानी जाती है और यदि नहीं, तो फिर उनकी असत्यता सिद्ध मानी जाती है। वस्तुतः किसी प्राक्कल्पना की सत्यता-असत्यता की जाँच के लिए उससे निगमनात्मक निष्कर्ष निकालना बहुत आवश्यक है। ऐसा करने से, यानी यह देखने से, कि कोई भी प्राक् कल्पना किन निष्कर्षों को आपादित करती है हम यह देख पाते हैं कि प्राक् कल्पना प्रासंगिक है या नहीं तथा इससे समस्या की समुचित व्याख्या हो पाती है या नहीं। इन सारी बातों को समझने के लिए तथा यह समझने के लिए कि किसी भी प्राक्कल्पना के निगमनात्मक विकास की क्रिया सचमुच किस प्रकार चलती है, कुछ उदाहरण लेना आवश्यक हैं।

मान लिया जाय किसी अस्पताल में एक ही बीमारी के रोगियों के लिए तीन वार्ड हैं—पहली श्रेणी, दूसरी श्रेणी तथा तीसरी श्रेणी के। अब किसी खास समय में देखा यह जाता है कि पहली श्रेणी के मरीज अपनी मूल बीमारी के अलावा एक अन्य प्रकार की विशिष्ट बीमारी के शिकार हो जाते हैं, जब कि अन्य वार्डों के मरीजों में यह बीमारी नहीं फैलती। अब डाक्टरां के सामने यह समस्या है कि ऐसा क्यों हो रहा है जब कि पहली श्रेणी का वार्ड सापेक्षतः साफ-सुथरा है, उसमें मरीजों की संख्या भी कम है, आदि। व्याख्या के लिए तरह-तरह की प्राक्कल्पनाएँ की जाती है, जिनमें से एक यह है कि एक पुजारी प्रतिदिन एक निश्चित मार्ग से प्रथम श्रेणी वाले वार्ड में आता है और कुछ पूजा कर और घंटी बजाकर चला जाता है। हो सकता है कि नई बीमारी का कारण पुजारी का निश्चित मार्ग से आना, पूजा करना, घंटी बजाना ही हो। इसकी जाँच के लिए इससे यह निष्कर्ष निकाला जाता है कि यदि पुजारी का मार्ग बदल दिया जाय, तो शायद बीमारी समाप्त हो जायेगी। प्रयोग के तौर पर ऐसा करके देखा जाता है, पर बीमारी में कोई अन्तर नहीं होता। फिर निष्कर्ष निकाला जाता है कि यदि उसका पूजा करना, घंटी बजाना आदि बंद कर दिया जाय, तो शायद बीमारी में अन्तर आये। पर ऐसा करने पर भी कोई अन्तर नही आता। फिर यह निकाला जाता है कि यदि पुजारी का आना किसी भी रूप में बीमारी का कारण है, तो उसका आना ही बन्द कर दिया जाय, तब बीमारी समाप्त हो जायेगी। ऐसा करके भी देखा जाता है, पर बीमारी फिर भी बरकरार रहती है। अतः पुजारी का वार्ड में आना किसी भी प्रकार बीमारी का कारण सिद्ध नहीं होता। इसलिए इस प्राक्कल्पना को अस्वीकार कर दिया जाता है कि प्रथम श्रेणी वार्ड में पुजारी का नित्य आना किसी भी रूप में नई बीमारी के लिए उत्तरदायी है।

फिर एक दूसरी प्राक्कल्पना की जाती है, जो प्रत्यक्षतः उपर्युक्त प्राक्कल्पना की अपेक्षा अधिक वैज्ञानिक लगती है। प्राक् कल्पना यह की जाती है कि हो सकता है कि जो डाक्टर या उनके सहयोगी प्रथम श्रेणी के मरीजों के इलाज के सिलसिले में उनके सम्पर्क में आते हैं वे अपने हाथों या औजारों की उपयुक्त रसायनों द्वारा सफाई का उचित ध्यान नहीं रखते और इसलिए इन चीजों के माध्यम से वार्ड में किसी संक्रामक प्रदूषण या कीटाणु का प्रवेश हो जाता है जिसके चलते बीमारी फैलती है। इससे यह स्पष्ट निष्कर्ष निकलता है कि यदि प्रथम श्रेणी वार्ड में इलाज के लिए जाने वाले सभी डाक्टरों आदि को यह निर्देश कड़ाई से दे दिया जाय कि वे अपने हाथों तथा औजारों को एक विशिष्ट रसायन से धोने के बाद ही वार्ड में प्रवेश करें और रोगियों के सम्पर्क में आयें, तो शायद नई बीमारी धीरे-धीरे समाप्त हो जायेगी। ऐसा करके देखा जाता है और पाया जाता है कि तात्कालिक प्रभाव से वार्ड में नये रोग के रोगियों की संख्या घटने लगती है और धीरे-धीरे बीमारी समाप्त हो जाती है। इससे प्राक्कल्पना सत्य सिद्ध होती है और उसे बीमारी के कारण के रूप में स्वीकार कर लिया जाता है।

हम एक अन्य अधिक वैज्ञानिक उदाहरण लें और उसके माध्यम से देखें कि किस प्रकार प्राक्कल्पना का निगमनात्मक विकास कर हम उसकी प्रासंगिकता को अच्छी तरह समझते हैं तथा उसका सत्यापन करने में समर्थ हो पाते हैं। प्रसिद्ध वैज्ञानिक गैलेलियो के समक्ष एक समस्या थी कि एक पानी खींचने वाला पम्प किसी कुआँ से पिस्टन (Piston) द्वारा जो पानी ऊपर की ओर खींचता है वह क्यों कुएँ की सतह से लगभग 34 फीट के

ऊपर नहीं जा पाता। गैलेलियो इस समस्या का कोई संतोषजनक उत्तर नहीं दे सके, पर उनके एक शिष्य टौरींसेली (Torricelli) ने इस संबंध में यह प्राक्कल्पना की कि चूँकि पृथ्वी वायुमंडल से घिरी हुई है, इसलिए इसका वजन कुएँ की सतह पर नीचे दबाव डालता है जिसके चलते पिस्टन के द्वारा पाइप में पानी ऊपर चढ़ता है और यह पानी 34 फीट के ऊपर इसलिए नहीं चढ़ पाता चूँकि हवा का वजन जितना दबाव कुएँ के सतर पर डालता है उससे पानी इतना ही उपर चढ़ पाता है। इस प्राक्कल्पना की प्रत्यक्ष जाँच तो संभव नहीं प्रतीत होता था, इसलिए टौरीसेली ने इससे यह निष्कर्ष निकाला कि जब हवा के दबाव का असर जल के ऊपर चढ़ने पर पड़ सकता है, तो फिर यही दबाव किसी नली के पारा पर भी पड़ेगा और यदि पारा को ऊपर की ओर खींचा जाय तो वह पारा भी ऊपर चढ़ेगा और उसके ऊपर चढ़ने की सीमा पारा के आनुपातिक भार या वजन के हिसाब से होगा। पारा का आनुपातिक भार जल की तुलना में 14 गुणा अधिक है, इसलिए पारा $\frac{34}{14}$ यानी 2½ फीट के करीब ऊपर चढ़ेगा। टौरीसेली ने इस निष्कर्ष की जाँच एक साधारण पारा से भरा बैरोमीटर के द्वारा किया और पाया कि उनका अंदाज सही निकला। इससे उनकी प्राक्कल्पना सत्य सिद्ध हुई।

फिर इस प्राक्कल्पना से पैस्कल (Pascal) ने एक और निष्कर्ष निकाला और वह यह कि यदि पारा या जल के एक निश्चित ऊँचाई तक ऊपर चढ़ने में हवा के दबाव का हाथ है, तब तो चूँकि ऊँचाई पर हवा का दबाव कम हो जाता है, इसलिए हम जैसे-जैसे ऊँचाई पर जायेंगे बैरोमीटर का पारा नीचे गिरता जायेगा। जाँच करने पर सचमुच ऐसा ही पाया गया, और इससे उपर्युक्त प्राक्कल्पना के सत्य होने की संभावना और बढ़ गई।

इस प्रकार हम देख सकते हैं कि वैज्ञानिक खोजों में कैसे किसी समस्या के समाधान के लिए पहले प्राक्कल्पना का निर्माण किया जाता है और फिर उससे निगमनात्मक निष्कर्ष निकालकर उन निष्कर्षों के सत्यापन के माध्यम से प्राक्कल्पना को सत्य या असत्य सिद्ध किया जाता है।

4. प्राक्कल्पना की और अधिक संपुष्टि के लिए कुछ अन्य शर्तें (*Some Other Conditions for Better Confirmation of a Hypothesis*)

हमने प्राक्कल्पनाओं के सत्यापन की विधि देखी है और पाया है कि इसमें निगमनात्मक अनुमान का बहुत महत्त्वपूर्ण स्थान है। इससे इस आस्था को ठेस पहुँचती है कि प्राक्कल्पनाओं के सत्यापन की विधि विशुद्ध रूप से आगमनात्मक होती है। पर इसका यह मतलब भी नहीं है कि प्राक्कल्पनाओं के सत्यापन में आगमन का कोई स्थान ही नहीं है। पारंपरिक रूप से सत्यापन की विधि को सिर्फ आगमनात्मक इसलिए समझा जाता था चूँकि ऐसा माना जाता था, कि प्राक्कल्पना में जिस बात को तब तक के लिए हम माने हुए हैं उसकी यदि अनेकों वास्तविक उदाहरणों के माध्यम से पुष्टि हो जाती है तो हम प्राक्कल्पना को सत्य मानते हैं, अन्यथा असत्य। पर वैज्ञानिक खोजों के विकास के क्रम में यह उत्तरोतर महसूस किया गया कि प्राक् कल्पना की सत्यता-असत्यता को प्रत्यक्ष रूप से अनेकों उदाहरणों के माध्यम से देखना शायद ही संभव हो पाता है, इसलिए एक आगमनात्मक विधि से सीधे उसकी जाँच के बजाय यह करना अधिक उचित है कि हम पहले प्राक्कल्पना से कुछ वैसे निष्कर्ष निकालें जो उससे वैध रूप में निगमित किये जा सकें और तब फिर निरीक्षण के

अनेकों उदाहरणों अथवा कई प्रयोगों के द्वारा यह निर्धारित करें कि निगमित निष्कर्ष वास्तविकता के संदर्भ में सत्य सिद्ध होते हैं या असत्य। पर हम देख सकते हैं कि निगमित निष्कर्षों की सत्यता-असत्यता की जाँच के क्रम में तो हमें आगमन का ही सहारा लेना पड़ता है—निरीक्षण अथवा प्रयोग के कई उदाहरणों में यह देखकर कि निगमित निष्कर्ष सत्य सिद्ध होता है, हम यह तय करते हैं कि प्राक्कल्पना सत्य है।

परन्तु हम यह देख सकते हैं कि इस विधि द्वारा सत्यापन (verification) के बावजूद किसी प्राक्कल्पना की सत्यता-असत्यता प्रमाणित (proved) नहीं होती, उसकी सत्यता-असत्यता एक संभावित स्तर पर ही रह जाती है। हमने पहले एक स्तर में यह बतलाने की चेष्टा की थी कि प्राक्कल्पना की सत्यता भले ही निर्णायक रूप से प्रमाणित नहीं हो सकती, पर उसकी असत्यता निर्णायक रूप से प्रमाणित हो जाती है। पर और आगे चलकर जब हमने प्रत्येक प्राक्कल्पना के साथ लगे कुछ स्वतंत्र सहायक मान्यताओं (Independent auxiliary assumptions) के संबद्ध होने की बात कही तो वहाँ स्पष्ट हुआ कि प्राक्कल्पनाओं की निश्चित या निर्णायक असत्यता की भी बात करना गलत है। यह बात और भी स्पष्ट रूप में हम आगे निर्णायक प्रयोग की चर्चा में देखेंगे। इन सारी बातों का निचोड़ यही है कि हम प्राक्कल्पनाओं की सिर्फ संभावित सत्यता-असत्यता ही सिद्ध कर सकते हैं, उनकी निश्चित सत्यता-असत्यता नहीं। अधिक तार्किक शब्दावली में हम कह सकते हैं कि हम प्राक्कल्पनाओं को सिर्फ सत्यापित (verified) कर सकते हैं, प्रमाणित (proved) नहीं।

परन्तु किसी प्राक्कल्पना के सत्यापन के निष्कर्ष को और अधिक सम्पुष्ट करने के लिए हम कुछ अन्य तरीकों का सहारा ले सकते हैं जो निम्नलिखित हैं :—

(i) सत्यापन करनेवाले उदाहरणों की संख्या अधिक-से-अधिक बढ़ाकर तथा भिन्न-भिन्न परिस्थितियों में सत्यापन का कार्य सम्पन्न कर—जिन उदाहरणों के माध्यम से—चाहे वे उदाहरण निरीक्षण के हों या प्रयोग के—हम किसी प्राक्कल्पना से निकले निष्कर्ष का सत्यापन करते हैं, उनकी संख्या यदि सिर्फ एक-दो नहीं होकर काफी हो और हर बार एक ही परिणाम आता हो तो सत्यापन के परिणाम की भरपूर संपुष्टि हो जाती है और प्राक्कल्पना की सत्यता की संभावना बहुत अधिक बढ़ जाती है। फिर यदि सत्यापन की क्रिया एक निश्चित परिस्थिति में ही सम्पन्न न कर अलग-अलग परिस्थितियों में की जाती हो और फिर भी परिणाम वही आता हो, तो सत्यापन का निष्कर्ष संपुष्ट हो जाता है और प्राक्कल्पना की सत्यता की संभावना बहुत अधिक बढ़ जाती है। उदाहरण के लिए, जब पैस्केल के बैरोमीटर के पारा की ऊँचाई से संबंधित इस निष्कर्ष की जाँच के लिए कि चूँकि ऊँचाई पर हवा का दबाव कम रहता है, इसलिए पारा गिरेगा, प्रयोग किया गया तो उसमें हर बार बदली परिस्थिति में ऐसा किया गया—जैसे, पर्वत की उसी ऊँचाई की कभी एक जगह कभी दूसरी जगह पर, कभी छाया में कभी धूप में, कभी वर्षा में कभी साफ मौसम में, कभी तेज हवा में, कभी शांत मौसम में, आदि—और हर स्थिति में पाया गया कि एक ही परिणाम मिलता है। इससे प्राप्त परिणाम की संपुष्टि हो गई और प्राक्कल्पना की सत्यता की संभावना बढ़ती गई।

(ii) अप्रत्याशित अथवा नवीन निष्कर्षों के माध्यम से प्राक्कल्पना का सत्यापन —वर्तमान अध्याय के खंड 2 में वैज्ञानिक प्राक्कल्पना की कुछ शर्तों की चर्चा करते हुए हमने कहा है कि एक अच्छी प्राक्कल्पना में यह गुण होता है कि जिस घटना की व्याख्या के लिए उसका निर्माण हुआ हो, उसकी व्याख्या तो वह करे ही, साथ ही साथ उससे कुछ

अन्य स्थितियों या घटनाओं की भी व्याख्या हो जाय, जिनके विषय में प्राक्कल्पना का निर्माण करते वक्त सोचा भी नहीं गया था। यही तथ्य किसी प्राक्कल्पना के सत्यापन की और अधिक संपुष्टि की एक शर्त के रूप में भी देखा जा सकता है। अर्थात् यदि कोई प्राक्कल्पना ऐसी हो कि उससे प्रत्याशित निष्कर्ष निकाल कर हम उसका सत्यापन कर लें और वह सत्य सिद्ध हो जाय, तो हम उसे एक मान्य प्राक् कल्पना के रूप में स्वीकार कर लें। पर यदि ऐसा करते हुए हम प्राक्कल्पना से कुछ ऐसे निष्कर्ष भी निकालने में सक्षम हो जाते हैं जिनकी हमें प्रत्याशा नहीं थी और जाँच करने पर ये निष्कर्ष भी सत्य सिद्ध होते हैं तो फिर इन अप्रत्याशित अथवा नवीन निष्कर्षों के सत्यापन से प्राक्कल्पना की सत्यता के आसार और बढ़ जाते हैं, उसकी और अधिक संपुष्टि हो जाती है।

(iii) किसी मान्य सिद्धान्त (Theory) के निष्कर्ष के रूप में निगमित होकर—यदि कोई प्राक्कल्पना ऐसी हो कि सामान्य पद्धति के द्वारा सत्यापित होकर वह सत्य सिद्ध हो और साथ-ही-साथ किसी मान्य वैज्ञानिक सिद्धान्त के एक निष्कर्ष के रूप में भी वह निगमित की जा सकती हो, तो उसके सत्य होने की संभावना और अधिक हो जाती है। हम जानते हैं कि प्राक्कल्पनाएँ ही सत्यापित होकर वैज्ञानिक नियमों (laws) का रूप लेती हैं, पर वैज्ञानिक सिद्धान्त (Theories) इन नियमों से कहीं अधिक व्यापक होते हैं, चूँकि उनके अन्दर बहुत सारे नियमों का समावेश रहता है, अथवा यों कहें, कि बहुत सारे नियम उनमें आपादित रहते हैं। अब यदि हमारी कोई नवीन प्राक्कल्पना किसी स्थापित सिद्धान्त के अन्दर तार्किक रूप से आपादित सिद्ध होती है, तो उसकी विश्वसनीयता बहुत अधिक बढ़ जाती है, यानी उसकी सत्यता की और अधिक संपुष्टि हो जाती है।

5. निर्णायक प्रयोग तथा तदर्थ प्राक्कल्पना (*Crucial Experiments and Adhoc Hypotheses*)

(a) निर्णायक प्रयोग (*Crucial Experiments*)—वैज्ञानिकों द्वारा सम्पन्न किसी-किसी प्रयोग के संबंध में ऐसा लगता है कि उसने दो समान रूप से उपयोगी तथा विश्वसनीय प्राक्कल्पनाओं में से एक को निर्णायक रूप से सत्य तथा दूसरे को असत्य सिद्ध कर दिया है। ऐसे ही प्रयोग को निर्णायक प्रयोग की संज्ञा दी जाती है। मान लिया जाय एक ही विषय से संबंधित H_1 तथा H_2 दो ऐसी वैकल्पिक प्राक्कल्पनायें हैं जो उस विषय से संबंधित अनेकों तथ्यों की व्याख्या समान क्षमता एवं विश्वसनीयता के साथ कर देती हैं और ऐसा कोई भी निश्चित प्रायोगिक प्रमाण नहीं मिलता जिसके आधार पर किसी एक को सत्य तथा दूसरे को असत्य घोषित किया जा सके। ऐसे में एक ऐसी स्थिति आती है जब H_1 से कोई निष्कर्ष C_1 निकलता है तथा H_1 से C_2 और C_1 तथा C_2 एक-दूसरे के ठीक विरोधी सिद्ध होते हैं। अब हमारे सामने यह तय करने की समस्या आती है कि C_1 तथा C_2 में से आखिर कौन-सा निष्कर्ष वास्तविकता के संदर्भ में सत्य है। चूँकि दोनों तो एक साथ सत्य हो नहीं सकते। ऐसे में यदि कोई प्रयोग हमें यह तय करने में निश्चित या निर्णायक रूप से सक्षम बनाता है कि C_1 तथा C_2 में से कौन सत्य है तो ऐसे ही प्रयोग को निर्णायक प्रयोग कहते हैं। ऐसा इसलिए कि इस प्रयोग ने C_1 तथा C_2 में से एक की सत्यता सिद्ध कर H_1 तथा H_2 में से एक की सत्यता निर्णायक रूप से सिद्ध कर देती है।

एक वास्तविक उदाहरण लिया जाय। प्रकाश के संबंध में दो सिद्धान्त हैं—एक यह कि प्रकाश भीषण गति से गतिशील बहुत ही सूक्ष्म कणों का पुंज है और दूसरा यह कि प्रकाश गतिशील तिरछी लहरों (Transverse waves) का पुंज है। दोनों ही सिद्धान्त पूर्ण

सक्षमता के साथ प्रकाश के सीधी रेखा में गमन, प्रतिबिम्बन (Reflection) परावर्तन (Refraction) आदि की व्याख्या कर डालते हैं, पर पहले से एक निष्कर्ष यह निकलता है कि हवा की तुलना में जल में प्रकाश की गति अधिक तेज होती है, जब कि दूसरे से इसके ठीक विपरीत यह निष्कर्ष निकलता है कि हवा की तुलना में जल में प्रकाश की गति धीमी होती है। अब चूँकि दोनों निष्कर्ष एक साथ तो सत्य हो नहीं सकते, इसलिए किसी ऐसे प्रयोग की आवश्यकता है जिसके द्वारा दोनों में से एक सत्य तथा दूसरा असत्य सिद्ध हो जाय। यदि ऐसा कोई प्रयोग संभव हो पाता है तो उसे ही निर्णायक प्रयोग कहेंगे। वैज्ञानिक फौकोल्ट (Foucault) ने ऐसा एक प्रयोग सफलता से किया जिससे यह सिद्ध हो गया कि जल की तुलना में वायु में प्रकाश अधिक तेजी से चलता है। इस प्रकार निर्णायक रूप में यह सिद्ध हो गया कि प्रकाश के संबंध में दूसरी ही प्राक्कल्पना सत्य है।

पर प्रश्न है, क्या सचमुच ऐसा हुआ? दूसरे शब्दों में, क्या सचमुच विज्ञान में निर्णायक प्रयोग होते हैं? और इसका प्रायः सर्वमान्य उत्तर है—'नहीं'। जैसा प्रसिद्ध विज्ञान-दार्शनिक **हेम्पेल** (Hempel) बड़े ही स्पष्ट शब्दों में कहते हैं—*"In sum, even the most careful and extensive test can neither disprove one of two hypotheses nor prove the other: thus, strictly construed, a crucial expriment is impossible in science."*[1] उनके अनुसार फ्रांसीसी भौतिकशास्त्री तथा विज्ञान के इतिहासकार पियरे डुहेम (Pierre Duhem) का यह मशहूर मत है कि विज्ञान में निर्णायक प्रयोग नहीं हो सकता। पर प्रश्न उठता है, ऐसा क्यों? हमें तो ऊपर के उदाहरण में बिलकुल साफ लगता है कि फौकोल्ट द्वारा किया गया प्रयोग निर्णायक प्रयोग है, चूँकि उसने दो में से एक प्राक्कल्पना को निर्णायक रूप में सत्य सिद्ध कर दिया। पर हमें देखना होगा कि वास्तव में ऐसा है नहीं, और जो बात इस तथाकथित निर्णायक प्रयोग के संबंध में सत्य है वही सभी निर्णायक प्रयोगों के संबंध में सत्य है। इसके लिए हमें वैज्ञानिक खोज की प्रक्रिया को कुछ गहराई में जाकर समझना होगा।

हमने पहले भी कहा है और एक बार फिर इस बात पर गौर करने की आवश्यकता है कि यद्यपि देखने में लगता है कि हम किसी प्राक्कल्पना से सीधे किसी निष्कर्ष को निकालते हैं और उसकी जाँच करते हैं, पर वास्तविकता यह है कि प्रत्येक प्राक्कल्पना के साथ कुछ सहायक मान्यताएँ (Auxiliary assumptions), जिन्हें हम सहायक प्राक्कल्पनाओं की भी संज्ञा दे सकते हैं, संबद्ध होती है और निष्कर्ष निकालने में उनका भी सहयोग होता है। इसलिए यदि प्राक्कल्पना को 'H' तथा मान्यताओं को 'A' के द्वारा बोधित किया जाय तो जब कभी भी हम कोई निष्कर्ष 'H' से निकालते हुए प्रतीत होते हैं, तो वास्तव में हम वह निष्कर्ष 'H + A' से निकालते हैं और इसलिए जब निष्कर्ष सत्य या असत्य सिद्ध होता है तो उसके आधार पर निश्चित रूप से 'H' सत्य या असत्य सिद्ध नहीं होता, बल्कि H + A सत्य या असत्य सिद्ध होता है, जिसका तात्पर्य यह है कि हो सकता है कि A में से कोई एक (या अधिक) मान्यता सत्य (या असत्य) सिद्ध हुई हो। इसलिये किसी भी प्रयोग से H निर्णायक रूप से सत्य या असत्य सिद्ध नहीं होता। अतः

---

1. कार्ल जी० हेम्पेल (Carl G. Hempel), *Philosophy of Natural Science* (Prentice Hall, N. J. 1996), पृ० सं० 28

किसी प्रयोग के भी इस अर्थ में निर्णायक होने का कोई सवाल नहीं है कि उसने किसी प्राक्कल्पना को निर्णायक रूप से सत्य या असत्य सिद्ध कर दिया। किसी भी प्राक्कल्पना को निर्णायक रूप में किसी प्रयोग के द्वारा सत्य (या असत्य) सिद्ध हुआ तभी माना जा सकता है जब सहायक मान्यताओं की सत्यता के संबंध में हम बिलकुल आश्वस्त हों, पर ऐसा भी शायद ही संभव हो पाता है। जैसा कि **कोहेन** तथा **नागेल** उस संबंध में कहते हैं—*"Every expriment therefore, tests not an isolated hypothesis, but the whole body of relevant knowledge logically involved. If the experiment is claimed to refute an isolated hypothesis, this is because the rest of the assumptions we have made are believed to be well founded. But this belief may be mistaken."*[1] और ऊपर दिये गये प्रकाश संबंधी उदाहरण में सचमुच ऐसा ही हुआ भी। उपर्युक्त तथाकथित निर्णायक प्रयोग के बावजूद समसामयिक भौतिकी में कुछ तथ्यों की व्याख्या के लिए आइंस्टाइन जैसे वैज्ञानिकों ने एक बार फिर से पहली प्राक्कल्पना (जिसके अनुसार प्रकाश सूक्ष्म कणों का पुंज है) को स्थान दिया है। पर साथ-ही-साथ उन्होंने प्रकाश संबंधी लहर-सिद्धान्त (wave theory) को भी बिलकुल निराधार सिद्ध नहीं किया है, बल्कि उसमें सिर्फ थोड़ा-बहुत संशोधन लाकर छोड़ दिया है।

इन सारी बातों से यही सिद्ध होता है कि कोई भी प्राक्कल्पना कभी भी बिलकुल निर्णायक रूप में सत्य या असत्य सिद्ध नहीं होती। अतः विज्ञानों में निर्णायक प्रयोग की अवधारणा वास्तविक तथ्यों के अनुरूप नहीं है।

(b) तदर्थ प्राक्कल्पना *(Ad hoc Hypothesis)*—जैसा नाम से संकेत मिलता है, किसी अनुसंधान की प्रकिया में जब कोई अवधारणा, विचार या विश्वास टूटता हुआ या खंडित होता हुआ प्रतीत होने लगता है तो उसकी रक्षा के लिए तात्कालिक रूप से यदि किसी प्राक्कल्पना का सहारा लिया जाय तो उसे तदर्थ प्राक्कल्पना की संज्ञा दी जा सकती है। स्पष्ट ही ऐसी प्राक्कल्पना वैज्ञानिक प्राक्कल्पना नहीं होगी, चूँकि जहाँ वैज्ञानिक प्राक्कल्पना का लक्षण यह है कि वह जिस घटना की व्याख्या के लिए निर्मित होती है उसकी तो व्याख्या करती है ही या उनके संबंध में भविष्यवाणी करती है, वहाँ उपर्युक्त प्रकार की (यानी तदर्थ) प्राक्कल्पना सिर्फ उसी घटना की व्याख्या तक सीमित होती है, जिसकी रक्षा के लिए उसका निर्माण होता है—बल्कि ऐसी प्राक् कल्पना संबंधित घटना के संबंध में जो भूमिका निभाती है, उसे 'व्याख्या' कहेंगे भी या नहीं, यह संदेहास्पद है। यों तो, जैसा हेम्पेल कहते हैं, तदर्थ प्राक्कल्पनाओं के संबंध में कुछ निश्चित शर्तें या कसौटियाँ भी निर्धारित करना कठिन है ताँकि हम निश्चित रूप से यह कह सकें क़ि अमुक प्रकार की प्राक्कल्पनाएँ ही तदर्थ प्राक्कल्पनाएँ कहलाती हैं। साधारणतः यथार्थ वैज्ञानिक प्राक्कल्पनाओं से तदर्थ प्राक्कल्पना का भेद हम इस प्रश्न के आलोक में कर सकते हैं कि क्या निर्मित प्राक्कल्पना की उपयोगिता इस बात तक सीमित हैं कि जिस अवधारणा या विचार की रक्षा के लिए उसका निर्माण हुआ है उसकी रक्षा वह कर देती है, या उससे कुछ अन्य घटनाओं की भी व्याख्या हो जाती है और उससे कई उपयोगी तथा महत्त्वपूर्ण निगमनात्मक निष्कर्ष निकाले जा सकते हैं? यदि उत्तर में पहली बात सामने आती है, तो

---

1. **कोहेन तथा नागेल** (Cohen and Nagel), *An Introduction to Logic and Scientific Method* (Allied Publishers, 1972), पृ० सं० 220

प्राक्कल्पना तदर्थ है, और यदि दूसरी बात सामने आती है तो प्राक्कल्पना को एक यथार्थ वैज्ञानिक प्राक् कल्पना के रूप में देखा जा सकता है। **हेम्पेल** के शब्द इस संबंध में इस प्रकार हैं—" *There is, in fact, no precise criterion for ad hoc hypotheses, though the questions suggested earlier provide some guidance : is the hypothesis proposed just for the purpose of saving some current conception against some adverse evidence, or does it also account for some other phenomena, does it yield further significant test implications. ?*"[1]

उदाहरण के लिए, टौरीसेली की इस प्राक्कल्पना के पहले कि पम्प में ऊपर पानी चढ़ने का कारण हवा का दबाव है, यह धारणा प्रचलित थी कि पानी इसलिए चढ़ता है चूँकि प्रकृति को रिक्त स्थान (vacuum) से नफरत हैं। पर जब टौरीसेली ने अपने सिद्धान्त की पुष्टि इस निष्कर्ष की जाँच से की कि चूँकि ऊँचाई पर हवा का दबाव सापेक्षतः कम रहता है इसलिए बैरोमीटर का पारा अधिक ऊँचाई पर जमीन की सतह की तुलना में सापेक्षतः ऊपर होगा, तो इससे रिक्त स्थान के प्रति प्रकृति की नफरत वाली धारणा कटती नजर आई, चूँकि यह तो नहीं कहा जा सकता कि सतह की अपेक्षा ऊँचाई पर प्रकृति के खाली स्थान के प्रति नफरत की मात्रा में भिन्नता होती है। परन्तु यहाँ यदि प्रकृति की नफरत वाली अपनी अवधारणा को बचाने के लिए, उसके पोषक रूप में यह नई प्राक्कल्पना यहाँ लाने की चेष्टा करते हैं कि सतह की ऊँचाई के हिसाब से प्रकृति की नफरत की मात्रा में अन्तर पड़ता है, तो इसे ही हम तदर्थ प्राक्कल्पना की संज्ञा दे सकते हैं, चूँकि यह प्राक्कल्पना सिर्फ इस दृष्टि से लाई गई है कि पहले वाली प्राक्कल्पना बनी रह जाय। इससे अधिक इसके द्वारा किसी लक्ष्य की सिद्धि नहीं होती। न तो इससे अन्य किसी घटना की व्याख्या की जा सकती है, और न कुछ ऐसे निष्कर्ष निकाले जा सकते जिनकी जाँच के आधार पर कुछ महत्त्व वाली बातों को सामने लाया जा सके। इस तरह की तदर्थ प्राक्कल्पनाएँ वैज्ञानिक दृष्टि से इसलिए भी महत्त्वपूर्ण नहीं है, बल्कि घातक है, चूँकि, किसी निश्चित धारणा की रक्षा के लिए प्रत्येक समस्या के समक्ष यदि एक तदर्थ प्राक्कल्पना को लाया जाय, तो उससे मूल प्राक्कल्पना के इर्द-गिर्द एक जटिल तंत्र तैयार हो जायेगा और विज्ञान का जो एक आदर्श है, 'सरलता' उसे आघात पहुँचेगा और प्राक्कल्पना' वैज्ञानिक दृष्टि से अपना महत्त्व खो बैठेगी। जैसा इस संबंध में **हेम्पेल** कहते हैं—"..........*If more and more qualifying hypotheses have to be introdued to reconcile a certain basic conception with new evidence that becomes available, the resulting total system will eventually become so complex that it has to give way when a simple alternative conception is proposed.*"[2]

यहाँ तदर्थ प्राक्कल्पना का निर्णायक प्रयोग के साथ एक संभावित संबंध की ओर इशारा करना उपयोगी होगा। हमने देखा है कि तथाकथित निर्णायक प्रयोग दो प्राक्कल्पनाओं में से एक को निर्णायक रूप में सत्य और दूसरे को असत्य सिद्ध करती है, पर यदि विपरीत साक्ष्य के बावजूद कोई असत्य सिद्ध प्राक्कल्पना को बचाये रखना चाहे तो वह एक अनुकूल तदर्थ प्राक्कल्पना को लाकर ऐसा करने में समर्थ हो सकता है, जैसा हमने

1. हेम्पेल, वही, पृ॰ सं॰ 30
2. वही

रिक्त स्थान के प्रति प्रकृति की नफरत वाली प्राक्कल्पना में देखा। पर ऐसा करना वैज्ञानिक दृष्टि से कभी भी उपादेय नहीं है। विज्ञान इस चक्कर में कभी नहीं रहता कि वह एक संदेहपूर्ण सत्यतावाली या असत्य प्राक् कल्पना को विपरीत साक्ष्यों के बावजूद प्रश्रय दिये रहे। वैसे, हमनें देखा है कि विज्ञान में निर्णायक प्रयोग जैसी कोई चीज होती नहीं, पर कुछ लोग जो निर्णायक प्रयोग की अवधारणा को एक सही वैज्ञानिक अवधारणा के रूप में देखते रहना चाहते हैं, उनका यह कहना हो सकता है कि तदर्थ प्राक्कल्पनाओं की अवधारणा ही निर्णायक प्रयोग की अवधारणा की वैधता में बाधक है। पर ऐसा नहीं है। तदर्थ प्राक्कल्पनाओं के अभाव में भी विज्ञान में कोई भी प्रयोग इस अर्थ में निर्णायक नहीं हो सकता कि उसने अन्तिम अथवा निर्णायक रूप में किसी प्राक्कल्पना को सत्य या असत्य सिद्ध कर दिया है। इसके कारण को हम पहले ही देख चुके हैं और उसे दुहराने की आवश्यकता नहीं है।

❑

अध्याय 15

मिल की प्रायोगिक विधियाँ
(MILL'S EXPERIMENTAL METHODS)

हमने ऊपर देखा है कि केवलगणनाश्रित आगमन कारण-कार्य संबंध का एक संकेत अवश्य देता है, पर निश्चित रूप से उसे स्थापित करने में समर्थ नहीं हो पाता। मिल की प्रायोगिक विधियाँ इसी दिशा में एक प्रयास हैं। मिल पाँच ऐसी प्रायोगिक विधियों की चर्चा करते हैं जिनकी सहायता से दो घटनाओं के बीच कारण-कार्य संबंध स्थापित किये जा सकते हैं। इन विधियों को कई अन्य नामों से भी पुकारा जाता है। जैसे—आगमनात्मक अनुमान की विधियाँ (Methods of Inductive Inference), आगमनात्मक विधियाँ (Inductive Methods), प्रायोगिक अनुसंधान की विधियाँ (Methods of Exprimental Inquiry) आदि। **मिल** की ऐसी पाँच विधियाँ निम्नलिखित हैं :—

(1) अन्वय विधि (Method of Areement)
(2) व्यतिरेक विधि (Method of Difference)
(3) अन्वय-व्यतिरेक विधि (Joint Method of Agreement & Difference)
(4) अवशिष्ट विधि (Method of Residues)
(5) सहचारी परिवर्तन विधि (Method of Concomitant Variation)

इन विधियों की एक-एक कर विवेचना करने से पहले हम कुछ दूर तक इस बात का स्पष्टीकरण करना चाहेंगे कि मिल घटनाओं के बीच कारण-कार्य संबंध से आखिर समझते क्या हैं।

किन्हीं दो घटनाओं में यदि ऐसा संबंध हो कि समय की दृष्टि से एक, दूसरे के पहले आता हो और साथ-ही-साथ ऐसा भी हो कि जब भी पहला किसी क्रम में उपस्थित हो तो दूसरा भी उसके तुरंत बाद निरपवाद अथवा नियत (invariable) रूप से अवश्य आये तो इन दो घटनाओं में से पहले को कारण तथा दूसरे को उसका कार्य माना जाता है, तथा दोनों के बीच जो संबंध है उसे कारण-कार्य संबंध कहा जाता है। मिल कहते हैं कि कुछ तथ्यों के बाद कुछ तथ्य हमेशा आते हैं और हम विश्वास करते हैं कि ये भविष्य में भी उनके बाद आते रहेंगे। उनमें से नियमित रूप से पहले आनेवाला (नियत पूर्ववर्ती) कारण तथा नियत रूप से बाद में आने वाला (नियत अनुवर्ती) कार्य कहलाता है (*"To certain facts, cretain facts always do, and, as we believe, will continue to, succeed. the invariable antecedent is called the cause, the invariable consequent, the effect."*[1]) इस प्रकार जिन दो घटनाओं में कारण कार्य संबंध होता है उनमें नियत पूर्वापरता(Invariable succession) का संबंध होता है।

1. जे० एस० मिल (J. S. Mill), लॉजिक (Logic), Book III, अध्याय V, Article, 2

यहाँ एक बात और ध्यान देने योग्य यह है कि मिल के अनुसार हम जिसे कारण कहते हैं उसका सदैव मात्र एक ही घटना होना आवश्यक नहीं है, वह कई घटनाओं का मेल या संयोग (conjunction) भी हो सकता है। इसीलिए कारण की परिभाषा करते हुए **मिल** कहते हैं कि किसी घटना का कारण या तो एक पूर्ववर्ती या कई पूर्ववर्तियों का वैसा समूह होता है जिसके बाद नियमित तथा निरूपाधिक रूप से घटना आती है। (*"We may define, therefore, the cause of a phenomenon to be the antecedent, or the concurrence of antecedents, on which it is invariably and unconditionally cousequent"*[1])। इस परिभाषा से दो और बातें सामने आती हैं। एक तो यह कि कारण किसी घटना का सिर्फ नियत पूर्ववर्ती ही नहीं होता, बल्कि निरूपाधिक पूर्ववर्ती भी होता है। यों तो कभी-कभी मिल नियतता तथा निरूपाधिकता को एक साथ मिला देते हैं और ऐसा लगता है कि दोनों से वे नियतता (Invariability) ही समझते हैं, पर कभी-कभी ऐसा भी लगता है कि निरूपाधिकता से उनका तात्पर्य यह है कि कारण को ऐसा होना चाहिए कि घटना (कार्य) को उत्पन्न करनेवाली सारी आवश्यक शर्तें उसके अन्दर मौजूद हों, उसे घटना को उत्पन्न करने के लिए खुद किसी अन्य वाह्य शर्त पर निर्भर नहीं करना पड़े। उदाहरण के लिए रात के पहले नियत रूप से दिन के आने के बावजूद दिन को रात का कारण नहीं कहा जा सकता, चूँकि रात को उत्पन्न करने वाली सारी आवश्यक शर्तें दिन में मौजूद नहीं है, बल्कि उसके बाहर पृथ्वी के अपनी कील पर घूमने की घटना में मौजूद है, जिसपर ही खुद दिन का होना भी निर्भर है। दूसरी बात यह कि कारण सदैव कोई एक ही घटना नहीं होता, बल्कि किसी घटना के कारण में कई घटनाएँ सम्मिलित रहती है। इन अनेकों घटनाओं में से प्रत्येक को मिल एक-एक शर्त (condition) की संज्ञा देती हैं। इस प्रकार कारण अनेकों शर्तों का समूह भी होता है। ऐसी शर्तों को फिर **मिल** दो प्रकार का मानते हैं—भावात्मक (Positive) तथा निषेधात्मक (Negative) और इन दो प्रकार की शर्तों के आलोक में कारण की एक और परिभाषा निम्नलिखित रूप में करते हैं—*"The cause then, philosophically speaking, is the sum total of the conditions, positive and negative, taken together........"*[2] घटना के घटित होने में जो शर्तें भावात्मक रूप से मदद करती हैं उन्हें भावात्मक शर्तों की संज्ञा दी जाती है तथा उन अनुपस्थित शर्तों को जिनकी उपस्थिति घटना को घटित होने से रोक सकती थीं निषेधात्मक शर्तों की संज्ञा दी जाती है। मिल के शब्दों में निषेधात्मक शर्त' का अर्थ हैं 'अवरोधक कारण की अनुपस्थिति' (Absence of preventing cause)। उदाहरण के लिए नदी की धारा का तेज होना, हवा का तेज होना, नदी का बहुत अधिक गहरा होना, आदि किसी व्यक्ति के नदी में डूब जाने की भावात्मक शर्तें हैं तथा उस व्यक्ति का तैरना नहीं जानना, वहाँ बचानेवाले किसी आदमी का न होना, आदि उसके डूबने की निषेधात्मक शर्तें हैं। तो कारण संबंधी मिल की इन सारी अवधारणाओं के आलोक में ही हमें यह समझना है कि कारण-कार्य संबंध (Causal relation) से वे क्या समझते हैं और फिर उसी आलोक में हमें देखना है कि मिल की प्रायोगिक विधियाँ जिनकी विवेचना एक-एक कर हम नीचे करने जा रहे हैं, कहाँ तक घटनाओं के बीच कारण-कार्य संबंध स्थापित करने में समर्थ हो पाती हैं।

---

1. वही, Article 6.
2. वही, Article 3.

1. अन्वय विधि (*Method of Agreement*)

कारण-कार्य संबंध ढूँढ़ने या स्थापित करने का सामान्य तात्पर्य है कि किसी दी हुई घटना का (उपर्युक्त अर्थ में) कारण ढूँढ़ना या कार्य ढूँढ़ना। मान लिया जाय हमें किसी घटना 'E' का कारण पता लगाना है। तो इस कार्य के लिए अन्वय विधि का प्रयोग इस रूप में किया जाता है कि कुछ ऐसे उदाहरण जमा किये जाते हैं जिनमें से प्रत्येक में दी हुई घटना अवश्य मौजूद हो, पर उसके साथ आनेवाली अन्य घटनाएँ या परिस्थितियाँ भिन्न-भिन्न हों। फिर प्रत्येक उदाहरण के तुरंत पहले आनेवाली घटनाओं को भी हम नोट करते हैं और इनमें यदि हम पाते हैं कि एक कोई निश्चित घटना, जैसे, 'C' अन्य घटनाओं के साथ प्रत्येक उदाहरण में निरपवाद रूप से आती है तो ऐसा निष्कर्ष निकाला जा सकता है कि 'C' ही 'E' का कारण है। वैसे ही किसी घटना 'C' का यदि हमें कार्य (Effect) पता लगाना हो, तो हमें कई ऐसे उदाहरण लेने होंगे जिनमें अन्य बदलती घटनाओं या परिस्थितियों के साथ 'C' समान रूप से सबों में मौजूद हो। फिर प्रत्येक उदाहरण के तुरंत बाद में आने वाली घटनाओं को भी हम नोट करते हैं और इनमें यदि हम पाते हैं कि एक कोई निश्चित घटना 'E' अन्य घटनाओं के साथ प्रत्येक उदाहरण में निश्चित रूप से आती है तो ऐसा संकेत अवश्य प्राप्त किया जा सकता है कि 'E' ही 'C' का कार्य या परिणाम हैं।

उपर्युक्त बातें उदाहरण से स्पष्ट होंगी। पहले हम सांकेतिक उदाहरण लें :—

पूर्ववर्ती घटनाओं के उदाहरण	**वैसे उदाहरण जिनमें खोज की जाने वाली घटना 'E' जिसका कारण पता लगाना है, मौजूद हो।**
CLP..............................	EF G
CQR..............................	EAB
CDF..............................	EMN
COH..............................	EXY

ऊपर के उदाहरण में हम देखते हैं कि जब हम घटनाओं के कुछ ऐसे उदाहरण लेते हैं जिनमें से प्रत्येक में 'E' मौजूद हो, जबकि उसके साथ आनेवाली अन्य घटनाएँ अलग-अलग उदाहरणों में अलग-अलग हैं, तो उन उदाहरणों के पूर्ववर्ती उदाहरणों में से प्रत्येक में एक अन्य घटना 'C' समान रूप से उपस्थित रहती है, जबकि उसके साथ आनेवाली अन्य घटनाओं में भिन्नता है। इससे यह निश्चित संकेत मिलता है कि 'C', 'E' का कारण है। उसी प्रकार यदि किसी कारण 'C' का कार्य पता लगाना हो, तो उसके लिए निम्नलिखित सांकेतिक उदाहरण समझने में सहायक होगा :—

वैसे उदाहरण जिनमें खोज की जानेवाली घटना 'C', जिसका कार्य पता लगाना है, मौजूद हो	**अनुवर्ती घटनाओं के उदाहरण**
CAB..	ELM
CDF..	ENO
CGH..	EPQ
CJK..	ERS

हम देख सकते हैं कि जब हम घटनाओं के कुछ ऐसे उदाहरण लेते हैं जिनमें से प्रत्येक में 'C' मौजूद हो (जिसका कार्य पता लगाना है), जबकि उसके साथ आनेवाली घटनाएँ अलग-अलग उदाहरणों में अलग-अलग हैं, तो इन उदाहरणों के अनुवर्ती उदाहरणों में से प्रत्येक में एक अन्य घटना 'E' समान रूप से उपस्थित रहती है, जब कि उसके साथ आनेवाली अन्य घटनाओं में अलग-अलग उदाहरणों में भिन्नता है। इससे यह स्पष्ट संकेत मिलता है कि 'E' 'C' का कार्य या परिणाम (Effect) हैं।

इस प्रकार अन्वय विधि द्वारा कारण या कार्य ढूँढ़ने में (यानी कारण-कार्य संबंध की खोज करने में) मूल बात यह है कि जब खोज की जाने वाली घटना से संबंधित ऐसे उदाहरण लिये जाते हैं जिनमें सिर्फ एक ही बात में मेल (Agreement) है और वह यह कि उन सबों में खोज की जानेवाली घटना मौजूद है और अन्य सभी बातों में उनमें भिन्नता है, तो उनके पूर्ववर्ती या अनुवर्ती उदाहरणों में भी सिर्फ एक बात में मेल (Areement) पाया जाता है और वह यह कि एक विशेष घटना सभी उदाहरणों में नियत एवं सामान्य रूप में मौजूद रहती है, जब कि अन्य बातों में उदाहरणों में भिन्नता होती है। इससे यह निष्कर्ष निकलता है कि मेल वाली दोनों घटनाओं में—यानी खोज की जानेवाली घटना तथा विशेष घटना में—कारण-कार्य संबंध है। विभिन्न उदहारणों का आपस में सिर्फ एक बात में मेल (Agreement) ही उस विधि द्वारा कारण कार्य ढूंढ़ने का मूलाधार है, इसीलिए इस विधि को 'Agreement' की विधि या कभी-कभी 'Single Agreement' की विधि (Method of Single Agreement) भी कहते हैं।

एक वास्तविक उदाहरण के द्वारा भी अन्वय विधि के प्रयोग को समझा जा सकता है। मान लिया जाय कुछ लोग जो अलग-अलग जगहों से आये थे, अलग-अलग उम्र के थे, अलग-अलग जगह ठहरे हुए थे, आदि, सायंकाल एक साथ या अलग-अलग एक होटल में खाते हैं और प्रात:काल सबों को उल्टी होने लगती है तथा सर में चक्कर आने लगता है। अब स्वाभाविक है कि इस बात के कारण का पता लगया जाय कि सबों को एक ही तरह की बीमारी क्यों हुई। खोज करने पर पता लगता है कि होटल में प्रत्येक व्यक्ति ने अपनी-अपनी पसन्द के अलग-अलग सामान खाये थे, परन्तु सबों के भोजन में एक चीज की समानता थी और वह यह कि सबों ने होटल में बना एक विशेष प्रकार का हलवा खाया था। तो अवश्य ही निष्कर्ष रूप में यह अनुमान लगाया जायेगा कि यह हलवा ही सबों की उल्टी और सर में चक्कर का कारण था, चूँकि उन सबों के भोजन में इस एक ही बात में मेल है। किसी घटना के कारण या कार्य के संबंध में इसी प्रकार से किये गये अनुमान को अन्वय-विधि द्वारा किया गया अनुमान माना जाता है। इस प्रकार के अनुमान में मुख्य बात है, अनुवर्ती तथा पूर्ववर्ती में सिर्फ एक ही बात में मेल। मिल ने इस विधि के सामान्य रूप को निम्नलिखित प्रकार से व्यक्त किया है—*"If two or more instances of the phenomenon under investigation have only one circumstance in common, the circumstance in which alone all the instance agree, is the cause (or effect) of the given phenomenon."*[1]। अर्थात् खोज की जाने वाली किसी घटना के दो या अधिक उदाहरणों में यदि एक ही बात सामान्य हो और वह यह कि उस एक ही बात में सभी उदाहरणों में मेल हो, तो वही बात उस खोज की जाने वाली घटना का कारण (या कार्य) होगी।

1. मिल, *A system of logic*, vol. I., पृ० सं० 451

अन्वय-विधि संबंधी उपर्युक्त विवरण से स्पष्ट है कि उसके द्वारा स्थापित कारण-कार्य संबंध में निश्चितता (certainty) नहीं होती, बल्कि सिर्फ एक संभावितता (probability) होती है। दूसरे शब्दों में, कारण-कार्य संबंधी निष्कर्ष निश्चित रूप में सत्य न होकर सिर्फ संभावित रूप में सत्य होता है। यानी, इस विधि के द्वारा कारण-कार्य संबंध प्रमाणित नहीं होता, बल्कि उसका एक अन्दाजा लगता है। इसी कारण कुछ लोग इस विधि को प्रमाण की विधि (method of proof) न मानकर सिर्फ अनुसंधान की विधि (Method of discovery) कहते हैं। यह विधि साधारण जीवन के लिए तथा वैज्ञानिक दृष्टि से भी इस अर्थ में एक उपयोगी विधि है कि इसके द्वारा किसी घटना के कारण (या कार्य) के संबंध में एक ऐसा संकेत हमें मिल जाता है, जिस पर आगे की वैज्ञानिक खोज हो सकती है और यह निश्चित किया जा सकता है कि वही घटना किसी विशेष घटना का कारण (या कार्य) है या नहीं।

एक उपयोगी विधि होने के बावजूद इस विधि में कई **दोष** भी हैं :—

(1) इस विधि के लागू होने के लिए जिस प्रकार के उदाहरणों की आवश्यकता है उनका उस रूप में मिलना आसान नहीं है। सांकेतिक रूप में A, B, C अथवा X, Y, Z आदि पूर्ववर्ती-अनुवर्ती में रखकर उदाहरणों की शर्तों की पूर्ति की जा सकती है तथा विधि के प्रयोग को समझा जा सकता है, पर प्रकृति की स्वाभाविक घटनाओं में से पूर्ववर्ती तथा अनुवर्ती के रूप में ऐसे उदाहरणों का मिलना आसान नहीं है। प्रकृति की घटनाएँ जटिल होती हैं तथा एक स्वाभाविक तारतम्य में इस प्रकार प्रवाहित होती रहती हैं कि उनमें से स्पष्ट रूप से पूर्ववर्ती तथा अनुवर्ती को चुनना तथा उनमें भी इस शर्त की पूर्ति करना कि अन्य बातों में पूर्ववर्ती अनुवर्ती घटनाओं में भेद हो और सिर्फ एक बात में मेल हो, बहुत आसान नहीं है।

परन्तु यह कठिनाई एक व्यावहारिक कठिनाई हैं, सैद्धान्तिक स्तर पर अन्वय विधि की उपयोगिता इस कठिनाई के बावजूद बनी रहती है।

(2) इस विधि में एक दोष की संभावना इस रूप में भी है कि कभी-कभी एक बहुत ही अप्रासंगिक और गौण बात पूर्ववर्ती या अनुवर्ती में हर बार नियत रूप से आ जा सकती है और हम उसे ही घटना का कारण या कार्य मान ले सकते हैं, जबकि वास्तविक कारण या कार्य अनदेखा या अनिरीक्षित ही रह जा सकता है। जैसे, यदि कई बार ऐसा हो जाय कि मेरे बीमार पड़ने के पहले हर बार अन्य घटनाओं के साथ-साथ नियत रूप से यह घटना भी घटे कि मेरा कोई मित्र आ जाय, तो मित्र के आने को ही बीमारी का कारण समझा जा सकता है

पर उदाहरणों की संख्या बढ़ाकर शायद इस कठिनाई को दूर किया जा सकता है।

(3) कारण-कार्य के संबंध में एक सिद्धान्त है बहुकारणबाद (Plurality of causes), जिसे यदि सत्य माना जाय, तो फिर अन्वय-विधि के समक्ष कठिनाई उत्पन्न होती है। बहुकारणवाद के अनुसार एक ही घटना के कई वैकल्पिक कारण हो सकते हैं। जैसे, मृत्यु का कारण जहर खाना हो सकता है, या कोई बीमारी हो सकती है, या कोई दुर्घटना हो सकती है, या ऐसा ही अन्य कोई कारण भी हो सकता है। ऐसी स्थिति में यदि कोई एक बात या घटना नियत रूप से किसी घटना की पूर्ववर्तियों में आये भी, तो यह निश्चित रूप से कैसे कह सकते हैं कि वही बात या वही घटना उस घटना का कारण है?

परन्तु बहुकारणवाद वैज्ञानिक रूप से मान्य सिद्धान्त नहीं है। इस सिद्धान्त में दोष यह

है कि यह कार्य या परिणाम को तो एक सामान्य रूप में ले लेता है, पर कारण का विशेषीकरण कर देता है। वास्तव में अलग-अलग कारणों से हुई मृत्यु अलग-अलग प्रकार की होती है, अन्यथा मृत्यूपरान्त परीक्षण (Post-mortem examination) से यह पता नहीं लगता कि मृत्यु किस कारण से हुई। इस प्रकार एक ही मृत्यु अलग-अलग कारणों से नहीं होती, बल्कि अलग-अलग प्रकार की मृत्यु अलग-अलग कारणों से होती है। इस प्रकार बहुकारणवाद खुद एक सत्य सिद्धान्त सिद्ध नहीं होता और इसलिए यह अन्वय-विधि के समक्ष कोई यथार्थ कठिनाई उपस्थित नहीं करता।

(4)इस विधि के प्रयोग में एक कठिनाई यह है कि कभी-कभी एक आकस्मिक कारण को यथार्थ कारण के रूप में ले लिया जा सकता है। जैसे, यदि तीन अलग-अलग दवाएँ एक ही रोग के तीन अलग-अलग रोगियों को जल के साथ मिलाकर दे दी जायँ और तीनों रोगी अच्छे हो जायँ, तो अन्वय-विधि के आधार पर रोग के अच्छा होने का कारण जल को ही होना चाहिए, चूँकि तीनों उदाहरणों में नियमित रूप से समान पूर्ववर्ती वही है पर वास्तव में ऐसा है नहीं। एक रोग में एक से अधिक दवाएँ भी कामयाब होती हैं और इसलिए तीनों अलग-अलग दवायें ही रोग के अच्छा होने का कारण है। जल का तीनों उदाहरणों में होना और इस प्रकार तीनों उदाहरणों का इस एक ही बात में मेल आकस्मिक हैं।

(5)अन्वय-विधि के द्वारा कारण या कार्य ढूंढ़ने में कभी-कभी यह भी हो सकता है कि एक ही कारण के सह-परिणामों (co-effects) को हम कारण-कार्य के रूप में ले लें। जैसे दिन नियम रूप से रात के पहले आता है अथवा बादलों का गर्जना नियत रूप से बिजली चमकने के बाद आता है। इसलिए, इन्हें कारण-कार्य रूप में संबंधित मान लिया जा सकता है, पर वास्तव में ऐसा है नहीं। दिन तथा रात का होना एक ही कारण के सह-परिणाम हैं। उसी प्रकार बिजली चमकना तथा बादलों का गर्जना एक ही कारण के सह-परिणाम हैं।

पर इन कठिनाइयों के बावजूद हमें यह मानना होगा कि घटनाओं के बीच कारण-कार्य संबंध ढूँढ़ने में आम तौर पर अन्वय-विधि बहुत हद तक एक उपयोगी विधि है।

2. व्यतिरेक विधि (*Method of Difference*)

अन्वय विधि की तरह व्यतिरेक विधि भी घटनाओं के बीच कारण-कार्य संबंध ढूँढ़ने तथा स्थापित करने की एक विधि है। एक प्रकार से कह सकते हैं कि व्यतिरेक विधि अन्वय विधि की पूरक विधि है, चूँकि यह अन्वय विधि द्वारा दिये गये कारण-कार्य संबंधी संकेत को सम्पुष्ट (confirm) कर अधिक निश्चित बनाती है। इसके द्वारा प्राप्त निष्कर्ष में भी संभावित सत्यता ही रहती है, चूँकि इसका स्वरूप आगमनात्मक हैं, निगमनात्मक नहीं, परन्तु फिर भी अन्वय विधि की अपेक्षा इसके निष्कर्ष में निश्चितता अधिक रहती है। यदि अन्वय विधि की व्याख्या के सिलसिले में लिए गये होटल में लोगों के खानेवाले उदहारण में एक ऐसे भी व्यक्ति का उदाहरण पाते हैं जिसने होटल में बनी अन्य अनेकों चीजें खाई थीं पर हलवा नहीं खाया था और पाया गया कि उसे उल्टी या चक्कर आने वाली बीमारी नहीं हुई तो यह निष्कर्ष और भी सम्पुष्ट हो जाता है कि हलवा ही उपर्युक्त बीमारी का कारण है। और उपर्युक्त प्रकार से अन्वय विधि के निष्कर्ष को सम्पुष्ट करने में ही व्यतिरेक विधि का प्रयोग हुआ है। व्यतिरेक विधि का प्रयोग कर कारण-कार्य संबंध कैसे स्थापित किया जाता

है और उपर्युक्त उदाहरण में किस प्रकार इस विधि का प्रयोग हुआ, यह नीचे के विश्लेषण से स्पष्ट होगा।

मिल द्वारा दी गई इस विधि की परिभाषा के आलोक में यदि इसके प्रयोग को समझा जाय तो हम पायेंगे कि इसमें किया यह जाता है कि सिर्फ दो उदाहरण ऐसे लिए जाते हैं जिनमें से एक में खोज की जानेवाली घटना बर्तमान हो और दूसरे में गायब हो, जब कि अन्य सभी बातों में दोनों उदाहरण बिलकुल एक समान हों। अब यदि इन दोनों उदाहरणों से संबंधित पूर्ववर्ती या अनुवर्ती उदाहरणों में पाया यह जाता है कि उनमें से भी एक में कोई विशेष घटना वर्तमान है और दूसरे में गायब, तो ऐसा समझा जाता है कि खोज की जाने वाली घटना तथा इस विशेष घटना में निश्चित ही कारण-कार्य संबंध है। **मिल** इस विधि को निम्नलिखित रूप में रखते हैं—***"If an instance in which, the phenomenon under investigation occurs, and an instance in which it does not occur, have every circumstance in commoon save one, that one occuring only in the former, the circumstance in which alone the two instances differ, is the effect, or the cause, or an indispensable part of the cause of the phenomenon."***[1] इस परिभाषा में एक बात ध्यान देने की है और वह यह कि यदि विशेष घटना खोज की जानेवाली घटना का कारण है, तो वह उसका सम्पूर्ण कारण न होकर मात्र एक कारणांश भी हो सकती है।

हम एक सांकेतिक उदाहरण द्वारा विधि के प्रयोगों को समझ सकते हैं। मान लिया जाय 'A' कोई घटना है जिसका हमें कारण पता लगाना है। दो ऐसे उदाहरण लिए जायँ जिनमें से एक में 'A' मौजूद हो और दूसरे में नहीं, तथा अन्य बातों में उदाहरण समान हों। ये उदाहरण हैं—A, B, C तथा BC। अब इन दोनों के अनुरूप पूर्ववर्तियों को हम लें और ऐसा करने में यदि हम पाते हैं कि पहला पूर्ववर्ती उदाहरण XYZ मिलता है तथा दूसरा सिर्फ YZ, तो इससे यह स्पष्ट होता है कि 'X' 'A' का कारण है, चूँकि 'X' की उपस्थिति में 'A' भी उपस्थित रहता है तथा उसकी अनुपस्थिति में 'A' भी अनुपस्थित हो जाता है। मिल ने अपनी प्रायोगिक विधियों की चर्चा के सिलसिले में कुछ ऐसे मूलभूत सिद्धान्तों की भी चर्चा की है, जिन्हें बहिष्करण के नियम (Mehods of elimination) की संज्ञा दी जाती है। बहिष्करण के जिस नियम पर व्यतिरेक विधि को आधारित माना जा सकता है, वह यह है—***"When an antecedent cannot be left out without the cousequent disappearing, such antecedent must be the cause or part of the cause."*** अर्थात् जब किसी पूर्ववर्ती के गायब होते ही अनुवर्ती का भी अभाव हो जाता है, तो वैसा पूर्ववर्ती अनुवर्ती का अवश्य ही कारण या उसके कारण का एक अंश होता है।

उपर्युक्त सांकेतिक उदाहरण को अधिक स्पष्ट रूप में निम्नलिखित प्रकार से रखा जा सकता है :—

पूर्ववर्ती	अनुवर्ती
XYZ..............................	ABC
YZ................................	BC

अतः 'X' 'A' का कारण है। इसी प्रकार किसी कारण (पूर्ववर्ती) के परिणाम (अनुवर्ती) का भी पता लगाया जा सकता है।

---

1. Mill : *A System of Logic, Vol;* 1, पृ॰ सं॰ 452

व्यतिरेक विधि का थोड़ा दूसरे प्रकार से भी प्रयोग कर दो घटनाओं या तत्त्वों के बीच कारण-कार्य संबंध स्थापित किया जा सकता है। पूर्ववर्ती तथा अनुवर्ती के दो उदाहरणों में यदि ऐसा भी हो कि पहले के पूर्ववर्ती में किसी विशेष तत्त्व का अभाव होने पर अनुवर्ती में भी एक विशेष तत्त्व का अभाव रहता है और दूसरे उदाहरण में पूर्ववर्ती में उस विशेष तत्त्व के जुट जाने पर अनुवर्ती में भी एक विशेष तत्त्व जुट जाता है, तो ऐसा अंदाज निश्चित रूप से लगता है कि पूर्ववर्ती तथा अनुवर्ती के इन विशेष-विशेष तत्त्वों में कारण-कार्य संबंध है। इसे सांकेतिक उदाहरण द्वारा निम्नलिखित रूप में समझा जा सकता है :—

पूर्ववर्ती	अनुवर्ती
YZ............................	BC
XYZ.........................	ABC

अतः 'X' 'A' का कारण है, अथवा 'A' 'X' का परिणाम है। व्यतिरेक विधि के इन्हीं दो तरीकों से लागू होने संबंधी उदाहरणों को ध्यान में रखकर **मेलौन** (Mellone) ने व्यतिरेक विधि के स्वरूप को निम्नलिखित प्रकार से समझा है—*"When the addition of an agent is followed by the appearance or its substraction by the disappearance of a certain event, other circumstances remaining the same, the agent is causally connected with the event."*

कुछ वास्तविक उदाहरणों के द्वारा भी व्यतिरेक विधि को समझा जा सकता है। मान लिया जाय सामान्य रूप की हवा (यानी, जिसमें हवा में मौजूद सारे तत्त्व—ऑक्सिजन, नाईट्रोजन, आदि-मौजूद हों) से भरे एक बरतन में हम एक जलती हुई बत्ती ले जाते हैं और वह बत्ती वैसे ही जलती रह जाती है और फिर जब उस बरतन की हवा में से किसी प्रकार हम ऑक्सीजन को निकाल देते हैं, तो उसमें जलती हुई बत्ती ले जाने पर बुझ जाती है। इससे तो यही निष्कर्ष निकलता है कि ऑक्सीजन ही बत्ती के जलने का कारण है। उसी प्रकार यदि कुछ या एक व्यक्ति किसी होटल में अन्य चीजें खाते हैं और साथ में होटल में बना एक खास हलवा भी खाते हैं और उनकी तबीयत खराब हो जाती है (जैसा हमने प्रारम्भ में ही लिए गये उदाहरण में देखा है), पर कुछ अन्य व्यक्ति उसी होटल में अन्य सारी चीजें खाते हैं, पर वह हलवा नहीं खाते और उनकी तबीयत खराब नहीं होती, तो इससे यह निष्कर्ष निकलता है कि हलवा ही तबीयत खराब होने का कारण है। उसी प्रकार ऊपर बतलाये गये दूसरे तरीके के रूप में व्यतिरेक विधि को व्यावहारिक जीवन में हम इस रूप में लागू होते हुए देख सकते हैं कि कोई व्यक्ति कुछ चीजों को एक साथ मिलाकर खाता है, पर उसमें कोई मीठास नहीं मालूम पड़ता। फिर वह अपने खाने में गुड़ मिला देता है और उसका खाना मीठा लगने लगता है। इससे प्रायः निश्चित रूप से यह निष्कर्ष निकलता है कि गुड़ ही मीठास का कारण है। या फिर मान लिया जाय किसी गाँव में बहुत चोरी होती है और लोगों का चोरी के पीछे एक खास व्यक्ति पर संदेह जाता है। अन्य सारी परिस्थितियों के समान रखते हुए उस व्यक्ति को गाँव से बाहर बहुत दूर चले जाने को बाध्य कर दिया जाता है और चोरी बन्द हो जाती है। तो इससे तो यही निष्कर्ष निकलता है कि चोरी का कारण वह व्यक्ति ही था या कम-से-कम यह निष्कर्ष तो निकलता ही है कि चोरी के कारण में सम्मिलत एक तत्त्व (यानी कारणांश) वह व्यक्ति अवश्य था। और इन सभी उदाहरणों में कारण का पता लगने में व्यतिरेक विधि का हाथ है।

पर दैनिक जीवन में अक्सर इस विधि का दुष्प्रयोग या गलत प्रयोग होते भी देखा जाता है। हमनें देखा कि इस विधि के प्रयोग में मुख्य बात यह है कि अन्य सारी चीजों के समान रहते हुए जब एक नई चीज के उपस्थित होने से किसी विशेष घटना को उत्पन्न होते हुए हम पाते हैं, तो दोनों में कारण-कार्य संबंध हम मान लेते हैं। पर जैसे-तैसे बिना किसी सावधानी के ऐसा कर देने से एक दोष उत्पन्न हो जाता है जिसे हम *'Post hoc ergo propter hoc'* अर्थात् 'इसके बाद, इसलिए इसी के कारण' दोष कहते हैं। जैसे, यदि सारी परिस्थितियाँ समान दीखती हों और उसी में हमारा कोई मित्र चला आता हो और उसके आते ही किसी की मृत्यु हो जाती हो, तो हम समझ बैठ सकते हैं कि मित्र का आना ही उस व्यक्ति की मृत्यु का कारण है। पर ऐसा मानना व्यतिरेक विधि का दुष्प्रयोग होगा तथा उपर्युक्त दोष से ग्रसित होगा। असल में बात यह है कि व्यतिरेक विधि में सिर्फ एक बात में अन्तर के अलावा अन्य सारी परिस्थितियों में बिलकुल समानता होनी चाहिए। उपर्युक्त प्रकार की स्थितियों पर सरसरी तौर से देखने पर तो सारी बातें समान लगती है और सिर्फ एक ही बात में अन्तर या नयापन दिखलाई पड़ता है जिसके आते ही कोई घटना घट जाती है और हम तुरन्त उस नयापन को उस घटना का कारण मान लेते हैं। पर सूक्ष्म रूप से सारी परिस्थिति में प्रवेश कर छानबीन के बाद हो सकता है कि जो अन्य बातें सरसरी तौर पर बिलकुल समान लगती हैं, वस्तुतः वैसी हैं नहीं। इसलिए यद्यपि व्यतिरेक विधि व्यावहारिक जीवन में बहुत उपयोगी सिद्ध होती है, तथापि इसके प्रयोग में काफी सावधानी की आवश्यकता है। और एक बात तो सदैव ध्यान में रखने लायक है और वह यह है कि कारण कोई भी आकस्मिक पूर्ववर्ती नहीं, बल्कि नियत पूर्ववर्ती होता है।

ऊपर के विवरण से स्पष्ट लगता है कि व्यतिरेक विधि एक उपयोगी विधि है तथा यदि सावधानी के साथ इसका प्रयोग किया जाय तो इस अर्थ में यह निश्चित रूप से एक महत्त्वपूर्ण विधि है कि कारण-कार्य संबंध के विषय में जो एक संकेतमात्र अन्वय विधि के द्वारा हमें मिलता है, उसे यह विधि अधिक संपुष्ट करती है या यों कहें कि बहुत हद तक प्रमाणित कर देती है। इसीलिए इसे कभी-कभी प्रमाण-विधि (Method of Proof) की भी संज्ञा दी जाती है, जब कि अन्वय-विधि को सिर्फ एक अनुसंधान की विधि (Method of Discovery) की। पर आगे हम देखेंगे की अपनी खूबियों के बावजूद व्यतिरेक विधि कारण-कार्य संबंध को प्रमाणित करने में सक्षम नहीं है।

अन्वय-विधि से अधिक आकर्षक लगते हुए भी व्यतिरेक विधि में भी कई दोष हैं जो इसके प्रयोग को दोषपूर्ण बना देते हैं।

(i) सबसे पहली कठिनाई तो इस विधि के साथ यह है कि इसे जिस विशिष्ट प्रकार के दो उदाहरण चाहिए वैसा साधारणतः वास्तविकता में मिलना ही संभव नहीं है। प्रकृति की घटनाएँ अपने स्वाभाविक रूप में बड़ी जटिल होती हैं जिनमें से दो ऐसे उदाहरण ढूँढ़ना कि उनमें सबकुछ बिल्कुल एक जैसा हो और अन्तर सिर्फ इस बात में हो कि एक में कोई निश्चित घटना उपस्थित हो तथा दूसरे में न हो, बहुत कठिन है। कहा जा सकता है कि ऐसे उदाहरण निरीक्षण से नहीं, प्रयोग से मिलेंगे, पर देखा जा सकता है कि प्रयोग का क्षेत्र बहुत सीमित है और इसलिए व्यतिरेक विधि के लागू होने का क्षेत्र भी बहुत सीमित हो जायेगा।

(ii) बहुकारणवाद के द्वारा उपस्थित कठिनाई इस विधि के साथ भी लगी रह जाती है। यह विधि कुछ अधिक निश्चित रूप में यह बतलाती है कि अमुक घटना का अमुक कारण है, पर इससे यह कहाँ सिद्ध होता है कि उस घटना का वही एक कारण है?

(iii) इस विधि के साथ सबसे बड़ी कठिनाई यह है कि यह कारण तथा उसकी एक शर्त (condition) में भेद नहीं कर पाती। उसके प्रयोग में कभी-कभी कारण के एक अंश मात्र को घटना का पूरा कारण समझ लिया जा सकता है। उदाहरण के लिए, मान लिया जाय किसी खाने में स्वाद न हो और जब उसमें नमक मिला दिया जाता है तो उसमें स्वाद आ जाता है, तो इस विधि के अनुसार तो सिर्फ नमक को ही स्वाद का कारण मान लिया जायेगा पर वास्तविकता यह है कि नमक स्वाद का पूरा कारण नहीं है, बल्कि कारण का एक अंश मात्र है।

(iv) जैसा पहले भी हमने देखा है, इस विधि के प्रयोग के साथ *'Post hoc ergo propter hoc'* के दोष होने की संभावना बहुत अधिक है।

अन्य भी दोष इस विधि में हैं, जिनका संकेत हमें आगे तब मिलेगा जब हम प्रायोगिक विधियों की एक सामान्य समीक्षा प्रस्तुत करेंगे।

3. अन्वय-व्यतिरेक विधि (*The Joint Method of Agreement and Difference*)

जैसा नाम से ही स्पष्ट है, यह विधि अन्वय तथा व्यतिरेक विधियों का संयुक्त रूप है। अन्वय-विधि बतलाती है कि अन्य घटनाओं के साथ किसी घटना के नियत तथा सामान्य रूप से पूर्ववर्ती में मौजूद रहने से यदि अनुवर्ती में भी कोई घटना अन्य घटनाओं के साथ नियत और सामान्य रूप से मौजूद रहे तो दोनों घटनाओं में कारण-कार्य संबंध होने की भरपूर संभावना होती है। परन्तु हमने देखा है कि यह बात सदैव सत्य नहीं होती, विशेषकर बहुकरणबाद के चलते इसमें दोष आ जाता है। पानी के साथ यदि अलग-अलग दवाओं को मिलाकर हम किसी रोगी को देते हैं और रोगी अच्छा हो जाता है, तो अन्वय विधि के अनुसार तो पानी ही चंगापन का कारण हो जायेगा, चूँकि हर उदाहरण में नियत और सामान्य रूप से पानी ही मौजूद है। पर ऐसा है नहीं। इसीलिए दो घटनाओं में कारण-कार्य संबंध है, इसे अधिक संपुष्ट करने के लिए यह जरूरी है कि हम सिर्फ ऐसे उदाहरण ही न लें जिसमें यह देखा जा सके कि अन्य घटनाओं के साथ यदि कोई घटना पूर्ववर्ती में मौजूद रहती है तो अनुवर्ती में एक विशेष घटना भी अन्य घटनाओं के साथ मौजूद रहती है, बल्कि ऐसे उदाहरण भी लें जिसमें यह देखा जा सके कि यदि वह घटना पूर्ववर्ती से गायब हो जाती है तो अनुवर्ती से भी वह विशेष घटना गायब हो जाती है। ऐसा करने से हम अधिक निश्चितता के साथ यह कह सकते हैं कि दोनों घटनाओं में कारण-कार्य संबंध है। और यह दूसरे प्रकार का उदाहरण व्यतिरेक विधि का उदाहरण है। अतः अन्वय-व्यतिरेक विधि में किसी घटना की उपस्थिति तथा अनुपस्थिति दोनो ही स्थितियों में किसी अन्य विशेष घटना के साथ क्या होता है, यह देखकर कारण-कार्य संबंध होने का अनुमान लगाया जाता है, सिर्फ उपस्थिति या सिर्फ अनुपस्थिति देखकर नहीं। इसीलिए यह विधि अन्वय तथा व्यतिरेक विधियों का एक संयुक्त रूप हमारे सामने प्रस्तुत करती है। **मिल** इस विधि को निम्नलिखित रूप में प्रस्तुत करते हैं—*"If two or more instances in which the phenomenon under investigation occurs have only one circumstance in comman, while two or more instances in which it does not occur have nothing in comman, save the absence of the circumstance, the circumstance in which alone the two sets of instances differ, is the effect, or cause, or an indispensable part of the cause of the phenomenon."*[1] अर्थात् यदि दो या अधिक ऐसे उदाहरणों में जिनमें खोज की जानेवाली

1. Mill, *A System of Logic*, vol. I; p. 458.

घटना मौजूद हो एक ही परिस्थिति में मेल हो, जब कि दो या अधिक ऐसे उदाहरणों मे जिनमें वह मौजूद नहीं हो उस परिस्थिति की अनुपस्थिति के अलावा और किसी बात में मेल नहीं हो, तो जिस परिस्थिति (या बात) में दोनों प्रकार के उदाहरणों में भेद है वही खोज की जानेवाली घटना का परिणाम या कारण या अनिवार्य कारणांश है। सरल शब्दों में मिल के कथन का निचोड़ यह मालूम पड़ता है कि **यदि अन्य घटनाओं के साथ किसी घटना की उपस्थिति में किसी अन्य घटना की भी उपस्थिति हो, तथा उसकी अनुपस्थिति या अभाव में उस अन्य घटना का भी अभाव हो, तो दोनों में कारण-कार्य संबंध रहता है।**

उदाहरण के द्वारा हम इस विधि के प्रयोग को अधिक अच्छी तरह समझ सकते हैं। पहले सांकेतिक उदाहरण लिया जाय। सुविधा के लिए ऊपर वर्णित प्रथम प्रकार के उदारहण (यानी अन्वय बिधि से संबंधित उदाहरण) को भावात्मक तथा दूसरे प्रकार के उदाहरण(यानी, व्यतिरेक विधि से संबंधित उदाहरण) को अभावात्मक उदाहरण कह सकते हैं।

भावात्मक उदाहरण	अभावात्मक उदाहरण
ABC...............XYZ	ABC..............XYZ
ADE................XVW	BC...................YZ
AFG.................XTU	

हम देख सकते हैं कि भावात्मक उदाहरणों में सभी में पूर्ववर्ती में 'A' है तो अनुवर्ती में 'X' है और यही वह बात है जिसमें तीनों उदाहरणों में मेल है। इसलिए इनसे ऐसा संकेत मिलता है कि 'A' 'X' का कारण है अर्थात् 'A' तथा 'X' में कारण-कार्य संबंध है। अभावात्मक उदाहरणों में पहले में तो पूर्ववर्ती में अन्य घटनाओं के साथ 'A' है तो अनुवर्ती में 'X' है पर दूसरे में जब 'A' अनुपस्थित है, तो अनुवर्ती से 'X' भी अनुपस्थित है। इस प्रकार इस अभावात्मक उदाहरण से भावात्मक उदाहरणों द्वारा संकेतित 'A' और 'X' के बीच का कारण-कार्य संबंध संपुष्ट हो जाता है। ये दोनों उदहारण स्पष्ट रूप से क्रमशः अन्वय तथा व्यतिरेक विधियों के उदाहरण हैं।

पर मिल ने जिस रूप में (या जिन शब्दों में) अन्वय व्यतिरेक विधि के सैद्धान्तिक रूप को हमारे सामने रखा है, उसके आलोक में अभावात्मक उदाहरण का निम्नलिखित रूप भी हो सकता है :—

BCD................................ YZV
DEF................................. VWT
GHI.................................. USR

इसमें हम देख सकते हैं पूर्ववर्ती वाले सभी उदाहरणों में किसी बात में मेल नहीं है—सिर्फ एक बात को छोड़कर और वह है 'A' का अभाव। इस स्थिति में अनुवर्ती के भी सभी उदाहरणों में एक ही बात में मेल है और वह है 'X' का सबों में अभाव। इस प्रकार इस अभावात्मक उदाहरण को ऊपर के भावात्मक उदाहरण के साथ मिलाकर देखने से यह स्पष्ट हो जाता है कि पहले में सभी पूर्ववर्तियों में 'A' के होने से अनुवर्तियों में 'X' का अभाव है। इस प्रकार दोनों उदाहरणों को मिलाकर देखने पर 'A' तथा 'X' में कारण-कार्य संबंध सपुष्ट हो जाता है।

भावात्मक उदाहरण के साथ पहले अभावात्मक उदहारण को मिलाकर देखने पर तो

अन्वय-व्यतिरेक विधि स्पष्ट रूप से अन्वय तथा व्यतिरेक विधियों का संयुक्त रूप लगती है, पर दूसरे अभावात्मक उदाहरण को साथ मिलाकर देखने पर अन्वय व्यतिरेक विधि अन्वय विधि का ही एक रूपान्तर सिद्ध होती है। ऐसा इसलिए चूँकि हम देख सकते हैं कि दोनों उदाहरणों में पूर्ववर्तियों तथा अनुवर्तियों में सिर्फ एक ही बात में मेल है—भावात्मक में यह कि 'A' के सभी पूर्ववर्तियों में होने से अनुवर्तियों में सभी में 'X' की उपस्थिति है तथा अभावात्मक में यह कि 'A' के सभी पूर्ववर्तियों में अभाव होने से अनुवर्तियों में सबों में 'X' का अभाव है। इस प्रकार पहले में A—X की उपस्थिति अथवा भाव का मेल (Agrement in presence) है तथा दूसरे में A—X की अनुपस्थिति अथवा अभाव का मेल(Agreement in absence) है। अतः दोनों में एक बात में मेल के आधार पर कारण-कार्य संबंध के विषय में अनुमान लगाया गया है। इसीलिए यह एक दृष्टि से अन्वय विधि का ही रूपान्तर है। परन्तु खोज की जानेवाली घटना ('A') की उपस्थिति तथा अनुपस्थिति दोनों से संबंधित उदाहरण लेकर यह देखने से कि अनुवर्ती में एक विशेष घटना की उपस्थिति-अनुपस्थिति की स्थिति क्या रहती है, कारण-कार्य संबंध के विषय में निकाले गये निष्कर्ष की सत्यता की संभावना बढ़ जाती है। और इस प्रकार के दो उदाहरण लेने से अन्वय-विधि के साथ-साथ यहाँ प्रत्यक्ष या अप्रत्यक्ष (Direct or indirect) रूप में व्यतिरेक विधि का भी प्रयोग हो जाता है।

इस विधि के वास्तविक उदाहरण के रूप में निम्नलिखित को देखा जा सकता है। मान लिया जाय कोई व्यक्ति अपने रोज के खाने में कई चीजें बदल-बदल कर खाता है, पर प्रत्येक खाने के बाद दूध पी लेता है। ऐसा करने से उसे अपच हो जाता है। चूँकि सभी भोजनों में दूध सामान्य है, इसलिए अन्वय विधि के आधार पर स्पष्टः निष्कर्ष निकलता है कि दूध पीना अपच का कारण है। पर वह व्यक्ति कुछ ऐसे उदाहरणों को भी देखता है जिनमें वह उन्हीं पदार्थों को बदल-बदल कर खाता है जिन्हें पहले खाता था, पर किसी खाने के बाद दूध नहीं पीता है। ऐसा करने से उसका अपच समाप्त हो जाता है। तो इस प्रकार का अभावात्मक उदाहरण उसके अन्वय विधि वाले निष्कर्ष को सम्पुष्ट कर देता है। यानी यों कहें, कि भावात्मक तथा अभावात्मक दोनों प्रकार के उदाहरण लेने से दूध पीना तथा अपच के बीच कारण-कार्य संबंध सापेक्षतः अधिक संभावना के साथ सत्य होता सिद्ध होता है। और यहाँ स्पष्टतः अन्वय-व्यतिरेक विधि का प्रयोग हुआ है।

ऊपर के विवरण से देखा जा सकता है कि अन्वय-व्यतिरेक विधि अन्वय तथा व्यतिरेक में से किसी से भी अधिक उपयोगी है तथा कारण-कार्य संबंध स्थापित करने की दिशा में अधिक विश्वसनीय रूप में सक्षम हैं। बहुकारणवाद से बहुत हद तक यह अन्वय विधि की रक्षा करती है। परन्तु यह भी कमजोरियों से मुक्त नहीं है और इसलिए यह नहीं कहा जा सकता कि कारण-कार्य संबंध को यह विधि सिद्ध कर देती है। इसके द्वारा कारण-कार्य संबंध की संभावना कुछ अधिक संपुष्ट हो जाती है, पर फिर भी संबंध की निश्चितता में संदेह के कई आधार शेष रह ही जाते हैं, जो निम्नलिखित हैं :—

(i) जैसा ऊपर कहा गया है, अभावात्मक उदाहरणों का सहारा लेकर यह विधि अन्वय-विधि की बहुत हद तक बहुकारणवाद से रक्षा करती है, पर इस दोष की संभावना को यह विधि भी पूर्णरूपेण दूर नहीं कर पाती। हो सकता है कि जिन कुछ उदाहरणों में हमने देखा हो उनमें हम बराबर पाते रहे हों कि पूर्ववर्ती में 'A' का अभाव होने पर अनुवर्ती में 'X'

का अभाव हो जाता है, परन्तु जिन उदाहरणों के पूर्ववर्ती में 'A' के अनुपस्थित रहने पर भी 'X' अनुवर्ती में उपस्थित रहे वैसे उदाहरणों को हमनें नहीं देखा हो। और ऐसा हो सकता है चूँकि 'X' का असली कारण 'A' के अलावा कुछ और हो सकता है, और यह मात्र आकस्मिक था कि कुछ उदाहरणों में 'A' के अभाव में 'X' का भी अभाव पाया गया।

(ii) इस विधि के प्रयोग में अनिरीक्षण का दोष (Fallacy of Non-observation) हो जाने की काफी संभावना है। एक खास घटना के साथ जिसे किसी दूसरी घटना की उपस्थिति तथा अनुपस्थिति दोनों में साहचर्य देखकर हम उसे उस घटना का कारण समझ लेते हैं, हो सकता है कि दोनों का साहचर्य मात्र आकस्मिक हो और जिस घटना के साथ घटना का वास्तव में कारण-कार्य संबंध हो, उसका निरीक्षण छूट ही गया हो, वह हमारी निरीक्षण सीमा के अन्तर्गत आया ही न हो। इसलिए उस विधि के साथ अनिरीक्षण के दोष की संभावना से बिलकुल इनकार नहीं किया जा सकता।

(iii) अन्वय विधि के दोषों की चर्चा करते वक्त हमनें पाया है कि इसके आधार पर हम एक ही घटना के सह-परिणामों में कारण-कार्य संबंध स्थापित कर दे सकते हैं। अन्वय-व्यतिरेक विधि से इस सिलसिले में यह आशा की जा सकती है कि चूँकि वह उपस्थिति तथा अनुपस्थिति दोनों में ही साहचर्य के आधार पर कारण-कार्य संबंध स्थापित करती है, इसलिए इसमें इस प्रकार के दोष की संभावना नहीं होगी। पर हम देख सकते हैं कि इस संभावना को इस विधि के प्रयोग के बावजूद हम निश्चित रूप से नहीं टाल सकते, चूँकि सहपरिणामों के साथ ऐसा होना संभव है कि एक की उपस्थिति में दूसरा उपस्थित हो तथा एक की अनुपस्थिति में दूसरा अनुपस्थित।

4. अवशिष्ट विधि (*Method of Residues*)

प्रकृति की घटनाएँ बहुत सरल न होकर प्रायः जटिल हुआ करती हैं, जिनमें प्रायः बहुत से कारण एक साथ मिलकर किसी संयुक्त परिणाम को पैदा करते हैं। ऐसी स्थिति में संयुक्त परिणाम यानी जटिल घटना का पूर्ण कारण एक ही बार में प्राप्त करना कठिन हो जाता है। इसलिए यदि उसमें से कुछ अंश का कारण किसी पूर्व आगमन के द्वारा पता लगा लिया जाय तो शेष अंश का कारण पता लगाने में इस विधि का उपयोग किया जा सकता है। यही बात कारण के दिये रहने पर परिणाम का पता लगाने के संबंध में भी लागू होगी, यानी, यदि कारण के कुछ अंश का परिणाम ज्ञात हो, तो शेष अंश के परिणाम की जानकारी के लिए इस विधि का उपयोग हो सकता है।

इस विधि का उपयोग इस रूप में होता है कि किसी जटिल घटना से संबंधित पूर्ववर्ती तथा अनुवर्ती के उदाहरण लिए जाते हैं। अब यदि किसी पूर्व आगमन या अनुभव द्वारा यह ज्ञात हो कि पूर्ववर्ती का कुछ अंश अनुवर्ती के एक खास अंश का कारण है (या यह ज्ञात हो कि अनुवर्ती का कुछ अंश पूर्ववर्ती के एक खास अंश का परिणाम है) तो यह अनुमान लगाया जाता है कि पूर्ववर्ती का शेषांश पूर्ववर्ती के शेषांश का परिणाम है)। इसीलिए इस विधि को अवशिष्ट (शेषांश) विधि कहते हैं। **मिल** ने इस विधि को स्पष्ट करते हुए कहा है—"*Subduct from any given phenomenon such part as is known by previous induction to be the effect of certain antecedents, and the residue of the phenomenon is the effect of the remaining antecedents.*"। अर्थात् किसी घटना से

1. मिल (Mill), *A System of Logic*, vol. I, पृ॰ सं॰ 460

ऐसे अंश को घटा लें जिसके संबंध में किसी पूर्व आगमन द्वारा ज्ञात है कि वह कुछ पूर्ववर्तियों का परिणाम है, और तब घटना का शेष अंश बचे हुए पूर्ववर्तियों का परिणाम होगा। एक सांकेतिक उदाहरण लेकर इसे समझ सकते हैं :—

पूर्ववर्ती	अनुवर्ती
ABC	XYZ

पूर्व आगमन द्वारा यह ज्ञात है कि—

X परिणाम है A का (अथवा 'A' X का कारण है)

Y परिणाम है B का (अथवा 'B' 'Y' का कारण है)

∴ अवशिष्ट Z परिणाम होगा C का (अथवा 'C' 'Z' का कारण होगा)

दैनिक जीवन में अक्सर इस विधि का प्रयोग होता है। किसी तरल पदार्थ के वजन को जानने के लिए पहले किसी खाली बरतन का वजन ले लिया जाता है। फिर उस बरतन में उस तरल पदार्थ को डालकर दोनों का संयुक्त वजन ले लिया जाता है। अब चूँकि बरतन का वजन पहले से ज्ञात है, इसलिए उसे संयुक्त वजन में से घटा दिया जाता है। अवशिष्ट वजन तरल पदार्थ का बच जाता है।

वैज्ञानिक खोजा में भी कभी-कभी इस विधि से महत्त्वपूर्ण सहायता मिलती है। आर्गन (Argon) नामक गैस का पता इस विधि के प्रयोग से लगा था। यह देखा गया कि हवा से प्राप्त नाइट्रोजन के वजन अन्य स्रोतों से प्राप्त नाइट्रोजन के वजन से कुछ भारी है। इस अधिक वजन यानी अवशेष वजन का कारण क्या है? अंदाज लगाया गया कि इस अधिक वजन का कारण अवश्य ही हवा से प्राप्त नाइट्रोजन में किसी अन्य गैस का मिला हुआ होना होगा और विश्लेषण से ऐसा पाया गया कि सचमुच हवा से प्राप्त नाइट्रोजन में एक और गैस सम्मिलित था जिसका नाम आर्गन दिया गया।

कुछ इसी प्रकार की विधि का प्रयोग कर नेप्च्यून (Neptune) ग्रह का पता लगाया गया। यूरेनस (Urenus) नामक एक ग्रह के संबंध में यह पाया गया कि इसके भ्रमण-मार्ग (orbit) के विषय में लगाये गये हिसाब से इसके वास्तविक भ्रमण-मार्ग में कुछ अन्तर पड़ता था। अब समस्या उठी कि इस अन्तर या अवशेष का कारण क्या है? अन्दाज लगाया गया कि इसका कारण अवश्य ही कोई नया ग्रह होगा जो अब तक अज्ञात है। उसी की आकर्षण शक्ति के चलते मार्ग में यह अन्तर पड़ता है। और निरीक्षण करने पर पता चला कि सचमुच ही एक ऐसा ग्रह है जो यूरेनस के मार्ग को प्रभावित कर रहा है। उस ग्रह का नाम नेप्च्यून दिया गया।

हम देख सकते हैं कि अवशिष्ट विधि के द्वारा कारण का सिर्फ संकेत मिलता है, वह प्रमाणित नहीं होता। यह विधि मौलिक तथा स्वतंत्र विधि नहीं है। इसका प्रयोग किसी पूर्व आगमन या पूर्व अनुभव द्वारा प्राप्त ज्ञान पर निर्भर करता है। यह विधि कारण से संबंधित इस सिद्धान्त पर आधारित है कि यदि कोई घटना किसी विशेष घटना के कारण के रूप में पहले से ज्ञात है तो वह किसी अन्य घटना का कारण नहीं हो सकती (*Nothing is the cause of a phenomenon which is known to be the cause of a different phenomenon.*)।

हमने ऊपर देखा कि यह विधि दैनिक जीवन तथा वैज्ञानिक अनुसंधान दोनों में ही उपयोगी है, परन्तु उसकी कमजोरी है कि यह स्वतंत्र विधि नहीं है। फिर इसके द्वारा कारण या परिणाम का निश्चित पता नहीं मिलता, सिर्फ एक संकेत मिलता है। इसीलिए मेलौन (Mellone)

ने इस विधि के संबंध में कहा है कि यह अब तक व्याख्या-शून्य घटनाओं के लिए एक इशारा ("Finger post to the unexplained") है। आर्गन तथा नेप्च्यून के अनुसंधान संबंधित बातों से यह स्पष्ट है। पर हमें ध्यान रखना होगा कि यह कठिनाई प्रायः सभी विधियों के साथ है। इस विधि के साथ यह भी कठिनाई हो सकती है कि जिस अवशिष्ट को हम अवशिष्ट अनुवर्ती का कारण मानते हैं, वह अकेले उसका कारण न हो, बल्कि जिन तत्त्वों को हम दूसरी अनुवर्तियों के कारण के रूप में अलग कर देते हैं, उनके साथ मिलकर ही यह अवशिष्ट अनुवर्ती को उत्पन्न करने में सक्षम हो। जैसे यदि पूर्ववर्ती में ABC हो और अनुवर्ती में XYZ, और हम यह जानते हों कि XY का कारण AB है, तो अवशिष्ट विधि के आधार पर हमारा साधारण अनुमान होगा कि 'C' 'Z' का कारण है। पर ऐसा नहीं भी हो सकता। हो सकता है कि जब C AB के साथ रहता हो तभी वह Z को उत्पन्न करने में समर्थ हो, अकेले या स्वतंत्र रूप में नहीं।

5. सहचारी परिवर्तन विधि (*Method of Concomitant Variation*)

कुछ अर्थ में यह विधि अन्य प्रायोगिक विधियों से भिन्न है। ऊपर वर्णित किसी भी विधि के प्रयोग में पूर्ववर्ती अथवा अनुवर्ती की घटनाओं में किसी विशेष मात्रा में या किसी विशेष ढंग से परिवर्तन का कारण-कार्य संबंध की स्थापना में कोई ध्यान नहीं रखा गया है। पर इस विधि की यही विशेषता है कि इसके द्वारा कारण-कार्य संबंध की स्थापना में इस बात पर ध्यान दिया जाता है कि क्या पूर्ववर्ती में किसी विशेष रूप में परिवर्तन के साथ-साथ अनुवर्ती में भी किसी विशेष रूप का परिवर्तन होता है। यदि ऐसा है तो यह अंदाज लगाया जाता है कि अवश्य ही दोनों के बीच कारण-कार्य संबंध जैसा कोई संबंध है। इसीलिए इस विधि को सहचारी (यानी साथ-साथ) परिवर्तन विधि की संज्ञा दी जाती है। इस विधि को **मिल** निम्नलिखित रूप में रहते हैं— "*Whatever phenomenon varies in any manner whenever another phenomenon varies in some particular manner is either a cause or an effect of that phenomenon or is connected with it through some fact of causation.*"। अर्थात् जब दो घटनाएँ आपस में इस प्रकार संबंधित हो कि एक में किसी खास विधि में परिवर्तन होने से दूसरे में भी एक विशेष रूप में परिवर्तन होने लगता है, तो दोनों घटनाएँ किसी-न-किसी रूप में परस्पर कारण-कार्य संबंध में बंधी हो सकती हैं।

यह परिवर्तन दो तरह का हो सकता है—(1) सीधा (direct) या (2) विपरीत (inverse)। सीधा परिवर्तन से तात्पर्य है कि जब एक में एक विशेष अनुपात में वृद्धि होती हो तो दूसरे में भी एक विशेष अनुपात में वृद्धि हो और यदि एक में ह्रास हो तो दूसरे में भी एक विशेष अनुपात में ह्रास हो। विपरीत परिवर्तन से तात्पर्य है कि यदि एक में एक विशेष अनुपात में वृद्धि हो तो दूसरे में एक विशेष अनुपात में ह्रास हो, तथा यदि एक में ह्रास हो तो दूसरे में विशेष अनुपात में वृद्धि हो। सहचारी परिवर्तन विधि इन दोनों प्रकार के परिवर्तनों से संबंधित घटनाओं में कारण कार्य संबध मानती है।

उदाहरण से बात अधिक स्पष्ट होगी। मान लिया जाय 'A' कोई घटना है जिसके बढ़ने तथा घटने के उदाहरण हम लेते हैं। बढ़ने का संकेत हम '+' चिह्न के द्वारा करेंगे तथा घटने का संकेत '–' चिह्न द्वारा। 'A' के साथ रहने वाली परिस्थितियाँ समान भी हो सकती हैं और भिन्न-भिन्न भी। यदि 'A' को हम पूर्ववर्ती के रूप में लें तो हम देखेंगे कि क्या अनुवर्ती में भी कोई घटना है जो 'A' के साथ-साथ एक निश्चित अनुपात में बढ़ती घटती है। यदि

हाँ तो उस अनुवर्ती घटना का 'A' के साथ कारण-कार्य संबंध होगा। उदाहरण :—

(1)	ABC..........................	XYZ
	+ABC........................	+XYZ
	–ABC........................	– XYZ
(2)	ABC..........................	XYZ
	+ABC........................	– XYZ
	– ABC........................	+ XYZ

पहले उदाहरण में हम देख सकते हैं कि पूर्ववर्ती में 'A' जैसे-जैसे बढ़ता या घटता है, अनुवर्ती में 'X' भी वैसे ही बढ़ता या घटता है। दूसरे उदाहरण में हम देखते हैं कि 'A' के बढ़ने से अनुवर्ती में 'X' घटता है तथा पूर्ववर्ती में 'A' के घटने से अनुवर्ती में 'X' बढ़ता है। दोनों ही स्थितियों में 'A' 'X' का कारण मालूम पड़ता है चूँकि 'A' में परिवर्तन के साथ 'X' में भी सहचारी परिवर्तन होता पाया जाता है। इन उदाहरणों में 'A' के साथ आनेवाली अन्य परिस्थितियाँ एक ही हैं (BC), पर ये भिन्न-भिन्न भी हो सकती हैं।

व्यावहारिक जीवन तथा विज्ञान में भी सहचारी परिवर्तन विधि के प्रयोग द्वारा कारण-कार्य संबंध के संकेत के उदाहरण मिलते हैं। जब कोई व्यापारी टेलिवीजन, रेडियो आदि संचार माध्यमों से अपने सामान का विज्ञापन तेज कर देता है या बढ़ाता है तो पाता है कि उसके सामान की बिक्री बढ़ जाती है और जब वह ऐसे विज्ञापन कम कर देता है, तो उसके सामान की बिक्री कम हो जाती है। इससे वह स्वाभाविक रूप से यह निष्कर्ष निकालता है कि विज्ञापन तथा सामान की बिक्री में कारण-कार्य संबंध है। यहाँ कारण-कार्य संबंध का अंदाजा पूर्ववर्ती तथा अनुवर्ती दोनों में समान रूप से वृद्धि या ह्रास में साहचर्य के आधार पर लगाया गया है। फिर यदि कोई व्यापारी यह देखता है कि किसी सामान का उत्पादन घटा देने पर बाजार में उसकी कीमत बढ़ जाती है तथा उत्पादन बढ़ा देने पर बाजार में उसकी कीमत घट जाती है, तो यहाँ भी उत्पादन के बढ़ने-घटने तथा कीमत के घटने-बढ़ने में वह एक कारण-कार्य संबंध स्थापित कर लेता है। यहाँ कारण-कार्य संबंध विषयक निष्कर्ष पूर्ववर्ती तथा अनुवर्ती के बीच विपरीत परिवर्तन के संबंध के आधार पर निकालता है। विज्ञानों में भी इस विधि का प्रयोग कर कारण-कार्य संबंध स्थापित किया जाता है। हम पाते हैं कि जैसे-जैसे गर्मी(Heat)बढ़ती है वैसे-वैसे तापमान(Temperature)भी बढ़ता है, जिसका संकेत हमें थर्मामीटर के ऊपर चढ़ते पारा से मिलता है। इससे यह निष्कर्ष निकाला जाता है कि गर्मी तथा तापमान (अथवा थर्मामीटर के पारा चढ़ने) में कारण-कार्य संबंध है। उसी प्रकार हवा के दबाव तथा बैरोमीटर का पारा चढ़ने-उतरने में कारण-कार्य संबंध का संकेत हमें इसी विधि के द्वारा मिलता है। हम जानते हैं कि हम जैसे-जैसे ऊँचाई पर जाते हैं हवा का दबाव कम होता जाता है और हम देखते हैं कि किसी बैरोमीटर को जैसे-जैसे हम ऊँचाई की ओर ले जाते हैं उसका पारा नीचे की ओर गिरता जाता है। इस प्रकार हवा के दबाव का बैरोमीटर के पारा की ऊँचाई के साथ कारण-कार्य संबंध मालूम पड़ता है। उसी प्रकार चन्द्रमा के स्थान-परिवर्तन तथा ज्वार-भाटा के कम या अधिक तेजी से उठने में भी कारण-कार्य संबंध इसी विधि के आधार पर माना जाता है।

एक अर्थ में यह विधि अन्य सभी विधियों की तुलना में वैज्ञानिक दृष्टि से अधिक महत्त्वपूर्ण है, चूँकि इसमें घटनाओं में परिवर्तन की मात्रा के माप आदि का एक स्थान है।

पूर्ववर्ती में किसी घटना में परिवर्तन के साथ अनुवर्ती की किसी घटना में किस मात्रा में, किस हिसाब से परिवर्तन हो रहा है, यह निर्धारित करना आवश्यक है। तभी हम दोनों में कारण-कार्य संबंध की संभावना के विषय में सोच सकते हैं। कह सकते हैं कि यह विधि एक परिमाणात्मक विधि है, चूँकि यह घटनाओं में परिवर्तन की मात्रा या उसके परिमाण से संबंधित है। परिमाणात्मक परिवर्तन के माप के आधार पर यह विधि कारण-कार्य संबंध विषयक कुछ ठोस निष्कर्ष हमें प्रदान कर सकती है।

फिर ऐसे भी बहुत क्षेत्र या अवसर हैं जिनमें व्यतिरेक विधि, अन्वय-व्यतिरेक विधि या अन्य किसी विधि को लागू करना ही संभव नहीं होता। जैसे व्यतिरेक या अन्वय-व्यतिरेक विधि को लागू होने के लिए ऐसे उदाहरणों की आवश्यकता पड़ती है जिनमें से कुछ में खोज की जाने वाली घटना मौजूद हो और कुछ में नहीं। पर कुछ चीजें ऐसी हैं जिनका बिलकुल अभाव आम तौर पर कठिन है। ऐसी चीजों में वायु, ताप, गुरूत्वाकर्षण आदि का नाम लिया जा सकता है। उनकी मात्रा में परिवर्तन होता रहता है, पर इनका बिलकुल अभाव कुछ विशिष्ट परिस्थितियों में ही संभव है, जिनका कृत्रिम रूप से निर्माण करना होगा। इसलिए इनके संबंध में अध्ययन के लिए सहचारी परिवर्तन विधि अधिक सहायक हो सकती है। इनमें परिवर्तनों के साथ-साथ कुछ अन्य सहचारी परिवर्तन भी प्रकृति में होते रहते हैं, जिनके संबंध में कारण-कार्य विषयक अध्ययन सहचारी परिवर्तन विधि के माध्यम से किया जा सकता है।

परन्तु इन विशेषताओं के बावजूद इस विधि की कुछ कठिनाइयाँ और सीमाएँ भी हैं जो निम्नलिखित हैं :–

(i) सबसे पहली कठिनाई यह है कि यह विधि कभी-कभी कारण कार्य संबंध के विषय में हमें गलत संकेत दे सकती है। कुछ सहचारी परिवर्तन ऐसे हैं जो एक निश्चित सीमा के बाद उसी क्रम में नहीं चलते। उदाहरण के लिए, जैसे-जैसे ताप में वृद्धि होती है जल के धनफल का विस्तार होता चला जाता है तथा ताप में कमी होने से जल के धनफल में क्रमशः कमी होती जाती है। परन्तु एक निश्चित सीमा के बाद यह सहचार टूट जाता है। जाँच के द्वारा यह पाया गया है कि 39.4 डिग्री से नीचे ताप आने पर जल में सिकुड़न के बजाय फैलाव शुरू होता जाता है। इस प्रकार यदि इस सीमा के पूर्व के ही सहचार के उदाहरणों को देखकर हम ताप में कमी तथा जल के धनफल के सिकुड़न में कारण-कार्य संबंध मान लें तो वह गलत हो जायेगा। इस प्रकार इस विधि के प्रयोग में काफी सावधानी की जरूरत है तथा सहचारी परिवर्तनों को विभिन्न परिस्थितियों में तथा काफी दूर तक देखने की आवश्यकता है।

(ii) सहचारी परिवर्तन की एक सीमा है कि यह विधि वहीं लागू हो सकती हैं जहाँ परिवर्तन की मात्रा स्पष्ट तथा सुनिश्चित हो ताकि उसे मापा जा सके। परन्तु प्रकृति में घटनाओं में परिवर्तन सदैव इसी रूप में नहीं होता कि उसके क्रम को निश्चित रूप में मापा जा सके तथा दो घटनाओं के परिवर्तन को परस्पर कोई आनुपातिक रूप दिया जा सके। फिर परिवर्तन सदैव परिमाणात्मक ही नहीं होते, बल्कि गुणात्मक भी होते हैं। गुणात्मक परिवर्तनों के संबंध में इस विधि को लागू नहीं किया जा सकता।

(iii) इस विधि के प्रयोग में कभी-कभी यह भी कठिनाई हो सकती है कि हम एक ही कारण के दो सहपरिणामों में कारण-कार्य संबंध स्थापित कर दें। कभी-कभी दो चीजों में आनुपातिक ढंग से सहचारी परिवर्तन हो सकते हैं, पर फिर भी दोनों में कारण-कार्य संबंध नहीं भी हो सकता है। इस प्रकार सहचारी परिवर्तन विधि का प्रयोग कभी-कभी हमें भ्रम में

भी डाल सकता है। उदाहरण के लिए, हम देखते हैं कि जैसे-जैसे जाड़ा बढ़ता है, दिन छोटा होता चला जाता है तथा जैसे-जैसे जाड़ा घटता है और गर्मी बढ़ती है, दिन बड़ा होता चला जाता है। सहचारी परिवर्तन विधि के अनुसार समझा जा सकता है कि जाड़े का बढ़ना ही दिन छोटा होने का कारण है, पर वास्तव में ऐसा है नहीं। दोनों एक ही कारण, यानी पृथ्वी की गति, के सह-परिणाम हैं।

6. प्रायोगिक विधियों की सामान्य समीक्षा

जैसा हम प्रायोगिक विधियों की उपर्युक्त व्याख्या एवं समीक्षा के आधार पर देख सकते हैं, ये विधियाँ वैज्ञानिक खोजों के संदर्भ में उपयोगी तथा महत्त्वपूर्ण हैं पर इनकी कमजोरियाँ तथा सीमाएँ यह स्पष्ट कर देती हैं कि किसी भी प्रकार ये विधियाँ उन बातों पर खरी नहीं उतरती जिनका दावा मिल उनके संबंध में करते हैं। मिल का दावा है कि ये विधियाँ वैज्ञानिक खोज (Discovery) की विधियाँ हैं और इनमें से कुछ तो प्रमाण (Proof) की विधियाँ भी कही जा सकती है, चूँकि वे निश्चित रूप से घटनाओं के बीच कारण-कार्य संबंध स्थापित करने में समर्थ हैं। मिल का दावा है कि इस प्रकार के कारण-कार्य संबंध स्थापित कर उनके आधार पर सामान्य वैज्ञानिक नियमों की स्थापना करनेवाली ये एकमात्र विधियाँ *("The only possible modes of experimental enquiry")* हैं। मिल का ऐसा भी मानना है कि यदि वैज्ञानिक अनुसंधान में निरीक्षण तथा प्रयोग का महत्त्वपूर्ण हाथ माना जाता है तो यह मानना पड़ेगा कि किसी भी ऐसे अनुसंधान में प्रायोगिक विधियों में से किसी एक अथवा कुछ का हाथ अवश्य रहा है। **मिल** के शब्दों में—*" If no discoveries were ever made by the ....methods..........none were made by observation and experiment; for assuredly if there were, it was by process reducible to one or other of those methods."*[1] परन्तु आलोचकों का ऐसा मानना है कि यदि प्रायोगिक विधियों के आगमनात्मक स्वरूप को ठीक से समझा जाय तथा उनमें निहित कुछ महत्त्वपूर्ण दोषों को गंभीरता से समझने की चेष्टा की जाय तो हम देख सकते हैं कि मिल के उनके संबंध में उपर्युक्त दावे बिलकुल खोखले सिद्ध होते हैं तथा वे प्रमाण की विधियाँ (कारण-कार्य संबंध सिद्ध करने वाली विधियाँ) तो नहीं ही हैं, अनुसंधान की विधियाँ (कारण-कार्य संबंध ढूँढ़ निकालने वाली विधियाँ) भी नहीं सिद्ध होतीं।

ये विधियाँ प्रमाण की विधियाँ नहीं हो सकती, यह तो उनके मौलिक **आगमनात्मक** स्वरूप में ही निहित है। समस्त विधियाँ कुछ **निरीक्षित** पूर्ववर्ती तथा अनुवर्ती उदाहरणों पर आधारित हैं और हम जानते हैं कि कुछ ही निरीक्षित उदाहरणों के आधार पर निकाले गये निष्कर्ष कभी निश्चित नहीं हो सकते, यानी, अधिक स्पष्ट शब्दों में, उनके आधार पर स्थापित कारण-कार्य संबंधों में निश्चितता नहीं हो सकती। उदाहरणों की संख्या बढ़ाकर कारण-कार्य संबंध की संभावना को बढ़ाया जा सकता है, पर किसी भी स्थिति में निश्चितता प्राप्त नहीं की जा सकती। **कोपी** (Copi) तथा कोहेन (Cohen) ने बड़े ही स्पष्ट शब्दों में इस संबंध में कहा है—*"The plain fact is that there is a deep difference between deduction and induction. A valid deductive argument coustitutes a proof, or demonstration, but every inductive argument is at best probable. therefore, Mill's claim that his methods were 'methods of proof' must be rejected............"*[2]

---

1. मिल, *A System of Logic*, vol. I, पृ॰ सं॰ 501
2. *Introduction to Logic*, पृ॰ सं॰ 514

फिर एक समस्या बहुकारणवाद जो उपस्थित करता है कि एक ही घटना के एक से अधिक कारण हो सकते हैं, उसके चलते भी किसी घटना के संबंध में इन विधियों के आधार पर यह कह देना कि अमुक घटना ही उक्त घटना का निश्चित कारण है, बहुत न्यायोचित नहीं लगता। हमने देखा है कि अन्वय, व्यतिरेक आदि विधियों में से कोई भी बहुकारणवाद के द्वारा उपस्थित कठिनाई से बच नहीं पाती। इसलिए ऐसा कहना कि इनमें से किसी के आधार पर हम किसी घटना के निश्चित कारण का पता लगा लेते हैं, ठीक नहीं है।

यहाँ यह कहा जा सकता है कि बहुकारणवाद खुद एक वैज्ञानिक सिद्धान्त के रूप में मान्य नहीं हो सकता, जैसा पहले हमने देखा भी है। पर बहुकारणवाद की आलोचना जिस आधार पर की जाती है, वह खुद कुछ दृष्टियों से बहुत ठीक नहीं है और वैज्ञानिक दृष्टि से भी प्रत्येक अर्थ में यह कहना कि एक घटना का सिर्फ एक और एक ही कारण हो सकता है, सदैव ठीक नहीं है। वैज्ञानिक दृष्टि से यह कहने में एक सार्थकता है कि एक ही घटना एक से अधिक कारणों से भी उत्पन्न हो सकती है। इसीलिए बहुकारणवाद इन विधियों के लिए मात्र एक झूठी अथवा बनावटी समस्या उत्पन्न करता है ऐसा मानना ठीक नहीं है।

फिर इन विधियों के प्रमाण की विधि (या सिर्फ अनुसंधान की भी विधि) होने में एक जबरदस्त कठिनाई यह है कि उनके लागू होने के लिए जिस प्रकार की शर्तों की चर्चा मिल करते हैं उनकी पूर्ति ही व्यावहारिक स्तर पर सदैव संभव नहीं है। मिल व्यतिरेक विधि को विशेष रूप से प्रमाण-विधि के रूप में लेने के लिए उत्सुक प्रतीत होते हैं, पर इसके लागू होने के लिए दो उदाहरणों के संबंध में जिस प्रकार की शर्त मिल रखते हैं उनकी शायद ही पूर्ति हो सकती है। उदाहरणों के संबंध में मिल का कहना है कि दोनों ही उदाहरणों को सभी बातों में बिलकुल समान होना चाहिए और सिर्फ एक बात में अन्तर होना चाहिए (*"every circumstance in common save one"*)। परन्तु वास्तविकता में ऐसा होना प्रायः असंभव है। दो उदहारणों से संबंधित यदि सभी परिस्थितियों को देखा जाय तो वास्तविकता में ऐसे दो उदाहरणों को पाना जो अन्य सारी परिस्थितियों में एक समान हों और उनमें अन्तर सिर्फ एक बात का हो, शायद ही संभव है। फिर यह देखने के लिए कि उनमें एक से अधिक बात में अन्तर नहीं है, उनसे संबंधित सारी परिस्थितियों की जाँच करनी होगी, पर हम शायद ही इस संबंध में कभी निश्चित होंगे कि हमने सारी परिस्थितियों की जाँच कर ली है।

यह बात कमोबेश मिल की सभी विधियों के लिए सत्य है और इसलिए ऐसा कहना कि उनके द्वारा दो घटनाओं के बीच कारण-कार्य संबंध प्रमाणित हो जाता है, बिलकुल ठीक नहीं है।

फिर मिल की विधियाँ अनुसंधान की भी विधियाँ शायद ही हो सकती हैं। अर्थात् ऐसा भी शायद ही कहा जा सकता है कि उनके द्वारा हम दो घटनाओं के बीच कारण-कार्य संबंध का अनुसंधान करने में समर्थ हो पाते हैं। मिल अन्वय-विधि को विशेष तौर पर अनुसंधान की विधि कहते हैं। पर इस विधि की व्याख्या करने पर हम देख सकते हैं कि यह खुद अपने-आप द्वारा अनुसंधान की विधि भी नहीं हो सकती। इसके लिए दो घटनाओं के बीच कारण-कार्य संबंध की संभावना का हमें पूर्वज्ञान होना चाहिए। हम उस उदाहरण को लें जिसमें किसी रोग की चिकित्सा के लिए अलग-अलग दवाएँ पानी के साथ दी गई और रोग ठीक हो गया। इस उदाहरण में अन्वय-विधि के अनुसार हम निश्चित ही रोग के ठीक होने का कारण जल को मानेंगे चूँकि सभी उदाहरणों में इसी एक बात में मेल है। पर जल निश्चित

से रोग के ठीक होने का कारण नहीं है, बल्कि कारण है उन अलग-अलग दबावों में मौजूद एन्टी-बायोटिक (Anti-biotic) तत्त्व। परन्तु इसका पता कैसे चलेगा? सभी उदाहरणों में इस एन्टी-बायोटिक तत्त्व की उपस्थिति में भी मेल था, पर इसे हम नहीं पकड़ सके। सिर्फ अन्वय-विधि की सहायता से हम ऐसा नहीं कर सके। इसकें लिए आवश्यक था कि हमें पहले से ही एन्टी बायोटिक तत्त्व तथा उस रोग के ठीक होने के बीच कारण-कार्य संबंध का ज्ञान हो। तभी हम पकड़ सकते थे कि जल नहीं, बल्कि वह एन्टी-बायोटिक तत्त्व रोग के ठीक होने का कारण है। इस प्रकार अन्वय-विधि के द्वारा कारण-कार्य संबंध का अनुसंधान नहीं किया जा सकता। इसके द्वारा अधिक-से-अधिक पहले से ज्ञात कारण कार्य संबंध की सत्यता की कुछ हद तक जाँच भले ही की जा सकती है, कारण-कार्य संबंध का अनुसंधान नहीं।

इसी प्रकार की बात प्रायः अन्य विधियों के संबंध में भी कही जा सकती है और इसलिए कहा जा सकता है कि दो घटनाओं के बीच कारण-कार्य संबंध के पहले से ही कुछ संकेत बिना किसी के द्वारा कारण-कार्य संबंध की खोज नहीं की जा सकती। इसलिए मिल की विधियाँ अनुसंधान की भी विधियाँ नहीं है। मिल की विधियों का महत्त्व इस बात में है कि कारण-कार्य संबंध से संबंधित किसी प्राक्कल्पना को वे अधिक संपुष्ट कर सकती हैं, इससे अधिक वे कुछ नहीं कर सकतीं। उनके संबंध में यह दावा करना कि वे कारण-कार्य संबंध का अनुसंधान करती हैं या उसे प्रमाणित करती हैं, बिलकुल संदेहास्पद है।

❑

अध्याय 16

संभाव्यता

(PROBABILITY)

1. परिचयात्मक (*Introduction*)

हम पहले कहते आये हैं कि सिर्फ निगमनात्मक अनुमानों के निष्कर्ष निश्चित रूप से सत्य होते हैं, आगमनात्मक अनुमानों के निष्कर्ष सिर्फ संभावित रूप से सत्य होते हैं। विज्ञान के सारे नियम जो सार्वभौम (universal) माने जाते हैं सिर्फ संभावित रूप में ही सत्य होते हैं, यानी, उनकी सत्यता में सिर्फ एक संभाव्यता होती है, निश्चितता नहीं। इन वैज्ञानिक नियमों अथवा प्राक् कल्पनाओं की संभावित सत्यता में मात्रा का अन्तर हो सकता है--कुछ में सत्यता की संभावना कम मात्रा में होती है तथा कुछ में अधिक मात्रा में—पर सभी सिर्फ संभावित रूप में ही सत्य होते हैं।

परन्तु प्रतिज्ञप्तियों की सत्यता की कम या अधिक मात्रा में संभाव्यता के अलावा संभाव्यता की बात हम एक और अर्थ में कर सकते हैं और वह है कुछ घटनाओं के एक विशेष रूप में घटित होने की संभाव्यता या संभावना के अर्थ में। जैसे, यदि हम किसी सिक्के को ऊपर की ओर उछालते हैं तो ऐसा हम यह देखने के लिए कर सकते हैं कि उसमें शीर्ष या मुख (Head) के बल गिरने की संभावना कितनी है। उसी प्रकार छः मुखों वाले किसी पासा (Die) को हम इस दृष्टि से लुढ़का सकते हैं कि उसके एक्का (Ace) के सामने आने की संभावना कितनी है। इन उदाहरणों में संभाव्यता की मात्रा की बात हम सिर्फ 'कम' या 'अधिक' के रूप में नहीं कर सकते, बल्कि उसे कुछ निश्चित गाणितिक अंक या संख्या दे सकते हैं। उदाहरण के लिए, हम जानते हैं कि सिक्के के दो ही पृष्ठ या पार हैं—एक शीर्ष तथा दूसरा पीठ (Tail) और जब हम सिक्का ऊपर की ओर उछालते हैं तो दोनों विकल्प संभव हैं, यानी, सिक्का शीर्ष के बल भी गिर सकता है या फिर पीठ के बल भी। इसलिए स्वभावतः सिक्के के शीर्ष के बल गिरने की संभाव्यता 1/2 होगी। उसी प्रकार पासे में छः मुख है और एक्का वाला मुख एक ही है, इसलिए पासा फेकने पर एक्का वाले मुख के सामने आने की संभावना 1/6 है। इस प्रकार हम देखते हैं कि यहाँ हम किसी घटना के एक विशेष रूप में घटित होने की संभाव्यता को सिर्फ 'कम' या 'अधिक' रूप में नहीं आँकते, बल्कि उसे एक संख्यात्मक रूप देते हैं। यहाँ हमारा संबंध इस दूसरी प्रकार की संभाव्यता से ही होगा जिसे हम गणितिक अनुपातों में व्यक्त कर सकते हैं। यदि किसी घटना का एक विशेष रूप में घटित होना असंभव हो, तो फिर उसके घटित होने की संभावना 'O' होगी, यदि उसका एक विशेष रूप में हर बार घटित होना निश्चित हो, तो उसके घटित होने की संभाव्यता 'I' मानी जायेगी तथा जिन घटनाओं के एक विशेष रूप में घटित होना न तो निश्चित हो और न असंभव, उसके उस विशेष रूप में घटित होने की संभावना O तथा I के बीच कुछ भी हो सकती है—जैसे $\frac{1}{2}, \frac{1}{4}, \frac{5}{17}, \frac{17}{35}$ आदि। सचमुच क्या संभाव्यता होगी, यह हिसाब लगाने पर पता चलेगा।

ऊपर हमने एक-एक घटना की एक विशेष रूप में घटित होने की संभावना आँकने के उदाहरण पेश किये हैं, पर इसी प्रकार संयुक्त घटनाओं (Joint events) की किसी विशेष रूप में घटित होने का भी हिसाब गाणितिक रूप में लगा सकते हैं। जैसे, हम इस बात का हिसाब लगा सकते हैं कि यदि दो सिक्कों को साथ-साथ उछाला जाय तो दोनों के एक साथ शीर्ष के बल गिरने की संभावना कितनी है। फिर दो **स्वतंत्र** घटनाओं के एक साथ एक विशेष रूप में घटित होने की संभावना देखने के साथ-साथ हम यह भी देख सकते हैं कि दो परस्पर **संबंधित** घटनाओं के एक विशेष रूप में घटित होने की संभावना कितनी है। और इस प्रकार सरल से जटिल तथा जटिल से जटिलतर रुप में तर्कशास्त्रियों तथा गणितज्ञों ने घटनाओं के विशेष-विशेष रूप में घटित होने की संभावनाओं को गाणितिक रूप में आँकने की कोशिश की है तथा उन्होंने इस क्रम में संभाव्यता के एक गणित का निर्माण कर डाला है जिसे 'संभाव्यता-कलन' (Probability calculus) की संज्ञा दी जाती है। यहाँ नीचे हम इस संभाव्यता-कलन के कुछ प्राथमिक अथवा सरल पहलुओं को प्रस्तुत करने की चेष्टा करेंगे।

2. संभाव्यता-कलन (*Probability Calculus*)

कलन के विकास के क्रम में आगे बढ़ने के पहले हम विश्लेषण कर यह देखें कि ऊपर सिक्का अथवा पासा से संबंधित जिन संभावनाओं का हमने आकलन किया है वह किस आधार पर। सिक्के को ऊपर उछालने पर दोनों बातों की समान संभावनाएँ (equiprobable) हैं कि वह शीर्ष के बल गिरे या पीठ के बल। यानी, दो संभवनाओं में से एक संभावना है कि वह शीर्ष के बल गिरे। अतः हम हिसाब लगाते हैं कि हर बार सिक्के के ऊपर फेंकने पर उसके शीर्ष के बल गिरने की संभावना $\frac{1}{2}$ है। ऐसा इसलिए चूँकि दो ही समान रूप की संभावनाएँ हैं, जिनमें से एक वह है जिसे हमने ध्यान में रखा है, यानी, सिक्के का शीर्ष के बल गिरना। उसी प्रकार पासे के छः मुँख हैं जिनमें से पासा फेंकने पर कोई एक मुख सामने आ सकता है, चूँकि छः में से किसी एक के सामने आने की समान रूप से संभावना है। अतः पासे को किसी भी बार फेकने पर एक्का सामने आने की संभावना $\frac{1}{6}$ है। इस प्रकार प्रत्येक स्थिति में संभावना एक भिन्न (fraction) या अनुपात के रूप में हमारे सामने आती है, जिसमें भाज्य के स्थान पर हमारे लक्ष्य या ध्यान वाली स्थिति की संख्या होती है तथा भाजक रूप में समान संभावनाओं की पूर्ण संख्या रहती है। पहले तथा दूसरे दोनों ही उदाहरणों में लक्ष्य वाली स्थिति की संख्या एक ही है—पहले में सिक्के का शीर्ष के बल गिरना तथा दूसरे में पासे का एक्का सन्मुख आना—और समान रूप की संभावनाएँ पहले में दो हैं तथा दूसरे में छः। इन बातों को एक दूसरे रूप में भी एक निश्चित सूत्र (formula) के रूप में रखा जा सकता है। जिस परिणाम को ध्यान में रखकर हम किसी क्रिया को सम्पन्न करते हैं उसे पक्षोन्मुख (favourable) परिणाम (संक्षेप में 'F') कह सकते हैं तथा जिस परिणाम की अपेक्षा हम नहीं करते, उसे विपक्षोन्मुख (unfavourable) परिणाम (संक्षेप में 'U') कह सकते हैं और तब इस शब्दावली में संभावना संबंधी भिन्न के स्वरूप को निम्नलिखित रूप में रख सकते हैं :—

$$\frac{F}{U+F}$$

स्पष्ट ही इस सूत्र में U + F समान रूप से संभव सारे परिणामों (विपक्षोन्मुख + पक्षोन्मुख) के द्योतक हैं, तथा F उस परिणाम का जिसकी अपेक्षा हम करते हैं।

अब हम संयुक्त घटनाओं के सम्बन्ध में संभाव्यता के आकलन का हिसाब देखें। संयुक्त रूप से घटित होनेवाली घटनाएँ भी दो तरह की हो सकती हैं—एक वे जो परस्पर एक-दूसरे से स्वतंत्र हों और दूसरी वे जिनमें परस्पर एक विशेष प्रकार का संबंध हो। पहले हम उन संयुक्त रूप से घटित होने वाली घटनाओं को लें जिनके घटक परस्पर एक दूसरे से स्वतंत्र हों।

(i) संयुक्त घटनाएँ जिनके घटक एक-दूसरे से स्वतंत्र हों *(Joint occurences of independent components)*—साथ घटित होनेवाली दो घटनाएँ परस्पर स्वतंत्र तब कही जाती हैं जब एक के घटित होने या नहीं घटित होने का दूसरे के घटित होने या नहीं घटित होने पर कोई प्रभाव नहीं पड़ता। उदाहरण के लिए, दो अलग-अलग सिक्कों को एक साथ उछालकर यह देख सकते हैं कि दोनों के साथ-साथ शीर्ष के बल या पीठ के बल गिरने की कितनी संभावनाएँ हैं। यहाँ दो सिक्कों का एक साथ फेंका जाना एक संयुक्त घटना है, पर इस घटना के दोनों घटक, यानी दोनों सिक्के, परस्पर इस अर्थ में बिलकुल स्वतंत्र हैं कि एक के शीर्ष के बल गिरने या न गिरने का दूसरे के शीर्ष के बल गिरने या न गिरने के साथ बिलकुल कोई संबंध नहीं है।

अब हमारा प्रश्न है कि दोनों सिक्कों के साथ-साथ ऊपर फेंके जाने पर दोनों के शीर्ष के बल गिरने की क्या संभावना हैं? यहाँ साधारण ज्ञान के आधार पर हम देख सकते हैं कि दोनों सिक्कों के एक साथ गिरने की चार समान रूप से संभव (equiprobable) संभवनाएँ हैं :—

1. दोनों शीर्ष के बल गिरें
2. दोनों पीठ के बल गिरें
3. पहला शीर्ष के बल गिरें और दूसरा पीठ के बल
4. दूसरा शीर्ष के बल गिरे और पहला पीठ के बल।

यदि शीर्ष के लिए 'H' तथा पीठ के लिए 'T' प्रतीक कर व्यवहार हम करें तो उपर्युक्त समान रूप से घटित होनेवाली संभावनाओं को हम निम्नलिखित रूप में रख सकते हैं—

पहला सिक्का	दूसरा सिक्का
H	H
H	T
T	H
T	T

पक्षोन्मुख परिणाम इन चारों समान रूप से संभव संभाव्यताओं में से सिर्फ एक है। इसलिए उपर्युक्त नियम या सूत्र के अनुसार उसके घटित होने की संभावना $\frac{1}{4}$ है।

हम देख सकते हैं कि यह संभावना हम दोनों सिक्कों के शीर्ष के बल गिरने की अलग-अलग संभावनाओं के आधार पर भी निकाल सकते हैं। हमनें देखा है कि स्वतंत्र रूप

से प्रत्येक के शीर्ष के बल गिरने की संभावना $\frac{1}{2}$ है। अब यदि दोनों की अलग-अलग संभावना का गुणनफल हम निकाल लें तो वह $\frac{1}{2} \times \frac{1}{2} = \frac{1}{4}$ हो जायेगा। इसलिए स्वतंत्र घटकों के संयुक्त रूप से घटित होने की संभावना के संबंध में हम यह नियम निर्धारित कर ले सकते हैं कि दो स्वतंत्र घटनाओं के संयुक्त रूप से घटित होने की संभावना उनकी अलग-अलग संभावनाओं के गुणनफल के बराबर होती है *(The probability of the Joint occurence of two independent events is equal to the product of their separate probabilities.)*। इसी बात को प्रतीकात्मक रूप में निम्नलिखित प्रकार से व्यक्त कर सकते हैं—p (a तथा b) = p (a) × p (b), जहाँ a तथा b दो स्वतंत्र घटनाएँ हैं जिनके संयुक्त परिणाम की संभावना का हमें हिसाब लगाना है तथा p संभावना का द्योतक है। इस प्रकार p (a तथा b), a और b के संयुक्त परिणाम की संभावना का द्योतक है तथा p (a) और p (b), a तथा b के घटित होने की अलग-अलग संभावनाओं का।

इसी नियम के आधार पर हम किसी अन्य संयुक्त घटना के विशेष रूप से घटित होने की संभावना का भी हिसाब लगा सकते हैं। उदाहरण के लिए मान लिया जाय कि हम छः-छः मुँहवाले दो पासों को एक साथ यह देखने के लिए फेंकते हैं कि दोनों के एक्का वाले मुख के साथ-साथ सामने आने की कितनी संभावनायें हैं। हमने ऊपर देखा है कि एक पासा के फेंकने पर एक्का के सामने आने की संभावना $\frac{1}{6}$ होती है, इसलिए दोनों के संयुक्त रूप से एक साथ फेंके जाने पर दोनों के एक्का के एक साथ सामने आने की संभावना $\frac{1}{6} \times \frac{1}{6} = \frac{1}{36}$ होगी। उसी प्रकार दो से अधिक घटकों से बनी संयुक्त घटना के एक विशेष रूप से घटित होने की संभावना का भी हिसाब इसी नियम के आधार पर लगाया जा सकता है। उदाहरण के लिए यदि तीन सिक्कों को एक साथ फेंक कर इस बात का हिसाब लगाना हो कि तीनों के शीर्ष के बल साथ-साथ गिरने की संभावना क्या है, तो फिर यह निम्नलिखित प्रकार से किया जाएगा—p (a तथा b तथा c) = p (a) × p (b) × p (c) = $\frac{1}{2} \times \frac{1}{2} \times \frac{1}{2} = \frac{1}{8}$।

(ii) संयुक्त घटनाएँ जिनके घटक परस्पर निर्भर हों *(Joint occurences of dependent components)*—अब हम ऐसी संयुक्त घटनाओं की एक विशेष रूप में घटित होने की संभावना को देखें जिनके घटकों में परस्पर एक निर्भरता हो। मान लिया जाय एक थैले में तीन गेंद हों जिनमें से दो लाल तथा एक काला हो। अब यदि दो गेंदों को एक के बाद एक हम इस प्रकार निकालें कि दूसरे को निकालने के पूर्व पहले निकाले गये गेंद को हम फिर से थैले में नहीं रख दें, तो निकाले गये दोनों गेंदों के लाल होने की संभावना क्या होगी? पहली बार जो गेंद हमने निकाला उसके लाल होने की संभावना $\frac{2}{3}$ होगी, चूँकि 3 में से दो गेंद लाल हैं। अब जब एक लाल गेंद निकल गया, तो थैले में जो दो गेंद बच गये उनमें से एक लाल और एक काला होगा और इसलिए दूसरी बार

गेंद निकालने पर उसके लाल होने की संभावना स्पष्टतः $\frac{1}{2}$ होगी। इसलिए गुणनफल वाले उपर्युक्त सिद्धान्त के अनुसार दोनों निकाले गये गेंदों के लाल होने की संभावना $\frac{2}{3} \times \frac{1}{2} = \frac{2}{6} = \frac{1}{3}$ होगी। यहाँ पर यदि पहली बार निकाले गेंद को 'a' कहा जाय तो p (a) = $\frac{2}{3}$। फिर दूसरी बार निकाले गेंद को यदि 'b' कहा जाय तो p (यदि a तो b) = $\frac{1}{2}$। यहाँ 'यदि a तो b' कोष्ठक में इसलिए लिखा गया है कि हम सीधे 'b' की संभावना तीन गेंदों में से नहीं, बल्कि 'a' के निकल जाने पर सिर्फ 2 गेंदों में देख रहे हैं। इसी बात को इंगित करने के लिए हम कोष्ठक में सिर्फ 'b' नहीं लिखकर 'यदि a तो b' (b if a) लिखते हैं। इस प्रकार प्रतीकात्मक रूप में स्थिति है—P (a और b) = P (a) × p (यदि a तो b) = $\frac{2}{3} \times \frac{1}{2} = \frac{2}{6} = \frac{1}{3}$।

उपर्युक्त संभाव्यता-कलन संबंधी हिसाब-किताब से अलग हटकर एक साधारण तरीके से भी हम देख सकते हैं कि यदि तीन गेंदों मे से दो गेंदों को उपर्युक्त शर्त के अनुसार लगातार दो बार में निकाले तो दोनों लाल गेंदों के निकालने की संभावना क्या हैं। यदि हम एक लाल गेंद को R_1 तथा दूसरे को R_2 कहें और काले गेंद को B तो गेंदों के निकालने की निम्नलिखित संभावनाएँ होगीं :—

पहली निकासी (First Draw)	दूसरी निकासी (Second Draw)
R_1......................	R_2
R_1......................	B
R_2......................	R_1
R_2......................	B
B......................	R_1
B......................	R_2

ऊपर की सारणी में हम स्पष्ट देख सकते हैं कि दो गेंदों के लगातार क्रम में निकलने की कुल 6 संभावनाएँ है जिनमें से प्रत्येक की संभावना समान है और इनमें से सिर्फ दो संभावनायें ऐसी हैं जिनमें दोनों लाल गेंद ही बाहर निकलें (पहली तथा तीसरी कतार)। अब जब 6 समान रूप से संभव संभावनाओं में से पक्षोन्मुख परिणाम की संभावना 2 है, तो स्पष्टतः उनकी संभावना $\frac{2}{6} = \frac{1}{3}$ है।

अब एक दूसरा उदाहरण लिया जाय। मानलिया जाय कि तास के पत्तों को हम खूब अच्छी तरह मिश्रित कर देते हैं ताकि पत्तों के किसी निश्चित क्रम में रहने की कोई संभावना नहीं रह जाये। फिर हम उनमें से तीन पत्तों की लगातार निकासी करते हैं—इस शर्त के साथ कि निकाला गया पत्ता अलग रख लिया जायेगा, उसे फिर पत्तों के ढेर में मिलाया नहीं जायेगा। तो तीनों ही निकासियों में लगातार लाल पान के ही पत्ते के निकलने की संभावना

कितनी हैं? अब हम देख सकते हैं कि पहली निकासी में कुल पत्तों की संख्या 52 है तथा लाल पान के कुछ पत्तों की संख्या 13 है। दूसरे शब्दों में पक्षोन्मुख परिणाम की संभावना 13 है तथा कुल संभावनायें (पक्षोन्मुख + विपक्षोन्मुख) 52 हैं, अतः लाल पान के पत्ते की निकलने की संभावना $\frac{13}{52}$ यानी $\frac{1}{4}$ है। दूसरी निकासी में लाल पान के पत्तों की संख्या अब 12 ही रह गई तथा कुल पत्तों की संख्या 51, इसलिए लाल पान के पत्ते के बाहर आने की संभावना $\frac{12}{51}$ यानी $\frac{4}{17}$ है। उसी प्रकार तीसरी निकासी में लाल पान के पत्ते के बाहर आने की संभावना $\frac{11}{50}$ हैं, चूँकि अब कुल पत्ते 50 ही रह गये और लाल पान के पत्ते सिर्फ 11 हैं। अतः गुणनफल सिद्धान्त के अनुसार तीनों लाल पत्तों के निकलने की संभावना $\frac{1}{4} \times \frac{4}{17} \times \frac{11}{50} = \frac{44}{3400} = \frac{11}{850}$ है।

इसी प्रकार अन्य किन्हीं भी परस्पर निर्भरता वाली संयुक्त घटनाओं के एक विशेष रूप में घटित होने की संभावना का आकलन किया जा सकता है। यहाँ यह समझना चाहिए कि ऊपर जिन दो संयुक्त रूप से घटित होने वाली घटनाओं के उदाहरण हमनें लिए हैं वे उसके पहले वाली संयुक्त घटनाओं से भिन्न हैं जिनके घटक एक दूसरे से बिलकुल स्वतंत्र है। यहाँ गेंद वाले उदाहरण में पहली निकासी में जब एक गेंद हम निकाल लेते हैं और फिर दूसरे गेंद के निकलने से पहले उसे थैले में रखते नहीं है, तो उसका असर दूसरी निकासी पर पड़ता है। दूसरी निकासी में तीन के स्थान पर सिर्फ दो ही गेंद रह जाते हैं। उसी प्रकार तास वाले उदाहरण में भी पहली निकासी का शेष दो पर तथा दूसरी निकासी का तीसरी निकासी पर स्पष्ट प्रभाव पड़ता है। इसलिए घटनाएँ बिलकुल स्वतंत्र न रहकर परस्पर निर्भर या संबंधित हो जाती हैं।

(iii) वैकल्पिक घटनाएँ (*Alternative Events*)—अब हम संयुक्त घटनाओं के रूप में वैकल्पिक रूप से घटित होने वाली घटनाओं की संभावना को देखें। उदाहरण के लिए यदि हम दो सिक्कों को एक साथ ऊपर फेंकते हैं तो यहाँ हम यह देखेंगे कि दोनों के ही एक साथ शीर्ष के बल या एक साथ पीठ के बल गिरने की क्या संभावना हैं। ये दोनों ही घटनाएँ परस्पर व्यावर्तक (Mutually exclusive) हैं, चूँकि यदि दोनों सिक्के शीर्ष के बल गिरते हैं तो फिर पीठ के बल गिरने की उनकी कोई संभावना नहीं है, या यों कहें कि दोनों का पीठ के बल गिरना असंभव है। इस प्रकार की सभी वैकल्पिक घटनाएँ परस्पर व्यावर्तक ही होंगी, यह कोई आवश्यक नहीं है। उदाहरण के लिए, यदि तास के सभी पत्तों में से हम दो पत्ते निकालते हैं और हमारा लक्ष्य यह देखना हो कि उनमें एक लाल पान या काला पान होने की क्या संभावना है, तो यहाँ दोनों बातें परस्पर व्यावर्तक नहीं है चूँकि एक पत्ता यदि लाल पान होता है, तो दूसरा काला पान हो सकता है। इन दोनों ही प्रकार की वैकल्पिक घटनाओं की संभावना निर्धारित करने की अलग-अलग विधियाँ हैं जिन्हें हम नीचे देखेंगे—

(a) परस्पर व्यावर्तक वैकल्पिक घटनाएँ—दो सिक्कों वाले ऊपर के उदाहरण को ही लिया जाय। दोनों के उछालने पर दोनों ही के शीर्ष के बल या दोनों ही के पीठ

के बल गिरने की संभावना क्या होगी? पहले एक साधारण स्तर पर देखा जाय कि संभावना क्या होगी। यदि शीर्ष को 'H' तथा पीठ को 'T' इंगित किया जाय तो दोनों के गिरने की कुल समान रूप से संभव संभावनाएँ निम्नलिखित हैं :—

H.................H

H............T

T.............H

T.............T

यानी, चार में से कुल दो संभावनाएँ (H—H तथा T—T) हैं जिनमें दोनों साथ-साथ शीर्ष के बल या पीठ के बल गिरते हैं। अतः ऐसा होने की कुल संभावना हैं $\frac{2}{4}$ यानी $\frac{1}{2}$। इसे सिद्धान्त रूप में इस प्रकार समझ सकते है कि चूँकि दोनों घटनाएँ परस्पर व्यावर्तक हैं, इसलिए उनके घटित होने का अर्थ होगा उनमें से किसी एक का घटित होना। और इसका मतलब है कि दोनों के शीर्ष के बल या पीठ के बल गिरने की कुल संभावना दोनों के अलग-अलग रूप में या स्वतंत्र रूप में शीर्ष के बल या पीठ के बल गिरने के योगफल के बराबर होगी। यदि पहली घटना को (यानी दोनों के शीर्ष के बल गिरने को) 'a' कहा जाय तथा दूसरी घटना को (यानी दोनों के पीठ के बल गिरने को) 'b' कहा जाय तो p (a या b) = p (a) + p (b)। p (a) तथा p (b) दोनों ही की अलग-अलग संभावना (स्वतंत्र संयुक्त घटनाओं के नियम के अनुसार) $\frac{1}{2} \times \frac{1}{2} = \frac{1}{4}$ होगी अतः P (a) + p (b) = $\frac{1}{4} + \frac{1}{4} = \frac{1}{2}$ होगी और इस प्रकार p(a या b) की संभावना $\frac{1}{2}$ होगी, जो संभावना साधारण ज्ञान के आधार पर भी ऊपर देखी गई है। अतः इससे परस्पर व्यावर्तक वैकल्पिक घटनाओं के संबंध में सिद्धान्त निकलता है कि उनके घटित होने की संभावना उनकी घटक स्वतंत्र घटनाओं के योगफल के बराबर होती है (The probability that either of two mutually exclusive events will occur is the sum total of their separate probabilities)। घटक घटनाओं की संभावनाओं के योगफल से संबंधित यह सिद्धान्त दो से अधिक विकल्पों वाली परस्पर व्यावर्तक घटनाओं पर भी समान रूप से लागू की जा सकती है।

(b) अव्यावर्तक वैकल्पिक घटनाएँ *(Non-exclusive alternative events)*—यदि सिक्के ही वाला उदाहरण फिर से लिया जाय तो यहाँ प्रश्न होगा कि यदि हम एक सिक्के को दो बार उछालें तो उसके कम-से-कम एक बार शीर्ष के बल गिरने की क्या संभावना होगी? यहाँ घटनाएँ व्यावर्तक नहीं हैं, चूँकि दोनों ही बार सिक्का शीर्ष के बल ही गिर सकता है। तो यहाँ हम यह कैसे निकालेंगे कि दो बार सिक्के के उछालने पर उसके कम-से-कम एक बार शीर्ष के बल गिरने की संभावना क्या होगी। इसके दो तरीके हो सकते हैं :—

(i) पहले हम देखें कि दो बार उछालने पर समान रूप से संभव संभावनाएँ क्या हैं। वह दोनों बार शीर्ष के बल गिर सकता है (H—H), वह पहले शीर्ष के बल और फिर पीठ के बल गिर सकता है (H—T), वह पहले पीठ के बल और फिर शीर्ष के बल गिर

सकता है (T—H), वह दोनों ही बार पीठ के बल गिर सकता है (T—T)। ये सभी संभावनाएँ परस्पर व्यावर्तक हैं। और प्रत्येक के घटित होने की संभावना $\frac{1}{4}$ है। इनमें से पहले तीन पक्षोन्मुख (favourable) हैं, चूँकि प्रत्येक में सिक्का कम से कम एक बार शीर्ष के बल गिरता है। इसलिए, पहली या दूसरी या तीसरी के घटित होने की संभावना पहली + दूसरी + तीसरी के घटित होने की संभावना के बराबर है (p (a or b or c) = p (a) + p (b)+ p (c)—व्यावर्तक वैकल्पिक घटनाओं वाले सिद्धान्त के अनुसार)।

अतः वह $\frac{1}{4}+\frac{1}{4}+\frac{1}{4}=\frac{3}{4}$ है।

यहाँ हमने कौन-सी विधि अपनाई? पहले हमने घटनाओं की संभावना को इस प्रकार विश्लेषित किया कि वे व्यावर्तक वैकल्पिक घटनाओं के रूप में टूट जायँ और फिर उनमें से पक्षोन्मुख घटनाओं को लेकर उनपर व्यावर्तक वैकल्पिक घटनाओं वाले सिद्धान्त को लागू कर दिया।

(ii) दूसरी विधि इस सिद्धान्त पर आधारित है कि कोई भी घटना पक्षोन्मुख तथा विपक्षोन्मुख दोनों नहीं हो सकती। यदि 'a' पक्षोन्मुख घटना हो (यहाँ दो बार सिक्का उछालने पर उसका कम-से-कम एक बार शीर्ष के बल गिरना पक्षोन्मुख है) तो 'a' (~ a) विपक्षोन्मुख घटना को द्योतक होगा। स्पष्टतः 'a' तथा 'a' परस्पर व्यावर्त्तक होंगे, इसलिए दोनों एक साथ घटित नहीं होंगे, पर इनमें से एक अवश्य घटित होगा। अब चूँकि जिस घटना का होना असंभव है, उसके लिए हम 'O' (zero) रखते हैं तथा जिसका होना निश्चित है उसके लिए 'I' (one), इसलिए—

p (a तथा $\bar{a}$) = 0

p (a या $\bar{a}$) = 1

अब चूँकि 'a' तथा '$\bar{a}$' परस्पर व्यावर्तक हैं, इसलिए योगफल सिद्धान्त (Addition Theory) के अनुसार—

p (a या $\bar{a}$) = p (a) + p ($\bar{a}$) = 1 (चूँकि ऊपर हमने देखा कि P (a या $\bar{a}$) =1

इसलिए p (a) = 1 – p ($\bar{a}$)

अब इस सूत्र के आधार पर हम पक्षोन्मुख घटना की संभाव्यता निकाल सकते हैं।

p ($\bar{a}$) विपक्षोन्मुख घटना की संभावना का द्योतक है, यानी ऐसी घटना का जिसमें एक बार भी (दो में से) सिक्का शीर्ष के बल न गिरे, यानी दोनों बार पीठ के बल ही गिरे। और हमने ऊपर देखा है कि यह संभावना चार में सिर्फ एक ही होगी, यानी जिसकी संभावना $\frac{1}{4}\left(\frac{1}{2}\times\frac{1}{2}\right)$ होगी।

इसलिए p (a) = $1-\frac{1}{4}=\frac{3}{4}$

इस सूत्र के प्रयोग से संबंधित एक दूसरा उदाहरण लिया जाय। मान लिया जाय दो थैलों में अलग-अलग रंग के गेंद हैं। पहले में 8 उजले तथा 2 काले गेंद हैं तथा दूसरे

में 6 उजले तथा 4 काले गेंद हैं। अब प्रश्न है कि यदि दोनों थैलों से एक-एक गेंद हम निकालें तो दोनों में से कम से कम एक के उजले होने की संभावना क्या होगी? अब यदि पक्षोन्मुख को 'a' तथा विपक्षोन्मुख को '$\bar{a}$' कहें तो उपुर्यक्त सूत्र के अनुसार :–

$$p(a) = 1 - p(\bar{a})$$

'$\bar{a}$' यानी विपक्षोन्मुख यहाँ क्या है? एक बार भी उजले गेंद का नहीं निकलना, यानी दोनों बार काले गेंदो का निकलना। पहली बार यानी पहले थैले में से काले गेंद के निकलने की संभावना क्या है? संभावना $\frac{2}{10}$ है। उसी प्रकार दूसरे थैले से काले गेंद के निकलने की संभावना क्या है? यह संभावना $\frac{4}{10}$ है। अतः गुणनफल सिद्धान्त (product theory—p (a तथा b) = P (a) × p(b) के अनुसार दोनों ही बार में काले गेंद (यानी नहीं उजले) के निकलने की संभावना $\frac{2}{10} \times \frac{4}{10} = \frac{8}{100} = \frac{2}{25}$ है।

अतः $p(a) = 1 - \frac{2}{25} = \frac{23}{25}$

इस प्रकार पक्षोन्मुख परिणाम की संभावना $\frac{23}{25}$ हुई।

ऐसे ही अन्य जटिल वैकल्पिक घटनाओं की भी संभाव्यता का आकलन किया जा सकता है। इन सभी आकलनों में हम देख सकते हैं कि गुणनफल सिद्धान्त (product theory)—p (a तथा b) = p(a) × p(b) तथा योगफल सिद्धान्त (Addition theory)—p (a या b) = p (a) + p (b) काफी मौलिक हैं और विधिवत ढंग से इनका सहारा लेकर हम ऊपर बतलाई गई किसी भी प्रकार की जटिल घटना की संभाव्यता से संबंधित आकलन कर सकते हैं।

3. संभाव्यता की वैकल्पिक अवधारणाएँ (*Alternative Conceptions of Probability*)

ऊपर हमने संभाव्यता संबंधी जो भी उदाहरण लिए हैं वे संभाव्यता की उस अवधारणा से संबंधित है जिसे संभाव्यता की परम्परागत अवधारणा (classical concept or view) कहते हैं। इससे जुड़े सिद्धान्त को परम्परागत या प्रागनुभविक सिद्धान्त (Classical or A Priori Theory) की संज्ञा दी जाती है। ऐसा इसलिए चूँकि इसके अन्तर्गत क़िसी भी घटना के संबंध में संभाव्यता का आकलन करते वक्त किसी भी प्रकार की व्यावहारिक जाँच (trial) का सहारा हम नहीं लेते, बल्कि एक विवेकपूर्ण विश्वास (Rational faith) के आधार पर घटना की संभावना के अनुपात के संबंध में एक निर्णय ले लेते हैं। जैसे, सिक्के को उछालकर यह देखने वाले उदाहरण में कि उसके शीर्ष के बल गिरने की क्या संभावना है, हम सचमुच सिक्के को कई बार उछालकर और यह देखकर कि वह कितनी बार शीर्ष के बल गिरता है यह निर्णय नहीं लेते कि उसके शीर्ष के बल गिरने की संभावना $\frac{1}{2}$ है, बल्कि ऐसा हम इस साधारण ज्ञान पर आधारित विवेकपूर्ण

विश्वास के सहारे करते हैं कि चूँकि सिक्के के दो ही पृष्ठ हैं—शीर्ष एवं पीठ—इसलिए इसके ऊपर फंके जाने पर दो ही समान रूप से संभव संभाव्यताएँ हैं कि वह या तो शीर्ष के बल गिरेगा या पीठ के बल और शीर्ष के बल गिरना इनमें से एक है, इसलिए शीर्ष के बल उसके गिरने की संभावना $\frac{1}{2}$ होगी (यानी, दो में से एक)। ऊपर हमने संभाव्यता के आकलन संबंधी जो अन्य उदाहरण भी लिए हैं वे भी संभाव्यता संबंधी सामान्य विवेकपूर्ण विश्वास पर ही आधारित है अथवा यों कहें कि वे सभी संभाव्यता संबंधी परम्परागत अवधारणा या प्रागनुभाविक सिद्धान्त पर आधारित हैं। यहाँ तक कि संयुक्त घटनाओं की संभाव्यता का आकलन करने के लिए भी जो उदाहरण हमने लिए हैं तथा जिस विधि का प्रयोग हमने किया है वह संभाव्यता संबंधी प्रागनुभविक सिद्धान्त पर ही आधारित हैं।

परन्तु संभाव्यता संबंधी एक वैकल्पिक सिद्धान्त भी है जिसे सापेक्ष बारंबारता सिद्धान्त (Relative Frequency Theory) नाम दिया जाता है। यह सिद्धान्त विवेकपूर्ण विश्वास पर नहीं, बल्कि वास्तविक प्रयोग पर आधारित है। जैसे, पासा फंकने वाले उदाहरण में यह देखने के लिए कि एक्का के सामने आने की संभावना क्या है, हमनें पहले इस सामान्य विवेकपूर्ण विश्वास के आधार पर काम किया है कि चूँकि पासा फेके जाने पर वह किस प्रकार गिरेगा इसकी छः रूप से अपेक्षित संभावनाएँ हैं जिनमें से एक्का वाले मुख के सामने आने की संभावना सिर्फ एक है, इसलिए **जब तक हमारे पास यह विश्वास करने के लिए कोई निश्चित आधार नहीं हो कि पासे के किसी एक खास रूप में गिरने की संभावना अधिक है**, तब तक हमारा साधारण विवेक हमें यही बतलाता है कि एक्का वाले मुख के सहारे उसके गिरने की संभावना $\frac{1}{6}$ है। परन्तु सापेक्ष बारंबारता सिद्धान्त के आलोक में संभाव्यता का आकलन इस प्रकार नहीं होगा। यहाँ पर पासे को 10 बार, 15 बार, 20 बार, 100 बार या अधिक बार सचमुच लुढ़काया जायेगा और देखा जायेगा कि ऐसा करने पर एक्का वाला मुख सचमुच कितनी बार सामने आता है। उसी के आधार पर संभावना का अनुपात तय किया जायेगा। मान लिया जाय पासे को 100 बार फेंका गया और पाया गया कि इनमें 30 बार एक्का वाला मुख सामने आया तो यहाँ एक्का वाले मुख के सामने आने की संभावना $\frac{30}{100}$ यानी $\frac{3}{10}$ आंकी जायेगी। स्पष्ट ही यहाँ संभाव्यता सापेक्ष बारंबारता है, सामान्य विश्वास पर आधारित परिणाम नहीं। किसी घटना के किसी विशेष रूप में घटित होने की संभाव्यता के लक्ष्य को ध्यान में रखकर उस घटना से संबंधित अविचारित प्रयोग (Random experiment) को जब हम कई बार दुहराते हैं, तो इससे इस रूप में एक अनुपात निर्धारित होता है कि हमने प्रयोग को 'x' बार दुहराया जिसमें अपेक्षित परिणाम 'y' बार सामने आया, इसलिए अपेक्षित परिणाम के सामने आने की संभावना $\frac{y}{x}$ हुई।

ऊपर के विश्लेषण को समझने के बाद किसी के भी द्वारा यह मत व्यक्त किया जाना अधिक अपेक्षित है कि सापेक्ष बारंबारता के आधार पर निर्धारित संभाव्यता अधिक विश्वसनीय है, चूँकि यह वास्तविक प्रयोग पर आधारित है। परन्तु यहाँ भी कठिनाई यह

है कि अलग-अलग संख्या में प्रयोगों के आधार पर प्राप्त संभाव्यता संबंधी अनुपातों में भिन्नता होगी, तो हम किसे मानेंगे? उदाहरण के लिए, यदि हम पासे को 10 बार फेके तो हो सकता है कि एक्का 4 बार सामने आये और यदि 100 बार फेंके तो 30 बार सामने आये। पहली स्थिति में अनुपात $\frac{4}{10}$, यानी $\frac{2}{5}$ होगा, जबकि दूसरी स्थिति में $\frac{30}{100}$, यानी $\frac{3}{10}$ होगा। तो हम किसे मानें? इस प्रश्न का उत्तर देते हुए या समझते हुए हमें यह समझना होगा कि किसी भी घटना के एक विशेष रूप से घटित होने की संभाव्यता का कोई भी आकलन निश्चित रूप से तो सत्य नहीं ही होगा। पर प्रयोगों की संख्या हम जितनी बढ़ाते जायेंगे, प्राप्त निष्कर्ष की सत्यता की संभावना बढ़ती जायेगी। इसलिए यदि कोई संभाव्यता काफी संख्या में किये गये संबंधित प्रयोगों के आधार पर हम निर्धारित करते हैं तो उसकी सत्यता की संभावना बहुत अधिक होगी। उदाहरण के लिए, किसी पासे को फेंकने पर उसके एक्का वाले मुख के सामने आने की संभावना क्या होगी, यह हम 10 प्रयोगों के आधार पर निश्चित करते हैं तो उसकी विश्वसनीयता उस परिणाम से कम होगी जो हम 100 या 1000 प्रयोगों के आधार पर निर्धारित करते हैं। सबों के परिणामों में अन्तर होगा, पर प्रयोगों की संख्या हम जैसे-जैसे बढ़ाते जायेंगे, अन्तर का अनुपात घटता जायेगा और प्रयोगों की संख्या काफी अधिक हो जाने पर परिणाम में लगभग एक स्थिरता नजर आने लगेगी। इस प्रकार काफी संख्या में किये गये प्रयोगों के आधार पर निर्धारित की गई सापेक्ष बारंबारता संभाव्यता संबंधी बहुत दूर तक सत्य आकलन प्रस्तुत करती है, यद्यपि ऐसे परिणामों में निश्चित सत्यता तो स्पष्टतः कभी नहीं होती।

वास्तविक प्रयोगों पर आधारित होने के कारण सापेक्ष बारंबारता बहुत से महत्त्वपूर्ण वैज्ञानिक नियमों का भी आधार है। विज्ञानों के बहुत सारे नियम सार्वभौम कथनों (universal statements) के रूप के होते हैं जिनका सामान्य रूप होता है 'सभी अ ब हैं' (All A' S are B's)। पर विज्ञान में सभी नियम इसी प्रकार के नहीं है। विज्ञानों के अधिकांश नियम संभाव्यतापरक स्वरूप के हैं जो सापेक्ष बारंबारता पर आधारित हैं। ऐसे नियमों को संभावनापरक नियम (probabilistic laws) की संज्ञा दी जाती है। वैसे तो सार्वभौम रूप के वैज्ञानिक नियम भी संभावनापरक ही होते हैं, चूँकि उनकी सत्यता निश्चित नहीं होती, पर हम स्पष्ट देख सकते हैं विज्ञानों में सापेक्ष बारंबारता पर आधारित संभाव्यतापरक नियम अपने स्वरूप में ही सार्वभौम नियमों से बिलकुल भिन्न हैं। इनका स्वरूप कुछ इस प्रकार का है—'कुछ निश्चित परिस्थिति के बीच अनेकों बार किसी अविचारित प्रयोग (Random experiment) 'R' को दुहराने पर एक निश्चित (अपेक्षित) परिणाम 'F' के आने की संभावना का अमुक अनुपात (जैसे, $\frac{1}{2}, \frac{4}{5}, \frac{33}{100}$ आदि) हैं।' *(Under certain specific conditions if a random experiment 'R' is repeated a number of times, the probability of the occurence of an expected result 'F' is some specificed ratio like* $\frac{1}{2}, \frac{4}{5}, \frac{33}{100}$ *etc.)*। इन दोनों ही प्रकार के नियमों के बीच के महत्त्वपूर्ण भेद को स्पष्ट करते हुए **Hempel** कहते हैं—*"It might seem that all* *scientific laws should be qualified as probabilistic since the supporting evidence we have for them is always a finite and logically inconclusive body of findings which can confer upon them only a more or less high probability. But........the distinction between laws of universal form and laws of probabilistic form does not refer to the strenth of the evidential support for the two kinds of statements, but to their form, which reflects the logical character of the claim that they make. A law of universal form is basically a statement to the effect that in all cases where conditions of the kind F are realised, conditions of kind G are realised as well. a law of probabilistic form asserts, basically, that under certain conditions, constituting the performance of a random experiment R, a certain kind of outcome will occur in a specified percentage of cases .... these two types of claims are of a logically different character, and it is on this difference that our distinction is based."*[1] सम्पूर्ण कथन का सार यही है कि सार्वभौम नियमों के भी सिर्फ संभावित रूप में सत्य होने का अर्थ यह नहीं लगाना चाहिए कि संभावनापरक नियमों (probabilistic laws) से उनका कोई आधारभूत भेद नहीं है। दोनों ही प्रकार के नियम बिलकुल दो अलग-अलग तार्किक स्वरूप के हैं और इस बात को हमें स्पष्ट समझना चाहिए। इससे हम समझ सकते हैं कि सापेक्ष बारंबारता पर आधारित संभावनापरक नियमों की विज्ञानों में एक अलग तथा महत्त्वपूर्ण पहचान है। (विज्ञानों के कई ऐसे क्षेत्र हैं जिनमें अधिकांश नियम संभावनापरक स्वरूप के ही हैं।

यहाँ हम यदि चाहें तो ऊपर के विवरण के आधार पर संभाव्यता संबंधी परम्परागत अवधारणा तथा सापेक्ष बारंबारता संबंधी अवधारणा के बीच कुछ स्पष्ट अन्तर देख सकते हैं। पहली अवधारणा अथवा प्रागनुभविक सिद्धान्त के अन्तर्गत संभाव्यता सामान्य विवेकपूर्ण विश्वास पर आधारित एक परिणाम है, जब कि दूसरी अवधारणा अथवा सापेक्ष बारंबारता सिद्धान्त के अन्तर्गत संभाव्यता सापेक्ष बारंबारता है। पहले में संभाव्यता के आकलन में वांछित संभावना की संख्या का समान रूप से संभव सभी संभावनाओं की संख्या से भाग दिया जाता है, जब कि दूसरे में पक्षोन्मुख या वांछित संभावना की संख्या को किये गये अविचारित प्रयोगों की संख्या से भाग दिया जाता है। दूसरे शब्दों में, संभाव्यता संबंधी अनुपात को पहले सिद्धान्त के अन्तर्गत निकालने में पक्षोन्मुख या वांछित संभावनाओं की संख्या भाज्य (Numerator) का काम करती है तथा समान रूप से संभव सभी संभाव्यताओं की संख्या भाजक (Denominator) की, पर दूसरे सिद्धान्त के अन्तर्गत पक्षोन्मुख परिणाम जितनी बार समाने आता है उसकी संख्या भाज्य का काम करती है तथा किये गये प्रयोगों की संख्या भाजक का। *(In the a priori view, the probability of an event occuring in a specific way is computed by dividing the number of ways in which it can occur by the total number of equi-possible outcomes, while in the relative frequency theory, probability is calculated by deciding the relative frequency with which the members of a class exhibit a specific property, i.e. by dividing the number of specific property exhibited (i. e. the expected or favourable outcome) by the number of actual expriments done.)* कहा जा

1. हेम्पेल, वही, पृ० सं० 66

सकता है कि जहाँ पहले में संभाव्यता संभावनाओं संबंधी एक साधारण ज्ञान अथवा विश्वास पर आधारित होती है, वहाँ दूसरे में संभाव्यता प्राप्त सबूतों (evidences) के प्रति सापेक्षता पर आधारित होती है।

यहाँ अंत में एक बात स्पष्ट कर देना आवश्यक है और वह यह कि ऊपर हमनें संयुक्त या वैकल्पिक घटनाओं की संभाव्यता के आकलन में घटक घटनाओं की संभाव्यता आकलन के संबंध में प्रागनुभविक सिद्धान्त को अपना आधार बनाया है, पर ऐसा सिर्फ सहूलियत के लिए किया गया है। ऐसी बात नहीं है कि यदि घटक घटनाओं की संभाव्यता-आकलन का आधार सापेक्ष बारंबारता सिद्धान्त हो तो फिर संयुक्त या वैकल्पिक घटनाओं का आकलन भिन्न प्रकार से होगा। इन घटनाओं की संभाव्यता आकलन में जो विधियाँ अपनाई गई हैं या जो सूत्र विकसित किये गये हैं वे समान रूप से सापेक्ष बारंबारता सिद्धान्त के आधार पर किये गये संभाव्यता-आकलन के संदर्भ में भी लागू होंगे।

❑

अभ्यासार्थ प्रश्न

(वस्तुनिष्ठ प्रश्नों तथा अनेकों प्रश्नों के उत्तर सहित)

अभ्यासार्थ प्रश्न

(QUESTIONS FOR EXERCISE)

अध्याय-1

1. What is Logic? Is Logic the science of reasoning? Discuss.
   तर्क शास्त्र क्या है? क्या तर्कशास्त्र तर्क का विज्ञान है? विवेचन कीजिए।
2. What is an Argument? How would you identify that a chain of statements constitutes an argument?
   युक्ति क्या है? आप यह कैसे सुनिश्चित करेंगे कि कुछ कथनों की कोई शृंखला एक युक्ति का निर्माण करती है?
3. How would you distinguish between the premise (or premises) and the conclusion of an argument?Are there decisive ways to identify the two? Discuss.
   किसी भी युक्ति के आधारकथन (या आधारकथनों) तथा निष्कर्ष में आप कैसे भेद करेंगे? क्या दोनों की पहचान सुनिश्चित करने के निर्णायक तरीके हैं? विवेचन कीजिए।
4. Distinguish between Deductive and Inductive arguments. can Inductive arguments be valid-invalid? Give reasons.
   निगमनात्मक तथा आगमनात्मक युक्तियो में भेद कीजिये क्या आगमनात्मक युक्तियाँ वैध-अवैध हो सकती हैं? कारण दीजिये।
5. What is the relation between the truth-falsity of statements and validity-invalidity of arguments? Can arguments be called true-false?
   कथनों की सत्यता-असत्यता तथा युक्तियों की वैधता-अवैधता के बीच क्या सम्बन्ध हैं? क्या युक्तियों को सत्य-असत्य कहा जा सकता है?
6. Is it necessary for a valid deductive argument that its premises and conclusion must all be factually true? Discuss with examples.
   क्या किसी वैध निगमनात्मक युक्ति के लिए यह आवश्यक है कि उसके आधारकथन तथा निष्कर्ष सभी वास्तविक रूप से सत्य हों? उदाहरणों की सहायता से विवेचना कीजिये।
7. I dentify the premises and conclusious in the following arguments :—
   निम्नलिखित युक्तियों में आधारकथनों तथा निष्कर्षों की पहचान कीजिये :—

   (a) He that loveth not knoweth not God; for God is love.
   वह जो प्यार नहीं करता, ईश्वर को नहीं जानता है; चूँकि ईश्वर प्यार है।

   आधारकथन—God is love. ईश्वर प्यार है।

   निष्कर्ष—He that loveth not knowelth not god. वह जो प्यार नहीं करता, ईश्वर को नही जानता।

   (b) The light that we see from distant stars left them lacs of years ago, and in case of the most distant objects, the light left some crores of years ago. Thus when we look at the universe, we are seeing it as it was in the past.

सुदूर सितारों की रोशनी जो हम देखते हैं वह उनसे लाखों वर्ष पहले निकल चुकी है और सर्वाधिक दूर वस्तुओं से निकलने वाली रोशनी तो उनसे करोड़ों वर्ष पूर्व निकल चुकी हैं। इस प्रकार जब हम विश्व को देखते हैं तो उसे उस रूप में देखते हैं जिस रूप में वह भूतकाल में था।

उत्तर :

आधारकथन—The light that we see from distant stars.........some crores of years ago.

सुदूर सितारों की रोशनी जो हम देखते हैं.......करोड़ों वर्ष पूर्व निकल चुकी है........

निष्कर्ष—Thus when we look at the universe..........was in the past.

इस प्रकार जब हम विश्व को देखते हैं............भूतकाल में था।

(c) It is difficult to gauge the pain felt by animals, because pain is subjective and animals cannot talk.

जानवरों के द्वारा महसूस किये जाने वाले कष्ट को मापना कठिन हैं, चूँकि कष्ट आत्मनिष्ठ होता है और जानवर बात नहीं कर सकते।

(d) A just society cannot possibly ensure for everyone the same income, since the aptitudes and efforts of individuals differ significantly, and since the common good is far better served by systematic inequalities of reward.

एक न्यायपूर्ण समाज सबों के लिए एक ही आमदनी संभवतः सुनिश्चित नहीं करा सकता, चूँकि व्यक्ति विशेषों की मनोवृत्तियों एवं प्रयासों में महत्त्वपूर्ण भेद होते हैं और चूँकि सभी लोगों की भलाई ज्यादा अच्छी तरह आमदनी की व्यवस्थित असमानता के द्वारा ही निश्चित की जा सकती है।

उत्तर :

आधारकथन—1. The aptitudes and efforts of individuals differ significantly.

व्यक्ति विशेषों की मनोवृत्तियों एवं प्रयासों में महत्त्वपूर्ण भेद होते हैं।

2. The common good is far better served by systematic inequalities of reward.

सभी लोगों की भलाई ज्यादा अच्छी तरह आमदनी की व्यवस्थित असमानता के द्वारा ही निश्चित की जा सकती है।

निष्कर्ष—A just society cannot possibly ensure for everyone the same income.

एक न्यायपूर्ण समाज सबों के लिए एक ही आमदनी संभवतः सुनिश्चित नहीं करा सकता।

(e) Ram must be laborious because he has attained success in all walks of life and only laborious attain such success.

राम अवश्य ही परिश्रमी होगा, चूँकि उसने जीवन के हर क्षेत्र में सफलता प्राप्त की है और सिर्फ परिश्रमी ही ऐसी सफलता प्राप्त करते हैं।

अध्याय-2

1. What are the different uses or functions of language? explain.

भाषा के कौन-कौन से विभिन्न कार्य हैं? (अथवा, भाषा का किन-किन विभिन्न रूपों में प्रयोग होता है?) व्याख्या कीजिये।

2. Distinguish between the informative and expressive uses of language? Are the two completely set apart? Discuss.
भाषा के सूचनात्मक तथा अभिव्यक्तात्मक प्रयोगों में भेद कीजिये। क्या दोनों ही एक-दूसरे से बिलकुल अलग हैं? विवेचन कीजिये।

3. Does the form of a sentence clearly and difinitely indicate its function in language? Discuss.
क्या किसी वाक्य का आकार भाषा में उसके कार्य को स्पष्ट तथा निश्चित रूप से संकेतित करता है? विवेचन कीजिये।

4. How is the study of language relevant for logic? Explain.
तर्कशास्त्र के लिए भाषा संबंधी अध्ययन किस प्रकार प्रासंगिक है? विवेचन कीजिये।

5. Which of the various functions of language is exemplified in each of the following?
भाषा के विभिन्न कार्यों में से किसका उदाहरण निम्नलिखित में से प्रत्येक में मिलता है?

(a) The easternmost point of land in India lies in Manipur.
भारतीय भूमि का सबसे पूर्वी बिन्दु मणिपुर में है।
उत्तर: Informative function. सूचनात्मक कार्य।

(b) The man who insists upon seeing with perfect clearness before he decides, never decides.
जो आदमी कोई निर्णय लेने से पूर्व पूरी स्पष्टता के साथ (स्थिति को) देखने पर जोर देता है, वह कभी कोई निर्णय नहीं ले पाता।
उत्तर : प्रत्यक्ष आकार से तो ऐसा लगता है कि प्रस्तुत वाक्य का कार्य सूचनात्मक है, पर ठीक से देखने पर यह स्पष्ट हो सकता है कि इसका प्रमुख कार्य निर्देशात्मक है। इसके द्वारा एक प्रकार का निर्देश या उपदेश दिया जा रहा है कि स्पष्टता के चक्कर में बहुत विचार-विमर्श करने से निर्णय लेना कठिन हो सकता है, इसलिए उससे बचना चाहिए। पर इसका अर्थ यह नहीं कि यह वाक्य सूचनात्मक कार्य बिलकुल सम्पन्न नहीं करता। बल्कि थोड़ा सा पुट इसमें अभिव्यक्तात्मक (expressive) कार्य का भी है, चूँकि लेखक इसके द्वारा बहुत विचार-विमर्श करने वाले के प्रति अपनी नापसंदगी भी व्यक्त करता है।

(c) There are three classes of citizens. The first are rich who always crave for more. The second are the poor who hate the rich. Between the two lie those who make the state secure and uphold the laws.
तीन श्रेणियों के नागरिक होते हैं। पहला वे जो धनी हैं और जो हमेशा कुछ और अधिक पाने की चेष्टा में लगे रहते हैं। दूसरे वे जो गरीब हैं और जो धनी से घृणा करते हैं। दोनों के बीच वे लोग हैं जो राज्य को सुदृढ़ बनाते हैं तथा जो नियम-कानून का पालन करते हैं।

(d) The path ahead is dangerous.
आगे रास्ता खतरनाक हैं।
उत्तर : संकेत: सूचनात्मक तथा उपदेशात्मक दोनों हैं।

(e) Good people do not tell a lie.
अच्छे लोग झूठ नहीं बोलते।

(f) Eternal peace is a dream.
स्थाई शान्ति एक स्वप्न है।

(g) I believe that war at present is productive of more good than evil.
मेरा विश्वास है कि वर्तमान समय में युद्ध अशुभ से कहीं अधिक शुभ को जन्म देता है।

(h) Aha, How beautiful the scene is!
आहा, कितना सुन्दर दृश्य है!

अध्याय-3

1. Distinguish between formal, and informal fallacies and explain any two of the latter with examples.
आकारिक तथा अनाकारिक तर्कदोषों में भेद कीजिये तथा किन्हीं दो अनाकारिक तर्कदोषों की सोदाहरण व्याख्या कीजिये।

2. Distinguish between fallacies of Relevance and fallacies of Ambiguity and explain any one of the fallacies of each of the above kinds by the help of suitable examples.
प्रासंगिकता संबंधी तर्कदोष तथा द्व्यार्थकता-अनेकार्थकता संबंधी तर्कदोष में भेद कीजिये तथा दोनों में से प्रत्येक प्रकार से किसी एक तर्कदोष को लेकर उसकी उपयुक्त उदाहरणों की सहायता से व्याख्या कीजिये।

3. Explain and illustrate the following informal fallacies of Relevance :—
निम्नलिखित प्रासंगिकता संबंधी अनाकारिक तर्कदोषों की सोदाहरण व्याख्या कीजिये :—
(a) Argumentum Ad Hominem (व्यक्तयोन्मुख युक्ति दोष)
(b) Ignoratio Elenchi (प्रतिज्ञान्तर सिद्धि दोष)
(c) Fallacy of Many Questions (प्रश्नछल दोष)
(d) Fallacy of Petitio principii (आत्माश्रय दोष).
(e) Fallacy of Accident (उपाधि-दोष)

4. Explain and illustrate the following informal fallacies of Ambiguity :—
निम्नलिखित द्व्यार्थकता-अनेकार्थकता संबंधी अनाकरिक तर्क-दोषों की सोदाहरण व्याख्या कीजिये :—
(a) Fallacy of Amphiboly (वाक्यछल दोष)
(b) Fallacy or Division (विग्रह दोष)
(c) Fallacy of Composition (संग्रह दोष)
(d) Fallacy of Paronymous Terms (समरूप विषमार्थ पद दोष)

5. Distinguish clearly between Fallacy of Accident and Fallacy of Division.
उपाधि-दोष तथा विग्रह-दोष में स्पष्ट भेद कीजिये।

6. what is Petitio principii? Why is it called Arguing in a circle?
   आत्माश्रय-दोष क्या है? इसे चक्रक दोष क्यों कहा जाता है?
7. Identify the fallacies committed in the following arguments with appropriate reasons :—
   उचित तर्क देते हुए निम्नलिखित युक्तियों में मौजूद तर्कदोषों की पहचान कीजिये :—
   (a) A lawyer is always free to consult law books. A physician often consults medical texts. So students should be permitted to use their text books during examinations.
   एक वकील कानून की किताबों को देखने और उनसे सहायता लेने के लिए स्वतंत्र है। एक चिकित्सक अक्सर चिकित्सा संबंधी पुस्तकों की सहायता लेता है। इसलिए विद्यार्थियों को भी परीक्षा में अपनी पुस्तकों से सहायता लेने की छूट होनी चाहिए।
   उत्तर : Fallacy of Ignoratio Elenchi. प्रतिज्ञान्तर-सिद्धि दोष इसे(Non-sequiter) (नानुमिति दोष) का नाम भी दिया जा सकता है। क्यों ये दोष हैं, इसके लिए तर्क विद्यार्थी खुद प्रस्तुत करें।
   (b) All of us cannot be famous, because all of us cannot be well known.
   हममें से सभी मशहूर नहीं हो सकते, चूँकि हममें से सभी विख्यात नहीं हो सकते।
   उत्तर : Fallacy of Petitio principii. आत्माश्रय दोष।
   (c) But can you doubt that air has weight when you have the clear testimony of Aristotle affirming that all the elements including air, and excepting only fire, have weight?
   जब अरस्तू की तरफ से यह स्पष्ट शब्द प्रमाण है कि आग को छोड़कर हवा समेत शेष सभी तत्त्वों में वजन है, तो क्या आप इस बात पर संदेह कर सकते हैं कि हवा में वजन हैं?
   उत्तर : **संकेत:** The Appeal to Inappropriate Authority: Argument Ad verecundiam.
   (d) Each person's happiness is a good to that person. Therefore, general happiness is a good to the aggregate of all persons.
   प्रत्येक मनुष्य की खुशी उसके लिए शुभ है। इसलिए सामान्य या सार्वजनिक खुशी सबों के लिए शुभ है।
   (e) The universe is spherical in form, because all the constituent parts of the universe, such as the sun the moon and the planets, are spherical.
   ब्रह्मांड गोलाकार है, चूँकि इसके सभी घटक अंश, जैसे, सूर्य, चंद्रमा और ग्रह, गोलाकार हैं।
   (f) No man will take counsel, but everyman will take money. Therefore, money is better than counsel.
   कोई भी उपदेश ग्रहण नहीं करेगा, पर प्रत्येक व्यक्ति पैसा ग्रहण करेगा। इसलिए, पैसा उपदेश से बेहतर है।

अध्याय-4

1. What is the purpose of Definition? Explain.
परिभाषा का उद्देश्य क्या है? व्याख्या कीजिये।

2. What is Definition? What are the different types (or kinds) of Definition? Explain.
परिभाषा क्या है? परिभाषा के कितने भेद (या प्रकार) हैं? व्याख्या कीजिये।

3. Distinguish between reportive and stipulative definitions. Can stipulative definitions be called true-false? Explain.
सूचनात्मक तथा स्वनिर्मित परिभाषाओं में भेद कीजिये। क्या स्वनिर्मित परिभाषायें सत्य-असत्य कही जा सकती है? व्याख्या कीजिये।

4. What is meant by Theoretical Definitions ? Explain.
'सैद्धान्तिक परिभाषाओं' से क्या समझा जाता है? व्याख्या कीजिये।

5. What is an Ostensive definition? How does it differ from an operational definition? Explain.
निदर्शनात्मक परिभाषा क्या है? संक्रियात्मक परिभाषा से यह किस प्रकार भिन्न हैं? व्याख्या कीजिये।

6. What are the different ways of defining a term? Explain in this connection definitioin by denotation.
किसी भी पद को परिभाषित करने के कौन-कौन से ब्रिभिन्न तरीके हैं? इस सिलसिले में वस्त्वर्थक परिभाषा की व्याख्या कीजिये।

7. What is definition by connotation? Explain in this connection definition per genus et. differentium.
गुणार्थक परिभाषा क्या है? इस सिलसिले में जाति तथा विभेदक गुण द्वारा दी गई परिभाषा की व्याख्या कीजिये।

8. Explain the various rules of definition and the respective fallacies committed by their violation.
परिभाषा के विभिन्न नियमों तथा उनके उल्लंघन से उत्पन्न क्रमशः दोषों की व्याख्या कीजिये।

9. Test the following definitions in the light of rules of definition by genus and differentia :—
जाति तथा विभेदक गुण द्वारा की गई परिभाषा के नियमों के आलोक में निम्नलिखित परिभाषाओं की जाँच कीजिये :—

(a) A teacher is a person who gives instruction to children.
शिक्षक वह व्यक्ति हैं जो बच्चों को शिक्षा देता है।

उत्तर : Too narrow definition. अति संकीर्ण परिभाषा। (शिक्षक बच्चों के अलावा युवक अथवा वृद्ध लोगों को भी शिक्षित कर सकता है)

(b) A teacher is a person who teaches.
शिक्षक वह व्यक्ति है जो शिक्षा देता है।

उत्तर : Circuler definition. चक्रीय परिभाषा

(c) Faith is the substance of things hoped for, the evidence of things not seen.
आस्था आशा की जाने वाली वस्तुओं का सार है, अदृष्ट वस्तुओं का साक्ष्य है।

उत्तर : Figurative definition (or Definition by Figurative language). अलंकारिक परिभाषा।

(d) A fool is one who is not wise.
मूर्ख वह है जो बुद्धिमान नहीं है।

उत्तर : निषेधात्मक परिभाषा। Negative Definition.

(e) Health is a state of complete physical, mental, and social well-being and not merely the absence of disease.
स्वास्थ्य संपूर्ण शारीरिक, मानसिक तथा सामाजिक हितों की अवस्था है, सिर्फ बीमारी से छुटकारा का नहीं।

उत्तर : Too narrow definition. अति संकीर्ण परिभाषा।

फिर इसमें Overcomplete definition या अतिपूर्ण परिभाषा का भी दोष माना जा सकता है।

10. Explain and illustrate the following :—
निम्नलिखित की सोदाहरण व्याख्या कीजिये :—
(a) Too wide Definition (अति व्याप्त परिभाषा)
(b) Negative Definition. (निषेधात्मक परिभाषा)
(c) Stipulative Definition (स्वनिर्मित परिभाषा)
(d) Figurative Definition (अलंकारिक परिभाषा)
(e) Circular Definition (चक्रीय परिभाषा)

अध्याय-5

1. Explain and illustrate the four standard forms of categorical propositions.
निरपेक्ष प्रतिज्ञप्तियों के चार मानक आकारों की सोदाहरण व्याख्या कीजिये।

2. What is meant by the quantity and quality of categorical propositions. Elucidate the quantity and quality of the four standard-form categorica propositions.
निरपेक्ष प्रतिज्ञप्तियों के परिमाण तथा गुण से क्या तात्पर्य है? मानक-आकार के चार निरपेक्ष प्रतिज्ञप्तियों के परिमाण तथा गुण स्पष्ट करें।

3. When is a term said to be distributed and when undistributed? Which terms of the four standard form categorical propositions are distributed and which not? Illustrate.
किसी पद को व्याप्त कब कहा जाता है तथा कब अव्याप्त? चार मानक-आकार निरपेक्ष प्रतिज्ञप्तियों के कौन पद व्याप्त होते हैं तथा कौन अव्याप्त? उदाहरण दीजिये।

4. In what different ways may the four standard-form categorical propositions having the same subject and same predicate be related together? Explain and illustrate in this connection the 'Square of opposition'.
एक ही उद्देश्य तथा विधेय पद वाली मानक-आकार निरपेक्ष प्रतिज्ञप्तियाँ परस्पर कितने विभिन्न प्रकार से संबंधित हो सकती हैं? इस सिलसिले में 'विरोध-वर्ग' की सोदाहरण व्याख्या कीजिये।

5. Explain and illustrate the contrary, sub-contrary, contradictory and sub-altern relations as presenting four forms of Immediate inference.
विपरीत, अनुविपरीत, व्याघातक तथा उपाश्रित संबंधों की साक्षात् अनुमान के चार भेदों के रूप में सोदाहरण व्याख्या कीजिये।

6. Explain and illustrate conversion and obversion as forms of immediate inference.
साक्षात् अनुमान के भेदों के रूप में परिवर्तन तथा प्रतिवर्तन की सोदाहरण व्याख्या कीजिये।

7. Bring out the diagrammatic representation of the 'A', 'E', 'I' and 'O' propositions in the light of their Boolean interpretations.
'A', 'E', 'I' तथा 'O' प्रतिज्ञप्तियों को बूल द्वारा दिये गये अर्थ के आलोक में उन्हें चित्रों के रूप में उपस्थित कीजिये।

8. Name the quality and quantity of the following propositions and point out the distributed and undistributed terms in them :—
निम्नलिखित प्रतिज्ञप्तियों के गुण तथा परिमाण बतलाइये तथा यह बतलाइये कि उनमें कौन से पद व्याप्त तथा कौन अव्याप्त हैं—

(a) All presidential candidates are exprienced people.
राष्ट्रपति पद के सभी उम्मीदवार अनुभवी लोग होते हैं।
उत्तर : Quality (गुण)—Affimative (भावात्मक)
Quantity (परिमाण)—Universal (पूर्णव्यापी)
Distributed term (व्याप्त पद)—Presidential candidates (राष्ट्रपति पद के उम्मीदवार)
Undistributed term (अव्याप्त पद)—Exprienced people (अनुभवी लोग)

(b) All politicians are citizens.
सभी राजनेता नागरिक हैं।

(c) No female leader is uncivilised.
कोई भी नारी नेता असभ्य नहीं होती

(d) Some recent rulings of the Supreme Court are politically motivated.
उच्चतम न्यायालय के कुछ हाल के निर्णय राजनीति से प्रेरित हैं।

(e) Some lawyers are not responsible persons.
कुछ वकील जिम्मेदार लोग नहीं हैं।

9. What can be inferred about the truth or falsity of the following propositions, when the proposition 'All successful officers are intelligent' is taken as (1) true, (2) false?—

(a) No successful officer is intelligent.
(b) Some successful officers are intelligent.
(c) Some successful officers are not intelligent.

यदि 'सभी सफल अधिकारी तीक्ष्णबुद्धि हैं' प्रतिज्ञप्ति को (1) सत्य, (2) असत्य माना जाय, तो निम्नलिखित प्रतिज्ञप्तियों की सत्यता-असत्यता के संबंध में क्या अनुमान लगाया जा सकता है?

(a) कोई भी सफल अधिकारी तीक्ष्णबुद्धि नहीं है।

(b) कुछ सफल अधिकारी तीक्ष्णबुद्धि हैं।

(c) कुछ सफल अधिकारी तीक्ष्णबुद्धि नहीं हैं।

उत्तर : यदि 'All successful officers are intelligent' (सभी सफल अधिकारी तीक्ष्णबुद्धि हैं) को सत्य माना जाय तो :—

(a) No successful officer is intelligent (कोई सफल अधिकारी तीक्ष्णबुद्धि नहीं है) असत्य होगा

(b) Some successful officers are intelligent (कुछ सफल अधिकारी तीक्ष्णबुद्धि हैं) सत्य होगा

(c) Some successful officers are not intelligent (कुछ सफल अधिकारी तीक्ष्णबुद्धि नहीं है) असत्य होगा।

और यदि दी हुई प्रतिज्ञप्ति असत्य है तो—

(a) —की सत्यता-असत्यता के संबंध में निश्चित रूप से कुछ नहीं कहा जा सकता, यानी, अनिश्चित।

(b) —अनिश्चित।

(c) —सत्य।

10. What can be inferred about the truth or falsity of the remaining three propositions in each of the following sets, if the first of then is assumed as (1) true, (2) false ?

यदि प्रतिज्ञप्तियों की निम्नलिखित जमातों में से प्रत्येक में पहले को (1) सत्य, (2) असत्य मान लिया जाय तो शेष तीन की सत्यता-असत्यता के संबंध में क्या अनुमान लगाया जा सकता है ?

1. (a) No politician is honest.
   कोई राजनीतिज्ञ ईमानदार नहीं हैं।

   (b) All politicians are honest.
   सभी राजनीतिज्ञ ईमानदार हैं।

   (c) Some politicians are honest.
   कुछ राजनीतिज्ञ ईमानदार हैं।

   (d) Some politicians are not honest.
   कुछ राजनीतिज्ञ ईमानदार नहीं हैं।

2. (a) Some professors are good teachers.
   कुछ प्रोफेसर अच्छे शिक्षक होते हैं।

   (b) All professors are good teachers.
   सभी प्रोफेसर अच्छे शिक्षक होते हैं।

   (c) No professor is a good teacher.
   कोई भी प्रोफेसर अच्छा शिक्षक नहीं होता।

   (d) Some professors are not good teachers.
   कुछ प्रोफेसर अच्छे शिक्षक नहीं होते।

(3) (a) Some learned people are not good speakers.
कुछ विद्वान लोग अच्छे वक्ता नहीं होते हैं।

(b) All learned people are good speakers.
सभी विद्वान लोग अच्छे वक्ता होते हैं।

(c) No learned people are good speakers.
कोई विद्वान लोग अच्छे वक्ता नहीं होते।

(d) Some learned people are good seakers.
कुछ विद्वान लोग अच्छे वक्ता होते हैं।

11. Give the converse and obverse of the following propositions :—
निम्नलिखित प्रतिज्ञप्तियों के परिवर्त्य तथा प्रतिवर्त्य दीजिये :—

(a) All Journalists are pessimists.
सभी पत्रकार निराशावादी हैं।

उत्तर : परिवर्त्य (Converse)—Some pessimists are Jouralists.
कुछ निराशावादी पत्रकार हैं।

प्रतिवर्त्य (Obverse)—No journalists are non-pessimists.
कोई पत्रकार अनिराशावादी नहीं है।

(b) Some soldiers are not brave.
कुछ सिपाही बहादुर नहीं हैं।

उत्तर : परिवर्त्य (converse)—संभव नहीं है।

प्रतिवर्त्य (obverse)—Some soldiers are non-brave.
कुछ सिपाही न-बहादुर हैं।

(c) No philosophers are scientists.
कोई दार्शनिक वैज्ञानिक नहीं हैं।

(d) Some citizens are non residents.
कुछ नागरिक अ-निवासी हैं।

12. Give the (i) converted obverse and the (ii) obverted converse of the foollowing propositions : —
निम्नलिखित प्रतिज्ञप्तियों के परिवर्तित प्रतिवर्त्य तथा प्रतिवर्तित परिवर्त्य दीजिये :—

(a) Some merchants are honest.
कुछ सौदागर ईमानदार हैं।

उत्तर : (i) प्रतिवर्त्य (obverse)—Some merchants are not non-honest.
कुछ सौदागर न-ईमानदार नहीं हैं।

इस प्रतिवर्त्य का परिवर्त्य, यानी, दिये हुए कथन का परिवर्तित प्रतिवर्त्य (The converse of this obverse, i.e, the converted obverse of the given proposition)—संभव नहीं है।

(ii) परिवर्त्य (Converse)—Some honest (persons) are merchants
कुछ ईमानदार (लोग) सौदागर हैं।

इस परिवर्त्य का प्रतिवर्त्य, यानी, दी हुई प्रतिज्ञप्ति का प्रतिवर्तित परिवर्त्य (The obverse of this converse, i.e, the obverted converse of the given proposition)—Some honest (persons) are not non-merchants.
कुछ ईमानदार (लोग) अ-सौदागर नहीं हैं।

(b) Some tigers are not ferocious.
कुछ बाघ डरावने नहीं हैं।

(c) All scholars are gentle.
सभी विद्वान सुशील होतें हैं।

(d) No dishonest man is successful.
कोई बेईमान व्यक्ति सफल नहीं होता।

13. If the proposition 'Some saints were martyrs' is taken as true, what may be inferred about the truth-falsity of the following propositions :—
यदि 'कुछ संत शहीद थे' प्रतिज्ञप्ति को सत्य माना जाय तो निम्नलिखित प्रतिज्ञप्तियों की सत्यता-असत्यता के संबंध में क्या अनुमान किया जा सकता है?

(a) All saints were martyrs.
सभी संत शहीद थे।

(b) Some saints were not non-martyrs.
कुछ संत न-शहीद नहीं थे।

(c) Some martyrs were not non-saints
कोई शहीद अ-संत नहीं थे।

(d) No martyrs were non-saints.
कोई शहीद अ-संत नहीं थे।

(e) No non-saints were martyrs.
कोई अ-संत शहीद नहीं थे।

(f) All non-saints were martyrs.
सभी अ-संत शहीद थे।

उत्तर : (a) अनिश्चित (यानी, सत्य या असत्य कुछ भी हो सकता है।)
(b) सत्य
(c) सत्य
(d) अनिश्चित
(e) अनिश्चित
(f) अनिश्चित

14. If the proposition 'No scientists are philosophers' is true, what can be inferred about the truth-falsity of the following ?
यदि 'कोई वैज्ञानिक दार्शनिक नहीं है' प्रतिज्ञप्ति सत्य हो तो निम्नलिखित की सत्यता-असत्यता के संबंध में क्या अनुमान लगाया जा सकता है?

(a) No philosophers are scientists.
कोई दार्शनिक वैज्ञानिक नहीं है।

(b) No non-philosophers are scientists.
कोई अ-दार्शनिक वैज्ञानिक नहीं है।

(c) No philosophers are non-scientists.
कोई दार्शनिक अ-वैज्ञानिक नहीं है।

(d) All philosophers are scientists.
सभी दार्शनिक वैज्ञानिक हैं।

(e) Some scientists are not philosophers.
कुछ वैज्ञानिक दार्शनिक नहीं हैं।

(f) Some non-philosophers are not non-scientists.
कुछ अ-दार्शनिक अ-वैज्ञानिक नहीं है।

15. Express each of the following propositions in terms of the Boolean, formulae, taking the subject-term as 'S' and the predicate term as 'P' and then symbolise it by means of Venn Diagram :—
उद्देश्य-पद को 'S' तथा विधेय-पद को 'P' मानते हुए निम्नलिखित प्रतिज्ञप्तियों में से प्रत्येक को बूल के फॉर्मूला के रूप में अभिव्यक्त कीजिये तथा इसका व्हेन चित्र के द्वारा प्रतीकीकरण कीजिये :—

(a) No shopkeepers are scholars.
कोई दुकानदार विद्वान नहीं होता है।

उत्तर : SP = 0, प्रतीकीकरण

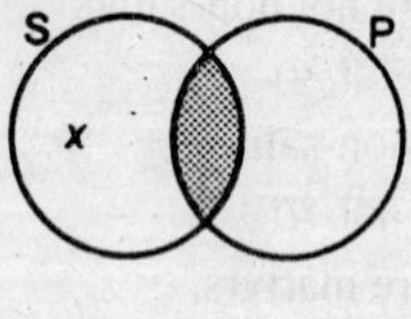

(b) Some saints are terrorists.
कुछ साधु आतंकवादी हैं।

(c) Some officers are not honest.
कुछ अधिकारी ईमानदार नहीं हैं।

(d) All musicians are emotional people.
सभी गायक संवेग प्रधान व्यक्ति हैं।

अध्याय-6

1. What is a Categorical syllogism and what are its constituents ? Explain with exmples.
निरपेक्ष न्याय क्या है तथा इसके कौन-कौन से घटक हैं? उदाहरण सहित व्याख्या कीजिये।

2. What do you mean by the Figure and Mood of a categorical syllogism? Explain the four figures and the possible moods in each one of them with the help of examples.
किसी निरपेक्ष न्याय की आकृति तथा विन्यास से आप क्या समझते हैं? चार आकृतियां तथा उनमें से प्रत्येक में संभव विन्यासों की सोदाहरण व्याख्या कीजिये।

3. Explain in brief, the various rules of categorical syllogism and the possible fallacies resulting out of their violation.
संक्षेप में निरपेक्ष न्याय के नियमों तथा उनके उल्लंघन से उत्पन्न होने वाली संभावित तर्कदोषों की व्याख्या कीजिये।
4. Rewrite each of the following syllogisms in standard form and name its figure and mood :—
निम्नलिखित न्यायों में से प्रत्येक को मानक रूप में लिखिये तथा उसकी आकृति तथा विन्यास का नाम दीजिये :—

(a) All rabbits are fast runners; therefore, some horeses are rabbits, because some horses are also fast runners.
सभी खरगोश तेज दौड़नेवाले होते हैं; इसलिए, कुछ घोड़े खरगोश हैं चूँकि कुछ घोड़े भी तेज दौड़ने वाले होते हैं।
उत्तर—किसी भी न्याय को मानक रूप में लिखने का अर्थ यह है कि सबसे पहले उसके वृहत् आधारकथन (major premise) को लिखा जाय, फिर उसके लघु आधारकथन (minor premise) को लिखा जाय, और तब अन्त में निष्कर्ष को। इसके लिए दिये हुए न्याय में सबसे पहले निष्कर्ष को पहचानना होगा। यहाँ स्पष्टतः निष्कर्ष है–'कुछ घोड़े खरगोश हैं' (Some horses are rabbits)। अब हम जानते हैं कि निष्कर्ष का विधेय वृहत् पद (major term) तथा उद्देश्य लघु पद होता है। यानी, यहाँ 'खरगोश' वृहत् पद है तथा 'घोड़े' लघु पद। अब बचे हुए कथनों में से जिसमें वृहत् पद होगा, वह वृहत् आधारकथन होगा, तथा जिसमें लघु पद होगा वह लघु आधारकथन होगा। यानी, 'सभी खरगोश तेज दौड़नेवाले होते हैं' (All rabbits are fast runners) वृहत् आधारकथन है तथा 'कुछ घोड़े तेज दौड़नेवाले होते हैं' (Some horses are fast runners) लघु आधारकथन है। अतः न्याय अपने मानक आकार में निम्नलिखित रूप में लिखा जायेगा :—

सभी खरगोश तेज दौड़नेवाले होते हैं
(All rabbits are fast runners.)
कुछ घोड़े तेज दौड़नेवाले होते हैं
(Some horses are fast runners)
∴ कुछ घोड़े खरगोश हैं
(Some horses are rabbits)

यह न्याय द्वितीय आकृति (Second figure) में हैं तथा इसका विन्यास (Mood) है–A.I.I.

(b) Some Indians are laborious, because some of them have achieved great success and all who achieve great success are laborious.
कुछ भारतीय मेहनती हैं, चूँकि उनमें से कुछ ने बड़ी सफलता प्राप्त की है और जो भी बड़ी सफलता प्राप्त करते हैं वे मेहनती होते हैं।

(c) No stubborn individuals are good people, so since some men of principle are stubborn individuals, some good people are not men of principle.
कोई भी हठी व्यक्ति अच्छा आदमी नहीं होता, अतः, चूँकि कुछ सिद्धान्तवादी लोग हठी व्यक्ति होते हैं, कुछ अच्छे लोग सिद्धान्तवादी लोग नहीं होते।

(d) No nuclear-powered states want war. All nuclear-powered states are militarily strong. Therefore, no militarily strong states want war.
कोई अणुशक्ति संपन्न राज्य युद्ध नहीं चाहता। सभी अणुशक्तिसंपन्न राज्य सैनिक दृष्टि से मजबूत होते हैं। इसलिए, सैनिक दृष्टि से मजबूत कोई भी राज्य युद्ध नहीं चाहता।

(e) All members of parliament are elected people, because all members of parliament are public leaders and all those who are elected people are public leaders.
सभी संसद-सदस्य निर्वाचित लोग होते हैं, चूँकि सभी संसद-सदस्य जन-नेता होते हैं और जो भी निर्वाचित लोग होते हैं वे जन-नेता होते हैं।

5. Bring each of the following syllogisms into standard form and test its validity by means of Venn Diagram :—

(a) Some philosophers are mathematicians; hence some scientists are mathematicians, since all philosophers are scientists.
कुछ दार्शनिक गणितज्ञ है, इसलिए कुछ वैज्ञानिक गणितज्ञ हैं, चूँकि सभी दार्शनिक वैज्ञानिक है।

Standard form (मानक आकार)—
Some philosophers are mathematicians
कुछ दार्शनिक गणितज्ञ है
All philosophers are scientists
सभी दार्शनिक वैज्ञानिक है
∴ Some scientists are mathematicians.
कुछ वैज्ञानिक गणितज्ञ है

उत्तर :

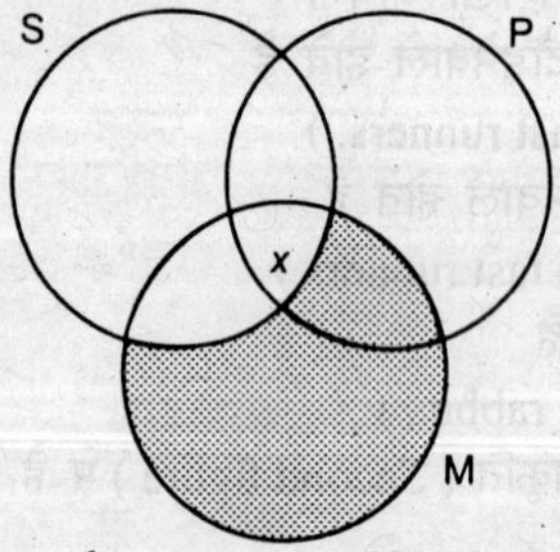

Mood — IAI
Figure — 3
Valid.

(b) No selfish are leaders, because no selfish are well-wishers of others, and all leaders are well-wishers of others.
कोई स्वार्थी नेता नहीं होता है, चूँकि कोई स्वार्थी दूसरों का हितैषी नहीं होता और सभी नेता दूसरों के हितैषी होते हैं।

(c) No musicians are painters; all musicians are devoted people; hence, no painters are devoted people.
कोई गायक चित्रकार नहीं होते हैं। सभी गायक लगनशील लोग होते हैं। इस प्रकार कोई चित्रकार लगनशील लोग नहीं होते।

(d) Some men are not wise, for some men are not literate and some literates are not wise.
कुछ मनुष्य बुद्धिमान नहीं हैं, चूँकि कुछ मनुष्य साक्षर नहीं हैं और कुछ साक्षर बुद्धिमान नहीं हैं

(e) Some snakes are not dangerous, but all snakes are reptiles, therefore, some dangerous beings are not reptiles.
कुछ सर्प खतरनाक नहीं हैं, परन्तु सभी सर्प रेंगनेवाले प्राणी हैं, इसलिए, कुछ खतरनाक जीव रेंगनेवाले प्राणी नहीं हैं।

6. Test the validity of each of the following syllogistic inferences with reference to the six rules of syllogistic inferences and if any one of them is invalid, name the fallacy committed by it :—
निम्नलिखित न्यायिक अनुमानों की वैधता की जाँच न्यायिक अनुमान के छः नियमों के संदर्भ में कीजिये तथा यदि उनमें से कोई अवैध है, तो इसमें जो तर्कदोष होता है उसका नाम लीखिये :—

(a) All dogs are pets.
सभी कुत्ते पालतु हैं
All pets are animals.
सभी पालतु जानवर हैं
∴ Some animals are dogs
कुछ जानवर कुत्ते हैं
उत्तर : इसमें अस्तित्वपरक दोष(Existential fallacy)है, चूँकि दो पूर्णव्यापी कथनों के आधार पर अंशव्यापी निष्कर्ष निकाला गया है जो अस्तित्वपरक हैं। इसमें नियम 6 का उल्लंघन हुआ है।

(b) Some diamonds are precious
कुछ हीरे कीमती हैं
Some stones are not diamonds
कुछ पत्थर हीरे नहीं है
∴ Some stones are not precious
कुछ पत्थर कीमती नहीं है
उत्तर—Illicit Major
चूँकि वृहत पद 'Precious' (कीमती) निष्कर्ष में व्याप्त है, जब कि वह वृहत् आधारकथन में अव्याप्त है।

(c) Some good actors are not good players.
कुछ अच्छे अभिनेता अच्छे खेलाड़ी नहीं है
All wrestlers are good players.
सभी कुश्तीबाज अच्छे खेलाड़ी है
∴ All wrestlers are good actors.
सभी कुश्तीबाज अच्छे अभिनेता हैं

(d) All flowers are beautiful
सभी फूल सुन्दर हैं
Some tigers are beautiful
कुछ बाघ सुन्दर हैं
∴ Some tigers are flowers.
कुछ बाघ फूल हैं

(e) All Indians are people who take tea.
सभी भारतीय ऐसे लोग हैं जो चाय पीते हैं
All people who take tea are people who like it.
सभी वैसे लोग जो चाय पीते हैं वे लोग हैं जो इसे पसन्द करते हैं
∴ All Indians are people who like it.
सभी भारतीय ऐसे लोग हैं जो इसे पसन्द करते हैं।

7. Answer the following questions with appropriate explanations :—
उचित व्याख्या के साथ निम्नलिखित प्रश्नों के उत्तर दीजिये :—

(a) Can there be a valid standard-form categorical syllogism in which only one term is distributed and that only once? If so, name the figure (or figures) and mood (or moods) of the syllogism.
क्या ऐसा कोई वैध मानक-आकार निरपेक्ष न्याय हो सकता है जिसमें एक ही पद व्याप्त हो और वह भी एक ही बार? यदि हाँ तो ऐसे न्याय की आकृति (या आकृतियां) तथा विन्यास (या विन्यासों) के नाम लिखिये।

उत्तर—यदि ऐसा कोई न्याय होगा तो जो एक पद एक ही बार व्याप्त है वह अवश्य ही मध्यवर्ती पद होगा, चूँकि न्याय के नियमों के अनुसार, एक वैध न्याय में मध्यवर्ती पद को कम-से-कम एक बार अवश्य व्याप्त होना चाहिए। अब चूँकि वृहत् तथा लघु पदों में से कोई कहीं भी व्याप्त नहीं हो सकता, इसलिए निष्कर्ष को अवश्य ही "I" होना पड़ेगा। निष्कर्ष के भावात्मक होने का अर्थ है कि आधारकथनों में से कोई निषेधात्मक नहीं होगा, नहीं तो निष्कर्ष निषेधात्मक हो जायेगा। आधारकथन भावात्मक ही होंगे और उनमें से एक अवश्य ही 'I' होगा, चूँकि दोनों के 'A' होने से दो पद व्याप्त हो जायंगे, या एक ही पद दो बार व्याप्त हो जायेगा। इस प्रकार ऐसा न्याय जो दी हुई शर्त की पूर्ति करे अवश्य ही या तो I A I विन्यास का होगा या AII विन्यास का। यदि विन्यास I A I होगा, तो न्याय की आकृति या तो तृतीय या चतुर्थ होगी और यदि न्याय का विन्यास AII होगा तो आकृति या तो प्रथम या तृतीय होगी। इस प्रकार उपर्युक्त शर्त की पूर्ति करने वाला वैध न्याय संभव है जिसकी आकृति तथा विन्यास निम्नलिखित होंगे :—

आकृति—प्रथम, तृतीय एवं चतुर्थ
विन्यास—A I I तथा I A I

(b) Can there be a valid standard-form categorical syllogism in which two terms are distributed and each one twice? If yes, name the figure (or figures) and the mood (or moods) of the syllogism.
क्या ऐसा कोई वैध मानक-आकार निरपेक्ष न्याय हो सकता है जिसमें दो पद व्याप्त हों और प्रत्येक दो बार? यदि हाँ, तो उनकी आकृति (या आकृतियां) तथा विन्यास

(या विन्यासों) के नाम लिखें।

उत्तर—यदि ऐसा कोई न्याय होगा तो व्याप्त दो पदों में से एक तो अवश्य ही मध्यवर्ती पद होगा जो दोनों आधारकथनों में व्याप्त होगा और एक पद वृहत् या लघु पद होगा जो अपने आधारकथन और निष्कर्ष दोनों में व्याप्त होगा। यदि मध्यवर्ती पद के अलावा व्याप्त पद वृहत् पद होगा, तो निष्कर्ष को अवश्य ही 'O' होना पड़ेगा, चूँकि 'O' का ही सिर्फ विधेय-व्याप्त होता हैं, जहाँ वृहत् पद रहता है। निष्कर्ष 'E' नहीं हो सकता, चूँकि तब तो उसका उद्देश्य, यानी, लघु पद भी व्याप्त हो जायेगा। वृहत् पद आधारकथन में भी व्याप्त है, इसलिए वृहत् आधारकथन को 'E' होना पड़ेगा, चूँकि उसमें मध्यवर्ती पद को भी व्याप्त होना है। लघु आधारकथन को तब अवश्य ही 'A' होना पड़ेगा ताकि उसमें एक पद—मध्यवर्ती पद—व्याप्त हो और दोनों आधारकथन निषेधात्मक न हो जायँ। और तब न्याय का विन्यास होगा EAO जो एक अवैध विन्यास है, चूँकि दो पूर्णव्यापी कथनों से एक अस्तित्वपरक निष्कर्ष (Existential conclusion) नही निकला जा सकता। यदि मध्यवर्ती पद के अलावा व्याप्त पद लघु पद होगा, तो निष्कर्ष में भी उसके व्याप्त होने के लिए निष्कर्ष को अवश्य ही 'A' होना पड़ेगा, चूँकि 'I' होने से कोई पद व्याप्त नहीं होगा और निषेधात्मक होने से विधेय यानी वृहत् पद व्याप्त हो जायेगा। निष्कर्ष 'A' होने से दोनों आधारकथनों को भी 'A' ही होना पड़ेगा, चूँकि किसी एक आधार-कथन के निषेधात्मक होने से निष्कर्ष निषेधात्मक हो जायेगा और 'I' होने से उसका कोई पद व्याप्त नहीं होगा, जिसके चलते प्रश्न में दी गई शर्त का उल्लंघन हो जायेगा। अतः यदि कोई न्याय संभव होगा तो उसका विन्यास होगा AAA। पर इसके द्वारा दी गई शर्त की पूर्ति नहीं होगी, चूँकि शर्त के अनुसार आधारकथन तथा निष्कर्ष मिलाकर चार पद (दो पद, प्रत्येक दो बार) व्याप्त होने चाहिए, जब कि इस न्याय में सब मिलाकर तीन ही पद व्याप्त होंगे।

अतः दी हुई शर्त के अनुरूप कोई भी वैध न्याय संभव नहीं है।

(c) In what figure or figures, if any, can a valid standard-form categorical syllogism have its middle term distributed in both the premises?
किस आकृति (या आकृतियों) में, यदि कोई हो, किसी वैध मानक आकार निरपेक्ष-न्याय का मध्यवर्ती पद दोनों ही आधारकथनों में व्याप्त होगा?

(d) Can any valid standard-form categorical syllogism be such that all its three terms are distributed in both of their occerences?
क्या कोई वैध मानक-आकार निरपेक्ष न्याय ऐसा हो सकता है जिसके तीनों पद अपने दोनों स्थानों पर व्याप्त हों?

(e) Can there be any valid mood of a standard-form categorical syllogism having two affirmative premises and a negative conclusion?
क्या किसी मानक-आकार निरपेक्ष न्याय का कोई ऐसा वैध विन्यास हो सकता है जिसके दोनों आधारकथन भावात्मक हों तथा निष्कर्ष निषेधात्मक हों?

8. In case of each of the following syllogistic arguments,

(i) Bring the non-standard form propositions into standard-form categorical propositions,

(ii) Bring the non-standard form argument into standard-form categorical syllogism,

(iii) Test its validity with reference to the six rules of syllogistic inference, and

(iv) Name the fallacy, if any, involved in the argument :—

निम्नलिखित न्यायिक युक्तियों में से प्रत्येक के संबंध में,

(i) जो कथन मानक आकार में न हो, उन्हें मानक आकार के निरपेक्ष कथनों में बदलिए,

(ii) युक्ति यदि मानक आकार में न हो, तो उसे मानक आकार के निरपेक्ष न्याय के रूप में बदलिए,

(iii) न्यायिक अनुमान के छः नियमों के संदर्भ में उसकी वैधता की जाँच कीजिये, तथा

(iv) यदि उसमें कोई तर्कदोष व्याप्त हो तो उसका नाम लिखिये :—

(a) All valid syllogisms distribute their middle terms in at least one premise, so this syllogism must be valid, for it distributes its middle term in at least one premise.

सभी वैध न्याय अपने मध्यवर्ती पद को कम-से-कम एक आधारकथन में व्याप्त करते हैं, इसलिए यह न्याय अवश्य ही वैध होगा, चूँकि यह अपने मध्यवर्ती पद को कम-से-कम एक आधारकथन में व्याप्त करता है।

उत्तर : कथनों को मानक निरपेक्ष कथन का रूप देने के बाद युक्ति :—

All valid syllogierms are such which distribute their middle terms in at least one premise. So, this syllogism is a valid syllogism, for this syllogism is such which distributes its middle term in at least one premise.

मानक निरपेक्ष न्याय का रूप देने के बाद युक्ति :—

All valid syllogisms are such which distribute their middle terms in at least one premise.

This syllogism is such which distributes its middle term in at least one premise.

∴ This syllogism is a valid syllogism.

वैधता की जाँच—इस न्याय में 'Such which distributes its middle term in at least one premise' मध्यवर्ती पद है जो किसी भी आधारकथन में व्याप्त नहीं है। इसलिए इस न्यायिक युक्ति में

अव्याप्त मध्यवर्ती पद दोष *(Fallacy of undistributed middle)* **है।**

(b) The express train alone does not stop at this station, and as the last train did not stop, it must have been the express train.

सिर्फ एक्सप्रेस गाड़ियाँ इस स्टेशन पर नहीं ठहरतीं, और पीछली गाड़ी चूँकि यहाँ नहीं रुकी, वह अवश्य ही एक्सप्रेस गाड़ी होगी।

उत्तर—कथनों को मानक आकार देने के बाद युक्ति :—

All trains which do not stop at this station are express trains, and as the last train is such which did not stop at this station, the last train is an express train.

सभी गाड़ियों जो इस स्टेशन पर नहीं ठहरतीं एक्सप्रेस गाड़ियाँ है, और चूँकि पिछली

गाड़ी ऐसी है जो इस स्टेशन पर नहीं ठहरी, पिछली गाड़ी एक्सप्रेस गाड़ी है। मानक निरपेक्ष न्याय का आकार देने के बाद युक्ति :—

सभी गाड़ियाँ जो इस स्टेशन पर नहीं ठहरतीं एक्सप्रेस गाड़ियाँ हैं।

पिछली गाड़ी ऐसी है जो इस स्टेशन पर नहीं ठहरी

∴ पिछली गाड़ी एक्सप्रेस गाड़ी है।

वैधता की जाँच—इस न्याय में कोई दोष नजर नहीं आता, अतः यह वैध हैं।

(c) No valid syllogisms have two negative premises.

No syllogisms on this page are invalid.

∴ No syllogisms on this page have two negative premises.

किसी वैध न्याय में दो निषेधात्मक आधारकथन नहीं होते। इस पन्ने पर कोई न्याय अवैध नहीं है। ∴ इस पन्ने पर किसी न्याय में दो निषेधात्मक कथन नहीं हैं।

(d) All invalid syllogisms commit some fallacy. But this syllogism is valid, so this syllogism does not commit a fallacy.

सभी अवैध न्याय किसी-न-किसी तर्कदोष से ग्रसित होते हैं। पर यह न्याय वैध है, इसलिए यह न्याय किसी तर्कदोष से ग्रसित नहीं है।

(e) No one present is out of work. No members are absent. Therefore all members are employed.

कोई भी उपस्थित काम के बिना नहीं है। कोई भी सदस्य अनुपस्थित नहीं है। इसलिए सभी सदस्यों को रोजगार है।

उत्तर : सरसरे देखने पर ऐसा लगता है कि युक्ति में चतुष्पद दोष (Fallacy of four terms) है, चूँकि इसमें कई पद नजर आते हैं—'present', 'absent', 'members', out of work', 'employed'। पर वास्तव में ऐसा है नहीं। दिये हुए वाक्यों के अर्थ को ठीक से समझकर उन्हें मानक निरपेक्ष कथनों का रूप देने पर युक्ति निम्नलिखित रूप की हो जायेगी :—

All present are employed

All members are present.

∴ All members are employed.

और इस न्याय में कोई दोष नहीं है। यह वैध है।

अध्याय 7

1. What is Symbolic Logic? How does it differ from the traditional Deductive Logic ?

   प्रतीकात्मक तर्कशास्त्र क्या है? परम्परागत निगमनात्मक तर्कशास्त्र से यह किस प्रकार भिन्न हैं?

2. Distinguish between a truth-functional and a non-truth-functional proposition and draw out the truth-tables for conjunction and implication.

   सत्यता-फलित तथा न-सत्यता-फलित प्रतिज्ञप्तियों (कथनों) में भेद कीजिये तथा संयोजन एवं आपादन के लिए सत्यता-सारणियाँ बनाइये।

3. What is Implication ? Explain the paradox of implication.
आपादन क्या है? आपादान के विरोधाभास की व्याख्या कीजिये।

4. If 'Λ' be the symbol of the exclusive use of the connective 'or', then construct the truth-table for 'P Λ q'.
यदि 'Λ' 'या' संबंधक के व्यावर्तक प्रयोग का प्रतीक हो तो 'p Λ q' के लिए सत्यता-सारणी का निर्माण कीजिये।

5. If 'p v q' is true for any value of 'q', what can be said about the truth-value of 'p' ?
यदि 'q' का सत्यता-मूल्य कुछ भी होने से 'p v q' सत्य ही होता है, तो 'p' के सत्यता-मूल्य के संबंध में क्या कहा जा सकता है?
उत्तर : यदि 'q' के सत्य या असत्य कुछ भी होने से 'p vq' सत्य ही होता है, तो इसका मतलब है कि 'p' सत्य है चूँकि यदि 'p' असत्य होगा, तो फिर उस स्थिति में जिसमें 'q' असत्य होता है, 'p v q' का सत्यता-मूल्य असत्य हो जायेगा। पर दिया हुआ है कि 'q' चाहे असत्य भी हो तो 'p v q' सत्य ही होता है, इसका स्पष्ट अर्थ है कि 'p' का सत्यता-मूल्य सत्य है।

6. If. 'p . q' is false for any value of 'q' then what can be said about the truth-value of 'p' ?
यदि 'q' का सत्यता-मूल्य कुछ भी होने से 'p . q' असत्य होता है, तो 'p' के सत्यता-मूल्य के संबंध में क्या कहा जा सकता है?

7. If 'p ≡ q' is true, what will be the truth-value of 'p v ~ q' ?
उत्तर : 'p≡q' कब सत्य होता है?—जब p तथा q दोनों सत्य हों या p तथा q दोनों असत्य हों। अब जब p तथा q दोनों सत्य होंगे तो 'pv~q' में p तथा q के स्थान पर 'T' सत्यता-मूल्य रखने पर 'pv~q' = Tv~T = T v F = T हो जायेगा। फिर जब p तथा q दोनों असत्य होंगे तो 'pv~q' में p तथा q दोनों के स्थान पर 'F' सत्यता-मूल्य बैठा देने पर 'pv~q' = F v ~ F = F vT = T। यानी यह स्पष्ट होता है कि 'p ≡ q' के सत्य होने से 'pv ~q' सत्य होगा।

8. If A and B are true statements, and C and D are false statements, find out the truth-values of the following compound statements :—
यदि A तथा B सत्य कथन हों तथा C तथा D असत्य, तो निम्नलिखित मिश्रकथनों के सत्यता-मूल्य निकालिए :—

(a) ~ (A v B), (b) ~ A v ~B, (c) ~ (A.B),
(d) ~ A.~B, (e) ~ (C v D) (f) ~ C v ~ D,
(g) ~ (C.D), (h) ~ C.~D, (i) (A.C) v (B.D)
(j) [Cv (A.D)] v ~ [(CvA).(CvD)]
(k) ~ [~ {~ (A .~ C) . ~ A}. ~ C]

हल (Solution) : सत्यतामूल्य प्रतिस्थापित करने पर दिया हुआ मिश्रकथन :—

~ [~ { ~ (T . ~ F) . ~ T} . ~ F]
= ~ [~ {~ (T . T) . F} . T]
= ~ [~ {~ T . F} . T]
= ~ [~ { F . F} . T]

$= \sim [\sim F . T]$

$= \sim [T . T]$

$= \sim T = F$, यानी दिया हुआ मिश्र कथन असत्य है।

(l) $[C \vee (A . D)] . \sim [(C \vee A) \vee (C \vee D)]$

हल $= [F \vee (T . F)] . \sim [(F \vee T) \vee (F \vee F)]$

$= [F \vee F] . \sim [T \vee F]$

$= F . \sim T$

$= F . F = F$, यानी दिया हुआ मिश्र कथन असत्य है।

(m) $(A \supset B) \supset (\sim A \supset \sim B)$

(n) $(A \supset B) \supset (\sim B \supset \sim A)$

हल $(T \supset T) \supset (\sim T \supset \sim T)$

$= T \supset (F \supset F)$

$= T \supset T = T$, यानी दिया हुआ कथन सत्य है।

(o) $(C \supset D) \supset (\sim C \supset \sim D)$

(p) $(B \supset A) \supset [(A \supset \sim C) \supset (\sim C \supset B)]$

(q) $(B \equiv \sim A) \equiv (C \equiv D)$

9. If A and B are true, X and Y are false, and the truth values of P and Q are not known, can you find out the truth-values of the following? If yes, what? If not, why not?

यदि A तथा B सत्य हों, X तथा Y असत्य तथा P और Q के सत्यता-मूल्य ज्ञात नहीं हों तो क्या आप निम्नलिखित के सत्यता-मूल्य निकाल सकते हैं? यदि हाँ, तो सत्यता-मूल्य क्या होगा और यदि नहीं तो क्यों?

(a) $A \vee P$ (b) $P \vee \sim P$, (c) $Q . \sim Q$,

(d) $\sim (P . Q) \vee P$, (e) $\sim B . P$ (f) $P \vee \sim (\sim A \vee X)$

हल: $P \vee \sim (\sim T \vee F)$

$= P \vee \sim (F \vee F)$

$= P \vee \sim F$

$= P \vee T = T$, चूँकि 'P' का सत्यता-मूल्य नहीं भी दिये होने के बावजूद यह स्पष्ट है कि वैकल्पिक कथन का एक विकल्प T (सत्य) होने से P चाहे कुछ भी हो—सत्य या असत्य—कथन $(P \vee T)$ सत्य ही होगा।

(g) $P . [\sim (P \vee Q) \vee \sim P]$

हल: यहाँ स्पष्ट है कि P यदि असत्य होगा, तब तो पूरा कथन निश्चित रूप से असत्य हो जायेगा। अब यदि P सत्य हो तो Q चाहे कुछ भी हो स्थिति निम्नलिखित होगी :—

$T . [\sim (T \vee Q) \vee \sim T]$

$= T . [\sim T \vee \sim T]$

$= T . [F \vee F] = T . F = F$

इस तरीह किसी भी हालत में दिया हुआ कथन असत्य होगा।

(h) $\sim [P \vee (B . Y)] \vee [(P \vee B) . (P \vee Y)]$

(i) $\sim [\sim P \vee (\sim Q \vee X)] \vee \sim [\sim (P \vee Q) \vee (\sim P \vee X)]$

(j) $P \supset A$,

(k) $X \supset Q$

(l) $(Q \supset Q) \supset (A \supset X)$

(m) $(P \supset X) \supset (X \supset P)$

(n) $X \supset (Q \supset X)$

(o) $(P \supset p) \supset X)$

हल: ज्ञात है कि X असत्य है इसलिए यदि (P ⊃ P) सत्य होगा तो कथन असत्य हो जायेगा और P ⊃ P असत्य होगा तो कथन सत्य हो जायेगा। पर P का सत्यता-मूल्य दिया हुआ नहीं है। अतः यदि 'P' को सत्य माना जाय तो P ⊃ P सत्य होगा और 'P' को असत्य माना जाय, तो भी P ⊃ P सत्य होगा। अतः P ⊃ P किसी हालत में सत्य ही होगा। इसलिए पूर्ण कथन— T ⊃ F, यानी 'F' (असत्य) होगा।

अध्याय-8

1. Define '/' in terms of '↓' and '↓' in terms of '/'

   '/' को '↓' के रूप में तथा '↓' को '/' के रूप में परिभाषित कीजिये।

2. Define '≡' in terms of '/' and '↓'.

   '≡' को '/' तथा '↓' के रूप में परिभाषित कीजिये।

3. Express the truth-functional proposition '~(p.q)' in terms of such a proposition which contains only '~' and 'v' as connectives and which is definitionally equivalent to the given proposition. Also prove by means of truth-tables that they are definitionally equivalent.

   '~(p. q)' सत्यताफलित प्रतिज्ञप्ति को ऐसी प्रतिज्ञप्ति के रूप में व्यक्त कीजिये जिसमें संबंध को रूप में सिर्फ '~' तथा 'v' हों और जो दी हुई प्रतिज्ञप्ति के साथ परिभाषात्मक रूप में तुल्य हो। सत्यता-सारणियों के द्वारा प्रमाणित भी कीजिये कि दोनों परिभाषात्मक रूप से तुल्य हैं।

   उत्तर : हम देख चुके हैं कि '(p .q)' '~ (~ p v ~q)' के साथ परिभाषात्मक रूप से तुल्य है, इसलिए '~(p.q)' '~ ~ (~ p v ~ q) के साथ परिभाषात्मक रूप से तुल्य होगा। और यह हम निम्नलिखित सत्यता-सारणियों के द्वारा भी देख सकते हैं :—

   (i) ~ (p. q) :

p	q	p.q	~ (p. q)
T	T	T	F
T	F	F	T
F	T	F	T
F	F	F	T

   (ii) ~ ~ (~ p v ~ q)

p	q	~p	~q	~pv ~q	~(~pv~q)	~ ~ (~ pv ~ q)
T	T	F	F	F	T	F
T	F	F	T	T	F	T
F	T	T	F	T	F	T
F	F	T	T	T	F	T

हम देख सकते हैं कि दोनों के सत्यता-मूल्य एक ही आते हैं। इसलिए दोनों, यानी, '~ (p.q)' तथा '~ ~ (~pv~q)' परिभाषात्मक रूप से तुल्य हैं।

4. Find out by means of truth-tables whether '~ (A vB)' is definitionally equivalent to (~ A . ~ B)'?

   सत्यता-सारणियों के द्वारा बतलाइये कि क्या '~ (A v B)' (~A . ~ B) के साथ परिभाषात्मक रूप से तुल्य है।

5. Reduce the following to such forms which contain only those connectives which are mentioned on the right side of each. Also take care that the reduced formulae is definitionally equivalent to the given one.

   निम्नलिखित को ऐसे आकारों में परिवर्तित कीजिये कि उनमें से प्रत्येक में सिर्फ वे ही संबंधक हों जो उसके सामने दाहिनी ओर दिये हुए हैं। यह भी ध्यान रहे कि परिवर्तित सूत्र दिये हुए सूत्र के साथ परिभाषात्मक रूप से तुल्य हो।

   (a) (p ⊃ q) ⊃ q .... '.' and '~'

   (b) (p v q) ⊃ q .... '.' and '~'

   (c) (p. q) ⊃ (p v q) .... '⊃' and '~'

   (d) {(p ⊃ q) . p} ⊃ q................ 'v' and '~'

   (e) {(p ⊃ q) . (q ⊃ r)} ⊃ (p ⊃ r) .... ' v' and '~'

   उत्तर : हम जानते हैं कि '(p ⊃ q)' '(~ p vq)' के साथ परिभाषात्मक रूप से तुल्य है। इसके आधार पर दी हुई प्रतिज्ञप्ति का निम्नलिखित रूप होगा, जो दी हुई प्रतिज्ञप्ति के साथ परिभाषात्मक रूप से तुल्य होगा :—

   ~ { (p ⊃ q).(q ⊃ r)} v (p ⊃ r)

   अब फिर तुल्यता के उपर्युक्त नियम का ही व्यवहार कर हम उपर्युक्त को निम्नलिखित रूप दे सकते हैं :—

   ~ { (~p v q) . (~ q v r) } v (~ p v r)

   फिर हम जानते हैं कि '(p.q)' '~(~pv ~ q)' के साथ परि० रूप से तुल्य है। इसका प्रयोग कर उपर्युक्त को निम्नलिखित रूप दिया जा सकता है :—

   ~ ~ {~ (~ p v q) v ~ (~ q v r)} v (~ p v r)

   और हम देख सकते हैं कि प्राप्त सूत्र में '~' तथा 'v' संबंधकों के अलावा और कोई संबंधक नहीं है। हम सत्यता-सारणियों के द्वारा इस बात की भी जाँच कर सकते हैं कि दिया हुआ सूत्र तथा प्राप्त सूत्र परस्पर परिभाषात्मक रूप से तुल्य हैं।

अध्याय-9

1. Distinguish between :—

   (a) Argument and Argument form.

   (b) Statement and statement form.

   भेद कीजिये :—

   (a) युक्ति तथा युक्ति-आकार के बीच

   (b) कथन तथा कथन-आकार के बीच

2. What is a Tautology ? Distinguish between (a) a tautology and a contradiction, (b) a tautology and a contingent statement.
पुनरूक्ति क्या है ? (a) पुनरूक्ति तथा व्याघात, (b) पुनरूक्ति तथा आपातिक कथन के बीच भेद कीजिये।

3. Distinguish between :—
   (a) Material and formal (logical) Implication
   वस्तुगत तथा आकारिक (तार्किक) आपादन
   (b) Material and formal (logical) Equivalence.
   वस्तुगत तथा आकारिक (तार्किक) तुल्यता।

4. Test the validity of the following arguments by means of truth-tables :—
सत्यता-सारणियों के द्वारा निम्नलिखित युक्तियों की वैधता की जाँच कीजिये :—

(a) $(A \vee B) \supset (A . B)$
$A . B$
$\therefore A \vee B.$

(b) $E \supset F$
$F \supset E$
$\therefore E \vee F$

(c) $K \supset (L \supset M)$
$M \supset \sim K$
$\therefore M \supset \sim L$

(d) $A \supset (B \vee C)$
$A \supset \sim B$
$\therefore B \vee C$

हल:

A	B	C	~B	BvC	A ⊃ (BvC)	A ⊃ ~ B
T	T	T	F	T	T	F
T	T	F	F	T	T	F
T	F	T	T	T	T	T
T	F	F	T	F	F	T
F	T	T	F	T	T	T
F	T	F	F	T	T	T
F	F	T	T	T	T	T
F	F	F	T	F	T	T

इस सत्यता-सारणी के अनुसार तीसरे, पाँचवें, छठे और सातवें कतारों में आधार-कथनों के एक साथ सत्य होने से उन कतारों में निष्कर्ष भी सत्य है, पर आठवें कतार में दोनों आधारकथनों के एक साथ सत्य होने के बावजूद उसी कतार में निष्कर्ष असत्य है। इसका अर्थ है कि युक्ति अवैध है।

(e) If Ram wins the election, Yadu will resign. If Shyam wins the election, Yadu will not resign. If Ram wins the election, Shyam will not win it, Therefore, Yadu will resign.
यदि राम चुनाव जीत जाता है, तो यदु त्यागपत्र दे देगा, यदि श्याम चुनाव जीत जाता है, तो यदु त्यागपत्र नहीं देगा। यदि राम चुनाव जीत जाता है, तो श्याम इसे नहीं जीतेगा। इसलिए, यदु त्यागपत्र दे देगा।

उत्तर : प्रतीकों के बजाय यदि कोई युक्ति साधारण भाषा में दी हुई हो तो पहले प्रतीकों

के माध्यम से युक्ति का प्रतीकीकरण कर लेना होगा। इसके लिए दी हुई सत्यता-फलित प्रतिज्ञप्तियों के प्रत्येक घटक सरल प्रतिज्ञप्ति के लिए एक-एक प्रतीक मान लेना होगा और फिर साधारण भाषा में दिये गये संबधकों के.स्थान पर उनके मानक प्रतीकों का प्रयोग करना होगा। जैसे—यहाँ हम 'Ram wins the election' के लिए 'R' प्रतीक रखते हैं, 'Yadu will resign' के लिए 'Y' प्रतीक रखते हैं, तथा 'shyam wins the election' के लिए 'S' प्रतीक रखते हैं तो दी हई युक्ति का निम्नलिखित प्रतीकीकरण होगा :—

$R \supset Y$

$S \supset \sim Y$

$R \supset \sim S$

$\therefore$ Y

अब इसकी सत्यता-सारणी बनाकर हम देखेंगे कि यह वैध है या नहीं। सत्यता-सारणी :—

R	S	Y	R⊃Y	~Y	~S	S⊃~Y	R⊃~S
T	T	T	T	F	F	F	F
T	T	F	F	T	F	T	F
T	F	T	T	F	T	T	T
T	F	F	F	T	T	T	T
F	T	T	T	F	F	F	T
F	T	F	T	T	F	T	T
F	F	T	T	F	T	T	T
F	F	F	T	T	T	T	T

अब इस सत्यता-सारणी में हम देख सकते हैं कि तीनों आधारकथन एक साथ तीसरे, छठे, सातवें तथा आठवें कतारों में सत्य हैं और इनमें से तीसरे तथा सातवें कतारों में निष्कर्ष भी सत्य है, पर छठे एवं आठवें कतारों में आधारकथनों की सत्यता के बावजूद निष्कर्ष असत्य है। इसलिए दी हुई युक्ति अवैध है।

(f) If terrorists, dumands are met, lawlessness will be rewarded. If terrorists' demands are not met innocent people will be killed. So either lawlessness will be rewarded or innocent people will be killed.

यदि आतंकवादियों की मांगों को मान लिया जाता है, तो विधि विहीनता को पुरस्कृत किया जाता है। यदि आतंकवादियों की मांगों को नहीं माना जाता, तो निर्दोष लोग मारे जाते हैं। इसलिए, या तो विधि विहीनता को पुरस्कृत किया जाता है या निर्दोष लोग मारे जाते हैं।

उत्तर : संकेत—प्रतीकीकरण :—

$D \supset R$ (मा ⊃ पु)

$\sim D \supset K$ (~ मा ⊃ नि)

$\therefore R \vee K$ $\quad\therefore$ (पु v नि)

जहाँ 'Terrorists' demands are met' के लिए 'D' (आतंकवादियों की मांगों को मान लिया जाता है के लिए 'मा'), 'lawlessness will be rewarded' के लिए 'R' (विधि विहीनता को पुरष्कृत किया जाता है' के लिए पु) तथा 'Innocent people are killed' के लिए 'K' (निर्दोष लोग मारे जाते हैं' के लिए नि) प्रतीक मान लिया जाता है,

(g) If the weather is hot and the sky is clear, then either we shall go for swimming or we shall go for boating. It is not true that if we do not go for swimming, then the sky is not clear. Therefore, either the weather is hot or we shall go for swimming.

यदि मौसम गर्म है तथा आसमान साफ है, तो या तो हम तैरने जायंगे या नाव पर सैर करने जायंगे। ऐसी बात नहीं है कि यदि हम तैरने नहीं जायंगे तो आसमान साफ नहीं है। इसलिए या तो मौसम गर्म है या हम तैरने जायंगे।

उत्तर : संकेत—प्रतीकीकरण :—

$(H.C) \supset (S \vee B)$

$\sim(\sim S \supset \sim C)$

$\therefore\ H \vee S$

प्रतीक— 'H' for 'the weather is hot'

'C' for 'the sky is clear'

'S' for 'we shall go for swimming.'

'B' for ' we shall go for boating.'

(h) If it is false that the price will increase and tax will not decrease, then it is true that the expenditure will increase. If the expenditure will increase, then national savings will decrease. National saving will not decrease. therefore, it is not true that either price will not increase or tax will decrease.

यदि यह असत्य है कि कीमत बढ़ेगी और टैक्स नहीं घटेगा तो यह सत्य है कि खर्च बढ़ेगा। यदि खर्च बढ़ेगा, तो राष्ट्रीय बचत में कमी होगी। राष्ट्रीय बचत में कमी नहीं होगी। इसलिए, यह सत्य नहीं है कि या तो कीमत नहीं बढ़ेगी या टैक्स घटेगा।

उत्तर : संकेत—प्रतीकीकरण- **प्रतीक**

$\sim(P.\sim T) \supset E$ — 'P' for 'Price will increase'

$E \supset N$ — 'T' for ' Tax will decrease'

$\sim N$ — 'E' for Expenditure will increase

$\therefore\ \sim(\sim P \vee T)$ — 'N' for ' National saving will decrease.'

5. Determine by means of truth- tables which of the following argument-forms are and valid which invalid :—

सत्यता-सारणियों के द्वारा निर्धारित कीजिये कि निम्नलिखित युक्ति-आकारों में से कौन वैध हैं और कौन अवैध :—

(a)	(b)	(c)	(d)
$p \supset q$	$p \supset q$	$p \supset q$	$p \supset q$
p	$\sim q$	$\sim p$	$p \supset r$
$\therefore\ q$	$\therefore\ \sim p$	$\therefore\ \sim q$	$\therefore\ q.v\ r$

(e) $p \supset (q \supset r)$
$p \supset q$
$\therefore\ p \supset r$

(f) $(p \supset q).(r \supset) s$
$p \vee r$
$\therefore\ q \vee s$

(g) $(p \supset q).(r \supset s)$
$\sim q \vee \sim s$
$\therefore\ \sim p \vee \sim r$

(h) $p \supset (q.r)$
$(q \vee r) \supset \sim p$
$\therefore\ \sim p$

हल:

p	q	r	~p	q.r	qvr	p⊃(q.r)	(q v r) ⊃ ~ p
T	T	T	F	T	T	T	F
T	T	F	F	F	T	F	F
T	F	T	F	F	T	F	F
T	F	F	F	F	F	F	T
F	T	T	T	T	T	T	T
F	T	F	T	F	T	T	T
F	F	T	T	F	T	T	T
F	F	F	T	F	F	T	T

इस सत्यता-सारणी में दोनों ही आधारकथन पाँचवें, छठे, सातवें तथा आठवें कतारों में एक साथ सत्य हैं और इन सभी कतारों में निष्कर्ष भी सत्य है। इसलिए दिया हुआ युक्ति-आकार वैध है।

(i) p ⊃ (q ⊃ r)
q ⊃ (p ⊃ r)
∴ (p v q) ⊃ r

(j) p ⊃ (q ⊃ r)
(q ⊃ r) ⊃ s
∴ p ⊃ s

(k) (p ⊃ q). (r ⊃ s)
∴ p ⊃ q.

(l) (p ⊃ q). (r ⊃ s)
~ q v ~ s
∴ ~ p v ~ s

हल:

p	q	r	s	~p	~q	~s	p⊃q	r ⊃s	(p⊃q).(r ⊃s)	~qv~s	~pv~s
T	T	T	T	F	F	F	T	T	T	F	F
T	T	T	F	F	F	T	T	F	F	T	T
T	T	F	T	F	F	F	T	T	T	F	F
T	T	F	F	F	F	T	T	T	T	T	T
T	F	T	T	F	T	F	F	T	F	T	F
T	F	T	F	F	T	T	F	F	F	T	T
T	F	F	T	F	T	F	F	T	F	T	F
T	F	F	F	F	T	T	F	T	F	T	T
F	T	T	T	T	F	F	T	T	T	F	T
F	T	T	F	T	F	T	T	F	F	T	T
F	T	F	T	T	F	F	T	T	T	F	T
F	T	F	F	T	F	T	T	T	T	T	T
F	F	T	T	T	T	F	T	T	T	T	T
F	F	T	F	T	T	T	T	F	F	T	T
F	F	F	T	T	T	F	T	T	T	T	T
F	F	F	F	T	T	T	T	T	T	T	T

सत्यता-सारणी बतलाती है कि जिन कतारों में दोनों आधारकथन सत्य हैं, उनमें निष्कर्ष भी सत्य हैं। अतः युक्ति-आकार वैध है।

6. Determine by means of truth-table which of the following statement-forms are tautologies, which are contradictions and which are contingent :—
सत्यता-सारणियों के द्वारा निर्धारित कीजिये कि निम्नलिखित कथन-आकारों में कौन पुनरूक्ति, कौन व्याघाती तथा कौन आपातिक हैं :—
(a) $p \supset (p.p)$, (b) $p \supset (p \supset p)$,
(c) $(p \supset p) \supset p$ (d) $(p \supset \sim p).(\sim p \supset p)$

हल:

p	~p	p ⊃~p	~p ⊃ p	(p ⊃ ~p).(~p ⊃ p)
T	F	F	T	F
F	T	T	F	F

सत्यता-सारणी के अनुसार दिया हुआ कथन-आकार व्याघाती है, चूँकि उसकी अन्तिम पंक्ति में दिये हुए कथन-आकार के नीचे सिर्फ 'F' सत्यता-मूल्य आया है।

(e) $[p \supset (p \supset q)] \supset q)] \supset q$ (f) $p \supset [p \supset (q . \sim q)]$
(g) $[(p \supset q) \equiv q] \supset p$ (h) $[(p.q) \supset \{p \equiv (q \vee r)\}]$

हल:

p	q	r	p.q	q vr	p ≡ (qvr)	[(p. q) ⊃ {p ≡ (q v r) }]
T	T	T	T	T	T	T
T	T	F	T	T	T	T
T	F	T	F	T	T	T
T	F	F	F	F	F	T
F	T	T	F	T	F	T
F	T	F	F	T	F	T
F	F	T	F	T	F	T
F	F	F	F	F	T	T

सत्यता-सारणी से स्पष्ट होता है कि दिया हुआ कथन-आकार पुनरूक्ति हैं।

(i) $[p \supset (q \supset r)] \supset [(p \supset q) \supset (p \supset r)]$
(j) $(p \supset q) \supset [\sim(q . r) \supset \sim (r . p)]$
(k) $[p \supset (q \supset p)] \supset [(q \supset q) \supset \sim (r \supset r)]$

7. Determine by means of truth-tables which of the following are examples of logical implication :—
सत्यता-सारणियों के द्वारा निर्धारित कीजिये कि निम्नलिखित में से कौन-कौन तार्किक आपादान के उदाहरण हैं :—
(a) $(P.q) \supset q$, (b) $(p.q) \supset (p \equiv q)$,
(c) $(\sim p \vee q) \supset (p \supset q)$
(d) $(\sim p \vee q) \supset (q \supset p)$,
(e) $p \supset (p \vee q)$, (f) $\{(p \supset q) . p\} \supset q$
(g) $[(p . q) \supset r] \supset [p \supset (q \supset r)]$ (h) $[(p \vee q). \sim p] \supset q$
(i) $[(p \supset q) . \sim p] \supset \sim q$

हल:

p	q	~p	~q	p ⊃ q	(p ⊃ q) . ~ p	[(p⊃ q) . ~ p] ⊃ ~q
T	T	F	F	T	F	T
T	F	F	T	F	F	T
F	T	T	F	T	T	F
F	F	T	T	T	T	T

सत्यता-सारणी से सिद्ध होता है कि दिया हुआ कथन आकार तार्किक आपादान का उदाहरण नहीं है।

(J) [(p ⊃ q). (q ⊃ r)] ⊃ (p ⊃ r)

हल:

p	q	r	p⊃q	q⊃r	p⊃r	(p⊃q).(q⊃r)	[(p⊃q).(q⊃r)]⊃(p⊃r)
T	T	T	T	T	T	T	T
T	T	F	T	F	F	F	T
T	F	T	F	T	T	F	T
T	F	F	F	T	F	F	T
F	T	T	T	T	T	T	T
F	T	F	T	F	T	F	T
F	F	T	T	T	T	T	T
F	F	F	T	T	T	T	T

सत्यता-सारणी बतलाती है कि दिया हुआ कथन-आकार तार्किक आपादन का उदाहरण है।

(k) (p v q) ⊃ p   (l) [(p vq) . ~ p] ⊃ q

(m) [(pvq). ~q] ⊃ p

8. Determine by means of truth-tables which of the following are examples of logical equivalence :—

सत्यता-सारणियों के द्वारा निर्धारित कीजिये कि निम्नलिखित में से कौन-कौन तार्किक तुल्यता के उदाहरण हैं :—

(a) [p. (qvr)] ≡ [(p.q) v (p.r)]

(b) p ≡ (p v q)

(c) p ≡ (p v ~ q)

(d) (p ⊃ q) ≡ (~ q⊃ ~ p)

(e) [p ⊃ (q ⊃ r)] ≡ [(p ⊃ q) ⊃ r]

(f) (p ≡ q) ≡ [(p.q) v (~ p . ~ q)]

(g) (p ≡ q) ≡ [(p ⊃ q). (q ⊃ p)]

(h) p ≡ (p v ~ p)

(i) p ≡ [(q v ~ q) ⊃ p]

(j) [(p ⊃ q) . (q ⊃ p)] ≡ [(p.q) v (~ p. ~q)]

हल:

p	q	p⊃q	q⊃p	(p ⊃q).(q ⊃ p)	~ p	~q	~p.~q	p.q	(p.q)v(~p.~q)	x
T	T	T	T	T	F	F	F	T	T	T
T	F	F	T	F	F	T	F	F	F	T
F	T	T	F	F	T	F	F	F	F	T
F	F	T	T	T	T	T	T	F	T	T

उपर्युक्त सत्यता-सारणी में अन्तिम पंक्ति में 'x' दिये हुए कथन-आकार का सूचक है और उसके नीचे सब जगह 'T' सत्यता-मूल्य आया है। अतः दिया हुआ कथन-आकार तार्किक तुल्यता का उदाहरण है।

(k) p ≡ [p. (q. ~ q)]

(l) (p ⊃ q) ≡ [(pv q) ≡ q]

(m) [p ⊃ (q ⊃ r)] ≡ [q ⊃ (p ⊃ r)]

हल:

p	q	r	q⊃r	p⊃r	p ⊃ (q ⊃r)	q ⊃ (p ⊃r)	[p⊃ (q ⊃r)] ≡[q ⊃ (p ⊃ r)]
T	T	T	T	T	T	T	T
T	T	F	F	F	F	F	T
T	F	T	T	T	T	T	T
T	F	F	T	F	T	T	T
F	T	T	T	T	T	T	T
F	T	F	F	T	T	T	T
F	F	T	T	T	T	T	T
F	F	F	T	T	T	T	T

दिया हुआ कथन-आकार तार्किक तुल्यता का उदाहरण है।

अध्याय-10

1. What do you mean by Formal Proof of the validity of an argument? Explain and illustrate.
   युक्तियों की वैधता के आकारिक प्रमाण से आप क्या समझते हैं? सोदाहरण व्याख्या कीजिये।
2. What do you mean by Conditional Proof of the validity of arguments? What is the justification behind the proof? explain with examples.
   युक्तियों की वैधता के सोपाधिक प्रमाण से आप क्या समझते हैं? इस प्रमाण के पीछे औचित्य क्या है? सोदाहरण व्याख्या कीजिये।
3. What is Indirect Proof of the validity of arguments? Also explain the justification behind the proof. Use examples to illustrate.
   युक्तियों की वैधता के लिए अप्रत्यक्ष प्रमाण क्या है? प्रमाण के पीछे निहित औचित्य की भी व्याख्या कीजिये। व्याख्या करते वक्त उदाहरणों का प्रयोग कीजिये।
4. What are the various Rules of Inference and Rules of Substitution which help the process of derivation for proving the validity of arguments? Explain.
   युक्तियों की वैधता प्रमाणित करने के लिए व्युत्पत्ति-प्रक्रिया में सहायक अनुमान के तथा प्रतिस्थापन के विभिन्न नियम क्या हैं? व्याख्या कीजिये।

5. How will you make use of the Methods of Conditional and Indirect Proofs for proving the tautologous nature of a statement? Explain with examples.
कथनों के पुनरूक्तयात्मक स्वरूप को प्रमाणित करने के लिए आप सोपाधिक तथा अप्रत्यक्ष प्रमाण विधियों का किस प्रकार उपयोग करेंगे? सोदाहरण बतलाइये।

6. The following are examples of the formal proof of validity of arguments. State for each step, which is not a premise, in every example, by what rules of inference or substitution has it been derived :—
निम्नलिखित युक्तियों की वैधता के आकारिक प्रमाण के उदाहरण हैं। इनमें से प्रत्येक उदाहरण में उन कतारों (steps) के संबंध में जो आधारकथन नहीं हैं यह बतलाइये कि अनुमान अथवा प्रतिस्थापन के किन नियमों की सहायता से उन्हें व्युत्पन्न किया गया है :—

(a) 1. (D. E) ⊃ F
2. (D ⊃ F) ⊃ G / ∴ E ⊃ G
3. (E. D) ⊃ F
4. E ⊃ (D ⊃ F)
5. E ⊃ G

हल:

इस उदाहरण में तीसरी, चौथी तथा पाँचवीं कतार आधार-कथन नहीं है। इन्हें किन नियमों से व्युत्पन्न किया गया है यह बतलाना है। यह निम्नलिखित रूप में देखा जा सकता है :—

3. (E. D) ⊃ F—1., Com. (क्र० परि०)
4. E ⊃ (D ⊃ F) —3, Exp. (नि०)
5. E ⊃ G — 4, 2 H. S (सो० न्या०)

(b) 1. A ⊃ B
2. B ⊃ C
3. C ⊃ A
4. A ⊃ ~ C / ∴ A . ~ C
5. A ⊃ C
6. (A ⊃ C).(C ⊃ A)
7. A ≡ C
8. (A . C) v (~ A . ~ C)
9. ~ A v ~ C
10. ~ (A. C)
11. ~ A . ~ C

इसमें हमें पाँचवीं कतार से दिखलाना होगा कि व्युत्पत्ति के लिए किन नियमों का सहारा लिया गया है। यह निम्नलिखित रूप में देखा जा सकता है :—

5. A ⊃ C — 1, 2, M. P.
6. (A ⊃ C) . (C ⊃ A) — 5, 3, Conj.
7. A ≡ C — 6, Eq.
8. (A . C) v (~ A . ~ C) — 7, Eq.

9. ~ A v ~ C — 4, Imp.
10. ~ (A.C) — 9, De M.
11. ~ A . ~ C — 8, 10, D. S.

(c) 1. (Av B) ⊃ (C. D)
2. ~ C / ∴ ~ A
3. ~ C v ~ D
4. ~ (C . D)
5. ~(A v B)
6. ~ A . ~ B
7. ~ A

(d) 1. (D. E) ⊃ ~ F
2. F v (G. H)
3. D ≡ E / ∴ D ⊃g
4. (D ⊃ E) . (E ⊃ D)
5. (D ⊃ E
6. D ⊃ (D . E)
7. D ⊃ ~ F
8. (Fv G).(F v H)
9. F v G
10. ~ ~ Fv G
11. ~ F ⊃ G
12. D ⊃ G

(e) 1. (Qv ~R) v S
2. ~ Q v (R . ~ Q) ∴ R ⊃ S
3. (~QvR). (~Qv~R)
4. (~Qv ~Q).(~Qv R)
5. ~ Q v ~ Q
6. ~ Q
7. Q v (~Rv S)
8. ~R v S
9. R ⊃ S.

(f). 1. C ⊃ (D ⊃ ~ C)
2. C≡ D / ∴ ~C . ~ D
3. C ⊃ (~ ~ C ⊃ ~ D)
4. C ⊃ (C ⊃ ~ D)
5. (C. C) ⊃ ~ D
6. C ⊃ ~ D
7. ~ C v ~ D
8. ~ (C . D)
9. (C. D) v (~ C . ~ D)
10. ~ C. ~ D

(g) 1. K v ~ L
2. J ⊃ ~ K / ∴L ⊃ ~ J
3. ~ L v K
4. L ⊃ K
5. ~ ~ K ⊃ ~ J
6. K ⊃ ~ J
7. L ⊃ ~ J

7. Prove the validity of the following arguments by means of the method of formal proof :—

आकारिक प्रमाण विधि के द्वारा निम्नलिखित युक्तियों की वैधता सिद्ध कीजिये :—

(a) 1. (A v B) ⊃ (C.D)
2. ~C / ∴ ~ B

हल: 3. $\sim (A \vee B) \vee (C \cdot D)$ — 1, Imp.

4. $(\sim A \cdot \sim B) \vee (C \cdot D)$ — 3, De M.

5. $[(\sim A \cdot \sim B) \vee C] \cdot [(\sim A \cdot \sim B) \vee D]$ — 4, Dist.

6. $(\sim A \cdot \sim B) \vee C$ — 5, Simp.

7. $C \vee (\sim A \cdot \sim B)$ — 6, Com.

8. $\sim A \cdot \sim B$ — 7, 2 Dis.

9. $\sim B \cdot \sim A$ — 8, Com.

10. $\sim B$ — 9, Simp.

(b) 1. $A \supset \sim B$

2. $\sim (C \cdot \sim A) / \therefore C \supset \sim B$

हल: 3. $\sim C \vee \sim \sim A$ — 2, De M.

4. $\sim C \vee A$ — 3, D. N.

5. $C \supset A$ — 4, Imp.

6. $C \supset \sim B$ — 5, 1, H. S.

(c) 1. $(A \vee B) \cdot C$

2. $C / \therefore \sim A$

(d) 1. $M \supset N$

2. $M \supset (N \supset O) / \therefore M \supset O$

(e) 1. $X \supset (Y \cdot Z)$

2. $(Y \vee Z) \supset W / \therefore X \supset W$

(f) 1. $(A \cdot B) \cdot C$

2. $(B \equiv C) \equiv (H \vee D) / \therefore D \vee H$

(g) 1. $J \supset (K \supset L)$

2. $(J \supset L) \supset M$

3. $K \supset N / \therefore K \supset (M \cdot N)$

हल: 4. $(J \cdot K) \supset L$ — 1, Exp.

5. $(K \cdot J) \supset L$ — 4, Com.

6. $K \supset (J \supset L)$ — 5, Exp.

7. $K \supset M$ — 6, 2, H. S.

8. $(K \supset M) \cdot (K \supset N)$ — 7, 3 Conj.

9. $(\sim K \vee M) \cdot (\sim K \vee N)$ — 8, Imp.

10. $\sim K \vee (M \cdot N)$ — 9, Dist.

11. $K \supset (M \cdot N)$ — 10, Imp.

(h) 1. $(L \vee M) \vee (N \cdot A)$

2. $(\sim L \cdot A) \cdot \sim (\sim L \cdot M) / \therefore L \cdot N$

(i) 1. $J \vee (\sim K \vee J)$

2. $K \vee (\sim J \vee K) / \therefore J \equiv K$..

(j) 1. $(X \vee Y) \supset (X \cdot Y)$

2. $\sim (X \vee Y) / \therefore \sim (X \cdot Y)$

(k) 1. $(D \cdot \sim E) \supset F$

2. $\sim (E \vee F) / \therefore \sim D$.

(l) If prices rise or tax increases, there is rise in salaries. There is no rise in salaries. Therefore, tax does not increase.

यदि कीमतें बढ़ती हैं या टैक्स बढ़ता है तो वेतन में वृद्धि होती है। वेतन में वृद्धि नहीं हुई है। इसलिए टैक्स नहीं बढ़ता है।

उत्तर : संकेत—साधारण भाषा में दी हुई युक्ति का पहले प्रतीकीकरण कर लेना होगा और फिर उसकी वैधता आकारिक प्रमाणि विधि के द्वारा प्रमाणित करना पड़ेगा।

(m) If India or Pakistan Joins the treaty, both America and China will reject it. Therefore, If India Joins the treaty, China will reject it.

यदि भारत या पाकिस्तान संधि में सम्मिलित होते हैं तो अमेरिका तथा चीन दोनों उसे अस्वीकार कर देंगे। इसलिए यदि भारत संधि में सम्मिलित होता है, तो चीन इसे अस्वीकार कर देगा।

(n) If the police does not arrest the culprit within a week, people will agitate. If people will agitate, the superintendent of police will have to resign. The superintendent of police will not have to resign. Therefore, the police will arrest the culprit within a week.
यदि पुलिस एक सप्ताह के अन्दर दोषी को नहीं पकड़ लेती है तो लोग विरोध-प्रदर्शन करेंगे। यदि लोग विरोध-प्रदर्शन करेंगे, तो पुलिस अधीक्षक को त्यागपत्र देना होगा। पुलिस अधीक्षक को त्यागपत्र नहीं देना होगा। इसलिए पुलिस दोषी को एक सप्ताह के अन्दर पकड़ लेगी।

(o) If the litmus paper turns red, the chemical is acid. Hence if the litmus paper turns red, then either the chemical is acid or some thing is wrong somewhere.
यदि लिटमस कागज लाल हो जाता है, तो रसायन एसिड हैं। इसलिए यदि लिटमस कागज लाल हो जाता है तो या तो रसायन एसिड है या कहीं कुछ गड़बड़ है।

(p) If the laws are good and their enforcement is strict, crime will diminish. If strict enforcement of laws will make crime diminish, then our problem is solved. The laws are good. Therefore, our problem is solved.
यदि कानून अच्छे हैं तथा उनका पालन कड़ाई से होता है तो खून-खराबा घटेगा। यदि कानून का पालन कड़ाई से होने से खून-खराबा घटेगा, तो हमारी समस्या का समाधान हो जायेगा। कानून अच्छे हैं। इसलिए हमारी समस्या का समाधान हो जायेगा।

उत्तर : संकेत—प्रतीकीकरण :—

1. $(G.S) \supset D$
2. $(S \supset D) \supset P$
3. $G / \therefore P$

हल : 4. $G \supset (S \supset D)$ – 1, Exp.
5. $G \supset P$ — 4, 2, H. S.
6. P — 5, 3, M. P.

8. Prove the validity of the following arguments by the method of conditional proof :–
निम्नलिखित युक्तियों की वैधता सोपाधिक प्रमाण विधि के द्वारा प्रमाणित कीजिये :—

(a) $A \supset B$
$\therefore A \supset (A . B)$

(b) $(A \vee B) \supset (C . D)$
$(D \vee E) \supset F$
$\therefore A \supset F$

(c) $A \supset (B \supset C)$
$B \supset (C \supset D)$
$\therefore A \supset (B \supset D)$

(d) $B \supset C$
$\therefore (A \vee B) \supset (C \vee A)$

$A \supset (B \supset C)$
$B \supset (C \supset D)$
$\therefore A \supset (B \supset D)$

हल:
1. $A \supset (B \supset C)$
2. $B \supset (C \supset D) / \therefore A \supset (B \supset D)$
3. A

हल:
1. $B \supset C / \therefore (A \vee B) \supset (C \vee A)$
2. $A \vee B$
3. $\sim\sim A \vee B$—2, D. N.

4. B ⊃C—1, 3 M.P.
5. B
6. C⊃D—2, 5 M.P.
7. B ⊃ D—4, 6 H. S.
8. B ⊃ (B ⊃ D)—5, 7 C. P
9. (B. B) ⊃ D— 8, Exp.
10. B ⊃ D — 9, Taut.
11. A ⊃ (B ⊃D)—3-10 C.P.

4. (~ A ⊃ B)—3 Imp.
5. (~ A ⊃ C)— 4, 1 H. S.
6. ~ ~ A v C— 5 Imp.
7. A v C—6, D . N.
8. C v A — 7, Com.
9. (AvB) ⊃ (CvA)—2,8C.P

(e) A ⊃ (B v C)
B ⊃ ~ A
∴ A ⊃ ~ D

(f) A ⊃ B
A ⊃ C
∴ A ⊃ (B.C)

(g) (A.B) ⊃ (C. D)
∴ (A.C) ⊃ (B. D)

9. Prove the validity of the following arguments by the method of Inditrect Proof :–
अप्रतयक्ष प्रमाण विधि के द्वारा निम्नलिखित युक्तियों की वैधता सिद्ध कीजिये :—

(a) D ⊃ B
A v ~ B
~ (D . A)
∴ ~ D

(b) Av(B. C)
~ A v C
∴ C

(c) (H ⊃ E). (J ⊃ F)
(E v F) ⊃ L
~ L
∴ (H v J)

हल: 1. D ⊃ B
2. A v ~ B
3. ~ (D. A)/ ∴ ~ D
4. ~ ~ D .—I. P.
5. ~ D v ~ A—3, De M.
6. ~ A—5, 4 D . S.
7. ~ B—2, 6 D. S.
8. ~ D—1, 7 M. T.
9. ~ D . ~ ~ D—8,4 Conj.

हल: 1. (H ⊃ E). (J ⊃ F)
2. (E v F) ⊃ L
3. ~ L/ ∴ ~ (H v J)
4. ~ ~ (H v J)—I. P.
5. H v J—4, D. N.
6. E v F— 1, 5, C.D.
7. L — 2, 6 M. P
8. L . ~ L—7, 3 Conj.

(d) (Lv M) v (N.A)
(~ L.A) . ~ (~ L . M)
∴ ~ L . N

(e) (~ D ⊃ E) ⊃ (F ⊃ G)
(~ G v H) ⊃ (D. F)
∴ G

(f) (F ⊃~G) ⊃ (F⊃G)
~ F ⊃ (H ⊃ ~ G)
(~ JV ~ H) ~ ~ G)
~ J
∴ ~ H

(g) N ⊃ O
(N . O) ⊃ P
~ (N . P)
∴ ~ N

(h) Q ⊃ R
~ S . (T ⊃ U)
Sv (Q vT)
~ S
∴ RvU

(i) (V ⊃ ~ W) . (A ⊃ B)
(~ W ⊃ J) . (B ⊃ ~ D)
(J ⊃ ~ E) . (~ D ⊃ C)
V . A
∴ ~ E . C

(i) का हल: 1. (V ⊃ ~ W). (A ⊃ B)
2. (~ W ⊃J) . (B ⊃ ~ D)
3. (J ⊃ ~ E). (~ D ⊃ C)
4. V . A / ∴ ~E. C
5. ~ (~ E. C).........I. P.
6. V ⊃ ~ W—1, Simp.
7. ~ W ⊃ J—2, Simp.
8. V ⊃ J—6, 7 H. S.
9. J ⊃ ~ E—3, Simp.
10. V ⊃ ~ E — 8, 9 H. S.
11. V.....................4, Simp.
12. ~ E—10, 11, M.T.
13. ~ ~ E v ~ C— 5, De M.
14. E v ~ C— 13, D. N.
15. ~ C— 14, 12, D. S.
16. B ⊃ ~ D—2, Com+ Simp.
17. ~ D ⊃ C — 3, Com + Simp.
18. B ⊃ C— 16, 17, H. S.
19. A ⊃ B— 1, Com+Simp.
20. A ⊃ C — 19, 18, H. S.
21. ~ A— 20, 15 M.T
22. A — 4 Com + Simp.
23. A . ~ A — 22, 21 conj.

10. Use the method of Conditional Proof to the prove that the following are tautologies :–

यह प्रमाणित करने के लिए कि निम्नलिखित पुनरूक्तियाँ हैं, सोपाधिक प्रमाण विधि का प्रयोग कीजिये :—

(a) (p ⊃ q) ⊃ (~ q ⊃ ~ p)

हल: 1. p ⊃ q/ ∴ ~ q ⊃ ~p—P. C.
2. ~ p v q — 1, Imp.
3. ~ p v ~ ~ q— 2, D.N
4. ~ ~ q v ~ p — 3, com.
5. ~ q ⊃ ~ p — 4, Imp.

(b) p ⊃ ~ ~ p

हल : 1. p / ∴ ~ ~ p— C . P
2. ~ ~ p—1, D. N.

(c) (p.q) ⊃ p

(d) p ⊃ (p. p)

(e) p ⊃ q ⊃ p)

(f) (p ⊃ q) ⊃ {(p. r) ⊃ (q.r)}

हल: 1. p⊃ q / ∴ (p.r) ⊃ (q.r) —C.P.
2. p . r

(g) (p ⊃ q) ⊃ {p ⊃ (p.q)}

(h) (p⊃q)⊃{~ (q.r)⊃ ~(r.p)}

~ ~ p ⊃ p

3. p — 2 Simp.
4. q — 1, 3 Imp
5. r— 2, Com+Simp.
6. q . r — 4, 5 Conj.
7. (p. r) ⊃ (q. r) — 2-6 c. p.

(j) p ⊃ (p v q)
(k) [(p ⊃ q). (q ⊃ r)] ⊃ (p ⊃ r)

11. Use the method of Inditrct Proof to prove that the following are tautologies :–
निम्नलिखित को पुनरूक्ति प्रमाणित करने के लिए अप्रत्यक्ष प्रमाण विधि का प्रयोग कीजिये :—

(a) p ≡ p. (p.vq)}

हल : 1.~ [p ≡ { p. (pvq)}]— I. P.
2. ~ [p. { p. (p v q)}] v ~ p. ~ { p. (p v q)}] — 1. Eq.
3. ~ [p. {p. (p v q)}] . ~ [~ p . ~ { p. (p vq)}] — 2. De M.
4. ~ [p. {p. (p v q)}] —3. Simp.
5. ~ [p. {(p. p) v (p . q)}] — 4. Dist.
6. ~ [p. { p v (p. q)}] —5. Taut.
7. ~ [(p.p) v{p. (p.q)}]—6. Dist.
8. ~ [p v {p. (p.q)}] —7, Taut.
9. ~ [p v {(p.p).q}]—8, Assoc.
10. ~ {p v (p.q)]—9, Taut.
11. ~p. ~ (p.q)— 10, De M.
12. ~ p— 11, Simp.
13. ~ [~ p. ~ {p. (pv q)}] — 3, Com+Simp.
14. ~ [~ p. ~ {(p.p)v (p.q)}] —13, Dist.
15. ~ [~ p. ~{p v (p.q)}] — 14 Taut.
16. ~ [~ p.{~ p. ~ (p. q)}]—DeM.
17. ~ [(~ p.~ p) . ~ (p. q)}] — 16, Assoc.
18. ~ [~ p. ~ (p.q)] — 17, Taut
19. ~ [~ { p v (p.q)}]—18. De M.
20. p v (p . q) — 19 D. N.
21. (p v p). (p v q) — 20, Dist.
22. p v p—21, Simp.
23. p—22 Taut.
24. p.~p — 23, 12 Conj.

(b) p ≡ {p v (p.q}
(c) (p ⊃ q) v (~ p v r)
(d) (p⊃ q) . (q ⊃ p)
(e) p v ~ p
(f) p v (p ⊃ q)
(g) (p ⊃ q) v (p ⊃~ q)
(h) (p ⊃ q) v(~ p⊃q)
(i) (p ⊃ q) ≡(~ q⊃~p)
(j) [p ⊃ (q ⊃ r)] ≡ [(p . q) ⊃ r]
(k) (p ⊃ q) ≡ (~ p v q)

अध्याय–11

1. Symbolise the following statements in terms of propositional functions and quantifiers and clarify in each case the propositional functions you use for symbolisation :–

निम्नलिखित कथनों का प्रतिज्ञप्ति-फलन तथा परिमाणकों के रूप में प्रतीकीकरण कीजिये तथा प्रत्येक स्थिति में प्रतीकीकरण के लिए जिन प्रतिज्ञप्ति-फलनों का आप व्यवहार करते हैं उनका स्पष्टीकरण कीजिये :–

(a) All that glitters in not gold.
सभी जो चमकता है सोना नहीं है।
प्रतीकीकरण : $(\exists x)(Gx . \sim Sx)$
इसमें 'Gx' प्रतीक है—x glitters (x चमकता है) का तथा
'Sx' प्रतीक है—x is gold (x सोना है) का।

(b) There are honest politicians.
ईमानदार राजनीतिज्ञ हैं।
प्रतीकीकरण— $(\exists x)(Hx. Px)$
इसमें 'Hx' प्रतीक है 'x is honest' (x ईमानदार हैं) का तथा
'x is politician' (x राजनीतिज्ञ हैं) का।

(c) Only Citizens can vote
सिर्फ नागरिक मतदान कर सकते हैं।
प्रतीकीकरण : $(x)(Vx \supset Cx)$, जिसमें 'Vx' प्रतीक है x is a person Who can vote (x ऐसा व्यक्ति है जो मतदान कर सकता है) का तथा 'C x' प्रतीक है ' x is a citizen' (x नागरिक है) का।

(d) Not every applicant was appointed.
प्रत्येक आवेदनकर्त्ता नियुक्त नहीं किया गया।
प्रतीकीकरण : $(\exists x)(Ax . \sim Bx)$, जिसमें 'Ax' x is an applicant (x आवेदनकर्ता है) का तथा 'Bx' x नियुक्त किया गया (x was appointed) का प्रतीक हैं।

(e) Not any applicant was apporinted.
कोई आवेदनकर्त्ता नियुक्त नहीं किया गया।
प्रतीकीरण : $(x)(Ax \supset \sim Bx)$, जिसमें 'Ax' प्रतीक है x is an applicant (x आवेदनकर्त्ता है) का तथा 'Bx' प्रतीक है x was appointed (x नियुक्त किया गया) का।

(f) Nothing important was said.
कुछ भी महत्त्वपूर्ण नहीं कहा गया।

(g) Some fruits are sweet and nutritous.
कुछ फल मीठे तथा शक्तिबर्द्धक होते हैं।

(h) Mangoes and bananas are either ripe or tasteless.
आम तथा केले या तो पके होते हैं या स्वादविहीन।

(i) Some people are gentle when they are educated.
कुछ लोग सुशील तब होते हैं जब शिक्षित होते हैं।
प्रतीकीकरण : $(\exists x)[Px.(Ex \supset Gx)]$, जहाँ 'Px' प्रतीक है x is people (x व्यक्ति है) का 'Gx' प्रतीक हैं x is gentle x सुशील है) का तथा 'Ex' प्रतीक है 'x is educated' (x शिक्षित हैं) का।

(j) Any gentle man is bad when he is uneducacted.
कोई भी सुशील व्यक्ति बुरा तब होता है जब वह अशिक्षित होता है।
प्रतीकीकरण : $(x)[(Gx.Mx) \supset (Ux \supset Bx)]$, जहाँ 'Gx' प्रतीक है x is gentle (x सुशील है) का, 'Mx' प्रतीक है 'x is man' (x व्यक्ति है) का, 'Ux' प्रतीक है x is uneducated का तथा 'Bx' प्रतीक हैं x is bad (x बुरा है) का।

(k) Brave and only brave are praiseworthy.
बहादुर और सिर्फ बहादुर प्रशंसनीय हैं।

(l) There is no good man in the world.
संसार में एक भी अच्छा आदमी नहीं है।

(m) Sita and Gita are beautiful and educated.
सीता तथा गीता सुन्दर तथा शिक्षित हैं।

(n) No Indian is Gandhian except the poor.
गरीबों के अलावा कोई भारतीय गांधीवादी नहीं है।
प्रतीकीकरण : $(x)[Ix \supset (\sim Gx \equiv \sim Px)]$, जहाँ 'Ix' प्रतीक है x is an indian (x भारतीय है) का, 'Gx' प्रतीक है x is Gandhian (x गांधीवादी है) का, तथा 'Px' प्रतीक हैं x is poor (x गरीब है) का।

(o) Politicians are not always rich.
राजनीतिक हमेशा धनी नहीं होते हैं।

(p) Ambassadors are always cultured.
राजदूत हमेशा सुसंस्कृत होते हैं।

(q) Some food materials are edible only if they are cooked.
कुछ खाने की चीजें खाने योग्य तभी होती है जब उन्हें पकाया जाता है।

(r) No car is safe unless it has good brakes.
कोई भी मोटरगाड़ी तब तक सुरक्षित नहीं है जब तक इसमें अच्छे ब्रेक नहीं हों।

(s) Not all people who are wealthy are both educated and cultured.
सभी वैसे लोग जो धनी हैं शिक्षित तथा सुसंस्कृत दोनों नहीं होते।

2. Explain with the help of suitable examples the rules of Existential instantiation (EI) and Universal generalisation (UG) for proving the validity of arguments containing propositional functions and quantifiers.
उपयुक्त उदाहरणों की सहायता से प्रतिज्ञप्ति-फलन तथा परिमाणकों वाली युक्तियों की वैधता सिद्ध करने से संबंधित अस्तित्वपरक दृष्टान्तीकरण(अ० दृ०) तथा पूर्णव्यापी सामान्यीकरण (पू० सा०) नियमों की व्याख्या कीजिये।

3. Prove the validity of the following arguments by means of the method of formal proof. Method of conditional proof may be used, wherever necessary :–
आकारिक-प्रमाण विधि के द्वारा निम्नलिखित युक्तियों की वैधता सिद्ध किजिये। आवश्यकता पड़ने पर सोपाधिक प्रमाण विधि का भी उपयोग किया जा सकता है :—

(a) (x) (Vx ⊃ Wx)
(x) (Wx ⊃ ~ Zx)
∴ (x) (Zx ⊃ ~ v x)

हल: 1. (x) (Vx ⊃ Wx)
2. (x) (Wx ⊃ ~ Zx) / ∴ (x) (Zx ⊃ ~ Vx)
3. Va ⊃ Wa...............1, U.I.
4. Wa ⊃ ~Za—2, U.I.
5. Va ⊃ ~ Za—3, 4 H.S.
6. ~ ~ Za ⊃ ~ Va— 5, Tras.
7. Za ⊃ ~ Va — 6, D. N.
8. (x) (Zx ⊃ ~ Vx)—7, U.G.

(b) (x) (Ax ⊃ ~ Bx)
(∃x) (Cx. ~ Ax)
∴ (∃x) (Cx.~Bx)

हल: 1. (x) (Ax ⊃ ~Bx)
2. (∃x) (Cx. Ax) / ∴ (∃x) (Cx . ~ Bx)
3. Ca . Aa...........2, E. I.
4. Aa. ⊃ ~ Ba—1, U.I
(जहाँ एक ही युक्ति में U.I. तथा E.I. दोनों का व्यवहार करना हो, तो पहले E.I. का व्यवहार करना चाहिये।)
5. Aa. Ca — 3, Com.
6. Aa — 5, Simp.
7. ~ Ba—4, 6 M.P.
8. Ca — 3, Simp.
9. Ca. ~ Ba—8, 7 Conj.
10. (∃x) (Cx. ~ Bx)—8, E.G.

(c) (x) (Mx ⊃ Nx)
(∃x) (Mx. Ox)
∴ (∃x) (Ox. Nx)

(d) (x) (Tx ⊃ Lx)
(x) [(Lx. Tx) ⊃ Gx]
∴ (x) [(Tx ⊃ (Lx. Gx)]

(e) [Px ⊃ (Wx v Cx)]
(x) (Wx ⊃ Gx)
(∃x) (Px. ~Gx)
∴ (∃x) (Px. Cx)

हल: 1. (x) [Px ⊃ (Wx v Cx)]

2. (x) (Wx ⊃ Gx)
3. (∃x) (Px . ~Gx) / ∴ (∃x) (Px. Cx)
4. Pa . ~ Ga—3, E.I.
5. Pa ⊃ (Wa v Ca) — 1, U.I.
6. Wa ⊃ Ga—2, U.I.
7. Pa—4, Sim,p.
8. Wa v Ca—5, 7 M.P.
9. ~ Ga — 4, Com+Simp.
10. ~ Wa—6, 9, M.T.
11. Ca—8, 10, D.S.
12. Pa. Ca—7, 11, Conj.
13. (∃x) (Px. Cx) — 12, E. G.

(f) Any candiadte who is a good campaigner does not lose. Whoever stands for a position is called a candidate. Any candidate who does not lose is elected. Whoever is elected is a good campaigner. Therefore, whoever stands for a position wins if and only if he is a good campaigner.

कोई भी उम्मीदवार जो अच्छा प्रचारक है नहीं हारता है। जो भी किसी पद के लिए खड़ा होता है उम्मीदवार कहलाता है। कोई भी उम्मीदवार जो हारता नहीं है निर्वाचित हो जाता है। जो भी निर्वाचित हो जाता है वह अच्छा प्रचारक है। इसलिए जो भी किसी पद के लिए खड़ा होता है वह तभी और सिर्फ तभी निर्वाचित होता है जब वह अच्छा प्रचारक होता है।

हल : चूँकि युक्ति साधारण भाषा में है, इसलिए पहले इसका प्रतीकीकरण करना होगा।

प्रतीकीकरण :—

(x) [(Cx . Px) ⊃~ Lx]
(x) (Sx ⊃ Cx)
(x) [(Cx . ~ Lx) ⊃ Ex]
(x) (Ex ⊃ Px)
∴(x) [Sx ⊃ (Ex ≡ Px)]

इसमें ‘Cx’ प्रतीक है x is a candiate का, ‘Px’ प्रतीक है x is a good campaigner का, ‘Lx’ प्रतीक है x loses का, ‘Ex’ प्रतीक है x is elected का तथा ‘Sx’ प्रतीक है x Stands for a position का।

वैधता का प्रमाण :—

1. (x) [(Cx . Px) ⊃ ~ Lx]
2. (x) (Sx ⊃ Cx)
3. (x) (Cx. ~ Lx) ⊃ Ex]
4. (x) (Ex ⊃ Px) / ∴ (x) [Sx ⊃ (Ex ≡ Px)]
5. (Ca. Pa) ⊃ ~ La — 1, U.I.
6. Sa ⊃ Ca— 2, U.I.

7. (Ca. ~ La) ⊃ Ea—3, U.I.
8. Ea ⊃ Pa —4, U.I.
9. Ca ⊃ (Pa ⊃ ~ La) —5, Exp.
10. Sa
11. Ca—6, 10, M.P.
12. Pa ⊃ ~ La—9, 11, M.P.
13. Ca ⊃ (~La ⊃ Ea) — 7, Exp.
14. ~La ⊃ Ea — 13, 11, M.P.
15. Pa ⊃ Ea — 12, 14 H.S.
16. (Ea ⊃ Pa) . (Pa ⊃ Ea)—8, 15 Conj.
17. Ea ≡ Pa—16, Eq.
18. Sa ⊃ (Ea ≡ Pa) —10-17 C.P.
19. (x) [Sx ⊃ (Ex ≡ Px)]—18. U.G.

(g) Labourers and officials go on strike if they are either hungry or oppressed. Therefore, if any labourer is hungry, he goes on strike.
मजदूर और कर्मचारी यदि या तो भूखे होते हैं या पीड़ित तो हड़ताल पर जाते हैं। इसलिए यदि कोई मजदूर भूखा होता है तो वह हड़ताल पर जाता है।

(h) Only brave are famous. None but the soldiers are brave. Therefore, Only soldiers are famous.
सिर्फ बहादुर ही विख्यात होते हैं। सिर्फ सिपाही बहादुर होते हैं। इसलिए सिर्फ सिपाही विख्यात होते हैं।

(i) All farsighted are politicians. Some farsighted are pessimistic. All pessimistic politicians are unsuccessful. Therefore, some farsighted are unsuccessful.
सभी दूरदर्शी राजनीतिज्ञ होते हैं। कुछ दूरदर्शी निराशावादी होते हैं। सभी निराशावादी राजनीतिज्ञ असफल होते हैं। इसलिए कुछ दूरदर्शी असफल होते हैं।

(j) Mangoes and oranges are fruits. Fruits and milk are nutritous. Therefore, mangoes are nutritous.
आम तथा नारंगी फल हैं। फल तथा दूध शक्तिवर्द्धक होते हैं। इसलिये, आम शक्तिवर्द्धक होते हैं।

(k) Anyone who works in a factory is either a labourer of an officer. Mohan is neither a labourer nor an officer. Therefore, Mohan does not work in a factory.
जो कोई भी कारखानें में काम करता है वह या तो मजदूर है या पदाधिकारी। मोहन न तो मजदूर है न पदाधिकारी। इसलिए मोहन कारखाने में काम नहीं करता।

(l) Oranges are sweet. Mangoes are sour. Therefore, Oranges and mangoes are either sweet or sour.
नांरगी मीठे होते हैं। आम खट्टे होते हैं। इसलिए नांरगी तथा आम या तो मीठे होते हैं या खट्टे।

उत्तर-संकेत :—

प्रतीकीकरण :— $(x)(Ox \supset Sx)$

$(x)(Mx \supset Bx)$

$\therefore (x)[(Ox \vee Mx) \supset (Sx \vee Bx)]$

(m) All doctors are laborious and kind. All laborious are brave. Only learned are either kind or not brave. Any learned is not kind if he is brave. Some doctors are brave if and only if they are laborious. Therefore, all doctors are not brave.
सभी डाक्टर मेहनती तथा दयालु होते हैं। सभी मेहनती बहादुर होते हैं। सिर्फ विद्वान ही या तो दयालु होते हैं या बहादुर नहीं होते। कोई भी विद्वान यदि बहादुर होता है, तो दयालु नहीं होता। कुछ डाक्टर तभी और सिर्फ तभी बहादुर होते हैं जब वे मेहनती होते हैं। इसलिए, सभी डाक्टर बहादुर नहीं होते।

(n) No honest are cunning. Ram is cunning. Therefore, Ram is not honest.
कोई भी ईमानदार धूर्त्त नहीं होते। राम धूर्त्त है। इसलिए राम ईमानदार नहीं है।

(o) A book is interesting only if it is well-written. A book is well-written only if it is interesting. Therefore, any book is both interesting and well-written, if it is either well-written or interesting.
कोई भी पुस्तक रुचिकर तब होती है जब वह सुलिखित हो। कोई भी पुस्तक सुलिखित तब होती है जब वह रुचिकर होती है। इसलिए कोई पुस्तक रुचिकर तथा सुलिखित दोनों तब होती है जब वह या तो सुलिखित हो या रुचिकर।

अध्याय-12

1. Prove the invalidity of the following arguments by the method of assigning truth-values :—
सत्यता-मूल्य प्रदान करने की विधि के द्वारा निम्नलिखित युक्तियों की अवैधता सिद्ध कीजिये :—

(a) $A \equiv (B \vee C)$
$B \equiv (C \vee A)$
$C \equiv (A \vee B)$
$\sim A$

(b) $A \supset B$
$C \supset D$
$A \vee D$
$\therefore B \vee C$

(c) $A \vee \sim B$
$\sim(\sim C . D)$
$\sim(\sim A . \sim D)$
$\therefore \sim B \supset C$

(d) $X \supset (Y \vee Z)$
$Z \supset (W.V)$
$\sim W$
$\therefore X \supset V$

(e) $A \equiv B$
$B \equiv (C.D)$
$C \equiv (A \vee E)$
$A \vee E$
$\therefore A.E$

(d) $M \supset (N \vee A)$
$N \supset (P \vee K)$
$K \supset R$
$\sim(R \vee P)$
$\therefore \sim M$

हल :

हम देख सकते हैं कि यदि निम्नलिखित रूप में सत्यता-मूल्य प्रदान किये जायँ तो सभी आधार-कथन सत्य तथा निष्कर्ष असत्य सिद्ध हो जाता है :—

X	Y	Z	V	W	X⊃ V	X ⊃(Y v Z)	Z ⊃ (W . V)	~ W
T	T	F	F	F	F	T	T	T

(g) $A \supset (B \supset \sim C)$
$(D \supset B).(E \supset A)$
$F \vee C$
$G \supset \sim H$
$I \equiv \sim D$
$(B \supset H).(\sim H \supset D)$
$\therefore E \equiv F.$

(h) $S \supset (T \supset U)$
$(W.V) \supset X$
$T \supset (V.W)$
$\sim (T.X)$
$\therefore S \equiv U.$

(i) If Yadu is intelligent and labours hard, then he will succeed. if he babours hard but is not intelligent, then his labour will be appreciated. If he is intelligent, then he labours hard. Therefore, he will succeed.
यदि यदु तेज है और कठिन परिश्रम करता है, तो वह सफल होगा। यदि वह कठिन परिश्रम करता है, पर तेज नहीं है, तो उसके परिश्रम की प्रशंसा होगी। यदि उसके परिश्रम की प्रशंसा होगी, तो वह सफल होगा। यदि यदु तेज है तो वह कठिन परिश्रम करता है। इसलिए वह सफल होगा।

हल : प्रतीकीकरण: $(Y.L) \supset S$
$(L.\sim Y) \supset A$
$A \supset S$
$Y \supset L$
$\therefore S$

अब यदि हम इसमें निम्नलिखित प्रकार से सत्यता-मूल्य प्रदान करें तो हम देख सकते हैं कि सभी आधारकथन सत्य तथा निष्कर्ष असत्य सिद्ध होता है :—

Y	L	S	A	$(Y.L) \supset S$	$(L.\sim Y) \supset A$	$A \supset S$	$Y \supset L$
F	F	F	F	T	T	T	T

अतः युक्ति अवैध है।

(j) If Ram comes here daily, then he is not in prison. If he is in prison then it is a matter of shame. If it is a matter of shame, people hate him. Therefore, either people hate him or he does not come here daily.
यदि राम यहाँ प्रतिदिन आता है, तो कारागार में नहीं है। यदि वह कारागार में है, तो शर्म की बात है। यदि यह शर्म की बात है, तो लोग उससे घृणा करते हैं। इसलिए या तो लोग उससे घृणा करते हैं या वह प्रतिदिन यहाँ नहीं आता।

(k) If there is no monopoly in the market, then prices are not under the control of one man. If the prices are not under the control of one man, it means that there are many businessmen in the market. Therefore, there is no monopoly in the market.
यदि बाजार में एकाधिकार नहीं है, तो कीमतें एक व्यक्ति के नियंत्रण में नहीं हैं। यदि कीमतें एक व्यक्ति के नियंत्रण में नहीं है, तो इसका अर्थ है कि बाजार में बहुत से व्यापारी हैं। इसलिए बाजार में एकाधिकार नहीं हैं।

2. Prove the invalidity of the following arguments containing propositional functions and quantifiers—

प्रतिज्ञप्ति फलन तथा परिमाणकों वाली निम्नलिखित युक्तियों की अवैधता सिद्ध कीजिये :—

(a) $(\exists x)\, Ax$
$\therefore\ Ax$

(b) $(\exists x) \sim Ax$
$\therefore\ (x) \sim Ax$

(c) $(x)\, Mx \supset Nx)$
$(\exists x)(Nx. \sim Px)$
$\therefore\ (\exists x)(Mx. \sim Px)$

(d) $(x)(Cx \supset Ax)$
$(\exists x)(Cx. Wx)$
$\therefore\ (x)(Wx \supset Ax)$

हल—एक ऐसे विश्व के लिए जिसमें एक ही विशेष 'a' है, यह युक्ति निम्नलिखित रूप की हो जायेगी :—

$Ca \supset Aa$
$Ca . Wa$
$\therefore\ Wa \supset Aa$

अब इसे अवैध सिद्ध करना असंभव है, चूँकि निष्कर्ष को असत्य बनाने के लिए हमें Wa को 'T' तथा 'Aa' को 'F' सत्यता-मूल्य प्रदान करना होगा और इन्हीं मूल्यों को जब हम आधारकथनों में भी रखेंगे तो बाकी Ca घटक को कोई भी सत्यता-मूल्य प्रदान कर हम दोनों आधारकथनों को एक साथ सत्य सिद्ध नहीं कर सकते। एक न एक असत्य सिद्ध हो जायेगा और इस प्रकार अवैधता की शर्त की पूर्ति नहीं होगी।

इसलिए अब हमें युक्ति को एक ऐसे विश्व के संदर्भ में देखना होगा जिसमें दो विशेष 'a' तथा 'b' है। तब इसका रूप निम्नलिखित होगा :—

$(Ca \supset Aa).(Cb \supset Ab)$
$(Ca. Wa) \vee (Cb. Wb)$
$\therefore\ (Wa \supset Aa).(Wb \supset Ab)$

और, इसमें हम देख सकते हैं कि यदि घटक कथनों को हम निम्नलिखित सत्यता-मूल्य प्रदान करें तो युक्ति के सभी आधारकथन सत्य तथा निष्कर्ष असत्य सिद्ध हो जायेगा :—

Ca	Aa	Cb	Ab	Wa	Wb
T	T	F	F	T	T

अतः युक्ति अवैध सिद्ध हो जाती है।

(e) $(\exists x)(Mx. Nx)$
$(\exists x)(Mx. Ox)$
$\therefore\ (x)(Ox \supset Nx)$

(f) $(\exists x)(Ax . Bx)$
$(\exists x)(Bx. Zx)$
$\therefore\ (\exists x)(Zx. \sim Ax)$

(g) Only students are members. Only members are welcome. Therefore, all students are welcome.

सिर्फ विधार्थी ही सदस्य हैं। सिर्फ सदस्यों का ही स्वागत है। इसलिए सभी विद्यार्थियों का स्वागत है।

हल : प्रतीकीकरण— $(x)(Mx \supset Sx)$
$(x)(Wx \supset Mx)$
$\therefore\ (x)(Sx \supset Wx)$

अब एक ऐसे विश्व के लिए जिसमें एक ही व्यक्ति 'a' है युक्ति का रूप होगा :—

$Ma \supset Sa$
$Wa \supset Ma$
$\therefore\ Sa \supset Wa$

अब यदि घटकों को निम्नलिखित प्रकार से सत्यता-मूल्य प्रदान हम करें तो देख सकते हैं कि दोनों आधारकथन एक साथ सत्य तथा निष्कर्ष असत्य सिद्ध हो जाता है :—

Ma	Sa	Wa
F	T	F

अतः युक्ति अवैध सिद्ध हो जाती है।

(h) Some mangoes are fruits. Some grapes are fruits. Therefore, some mangoes are grapes.
कुछ आम फल हैं। कुछ अंगुर फल हैं। इसलिए कुछ आम अंगुर हैं।

(i) All mangoes are fruits. All grapes are fruits. Therefore, all grapes are mangoes.
सभी आम फल हैं। सभी अंगुर फल हैं। इसलिए सभी अंगुर आम हैं।

(j) Mangoes and grapes are fruits. Some mangoes are sweet. Some mangoes are sour. Some sour objects are fruits. Therefore, some sweet objects are sour.
आम तथा अंगुर फल हैं। कुछ आम मीठे हैं। कुछ आम खट्टे है। कुछ खट्टी चीजें फल हैं। इसलिए कुछ मीठी चीजें खट्टी हैं।

(k) All learned are wise. Some politicians are wise. All politicians are not wise. Therefore, no learned is a politician.
सभी विद्वान बुद्धिमान हैं। कुछ राजनीतिज्ञ बुद्धिमान हैं। सभी राजनीतिज्ञ बुद्धिमान नहीं हैं। इसलिए, कोई भी विद्वान राजनीतिज्ञ नहीं है।

अध्याय–13

1. Explain the nature of Analogical Reasoning with the help of examples.
उदाहरणों की सहायता से सादृश्यानुमान के स्वरूप की व्याख्या कीजिये।।

2. Explain the conditions which ensure the high probabitity of the conclusion of an analogical argument.
किसी भी सादृश्यमूलक युक्ति (सादृश्यानुमान) के निष्कर्ष की उच्चतर संभावना निश्चित करने वाली शर्तों की व्याख्या कीजिये।

3. What is Induction by simple enumeration? Has analogical reasoning any role to play in it? Discuss.
केवलगणनाश्रित आगमन क्या है? क्या इसके अन्तर्गत सादृश्यानुमान की कोई भूमिका है? विवेचन कीजिये।

4. Is induction by simple enumeration based simply on the counting of instances? Discuss.
क्या केवलगणनाश्रित आगमन सिर्फ उदाहरणों की गिनती पर आधारित है? विवेचना कीजिये।

5. Answer the following questions by choosing the correct alternative out of the given ones in each case :—
प्रत्येक स्थिति में दिये हुए विकल्पों में से सही विकल्प चुनकर निम्नलिखित प्रश्नों के उत्तर दीजिये :—

(a) On which of the following does analogy depend ?

(i) Causal relation, (ii) Similarity,
(iii) Uniformity, (iv) Counting of instances.

निम्नलिखित में से किस पर सादृश्यानुमान निर्भर करता है?

(i) कारण-कार्य संबंध पर, (ii) समानता पर,
(iii) समरूपता पर, (iv) उदाहरणों की गिनती पर।

(b) Which of the following is more important in deciding the strength of an analogical argument?

(i) The number of the points of similarity.
(ii) The importance of the points of similarity.
(iii) The number of the unknoun points of similarity.
(iv) The number of the known points of difference.

निम्नलिखित में से कौन सादृश्यानुमान का बल निर्धारित करने के लिए अधिक महत्त्वपूर्ण हैं?

(i) समानता की बातों की संख्या,
(ii) समानता की बातों का महत्त्व,
(iii) समानता की अज्ञात बातों की संख्या
(iv) असमानता की ज्ञात बातों की संख्या।

6. Choose the correct alternative out of the given ones in each case to complete the incomplete sentence given in that case :—
प्रत्येक स्थिति में दिये हुए अधूरे वाक्य को पूरा करने के लिए उस स्थिति में दिये गये विकल्पों में से सही विकल्प चुनिये :—

(a) Inference from analogy is a process of going from :—

(i) Particulars to universal, (ii) Universal to particular,
(iii) Universal to Universal, (iv) Particulars to particular.

सादृश्यानुमान प्रक्रिया है :—

(i) विशेषों से सामान्य पर जाने की, (ii) सामान्य से विशेष पर जाने की,
(iii) सामान्य से सामान्य पर जाने की, (iv) विशेष से विशेष पर जाने की।

(b) The conclusion of an analogical argument is

(i) Certain, (ii) Probable,
(iii) more probable than induction based on the enumeration of intances,
(iv) less probable than induction based on the enumeration of intances.

सादृश्यानुमान का निष्कर्ष :—

(i) निश्चित होता है, (ii) संभावित होता है,

(iii) उदाहरणों की गिनती पर आधारित आगमन से अधिक संभावित होता है,

(iv) उदाहरणों की गिनती पर आधारित आगमन से कम संभावित होता है।

(c) Analogical inference depends upon.

(i) Complete similarity between the intances,

(ii) Partical similarity beetween the instances,

(iii) Points of difference between the instances

(iv) None of the above.

सादृश्यानुमान निर्भर करता है :—

(i) उदाहरणों के बीच पूर्ण समानता पर,

(ii) उदाहरणों के बीच आंशिक समानता पर,

(iii) उदाहरणों के बीच भेद की बातों पर,

(iv) उपर्युक्त में से किसी पर नहीं।

(d) The greater probability of the truth of the conclusion of an analogical agrument depends upon.

(i) Only the number of the points of similarity,

(ii) Only the importance of the points of similarity,

(iii) On both of the above, (iv) On none of the above.

सादृश्यानुमान के निष्कर्ष में सत्यता की अधिक संभावना निर्भर करती है।

(i) सिर्फ समानता की बातों की संख्या पर,

(ii) सिर्फ समानता की बातों के महत्त्व पर,

(iii) उपर्युक्त दोनों पर, (iv) किसी पर नहीं।

7. Hari and Tom are of the same age, belong to the same village and caste, wear the same kind of dress and so on.

Hari is wise.

∴ Tom will be wise

Of which of the following the above argument is an example ?

(i) Deduction, (ii) Induction by simple enumeration, (iii) Analogy having maximum probability of the truth of its conclusion, (iv) Analogy having very meagre probability of the truth of its conclusion.

हरि तथा टॉम एक ही उम्र के हैं, एक ही गाँव और एक ही जाति के हैं, एक ही तरह के कपड़े पहनते हैं, दोनों पैदल स्कूल जाते हैं, आदि।

हरि बुद्धिमान है

∴ टॉम भी बुद्धिमान होगा।

उपर्युक्त उक्ति निम्नलिखित में से किसका उदाहरण है?

(i) निगमन का, (ii) केवलगणनात्मक आगमन का, (iii) सादृश्यानुमान का जिसके निष्कर्ष के सत्य होने की अधिकतम संभावना है, (iv) सादृश्यानुमान का जिसके निष्कर्ष के सत्य होने की संभावना बहुत ही क्षीण है।

8. For each of the follwing analogical arguments some additional premises are suggested just beneath the argument. For each of these premises, decide whether its inclusion will make the argument more probable. Also give reasons for your decision :—
निम्नलिखित सादृश्यमूलक युक्तियों में से प्रत्येक के लिए उसके ठीक नीचे कुछ और आधारकथन दिये जा रहे हैं। इन आधारकथनों में से प्रत्येक के संबंध में यह निर्णय कीजिये कि क्या युक्ति के साथ उसे जोड़ देने पर युक्ति अधिक संभावित सत्यता से युक्त हो जाती है। अपने निर्णय के लिए कारण भी दीजिये :—

(a) Although Mohan was bored by the last few Hindi films he saw, he agrees to go to see another Hindi film this evening, fully expecting to be bored again.

(i) Mohan was also bored by the last few English films he saw.

(ii) The star of this evening's film has recently been accused of bigamy.

(iii) The last few Hindi films seen by Mohan were form Mumbai film world and this evening's film is also from the mumbai film world.

(iv) This evening's film is a mystry, whereas all of those he saw before were comedies.

यद्यपि मोहन ने कुछ हाल की हिन्दी फिल्मों को देखकर बोरियत का अनुभव किया, वह आज की शाम फिर एक हिन्दी फिल्म देखने जाने वाला है, यह पूर्णरूपेण महसूस करते हुए कि आज की फिल्म देखने के बाद भी वह वैसी ही बोरियत का अनुभव करेगा।

(i) मोहन ने हाल में देखी गई कुछ अंग्रेजी फिल्मों से भी वैसी ही बोरियत का अनुभव किया।

(ii) आज की शाम की फिल्म का अभिनेता दूसरी शादी करने का दोषी बताया जाता है।

(iii) हाल में जो कुछ हिन्दी फिल्में मोहन ने देखीं वे मुंबई फिल्म जगत से थीं और आज शाम की फिल्म भी मुंबई फिल्म जगत से ही है।

(iv) आज शाम की फिल्म रहस्यात्मक है, जबकि इसके पहले जितनी फिल्में मोहन ने देखीं वे सुखान्तक थीं।

(b) Ram, a student, has taken three history courses from a professor named Smith and has found them very valuable. Therefore, he is going to take another one expecting that too will be very much valuable.

एक विद्यार्थी राम ने इतिहास के प्रोफेसर स्मिथ के तीन कोर्सेज किये हैं और उनहें बहुत ही मूल्यवान पाया है। इसलिए वह आगे भी एक कोर्स करने जा रहा है, इस अपेक्षा के साथ कि वह भी अवश्य ही मूल्यवान होगा।

(i) His previous history courses were in ancient history, whereas the coming course is in modern history.

(ii) His coming history course is also going to be taught by professor Smith.

(iii) His coming history course is going to be taught by some other professor.

(iv) His previous history courses had started from. 9 a.m. daily and the coming one also is going to start from 9 a.m.

(i) उसके पूर्व के इतिहास के कोर्सेज प्राचीन इतिहास में थे, जब कि आनेवाला कोर्स अर्वाचीन इतिहास में है।

(ii) उसके आनेवाले कोर्स को भी पढ़ाने वाले प्रोफेसर स्मिथ ही होंगे।

(iii) उसके आनेवाले कोर्स को पढ़ाने वाले कोई दूसरे प्राध्यापक होंगे।

(iv) पहले वाले उसके इतिहास के कोर्सेज प्रतिदिन ठीक 9 बजे सुबह प्रारम्भ हो जाते थे और आनेवाला कोर्स भी 9 बजे सुबह से ही प्रारम्भ होने जा रहा है।

उत्तर : जोड़े गये आधारकथन (i) से निष्कर्ष की सत्यता की संभावना बढ़ेगी या नहीं यह संदेहात्मक सा रह जाता है चूँकि पहले वाला कोर्स प्राचीन इतिहास में था और अभी वाला अर्वाचीन इतिहास में है। आधारकथन (ii) के जोड़े जाने से यह संदेहात्मक स्थिति बनी रहती है, चूँकि पहले के अनुभव के अनुसार स्मिथ अच्छे अध्यापक सिद्ध हुए हैं, पर अभी कोर्स अर्वाचीन इतिहास में है और हर कोई हर विषय में पारंगत नहीं होता। इसलिए संभावना बढ़ भी सकती है, घट भी सकती है। आधार-कथन (iii) का जुटना भी स्थिति में कोई स्पष्ट परिवर्तन नहीं लाता, चूँकि नया प्रोफेसर किस प्रकार का अध्यापक सिद्ध होगा, कहना कठिन है। आधारकथन (iv) को तो निष्कर्ष की सत्यता की संभावना बढ़ने-घटने से कोई संबंध ही नहीं मालूम पड़ता, चूँकि यह बहुत ही कमजोर तथा अप्रासंगिक समानता है कि पहले भी कोर्स 9 बजे प्रारम्भ होता था, और इस बार भी 9 बजे ही प्रारंभ होगा। एक विचार यह भी हो सकता है कि (ii) तथा (iii) के जुटने से संभावना घटेगी, चूँकि दोनों ही असमानता (Dissimilarity) की बाते हैं।

(c) Ram has purchased one hundred shares of some oil company every December for the last five years. In every case the value of the share has increased about 15 percent per year. This December he decides to buy another hundred shares of the same company, hoping that he will again receive good eanings from them.

राम ने विगत पाँच वर्षों से हर दिंसम्बर महीने में किसी खास तेल कम्पनी के एक सौ शेयर खरीदे हैं। प्रत्येक बार शेयरों की कीमत प्रति वर्ष लगभग 15 प्रतिशत बढ़ी है। राम इस बार भी दिसम्बर में उसी कम्पनी के एक सौ शेयर खरीदने जा रहा है, यह आशा करते हुए कि इस बार भी इन शेयरों से वह अच्छा पैसा कमायेगा।

(i) He had purchased shares of the oil company every December for the past 15 years instead of 5 years.

(ii) The value of shares previously purcharsed went up by 30 percent instead of 15 percent a year.

(iii) He has come to know that the value of tobacco shares has incresed.

(iv) He learns that the board of the company will now meet every month instead of every six months as previouely done.

(i) उसने उस तेल कम्पनी के शेयर पीछले पाँच वर्षों के बदले 15 वर्षों से प्रत्येक दिसम्बर में खरीदे थे।

(ii) पहले खरीदे गये शेयरों की कीमत प्रत्येक वर्ष 15 प्रतिशत की जगह 30 प्रतिशत बढ़ी थी।

(iii) उसे जानकारी मिली है कि तम्बाकू के शेयरों की कीमत बढ़ी है।

(iv) उसे यह भी जानकारी मिली है कि कम्पनी के बोर्ड की बैठक जो पहले प्रत्येक छः महीनों में होती थी अब प्रत्येक महीने होगी।

उत्तर : संकेत—पहले और दूसरे के जोड़े जाने से सत्यता की संभावना निश्चित रूप से बढ़ेगी, तीसरे का कोई असर संभावना पर नहीं पड़ेगा और चौथे के जुटने से संभावना घट सकती है, चूँकि यह स्थिति में एक महत्वपूर्ण अंतर (Dissimitarity) का संकेत देता है।

अध्याय-14

1. What is Scientific Method? What role does Hypothesis play in it? Discuss.
वैज्ञानिक पद्धति क्या है? प्राक्कल्पना की इसमें क्या भूमिका है? विवेचन कीजिये।

2. What is Hypothesis? What role does it play in Scientific method? Discuss.
प्राक् कल्पना क्या है? वैज्ञानिक पद्धति में उसकी क्या भूमिका है? विवेचन कीजिये।

3. What are the conditions which should be fulfilled by a Hypothesis to be scientifically adequate? Explain.
किसी भी प्राक्कल्पना के वैज्ञानिक रूप से उपयुक्त होने के लिए उसके द्वारा किन शर्तों का पालन किया जाना चाहिए? व्याख्या कीजिये।

4. What is meant by the "Simplicity" of a hypothesis? In what way does it make a hypothesis scientifically more adequate and acceptable? Explain.
किसी प्राक्कल्पना की ''सरलता'' से क्या समझा जाता है? किस प्रकार यह (यानी, सरलता का गुण) किसी प्राक् कल्पना को वैज्ञानिक दृष्टि से अधिक उपयुक्त तथा स्वीकार्य बनता है? व्याख्या कीजिये।

5. How is a Hypothesis deductively developed and verified? Explain with the help of suitable examples.
किसी भी प्राक्कल्पना का निगमनात्मक विकास तथा सत्यापन कैसे होता है। उपयुक्त उदाहरणों की सहायता से व्याख्या कीजिये।

6. How is a Hypothesis more assuredly confirmed? State and explain the conditions in a clear manner.
अधिक आश्वस्तता के साथ किसी प्राक्कल्पना को कैसे संपुष्ट किया जाता है? संबंधित शर्त्तों (या कसौटियों) को बतलाइये तथा उनकी व्याख्या कीजिये।

7. What is meant by a Crucial Expriment? Can there be crucial expriments in science? Discuss.
निर्णायक प्रयोग से क्या तात्पर्य है? क्या वेज्ञान में निर्णायक प्रयोग हो सकते हैं? विवेचन कीजिये।

8. What is an Ad hoc Hypothesis? Discuss its utility in scientific researches.
तदर्थ प्राक्कल्पना क्या है? वैज्ञानिक खोजों में इसकी उपयोगिता का विवेचन कीजिये।

9. Choose the correct alternative out of the given ones in each case to complete the incomplete sentence in that case.
प्रत्येक स्थिति में दिये हुए अपूर्ण वाक्य को पूर्ण करने के लिए उस स्थिति में दिये गये विकल्पों में से सही विकल्प चुनिये :—

(a) A hypothesis is —(i) a free flight of mind, (ii) a discovery, (iii) a provisional supposition to explain a problematic event, (iv) any supposition.
प्राक्कल्पना
(i) एक स्वतंत्र मानसिक उड़ान है, (ii) अनुसंधान है, (iii) किसी समस्यात्मक घटना की व्याख्या के लिए तब तक किया गया एक अटकल है, (iv) कोई अटकल है।

(b) The experiment which decides in a definite way which of the several hypotheses is true is called.
(i) absolute experiment, (ii) specific experiment, (iii) crucial experiment, (iv) real experiment.
जो प्रयोग निश्चित रूप से यह निर्णय कर देता है कि अनेकों प्राक्कल्पनाओं में से कौन सत्य है
(i) निरपेक्ष प्रयोग कहलाता है, (ii) विशिष्ट प्रयोग कहलता है, (iii) निर्णायक प्रयोग कहलाता है, (iv) वास्तविक प्रयोग कहलाता है।

(c) A hypothesis is scientifically valuable, if it is
(i) Opposed to the established scientific law, (ii) Opposed to a religious conviction, (iii) in complete agreement with a religious conviction, (iv) verifiable.
कोई प्राक्कल्पना वैज्ञानिक रूप से महत्त्वपूर्ण तब होती है जब वह :—
(i) स्थापित वैज्ञानिक नियम के विरुद्ध हो, (ii) किसी धार्मिक विश्वास के विरुद्ध हो, (iii) किसी धार्मिक विश्वास के साथ उसका पूर्ण मेल हो, (iv) सत्यापनीय हो।

(d) Direct verification of a hypothesis involves :—
(i) Deduction, (ii) Induction, (iii) Deduction and Induction, (iv) Observation and Expriment.
प्राक्कल्पना के प्रत्यक्ष सत्यापन में सम्मिलित होता है :—
(i) निगमन, (ii) आगमन, (iii) निगमन तथा आगमन दोनों, (iv) निरीक्षण तथा प्रयोग।

(e) A hypothesis is verified
(i) Only directly, (ii) Only indirectly, (iii) Both directly and indirectly, (iv) neither directly nor indirectly.
कोई प्राक्कल्पना सत्यापित होती है :—
(i) सिर्फ प्रत्यक्ष रूप में, (ii) सिर्फ अप्रत्यक्ष रूप में, (iii) प्रत्यक्ष तथा अप्रत्यक्ष दोनों ही रूपों में (iv) न तो प्रत्यक्ष और न अप्रत्यक्ष रूप में।

(f) Indirect verification of a hypothesis involves
(i) Only deduction, (ii) Only induction, (iii) deduction and induction both,

(iv) neither deduction nor induction.
प्राक् कल्पना के अप्रत्यक्ष सत्यापन में सम्मिलित होता है
(i) सिर्फ निगमन, (ii) सिर्फ आगमन, (iii) निगमन तथा आगमन दोनों, (iv) न तो निगमन और न आगमन।

10. What is essential for a hypothesis to be converted into a scientific law ?
किसी भी प्राक्कल्पना के वैज्ञानिक नियम के रूप में परिवर्तित होने के लिए क्या आवश्यक है?
(a) Its modification, (b) Its comparison with other scientific laws, (c) Its verification, (d) None of the above.
(a) इसमें सुधार, (b) अन्य वैज्ञानिक नियमों के साथ इसकी तुलना, (c) इसका सत्यापन, (d) उपर्युक्त में से कोई नहीं।

11. Which of the following statements are true and which false.
निम्नलिखित कथनों में कौन-कौन सत्य तथा कौन असत्य हैं?
(a) From the scientific point of view, that hypothesis is of no importance which is proved to be false.
वैज्ञानिक दृष्टि से उस प्राक्कल्पना का कोई महत्त्व नहीं है जो असत्य प्रमाणित हो जाती है।
(b) A scientific hypothesis must be verifiable.
एक वैज्ञानिक प्राक्कल्पना को अवश्य ही सत्यापनीय होना चाहिए।
(c) A hypothesis can only be directly verified.
किसी प्राक्कल्पना को सिर्फ प्रत्यक्ष रीति से ही सत्यापित किया जा सकता है।
(d) A scientifically valuable hypothesis must go against the established truths.
वैज्ञानिक दृष्टि से महत्त्वपूर्ण प्राक्कल्पना को अवश्य ही स्थापित सत्यों के विरुद्ध जाना चाहिए।

अध्याय-15

1. What are Mill's five experimental methods ? For what exact purpose Mill has enunciated and explained them ?
मिल की पाँच प्रायोगिक विधियाँ क्या हैं? ठीक-ठीक किस उद्देश्य के लिए मिल ने इनकी उद्घोषणा तथा व्याख्या की है।

2. Explain and examine Mill's Method of Agreement as a method of experimental enquiry.
प्रायोगिक खोज की एक विधि के रूप में मिल की अन्वय-विधि की व्याख्या एवं परीक्षा कीजिये।

3. What is the Method of Difference ? Is it more effective than the Method of Agreement as a method of experimental enquiry ? Give reasons.
व्यतिरेक-विधि क्या है? खोज की एक प्रायोगिक विधि के रूप में क्या यह विधि अन्वय-विधि से अधिक कारगर है? कारण सहित उत्तर दीजिये।

4. What is the Joint Method of Agreement and Difference? Is it really a combination of the Method of Agreement and the Method of Difference? Discuss.
अन्वय-व्यतिरेक विधि क्या है? क्या यह सचमुच अन्वय तथा व्यतिरेक विधियों का संयुक्त रूप है? विवेचन कीजिये।

5. Explain and illustrate the method of Residues.
अवशिष्ट विधि की सोदाहरण व्याख्या कीजिये।

6. Explain and examine the method of Concomitant variation. Is there anything special about this method as compared to other methods of experimental enquiry.?
सहचारी परिवर्तन विधि की व्याख्या एवं परीक्षा कीजिये। क्या अन्य प्रायोगिक विधियों की तुलना में इस विधि की अपनी कुछ विशिष्टता है?

7. Can Mill's Methods be regarded as methods of proofs? Discuss.
क्या मिल की विधियों को प्रमाण-विधियों के रूप में लिया जा सकता है? विवेचन कीजिये।

8. Can Mill's Methods be called methods of discovery? Discuss.
क्या मिल की विधियों को अनुसंधान-विधियों की संज्ञा दी जा सकती है? विवेचन कीजिये।

9. What exactly Mill's Methods are able to accomplish not with a standing his claim that they are methods of discovery and methods of proof.? Discuss.
मिल के इन दावों के बावजूद की उनकी विधियाँ प्रमाण तथा अनुसंधान की विधियाँ हैं, सचमुच ये विधियाँ कौन-सा कार्य पूरा करने में सक्षम हैं? विवेचन कीजिये।

10. Answer each of the following questions by choosing the correct alternative out of the given ones in each case :—
प्रत्येक स्थिति में दिये हुए विकल्पों में से सही विकल्प चुनकर निम्न प्रश्नों के उत्तर कीजिये :—

(a) How many methods are there according to Mill for establishing causal relation?
मिल के अनुसार कारण-कार्य संबंध स्थापित करने की कितनी विधियाँ हैं?
(i) two (दो), (ii) Three (तीन), (iii) Four (चार), (iv) Five (पाँच)।

(b) Which of the folloing methods requires two and only two instances to establish a causal relation?
निम्नलिखित में से किस विधि को कारण-कार्य संबंध स्थापित करने के लिए दो और सिर्फ दो उदाहरणों की आवश्यकता पड़ती है?

(i) The method of Concomitant variation.
सहचारी परिवर्तन विधि

(ii) The method of Agreement
अन्वय-विधि

(iii) The method of Difference.
व्यतिरेक-विधि

(iv) The Joint method of Agreement and Difference.
अन्वय-व्यतिरेक विधि

(c) Which of the following is true of the method of Difference?
निम्नलिखित में से कौन-सी बात व्यतिरेक-विधि के लिए सत्य है?

(i) It is a method of proof
यह प्रमाण-विधि है

(ii) It is a method of discovery.
यह अनुसंधान-विधि है।

(iii) It is both a method of proof and a method of discovery.
यह अनुसंधान तथा प्रमाण दोनों की विधि है।

(iv) It is neither a method of discovery nor a method of proof.
यह न तो अनुसंधान की और न प्रमाण की विधि है।

11. 'This method can be used only there where the degree of variation is clearly visible and can be measured.' To what method this statement is applicable?
'यह विधि सिर्फ वहीं लागू हो सकती है जहाँ परिवर्तन की मात्रा स्पष्ट रूप से नजर आती हो और उसे मापा जा सके।' यह कथन किस विधि पर लागू है?—

(i) To the method of Difference (व्यतिरेक विधि पर)
(ii) To the method of concomitent variation. (सहचारी परिवर्तन विधि पर)
(iii) To the method of Agreement (अन्वय-विधि पर)
(iv) To the method of Residues (अवशिष्ट विधि पर)

12. 'Nothing is the cause of a phenomenon which is known to be the cause of a different phenomenon.' Which of the Mill's experimental methods this principle is the basis of?
'यदि कोई घटना किसी विशेष घटना के कारण के रूप में ज्ञात है तो वह अन्य किसी घटना का कारण नहीं हो सकती' यह सिद्धान्त मिल की किस प्रायोगिक विधि का आधार है?

13.

Antecedent	Consequent
पूर्ववर्ती	अनुवर्ती
ABC	abc
BC	bc

अतः 'A', 'a' का कारण है

∴ 'A' is the cause of 'a'

Which of the Mill's methods it is an example of ?
मिल की किस विधि का यह उदाहरण है?

14. "If an instance in which the phenomenon under investigation occurs and an instance in which it does not occur have every circumstance in common save one, that one occuring only in the former, the circumstance alone in which the

two instances differ, is the effect, or the cause or an indispensable part of the cause of the phenomenon."—Mill

''यदि किसी उदाहरण में जिसमें जाँच की जाने वाली घटना हो और किसी दूसरे में जिसमें वह नहीं हो, सभी बातों में समानता हो और अन्तर सिर्फ एक बात में हो कि पहले में उसका भाव हो और दूसरे में अभाव, तो जिस बात में दोनों में अन्तर है, वह उस घटना का कार्य या कारण या अनिवार्य कारणांश होगी।''—मिल

Which of the exprimental method, this statement of Mill is a definition of?

मिल की यह उक्ति प्रायोगिक विधियों में से किसकी परिभाषा उपस्थित करती है?

15. 'It is no longer a matter of debate that the air has weight. It is common knowledge that a balloon is heavier when inflated than when empty, which is enough. For if the air were the more the balloon was inflated, the lighter the whole would be, since there would be more air in it. But since, on the contrary, when more air is put in, the whole becomes heavier, it follows that each part has a weight of its own, and consequently that the air has weight.'

Does the pattern of the above argument tally in any way with the pattern of any of Mill's methods.? If So, with what method and in what way?

'अब यह वाद-विवाद का विषय नहीं रह गया है कि हवा में वजन है। यह साधारण ज्ञान है कि एक बैलून में जब हवा भर दी जाती है तो वह खाली बैलून की अपेक्षा अधिक भारी हो जाता है, जो इस बात का यथेष्ट प्रमाण है कि हवा में वजन है। चूँकि यदि हवा हल्की होती (यानी, उसमें वजन नहीं होता) तो बैलून में जितनी अधिक हवा भरी जाती, वह उतना ही हल्का हो जाता। किन्तु चूँकि इसके विपरीत जब अधिक हवा अन्दर भरी जाती है, तो पूरा बैलून और अधिक भारी हो जाता है। इससे यह सिद्ध होता है कि हर अंश को (यानी बैलून को और हवा को) अपना-अपना वजन है। फलतः हवा में वजन है।'

क्या उपर्युक्त युक्ति का प्रतिमान किसी भी प्रकार मिल की किसी भी विधि के साथ मेल खाता है? यदि हाँ, तो किस विधि के साथ और किस प्रकार?

उत्तर : इस युक्ति का प्रारूप या प्रतिमान मिल की **अवशिष्ट विधि** के साथ मेल खाता है, चूँकि इस युक्ति में मूल बात यह है कि खाली बैलून का एक खास वजन है, मान लिया जाय 'x' और जब उसमें हवा भर दी जाती है तो उसका वजन अधिक हो जाता है, मान लिया जाय 'x_1'। इसका मतलब है कि खाली बैलून के वजन के बाद हवा भरने पर जो अवशिष्ट वजन है ($x_1 - x$), वह हवा का है, जो सिद्ध करता है कि हवा में वजन है।

सांकेतिक रूप देने पर—

AB का वजन ab

B का वजन b

∴ A का वजन a

जिसमें 'A' प्रतीक है हवा का, 'B' खाली बैलून का, 'a' हवा के वजन का, 'b' खाली बैलून के वजन का।

अध्याय-16

1. Explain the distinction between the Classical and the Relative Frequency theories of probability.
संभाव्यता संबंधी पारम्परिक तथा सापेक्ष बारंबारता सिद्धान्तों में भेद की व्याख्या कीजिये।

2. What is Probability Calculus ? How would you calculate the probability of the Joint occurence of two independent events? Explain with examples.
संभाव्यता-फलन क्या है? दो स्वतंत्र घटनाओं के संयुक्त रूप से घटित होने की संभावना का आकलन आप किस प्रकार करेंगे? उदाहरण द्वारा व्याख्या कीजिये।

3. What is the significance of the formulae $\frac{F}{u+F}$ in calculating the probability of some specific occurence of a particular event under the classical theory of probability? Explain with the help of an example.
संभाव्यता के पारंपरिक सिद्धान्त के अन्तर्गत किसी घटना के एक विशिष्ट प्रकार से घटित होने की संभावना का आकलन करने में $\frac{F}{u+F}$ फॉर्मूला की क्या सार्थकता है? सोदाहरण व्याख्या कीजिये।

4. How would you calculate the probability of the joint occurence of two dependent events? Explain with examples.
दो परस्पर निर्भर घटनाओं के संयुक्त रूप से घटित होने की संभावना का आकलन आप किस प्रकार करेंगे? सोदाहरण व्याख्या कीजिये।

5. How would you calcutate the probability of the occurence of two alternative events in a specific way? Explain.
दो वैकल्पिक घटनाओं के एक विशिष्ट रूप में घटित होने की संभावना का आकलन आप कैसे करेंगे? उदाहरण सहित व्याख्या कीजिये।

6. What is the probability of getting heads every time in three tosses of a coin? Explain the actual process of calculation.
किसी सिक्के को तीन बार उछालने पर उसके प्रत्येक बार शीर्ष के बल गिरने की कितनी संभावना है? आकलन की वास्तविक प्रक्रिया को बतलाइये।

7. An urn contains twentyseven white balls and forty red balls. what is the probability of getting four red balls in four successive drawings (a) if each ball drawn is replaced before the next drawing (b) if the balls are not replaced?
किसी पात्र में सत्ताइस उजले तथा चालीस लाल गेंद हैं। चार लगातार निकासियों में चार लाल गेंदों के निकलने की कितनी संभावना है यदि शर्त यह हो कि (a) जो गेंद निकाला गया हो उसकी जगह दूसरा गेंद अगली निकासी के पहले फिर पात्र में रख दिया जाता है, (b) यदि गेंदों को फिर से रखा नहीं जाता।

8. How would you distribute fifty white balls and fifty black balls in two urns to maximise the probability that a random drawing of one ball form each win would yield two white balls?

आप पचास उजले तथा पचास काले गेंदों को दो पात्रों में किस प्रकार बाँटेंगे ताकि इस बात की अधिकतम संभावना हो कि जब भी हम मनमाने ढंग से दोनों ही पात्रों से एक-एक गेंद निकालें तो वे दोनों उजले ही हों?

9. What is the probability of getting at least one head in three tosses of a coin?
किसी सिक्के को तीन बार उछालने पर उसके कम-से-कम एक बार शीर्ष के बल गिरने की संभावना कितनी होगी?

10. If the probability that a man of twentyfive will survive his fiftieth birth day is .742, and the probability that a woman of twentytwo will survive her forty seventh birthday is .801, What is the probalibity (a) that at least one of then lives at least another twentyfive years, (b) that only one of them lives at least another twenty five years.?
यदि पचीस वर्ष के किसी पुरुष के संबंध में इस बात की संभावना कि वह अपने पचासवें जन्मदिन पर भी जीवित रहेगा। .742 है तथा बाइस वर्ष की किसी औरत के संबंध में इस बात की संभावना कि वह अपने सैतालिसवें जन्मदिन पर जीवित रहेगी .801 है, तो इस बात की संभावना क्या है कि (a) उनमें से कम-से-कम एक अगले पचीस वर्षों तक जीवित रहेगा, (b) उनमें से सिर्फ एक अगले पचीस वर्षों तक जीवित रहेगा?

❑